I0603831

1. Auflage 2018
Copyright © Lars-Oliver Schröder
Printed in Germany
Titelfoto u. Einbandgestaltung Lars-oliver Schröder
Korrektorat u. Lektorat Monika Klein
Impressum
TWENTYSIX – Der Self-Publishing-Verlag
Eine Kooperation zwischen der Verlagsgruppe Random House und BoD – Books on Demand

Herstellung und Verlag:
BoD – Books on Demand, Norderstedt.

Bibliographische Information der Deutschen Nationalbibliothek: Die Deutsche Nationalbibliothek verzeichnet diese Publikation in der Deutschen Nationalbibliogrphie; detaillierte bibliographische Daten sind im Internet über http://dnd.d-nb.de abrufbar.

ISBN
Paperback: 97837 407 45615
Hardcover: 97837 407
e-Book: 97837 407

Soweit die Füße denken können

Der Jakobsweg – Dein Weg!?

Lars-oliver Schröder

Inhaltsverzeichnis

Vorwort

Eine Pilgerreise unternimmt jeder Mensch für sich selbst. Die Gründe dafür sind so unterschiedlich, wie sie nur sein können. In diesem Buch handelt es sich nicht nur um eine Reise, nein, es ist - die - europäische Pilgerreise schlechthin.

Es werden Jahr für Jahr mehr Pilger, sodass zu vermuten ist, dass die letzten 100 Kilometer regelrecht zu einem Volksfest heranwachsen. Einen erheblichen Anteil an dieser Zunahme deutscher Pilger bzw. aus dem deutschsprachigen Raum hat der Komiker und Schriftsteller Hans-Peter Kerkeling. Durch das Buch „Ich bin dann mal weg" hat er bei den Deutschen, die Lust den Jakobsweg nach Santiago de Compostela zu pilgern, geweckt. Dies wurde insbesondere dadurch hervorgerufen, dass Hape Kerkeling von sich selber schreibt, dass er kein besonders gläubiger Christ ist, was in seinem Buch auch sehr deutlich wird. Obwohl er seine Glaubensschwäche bekundet, findet er auf dem Jakobsweg zu Gott. Ich glaube, er lässt die Leser am höchst persönlichen, spirituellen Erlebnis ganz bewusst nicht teilhaben, was meine Neugier extrem ansteigen lässt. Jeder mag für sich denken: Wenn er diese Begegnung mit Gott auf dem Camino hatte, dann möchte ich sie auch erleben. Es ist alle Male ein esoterisches Ereignis, wenn man sich Woche um Woche an die psychischen und physischen Grenzen bringt. Das Ganze umrahmt von Stille, Einsamkeit, gepaart mit unfassbar schöner Natur. Aber ich weiß von mir selber, du musst dich bewusst entscheiden, den Jakobsweg zu wandern, weil sonst dein innerer Schweinehund dir immer genügend Ausreden liefert, ihn nicht zu beschreiten. In meinem Umfeld habe ich als häufigstes Gegenargument die knappe Freizeit und das fehlende Geld als Ausflüchte bekommen. Da lässt sich für mich die folgende Formel ableiten: Wenn ich genug Geld für eine Pilgerreise habe, fehlt mir die Zeit, und wenn ich genügend Zeit für eine Pilgerreise habe, dann fehlt mir das liebe Geld.

Man muss sich also entscheiden und Entscheidungen fallen uns Menschen immer schwer.

Der Jakobsweg startet in der Regel von Saint-Jean-Pied-de-Port, führt über die Pyrenäen durch das Baskenland bzw. Navarra, durch die Rioja-Gegend, durch Kastilien, hin zu Galicien mit deren Hauptstadt, dem Ziel Santiago de Compostela. Auf dem Platze vor der Kathedrale endet das Pilgern. Als Pilgerreise anerkannt sind schon die letzten 100 Kilometer vom Jakobsweg.

Also muss für alle, die den kompletten Camino Francés wandern, etwas mehr dahinter stecken, als am Ende der Reise alle Sünden vergeben zu bekommen. Es ist für mich unglaublich, wie zahlreich die Menschen aus meinem näheren Umfeld davon träumen, den Weg zu gehen. Genauso häufig und absurd sind aber auch die Ausflüchte, die ich mir von ihnen anhören muss. Ich höre, wie gut ich es habe, diesen Weg jetzt wandern zu können. Weiter höre ich: „Wenn ich nicht so viel arbeiten müsste, würde ich ihn pilgern." bzw. „Wenn ich nicht so arm wäre und genug Geld hätte, dann...." Oder „Wenn ich nicht so eingebunden wäre, dann... ." Ausreden über Ausreden! Sorry, doch das will ich mir alles gar nicht anhören. Nicht selten muss ich ungefragt die Begründungen ertragen, warum andere den Jakobsweg nicht gehen können. Eigentlich war und ist mir das total egal. Mal im Ernst! Gibt es nicht immer Erklärungen für etwas, was man sich nicht traut? Sind wir Menschen nicht Meister im Erfinden von plausiblen Ausreden sowie Gründen, etwas nicht zu tun? Genau darüber solltest du mal nachdenken! Was oder wer hält dich ab, deine Träume zu verwirklichen? Welche Ausflüchte benutzt du? Aber zugegeben, es ist eine Riesenherausforderung, für die jeder nur zu gerne eine Erklärung parat hat, sich dieser nicht stellen zu müssen. Nur mal angenommen, nur mal so rein theoretisch, du hättest eine Verabredung mit Gott. Er will zu dir sprechen und deinem Lebensinhalt wieder mehr Sinn schenken, dich von Melancholie und Depressionsgefühlen befreien. Hättest du auch dann noch so viele Gegenargumente zur Hand? Wohl kaum! Ich kenne niemanden, den die Pilgerreise nicht zutiefst beeindruckt und zugleich sein ganzes Leben verändert hat. Also los, worauf wartest du? Auf zur Planung und Umsetzung der Wanderung. Lass keine Ausreden mehr gelten, sie kommen sowieso eher einem Sichselbstbelügen nahe. Aber warum solltest du das tun? Weshalb würdest du dich selber belügen wollen? Du hast eine Verabredung mit Gott. Also, worauf wartest du und zögerst noch? Was willst du noch? Überwinde deine eigene Feigheit und gehe diesen Weg. Im Übrigen kann man die letzten 100 Kilometer locker in einem zehntägigen Urlaub packen. Man hat außerdem jede Menge Zeit, sich die eine oder andere Stadt sowie Sehenswürdigkeit in Ruhe anzuschauen.

So verrückt sind die Vorbereitungen

Schon das Zusammenstellen der Ausrüstung ist für sich eine interessante Erfahrung. Zuerst sammelt man alles, was man ebenso für knapp zwei Monate zu brauchen meint. Als ich das für mich tat, da habe ich gerade so getan, als würde ich für einen gewöhnlichen Urlaub packen. Natürlich benötige ich einige Unterhosen, paar Unterhemden, mehrere Socken, ein paar Shirts, wenigstens ein paar Hosen und ein, nein besser drei dicke Pullover, eine Jacke plus eine leichtere für schönes Wetter. Ich „begnüge" mich mit bescheidenen zwei Schlafanzügen und einem kleinen Kopfkissen und nehme auch nur drei verschiedene Mützen mit, schließlich kann ich ja nicht die ganze Zeit die gleiche Mütze tragen. Eine zweite Sonnenbrille mit einem anderen Abdunklungsgrad, eine Sonnencreme mit Lichtschutzfaktor zehn, eine mit zwanzig und noch einen Sonnenblocker für extreme Sonneneinstrahlung gehören auch dazu. Ach ja, Mückenspray darf ich nicht vergessen und wenn ich schon gestochen wurde, muss ich natürlich Salbe gegen den Juckreiz dabei haben. Meine Kosmetiktasche darf selbstverständlich nicht fehlen und ein Querschnitt der Hausapotheke sollte auch mit. Ein paar Bücher für die langweiligen Abende und so weiter und so fort. Du hast sicherlich bemerkt, dass bis zu diesem Zeitpunkt nicht ein einziges Teil der notwendigen Ausrüstung zugefügt ist? Hmh, wie soll ich es sagen? Ein erstes vorsorgliches Testwiegen und die Zwanzigkilogrenze ist deutlich überschritten, das wohlgemerkt, ohne ein benötigtes Ausrüstungsteil eingepackt zu haben.

Per Faustformel sagt man, sollte das Gepäck maximal zwischen zehn bis zwölf Prozent des eigenen Körpergewichts betragen. Die Sachen, die man am Leibe trägt, sind in diesen Prozenten enthalten. Also gut, ich wiege neunzig Kilo. Macht nach Adam Riese neun bis elf Kilogramm Last, die ich mitnehmen darf. Wie bitte? Wie soll das denn gehen? Es ist komisch, aber mir fällt gerade auf, dass es das erste Mal in meinem Leben ist, dass ich mich eher gewichtiger mache, als ich in Wirklichkeit bin. Typisch Mann! Wenn es zum Vorteil gereicht, macht „Man|n" sich mal eben schwerer. Hätte mich eine Frau gefragt, wie viel ich auf die Waage bringe, dann wäre ich je nach Hübschheitsgrad auf der Hübschheitsskala nicht mal in die Nähe von neunzig Kilo gekommen. Wie schnell sich das Körpergewicht eines Menschen ändert, je nachdem, wie gerade die Fragestellung ist. Eines kann ich versichern, ich habe Stunde um Stunde gesessen und überlegt, welches Teil ich Zuhause lassen soll. Irgendwie scheint alles besonders wichtig zu sein. All diese Sachen müssen mit, so habe ich mit den Packstücken nicht nur die Ziellast von zwölf Kilogramm überschritten, sondern ebenfalls das Aufnahmevolumen des Rucksackes.

Eine kurze Zeit habe ich darüber nachgedacht, noch schnell vor der Pilgerreise fünf Kilo zuzunehmen, nur damit ich 500 bis 600 Gramm mehr an Kleidung mitnehmen kann. Wie paradox, denn den eigenen Speck müsste ich ja auch zusätzlich mitschleppen. Zum Schluss sind die zwölf Kilogramm tatsächlich eingehalten. Das 2500g schwere Zweimannzelt ist allerdings aus meiner Betrachtung heraus. Schließlich bin ich mir unsicher, ob ich es nicht nach der zweiten Nacht aufgebe, im Zelt zu schlafen, und es einfach wieder zurückschicke.

Bei der Recherche zum Camino stellte ich einen großen Mangel an Erlebnislektüre fest. Selbstverständlich habe ich das Buch von Hape gelesen, ist es doch das am meisten gelesene über den Jakobsweg im deutschsprachigen Raum. Aber mir wurde schnell klar, dass es eine ganz differente Art von Pilgern ist, die Hape dort beschreibt, als ich es mir vorgenommen habe. Somit vermute ich, dass seine Reise abweichend von dem war, wie es die 99 Prozent der anderen Pilger je erleben werden. Und damit meine ich nicht die Prominenz, sondern die azyklische Art des Pilgerns. Vor allem finde ich keine Berichte, wie man sich vor dieser Wanderung so fühlt. Das Zweite, was ich mich die ganze Zeit frage, ist: Was empfinde ich danach? Fühle ich mich von neuem Glauben geschwängert, geradezu erfüllt und versuche, die halbe Welt zu missionieren, zu überreden, den Camino zu wandern? Nach meinen Erfahrungen kann es sein, dass man so begeistert von der Pilgerreise ist, dass man dem Umfeld so dermaßen auf den „Senkel" geht, dass einem die Freunde eine Zeit lang aus dem Wege gehen. Oder fühlt man das andere Extrem? Eine gewisse Sinnlosigkeit des eigenen Daseins bzw. des gesamten Lebens überhaupt? Aber dann würden nicht so viele den Jakobsweg pilgern und den Sinn im Lebensinhalt suchen. Folglich ist es nur konsequent, wenn ich diese Fragen mit in mein Buch aufnehme. Deshalb habe ich mich kurzerhand entschlossen den Mangel auszufüllen.

Es erscheint mir so wichtig zu sein, dass ich die sieben Tage vor meiner Abreise in Richtung Saint-Jean-Pied-de-Port im Anschluss an meinen Prolog beschreibe und ein paar nach Beendigung der Pilgerreise.

Prolog

Die meisten, wenn nicht gar alle Bücher, berichten über die eigentliche Pilgerreise. Ich möchte hier auch auf die Beweggründe eingehen, warum ich den Weg gegangen, „falsch" gepilgert bin. Es ist ein unglaubliches Gefühl, für sich diese Entscheidung zu treffen. Jeder Pilger, der über 800 Kilometer zu Fuß zurücklegt, hat sich mit der Wanderung Monate, wenn nicht gar Jahre auseinandergesetzt. Welche Gründe führen einen Menschen dazu, eine solche Strapaze auf sich zu nehmen?

Wir wollen uns mal nichts vormachen, denn es ist eine übergroße Anstrengung, Tag für Tag zwischen 20 und 30 Wanderkilometer Wegstrecke hinter sich zu bringen. Man stelle sich das genau vor, das alles zu Fuß. Nein, nicht einfach so, sondern das Ganze auch noch mit einem Rucksack, der gefüllt schnell fünfzehn Kilogramm Eigengewicht auf die Waage bringt. Das ist ja zu schaffen, habe ich so beim ersten Mal für mich gedacht. Jedoch eines durfte ich rasch feststellen, das Gewicht wird schon nach 30 Minuten Fußmarsch zu einer Herausforderung. Mir wurde sofort klar: „Lars, das musst du heute 20 Kilometer tragen. Über mehrere Stunden hast du diese Last auf dem Rücken und das bei teilweise widrigen Wetterverhältnissen."

Direkt bei meiner ersten Probewanderung bei Magdeburg, entlang der Elbe, wurde mir deutlich bewusst, welche Strapazen da auf mich zukommen. In vielen Foren war zu erfahren, dass man trainieren soll. Habe ich das erste Mal gelacht, als ich den Satz gelesen habe! Wie albern ist das denn? Ich soll allen Ernstes „Spazieren gehen" trainieren? Echt albern!

Aber nun laufe ich seit einer halben Stunde an der Elbe entlang und schwitze schon wie ein Iltis. Herrgott, wie halte ich das bloß vier Stunden aus? Ich sagte Herrgott! Vielleicht heißt es ja deshalb Pilgerreise, kommt mir dabei in den Sinn. Nach weiteren 30 Minuten auf dem Weg bin ich zur ersten Pause gezwungen. So verfrachte ich mich sichtlich erschöpft auf eine Parkbank, schnalle den Rucksack ab und schmeiße ihn zur Seite. Jetzt einen großen Schluck Wasser, denke ich so bei mir und setze meine Outdoor-Getränkeflasche an. Ich trinke und trinke, und schwups ist sekundenschnell eine von zwei Flaschen gänzlich geleert. Da wird mir allmählich klar, was die Leute in den Foren mit ihren Vorschlägen zum Thema, du musst für die Pilgerreise trainieren, gemeint haben. Wenn ich wieder Zuhause bin, werde ich wohl doch nochmal nachlesen, was da noch so alles an Ratschlägen drinnen steht. Diesmal aber sicherlich, ohne mich schlappzulachen bei den für mich als Laien seltsam anmutenden Tipps.

Es ist etwas ganz anderes, ob man mit jemanden an der Elbe spazieren geht, oder ob du eine Last von fünfzehn Kilogramm auf dem Rücken trägst. Beim ersten Training, so nenne ich es ab jetzt fortan auch, habe ich für vier Kilometer eine Stunde gebraucht, dabei die Hälfte der Getränkevorräte verbraucht und mein T-Shirt samt Jacke durchgeschwitzt. Mir wird schnell klar, heute schaffst du keine 20 Wanderkilometer. Nach „nur“ 25 Minuten Pause schultere ich mir den Rucksack, schnalle ihn am Bauch und im Brustbereich fest, stehe auf und setze meine Probewanderung fort. Gott sei Dank ist es ein herrlich angenehm, warmer Frühlingstag im März mit 20 Grad Außentemperatur, sodass die Sonne die Jacke während der Rast vollends trocknete. Die ersten Schritte sind schon beschwerlich, aber nach kurzer

Eingewöhnungszeit läuft es sich wieder ganz gut. Nach circa sechs Kilometern Wegstrecke und locker zwei Marschstunden, die ich dafür brauche, entschließe ich mich kehrtzumachen und zurück nach Hause zu wandern. Zwölf Kilometer, für die ich nebst Pausen gut und gerne fünf Wanderstunden gebraucht habe. „Respekt!"

Am Abend liege ich total erschöpft im Bett, lasse den Tag Revue passieren und ahne, was ich mir da vorgenommen habe. Dabei denke ich so bei mir: Zwölf Kilometer in gut und gerne fünf Stunden und du bist kaputt wie tausend Mann. Wie in Gottes Namen wirst du dich nach der doppelten Strecke fühlen? In Gottes Namen, das passt schon wieder gut zur Pilgerreise und ich schlafe dabei seelenruhig über diesem Gedanken ein.

Nächster Tag mit ebenfalls herrlichem Wetter. Dann nehme ich mir meinen Rucksack, den ich gestern nur lieblos in die Ecke gepfeffert habe, fülle die beiden Getränkeflaschen mit Leitungswasser auf und auf geht's zum zweiten Trainingstag. Der verläuft schon besser und gibt mir Mut weiterzumachen. Doch der Respekt, der in mir aufkommt, wenn ich an die Pilgerreise denke, ist riesengroß. Über sechs Wochen, jeden Tag ein Pensum von zwanzig bis fünfundzwanzig Kilometern, das Ganze gestartet in den Pyrenäen. Geschlafen wird nicht in einem gemütlichen, bequemen Bett, wie ich es gewohnt bin, nein, geschlafen wird im Zelt auf einer zwei Zentimeter dünnen Isomatte, auf huckeligem Untergrund. Wahlweise in einem Gemeinschaftsraum mit mindestens sechs Personen, die schnarchen, stöhnen und laut träumen. Puh!

In einer der Foren habe ich gelesen, dass nur fünfzehn Prozent derjenigen, die einen Pilgerpass beantragen, in Santiago de Compostela ankommen.

Am Anfang ist die Prozentzahl für mich nicht zu glauben. Nach nur zwei Trainingstagen halte ich sie nicht mehr für übertrieben. Seltsam, wie schnell man das Meinungsbild ändern kann!

Am dritten Trainingstag hatte ich „Glück", denn ich bin zweimal von einem Platzregen überrascht worden. So konnte ich den sündhaft teuren Spezial-Regen-Poncho ausprobieren, der über meinen Rucksack, das sperrige Zelt samt aufgerollter Isomatte gezogen wird. Glück gehabt, weil es kein einfaches Unterfangen ist, den Spezial-Regen-Poncho schnell mal eben so über meinen Körper mit aufgesetztem Rucksack überzuwerfen. Eine Viertelstunde brauche ich, bis ich den Poncho über mich samt Gepäckstück gebracht habe. Es ist schon eine Herausforderung, dieses große Ding bei Regenschauer und starkem Wind so zu werfen, dass es sich nicht verheddert und über den Wanderer mit dem sperrigen Rucksack kommt, um ihn vor Regen zu schützen. Natürlich ist der Platzregen so überraschend gekommen und ergoss sich sofort wie aus Kübeln, dass ich trotz Poncho klitschnass wurde. Nun denn, weiß ich jetzt aber, dass eine viertel Stunde zum Überziehen gebraucht wird. Der zweite Regenschauer konnte mich dann auch nicht mehr so überrumpeln wie der erste. Nachdem ich es abends zu Hause noch mindesten zehn Mal geübt habe, ist es mir möglich, den Poncho in wenigen Minuten überzuziehen, was sich auf der Pilgerreise bestimmt auszahlen wird. Da bin ich mir ganz sicher.

Im Freundes- und Bekanntenkreis sowie in meiner Verwandtschaft gibt es kaum einen Fürsprecher für dieses Abenteuer. Sicherlich, wenn einer von ihnen mich nach dem ersten Trainingstagen gesehen hätte, vor allem in der Situation, in der ich meinen Spezial-Regen-Poncho überzog, hätten sie gedacht, ich sei jetzt vollkommen verrückt geworden. Es ist eigentlich gar nicht so abwegig, das Unterfangen als verrückt zu bezeichnen. Es gehört schon ein tiefer Glaube dazu, diese Pilgerreise anzugehen, doch bei mir ist es sicher nicht der religiöse Glaube, der mich antreibt. Schließlich tituliere ich mich zwar als gläubig, denn ich glaube an irgendwas, doch eine Kirche habe ich das letzte Mal vor Jahren von innen gesehen. Mich selbst bezeichne ich immer als christlich denkend, jedoch kaum praktizierend. Glauben kann man ja auch an das Universum oder an irgendeine Religion. Was ist es also, was mich antreibt, diese Pilgerreise zu planen?

Klar, es ist jetzt fast drei Jahre her, als sich meine damalige Ehefrau anschickte, sich von mir zu trennen. Nein, ich war mir natürlich keiner Schuld bewusst und es kam für mich, wie für die meisten anderen Menschen aus dem Umfeld, urplötzlich aus dem Nichts. Für eine Trennung oder eine Scheidung reicht es eben aus, wenn eine Person nicht mehr will. Derjenige, der sich trennt, hat es in der Regel von langer Hand geplant und sich gut auf diesen Tag vorbereitet. Es ist schon seltsam, wenn nach dreiundzwanzig Jahren Ehe es auf einmal aus ist. Ja, so etwas wirft garantiert jeden aus der Bahn. Das Leben, welches ich mir bis dorthin vorgestellt habe, gab es jetzt nicht mehr. Später müssen wir dann unseren Enkelkindern erklären, warum sie mehr Omas und Opas haben als ihre Freunde. Genauso wird es kein Blättern im gemeinsamen Fotoalbum mit dem dazugehörigen Schwelgen in Erinnerungen und damit verbundenen sentimentalen Gedanken geben. Vor dem Altar schwor ich: „Bis dass der Tod uns scheidet." Zack, das haben wir mal eben ein paar Jahrzehnte nach vorne geschoben. Nun musste ich damit klarkommen, dass meine Frau mit jemand anderem zusammen ist.

Nun denn, die Trennung verlief wie jede andere Scheidung auch. Man hat sich gegenseitig gedemütigt, erniedrigt, geärgert, provoziert und Dinge gesagt, die man irgendwann bereut, eben eine ganz normale Durchschnittsscheidung. Doch sie hat bei mir erhebliche Spuren hinterlassen. Will hier auch gar nicht allzu intensiv auf die Trennung und Scheidung eingehen. Diese Geschichte ist nämlich gut genug für einen eigenen Buchtitel, welchen ich eines Tages sicher auch noch schreibe, denn es kann ein unfassbares und zugleich sehr lustiges Buch zustande kommen. Nun denn, man wird sehen.

Nur drei Jahre später kam die nächste Zäsur meines Lebens. Die Firma, die wir uns noch zu Zeiten der intakten Ehe als Sanierungsfall kauften, ist am Ende und das Insolvenzverfahren wurde beantragt. Ein schwerer, aber unerwarteter Schlag ins Kontor für mich, genauso für die knapp zwanzig Angestellten. Natürlich schrieb ich mir, da ich mir selbst gegenüber nicht unkritisch bin, einen Großteil der Fehler zu. Es sei nur am Rande erwähnt, dass für alle Mitarbeiter feststand, dass es nur einen Schuldigen und Schuft für das Malheur gab. So gesehen hatte ich die Scheidung und Trennung noch nicht ansatzweise verdaut, musste ich mit der nächsten Sache klarkommen.

Meine ersten Gedanken dazu waren: Einfach wegrennen, weg von alledem, was ich durchgemacht habe, ohne auch nur die geringste Ahnung zu haben, wo es hingehen soll. Möchte lediglich meinen Rucksack schnappen und abhauen.

Bis mir einer meiner besten Freunde die Frage stellte, wo ich denn hin will. Sebastian hat mich durch das gesamte Trennungsleid begleitet und mir immer ein Ohr geschenkt, so ich eines brauchte. Ich erläutere ihm, dass ich in den Süden möchte. Er gab keine Ruhe und wollte, dass ich es konkretisiere. Nun überlegte ich eine Zeitlang und antwortete zögernd: „In Richtung Portugal, weil es dort schön warm ist." Nach dem Gestammel und Gestotter gab er mir einen Rat: „Lars, warum gehst du da nicht gleich den Jakobsweg?" Das war das erste Mal, dass ich diesen Namen gehört hatte. Bei mir dachte ich so: „Warum soll ich einen Kaffeeweg gehen?", denn ich assoziierte den Jakobsweg mit einem bekannten Bremer Kaffeeröster und brachte ihn sogleich in Zusammenhang mit der Kaffeesorte Jacobs Krönung. Ich war ein bisschen sauer auf Sebastian und meinte, er hätte mir nicht richtig zugehört, mich auf eine vermeintliche Kaffeefahrt schicken zu wollen. Doch bei den weiteren Beschreibungen empfand ich es sofort als eine ausgezeichnete Idee, ohne auch nur ansatzweise zu wissen, wo der Weg überhaupt liegt. Als ich diesen Vorschlag mit einem Bruder bespreche, kommt es spontan aus ihm herausgeschossen: „Lars, das ist einer meiner Lebensträume." Er erklärt mir seine Beweggründe, empfiehlt mir einiges an Literatur zu dem Thema und schenkt mir gleich das Buch von Hape Kerkeling „Ich bin dann mal weg." Ferner recherchierte ich, wenn man den Jakobsweg aus religiösen Gründen geht, diese Tortur aus Gottesliebe auf sich nimmt, und bis an das Grab vom heiligen Apostel Jakobus pilgert, dann bekommt man jede seiner Sünden erlassen. Das kann ich jetzt tatsächlich gut gebrauchen, denn weiß Gott, habe ich bestimmt in der Scheidung, sicher auch in der Insolvenzphase wie überhaupt im Leben gesündigt was das Zeug hergab. Was für ein genialer Zusatznutzen! Die gesamten Verfehlungen erlassen und vergeben, somit einfach weg! Eine prima Lösung, die ich auf jeden Fall nötig habe. Eigentlich möchte ich zu mir selbst finden, ein neues Lebensziel, einen neuen Lebenssinn. Jetzt das! Die kompletten Missetaten weg! Es ist entschieden, ich werde diesen Weg gehen, ganz klar auch bis zum Ziel Santiago de Compostela, weil ich dann all meine Sünden, und damit verbunden das schlechte Gewissen loswerde.

Die meisten aus dem Bekanntenkreis rieten mir, mich doch zuerst um einen Job zu bemühen. Aber wie soll ich das machen? Weiß ich doch selber nicht, was ich überhaupt vom Leben erwarte. Es fühlt sich für mich an, als müsste ich den siebten Schritt vor dem ersten tätigen. Wie soll so etwas funktionieren? Andere schlugen mir vor, zu Beginn mit einer Harzwanderung zu starten und wenn ich ganz verwegen bin, eben mit Übernachtung im Freien, das sollte für den Anfang genügen. Einer meiner drei Söhne lachte mich aus und meinte: „Du, in einem Zelt, einfach auf dem Boden schlafend oder in einem verlausten, unbequemen Bett in einer Herberge mit vielen schnarchenden Mitschläfern? Papa, probiere doch erst einmal aus, ob du überhaupt in einem einfachen Ikea-Bett schlafen kannst, bevor du in einem Zelt auf dem Boden nächtigst und die ganze Aktion nach nur einer halben Nacht, ohne ein Auge zuzumachen, reumütig abbrichst.“

Er hat damit nicht ganz so unrecht, denn ich kann mich als wohlbehüteten und bequemen Menschen bezeichnen. Habe ja schon geschrieben, dass ich mir selbst nicht vollkommen unkritisch gegenüber stehe. Schlafe ich jetzt doch in einem Bett von Bretz mit einer himmlisch weichen, superdicken Matratze, welches so viel kostet, wie ein deutscher Kleinwagen. Nein, es ist beschlossene Sache, ich gehe diesen Weg für mich und natürlich auch für die Vergebung all meiner Sünden. Dafür bin ich durchaus bereit, ein wenig zu leiden.

Und von etwas, was ich mir einmal vorgenommen habe, bin ich immer schon sehr schwer abzubringen gewesen. Alles in allem stand das Verhältnis so ziemlich eins zu hundert gegen die Pilgerreise, so viele haben mir davon abgeraten. Also hier mein ungefragter Ratschlag: Erzähle nie in deinem nahen Umfeld allzu viel vom Vorhaben, den Jakobsweg zu gehen, denn Selbstzweifel werden dir von alleine genug kommen, sogar ohne die zahlreichen Kommentare aus dem Bekanntenkreis.

Nun galt es, noch eine weitere Herausforderung zu meistern. Ich muss auf der zwei Zentimeter dünnen Isomatte eine Nacht verbringen, das Ganze mit Schlafsack. Beides eine Premiere für mich! Nie zuvor habe ich so genächtigt, noch nie schlief ich auf etwas so Schmalen, na sagen wir mal „Nichts." Aber ich schaffte es. Nach gefühlten Stunden des Hin-und-Her-Kullerns bin ich tatsächlich eingeschlafen. Nach weiteren 30 Minuten Schlaf auf dem zwei Zentimeter dünnen Nichts und dem blöden Schlafsack bin ich mit Schmerzen am ganzen Körper aufgewacht. Ich finde, das muss als Training genügen, und lege mich für den Rest der Nacht in mein tolles, über die Maßen bequemes Bretz-Bett. So beim Einschlafen spreche ich mir selber Mut zu und bin der Meinung, dass ich nach einem Tagesmarsch von mehr als zwanzig Kilometern sowieso kaputt genug bin, dass ich wie in Abrahams Schoß schlafen werde.

Als ich am Morgen aufwache, will ich ausprobieren, wie schnell und leicht das Zweimannzelt aufzubauen ist. Schließlich hat der Verkäufer gesagt, dass es kinderleicht ist und in wenigen Minuten steht. Ich weiß nicht, was der Verkäufer für Superkinder kennt? Das erste Mal habe ich geschlagene zwei Stunden gebraucht, eine weitere Dreiviertelstunde, es wieder zusammenzubauen, um es in die viel zu eng gewordene Verpackung zu quetschen.

Das Zelt muss irgendwie gewachsen sein, nachdem es solange an der frischen Luft war.

Es ist schon sehr seltsam, doch je trainierter ich bin und je näher auf den Start zugehe, desto nervöser sowie angespannter werde ich. So das ein oder andere Mal beschleichen mich jetzt Gedanken, dass das alles idiotisch sei und ich die ganze Sache einfach abblasen sollte. Man kann den Jakobsweg ja bekanntlich alleine und für sich gehen. Es heißt weiter, wenn man ihn zu zweit startet, kommt man sowieso nicht gemeinsam in Santiago de Compostela an. Auch das ist ein Schreckensgespenst für mich. Der, der es gewohnt ist, immer Menschen um sich zu haben, muss nun über Wochen hinweg für sich alleine und einsam wandern? Ein zusätzlicher Zweifel setzt sich wie ein Virus in meinem Gehirn fest. Anfangs sehr klein, ja kaum wahrnehmbar. Aber wie das häufig mit Infektionen und Viren so ist, erst einmal infiziert, breitet er sich aus und wird größer und größer. Ein Selbstzweifel ist, fast zwei Monate Enthaltsamkeit ohne Sex? Wie soll das gehen? Nicht, dass ich sexsüchtig bin oder in der Vergangenheit nicht auch eine Phase von mehreren Monaten und länger ohne Sex hatte. Jedoch nie geplant, sondern stets mangels Gelegenheiten, eben einfach so. Doch jetzt nehme ich an, dass ich die kommenden Wochen keinen bekomme. Was ja angesichts einer Pilgerreise ganz okay ist, aber trotzdem oder gerade deswegen beschäftigt es mich enorm. Nein, bloß schnell verdrängen den Gedanken, und ersetzen. Am besten mit dem, dass ich viel zu kaputt bin, um mich nur für eine Sekunde auf der Wanderung mit dem Verlangen nach Sex zu beschäftigen. Und wenn es doch passieren soll, wird mir ja diese durch mein schlechtes Gewissen hervorgebrachte „Sünde" am Ziel der Pilgertour vergeben. Ist schon praktisch so eine Pilgerreise.

Ich wiederhole mich hier, aber das ein oder andere Mal schleichen sich Gedanken ein, dass das ganze Unterfangen idiotisch ist und ich die gesamte Sache abblasen sollte. Jedoch die Bereinigung all meiner Sünden ist zu einer riesengroßen Motivation herangereift. Im Laufe der vergangenen Tage und Wochen fallen mir davon zahlreiche ein. Selbst an so manch verdrängte Jugendsünde kann ich mich wieder genauestens erinnern. Dazu ein neues Lebensziel, einen Lebenssinn finden, rundet die Pilgerreise jetzt nur noch ab. Und man hört ja immer mehr von den vielen Wundern, die auf dem Jakobsweg anderen Pilgern widerfahren sind. Vielleicht bekomme ich zum Ziel, zum Sinn und der Vergebung all der Verfehlungen als Dazugabe noch ein echtes Wunder hinzu. Ich weiß, das klingt nicht besonders religiös, aber Motivation ist eben alles. Bei der Planung und Buchung, eigentlich muss es Planungsversuche und Buchungsversuche heißen, stellt sich heraus, dass ich mit einer gehörigen Portion Naivität und Einfältigkeit an die Anfahrtsreise herangegangen bin. Dachte so bei mir, dann buchst du die Zugfahrt von Magdeburg zum Startort Saint-Jean-Pied-de-Port. Flötepiepen! Das Internet kennt diese Route überhaupt nicht. Okay, meine ich so bei mir, dann fliege ich eben von Berlin oder Hannover nach Biarritz. Und schon wieder piepte meine Flöte und damit meine ich nichts Sexuelles. Das gibt es wohl nicht, ich muss der einzige Deutsche sein, der dorthin will, denn solche Reiseangebote fehlen gänzlich. Also recherchiere ich erneut in den mir mittlerweile sehr wohl bekannten und fast liebgewordenen Foren. Und siehe da, hier „piepen alle Flöten" und nichts geht mehr. Eine Anreise oder Abreise aus Deutschland an einem Tag ist schier unmöglich. Es scheint auch so, als wollen die Franzosen die Spanienpilger nicht unterstützen und nach

Saint-Jean-Pied-de-Port bringen, weil eine direkte Zugverbindung fehlt. Ich finde einen bezahlbaren Flug. Er führt von Berlin geradewegs nach Mailand und fünfeinhalb Wartestunden später geht es gleich weiter Richtung Brüssel, wo ich „gemütliche" achtzehneinhalb Stunden Aufenthalt habe, und zack lande ich in Biarritz. Von dort nehme ich ein Taxi oder einen Bus nach Bayonne, um mit ein paar Stunden Aufenthaltszeit, die fast schon kurzweilig anmutende Zugfahrt von eineinhalb Fahrtstunden nach Saint-Jean-Pied-de-Port fortzuführen. Wie schräg ist das denn? Da mutet die Anreise ja schon als eigene Pilgerreise an, so anstrengend ist das. Alternativ fahre ich lieber mit dem Fernbus Richtung Paris, um von dort nach Biarritz weiterzufahren. Den Rest der Wegstrecke kennst du ja. Schlappe zweihundert Euro muss ich für diese fast schon masochistisch anmutende Anfahrt berappen. Nun denn, es ist und bleibt von Anfang an eine leidvolle Pilgererfahrung. In dem Film „Dein Weg" mit Martin Sheen scheint es so leicht und locker zu gehen und Hape Kerkeling geht erst gar nicht intensiver darauf ein. Genau aus dem Grund habe ich mich ja förmlich gezwungen gefühlt, dieses Buch zu schreiben, um dir eine gute Vorstellung zu geben und deine persönliche Vorbereitung besser zu ermöglichen.

Der Vater all meiner Beweggründe ist folgender und liegt einige Monate vor dem Pilgerantritt. Mein ursprünglicher Plan war, wenn man es überhaupt so nennen kann, abzuhauen, einfach wegrennen aus dem bisherigen Leben, weg von alledem, was mich belastet.

Jetzt gehe ich den **„Jacobs Weg",** die Krönung meines neuen Lebens:

Kapitel 1

Die Zeit vor dem Start der Pilgerreise, aufgeteilt in sieben Vorbereitungstagen. So verändert der Jakobsweg mich und mein Leben schon vor dem Antritt.

Erster Vorbereitungstag: Durch den Pilgerpass ein Pilger?

Heute ist der Pilgerpass gekommen. Ich halte nun endlich meinen höchstpersönlichen Pilgerausweis in der Hand. Es ist nicht irgendeine schnöde, lieblos am Computer gedruckte Version. Nein, mein Name, die eigene Anschrift, der individuelle Startort und der finale Tag des geplanten Aufbruchs stehen in einer wunderschönen Handschrift im Ausweis. Ich freue mich unglaublich und bin jetzt schon stolz, als wäre ich den kompletten Jakobsweg entlang gepilgert.

Ich weiß noch genau, wie es gewesen ist, als ich den Pass bestellte und die Frage las, wann und von wo aus ich starte. Dazu erfuhr ich in einer Broschüre vom Camino, man solle den Pilgerpass sehr frühzeitig bestellen, weil es mitunter bis zu sechs Wochen dauert, bis er beim Besteller Zuhause eintrifft. Heute wurde ich jedoch eines Besseren belehrt. Meine Order über das Internet bei der Organisation Stiftung Haus ST. Jakobus www.jokobosgesellschaft.de versah ich mit dem Zusatz Expresszustellung, was drei Euro extra kostete. Insgesamt zahle ich dreizehn Euro, welches ich als Spende ansehe und die erste gute Tat im Zusammenhang mit dem Jakobsweg verbuche. Denn ich will ja Pilger werden, da kann so eine gute Tat schon ein bisschen behilflich sein. Es vergingen nur wenige Tage und ich bekam das Dokument mit jeder Menge Prospekte. Ich packe den höchstpersönlichen Pilgerausweis in eine extra für ihn vorgesehene, wasserdichte Tüte. Somit behandelte ich ihn jetzt schon wie einen kleinen Schatz. Als ich vor ein paar Tagen den Ausweis bestellte, wusste ich noch nicht, dass man einen Starttag und Startort angeben muss. Da mir partout keiner in den Sinn kam, sich jedoch in jener Zeit die Ereignisse zu überschlagen schienen, dachte ich mir kurzerhand ein nahes Fantasiedatum aus. Der Zufall entschied und es ist tatsächlich möglich, kurzfristig zu starten.

Ich habe vor kurzem gelesen: Dein Zuhause ist dort, wo deine Freunde sind. Ja Magdeburg ist demnach mein Zuhause, von wo aus ich dann auch losmarschiere. Es ist für mich das erste kleine Jakobsweg-Wunder, welches mir geschieht. Ich bin unglaublich nervös vor Freude und überlege mir gerade, wo ich den Pass verstaue. In der Geldtasche, die ich als Hängetasche um den Hals trage? Oh nein, besser nicht, denn das Geld darf mir ruhig gestohlen werden, aber um Himmels willen nicht der Pilgerpass. Es ist bezeichnenderweise das einzige Dokument, welches mich eindeutig als Pilger ausweist. In die Brusttasche meiner Joop-Jacke? Schließlich habe ich mir diese extra besorgt, weil die schwarze Jacke über zahlreiche Taschen verfügt. Ich bekam sie als Winterschlussverkauf-Schnäppchen. Sie besitzt zwei große Hüfttaschen. Die rechte davon hat noch doppelt aufgesetzte Kleinkramtaschen. Eine ist passgenau für ein Handy und die andere passend für eine Zigarettenschachtel der 5-Euro-Größe, die ich allerdings für meinen MP-4-Player fremd nutze. Des Weiteren ein paar üppig bemessene Brusttaschen, wobei die linke davon ebenfalls eine aufgenähte Unterbringung mit Reißverschluss besitzt. Das Ganze wird getoppt mit einer Dauneninnenjacke, die herausnehmbar ist, und abermals zwei Extrataschen im Hüftbereich aufweist. Schon sehr praktisch diese Joop-Jacke. Es fällt mir erst jetzt in genau jenen Moment bei der detaillierten Beschreibung auf: Die Jacke ist viel zu praktisch für eine edle Designerjacke, denn Joop entwirft sonst doch eher elegante Kleidungstücke. Wollte Wolfgang Joop etwa auch auf dem Jakobsweg pilgern, geht mir durch den Kopf? Jedoch habe ich nirgendwo davon gelesen. Oder hat er den Trend zum Pilgern bzw. Wandern kommen sehen und wollte den Markt für Pilgerreisende bzw. Outdoor-Aktivisten mit schicker und eleganter, aber auch praktischer Allwetterkleidung bedienen? Das würde zumindest dieses auffallend anders anmutende Modell von ihm erklären. Ich bemerke, ich schweife ab, und lasse den Gedanken einfach wieder los. Wahrscheinlich ist das der Grund, warum die Jacke so günstig zu bekommen war. Sie ist eben nicht Jooptypisch und fand, hier nur hypothetisch behauptet, deswegen keine Abnehmer. Also stecke ich den Pilgerpass in die Brusttasche der aufgesetzten Tasche mit Reißverschluss.

Kurzentschlossen beschließe ich am Nachmittag, noch eine kleine Probewanderung von zehn bis zwölf Kilometern zu unternehmen. Mehr ist leider nicht möglich, da ich ebenfalls heute meine Mutter in Osnabrück besuchen möchte. Sie äußerte den Wunsch, mich vor der Abreise noch einmal zu sehen. Den teilt Mum mit gut einem Dutzend Freunden und Bekannte. Aber Muddi trägt den Besuchswunsch mit so einem Nachdruck vor, dass es gefühlt eher eine Aufforderung für einen Sohn darstellt, genauso wie ihn eben nur besorgte Eltern formulieren können. Es ist schon seltsam, wie sich manche Dinge und Gepflogenheiten vor einer langen Reise ändern. Es gab in der Vergangenheit schließlich regelmäßig Zeiten, in denen ich sie für mehrere Monate nicht besuchte. Doch jetzt tut sie gerade so, als fliege ich mit einer Rakete zum Mars, um für die nächsten Jahre als Astronaut durch fremde Galaxien zu schweben. Wobei die Mission für sie gefühlt so gefährlich erscheinen muss, dass meine gesunde und heile Wiederkehr zum Erdenplaneten als sehr unwahrscheinlich gilt. Aus meiner Perspektive werde ich nur sechs bis acht Wochen fort sein, das Ganze auch noch im recht sicheren sowie nahen Europa. Vielleicht liegt es auch daran, dass sie denkt, es kommt ein ganz anderer Mensch zurück als jener, der zur Reise aufbricht. Klar, solche Wunder passieren durchaus auf dem Jakobsweg. Aber ihr wisst es bestimmt aus eigener Erfahrung, wenn Muddi dich nochmal zu sehen wünscht, dann hast du zu gehorchen, egal wie alt, selbstständig oder erwachsen du bist. Ich freue mich schon auf die gutgemeinten Ratschläge meiner Mutter. Tu dieses nicht, lasse jenes sein, sei immer wachsam und vorsichtig, trinke nicht so viel Alkohol, lass dich nicht ausrauben etc., etc.. Für meine Person werde ich die guten Rat-„Schläge" aushalten, ertragen, einstecken, anhören und brav versprechen, alle einzuhalten. Sollte ich mir dann doch unterwegs eine Flasche Wein gönnen, so wird mir diese „Sünde" und der Meineid meiner Mutter gegenüber gegebenenfalls am Schluss der Pilgerreise vergeben. So habe ich nicht mal ein schlechtes Gewissen, ihr meine Enthaltsamkeit und Befolgung all ihrer wohl gut und ernst gemeinten Ratschläge zu versprechen. Außerdem bin ich mir sicher, dass nach solchen Strapazen einem sowieso die Kraft und die Lust fehlen, ausgiebig feiern zu gehen.

Am Abend besuche ich einen sehr guten Freund von mir. Auch er muss mir „Schläge" des gut gemeinten Rates erteilen. Pass bloß auf dich auf, denn ich habe gelesen, auf dem Jakobsweg sollen sich unglaublich viele heiratswütige südamerikanische Frauen herumtreiben, die den Weg nur wandern, um sich einen europäischen Ehemann zu schnappen. Das kann ich mir nun beim besten Willen überhaupt so gar nicht vorstellen. Dabei will und kann ich mein Lachen kaum unterdrücken. Was soll in einem Kopf solch einer Südamerikanerin vorgehen? Etwa dieser Gedanke: Die Männer sind

abends nach dem langen, anstrengendem Marschieren so kaputt, dass sie sich sofort ihrem Werben ergeben, sogleich ihr einen Heiratsantrag unterbreiten, kaum Zuhause zurückgekehrt zum Pfarrer rennen und das Aufgebot bestellen? So ein Quatsch! Bei so vielen Rat-„Schlägen" frage ich mich, ob meine Mutter, einer der Dutzend Freunde, Familienmitglieder oder Bekannten, vor mir schon mal diesen Weg gepilgert sind? Soviel ich weiß- nicht. Also woher kommen all diese Geschichten? Da fällt mir unweigerlich Dieter Nuhr ein, den ich im Dezember noch live in Wolfsburg gesehen habe. In meiner Wohnung hängt ein mannshoher Garderobenspiegel, in den man geradewegs hineinschaut, wenn man den Raum betritt oder verlässt. Dort am Spiegel, direkt im Blickfeld des Betrachters, klebt ein fetter, runder Spruchaufkleber von Herrn Nuhr mit einem meiner Lieblingszitate von ihm. „Wenn man keine Ahnung hat: Einfach mal die Fresse halten." Dieter, wie recht du doch hast! Ich beschließe, bei der Rückkehr mindestens ein Dutzend dieser Aufkleber zu besorgen. Habe mir somit geschworen, mit Ausnahme meiner Mutter jedem aus der „Klugscheißerecke" oder der Fraktion der „Besserwisser" eben genau solch einen gutgemeinten Rat-"Schlag"- Aufkleber von Dieter Nuhr zu schenken. Mütter sind grundsätzlich herausgenommen, denn sie machen sich naturgemäß stets Sorgen um ihren Nachwuchs. Seltsam, irgendwie empfinde ich es jetzt nach meinem Beschluss, die Aufkleber zu verschenken, viel erträglicher und angenehmer unzählige, ungefragte sowie unqualifizierte Ratschläge zu hören. Sicherlich gibt es für heiratswillige Südamerikanerinnen einen besseren Heiratsmarkt als den Jakobsweg.
Ich habe eben, just in diesem Moment beschlossen, mir ein zweites ultraleichtes unglaublich teures Handtuch zu kaufen. Scheint doch etwas vom „Heiratsmarkt" Jakobsweg im Unterbewusstsein angekommen zu sein.

Zweiter Vorbereitungstag: Wie nur Müssen müssen?

Heute Nachmittag will ich eine Trainingswanderung unternehmen, um die Ausrüstung zu testen, aber auch, um eine passgenaue Einstellung des Rucksackes vorzunehmen. Als sekundären Plan möchte ich meine Wanderschuhe so optimal wie möglich einlaufen, bevor ich den Gewaltmarsch starte. Schließlich nehme ich nur eine einzige Packung Blasenpflaster mit.

Zur Stärkung esse ich vorher noch einen Döner, denn man verbraucht schon jede Menge Kalorien so unterwegs. So ein Döner geht immer, war meine einhellige Meinung bis zu jenem Tag. Das hätte ich besser gelassen, weil es jetzt besonders stark im Magen rumort. In diesen Augenblick fällt mir ein, was ich vor kurzem gelesen habe, man soll Bananen, ansonsten nur leicht verdauliche Nahrung zu sich nehmen. Nach ein paar Testkilometern mit rumorendem Magen kommt es und ich muss auf die Toilette. Mein erster Gedanke: Ach Mist, hier gibt es gar keine, so mitten in der Natur. Also suche ich mir neben dem Elbwanderweg ein etwas abgelegenes Plätzchen unter Bäumen im Dickicht, schnalle mir den Rucksack ab und lege ihn beiseite. Gott sei Dank habe ich, meiner perfekten Vorplanung geschuldet, eine Rolle Klopapier dabei. Es ist schon sehr ungewohnt und wenig anonym, so inmitten des Waldes den „Allerwertesten" blankzuziehen und sein Geschäft zu vollrichten. Hinter mir knackt ein Ast. Erschrocken springe ich sofort aus der Hocke hoch, weil ich vermute, gleich kommt der grimmig dreinschauende Oberförster, der mich schnauzend der Umweltverschmutzung bezichtigt und von mir verlangt, den Dreck gefälligst unverzüglich zu entfernen und wieder mitzunehmen. Selbst der niedlich zwitschernde Vogel auf dem Baum scheint nicht fröhlich vor sich hin zu trällern, sondern das Gezwitscher verändert sich in meinen Ohren und es hört sich, wie aus dem Nichts kommend, nach Gemecker an. Jetzt habe ich aber die Schnauze voll. Da schimpfe ich lauthals zurück: „Hör bloß auf, hier so herumzumeckern, schließlich kackt ihr auch immer auf meinen weißen Mercedes, am liebsten, wenn er frisch gewaschen und poliert aus der Waschstraße kommt." Irgendwie denke ich, jeden Moment kreuzt eine Wandergruppe die geschützte Position und alle aus der Gruppe schauen auf meinen nackten Hintern. Oder schlimmer noch, man wird von einer Horde wilder Mountainbiker bei der Verrichtung des Geschäfts umgefahren. Also beeile ich mich, damit mich niemand so mit meiner heruntergelassenen Hose sieht. Bei einem bin ich mir absolut sicher, auf dem Pilgerweg wird das Ganze deutlich anonymer! So viele Wanderer sind dort bestimmt nicht unterwegs und die Gegend bietet auch garantiert mehr Freiraum, ein stilles Örtchen zu finden. Beim Hintern abwischen bemerke ich: Klopapier, das Zuhause als die einzig wahre Art des Saubermachens angesehen wird, erscheint hier in der Natur als denkbar ungünstig. Dann probiere ich es mit einem Markentaschentuch und siehe da, es erweist sich als viel bessere Variante. So bin ich dem rumorenden Döner im Magen plötzlich sehr dankbar für diese unerwartete Erfahrung. Trotz alledem beschließe ich daheim, bei der Wanderkleidung sicherheitshalber die weißen Unterhosen gegen schwarze auszutauschen.

Sicher ist sicher!

Wieder in der Wohnung angelangt, korrigiere ich meine Ausrüstungsliste auf den allerneusten Kenntnisstand. Weiße Unterhose durch dunkle ersetzt und die Rolle Klopapier durch zwei Packungen Taschentücher.

Am Abend fahre ich letztmalig zu einer Freundin nach Berlin. Sie ist so die einzige Person, die mich nicht von der Pilgerreise abhalten will. Bei der Rückfahrt sehe ich kurz vor meiner Ausfahrt noch ein Riesenplakat. Das ist gigantisch und misst mindestens fünf mal fünf Meter. Es ist eines von diesen Werbebannern, auf denen sonst nur Möbelhäuser oder Einkaufszentren werben. Auf dem Schild steht in riesigen Lettern: „Ich halte dich - Gott -", das Werbeschild ist dort so platziert, wie höchstpersönlich für mich geschrieben, als hätte man mich hier heute erwartet. Als würde mich jemand abfangen, um mir noch eine Botschaft mitzuteilen. Irgendwie fühle ich mich seltsam berührt.

Dritter Vorbereitungstag: Abschiedsparty

Manches Mal im Leben gibt es Zufälle, die gibt es gar nicht, die kann man einfach nicht glauben. Zugegeben, an Zufälle glaube ich im normalen Leben sowieso nicht. Doch am letzten Wochenende, als ich mit meinem Freund aus Magdeburg eine kleine Abschiedsfeier im gemeinsamen Lieblingsclub, dem First, veranstalte, lernen wir noch ein paar nette Frauen kennen. Eigentlich soll die Feierlichkeit in einem bescheidenen Rahmen erfolgen, da die Pilgerreise teurer wird, als ich es vor Wochen veranschlagte. Die Feier nimmt eine grundlegende Wendung und gerät aus den Fugen, als wir eine Flasche Champagner der Marke Moet Chandon bestellen. Es hat sich komischerweise alles gegen uns verschworen, denn die Mitarbeiter des Clubs scheinen uns persönlich zu kennen und begrüßen uns auffallend herzlich wie freundschaftlich. Als dann sogar der Inhaber die komplette Runde am Tisch mit Handschlag begrüßt, ist es aus mit der bescheidenen Party. Irgendwie läuft ab dem Zeitpunkt alles aus dem Ruder und wir ordern die zweite Flasche. Die Frauen tanzen in aufreizenden Posen mit freiem Bauch an unserem Platz. Es ist eine ausschweifende Abschiedsparty, die ich sehr genieße. Doch mein Freund und ich sind zu betrunken, um noch irgendetwas mit den Schönheiten anzufangen.

Jetzt gehe ich nochmal auf den Zufall ein. Über mehrere gemeinsame Bekannte aus dem First bekommt eine der Grazien meine Telefonnummer heraus. Es ist genau die Reizvollste, die mir jenen Abend am besten gefiel und so schön aufreizend bauchfrei am Tisch tanzte. Wie sie es hinbekam, ist mir unklar, aber sie schaffte es irgendwie. Diese wunderschöne Frau schreibt mir tags drauf über

WhatsApp eine Nachricht und schickt mir sogleich ein Foto, zusätzlich das Video von ihr, in dem sie mit erhobenem T-Shirt für uns tanzte. Leute, wir leben in einer absolut geilen Zeit! Jedenfalls habe ich von dem Tag an für mich beschlossen, nirgendwo mehr bauchfrei zu tanzen, schließlich gibt es immer jemanden, der es filmt.

Sie muss nicht lange herumwundern, denn als Mann ergreife ich sofort die Initiative und möchte sie unbedingt treffen. Da es Wochenende ist, frage ich sie, ob sie vielleicht gleich heute kann. Wie der Zufall es so will, sie kann. Die ganze Zeit gehe ich neuen Frauenbekanntschaften aus dem Wege. Selbst wenn ich einmal von einer hübschen Frau in einem Club angelächelt wurde, habe ich zurückgelächelt, mich auf dem Absatz umgedreht und bin abgehauen. Alles, was mich von meiner Pilgerreise hätte abhalten können, bin ich in den letzten Wochen aus dem Wege gegangen und nun das! So kurz vor der Abreise begegne ich jener Schönheit mit diesem makellosen Bauch sowie reizvollen wie perfekten Figur.

- Gott - jetzt brauche ich in der Tat deinen Halt!

Bitte stehe mir bei!

Eine Frage hingegen beschäftigt mich: Soll das etwa nochmal eine harte Prüfung für mich sein? Will Gott mich prüfen, wie fest ich im Glauben bin und ob ich wirklich auf Pilgereise gehen will? Ja, ich will pilgern, aber ich will auch unbedingt diese Frau treffen. Es ist wie ein Zwang, als hätte sie mich hypnotisiert und auf sie programmiert. Ich möchte sogar mehr, als sie nur wiedersehen. Sie ist eindeutig erheblich jünger als ich, was man ihr im Gesicht nicht so offensichtlich ansieht, doch am Körper ist es umso sichtbarer. Ich muss sie unbedingt haben, um genau dort weiterzumachen, wo wir am Vorabend aufgehört haben.

Lieber Gott, ich danke dir, du bist allwissend und sehr großzügig zu mir. Ja, du „führest mich in Versuchung."

Aber bevor ich ihr am Abend begegne, mache ich noch einen Trainingslauf. Aus Zeitknappheit bin ich heute kurzerhand nur sechzehn Kilometer gerannt. Als ungefähr die ersten drei bis vier Kilometer hinter mir liegen, kommt es mir vor, als setzte ich nicht mehr einen Schritt vor den anderen. Nein. Es fühlt sich urplötzlich ganz eigenartig an, in etwa so, als wenn ich gar nicht mehr laufe, sondern es ist wohl eher ein Hüpfen. Die Schwerkraft scheint für mich ausgesetzt. Meine Fußspitzen berühren zart den Boden und von Erdanziehung befreit schnellt, mein Körper federleicht hoch. Bei jedem einzelnen Hüpfer bekomme ich das Gefühl, als ob er mich spielend ein paar Meter und mehr vorwärtsbringt. Es ist beinahe wie Schwerelosigkeit. Ja, ich fange an zu schweben. Mein MP-4-Player spielt von Pearl Jam den Song „Wishlist."

Ich drücke auf die Repeattaste, um es wieder und wieder zu hören. Eine Strophe brennt sich mir dabei besonders ins Gehirn ein, wie ein Brandzeichen auf dem Rinderarsch einer amerikanischen Kuh: „I wish i was an Alien, at Home behind the Sun." Ich lausche dem Lied geschätzt 30-Mal und erkenne: Den Wunsch, ein Alien zu sein, welcher hinter der Sonne Zuhause ist, kann ich von meiner Wunschliste streichen, denn das bin ich bereits hier auf Erden. Ich empfinde mich auf diesem Planeten fremd und nicht mehr zugehörig. Logischerweise muss ich aus einer fernen Welt stammen, fühle mich anders als alle anderen.

Keine Ahnung, warum das so ist, ich bin eben ein Alien.

Abends treffe ich die Schönheit, sie heißt Swetlana. Als sie an der verabredeten Stelle aus dem Gebäude herauskommt, stockt mir der Atem. Ich sehe ihre Silhouette und bin sofort hellauf begeistert. Als der liebe Gott schöne Körper verteilte, ist er bei ihr besonders großzügig und spendabel gewesen. Sie hat einen grazilen Body getragen von unendlich erscheinenden Beinen, einer schlanken, wohl definierten Taille und Schulterpartien die ähnlich angenehm rund wie ihre Brüste geformt sind. Das Dekolleté zeigt wunderschöne Schlüsselbeine die von einem perfekten Hals gekrönt werden. Ihr makelloses Aussehen wird durch ein gekonnt anmutiges Auftreten unterstrichen. Ihre Bewegungen erinnern an die einer erhabenen Gazelle. Scheinbar fühlt sie sich ebenso zu mir hingezogen wie ich mich zu ihr. Es ist beinahe so, als wenn wir uns schon ewig kennen. Sie muss auch ein Alien sein!

Man, war das eine Nacht!

Am Morgen ist ihre Haut leicht salzig, duftet dabei herrlich und glänzt so schön sanft und seiden mit einem angenehmen sonnengebräunten Teint. Ihre Frisur sitzt nicht mehr so perfekt wie am Beginn des Treffens. Ihre Küsse schmecken so herrlich frisch und unbeschreiblich lecker, sodass ich es hier auch nicht weiter ausführen möchte. Sie spricht mit so einem niedlichen Akzent, der mich fesselt und mich jedes einzelne Wort, das ihre Lippen passiert, wie eine komplette Sinfonie der Sinne genießen lässt.

Vierter Vorbereitungstag: Zweifel und Angst übermannen mich

Als ich am Morgen aufwache, weiß ich, dass diese Nacht für einen ganzen Trainingstag gut gewesen sein muss. Ich glaube, Gott hat heute den Willen und meine Entscheidung zu pilgern auf die größte Prüfung gestellt, die er einem Mann so kurz vor einer wochenlangen Abreise stellen kann. Fast alle Freunde haben versucht, mir die geplante Pilgerreise als wahnwitzige damit aberwitzige Idee auszureden, ohne Erfolg. Der Wunsch hat sich von Tag zu Tag gesteigert und manifestiert. Ich weiche seit Wochen jeder sich bietenden Frauenbekanntschaft aus und jetzt lerne ich Swetlana kennen. Wir hatten einen supergeilen Abend und eine noch geilere Nacht. Sie ist eine von diesen atemberaubenden Schönheiten, deren Blicken sich kein Mann ernsthaft entziehen kann. Eine Frau mit dreiunddreißig und einem einmaligen Body. Ihr Bauch ist so flach wie der Bodensee und lässt die Muskulatur geschmeidig durchblicken. Sie sieht aus, als ob sie aus einem Hochglanz-Fitnessstudio-Prospekt entsprungen ist. Mir ist bewusst, dass nicht jeder Mann auf diese Art von durchtrainierten Körpern steht, denn das habe ich bis zu ihrem Kennenlernen auch von mir gedacht. Doch jetzt bin ich von ihrem Antlitz verzaubert. Der Hintern hat mir beim ersten Anblick den Atem verschlagen. Wenn es den Beruf des Arschmodels wirklich geben sollte, sie ist die perfekte Besetzung dafür. Früher wusste ich nie etwas mit der Redewendung, „mit dem Arsch kannst du Nüsse knacken" anzufangen, aber jetzt ist mir klar, was damit gemeint ist. Sie hat mein Alter auf schmeichelhafte einundvierzig geschätzt und lag mit ihrer Schätzung „nur" sechs Jahre daneben. Doch ich ließ sie in diesem Glauben.

Als ich ihr am Morgen erzähle, dass ich am kommenden Mittwoch eine circa zweimonatige Pilgerreise antrete, schweigt sie lange. Ihre ersten erschrockenen Worte sind: „Nein Lars, das kannst du nicht machen. Du nimmst mich mit zu dir und fährst in nur vier Tagen für zwei Monate fort? Nein Lars, das geht nicht." Irgendwie hat sie damit recht und ich rufe Rat fragend meinen Freund Emanuel an. Er gibt in seiner weisen Art natürlich keinen Ratschlag, sondern meint nur, ich solle tun, was mir am wichtigsten erscheint. Mir ist klar, Gott stellt mir die härteste Prüfung von allen, denn seit drei Jahren wünsche ich mir nichts Sehnlicheres, als eine feste Beziehung mit einer schönen, klugen und mich liebenden Frau. Sprechdenkend antworte ich: „Swetlana, wir haben volle drei Tage der gemeinsamen Zeit. Wir können jede einzelne Minute davon zusammen verbringen." Gedacht getan. Sie ist wirklich spontan für diese Zeit bei mir eingezogen.

Jetzt bin ich sicher: Gott will mich tatsächlich nochmal prüfen!

Doch mein Entschluss zum Pilgern steht wie in Stein gemeißelt fest. Ob das am Abfahrtstag noch so sein wird, wird sich zeigen.

Erstaunlicherweise geht die Nervosität von Tag zu Tag zurück. War ich doch vor kurzem so nervös, dass ich kaum einen klaren Gedanken fassen konnte. Machte mir nur Sorgen, ob ich auf dem Boden schlafen kann, ob das Campen in der freien Natur überhaupt etwas für mich ist? Ob es ausreichend Wasserstellen gibt? Mein Körper den Anstrengungen standhält? Ob mein Schulenglisch genügt, um mich in Frankreich oder Spanien zu verständigen? Zweifel über Zweifel taten sich noch vor Tagen auf. Die sind nun der Ruhe und der Klarheit gewichen, das Richtige zu tun.

Ich höre eine innere Stimme, die mir die ganze Zeit sagt: „Lars, du tust das einzig Richtige." In mir schwebt die Gewissheit, wenn ich es jetzt nicht mache, dann tue ich es niemals, diese Haltung kenne ich nur zu Genüge. Der innere Schweinehund ist all-zugut im Erfinden von flüchtigen Ausreden bei unbequemen, anstrengenden sowie ungeliebten Vorhaben. Da fällt mir unweigerlich eine Passage aus einem meiner Lieblingsbücher ein.

Zitat:

Angst ist ein gutes Leitsystem, aber ein schlechter Ratgeber. Sie führt sie genau an die richtige Stelle – und sagt Ihnen dann: „Tu´s nicht!" In diesem Moment müssen Sie für sich selbst klären, was hinter Ihrer Angst steht: eine reale Bedrohung oder ein kleines ängstliches Kind.

Tja, bei mir ist es dann wohl eher das angstgeplagte Kleinkind, welches zu mir spricht. Das Buch: **Und täglich grüßt dein Lebenstraum**, hat einer meiner besten Freunde, Emanuel Koch, geschrieben.

Ohne ihn und sein Buch hätte ich nie den Mut aufgebracht die Strapazen, die Zeit ohne Einkommen, ohne eine Wiederkehr in eine heile und vorgeplante Welt den Jakobsweg zu beschreiten. Früher war ich stets der Meinung, dass die unterschiedlichen Angstgefühle eine Art Warnsystem in uns Menschen darstellen, uns so vorgewarnt vor Unheil in Acht nehmen lässt und schützt. Durch diese Lektüre weiß ich heute, dass Furcht ein Leitsystem darstellt und vor meinen größten Lebensentscheidungen habe ich immer Angst, Respekt und Fracksausen gehabt. Vor wenigen Tagen hatte ich noch so viel Muffensausen, nicht einmal über die

Pyrenäen zu gelangen, dass ich mich am liebsten um-entschieden hätte. Doch habe ich mich damals schon der Furcht gestellt und ihr mutig entgegengerufen: „Ja, ja, Angst ... ich weiß genau, was du mir mit dem mulmigen Gefühl sagen willst. Es ist eine Lebensaufgabe, an der ich nach ihrer Vollendung extrem wachsen werde. Ich gehe fort und komme als ein anderer wieder, ich kehre als besserer Mensch zurück, mit Lebensmut und Lebenssinn." Meine Angstgefühle müssen es gehört und verstanden haben, denn sie scheinen augenblicklich resigniert zu haben. Die Furcht weiß, dass da jetzt nichts mehr zu machen ist, und lässt mich scheinbar in Ruhe. „Danke Emanuel", denn ohne dieses Wissen hätte ich ganz bestimmt bis zur letzten Minute mit meinen Angstzuständen kämpfen müssen. Angstgefühle vor etwas zu haben ist also nichts Schlimmes, was nur Angsthasen, Weicheiern und Schissern widerfährt. Nein, Angst stellt dir die Weichen in die richtige Richtung.

Der Trainingstag verläuft abermals sehr entspannt. Die Tagesetappen von fünfzehn bis zwanzig Kilometer stellen für meinen Körper keine außergewöhnliche Strapaze mehr dar. Habe aber extremen Muskelkater in der Schulterpartie und in den Oberschenkeln, was mich doch überrascht, denn bezeichne ich mich selber als Hobbyläufer. Bis dato war ich der Meinung, meine Oberschenkel seien für diese Wanderung bestens trainiert.

Fünfter Vorbereitungstag: Ich stelle mir meine persönliche Sinnfrage

Heute bin ich mit heftigem Muskelkater aufgewacht. Die Beine fühlen sich bleiern und schwer an. Ich spüre den quälenden Schmerz im gesamten Oberschenkelmuskel. Der Muskelschmerz zieht sich vom Schulterbereich nach unten und endet knapp vor meiner Kniescheibe. Am schlimmsten hat es die Schulterpartien erwischt. Die kommen mir vor, als hätte ich auf einem Punk-Konzert eine übergewichtige Freundin volle zwei Stunden auf den Schultern sitzend, getragen. Getragen ist noch zu gelinde ausgedrückt, denn die schwere Bekannte muss auch im schnellen Rhythmus der Musik frenetisch, ausflippend auf meinem Schulterbereich wild mitgepogt haben. Himmel noch eins, der Muskelkater zieht sich schmerzend von der Schulterpartie bis tief runter in den Rückenbereich. Kurzerhand beschließe ich, heute das Training mit Rucksack ausfallen zu lassen, stattdessen einen kurzen, beschwingten Jogginglauf von zwölf Kilometern einzuschieben. Mir fällt sofort auf, wie leicht sich das Laufen, befreit vom Ballast, anfühlt. Überhaupt scheint es mir gut-zutun, ganz ohne Gewicht hier durch die Natur zu hüpfen, und das schöne Wetter dabei zu genießen. Wieder Zuhause angekommen, kümmere ich mich nach der Dusche erst einmal um den Muskelkater. Mir ist beim lustigen vor mich hin Joggen eingefallen, dass ich in der Vergangenheit zum schnelleren Abbau der Übersäuerung meiner Muskeln ein bestimmtes Präparat aus der Apotheke zu mir nahm. Früher, damit meine ich die Zeit, als ich intensiv gelaufen bin, und zielgerichtet für einen Stadtmarathon trainierte. Damals hatte ich Trainingswochen, deren Laufleistung, je näher sich die Zeit auf dem Marathonstart zubewegte, sich immer weiter ausgeweitet hat. In der Spitze umfasste das Training ein Pensum von 100 Kilometern pro Woche. Logischerweise sind seinerzeit die Muskeln auch ständig übersäuert und von Muskelkater geplagt gewesen. Ich schluckte zu der damaligen Zeit ein Medikament, welches die Übersäuerung schneller abbaute, somit eine höhere Trainingsleistung ermöglichte. Also spaziere ich los, kaufe mir eine 200er Packung von den Anabol Loges Intens, zusätzlich eine Schachtel Magnesium.

Mir wird die Spiritualität der Pilgerreise zunehmend bewusster, sie ist regelrecht er-fühlbar. Es ist ein herrliches Gefühl des Bewusstseins. Mir ist unklar, woher dieser Bewusstseinszustand, die Gedankenansätze, die ganzen Bilder im Kopf, die Feinfühligkeit, die enorme Liebe und die Zuversicht, es wird sich schon alles in meinem Leben richten, herkommen. Liegt es daran, dass ich körperlich erschöpft bin? Dass der Tag der Abreise immer näher rückt, bzw. da-ran, dass ich mich in den letzten Wochen so intensiv mit dem Thema des Pilgerns auf dem Jakobsweg auseinandersetzte? Oder liegt es gar an Swetlana, die in mir ein bis jetzt verschlossenes Tor aufstieß? Am Nachmittag setze ich mich in mein super bequemes Bett und denke noch mal in Ruhe über das vergangene Leben nach. Insbesondere über die Phase nach der Trennung. Nun wird mir klar, warum ich mir in den letzten Jahren so leer vorgekommen bin. Je näher ich der Pilgerreise komme, desto sicherer bin ich mir, den Grund zu kennen. Ich erkläre es mir mit folgender Gleichung: Wie soll Gott in dich hineinkommen, dich mit Glauben und Liebe aus-„füllen", wenn du randvoll bist? Überfrachtet mit Glaubenssätzen, Ablenkungen, Gedanken und unnötigem Informationsmüll. Du musst entleert sein und je leerer desto besser, denn umso mehr freier Raum steht für Gott zur Verfügung. Mir geht ein helles Licht der Erleuchtung auf.

Das ist der wesentliche Beweggrund für eine Pilgertour. Alle Menschen, die ein „Fehlen", eine „Leere" in sich spüren, wollen und müssen irgendwann pilgern gehen. Jeder, der nach Sinn im Leben sucht, trägt eine Leere in sich.

>>Sinnfrage = Leere<<

Warum sollte ich nach dieser Erkenntnis noch pilgern? Ganz einfach, weil es aus der Leere eine Art Vakuum, einen hohen Unterdruck, entstehen lässt. Wenn du jetzt pilgerst, suchst du den Kontakt zu Gott. Dein eigener Vakuumzustand saugt zum Druckausgleich Gott und Gottes Liebe förmlich in deinen Körper und Geist hinein. Alle Pilger durchlaufen diese Erfahrung für sich, jeder an einer anderen Stelle der Wegstrecke und in einem individuellen Ausmaß. Darum ist die Erkenntnis für den Einzelnen so mystisch, spirituell und unterschiedlich. Denn wenn dein Vakuum am größten scheint und du den Kontakt zu Gott suchst, dann saugst du ihn in dich auf, und zwar voll und ganz. Gott ersetzt deine Leere, den Zustand des Fehlens, vollkommen und endgültig. Darum ist es auch so ein erfüllendes Gefühl. Jeder Pilger spürt es individuell auf die eigene Art und Weise. Du bemerkst exakt, wann Gott in dich hineinströmt.

Am Nachmittag kommen noch einige Freunde spontan auf einen Besuch bei mir vorbei. Sie scheinen instinktiv zu wissen, dass der Lars, der von der Pilgerreise zurückkehren wird, ein anderer sein wird als der Lars von heute. Ich werde auf mein ständiges Lächeln angesprochen und gefragt, ob ich irgendwelche Drogen zu mir nehme? Einer von ihnen sagt es ganz direkt: „Lars, es ist unnatürlich. Du hast so sehr darunter gelitten, dass deine Exfrau sich von dir getrennt hat und häufig gesagt: Wenn du deinen Partner vernachlässigst, dann sei gewiss, es gibt immer jemand anderen, der diese Aufgabe gerne für dich übernimmt und dir deinen Partner wegnimmt. Jetzt hast du auch noch das Desaster einer Insolvenz durchlebt, stehst vor dem existenziellen Nichts, hast keinen Job mehr, weißt nicht was, dich nach der Wiederkehr erwartet und lächelst jetzt mit einer inneren Zufriedenheit vor dich hin, als führest du das vollkommene Leben. Lars, das ist krank! Du musst ganz sicher irgendwelche Drogen nehmen". Ich erzählte ihm von dem Riesenplakat auf dem geschrieben steht:

>> Ich gebe dir Halt—Gott-<<.

Diese Worte und die Auseinandersetzung mit dem Jakobsweg haben mich jetzt schon verändert, schenken mir die Gewissheit, dass Gott sich kümmern wird. Mir ist bewusst, ich werde nach der Pilgerreise wissen, was zu tun ist. Wenn du dich verloren hast, und ich meine damit nicht bloßes verlaufen, wo also findest du dich wieder? Wo nur? Ich bin verlorengegangen, habe sogar alles verloren. Ich bin mir sicher, auf dem Jakobsweg finde ich mich wieder, wo sonst könnte ich mich wiederfinden?

Sechster Vorbereitungstag: Himmlisches Zeichen für meinen Pilgerstein

Mir wird klar, dass ich all die Dinge, die ich kurz vorm Reiseantritt erledigen wollte, jetzt dringend umsetzen muss. Ich habe mir Bargeld abgeholt, um es in mehreren Päckchen an verschiedene Stellen in die Kleidung einzunähen. Ich bin auf diese Idee nach einer Dokumentation vom Zweiten Weltkrieg gekommen. Flüchtlinge haben damals nur das, was sie am Leibe tragen konnten, mitgenommen, so haben sie Schmuck und Wertsachen in die Kleidung eingenäht, um es dadurch vor Diebstahl zu schützen. So will ich es ihnen jetzt gleich tun.

Ein weiteres superleichtes Reisehandtuch möchte ich auch noch mitnehmen und besorge es mir aus dem Outdoor-Geschäft. Die geliehene DVD mit dem Film „Dein Weg" muss ich noch meiner Freundin zurückgeben. Sie hat sich scheinbar auch mit dem Thema auseinandergesetzt. Sie gibt mir als Abschiedsgeschenk für die Reise eine Jakobsmuschel mit. Die, so sagt sie, bindet sich jeder Wanderer als Erkennungszeichen zum Pilgern des Jakobsweges an den Rucksack. Um die Muschel dort anzubinden, will ich ein kleines Loch hineinbohren. Das muss mit äußerster Sorgfalt geschehen, denn bohre ich zu schnell oder mit zu hohem Druck, kann sie leicht zerbrechen. Nicht dass es mich sonderlich aufregt, aber mir kommt immer wieder der Gedanke, was für ein Omen es wohl sei, wenn einem die Jakobsmuschel am Tage vor der Abreise kaputtgeht. Außerdem fehlt mir noch die notwendige wasserdichte Umhängetasche für mein Bargeld, Ausweis, Pilgerpass und allen anderen wichtigen Utensilien. Es erscheint mir unverzichtbar, dass man die Wertsachen in den Herbergen leicht transportabel mit unter die Dusche nehmen kann. In der Drogerie kaufe ich ein zweites Paket Blasenpflaster, denn so viel Gewicht hängt da nun wirklich auch nicht dran. Eine Zweifachladestation vom Mediamarkt soll auch noch mit, sodass ich, wenn ich Strom abzapfe, das Handy und den MP-4-Player gleichzeitig aufzuladen vermag. Als ich so an der Kasse stehe, fällt mir ein praktischer Schrittzähler mit der Zusatzfunktion eines Kompasses auf. Auch ihn kaufe ich mir und befestige ihn, Zuhause angekommen, gleich an der Outdoor-Hose.

Einen kleinen Stein, den ich auf dem Camino ablegen möchte, muss ich mir noch suchen. Da erinnere ich mich unweigerlich an eine Lieblingsstelle von mir im Magdeburger Stadtpark. Sie liegt an der alten Elbe, direkt unter der Brücke am Wasserfall. Dort liegen unzählige, vom fließenden Flusswasser umspülte, rundgelutschte, handschmeichelnde, glitzernde Steinchen herum. Mir gefiel der Platz im Stadtpark schon immer außerordentlich gut. Explizit aus diesem Grund hielt ich dort mit drei verschiedenen Frauen ein Picknick ab. An einer Stelle ist mir ein besonderer Picknicktag mit meiner Ex in Erinnerung geblieben. Es war so ein magischer Tag. Wir haben uns so gut verstanden wie seit langen nicht mehr. Wie von einem Magnet oder unsichtbaren Band gezogen, habe ich genau jenen schönen Picknickplatz angesteuert. Nach einer ausgiebigen Suche entdecke ich ein besonders reizvolles Exemplar, ernenne ihn augenblicklich zum höchstpersönlichen Pilgerstein, bis ich einen noch schöneren finde, zack, schon strahlt mich ein abermals schöneres Edelsteinchen an. Mir wird klar: Es ist gar nicht so einfach einen Stein als **seinen** Pilgerstein zu ernennen. Nehme ich jetzt das zauberhaft glitzernde Steinchen, alternativ lieber den braunen Handschmeichler oder doch besser den rötlich schimmernden? Als ich so mit der Qual der Wahl am Wasserrand einen dunklen unscheinbaren, fast schwarzen Stein sehe, geschieht etwas sehr Merkwürdiges. Ich bücke mich, um ihn aufzuheben und zu betrachten, da hüpfen in genau diesem Moment, nur eine Armlänge von mir entfernt, zwei Fische aus dem Wasser. Vermutlich wollen sie nur eine Fliege fangen. Das Ganze spielt sich in Bruchteilen einer Sekunde ab. Für mich ist es dennoch sonnenklar, es ist ein Zeichen. Das muss er sein, mein besonderer Pilgerstein. Ich lasse den schönen glitzernden, zu Boden fallen, gefolgt von dem braunen Handschmeichler, wie ebenfalls den rot schimmernden Stein. Bei genauer Betrachtung finde ich diesen magic Fund sehr gewöhnlich, ein wenig nichtssagend, fast schon hässlich. Dennoch er muss es sein!

Als ich so weiter durch den Stadtpark spaziere und auf dem Rückweg zum Auto bin, frage ich mich laut, ob es wirklich der richtige Stein ist, denn die anderen gefielen meinem Unterbewusstsein offensichtlich besser? Genau in diesem Moment sehe ich zwei wunderschöne Federn von einer Schwalbe auf dem Boden vor mir. Wieder ein Zeichen? Nur wenige Sekunden später fahren zwei Mountainbikefahrer an mir vorbei, klingeln und lächeln mich so komisch dabei an. Im ersten Schreck denke ich, mein Hosenstall steht offen, aber nein, dem war nicht so. Es muss ganz klar ein Zeichen sein und somit ist es bewiesen, es ist der absolut perfekte Stein für mich. Sicher kann man die Meinung vertreten, es ist alles Zufall und so ungewöhnlich sind die Erscheinungen von hüpfenden Fischen, Federn auf den Boden und klingelnden Mountainbikefahrern ja nun auch nicht! Jedoch mein Herz sagt mir etwas anderes. Es meint: Du bist im Sternzeichen Fische geboren, Federn zeigen die Anwesenheit von Engeln und Schwalben sind deine Lieblingstiere. Nur für die klingelnden Mountainbikefahrer will mir jetzt spontan nichts Besonderes einfallen. Es ist unglaublich, wie einzig und alleine die Vorbereitungen auf die Pilgerreise mich schon verändert haben. Vor ein paar Wochen habe ich noch gedacht, der Jakobsweg hätte etwas mit dem Kaffee „Jakobs Krönung" zu tun. Heute, nur wenig später, empfinde ich hüpfende Fische, Federn auf dem Boden und klingelnde Radfahrer als himmlische Zeichen. Ein bisschen macht mir meine Veränderung Angst.

Siebter Vorbereitungstag: Ich bin kein bisschen nervös

An diesem Tag packe ich unzählige Male den Rucksack aus und wieder ein, bei jedem Vorgang gewissenhaft prüfend, ob ich alles dabei und auch wirklich nichts vergessen habe. Somit bekomme ich obendrein eine gewisse Routine beim Zusammenpacken, denn schließlich muss man genau wissen, wo sich was in ihm befindet, um einen raschen Zugriff zu gewährleisten. Hier zahlt sich aus, dass der Spezialrucksack so viele Extrataschen besitzt und damit eine gewisse Grundordnung ermöglicht. Ein spezielles Buch, von dem ich lernte, einen Rucksack anständig zu packen, hat mir bei der richtigen Gewichtsverteilung geholfen: Schwere Sachen möglichst weit oben, zusätzlich so dicht am Rücken, wie es geht. Also binde ich die Isomatte unten dran, das zwei Kilo schwere Zweimannzelt obendrauf. Die Packstücke mit Gewicht verstaue ich auf die zum Rücken gerichtete Seite des Rucksackes, die leichten an die Außenseite. Als eine Art Gegengewicht habe ich mir zwei Outdoor-Getränkeflaschen besorgt, die ich jeweils mit einem Karabinerhaken vorne an den linken und rechten Tragegurten befestige. So ausbalanciert, lässt sich der Rucksack besser tragen. Von einem Freund höre ich heute, dass in ganz Spanien eine Hitzewelle eingetreten ist, die den Menschen sehr zu schaffen macht und auch einige Todesopfer mit sich gebracht hat. Mein Kumpel hat mich damit verunsichert. Ich überlege, ob ich noch einmal die gesamte Kleidung dieser neuen Information anpasse. Nach kurzem Nachgrübeln belasse ich die Ausrüstung im ursprünglichen Planungszustand. Schließlich kann ich mich der schweren wasserdichten Regenkleidung einfach unterwegs entledigen.

Überhaupt denke ich, werde ich auf dem Weg das ein oder andere überflüssige Teil wegwerfen. Da die Anfahrt in Richtung Saint-Jean-Pied-de-Port ganze zwei Tage dauert und ich ohne Zugriff auf den Rucksack bis nach Paris im Bus sitze, beschließe ich, eine Tüte mitzunehmen. In sie packe ich die Sachen, die ich bei der Fahrt benötige. Etwas zu essen, zu trinken, Ohrstöpsel für einen ruhigen Schlaf, ein paar Schlafsterne, die das einschlafen im Bus ermöglichen. Mein Bruder ist extra zur persönlichen Verabschiedung nach Magdeburg gekommen. Er schaut dabei ein wenig neidisch aus und fragt fast beiläufig, ob die neue Freundin eigentlich über meine Situation im Bilde ist. Damit meint er, ob sie weiß, dass ich pleite bin, mir weder diese Reise leisten, noch die Wohnung halten kann, wenn ich zurück bin. Ich antworte: „Gott bewahre, ... nein, so nahe stehen wir uns nun auch wieder nicht."

Außerdem erwarte ich auf dem Camino noch ein Wunder, denn ich bin so zufrieden wie seit Jahren nicht mehr. Bin absolut gewiss, dass ich sowieso zurück auf die Beine falle. Ich weiß, dass ich bei der Heimkehr mein persönliches Wunder erlebe und einen neuen Sinn, nämlich Lebenssinn, finde. Zusätzlich wartet das bequemste Bett der Welt Zuhause auf Lars Heimkehr, ebenfalls eine wunderschöne Geliebte. Dass eine bezaubernde Frau, die ich erst vor ein paar Tagen kennenlernte, auf meine Rückkehr wartet, ist für mich alleine schon ein Himmelsgeschenk. So kurz wir uns auch kennen, hat sie mir dennoch in den vergangenen Tagen ein schönes Zuhause geschenkt, welches ich mir seit drei Jahren gewünscht habe. Überhaupt gehen in der letzten Zeit so zahlreiche Wünsche in Erfüllung.

Schade nur, dass ich im Moment so wenig Kontakt mit meinen Söhnen habe. Sie verurteilen mich sogar dafür und können es absolut nicht verstehen, dass ich gerade jetzt eine so lange Pilgerwanderung unternehme. Sie haben von meiner Veränderung bislang noch überhaupt nichts mitbekommen. Um sich in Erinnerung zu bringen und bei mir einen Anker zu platzieren, schickt mir meine Geliebte die geilsten Bilder von sich. Sie weiß sich offensichtlich sehr gut in Szene zu setzen. Swetlana ist so herrlich fotogen, besitzt wunderschöne lange Beine, die an einem perfekten Hintern enden, dem wiederum ein makelloser Rücken folgt. Sie ist heiß wie ein Vulkan, scharf wie Chili mit 100.000 (Mir ist doch gerade die Maßeinheit von Schärfe entfallen!) und so herrlich temperamentvoll. Sie tut mir unglaublich gut und ich freue mich heute schon auf die einsamen Abende im Zelt mit ihren Bildern. Sollte ich vom Wandern total kaputt sein, so betrachte ich ihre Fotos, die bei mir bestimmt sofort alle Lebensgeister erwecken.

So kurz vor der Abreise muss ich an meinen Bruder Stefan denken, schließlich ist es sein Lebenstraum, den ich hier und heute starte. Ohne die Schilderungen zu seinem Wunschtraum würde ich sicher nicht mit einem gepackten Rucksack so kurz vor dem Start einer Pilgerreise stehen, die mich schon vor Antritt veränderte. Momentan bin ich kein bisschen nervös, nein, ich bin die Ruhe selbst, obwohl mir durchaus bewusst ist, dass es ein Abenteuer ist, das ich morgen starte. Mir geht wieder der Satz durch den Kopf: Ich gehe weg, und komme als ein anderer Mensch zurück. Ich bin ja jetzt schon verwandelt. Was vermögen da die folgenden Tage und Nächte alles bei mir bewirken? Ich freue mich unglaublich auf die Begegnungen mit den anderen Pilgern. Ist es ihnen vor der Abreise genau so ergangen wie mir? Welche Geschichten werde ich von ihnen erzählt bekommen? Finde ich vielleicht Seelenverwandte fürs Leben? Dabei bemerke ich, welch hohe Erwartungen ich an die Pilgerreise stelle. Eine Freundin meinte noch zu mir: „Bin mal gespannt, ob du überhaupt wieder zurückkommst?"

Kapitel 2

Anreise nach Saint-Jean-Pied-de-Port

Abreisetag nach Saint-Jean-Pied-de-Port

Heute geht es endlich los, meine Pilgerreise beginnt. Alles ist gepackt, den Proviant für zwei Tage besorge ich noch in Magdeburg. Mehrere Kabanossi nehme ich mit, sodass ich nur Brot oder Brötchen dazu brauche, um eine sättigende Mahlzeit zu haben. Für den ersten Tag backe ich mir selber welche auf. Dazu kaufe ich noch sechs Snickers, dreihundert Gramm gesalzene Erdnüsse, fünf Bananen, zwei Äpfel und eine große Flasche Wasser ohne Kohlensäure. Damit ich nicht jedes Mal an den Rucksack muss, der bei einer längeren Busfahrt sowieso im Gepäckraum des Busses verschwindet, verstaue ich die Lebensmittel, wie beschrieben, in einer Extratüte. In die Jacke mit den vielen Taschen packe ich zur Wegversorgung ein paar Schlafsterne, falls es mir schwerfällt, im Bus oder Zug zu schlafen. Für einen ungestörten Schlaf besorge ich außerdem einen Viererpack Stöpsel für die Ohren. Wie sich später herausstellt, ist es ein unverzichtbares Accessoire für eine Pilgerreise. Mein Handy und meinen MP-4-Player sind zu einhundert Prozent geladen und geben mir somit für über fünfzig Stunden Musik. Auch die musikalische Unterhaltung wird unverzichtbar, wie es sich später zeigt. Mein Pilgerpass ist sicher im Umhänge-Täschchen verstaut, genauso meine EC- und Krankenkarte, das Geld, der Haustürschlüssel und die Fahrkarten. Alles ist zum Start bereit, aber ich habe noch bis zum späten Nachmittag Zeit. Am Abreisetag ist noch Swetlanas Freundin bei uns zu Besuch, sodass wir keine Zweisamkeit genießen können. Es ist wirklich sehr seltsam, aber seit der Gewissheit, dass ich die kommenden zwei Monate der Pilgerreise ohne Sex auskommen muss, verspüre ich dauernd Lust darauf.

Jetzt bekomme ich ein gutes Gefühl dafür, wie sich ein Forscher fühlt, der weiß, dass er für viele Jahre zu einer Expeditionsreise aufbricht.

Da ich die Pilgerwanderung des Jakobsweges und somit den Weg zum Busbahnhof, wie es sich gehört, zu Fuß und bei mir vor der Haustür starte, wird es Zeit für den Aufbruch. Nun ist es soweit. Ich verabschiede mich mit einer Umarmung bei der Freundin, das Gleiche mit einem lang anhaltenden Kuss bei Swetlana. Die letzten Worte an sie sind: „Wir sehen uns in circa zwei Monaten." Swetlana lacht und erwidert in ihrem herrlichen Dialekt „In zwei Wochen, Biiiette."

Mein Jakobsweg beginnt mit einem ungefähr fünfundvierzig-minütigem Fußmarsch zum Zentralen Omnibusbahnhof. Es ist ein komisches Gefühl, mit einem 15 Kilogramm schweren Rucksack beladen durch die Straßen von Magdeburg zu gehen. Ich sehe Blicke, die auf mich fallen und wie die Passanten mich dabei mitleidig ansehen. Wahrscheinlich, weil ich jetzt schon schwitze wie Sau und man mir ansieht, dass ich unter der Schwere des Ballastes gehörig zu schleppen habe. Aber ich sehe auch Passanten, die meine Jakobsmuschel erblicken, die ja genau zu diesem Grund gut sichtbar am Rucksack hängt. Wie sie sich fragen, ob ich ein echter Pilger auf dem Jakobsweg bin. Wenn ja, was ich dann hier in dieser Stadt suche? Ich gebe zu, dass ich früher auf solche Details selber gar nicht achtete.

Vom Zentralen Omnibusbahnhof fährt der Fernbus erst einmal nur bis Hannover. Die Busfahrt dauert eineinhalb Stunden, denn wir machen noch einen Zwischenstopp in Braunschweig. Nach einer kurzweiligen Fahrt kommen wir in Niedersachsens Hauptstadt am dortigen ZOB, der wie in Magdeburg direkt am Hauptbahnhof liegt, an. Dort gelandet, habe ich eine Wartezeit von einer Stunde und zwanzig Minuten. Hier steige ich in eine andere Busgesellschaft um. Auf der Abfahrts-Tafel schaue ich mir an, von welchem Abfahrtsplatz mein Euroliner Bus fährt. Vor dem Terminal nehme ich bequem auf einer Parkbank Platz und genieße den regen Trubel am Busbahnhof. Ich mochte schon von je her das bunte Treiben von Bahnhöfen und Flughäfen. Man stellt sich unweigerlich die Fragen: „Wo will dieser Fahrgast wohl hin? Welches Land werden jene dort besuchen? Wohin fliegen die beiden Dort, in den Urlaub oder ist es eine Geschäftsreise?" So vergeht die Wartezeit auf Bahnhöfen und Flughäfen stets wie im Flug. Als ich so auf der Parkbank sitze und das Treiben um mich herum wirken lasse, fährt zweimal ein Taxi direkt an mir vorbei, auf dem in großen Buchstaben Jakobi geschrieben steht. Ich denke so bei mir: Danke für den Hinweis Taxi, aber ich weiß, dass ich jetzt schon auf dem Jakobsweg unterwegs bin. Der Pilgerweg beginnt schließlich bei jedem Pilger individuell vor der eigenen Haustür und nicht, wie viele annehmen, erst am Anfangsort. Den Start, den ich mir wählte, ist der Startort des klassischen Camino Francés. Als ich da so auf der Parkbank sitze, kommt eine junge Frau so Mitte Zwanzig zielstrebig auf mich zu. Sie lächelt mich breit an, legt den Rucksack direkt neben meinen und setzt sich zu mir auf die Bank. Wir kommen sofort und ohne Umwege ins Gespräch. Sie ist Single, in der Endphase ihres Studiums, fährt über Pfingsten in ihre Heimatstadt und besucht ihre Eltern in Paris. Es ist mir vollkommen neu und ein sehr schönes Gefühl. Rucksackreisende, auch „Backpacker" genannte Fernreisende, sind eine eingeschworene Gemeinde, man könnte genauso eine Art Familie sagen. Man sucht zu Gleichgesinnten Kontakt und geht sofort aufeinander zu, redet miteinander, legt die Rucksäcke am gleichen Platz nieder, und passt obendrein gegenseitig auf die

Gepäckstücke anderer Rucksackreisenden auf. Es ist vergleichbar mit Motorradfahrern, die sich auf der Landstraße entgegenkommen und sich einander mit einem Handzeichen grüßen. Wenn sich Biker treffen, begegnen sie sich auch wie in einer großen Familie.

Ahh, der Bus kommt.

Fast alle Plätze sind belegt. Zu meiner Verwunderung ist die hintere Sitzreihe komplett frei. Als ich noch Schüler war und mit dem Schulbus zur Schule gebracht wurde, war die letzte Reihe im Bus immer heiß begehrt. Hier und heute ist es andersherum, sie ist unbesetzt. Also nehme ich genau dort Platz. Da wir die ganze Nacht hindurch nach Paris fahren und die Fahrgäste im Bus schlafen wollen, stellen sie ihre Sitze in eine bequeme Position ein und senken ihre Sitzlehnen ab. Nach kurzer Fahrtzeit möchte ich ebenfalls mich für die Nacht und den Schlaf rüsten und auch bei meinem Sitz die Lehne verstellen. Ich suche den Hebel zum Einstellen der Sitzlehne. So schaue ich an den Seiten nach und auch unter den Sitzflächen, werde aber nicht fündig. Nach langer, vergeblicher Suche stelle ich fest: Scheiße, die Lehnen in der letzten Reihe eines Reisebusses sind in ihrer Schräge nicht zu verstellen. Jetzt wird mir auch klar, warum diese hier im Fernbus unbesetzt war. Tja, ein typischer Anfängerfehler von mir, denke ich und mache es mir so bequem wie eben möglich. Nach einer geschlagenen Stunde auf der Suche nach der idealen Schlafposition kapituliere ich und schnalle mich ab. Da die Fahrt die volle Nacht hindurch andauern wird, beschließe ich trotz Anschnallpflicht in Fernbussen, worauf uns der Fahrer selbstverständlich hingewiesen hat, mich ausgestreckt lang auf die Sitzreihe zu legen. Ja, diese Position ist sehr komfortabel und ich kann mir gut vorstellen, so die ganze Nacht im Liegen zu verbringen und so ausgeruht Paris zu erreichen. Nach gut zwei Stunden Schlaf kommt meine schöne neue Bekannte zu mir in die letzte Reihe und fragt mich mit diesem herrlich französischen Akzent, ob sie sich zu mir legen darf. Mir verschlägt es glatt die Sprache. Bin ich doch für gewöhnlich sehr schlagfertig und auch nur schwer aus der Reserve zu locken, so fehlen mir hier echt die Worte. So nicke ich ihr nur freundlich lächelnd zu. Sie legt sich auf die andere Seite. Da so ein Bus hinten nur eine Fünfersitzreihe besitzt und seine Breite etwa zwei Meter misst, ist es schnell klar, dass wir nur in einer für beide unbequemen Embryo-Stellung schlafen können. Andernfalls werden wir uns in der Mitte mit den Beinen berühren müssen. Dank der Bank lässt es sich nicht vermeiden und wir nehmen un-abgesprochen die Stellung ein, bei der wir zumindest an den Schenkeln Körperkontakt bekommen. In diesem Moment muss ich an die vergangene Scheidung denken, die schon fast zwei Jahre zurückliegt. Nach der Trennung von meiner Ex-Frau klagte ich häufig darüber, dass das, was mir seither am allermeisten fehlt, eben Körperkontakt ist. Wir waren eine Familie, in der die Berührung normal war. Unsere Söhne massierten immer meine Schultern zum Beispiel, wenn ich am Esszimmertisch saß und einen Kaffee trank. Sie haben mir über den Kopf gestreichelt oder sich von hinten genähert und beide Hände ähnlich einer Umarmung auf meine Brust gelegt. Dabei klopften sie mit ihrer Hand, als ob sie zum Lob die Schulter klopften. Ja, wir waren sehr zärtlich zueinander. Ich genoss auch die Berührungen der Exfrau sehr. So brauchte ich sie, als das Lebenselixier zum Überleben. Doch in der Trennungsphase berührte mich niemand mehr. So manches Mal bin ich in meiner Verzweiflung einen Baum im Garten umarmen gegangen. Es soll ja Personen geben, die Berührungen verabscheuen?

Ich gehöre zu der Kategorie Mensch, die ohne sie jämmerlich eingehen wie eine Pflanze, die keine Sonne bekommt. Jede Begrüßung oder Verabschiedung wird von mir mit einer langen Umarmung eingeleitet. In der ersten Zeit der Trennungsphase vermisste ich Körperkontakt so dermaßen, dass es mir regelrecht körperlich wehtat. Es ist für mich ebenfalls vergleichbar mit einer Pflanze, die kein Wasser bekommt. Sie wird unweigerlich verdorren. Um Abhilfe zu schaffen, bin ich dann oft zum Hauptbahnhof gefahren und habe mich mitten in den engen Ausgang gestellt, sodass Passanten, die hinein oder heraus wollten, nicht an mir vorbei kamen, ohne mich zu streifen. Ich weiß, das klingt verrückt, aber es half mir. Eine halbe Stunde stand ich dann mitten im Durchgang und nach mehreren hundert Berührungen ging es mir stets besser und ich konnte wieder zurück in die Unterkunft. An manchen Tagen habe ich mir sogar Körperkontakt gestohlen. Mittlerweile bin ich ein richtiger Experte darin, Menschenansammlungen zu finden und mir dort meine Berührungen zu stehlen. Nur, dass du mich richtig verstehst: Es hat nichts mit sexuellen Hintergründen zu tun. Es war mir egal, ob ich einen Mann oder eine Frau, einen jungen oder einen alten Menschen, einen schönen oder einen hässlichen berühre, es ging mir immer nur um den Körperkontakt. Es ist eine Art Therapie für mich und sie hat mir sehr geholfen. Ich kann diese Berührungstherapie nur jedem Single oder Alleinlebenden empfehlen. Und nun, in den letzten Tagen vor der Pilgerreise, bekomme ich so viel davon wie eben jetzt auf der hintersten Sitzreihe im Bus. Ich genieße diese Nacht und die fortwährenden knisternden Berührungen mit der französischen Studentin. So anonym wir uns auch sind, so hat es doch einen sehr persönlichen Charakter und fast schon etwas Liebevolles an sich. Ich kann ihre Beine an meinen spüren, ebenso wie sie meine an ihren spürt. Die Wärme, die ihre Oberschenkel ausstrahlen, ist bei mir genauso willkommen wie meine bei ihr, denn es ist eine kalte Nacht und Decken zum Zudecken haben wir beide nicht dabei. So denke ich über den vielen Körperkontakt der vergangenen Tage nach und wünsche mir, dass es gerne so weitergehen darf. Über den angenehmen Gedanken nachdenkend, muss ich wohl kurzer Zeit später eingeschlafen sein. Ich schlafe in dieser Nacht besonders gut und sehr tief. Als wir am frühen Morgen am Pariser Busbahnhof angekommen sind, steht die Studentin auf, verabschiedet sich mit einem knappen Tschüss und geht lächelnd ihren Weg, wie ich meinigen gehe. So persönlich und nahe wir die Nacht nebeneinander verbrachten, so wissen wir, dass wir uns nie wiedersehen werden.

Vom Zentralen Busbahnhof in Paris ist der Hauptbahnhof noch ziemlich weit entfernt. Dorthin muss ich mit der U-Bahn fahren. Dazu werde ich mich erst einmal ein wenig in das nicht ganz so verständliche U-Bahn Netz von Paris einlesen. Ich brauche fast zwanzig Minuten, um zu verstehen, dass ich, um zum Hauptbahnhof zu gelangen, zweimal umsteigen muss. In der zweiten U-Bahn bleibe ich pragmatisch mit meinem sperrigen Gepäckstück direkt im Türbereich stehen. Drei weitere junge Männer mit Rucksack gesellen sich zu mir und machen es mir gleich. Ich bekomme mit, wie sie genauso wie ich rätseln, wie sie zum Hauptbahnhof von Paris gelangen. Da die drei deutsch sprechen, mische ich mich in ihr Gespräch ein, erkläre ihnen kurz, wie sie dorthin gelangen und in welcher Linie sie sich gerade befinden. Da keiner von den Dreien eine Jakobsmuschel am Rucksack befestigt hat, gehe ich davon aus, dass sie ein anderes Reiseziel haben als ich. Am Bahnhof angekommen, will ich mir an einem Ticketautomaten ein Ticket nach Biarritz besorgen, so ist zumindest mein Plan. Der Fahrkartenautomat sagt mir aber, dass der Zug ausgebucht ist. Der Automat gibt mir aber keine Alternative preis. Also gehe ich an einen Ticketschalter und hoffe, dass ich mich da irgendwie durchfragen kann. Die unfreundliche Schalterdame spricht natürlich nur französisch, sodass mir mein holpriges Englisch auch nicht weiterhilft. Da die Schlange hinter mir immer länger wird und mir sichtlich die Schweißperlen auf der Stirn stehen, muss mich die Kartenverkäuferin doch wie durch ein Wunder verstanden haben. Sie verkauft mir dann jedenfalls ein Ticket. Zwar für einen anderen Zug, der aber auch dorthin fahren soll.

Fast ganze zwei Stunden habe ich Aufenthalt am Pariser Hauptbahnhof. Genügend Zeit, um mir einen kleinen Eindruck von den Pariserinnen zu verschaffen, die schließlich weltweit nicht nur den Ruf genießen, sehr hübsch zu sein, sondern wie in der Modehauptstadt der Welt zu erwarten, modern gekleidet sein sollen. Ich bin doch ziemlich enttäuscht. Weder sehe ich auffällig gutaussehende Frauen auf den Bahnsteigen, noch sind diese besonders modisch angezogen. Meine Augen erblicken hier nur die gleiche Tristesse und Farblosigkeit wie in anderen Städten. Schwarz und grau kann ich in jeder erdenklichen Abstufung erkennen, mehr aber auch nicht. Es mag Zufall sein, dass an diesem Tag alle hübschen bzw. modisch gekleideten Pariserinnen mit dem Auto fahren oder zu Fuß gehen, doch bei mir sitzt die Enttäuschung tief. Paris ist immerhin eine der größten Städte Europas und da erwartet man einfach, zumindest am hochfrequentierten Hauptbahnhof, ein paar hübsche Exemplare der einheimischen Gattung zu sehen. Wer weiß, wo die attraktiven Pariserinnen heute sind?!

Hier am Bahnhof auf jeden Fall nicht.

Als mein Zug nach Biarritz anhält und ich ihn besteige, ist er komplett bis zum Bersten voll besetzt. Nur an einem Vierertisch sehe ich den einzigen unbesetzten Sitzplatz. Schnell setze ich mich auf den freien Stuhl, damit mir den nicht noch jemand im letzten Moment abspenstig macht und vor der Nase wegschnappt. Als ich so auf meinem Platz sitze und vor mich hin döse, fällt mir die Frau, die mir gegenüber sitzt auf. Habe sie zwar im Allgemeinen Einstiegsgewirre wahrgenommen, denn schließlich habe ich sie höflich, wie auch die anderen beiden Herren, die mit uns am Vierertisch sitzen, gegrüßt. Aber so richtig angesehen habe ich sie nicht. Sie ist zwischen Ende 20 und Anfang 30, von sportlicher, schlanker Figur und mit einem auffälligen, knallroten Vliesshirt gekleidet. Ich ordne sie automatisch dem Mann neben ihr zu, denn die beiden dürften im gleichen Alter sein. Ich freue mich über den Unterschied, denn mit ihrem roten Oberteil aus Vlies ist sie mir eine willkommene Abwechslung zum farblichen Einheitsbrei vom Pariser Hauptbahnhof.

Auf der Fahrt, die mehrere Stunden andauert, höre ich Musik und schaue aus dem Fenster. Kurz vor dem Ende der Zugfahrt legt sie ihre Leselektüre auf den Tisch und packt ihre Sachen zusammen. Als ich erkenne, dass sie dort zwei Bücher vom Jakobsweg abgelegt hat, muss ich laut loslachen. Ich sage: „Buen Camino", das ist der allgemeine Gruß unter den dortigen Pilgern. Man wünscht sich so gegenseitig einen guten Weg. Sie schaut mich mit einem verdutzten Gesicht an. Leider spricht sie nur französisch und ich nur deutsch. Dadurch bleibt ein tieferes Gespräch oder ein Austausch über den Jakobsweg aus.

Der Zug hält für mich unerwartet auch in Beyonne, von wo ich von Biarritz sowieso hinfahren müsste. Also packe ich hastig meine Sachen zusammen und verlasse überstürzt den Zug. Durch die Vorbereitung wusste ich, dass von Beyonne nur ein Bus nach Saint-Jean-Pied-de-Port fährt. Nun steuere ich zielstrebig den Ausgang des Bahnhofes an. Die Französin im knallroten Vliesshirt folgt mir mit einigem Abstand. Ich denke nur, hoffentlich denkt sie nicht von mir, ich sei ein erfahrener Jakobsweg-Pilger, so eine Art Veteran und sie muss mir nur folgen, um alles richtig zu machen. Das ist nämlich meine Strategie und ich wollte ihr nachgehen, da sie ja zumindest Französin ist und alle Schilder lesen kann. Wie sich schnell herausstellt, ist es gar nicht nötig. Es sind so viele Pilger am Bahnhof, dass es ein Leichtes ist, dem Pilgerstrom zu folgen und den Bus zu finden. Danach erstehe ich mir ein Busticket und bin schnurstracks hingegangen, denn auf dem Ticket ist die Abfahrtzeit des Busses mit sofort angegeben. Als ich in den Bus eingestiegen bin, traue ich meinen Augen kaum, denn die kompletten vierzig Sitzplätze sind mit Gleichgesinnten besetzt. Das habe ich so nicht erwartet und glaube ja nicht, dass es sich hierbei nur um ältere Semester handelt. Mehr als die Hälfte derer, die im Fahrzeug sitzen, sind zwischen zwanzig und fünfundzwanzig. Auch das hat mich mega überrascht und meinen Erwartungen so gar nicht entsprochen. Es ist für mich ein erhebendes, wohltuendes Gefühl, mit vierzig Gleichgesinnten die einstündige Fahrt nach Saint-Jean-Pied-de-Port in einem Bus zu erleben. Die gesamte Anreise läuft wie am Schnürchen. Alles hat bestens geklappt.

Als wir in Saint-Jean-Pied-de-Port ankommen, ist es 20.00 Uhr und die Geschäfte haben soeben geschlossen.

Das Wetter ist schlecht und es ist arschkalt. Alle anderen Pilger steuern geradewegs die zumeist vorreservierten Herbergen des Ortes an. Da ich aber vorhabe zu zelten, schlendere ich noch ein wenig durch die Gassen. Ich stellte mir den Ort irgendwie netter vor. Es mag vielleicht an mir liegen oder der Sache geschuldet sein, dass ich keine Pfadfinderausbildung genoss, doch meine ich, der Jakobsweg ist vor Ort sehr jämmerlich ausgeschildert. Ferner sind im Dorf zwar einige Hinweistafeln zu entdecken, doch wird alles nur in Französisch selten in Englisch erklärt. Weitere Fremdsprachen? Fehlanzeige! An diesem Abend ist mir nicht ganz klar, wie der Jakobsweg aus dem Ort herausführt.

Bei mir macht sich soeben Ernüchterung breit. Nun stehe ich vor meiner Premiere. Heute werde ich das erste Mal in meinem Leben zelten und das Ganze auch noch wild. In mir steigt die Spannung und ich bin ein wenig aufgeregt. Mit dieser Stimmung suche ich mir erst einmal einen geeigneten Platz. Das sagt sich so einfach dahin, doch ohne Erfahrungen, die mir nun einmal fehlen ist es schwierig. Wie soll das gehen und wie sieht überhaupt ein passender Übernachtungsort aus? Ich laufe hoch zum Kloster und möchte dort in der Nähe campen. Ich finde eine angenehme Stelle. Direkt hinter dem Klostergut befindet sich eine Art Aussichtspunkt mit Parkplatz und einigen Sitzbänken. Dort nehme ich erst einmal zum Verweilen Platz. Es herrscht noch reges Treiben dort. Mehrere Jogger drehen hier ihre Runden. Andere Pilger sehen sich den Aussichtspunkt an. Während ich hier so sitze und auf das Ende des Treibens warte, steigt bei mir die Spannung vor meiner ersten Nacht im Freien ins Unermessliche. Mein ursprünglicher Plan hatte eine Übernachtung in den Pyrenäen bei Kilometer 10 oder 15 vorgesehen. Damit beabsichtigte ich mir die anstrengendste Etappe nach Roncesvalles zu teilen und für mich erträglicher zu gestalten. Aber die Geschäfte, in denen ich mir Verpflegung für die Zweitagestour holen wollte, sind geschlossen. Der wolkenverhangene Himmel flößt mir genauso viel Respekt ein wie eine Pyrenäenüberquerung ohne Proviant und Wasser. Schließlich bin ich ja nicht verrückt und von dem Film, „Dein Weg" gewarnt, in dem der Film-Sohn David von Martin Sheen, gleich bei der ersten, eben genau dieser Etappe ums Leben kommt. Selbstverständlich will ich meine liebe Mutter davor schützen, für mich den Jakobsweg zu gehen, um wie im Film nach der Einäscherung die Asche zu verstreuen. Oh nein, das kann ich ihr nicht antun.

Als Ruhe einkehrt, finde ich eine geeignete Stelle an einer angrenzenden Wiese nahe an einer Koppel. Dazu muss ich zwar über einen Zaun klettern, bin dann aber für Jogger oder Besucher hinter einer Hecke unsichtbar versteckt. Als ich das Zelt aufbaue, wird es langsam dunkel und ich merke, ich übte den Zeltaufbau nur im hellen Tageslicht. Der Zusammenbau dauert gefühlt etwa dreimal so lange wie im heimischen Wohnzimmer. Der Zeltplatz ist windgeschützt, deswegen erspare ich mir das Befestigen mit den Heringen. Das Zelt steht windschief, aber das soll beim Schlafen gewiss nicht stören. Ich schmeiße mir einen Schlafstern ein und höre mit dem MP-4-Player ein wenig Musik. Nach nur zwei Stunden wache ich auf, weil mir arschkalt ist. Ich hole das Innenfutter aus dem Rucksack, befestige es an der Jacke und ziehe sie wieder an. Mir ist immer noch kalt, so schlüpfe ich zusätzlich in zwei T-Shirts. Nun schlafe ich in voller Montur, friere aber weiterhin. Das Letzte was mir zur Hilfe einfällt, sind die Duschhandtücher, die ich mir nun auch noch über den Schlafsack lege. Ich zittere trotzdem wie Sau und erlange fast den Eindruck, ich muss heute Nacht hier draußen erfrieren.

Kapitel 3

Die Pilgerreise kann endlich beginnen.

1. Tag: Schwerste Etappe mit der schwersten Last

Am frühen Morgen wache ich schreckhaft auf, weil ich der Meinung bin eine grimmige Stimme zu hören. Das Stimmenbild klingt unangenehm, fast schon aggressiv. Auweia, mir rutscht mein Herz in die Hose, denn schließlich campe ich wild, das Ganze auch noch an der Zitadelle von Saint-Jean-Pied-de-Port. Wie gelähmt warte ich ohne die geringste Bewegung im Schlafsack liegend ab, was passiert. Zugegeben, ich habe Schiss, doch es passiert nichts und kurz darauf nicke ich schon wieder ein, um ein wenig später erneut jäh aus dem Schlaf gerissen zu werden. Dieses Mal höre ich einen Trecker. Er ist ganz in der Nähe und mäht genau das Feld, auf dem ich zelte. Jetzt ergreift mich die blanke Panik, weil ich hier recht gut versteckt im hohen Gras liege und mein Zelt ausgerechnet grasgrün ist. Gepackt von einer Panikattacke, die sich mit den nähernden Geräuschen der Landmaschine stetig steigert, öffne ich mit wilden Bewegungen das Zelt. Ich will nur noch mit einem filmreifen Heldensprung in Tom Cruise Manier in Sicherheit springen, schließlich droht die tosende Maschine mich zu überrollen. Ich denke, bloß raus hier und jumpe in die rettende Dunkelheit. Doch da ist keiner! Wie seltsam ist das denn? Da ist weder ein Trecker noch sonst etwas weit und breit zu sehen oder zu hören. Ich habe ihn doch laut und deutlich auf das Versteck zufahren hören. Dann werde ich wach und merke, es ist nur ein Traum ... eben ein Albtraum. Die Angst steckt mir noch in den Knochen, weil er so reell war. Da es draußen stockdunkel ist und ich immer noch sehr müde bin, decke ich mich noch einmal zu und rutsche so tief wie möglich in den Schlafsack hinein. Schnell schlafe ich wieder ein. Auf einmal greift mich der einheimische Bauer, dem das Feld gehört, mit seinen Riesenpranken von hinten und versucht, meinen schlafenden Körper aus dem Zelt zu ziehen. Dabei rüttelt und schüttelt er mich wutentbrannt durch. Er schimpft wie ein Rohrspatz in einem aggressiven Tonfall und unverständlichem Französisch.

Mein instinktiver Überlebenstrieb will unweigerlich auf Abwehrmodus umschalten und ich kneife noch einmal die Augen fest zu. Aber als ich mich einigermaßen fange, ist der Bauer weg. Es war abermals nur ein böser Traum. Habe ich tatsächlich so ein schlechtes Gewissen, hier oben an der Zitadelle von Saint-Jean-Pied-de-Port wild zu campen, dass ich seit 3.56 Uhr durch doofe Träume immer wieder aus dem Schlaf gerissen werde? Oder liegt es eher daran, dass es das erste Mal ist, dass ich überhaupt in einem Zelt im Freien auf einem Feld nächtige? Eigentlich bin ich gar nicht so ein Schisser und komme in stressigen bzw. auch brenzligen Situationen sehr gut zurecht. Mich stört es auch sonst nicht sonderlich, wenn ich ähnlich verbotenen Sachen mache oder mal für mich etwas Neues ausprobiere. Jetzt komme ich mir ein wenig kindisch vor, so aufgeregt mit solchen schlechten Träumen auf mein erstes wildes Campen im Leben zu reagieren. Beim längeren Nachdenken über die Heftigkeit und die Intensität der Albträume kann ich mir keinen Reim auf die reellen Abläufe im Schlaf erklären.

Somit beschließe ich kurzerhand, dass es an der Kabanossi gelegen haben muss, die ich noch kurz vor dem Schlafengehen gegessen habe. Ja, eine andere „logische" Erklärung scheint nicht plausibel und vernünftig zu sein. Fakt ist, Kabanossi werde ich ab sofort nie mehr so kurz vor dem Einschlafen essen. Überhaupt ist die Nacht saukalt und ich hatte mehrfach die

Befürchtung, wenige Meter hinter der Zitadelle erfrieren zu müssen. Ein Kumpel warnte mich noch vor einer Hitzeperiode. Da ich zu Hause auf Fernsehen und Zeitunglesen seit geraumer Zeit verzichte, glaubte ich ihm. Ich war nahe daran, dass Dauneninnenfutter der Joop-Jacke aus Gründen der Gewichteinsparung zurückzulassen. Wo ist jetzt die von ihm vorhergesagte Hitzewelle? Was wäre das für ein Desaster geworden?

Noch zitternd vor Kälte stehe ich auf. Es ist schon 9.00 Uhr durch. Wenigstens ein Vorteil der kurzen Nacht! Anziehen brauche ich mich nicht mehr, denn ich bin ja mit voller Montur eingeschlafen. Hunger auf ein Frühstück habe ich auch nicht, also putze ich mir in aller Ruhe die Zähne. Dabei höre ich immer wieder Spaziergänger oder Jogger, die auf der anderen Seite des Zaunes in maximal drei Meter Abstand an mir vorbeiziehen. Aber keiner kann das Zelt sehen oder nimmt mich sonst irgendwie wahr. Nun verstaue ich alle überflüssigen Sachen, die ich vorerst nicht benötige, in den Rucksack. Als ich das Zelt auseinanderbaue, fällt mir auf, dass es vom Morgentau total nass ist. Auch von innen gibt es feuchte Stellen, den mein Atem in der Nacht hinterlassen haben muss. Was soll ich machen? Es sieht nicht danach aus, dass heute überhaupt einmal die Sonne heraus kommt und das Zelt trocknet. Ich schüttle es kurz aus, sodass die fetten Wassertropfen abfallen, aber trocken ist es deshalb dennoch nicht. Ich sehe keine Alternative, als es, so nass wie es ist, zurück in den Beutel zu packen und spanne es oben auf den Rucksack. Anschließend schnappe ich die Matte, die mir in dieser Nacht echt gute Dienste leistete, denn von unten her fror ich nicht. Mein Schlaf war auch relativ bequem auf dem lediglich 2cm „dicken" Ding. Kurzerhand habe ich die Isomatte zusammengerollt und mit zwei Gurten unten befestigt. In einem Moment, in dem weder ein

Spaziergänger noch ein Jogger zu erblicken oder zu hören ist, werfe ich das schwere Teil über den Zaun und klettere gleich hinterher.

Nun suche ich als Erstes den Supermarkt auf, den ich mir gestern aussuchte, um mir Vorräte für zwei Tage zu besorgen. Mein Outdoor-Reiseführer schreibt hier sinngemäß: Da dieses Teilstück über die Pyrenäen zu den anstrengendsten und auch mit fast 30 Kilometern eine sehr lange Etappe darstellt, zusätzlich so gut wie keine Verpflegungsmöglichkeiten oder Brunnen aufweist, soll man Proviant für zwei Tage mitnehmen. Da ich keine Ahnung habe, befolge ich den Rat und gehe in den Supermarkt zum Einkauf. Was brauche ich für zwei Tage zum Essen?

Ich kaufe mir eine große spanische Chorizowurst, einen Beutel mit 500 Gramm Erdnüssen, zehn Lion-Schokoriegel, eine Packung Toastbrot, fünf Bananen und zwei Äpfel. Als Wasservorrat kaufe ich zwei Liter Wasser, die ich in die Outdoorflaschen umfülle, denn diese kann ich mit großen Karabinerhaken vorne am Rucksack anbringen. Wie gesagt, sie fungieren so als eine Art Gegengewicht, sonst zieht mich alles nach hinten.

So gut ausgerüstet, marschiere ich wieder nach oben zur Zitadelle, denn laut Beschreibung aus dem Reiseführer geht der Jakobsweg direkt an ihr vorbei. Ich suche Hinweise oder Pfeile, die den Weg kennzeichnen. Während ich so durch die Gassen schlendere, um nach den Markierungen zu schauen, stehe ich plötzlich vor dem offiziellen Informationsbüro. Ich stolziere hinein und hole mir den ersten Pilgerstempel. Von dort aus ist der Jakobsweg, wie ich finde, unzureichend ausgeschildert. Ich mache mir so meine Gedanken und bekomme ein bisschen Fracksausen, denn wenn der in

den Pyrenäen auch so schlecht markiert ist, na dann gute Nacht. Ich verlasse, stets nach gelben Pfeilen oder Muscheln suchend, den Ort. Im Reiseführer steht nur lapidar: Außerhalb der Ortschaft gehen Sie rechts eine steile Straße rauf. Steil? Das ist gar kein Ausdruck. Es geht gefühlt senkrecht bergauf, dass ich oben angekommen, mich erst einmal erschöpft hinsetze und mich entkleiden muss. Ich bin nach diesen 200 Metern total durchgeschwitzt. Überhitzt ziehe ich zwei T-Shirts aus, kappe die Hosenbeine und die Ärmel der leichten Joggingjacke. Die mittlerweile schweißnassen Sachen bringe ich zum Trocknen außen am Rucksack an. Als ich so auf der Mauer sitze und mich umkleide, kommen bei mir meine ersten Zweifel, ob ich heute die komplette Strecke nach Roncesvalles schaffe. Vor dem geistigen Auge sehe ich mich schon oben in den Bergen zelten. Schlimmer noch, ich denke weiter: Nach nur 200 Metern auf dem Jakobsweg bist du so fertig und verschwitzt, dass du erst einmal eine Pause einlegst und dich komplett umziehen musst. Lars, wie willst du die gesamte Etappe von nahezu 30 Kilometern schaffen, geschweige denn die langen 800 des Jakobsweges? Nur schlappe 200 Meter reichen, um die ersten Zweifel zu bekommen, unglaublich! Es kommen zwei weitere Pilger die Straße herauf. Sie schnauben und schwitzen genauso wie ich und legen an genau der gleichen Stelle eine Pause ein. Sie grüßen mich kurz mit einem kaum sichtbaren Nicken, um sich sogleich umzuziehen. Mir kommt eine Erkenntnis!
Wahrscheinlich geht es allen an diesem Berg so?

Unweigerlich frage ich mich: Wie viele Pilger haben hier an dieser Stelle schon Kapituliert, ihr unterfangen aufgegeben und abgebrochen?

Gespannt gehe ich weiter. Gott sei Dank ist außerhalb von Saint-Jean-Pied-de-Port fast der komplette Jakobsweg prima gekennzeichnet. Den Weg weisen nun sehr viele handgemalte, gelbe Pfeile, die zumeist auf die Straße, die Verkehrsschilder oder Hauswände gemalt sind. Aber es gibt auch Schilder, auf denen Camino de Santiago steht, oder so eine Art Grenzsteine, auf denen eine Jakobsmuschel zu sehen ist.

Ich komme mir vor, als würde ich wie eine Schnecke unterwegs sein, doch nach circa 50 Minuten überhole ich meine ersten Pilgerbrüder. Beim Passieren einer älteren, übergewichtigen Amerikanerin spricht diese mich direkt an: „Du wanderst aber schnell, schneller als ich." Ich antworte mit einer alten Joggerweisheit: „Ja es gibt immer jemanden, der schneller ist als du, doch es gibt auch immer jemanden, der langsamer ist als du." Sie lacht lauthals los, denn den Langsameren will sie für sich noch nicht gesehen haben.

Während ich da so vor mich hingehe, stelle ich folgende These auf: Es ist wohl so, man überholt sowieso nur diejenigen, die langsamer und zusätzlich erst kurz vor einem gestartet sind. Denn wenn jemand langsamer ist und eine Stunde vor einem startet, ist es trotzdem unwahrscheinlich, dass man ihn noch einholt. Und alle Pilger, die schneller als man selbst unterwegs sind, zusätzlich erst kurz vor einem losgewandert sind, die sind weg. Alle, die zügiger wandern, müssen schon eine halbe Stunde nach mir losgelaufen sein, sonst erwischen die mich auch nicht mehr. Während ich hier so über diese These nachgrübele und nachdenke, fällt mir auf, dass ich dafür aber doch ganz schön viele andere Pilger oder Wanderer auf dem Jakobsweg zu sehen bekomme. Ich resümiere nach den vergangenen zwölf Kilometern, dass es die erste Etappe wirklich in sich hat und alle meine respektvollen Erwartungen zur unglaublich anstrengenden Pyrenäenüberquerung und den schlimmsten Befürchtungen dazu deutlich übersteigen. Es geht so steil bergauf, dass die Erdanziehungskraft den Rucksack samt mir, der an ihm hängt, mit voller Kraft zurück nach Saint-Jean-Pied-de-Port ziehen möchte. Da mir mein Gepäck so unsagbar schwer vorkommt, erheblich gewichtiger als gewohnt, rechne ich im Stillen das Zusatzgewicht vom Proviant zusammen.

Essen für zwei Tage:

5 Bananen = 1 Kilogramm, 2 Äpfel = 600 Gramm, 10 Lion Schokoriegel = 450 Gramm, 2 Kabanossi mit 200 Gramm, eine große spanische 300 Gramm Salami, 500 Gramm gesalzene Erdnüsse macht zusammen addiert locker 3 Kilogramm Zusatzgewicht.

Das Wasser habe ich bereits bei meiner Betrachtung des Gesamtgewichtes der Last von 15 Kilogramm vorher stets mit einbezogen. So ein Mist, ich gehe die anstrengendste Etappe mit den steilsten Anstiegen auch noch mit dem schwersten Gepäck, der jetzt mit Proviant spielend 18 Kilo auf die Waage bringt. Hätte ich ihn doch bloß mit dem Rucksack-Taxi vorausgeschickt! Nur so eine theoretische Idee!

Die Landschaft hier in den Pyrenäen ist wunderschön. Die Berge sind saftig grün und der Bewuchs ist von kleinen Bäumchen und Büschen gekennzeichnet, welcher mit zunehmender Höhe immer weiter abnimmt. Die Bergzüge zeigen sich eher weich und hügelig. Da die geschlossene Wolkendecke allmählich aufbricht, bietet sich ein tolles Schauspiel von Licht und Schatten. Aber ich bin zu kaputt und fertig, um diese schöne Aussicht genügend zu würdigen und zu genießen. Ich muss mich regelrecht zwingen anzuhalten, um die saftig grünen Berge und die Landschaft auf mich wirken zu lassen.

Letzten Endes geht es ja auch um den Weg und nicht nur um das Ankommen.

An manchen Stellen kann ich den Jakobsweg locker für einen Kilometer und mehr überblicken, ohne auch nur weit und breit einen anderen Pilger zu sehen. Der Weg verläuft dann in schön geschwungenen Kurven als grauer oder brauner Pfad durch die Hügel. Die Fernsicht ist trotz des schlechten Wetters enorm. Ich bin von diesen Aussichten berauscht. Als Großstadtjunge inhaliere ich in den Gehpausen die saubere, klare Bergluft. Jetzt fallen mir die riesigen Greifvögel auf, die majestätisch am Himmel vorbeiziehen. Die sind viel größer als ein deutscher „Standard"- Bussard oder Milan. Als ich auf der einen- oder anderen Bergkuppe angekommen bin, fliegen die Greifvögel in Abständen von zwanzig bis dreißig Metern in Augenhöhe an mir vorüber. Es ist ein beeindruckendes Schauspiel, das sich mir hier bietet. Die ganz großen Exemplare müssen Adler sein. Ich bin der Meinung, es sind Steinadler. Dann erblicke ich Milane, die ich an den eigenen Schwanzflügeln erkenne und ich sehe genauso Bussarde.

Auf einmal macht sich Nervosität in mir breit, denn ich muss ein großes Geschäft verrichten. Ich bin zwar sehr froh, dass ich es zuvor in Magdeburg an der Elbe im Freien schon testen durfte und erlebt habe, so fühle ich mich einigermaßen vorbereitet auf das, was auf mich zukommt. Doch jetzt bin ich hier oben in den Pyrenäen, was ich mir in Magdeburg ganz anders vorgestellt hatte. Hier oben gibt es weder einen Baum noch einen Busch, den ich als Sichtschutz für meine Intimsphäre nutzen könnte.

Nicht einmal so etwas wie ein kleines Büschlein, hinter dem ich mich versteckt in hockender Haltung vor dem Entdecken schützen könnte. Hier kann ich mich auch nirgendwo einfach hinhocken und loslegen, weil alles hier oben eine Art Plateau oder Anhöhe darstellt, die stets kilometerweit einzusehen ist. Jeden Moment könnte ein anderer Pilger um die Ecke kommen und mich in einer der privatesten Angelegenheiten erwischen, die mir so einfällt. Nein danke, ich verzichte und kniepe lieber ab.

Geschickt lenke ich mich ab und konzentriere mich auf die Natur. Die ist hier oben so spektakulär schön. Die Berge sind so saftig grün und die Sonne und Wolken treiben das Ganze mit ihrem Licht und Schattenspiel in die Perfektion. Im spanischen Teil der Pyrenäen werden die sich weichzeichnenden, moosgrünen Berge manchmal durch schroff wirkende Felsenformationen unterbrochen. Manche von ihnen sehen aus, als sei es der scharf gezahnte Unterkiefer eines riesigen Urzeit-Viechs, aber mindestens so groß wie Godzilla. Es geht endlos weiter bergauf. Meine Pausen zur Erholung kommen in immer kürzeren Abständen, dafür mache ich sie einfach länger. Auch das Wetter hat sich gegen mich verschworen, denn es ist arschkalt und sehr windig hier oben. Es ist in etwa so wie bei mir zu Hause im November bei Sturm. Ich muss kurz erneut über meinen Kumpel lachen, der vor einer Hitzewelle in Spanien gewarnt hatte. Der Wind bläst an einigen Stellen so stark, dass ich mittlerweile extrem froh darüber bin, dass der Rucksack so schwer ist. Nur sein hohes Gewicht vermag mich noch am Boden zu halten. Überhaupt scheine ich in dem Tempo gegen den Wind nicht wirklich vorwärtszukommen. Ich gehe wie eine Schnecke, die ihr Haus mitschleppen muss. Das ist ein guter Vergleich und jetzt fühle ich mich auch wie eine Schnecke, die ihr Haus mitschleppt. Mit meinem Zelt auf dem Rücken tue ich es ja auch. Es ist also nicht einmal eine Metapher. Der Rucksack ist echt mordsschwer. So schön die Landschaft hier auch ist, wäre ich ohne Last und diese Strapazen hier, könnte ich die fantastische Gegend erheblich besser genießen. Ich entschließe mich, einfach ein paar Fotos zu machen, die ich mir, sollte ich mal ausgeruht und entspannt sein, in Ruhe anschauen werde. Es ist aber auch verflixt oder gar wie verhext, denn immer, wenn ich denke: So, nur noch bis zu diesen Gipfel, dann bist du oben angekommen. Doch dahinter liegt stets eine Kurve und ich kann den nächsten Berggipfel sehen, den ich noch zu erzwingen habe. Dann frage ich so bei mir: Wenn <u>ich</u> mich hierher bereits so quälen muss, wie will das erst die übergewichtige Amerikanerin schaffen, die ich schon vor ein paar Stunden überholte? Das geht jetzt mit dem Aufstieg schon seit einer gefühlten Ewigkeit so, doch zu meiner Überraschung stehe ich wie in Trance auf einem Mal vor dem Rolandsbrunnen auf 1360 Meter Höhe. Nach dem Reiseführer ist das für heute der höchste Punkt.

Da mein Wasservorrat schon lange leer ist, trinke ich gleich hastig und gierig das Brunnenwasser. Es schmeckt einfach super köstlich. Es ist erfrischend, das beste Nass, das ich je zu mir nahm! Es schmeckt mir besser als das sündhaft teure Fidji- oder das Gletscherwasser der Arktis, welches ich mir vor langer Zeit gönnte. Ich habe aber auch noch nie Wasser auf so einem hohen Berg getrunken. Wahrscheinlich benebelt mich die Sauerstoffknappheit hier oben auf dem Berggipfel ein wenig. So bin ich sehr erschöpft, doch fühle mich zugleich superglücklich, und das ganze begleitet von so einem köstlichen Bergquellwasser. Herrlich!

Nach einer kleinen Pause gehe ich mit der Gewissheit weiter, dass es jetzt mehr bergab als bergauf geht. Ich überhole eine weitere Amerikanerin, deren Körpergewicht alleine mehr wiegen muss als ich mit meinem Rucksack und Proviant zusammen. Und das sind deutlich mehr als 100 Kilo. Die Frau hat einen Riesenhintern zu schleppen. Ich möchte nicht lästern, denn eigentlich bin ich beeindruckt. Wann ist die denn heute Morgen los, dass sie jetzt schon hier ist? Respekt, meine Liebe! Dann ziehe ich mein Gehtempo an, damit ich zügig an ihr vorbeikomme und sie mir kein Gespräch aufzwingen kann. Als sie mich dann in diesem schnellen Tempo an sich vorbeimarschieren sieht, sagt sie: „Oh my God!" laut vor sich hin. Kurz lächle ich sie an und grüße mit „Buen Camino" zurück und gehe rasch weiter. Hinter der nächsten Kurve, ich hoffe, es ist für sie außer Hörweite, lache ich lauthals los, denn diese „Oh Gott!" höre ich schon dann und wann einmal, aber bisher immer in einer angenehmeren Situation. Darum finde ich es wohl auch wenig schmeichelhaft, es von so einer voluminösen Amerikanerin zu hören. So viel zum Thema nicht lästern zu wollen!

Nun geht es doch tatsächlich noch einmal steil bergauf, aber es soll die letzte starke Steigung für heute gewesen sein. Den ganzen Tag gleiten immer mal wieder Greifvögel an mir vorbei, was ich häufig mit einem kleinen Extrastopp quittiere, um den Anblick einfach nur auf mich wirken zu lassen. Nur kurze Zeit später, als ich einen Bergkamm überquere, erlebe ich etwas Einmaliges. Da ich scheinbar die Wolkengrenze erreicht habe, ich weiß leider nicht, auf welcher Höhe die genau liegt, quert gerade, als ich den Bergkamm mittig erreiche, eine Regenwolke meinen Weg. Die Wolke, die hier auf mich trifft, gehört zu der schweren und dunklen

Sorte, die bestimmt jeden Moment ihre Wasserlast abwerfen möchte. Sie hüllt meinen Oberkörper total ein. Es ist wie dichter Nebel, nur dass mir dieser eben grauer erscheint. Sie umhüllt aber nur den Körper ab Hüftbereich aufwärts. Ab Hüfte abwärts ist alles absolut frei davon. Oben undurchsichtige Nebelschwaden mit einer Sichtweite von geschätzten fünf Metern und an den Knien ist freie Sicht. Es kommt mir unecht vor, gerade so, als sei ich in einem Filmstudio. Ein kurzes Stück entlang des Weges erblicke ich eine Gruppe von Pilgern, denen vor mir das Gleiche passiert. Eine Wolke hüllt die Wandergruppe vollkommen ein und ich kann sie nicht mehr sehen, mit Ausnahme der Beine, die kann ich von jeder einzelnen Person erkennen. Es ist eine deutsche Pilgergruppe, denn ich höre, wie einer zu dem anderen sagt: „Genau so stellte ich mir immer Transsilvanien vor." Er hat irgendwie Recht mit dieser Behauptung, denn es ist schon ziemlich gruselig anzusehen. Muss man mal erlebt haben!

Etwas, was mich hier oben überaus glücklich stimmt, ist die Tatsache, dass ich zu Hause noch in meiner Sportausrüstung mehrere Päckchen mit Powergel gefunden habe. Diese sind mittlerweile ein Jahr über ihrem Mindesthaltbarkeitsdatum, aber mir zum Wegschmeißen zu teuer gewesen. Was soll ich sagen, ich habe sie mitgenommen und sie haben mir auf dieser Etappe jedes Mal super geholfen. Immer, wenn ich mit meiner Kraft am Ende war, schmiss ich den Rucksack ab und genehmigte mir so ein Powergel. Wenn ich dann nach einer kurzen Erholungspause wieder losmarschiert bin, war es jedes Mal so, als wenn ich einen kleinen Nachbrenner gezündet habe. Vergleichbar mit einem PKW, bei dem der Turbolader einsetzt. Ich glaube, ich verdanke es nur diesen „Turboschüben", dass diese erste und schwerste Etappe von mir bezwungen wurde.

Der Abstieg führt mich durch einige Waldgebiete. Es sind kleingewachsene Bäume, deren Rinden ringsherum mit Flechten eingehüllt sind. So haben die Baumstämme einen unwirklichen blaugrauen Schimmer. Besonders auffällig sind jetzt die vielen Kreuze, die neben dem Weg am Wegesrand platziert sind. Die ersten sind mir noch nicht einmal besonders ins Auge gefallen, doch die Anzahl nimmt zu. Zu Anfang kann ich mir keinen plausiblen Reim darauf machen, aber bin in meiner Naivität davon ausgegangen, dass hier irgendwelche Heiligen gebetet haben müssen. Vielleicht ist es auch keine Naivität, sondern eher eine kindliche Hoffnung. Es erinnert mich an die Kreuze, die in Ostdeutschland links oder rechts neben den Landstraßen bzw. Alleen stehen und die Stellen markieren, an denen ein Auto- oder Motorradfahrer bei einem Unfall das Leben verlor. Die Angehörigen haben dort zur Erinnerung für die Verunglückten ein Kreuz aufgestellt. Als Mahnung für die anderen Autofahrer und Biker, aber sicherlich auch zur eigenen Verarbeitung des Schicksalsschlages und um zusätzlich an die verunfallte Person zu denken, um für sie dort zu beten. Wenn die Kreuze hier in den Pyrenäen auch die zweite Bedeutung haben, dann sind hier aber auf der ersten Etappe eine Menge Pilgerkammeraden ums Leben gekommen. Von nun an gehe ich jedes Mal, wenn ich so ein Kreuz am Wegesrand sehe, mit Ehrfurcht, Respekt und mit einer Bekreuzigung an ihm vorbei.

Der Weg runter nach Roncesvalles ist genauso steil herunter wie vorher bergauf. Als ich heute Morgen die Pyrenäen hoch gegangen bin, dachte ich, es kann nicht schlimmer kommen. Doch jetzt, wo es so steil bergab geht, weiß ich nicht, was anstrengender ist. Hoch oder herunter? Anstrengender ist auch das falsch gewählte

Wort. Materialzehrender entspricht dem Geschehen eher. Der Ausdruck kommt wohl ursprünglich aus dem Motorsport, passt jedoch bei längerem Nachdenken trotzdem besser. Man rutscht mit den Füßen in den Wanderschuhen so weit nach vorne, dass der kleine Zeh fest an den Schuh gedrückt wird. Es schmerzt höllisch und die Reibung gibt ihm noch den Rest dazu. Auch meine Hüften melden sich zu Wort. So kann ich sie regelrecht quietschen hören. Sie sagen mir damit, dass sie die Schnauze voll haben. Als Drittes im Bunde melden nur wenige hundert Meter weiter meine Knie, dass sie ebenfalls keine Lust mehr haben. Sie beschweren sich lauthals, wenn ich so weitergehe, rebellieren sie und verweigern ihre Dienste.

Beim Abstieg versperrt mir ein Absperrband den weiteren Weg. Vor dem Sperrband auf dem das Wort „Bomberro" steht, haben sich ein paar Pilgerleute versammelt und beratschlagen, was sie machen sollen. Einer dieser Pilger hat auf dem Weg irgendetwas von einem alternativen Weg gelesen. Sie entscheiden sich für den Alternativweg und gestikulieren mir zu, dass ich mit ihnen gehen soll, doch ich bleibe lieber zurück.

So geplagt frage ich noch einmal meine Hüften und Knie und vergesse bei der Befragung sicherlich auch nicht meinen kleinen Zeh. Alle schreien mich unisono an, ich solle bloß den kürzesten Weg nehmen. Da ich den ganzen Tag noch keinen einzigen Knall von Dynamit gehört habe, ignoriere ich das Absperrband und folge trotz Absperrung dem Jakobsweg.

Nun erfinde ich noch spontan eine simple Entschuldigung, falls ich doch von einem Ordnungshüter angehalten werde. Dann sage ich einfach, dass ich Deutscher bin und die Bezeichnung „Bomberros" in Deutschland für Minibonbons steht und ich schon die ganze Zeit rate, wann sich endlich die Bonbonstation zeigt. Ich weiß, das klingt richtig doof und kann auch Ärger geben, aber ich habe dennoch weniger Lust, mich mit meinen quietschenden Hüften, den rebellierenden Knien oder dem kleinen Zeh anzulegen. Diese Etappe ist wirklich eine einzige Tortur und verlangt mir und meinem geschundenen Körper alles ab, was in ihm steckt.

Am Abend nach über acht Stunden Fußmarsch komme ich in Roncesvalles an. In Anbetracht der Tatsache, dass sich das Wetter zum Abend wieder verschlechtert und mit Regen zu rechnen ist, beschließe ich, abweichend vom ursprünglichen Plan, doch in einer Herberge zu nächtigen. Außerdem habe ich keine Lust auf eine weitere Übernachtung mit dem Risiko, draußen im Ungeschützten zu erfrieren. Die heutige Nacht im Freien zu schlafen, ist eh undenkbar. Es ist kalt, sehr feucht und es kann auch noch starken Regen geben. Ein zusätzliches Gesundheitsrisiko stellt die Gefahr dar, sich eine Erkältung oder Schlimmeres einzufangen. Ich gehe in die einzige   Herberge am Ort. Dort ergattere ich das letzte der 240 zur Verfügung stehenden Betten. Die Dame am Empfang fragt auf Englisch, ob ich alleine sei. Ich bejahe ihre Frage. So ist sie lautstark der Meinung: „You are an lucky guy", weil ich alleine bin. Ich bin empört, lebe jetzt seit drei Jahren einsam und alleine und bin ganz und gar nicht der Meinung, dass ich ein „lucky guy" sei, nur weil ich keine Partnerin habe und Single bin.
Als Single fühle ich mich diskriminiert und diskreditiert, da sie es mit lautem Organ für jedermann hörbar tat. Aber ich muss da wohl etwas in den falschen Hals bekommen haben. Klar, denn wäre ich zu zweit gekommen, hätte sie uns wahrscheinlich einen Ort weiter geschickt, was immerhin noch einem weiteren Fußmarsch von fünf bis sechs Kilometern entspricht.

Jetzt fühle ich mich doch als „lucky guy", denn jetzt schnalle ich es erst, ich habe tatsächlich das allerletzte der 240 Betten bekommen. Kurz nachdem mir mein Bett zugewiesen wurde, kann ich endlich das in den Pyrenäen abgekniepte Geschäft vollbringen. Anschließend nehme ich eine wohltuende, langandauernde, heiße Dusche. Für einen geruhsamen Schlaf werde ich mir einen halben Schlafstern einwerfen. Das Schlafmittel muss heute Abend sein Können unter Beweis stellen, denn die Betten sind in drei Räumen aufgeteilt zu je 80 Stück, sodass an eine ruhige Nacht nicht zu denken ist. Nach kurzer Überlegung schmeiße ich mir doch einen ganzen Schlafstern ein, stecke mir die Ohrstöpsel in die Ohren und schlafe erschöpft, aber glücklich ein.

2. Tag: Ich treffe Songnee und Cristian

Morgens werde ich jäh aus den Tiefen des Schlafs gerissen, weil jemand an meinem Bein rüttelt. Im ersten Moment denke ich, es muss wieder einer dieser schlechten Träume sein. Aber es ist widererwarten der Herbergsvater, der an meinen Beinen zerrt und mich so aus dem nötigen Schlaf holt. Es ist 7.30 Uhr und ich bin scheinbar der letzte Pilger in der Herberge. Die Stöpsel in den Ohren, in Kombination mit dem Schlafstern, den ich mir noch kurz vor dem Einschlafen einschmiss, haben einen echt guten Job geleistet, denn es ist vollkommen an mir vorbeigegangen, dass die anderen neunundsiebzig Zimmerkollegen ihre Morgentoilette vollzogen, sich angekleidet, ihren Rucksack gepackt haben und gegangen sind. Vielleicht sind die Pilger untereinander ja auch so rücksichtsvoll und umsichtig, dass alle mir zuliebe nahezu geräuschlos dieses Kunststückchen vollbracht haben. Wenn das so gewesen sein soll, dann möchte ich mich hier ausdrücklich bei allen unbekannterweise herzlichst für diese Rücksichtnahme bedanken.

Ein wenig in Panik und unter enormen Zeitdruck packe ich meine Siebensachen. Hierzu muss man wissen, dass Herbergen täglich bis spätestens 8.00 Uhr zu verlassen sind. Ich schmeiße alles, ohne auf ein bestimmtes System zu achten, in den Rucksack und putze mir noch rasch die Zähne. Zu guter Letzt fülle ich die beiden Wasserflaschen und befestige sie an die vorgesehenen Karabinerhaken. So, nun aber los, denn der Herbergsvater schaut bei mir mittlerweile zum dritten Mal nach dem Rechten und fragt, wann ich nun endlich fertig bin und aufbreche.

Ist chon ein sehr „netter" wie „höflicher" Mensch, dieser Kerl!

Obwohl es draußen mal wieder arschkalt ist, bin ich, ausgelöst durch mein enorm hektisches Packen, erneut durchgeschwitzt. Die Aufbewahrung der Wanderschuhe ist, wie ich unterwegs noch häufig erfahren werde, in separaten Räumen in der Nähe des Einganges organisiert. Somit wird einer der größten sowie unangenehmsten menschlichen Geruchsbelästigungen aus den Schlafräumen ferngehalten.

Jetzt gehe ich lediglich fünf Schritte und sogleich stoppe ich meine Pilgerreise, denn fünf Wanderschritte unter freiem Himmel genügen, um zu zeigen, dass es in Strömen regnet. Ich bin nicht einmal sauer darüber, nein, sondern aus tiefstem Herzen richtiggehend dankbar. Denn im Kopfkino läuft gerade der Film, wie ich, hätte ich nicht in der Herberge übernachtet, die Nacht campend verbringen muss und am Morgen halbtotgefroren im klatschnassen Zelt aufwache. Weiter sehe ich den Film, wie ich die Sachen wasserdurchdrungen in den Rucksack quetsche, um so, von der nächtlichen Kälte geschunden, die nächsten fünfundzwanzig Kilometer hinter mich bringen muss.

Puh, was für ein Horrorfilm, der da gerade bei mir im Kopf abläuft! Unbeschreiblich! Wie gesagt, es gießt in Strömen und ist einen weiteren Tag arschkalt. Spanien Ende Mai, kein Garant für schönes und warmes Wetter. Wieder muss ich an meinen Kumpel denken, der mir das „Märchen" mit der Hitzewelle hier zu Lande erzählte. Nun denn, eines hat er damit jedenfalls geschafft: Ich denke häufig an ihn. Mit diesem Gedanken setze ich das Gepäck ab und hole aus dem unteren Fach den Spezial-Regen-Poncho heraus. Ich vermute, das Ding ist flächenmäßig genauso groß wie das Zweimannzelt. Man kann sich in ihm wie in unbekannte Räume verirren, wie in einem alten Schloss bekannter Gruselklassiker. Es ist unfassbar, wie viele Öffnungen, Winkel, Kanten, Ausbuchtungen und Verwindungen dieses Regen-Abwehr-Monster besitzt. Ich muss in meiner Aufbruchpanik irgendwie ein paar falsche Abzweigungen oder Ärmel benutzt haben und habe mich absolut in dem Riesending verfangen und total verheddert. Ich glaube, tatsächlich, ersticken zu müssen. Bewegungslos kann ich nur durch beherztes Eingreifen des Herbergspersonals vor Schlimmeren bewahrt und gerettet werden. Trotz mehrstündigen Übens zu Hause wollte es mir hier im ersten „Ernstfall" nicht gelingen, den Poncho überzuziehen. Dank der Hilfe des Personals kann ich zwar leicht verspätet, dafür als Letzter des Tages die Herberge in Roncesvalles verlassen, um meinen Weg zu gehen. Obwohl ich mir noch am Vortag, wie auch heute Morgen, einige Anabol-Loges Intens einwerfe, leide ich dennoch unter erheblichem Muskelkater.

Da ich der letzte Pilger des Tages bin, muss ich durch den total aufgeweichten, matschig getrampelten Weg latschen. Die Hose ist in kürzester Zeit mit Matsche eingesaut und meine Schuhe schnell durchnässt. Nach wenigen Kilometern treffe ich eine Pilgerkollegin. An einer Weggabelung dreht sie sich zu mir um und kommt geradewegs auf mich zu. Sie sieht aus wie eine Chinesin, spricht mich jedoch wider Erwarten mit einem verständlichen Schweizerdeutsch an. Überrascht muss ich mir regelrecht das Lachen verkneifen. Sie fragt, ob ich weiß, wo es lang geht. Dazu kann ich nur eine Antwort geben: Ja! Weiter sage ich ihr, dass es eine prima Möglichkeit sei, dem Jakobsweg zu folgen, wenn sie den gut sichtbaren gelben Pfeilen folgt. Jetzt schaut sie mich an, als wenn ich sie verarschen wollte, was mitnichten mein Vorhaben ist. Sie meint, das wisse sie, aber an dieser Gabelung sei eben keiner. Ich weise auf den nur zwei Meter vor uns, gut erkennbaren, <u>besonders</u> großen Pfeil hin und sage zu ihr: „Dann lass uns doch den da nehmen und ihm einfach folgen." Ein wenig nehme ich nämlich ebenfalls an, dass die Chinesin mit dem schweizer Akzent mich verschaukeln wolle. Sie hat aber den gut sichtbaren gelben Pfeil offensichtlich übersehen. Auch so etwas gibt es hier. Wir müssen beide über diese komische Situation lachen und gehen ein Stück gemeinsam weiter. Sie ist äußerst redegewandt und erklärt mir, dass sie durch die Schweizer Berge sehr trainiert und ihre Ausrüstung dementsprechend kenne und eingelaufen sei. Sie hat ein süßes und hübsches Gesicht. Mehr kann ich nicht erkennen, denn auch ihr Riesenregenponcho verdeckt den Rest, sodass ich mir kein Urteil bilden kann. Sie fragt mich, ob ich die gestrige Etappe genauso schrecklich empfand und beschwert sich gleichzeitig darüber, dass nur eine mobile Verpflegungsstation in den Pyrenäen gewesen sei.

Häh, es gab gestern ein Verpflegungsfahrzeug?

Da muss ich tatsächlich so spät in den Bergen gewandert sein, das habe ich nämlich nicht einmal zu Gesicht bekommen! Sie erzählt weiter, sie brauchte fünfeinhalb Stunden für die Strecke. Jetzt bin ich fast der Ohnmacht nahe. Eine lächerlich gering wirkende Wanderzeit für fast dreißig Kilometer mit solchen unzähligen Steigungen und ebenso zahlreich wie wahnsinnig steil erscheinenden Gefällen? Es ist unvorstellbar, wie so etwas gehen soll und dann noch von einer so kleinen, aber auch zierlich wirkenden Chinesin. Fassungslos stehe ich vor ihr und zolle ihr meinen größten Respekt! Leider trennen sich unsere Wege schon im nächsten Ort, denn sie muss sich Frühstück besorgen. Ich verfüge ja noch über den Rest von weit mehr als der Hälfte meines Proviants. Ich bedaure es zwar auf der einen Seite sehr, dass sich unsere Wege so bald wieder trennen, schließlich ist sie nicht nur redegewandt, sondern ebenso unterhaltsam wie lustig zugleich und strahlt dabei so eine ansteckende Fröhlichkeit aus. Doch nach kurzem Nachdenken habe ich auf der anderen Seite beschlossen, alleine weiterzugehen. Sicherlich ist es auch dem Grunde geschuldet, dass sie viel flotter unterwegs ist als ich. Meine Zeit, die Pyrenäen zu passieren und in Roncesvalles anzukommen, war gestern für die gleiche Strecke fast eineinhalbmal so lang. Zum anderen ist sie so schnell unterwegs, dass ich befürchte, sie läuft mich und mein Ego in Grund und Boden.

Etwas später klärt der Himmel auf und es hört auf zu regnen. Nach kurzer Zeit des Abtrocknens kann ich den Spezial-Regen-Poncho in XXXL-Format ablegen. Dieser Regenponcho ist tatsächlich so groß, dass ich ihn glatt als Segel oder Fallschirm zweckendfremdend verwenden könnte. Nur kurze Zeit später komme ich an einer Pferdekoppel vorbei. Dort haben sich mehrere Ost-Asiaten vor einem Pferd versammelt und lassen sich von einem hilfsbereiten, deutschen Mann mit so einem riesigen I-Pad fotografieren. Es stellt sich heraus, es sind Koreaner. So wie sich die asiatischen Landsleute verhalten und mit den Tieren regelrecht rumwundern, scheint es in Korea keine Pferde zu geben, jedenfalls nicht auf einer freien Pferdekoppel.

Kurze Zeit später sehe ich den hilfsbereiten, fünfzigjährigen Deutschen, wie er einen vorbeigehenden Italiener perfekt in Landessprache anspricht. Eigentlich kann ich gar nicht einschätzen, ob sein Italienisch so gut ist, denn ich spreche und verstehe schließlich keines. Doch der Italiener scheint es prima zu können oder aber er ist ein sehr höflicher Vertreter seines Landes und tut nur so, als ob er den hilfsbereiten Deutschen verstehe. Ich komme nur darauf, weil es grundsätzlich meine Taktik ist, denn ich spreche keine Fremdsprache und verstehe auch nur wenig. Also lächle ich häufig, nicke meinem Gegenüber zu und tue so, als ob ich über einen Witz lachen muss. Ich kann nicht mal italienisch von spanisch oder portugiesisch unterscheiden. Doch die beiden scheinen sich gut zu verstehen und eine nette sowie lustige Unterhaltung zu führen. Dann sehe ich, wie der fünfzigjährige, hilfsbereite Deutsche einen Spanier anspricht, was ich nicht an der Sprache erkenne, sondern an dem Fußballtrikot, welches er trägt. Die beiden scheinen auch den gleichen Humor zu haben, denn es kommt mir ebenfalls vor, dass sie sich prächtig unterhalten und köstlich amüsieren. Der Deutsche wird mir jetzt unheimlich!

Deshalb erhöhe ich mein Tempo und ziehe von dannen, um schnell aus der Reich- und Hörweite zu kommen. Der Weg trocknet langsam wieder ab, wird fester und der Schlamm verschwindet. Als ich so alleine vor mich hingehe und mich mit den schmerzenden Füßen herumquäle, spricht mich eine Stimme von hinten an. Während ich mich umdrehe, erschrecke ich leicht und ein schleichendes Unwohlsein macht sich in mir breit, denn es ist der fünfzigjährige, hilfsbereite Deutsche, der da spricht. Ich frage mich überrascht, wie der so zügig zu mir aufschließen konnte, denn er war definitiv außer Sicht und Hörweite. Des Weiteren habe ich gar keine Lust auf einen oberflächlichen Pilger-Smalltalk, und obendrein muss ich mich beim Wandern sehr konzentrieren, da mein Muskelkater und die fünf Blasen an den Füßen ein normales und gewohntes Gehen nicht erlauben. Doch der Typ ist zäh, denn er lässt sich durch die leicht unfreundliche und fast schon abweisende Art von mir nicht im Geringsten abwimmeln. Nach einer halben Stunde laufen wir immer noch nebeneinander. Obwohl er mich locker in Grund und Boden marschieren kann, hat er sein Gehtempo gedrosselt und meinem angepasst. Damit will ich sagen, er geht viel langsamer, als er es könnte. Ihm fällt schnell mein großer Rucksack auf und er schätzt das Gewicht auf exakt fünfzehn bis sechzehn Kilogramm. Der Typ hat sich wie eine Flechte an mir festgeheftet und siehe da, nach nur einer weiterer Stunde neben ihm gefällt es mir sogar, denn ich habe die ganze Zeit nicht ein einziges Mal an die schmerzenden Füße oder Hüften bzw. Knie gedacht, geschweige denn an den quälenden Muskelkater. Wir führen eine ausgesprochen anregende Unterhaltung. Ein weiterer Aspekt kommt auch noch hinzu. Durch die kurzweiligen und interessanten Themen, die wir beide ins Gespräch einbringen, vergeht die Zeit wie im Fluge und die zurückzulegenden Kilometer, bis wir in Zubri ankommen, schmelzen wie Eis in der heißen Sonne Spaniens nur so dahin. Wow, ich merke es ist sehr angenehm und kurzweilig, eine unterhaltsame Begleitung zu haben.

Als meine Füße zu mir sprechen und verlangen „Hey Lars, du musst dich dringend mal setzen", und wir daraufhin eine Pause einlegen, gesellt sich kurze Zeit später eine junge Frau von Anfang dreißig direkt zu uns. Sie setzt sich wie selbstverständlich, als wenn wir uns lange kennen, zu uns. Sie begrüßt uns nett und verhält sich dann so, als seien wir schon die letzten zehn Kilometer gemeinsam gegangen. Dennoch ist sie uns durch ihre aufgeschlossene Art gleich sehr sympathisch. Und da sie eine attraktive und fröhliche Erscheinung ist, schließen wir sie in unser Herz und gehen nach der Pause zu dritt weiter. Unterwegs erzähle ich von meiner schweizer-chinesischen Bekanntschaft, die in Rekordzeit über die Pyrenäen nahezu gehüpft ist. Beide sind von diesem Tempo genau so beeindruckt wie ich. Nach einer überschaubaren Kennenlernphase haben wir beschlossen, heute Abend in dieselbe Herberge und gegebenenfalls in einem gemeinsamen Zimmer zu nächtigen, damit wir die Unterhaltung in den Abendstunden fortführen können. Die Dreißigjährige hat sofort einen Vorschlag, den sie umsetzungsstark, wie sie ist, durchsetzt. Sie hat eine passende Unterkunft bestimmt, und da wir recht früh angekommen sind, handelt es sich sogar um eine der begehrtesten Herbergen am Ort.

Nach kurzem Einchecken, was immer auf die gleiche Weise abläuft, sind wir demselben Zimmer zugeordnet. Einchecken ist auch hier das falsche Wort, denn man legt den Pilgerpass vor, den Personalausweis dazu und bezahlt die fünf bzw. zehn, manchmal sogar fünfzehn Euro. Danach bekommt man ein Bett zugewiesen und wirft einen Blick in die Duschen. Der hiesige Schlafraum misst gerade einmal drei mal fünf Meter und ist mit drei sichtbaren Doppelstockbetten bestückt. Da in dieser Herberge nur der Raum, nicht aber die Schlafplätze vorgegeben sind, haben wir freie Wahl. Wir beziehen ohne Streit unsere Plätze, damit meine ich, es gibt keine Streitigkeiten, darüber wer oben oder unten im Doppelbett schläft. In den meisten Unterkünften handelt es sich um mehr oder weniger stabile Doppelstockbetten, in der Regel ohne Laken. Außer uns dreien liegt noch ein holländisches Pärchen im Rentenalter mit uns im Zimmer. Wir freuen uns kurz über die üppigen Platzverhältnisse und belegen unsere Schlafplätze. Nach einigen Minuten stehe ich schon unter der Dusche und erfrische mich.

So frisch geduscht und umgezogen, lege ich mich auf das Bett und höre Musik, ich will erst einmal ein wenig ausruhen. Damit ich nicht einschlafe, wähle ich laute und rockige Bluesmusikstücke von JJ Grey and Mofro.

Trotz neuer Platten und dem schnellen Rhythmus muss ich kurz eingenickt sein, denn als ich aufwache, steht die Französin aus dem Zug in ihrem knallroten Vliesshirt vor mir. In dem Moment bin ich schlaftrunken und so überfordert, dass mir nur eines in den Sinn kommt: Ich muss definitiv träumen, denn so klein kann die Welt nun wirklich nicht sein. Jedoch freue ich mich kindisch, dass auch sie mich wiedererkennt und mich herzlichst mit ihrem hübschen Gesicht anlächelt. In diesem Augenblick wünsche ich mir, ich könnte französisch sprechen und verstehen, dann würde ich sie nachher unbedingt näher kennenlernen wollen.

Um 17.00 Uhr „befiehlt" die Dreißigjährige mir und dem fünfzigjährigen, hilfsbereiten Deutschen im deutlichen Imperativ, dass wir jetzt gemeinsam in ein Café zum Plausch gehen werden. Und weil sie es so lieb und sympathisch im Befehlston sagt, sind wir beide sofort ohne auch nur mit der Wimper zu zucken oder zu murren gehorsam dabei. Ich denke noch so bei mir: Wenn meine Ex das früher genauso mit mir gemacht hätte, dann hätte ich garantiert interveniert und es wäre bestimmt zu einer heftigen Auseinandersetzung gekommen. So schnell können sich die Gegebenheiten verändern. Diese friedliche Einstellung muss definitiv am Jakobsweg und den Veränderungen in mir liegen!

Im Café stellen wir uns einander vor. Cristian, er wird ohne H geschrieben, worauf er persönlich gesteigerten Wert legt, ist vierundfünfzig und stammt aus Essen, was man ihm auch anhört. Nadine ist einunddreißig, Lehrerin vom Beruf und kommt aus Leverkusen. Die Unterhaltung ist sehr angenehm und ich erfahre, dass Nadine den Camino „nur" für 14 Tage in ihren Pfingstferien wandern wird. Auch Cristian geht seinen Jakobsweg „nur" für drei Wochen im Urlaub, denn länger bekommt er vom Arbeitgeber keinen genehmigt. Er möchte dieses Jahr die erste Hälfte gehen und im nächsten die zweite. Sein Ziel für 2015 ist die Stadt Leon, weil sie für das kommende Jahr einen hervorragenden Startort abgibt. Da die Zeit im Café wie im Zeitraffer vergeht, beschließen wir, kurzerhand gemeinsam zu Abend zu essen und buchen uns in ein Restaurant zum Pilgermenü ein. Das Menü wird um 18.30 Uhr serviert. Eigentlich habe ich ja genug Verpflegung dabei und obendrein wäre ich froh, damit ein wenig Transportgewicht zu verlieren, jedoch gefällt mir die Unterhaltung mit den beiden so gut, dass ich nicht nein sagen kann. Bis zum Abendessen haben wir noch ein bisschen Zeit. Nadine möchte eine Zeitlang für sich sein, denn sie liest einen spannenden Roman auf ihrem E-Book-Reader. So entscheiden Cristian und ich, die Ortschaft zu erkunden. Als wir damit nach schlappen fünf Minütchen fertig sind, setzen wir uns auf eine Parkbank und reden miteinander. Nach wenigen Minuten lernen wir Fynn kennen. Fynn ist mit seinen eineinhalb Jahren sicherlich einer der absolut jüngsten Pilger auf dem Jakobsweg.

Als wir um 19.30 Uhr unseren Tisch räumen müssen, weil um 20.00 Uhr die zweite Abendessen-Runde im Restaurant startet, gehen wir noch kurz für einen Absacker in eine Bar. Als wir dann gegen 21.00 Uhr unser Zimmer betreten, ist es mittlerweile zu einem Achtbettenzimmer mutiert. Wo das vierte Bett im Doppelstockformat hergekommen ist, ist mir schleierhaft. Leider „Pustekuchen" mit den großzügigen Platzverhältnissen. Dort, wo ich vorhin meinen Rucksack abgestellte, steht jetzt ein Bett. Da es dunkel im Raum ist und ich nichts sehen kann, schalte ich kurzerhand das Licht im Zimmer an. In den Herbergen besteht immer ab 22.00 Uhr absolute Nachtruhe. Da es noch vor dieser Zeit ist, bin ich mir ziemlich siegessicher und mache mir auch keine weiteren Gedanken. Im oberen des neu hinzugekommenen Doppelstockbettes liegt ein älterer Herr von Mitte sechzig. Er schreckt auf und sieht mich mit einem verachtenden, gleichzeitig aggressiven Blick an, der Bände spricht. In seinen Augen kann ich genau erkennen, wie er in diesem Augenblick abwägt, ob er seinen schweren Pilgerstab schnappen soll, um mir vor Wut damit einen überziehen soll. Oder zwei, drei ...? Mein Glück ist es, dass ich gut und gerne zwanzig Zentimeter größer bin als er und in der Wanderjacke offensichtlich eine kräftige Erscheinung abgebe. Ich lächele ihn an, grüße mit einem lauten „Buen Camino" und schaue in eine andere Richtung. Dort liegt jedoch die Französin, die mich ebenfalls irritiert und genauso verurteilend anblickt.

Mist, nun sind meine Chancen bei ihr garantiert dahin. Jetzt habe ich mir bestimmt alle Flirtchancen bei ihr verscherzt und mit einem Kennenlernen wird es nun sicherlich nichts mehr. Was kann ich denn dafür, wenn diese Leute schon um 21.00 Uhr hier schlafen wollen? Dann sollen sie halt in ein Hotel gehen. Zugegeben, der Schlafbedarf steigt wirklich enorm an hier auf dem Jakobsweg, doch zehn Stunden davon sollten dann auch irgendwann genügen.

Ich habe mal in meiner Marathontrainingsphase in einem Fachheft gelesen, dass der tägliche Bedarf an Schlaf um eine halbe Stunde steigt, wenn man sein Trainingspensum um 10 Kilometer die Woche erhöht. Es ist aber nur so eine Faustformel und gilt nicht als wissenschaftlich belegt. Eigentlich habe ich das in Läuferzeitungen gelesen und es galt für das Lauftraining. Ich weiß nicht, ob es für das Wandern genauso gilt oder so einfach darauf zu übertragen ist. Die Berechnung geht so: Wenn du dein wöchentliches Pensum von 60 auf 70 Kilometer erhöhst, dann brauchst du per Faustformel eine halbe Stunde zusätzlichen Schlaf am Tag.

Geschafft gehe ich ins Bett und höre noch über Kopfhörer ein paar Stündchen Livemusik von JJ Grey and Mofro, Talk Talk und Portishead.

Es tut mir nicht einmal ein bisschen leid, dass ich höchstwahrscheinlich dem älteren Herren mit der Aktion auch noch den Schlaf raube, weil er sich über mich ärgern muss. Gegen 23.30 Uhr schmeiße ich mir dann doch einen halben Schlafstern ein, der mich binnen 30 Minuten in die Traumwelt befördert.

3. Tag: Geilstes Essen in den Straßen Pamplonas

Dieser Tag, das nehme ich hier schon mal vorweg, ist bis hierher mein entspanntester Pilgertag. Wir, damit meine ich Nadine, Cristian, mich, das holländische Pärchen sowie die hübsche Französin machen uns in aller Ruhe fertig und packen die Rucksäcke.

Es ist sowieso fast unmöglich, dass sich acht Personen in einem so engen Raum gleichzeitig anziehen, ihre Sachen zusammenpacken und die morgendliche Pflegearbeiten vollziehen. Ab dem zweiten Pilgertag kommt für geschätzte neunzig Prozent der Pilger die Präparation der Füße oder der Knie hinzu. Mit Präparation der Füße meine ich zum Beispiel, das erneute Aufstechen der Blasen und anschließende Bekleben mit Blasenpflaster. Die haben eine unangenehme Angewohnheit. Sie gehen nämlich im Laufe des Tages, unter Berücksichtigung von häufig mehr als 30.000 Schritten mit den Wandersocken eine Verbindung ein. Sie kleben einfach fest, und zwar so fest, dass man sie kaum wieder heil aus den Strümpfen entfernen kann. Entweder lässt man in ihnen Klebereste zurück oder die Socken werden in Mitleidenschaft gezogen. Da jeder Pilger nur drei bis vier Paare mit sich führt, sind sie ein sehr wertvolles Gut, mit dem er besonders behutsam umgeht. Also überklebt man die Blasenpflaster mit Hansaplastklebeband, um eine Verbindung mit den Socken zu verhindern. Da genauso die Pflaster ein kostbares Gut, da sehr teuer, darstellen, schneidet man sie vorher auf Blasengröße zurecht, um kein einziges zu verschwenden. Zum Beispiel habe ich an diesem Tag sechs Blasen zu bekleben. Wenn alle von ihnen präpariert sind, nimmt man sich noch der Druck- und Reibeflächen der Füße an.

Bei mir ist es insbesondere der kleine rechte Zeh, der erhebliche Druckbelastungen aushalten muss. Zum Polstern nehme ich etwas und überklebe es mit Hansaplastklebeband, ebenso wie die Reibeflächen, die bei mir an der Innenseite der Füße sind. Ich kann mich an einen Tag erinnern, da wusste ich gar nicht, wie ich alle wunden Stellen am rechten Fuß präparieren sollte. Da umwickelte ich ihn kurzerhand mit einem silbernen Tesa-Kraftklebeband komplett. Das habe ich eigentlich für einen anderen Verwendungszweck mitgenommen, aber Not macht ja bekanntlich erfinderisch. Später erhalte ich den Tipp es mit elastischem Tape-Band aus der Kinesiologie zu versuche, was auch vorzüglich klappt.

Der ältere Holländer kommt zum Abschied auf mich zu und fragt, wieviel mein Rucksack auf die Waage bringt. Als ich ihm 16 Kilo sage, antwortet er, dass er sich das gedacht habe, denn seiner wiegt ebenso viel. Ob ich denn keine Beschwerden unter dem Gewicht erleide, fragt er weiter. Ich antworte, dass ich erheblichen Muskelkater in der Schulterpartie spüre, sodass das Tragen der Last sehr viel Kraft und Ausdauer verzehrt. Er lacht freundlich und erklärt mir etwas Wichtiges: „Ja, mein Freund, zum Pilgern gehört nun mal Leiden dazu, um Buße zu tun." Ich verstand nicht sofort, wie er das meinte, doch er hat damit vollkommen recht. Er lächelt weiter und fügt hinzu, dass ich mich nach fünf bis sieben Tagen an die Last des Rucksackes gewöhne. Das holländische Pärchen wünscht uns „Buen Camino" und entschwindet gleichzeitig mit der hübschen Französin. Auch der Griesgram und seine Frau gehen aus dem Raum, ohne uns auch nur eines Blickes zu würdigen oder sich zu verabschieden. Griesgram habe ich den älteren, unfreundlichen Franzosen getauft, denn er erinnert mich mit den hervorstehenden großen Glubschaugen und dem griesgrämigen Gesicht an Oscar, den in der Mülltonne lebenden Griesgramfigur aus der Sesamstraße.

Sie verlassen den Raum und die Herberge wortlos.

Jetzt, da wir nur noch zu dritt im Zimmer sind, haben wir genügend Platz, um die Füße für den bevorstehenden Weg zu rüsten. Unter Pilgern ist es üblich, Medikamente und Erfahrungen der Wundpflege großzügig auszutauschen. Nachdem wir anschließend unsere Rucksäcke systematisch nach Notwendigkeit und Gewichtsverteilung gepackt haben, können wir aufbrechen.

Zuerst steuern wir den Brunnen an und befüllen die Wasserflaschen. Wir verlassen den Ort über eine uralte romantische Brücke. Der Weg begrüßt uns sogleich mit einer anspruchsvollen, steilen Steigung. Da Nadine nicht nur unter Fußproblemen, sondern auch erheblichen Knieschmerzen leidet, ist unser Tempo sehr gemach. Auch meine Blasen an den Füßen schreien vor Schmerz. Doch ich weiß aus der Marathonphase, dass sich das nach ein bis zwei Stunden wieder legt. Cristian wird von den sich verhärtenden Waden gequält. So hat jeder seine Beschwerden und erträgt dieses Leiden, denn auch das ist der Sinn des Pilgerns, wie wir vom älteren Holländer erfahren haben. Schmerzen ertragen ist die notwendige Buße, die zur Vergebung der Sünden führt, waren seine Worte. Was hatte der noch gesagt? „Wir beiden sind mit unseren sechzehn Kilo schweren Rucksäcken doch die einzig wahren Pilger, denn wir sind bereit, Last und somit zusätzliches Leid auf uns zu nehmen." Mittlerweile bin ich mir aber sicher, dass für jeden Pilgerfreund eine ganz eigene Buße oder persönliches Leiden zu ertragen ist. Außerdem gibt es meiner Meinung nach keine Hierarchie des Leidens.

Denn weder wollte ich mit Nadines schmerzenden Knien tauschen, noch wollte sie meinen sechszehn Kilo schweren Rucksack tragen. So erfüllt jeder seine eigene Buße individuell und erträgt damit auch sein vorbestimmtes Leiden.

Als wir drei ein paar hundert Meter an einer Landstraße entlanglaufen, fällt uns ein großes Transparent ins Auge. Cristian übersetzt es für uns sinngemäß mit: „Wir wollen an dieser Straße keinen toten Pilger mehr haben." Es ist leider wahr, denn die gefährlichsten Stellen am Jakobsweg, die die meisten, zumindest körperlich gesunden Menschen fordert, sind die Landstraßen. Doch nicht, weil sie so schrecklich stark befahren sind, denn das sind sie nicht. Sondern weil hier ausgesprochen selten Autos entlangkommen. Im Vergleich zu Deutschland empfinde und schätze ich den Verkehr, vor allem das Autoaufkommen, als sehr niedrig ein. Das ist es, was aus meiner Sicht die Landstraßen so gefährlich macht. Wir Pilger gewöhnen uns schnell an das geringe Verkehrsaufkommen, sind dann besonders unaufmerksam, queren häufig ohne großes links oder rechts zu schauen die Straße oder gehen in Dreier- bzw. Viererreihen nebeneinander. Aber Gott sei Dank verläuft der Jakobsweg nur ausgesprochen selten an Landstraßen entlang.

Heute führt uns der Weg durch eine schöne Landschaft und wir überqueren mehrere sehr alte und romantische Brücken. Eine von ihnen gefällt mir außerordentlich gut. Sie steht unmittelbar vor dem Ortseingang, so dass man die Stadt hinter der Bogenbrücke, die über fünf Bögen verläuft, liegen sehen kann. Direkt über dem mittleren Bogen ist der höchste Punkt. Der Fluss fließt unterhalb der Brücke terrassenförmig über zwei Stufen ab. Es ist ein sehr schönes Bild und Motiv, das sich uns hier bietet.

Überhaupt führt der Weg heute ein ganzes Stück neben dem Fluss her. Weder bin ich jetzt ein Wanderprofi noch stehe ich auf Kitsch. Jedoch einen Wanderweg, der kreuz und quer, parallel stromaufwärts verläuft und das romantisch, plätschernde Geräusch eines langsam dahin fließenden Flusses bietet, ist wirklich spitze. Doch die Herrlichkeit auf den Höhepunkt treibt der Verlauf inmitten üppiger Vegetation, gepaart mit dem vielen Vogelgezwitscher. Alle meine Sinne werden hier extrem angesprochen. Der herrliche Geruch unterschiedlichster, blühender Pflanzen, der Gesang der Vogelwelt, welches sich mit dem Rauschen des Wassers zu einer Symphonie der Natur vermengt, wirklich kaum zu glauben! Die Sonne, die ab und zu durch die Bäume streichelnd auf meine Haut trifft, mit dem leichten wie warmen Wind, der einem über die Haut fährt und eine wohlige Gänsehaut verbreitet! Dann wiederum die unzähligen, schönen und romantischen Bilder, die sich hier einem alle drei Meter zeigen. Ja, das ist es, das muss das Wanderparadies sein! Das Ganze wird noch gekrönt durch das Fehlen von Zivilisationslärm.

- Herrlich! –

Nach zwei Stunden möchte Cristian einen Kaffee und ein ordentliches Frühstück zu sich nehmen. Nadine ist gleich begeistert von dieser Idee und stimmt zu. So steuern wir zielstrebig das nächste Dorf abseits des Caminos an. Der Ort, den wir erreichen, scheint wegen einer Epidemie evakuiert worden zu sein. Wir sehen keine Menschenseele. Wo sind alle? Auch die Cafés und Bars sind geschlossen. Plötzlich kommt aus einer Seitengasse eine attraktive Blondine, komplett in schwarz gekleidet mit einem für eine zierliche Frau riesigen Rucksack auf dem Rücken. Er ist in etwa so groß wie meiner. Sie geht direkt auf uns zu, lächelt uns drei an und wünscht

„Buen Camino." Cristian ergreift sofort die Initiative und fragt auf Spanisch, wo die nächste Cafebar zu finden ist. Es hört sich für mich erneut nach einem perfekten Spanisch an, aber Blondi versteht kein Wort. Also versucht er es auf Italienisch, wieder Fehlanzeige, somit wechselt er rasch auf Englisch. Wieder null Reaktion von ihr. Jetzt schaut Cristian sie fragend, aber auch verzweifelt an, weil er seine Kommunikationsmöglichkeiten am Ende angelangt sieht. Blondi lächelt ihn keck an und sagt erstmal gar nichts. Dann wird das Lächeln noch breiter und sie spricht: „Du kannst ruhig deutsch mit mir sprechen, denn ich komme aus Hamburg." Als Cristian sie dann nach einem geöffneten Café fragt, antwortet sie mit dem Hinweis, dass hier alle Cafés geschlossen sind und wir den nächstgrößeren Ort aufsuchen müssen. Uns ist unklar, warum der Ort so ausgestorben wirkt, doch auch hierfür liefert uns Blondi die passende Antwort. Da dieser Weg nicht direkt am Jakobsweg liegt, verirren sich selten Pilger hierhin und außerdem ist heute Sonntag und die Spanier können ausschlafen. Herrje, wir haben schon Sonntag? Das Gefühl für Raum, Zeit und Entfernung geht auf dem Jakobsweg aber extrem schnell verloren, doch auch das soll auf einer Pilgerreise so sein.

Nun marschieren wir zu viert weiter zur nächsten Ortschaft, die circa zwei Stunden Fußmarsch entfernt liegt. Der Weg wird zunehmend schöner und erinnert, wie Cristian meint, an die Toskana. Wir gehen wieder entlang des Flusses und die Sinneseindrücke sind erneut gewaltig. Zwei Stunden später finden wir direkt am Ortseingang eine Cafebar, bei der wir den Luxus vorfinden, draußen sitzen zu können. Das Café ist komplett mit Pilgern besetzt. Wir haben trotzdem einen Tisch in der Sonne ergattert und trinken unsere Café con

Leche, essen die belegten Brote, die hier Bocadillos heißen. An die Bocadillos, so schön das Wort auch erscheinen mag, muss ich mich erst noch gewöhnen. Stets wähle ich eins mit Jamon, meistens ist es Serrano Schinken. Es sind normale Baguettes, die aufgeschnitten ohne Butter mit Belag belegt werden. Zu Hause mache ich mir genau die gleichen Brote, allerdings mit Remoulade, Salat und Tomate. Aber hier in Spanien fehlt ein „Schmiermittel", denn nur mit Jamon oder Käse sind mir die Baguettes einfach zu trocken, um sie ohne Zuhilfenahme von Flüssigkeit die Speiseröhre herunter zu befördern.

So beim Frühstücken sitzend, ist es sehr schön, sich mit den anderen über die Wegerfahrungen auszutauschen. Den Erzählungen lauschend, beobachte ich Cristian, wie er sich Tabak gleichermaßen behutsam wie sorgsam aus einem Tabaktäschchen herauszieht. Wohl durchdacht und portioniert, damit die Zigarette ja nicht zu dick, aber auch nicht zu dünn wird. Fingerfertig formt er unter Zuhilfenahme beider Daumen geschmeidig zwischen seinen Zeige- und Mittelfingern, immer hin- und herrollend, die perfekte Füllung. Nun zupft er mit seinen Fingerspitzen achtsam ein hauchdünnes Blättchen aus der Verpackung. Liebevoll rollt er nahezu in Zeitlupe den Tabak gleichmäßig unter leichtem Knistern in das Papierchen ein. Seine Zunge befeuchtet, sorgsam tupfend, den kaum wahrnehmbaren Randstreifen. Mit einem kleinen Pusten entfernt er ein sich auf seiner Unterlippe verirrtes Tabakfädchen. Während des gesamten Vorganges schaut er immer suchend, dabei würdevoll, in die Ferne. Nie habe ich jemanden genussvoller und langsamer eine Zigarette drehen sehen als ihn. Obschon ich Nichtraucher bin, bemerke ich, wie ich versuche, eine Nase voll der nach süßlicher Vanille duftenden Rauchschwaden zu erhaschen.

Selbst das an der Zigaretteziehen zelebriert Cristian mit einer tabakinhalierenden Atmung in einer solch vornehmen wie entschleunigenden Art, dass er sein eigenes Ritual daraus entstehen lässt. Zu meinem Bedauern habe ich es ihn nur wenige Male am Tag vollziehen sehen. Erstaunlicherweise hat mich das Zusehen beinahe genauso entspannt wie ihn das Rauchen.

Blondi erzählt uns ihre Beweggründe, den Jakobsweg zu wandern. Sie war Autoverkäuferin und hat ihren Job aufgegeben, ist somit arbeitsuchend und will erst einmal in sich gehen, um herauszufinden, was sie eigentlich will. In ihrem alten Job hat sie den Sinn verloren und überhaupt sucht sie nach neuem Lebenssinn. Die Gespräche sind immer extrem persönlich, besonders ehrlich und intensiv hier auf dem Jakobsweg. Da Blondi bis hierher nur zwei Stunden gegangen ist, bricht sie als erste lange vor uns auf. Wir nehmen uns viel Zeit, bleiben geschlagene neunzig Minuten in diesem Café und genießen die wärmenden Sonnenstrahlen. Nadine bemerkt noch zum Scherz: „Hinter dem Gebäude kann das schönste Café der Welt verborgen sein, wir würden es nicht einmal bemerken." Wo sie recht hat, da hat sie recht. Sie leiht sich von mir noch einmal das Mittel gegen Muskelschmerzen, denn ihre Knie und Oberschenkel schmerzen enorm und verlangen danach.

Nach unserem Aufbruch geht der Weg genauso angenehm weiter, wie zuvor. Es ist eine Passage fast ohne Anstiege und ohne bergab laufen zu müssen. Es ist enorm gelenkschonend und auch erholsam. Auch die drei schmerzenden Blasen an meinen Füßen danken mir diesen leichteren Abschnitt, indem sie mit dem Schmerzen nachlassen. Trotz alledem verabschiedet sich Nadine nach wenigen Kilometern, weil sie dieses Tempo mit ihren stark schmerzenden Knien und Oberschenkeln nicht laufen kann. Wir gehen etwa vier Kilometer in der Stunde und diese Geschwindigkeit kann sie nicht mehr mithalten. Sie möchte uns aber gerne später am Zielort Pamplona treffen. Somit verabreden wir uns in der Herberge „Paderborn", welche von einem deutschen Ehepaar geführt wird. Pamplona ist die bis hierher größte Stadt, die wir durchqueren. An der Unterkunft angekommen, erfahren wir, dass nur noch ein Bett frei ist. Da Cristian mich so gut unterhält, uns somit die Weglänge, die Strapazen und sogar die Schmerzen vergessen lässt, beschließen wir gemeinsam, eine andere Herberge aufzusuchen.

Bevor wir das tun, möchte ich noch ein wenig am angrenzenden Fluss verweilen. Über den Flusslauf geht eine geschwungene Fußgängerbrücke. Es zeigt mehr ein Kunstwerk aus Beton als eine funktionelle Brücke. Sie verläuft in einem Zickzack Kurs und endet in einem Bogen über dem Fluss. Was ich an dieser Fußgängerbrücke besonders reizvoll finde, ist, dass sie vollkommen ohne Handlauf auskommt. In Deutschland undenkbar.
Kaputt lege ich mich auf sie, lasse meine Beine herunter baumeln, genieße die Sonne, das schöne Wetter und diesen tollen Park. Ich glaube, wenn ich mit Cristian nicht in eine Herberge gehen würde, dann könnte ich hier und jetzt am Fluss mein Zelt aufschlagen, um die Nacht zu verbringen.

Nach der Ruhepause laufen wir weiter und umkreisen Pamplona zur Hälfte stetig entlang der alten Stadtmauer, bevor wir ein beeindruckendes Tor finden. In der Altstadt werden wir schnell fündig. Beim Schlendern durch die schmalen Gassen der Stadt entdecken wir einen alternativen Platz, der mir auf Anhieb prima gefällt.

Hier sitzen viele Spanier aller Altersklassen direkt auf dem Boden und nehmen Speisen sowie Getränke zu sich. Mehr noch, sie hocken mitten auf der Straße, die vermuten lässt, man befindet sich in der Fußgängerzone oder zumindest im verkehrsberuhigten Bereich. Aber wieder Fehlanzeige, denn hier fahren gelegentlich Autos durch. Auch das ist in Deutschland, der Bürokratie geschuldet, undenkbar. Im Zentrum des Platzes ist ein Brunnen, um den sich ringsherum Spanier versammelt haben. Sie sitzen auf dem blanken Boden und speisen. Ich bitte Cristian, mit mir die naheliegendste Herberge anzusteuern, denn auf dem Szenenplatz möchte ich später unbedingt genauso wie die Einheimischen mein Abendessen genießen. Wir haben Glück, denn die Unterkunft ist niegelnagelneu und erst seit sechs Tagen geöffnet. Die Doppelstockbetten erinnern eher an Kabinen auf einer Jacht. Jede Einzelne von ihnen ist mit einem Verdunkelungsvorhang ausgerüstet, besitzt eine eigene Steckdose, was bei Pilgern einen sehr hohen Beliebtheitsgrad genießt, und obendrein ein abschließbares Fach. Es ist unglaublich, denn vor wenigen Tagen hätte ich mir nicht mal vorstellen können, unter den primitiven Verhältnissen einer Herberge zu schlafen. Und heute, in nur meiner dritten Nacht bedeuten diese Dinge für mich den schieren Luxus. So schnell hat der Jakobsweg mich verändert. Ich bin nun viel dankbarer und demütiger.

Nach der Dusche und dem Umziehen gehen wir ohne Ruhepause in die Stadt. Cristian und ich schlendern so durch die Straßen von Pamplona, da treffen wir einen Iren, den Cristian tags zuvor kennengelernt hatte. Der Ire, er heißt Tim, sitzt mit einer Amerikanerin in der Altstadt auf einer Parkbank und beide trinken ein Bier. Wir besorgen uns auch rasch eine Bierdose, gesellen uns zu ihnen, lassen dabei einfach das bunte Treiben und die Abendsonne auf uns wirken. Der Ire erzählt uns eine Geschichte, die er an diesem Tag in Pamplona erlebte. Aus einer Laune heraus entschied er sich gegen die Nacht in einer schlichten Herberge, um sich in ein Parador, ein Luxushotel einzubuchen. Doch die Leute an der Rezeption waren nicht erfreut, dass er mit Wanderrucksack und schmutzigen Stiefeln durch die Hotellobby stiefelte. Sie fragten ihn sogar suggestiv, ob er nicht lieber in einer Herberge übernachten möchte.

Ergo, als einfacher Pilger bist du in Luxushotels nicht gerne gesehen. Als wir zum Ende der Geschichte gemeinsam anstoßen wollen, schaut uns die Amerikanerin ängstlich an und weist auf zwei Polizeiwagen, die mittlerweile fast neben uns geparkt haben. Wir können zuerst nicht ganz verstehen, worin das Problem von ihr besteht. Aber jetzt deutet sie auf unsere Bierdosen und meint, der Verkäufer hätte uns braune Papiertüten dazu geben müssen. Nun haben wir verstanden und begrüßen die Amerikanerin mit: „Welcome in Europe", denn hier darf man in der Öffentlichkeit Alkohol trinken. In Pamplona gibt es auch einen großen Platz, der ringsherum mit Cafés und Restaurants gesäumt ist. Ernest Hemingway muss alle Bars besucht und mindestens einmal dort gegessen oder getrunken haben. Denn jede Bar wirbt mit dem Schriftsteller, folglich sind auch alle Getränke und Speisen teurer als woanders. Es ist heute schwer zu prüfen, ob er wirklich in jeder einzelnen Gaststätte gespeist oder getrunken hat. Jedoch werben sie damit und dadurch sind alle Gerichte circa 50 Prozent preisintensiver als anderswo. Ich bin der Meinung, wenn Ernest Hemingway heute noch lebte, und da bin ich mir sogar ganz sicher, würde er mit uns am Abend auf dem alternativen Platz essen und trinken.

Doch ein Gutes hat der Marktplatz hier, denn zumindest sehe ich die hübsche Französin wieder. Bis jetzt habe ich sie an allen Tagen gesehen und wir beide freuen uns immer sehr, wenn wir einander entdecken. Wir wechseln ein paar Worte miteinander. Meine erinnern allerdings mehr an Gestammel. Hier kommt auch Fynn auf uns zugelaufen. Die Eltern sind zufällig in der gleichen Herberge wie wir abgestiegen. Es ist unglaublich, was dieses Pärchen körperlich leistet. Der Vater trägt einen Rucksack, der mit Fynn ganze 21 Kilo wiegt und die Mutter einen, der 18 Kilo auf die Waage bringt. So schwer bepackt legen sie jeden Tag in etwa die gleiche Distanz zurück wie wir.

Zum Abend kann ich auch Cristian überreden, das Essen mit mir auf der Straße sitzend zu sich zu nehmen. Ich bin mir sicher, er hat gemerkt, wie wichtig für mich das gemeinsame Abendessen hier ist. Es scheint absolut kultig, in Pamplona auf der Fahrbahn inmitten von so vielen Spaniern zu hocken. Hier auf dem Platz nehmen mehr Menschen ihr Abendbrot zu sich als in so mancher Großkantine. Wir gehen in ein Fischlokal, bestellen uns einen Muschelstern, das sind Miesmuscheln, die in Sternform auf dem Teller dekoriert werden sowie mit Mayo und Soße verziert sind. Natürlich essen wir auch Tintenfisch und als Beilage Kartoffeln in Aioli. Das Ganze wird gekrönt mit einer Flasche spanischem Weißwein. Wir setzen uns an die Ecke, gegenüber vom Brunnen, an dem wir den kompletten Platz überschauen können. Mit uns sitzen hier weit über 100 Personen. Die Einheimischen kommen und hocken sich einfach neben irgendwelche anderen Spanier nieder, immer mit dem Hintern direkt auf den Boden.

Hier verschwinden solche Klassenunterschiede wie Alter, Nationalität, Mode, Einkommen, Stellung, Konfession,

Geschmack etc.. Nun weiß ich auch, warum mir der Platz so gut gefällt! Weil er diese Unterschiede, genau wie auf dem Jakobsweg, wegwischt, uns auf das Wesentliche blicken, auf das Hier und Jetzt konzentrieren lässt. So etwas habe ich noch nie erlebt oder gesehen. Ich hoffe, es macht Schule!

Immer wieder kommen Fahrzeuge, die den Platz queren wollen. Aber wenn du denkst, es gäbt dann jedes Mal Stress, bist du auf dem Holzweg. Die Autos, die durch den Bereich fahren, sind so langsam unterwegs, dass man den Eindruck bekommt, man könne noch in Ruhe den Teller leeren, bevor das Auto bei einem angekommen ist, soviel Rücksicht nehmen die Autofahrer.

Nach Sonnenuntergang gehen wir nur wenige Schritte auf die andere Seite des Platzes in eine Art Szenenkneipe. Der Tresen in dem Szenenlokal erscheint ewig lang. Wir trinken einen Espresso und ein Bier als krönenden Abschluss des Abends. Aber es ist so urgemütlich und proppenvoll in dem Lokal, dass wir hier bis fünf Minuten, bevor unsere Herberge schließt, sitzen bleiben. Auch in dieser Szenenkneipe treffen wir auf andere Pilgerkollegen. Wieder in der Unterkunft zurück, freuen wir uns darüber, dass in der Zwischenzeit nur drei weitere Pilger eingecheckt haben. Am heutigen Abend lerne ich Hinkebein kennen, er ist Priester und stammt aus Texas. Es kommt mir komisch vor, denn er sieht überhaupt nicht aus, wie man sich einen typischen Geistlichen vorstellt. Er ist groß, von kräftiger Statur und ähnelt dem Bild eines groben Cowboys oder Westernhelden. Wenn ich ihn ansehe, erscheint vor meinem geistigen Auge das Bildnis von John Wayne.

Er soll Priester sein?

Eine Hostie, aus so einer riesigen Pranke?

Kaum vorstellbar!

Ich werde Hinkebein bis nach Santiago von nun an täglich irgendwo auf der Strecke oder in einer Herberge wiedersehen. Zuerst bin ich der Meinung, es sei ein typischer Pilgergang, den er geht. Er ist, wie gesagt, von sehr kräftiger Statur und hat sicherlich auch ein paar Kilo zu viel auf den Hüften. Und Pilger, welche eher in die Kategorie dick gehören, haben natürlich mehr Probleme mit Gelenkbeschwerden als andere. Wie gesagt, ich habe es angenommen, bis er mir erzählte, dass es eine Behinderung sei, die er seit einem Autounfall hat. Man kann Pilger sonst in den Städten und Orten in der Tat für gewöhnlich an ihrem humpelnden Gang erkennen.

Noch am Abend, beschrieb mir Cristian einen anderen Pilgerweg in Italien, der nach seinen Worten noch attraktiver sein soll als dieser hier. Es ist der Franziskusweg, von dem er spricht. Er verläuft von Florenz über Assisi bis nach Rom. Es erscheint mir unvorstellbar, dass es noch schönere Wege geben soll als hier.

Aber er macht mich damit sehr neugierig und wie sich Monate später herausstellen wird infizierte er mich dadurch mit einem Virus.

Einem Pilgervirus.

Aber das ist eine andere Geschichte.

Dieses wird eine besonders erholsame Nacht, denn es herrscht kein Treiben in den Räumlichkeiten und alles riecht so schön neu.

Es ist herrlich, hier zu schlafen.

4. Tag: Der längste Spaziergang, den man machen kann

Da die Herberge nicht einmal zur Hälfte belegt ist, werden wir nicht genötigt, sie um 8.00 Uhr zu verlassen. Auch solche Ereignisse stellen für mich Luxus dar. Ausschlafen, dann in aller Ruhe die Siebensachen packen und die großzügigen Platzverhältnisse genießen. Unglaublich, aber das stellt sich nach nur einigen Tagen als Pilgerluxus dar, und weil die Räume so schön neu sind, und ich über die Zeit verfüge, gönne ich mir zu allem Überfluss am frühen Morgen eine weitere Dusche. Da wir kein Frühstück in der Herberge gebucht haben, müssen wir uns noch Proviant und Wasser unterwegs besorgen. Gestern Abend haben wir direkt am Jakobsweg, der mitten durch Pamplona führt, einen gut sortierten, von einem Vietnamesen geführten, Kiosk gesehen, an dem wir heute Morgen erneut vorbeikommen. Als wir bei dem Kiosk ankommen, ist er unglaublicherweise geschlossen und öffnet erst um 11.00 Uhr. Es ist, wie sich später herausstellt, ab Pamplona für viele Kilometer die einzige Einkaufsgelegenheit, die genau am Jakobsweg liegt.

Was für ein Wahnsinn!

Alle Pilger werden direkt an diesem Kiosk vorbeigeführt und sie alle haben jeden Morgen das gleiche Problem zu lösen. Sie brauchen Verpflegung für den Tag und den kauft man sich gerne beim Start der Wanderung, weil man eben nie genau weiß, ob man unterwegs noch das Notwendige bekommt. Diese Geschäftsuntüchtigkeit tut mir körperlich regelrecht weh. Ich überlege, ob die Vietnamesen wirklich wissen, welches lukrative Geschäft sie sich entgehen lassen? Ich denke daran, wenn ich zurück in Deutschland bin, den Kioskbesitzer anzuschreiben und auf sein mögliches Umsatzpotential, das er sich durch die Lappen gehen lässt, hinzuweisen. Aus dem Kiosk ist meiner Meinung nach sehr schnell eine Goldgrube zu machen. Doch wie soll ich den Brief schreiben? Welche Sprache soll ich benutzen? Spanisch oder besser Vietnamesisch? Da ich jedoch beider Fremdsprachen, weder in Wort noch Schrift mächtig bin, verwerfe ich den Gedanken wieder rasch.

Es ist auch so ein Phänomen, das der Jakobsweg für mich bereitet. Da das Gehen im Normalfall rein unterbewusst wie automatisch abläuft, ist mein Gehirn frei und kann alle möglichen Dinge durchdenken. Fortwährend bin ich an der frischen Luft, wandere sehr lange Wege, auf denen ich sehr viel Zeit habe, um über alles in Ruhe und ausgiebig zu grübeln. Wann hatte ich mal so reichhaltige Gelegenheit über mich und dem Leben nachzudenken? Wohl noch nie! Ich bin extrem überrascht, welche offenen Fragen und auch unverarbeitete Geschichten der Vergangenheit von meinem Gehirn so aus dem Keller der Erinnerungen geholt werden. Sicher gehört es offensichtlich auch dazu, wenn man, wie ich, auf der Suche nach dem neuen Sinn im Leben ist, über falsch gefundene Antworten oder sinnlos erscheinende Dinge der Vergangenheit nachzugrübeln. Mir kommen die vielen Fehler, die ich früher gemacht habe, nach und nach, einer gefolgt von dem anderen in den Sinn. Nun nehme ich mir die Zeit und Muße und kann mir über alles meine Gedanken machen. Ich fühle mich von den Fehlern, die ich einst beging, entkoppelt. Es ist geradeso, als könne ich sie mir aus der Adlerperspektive ansehen, von ganz weit oben, als absolut neutrale Person. An vielen Stellen merke ich, dass die Trennung, die nun gut drei Jahre zurückliegt, von mir immer noch nicht vollends verarbeitet ist. Schon so manches Mal habe ich mir gesagt, dass ich es akzeptieren muss, wie es ist, nicht mehr und nicht weniger. Verstehen brauche ich die Trennung nicht und werde ich sie wohl auch nie. Doch mich damit abfinden, dass ich nun von meiner einstigen Ehefrau und Liebe getrennt bin, ist mir jetzt möglich. Nur verarbeitet habe ich sie so dennoch nicht und mein zerbrochenes Herz schmerzt mich immer noch sehr. Überhaupt fällt mir auf, wie viele ihren Jakobsweg wählen, um eine Trennung oder Scheidung zu verarbeiten. Vielleicht lockt uns alle die Gewissheit, bei der Ankunft in Santiago all unsere Sünden vergeben zu bekommen. Wahrscheinlich gibt es deswegen so eine Menge Wiederholungstäter auf dem Jakobsweg. Es sind erstaunlich viele, die diesen Weg schon das zweite oder dritte Mal gehen. Mir ist aber auch möglich, unterwegs mein Gehirn abzuschalten und an gar nichts zu denken. Dann lasse ich einfach alle Gedanken ungehindert fließen.

Es wird in so manchen Ratgeberbüchern immer wieder darauf hingewiesen, bei Problemen oder Fragestellungen des Lebens ausgiebige Spaziergänge in der schönen Natur zu unternehmen. Und eine Pilgerreise ist doch so etwas Ähnliches wie der längst mögliche Spaziergang, dem man sich widmen kann? Ein 800 Kilometer langer Spaziergang in Spanien, durch eine sich stetig wechselnde Fauna und Flora, mit unzähligen Stunden, in denen man sich exklusiv und egoistisch nur sich selbst widmen braucht. Nie zuvor hatte ich so ausgiebig Zeit, über alles mich Beschäftigende nachzudenken. Zusätzlich fördert das lange Gehen an der frischen Luft, gepaart mit der körperlichen Anstrengung, das Denkvermögen.

Hier auf dem Jakobsweg habe ich erstmalig angefangen, Zwiegespräche mit Gott zu führen, weil es mir die Formulierung des Problems in ganzen Sätzen erleichtert.

Um selber Klarheit über ein Problem zu finden, ist es aus meiner Sicht zwingend erforderlich, es einer dritten Person in einem klar verständlich formulierten Satz zu erläutern. Es ist nämlich viel schwerer, einem anderen Menschen die Gedanken, die im Kopf ungeordnet umherschwirren, in Worten oder sogar in ganzen Sätzen zusammengefasst zu erzählen.

Deswegen „missbrauche" ich Gott und seine göttliche Geduld des unendlichen Zuhörens im Gebet. Eben in meinen Zwiegesprächen mit ihm.

Der Jakobsweg, einer der längsten Spaziergänge, die du unter freiem Himmel, immer geführt durch gelbe Pfeile, in der Natur unternehmen kannst. Und diese ist hier wirklich wunderschön und was mir sehr schnell auffällt: Sie ist fast frei von Zivilisationslärm. Manchmal kommt er mir wie die längste Schnitzeljagd vor, nur dass wir hier durch gelbe Zeichen und Jakobsmuscheln geführt werden.

Nur selten höre ich Autos in der Ferne, selbst Flugzeuge am Himmel sind in manchen Gebieten kaum zu sehen. Ich bin mir sicher, dass auch darin die Heilkräfte des Caminos liegen.

Die Wege in sowie heraus aus Pamplona sind vorbildlich gekennzeichnet. In der Regel wird man stetig durch die ganzen Städte und dort jeweilig durch die schönsten Bereiche des Ortes vorbei an den Sehenswürdigkeiten geführt.

Als Cristian und ich so ein bis zwei Stunden unterwegs sind, erreichen wir die nächste Ortschaft. Zu unserer Freude kommen wir direkt an einem Supermarkt vorbei. Die sehen hier in Spanien allerdings anders aus, als ich es aus Deutschland gewohnt bin. Nur zum besseren Verständnis: Die Märkte hier am Camino besitzen zwischen zehn maximal zwanzig Quadratmeter Verkaufsfläche und haben einen Warenbestand, der spielend in zwei gut gefüllte deutsche Einkaufswagen passt. Eigentlich sind diese Dinger nicht mal als Tante-Emma-Laden zu bezeichnen. Der, den wir ansteuern, verfügt kaum über eine Fläche von zehn Quadratmetern und hat nichts im Sortiment, aber auch wirklich gar nichts, was ich als Proviant gebrauchen kann. Es ergeht offensichtlich nicht nur mir so, denn ich sehe hier eine Menge Pilger aus dem kleinen Laden unverrichteter Dinge verschwinden.

Somit verlasse ich ihn, ohne mir nur ein Teil zu kaufen. Also gehen wir, ohne auch nur einen Cent auszugeben, mit einem mürrischen Gesicht weiter unseren Weg. Dank Cristians guter Vorbereitung, denn er hat sich die App MapsMe auf sein Handy geladen und dank der geilen Internetzeit, in der wir leben, ist im Nuh ein anderer Supermarkt mit angeschlossener Cafebar gefunden. Diese App ist für alle Pilger, die ihr Smartphone dabei haben, ein absolutes Muss. Denn jede Herberge, jede Einkaufsmöglichkeit, jede Bar, ja sogar jeder Brunnen und jede Parkbank sind mit ihr zu finden. Man sollte sich aber zu Hause die Daten aus Spanien herunterladen, damit es danach auch auf dem Camino de Santiago funktioniert.

Es wird auch wirklich wieder Zeit für ein Café con Leche. Nur dieser und etwas zu frühstücken, können jetzt meine Laune verbessern. Der zweite Supermarkt, der 300 Meter entfernt vom Jakobsweg liegt, verfügt aber auch über alles, was das Herz begehrt. Ich kaufe mir eine Baguette-Stange mit einem Glas Schokolade, die mich die nächsten drei Tage erfreuen dürfen. Das Wasser, das wir uns hier aus dem Brunnen holen, schmeckt wie welches, das ich aus einem vielbesuchten Schwimmbad kenne. Wie viel Chlor ist da denn drin?

Frisch gestärkt mit zwei Tassen Café con Leche sowie einem Hefeteilchen führen wir unsere Pilgerreise fort. Außerhalb des Ortes geht es ungefähr 400 Höhenmeter steil bergauf. Doch so frisch gestärkt und mit guter Laune kann selbst der arschkalte, steife Wind, der uns die ganze Zeit ins Gesicht bläst, nichts anhaben. Was ein Café con Leche und so ein Hefeteilchen alles bewirken können!

Erstaunlich!

Oben auf der Bergspitze angekommen, stehen hier Pilger aus Metall, zu Pferd, auf Esel, auch zu Fuß, die man aus Reiseführern oder Filmen kennt. Hier machen natürlich alle halt und holen sich ihr obligatorisches Selfie.

Anschließend geht es sogleich wieder steil bergab. Ich bin mir sicher, dass das Bergabgehen, an genau dieser Stelle, bei uns Pilgern die Spreu vom Weizen trennt. Der Weg führt die ganze Zeit über groben Kies bergab, sodass ich jede der vier aktuellen Blasen als klare Schmerzpunkte millimetergenau lokalisieren kann, und das macht mich fertig. Ich denke mir eine neue Strategie aus. Da ich noch über genügend Ausdauer wie Kraft verfüge, laufe ich den Berg in einem leicht tänzelnden fast hüpfenden Laufstil nach unten. Dadurch werden meine Knie und die Hüften erheblich geschont. Durch das stetige Beugen der Knie und das federleichte Tänzeln federe ich perfekt jeden einzelnen Schritt gut gedämpft ab. Beim Ballett würde man es sicherlich als „Demi Plie" bezeichnen. Zugegeben, es sieht für den neutralen Betrachter ziemlich bescheuert aus, wofür ich mich stets brav bei Cristian für die zu ertragende Peinlichkeit seines Wanderkollegen entschuldige. Die anderen Wanderer, an denen ich so vorbeilaufe, bleiben kurz stehen und sehen mir hinterher, als hätte ich einen Sonnenstich erlitten und nun müssten sie mir nach, um erste Hilfe zu leisten. Eine Pilgerin hat mir sogar nachgerufen:

„This is not a race."

Ich weiß, das Pilgern kein Rennen ist, aber ich will auch am Ziel in Santiago ankommen und ich habe schon von vielen gehört, dass sie verletzungsbedingt aufgeben mussten. Das möchte und werde ich mir ganz sicher ersparen. Sollen sie doch von mir denken, was sie wollen! Die meisten Leute gehen den Berg normalen Schrittes herunter, sodass viele von ihnen ihre Knie oder Beine überfordern. In einer heimischen Zeitung habe ich einmal gelesen, dass beim Treppenheruntergehen die Knie mit dem Dreifachen des eigenen Körpergewichts belastet werden. Nun, damit haben wir es doch, denn hier sind es gar viele tausend Schritte bergab. Bei allen ist dieser Berg und zwar nicht wegen der hübschen Metallfiguren lange in Erinnerung, denn eine Menge Leute müssen tatsächlich am nächsten Tag eine erzwungene Auszeit sowie Ruhepause zur Erholung einlegen.

Es ist immer wieder sehr schön anzusehen, wie sich der Jakobsweg in Blickrichtung vor einem in die herrliche Landschaft legt, ja geradezu hineinschlängelt.

In Puente angekommen, kann ich mich über meinen persönlichen Tagesrekord von dreißig zurückgelegten Pilgerkilometern freuen. Doch eins muss ich hinzufügen, ich kann und will nicht einen einzigen Schritt mehr vor den anderen setzen. Cristian möchte im Ortszentrum noch die überaus beeindruckende Kirche besichtigen. Aber nachdem ich auf seinen Vorschlag schon fast aggressiv „nicht jetzt" fauche, hat er Erbarmen mit mir und geht schnurstracks zur Herberge. Auf dem Weg zur Unterkunft treffen wir Blondi in Begleitung der Chinesin mit dem Schweizer Akzent. Die beiden kennen sich seit dem ersten Tag und haben sich bis hierher nicht aus den Augen verloren. Ich muss Blondi sofort erzählen, dass es sich um die Chinesin handelt, von der ich ihr erzählte. Die in sensationellen fünfeinhalb Stunden die erste Etappe über die Pyrenäen von Saint-Jean-Pied-de-Port nach Roncesvalles überquerte. Wir verabreden uns für den Abend auf ein bis zwei Bierchen im Ort, denn die beiden haben sich ein Lager fünfhundert Meter vor dem Ort ausgesucht. Diese Strecke erscheint für mich geradezu unüberwindbar lang, um dort gemeinsam zu nächtigen. Mir scheint es, so verlockend es auch klingen mag, absolut unmöglich jetzt noch die fünfhundert Meter zurück zur Schlafstätte der Mädels zu gehen.

Die Orte, die wir auf dem Jakobsweg durchqueren, sind alle fast gleich aufgeteilt. Der Weg führt uns meistens genau über die Calle Mayor kommend durch die Altstadt.

Damit liefert er immer ein hervorragendes Motiv für ein Erinnerungsfoto einer typisch spanischen Stadt.

In der Herberge angekommen, wird direkt nach dem Einstempeln geduscht. Nach dieser Rekordetappe fällt die Dusche sehr ausgiebig aus und ich spüle meinen Schweiß samt Geruch den Abfluss herunter. Danach muss ich unbedingt Fußpflege betreiben. An den Füßen zähle ich heute vier neue Blasen, die beim Laufen auf steinigem oder unebenem Untergrund gemeine Schmerzpunkte abgeben. Das Schreckliche ist, dass all diese Punkte an diesem Tag sagenhafte 30.000 Mal gedrückt wurden und jedes einzelne Mal schmerzte. Nun ist mir auch klar, wo meine Aggressivität bei Cristians Kirchenbesichtigungsversuch herkam. Sein Rucksack bringt im Übrigen leichte neun Kilogramm auf die Waage. Meiner wiegt jetzt „lediglich" sechs mehr als seiner. Es ist für mich eine neue Erkenntnis, dass schlappe sechs Kilo Gewichtsunterschied über Blasen oder keine an den Füßen entscheiden können. Mein Pilgerfreund wird bis zum Ziel Leon von Wundblase verschont bleiben.

Am Abend gehen wir in ein Restaurant ein Pilgermenü essen und Cristian versucht halb italienisch, halb spanisch eine „Extrawurst" zu bestellen. Er beschäftigt die Kellnerin sage und schreibe zehn Minuten mit dem Sonderwunsch. Die Bedienung bricht immer wieder in lautes Gelächter aus. Es ist bestimmt so, dass er etwas ganz Tolles sagt, aber eben nichts Verständliches für die Kellnerin. Er benutzt in seinen Ausführungen stets das Wort Piccolo und die Serviererin bricht danach sofort in lautes Gelächter aus. In meinem Kopfkino läuft jetzt parallel zu deren Gespräch ein Film ab. Im Kopf sagt er ihr stetig: „Ich habe einen kleinen...", nun muss ich ebenfalls laut loslachen. Die Pilgermenüs sind weiß Gott keine Köstlichkeiten, so fällt mir es selbst mit einem Bärenhunger schwer, diese mit Genuss zu essen, jedoch es ist nahrhaft und macht manchmal sogar satt. Während der ganzen Zeit meiner Pilgerreise bekomme ich nur ein einziges Mal ein leckeres Menü für Pilger und auch nur ein weiteres Mal hat mich ein Pilgermenü wirklich satt gemacht.

Nach dem Abendessen gehen Cristian und ich noch die Calle Mayor bis zum Ende der Stadt entlang, wo auch morgen der Jakobsweg weiterführt. Am Ende des Ortes Puente steht einer der schönsten Brückenkonstruktionen, die ich in Spanien zu sehen bekomme. Als ich über die Brücke schreite, die nur für Fußgänger geöffnet ist, fühle ich mich ins Mittelalter zurückversetzt. Vor meinem bildlichen Auge kann ich die ersten Pilger des Weges erblicken, wie sie unter einfachsten Mitteln und großen Strapazen über diese Brücke stolzieren. Wir besichtigen jetzt auch die Kirche.

Mögen die Gotteshäuser schon von außen beeindrucken, so verschlägt es einem den Atem, wenn man eintritt. Ich frage mich, ob wirklich alles vergoldet ist, was einen hier in dem Kirchengebäude golden anstrahlt? Die spanische Kirche hat das Licht in ihr kommerzialisiert. Es ist dunkel in ihr, aber für einen Euro im Automaten erleuchten die Lampen für knappe fünf Minuten den Innenraum. Dann kann ich die ganze Pracht in vollem Glanz erkennen. Es hat für mich schon ein bisschen etwas Schöpferisches. Ich kann es nicht lassen und puste es sodann auch heraus, denn bevor ich die Münze einwerfe spreche ich laut vor mich hin: „Lars sprach, es werde Licht, und es ward Licht." Es ist ein gutes Gefühl, in einer Kirche für Erleuchtung und Glanz zu sorgen, und das Ganze für einen schmalen Euro. Versuche es doch auch das nächste Mal, wenn sich die Gelegenheit ergibt.

Später treffen wir, wie verabredet, auf Blondi und die Chinesin. Jetzt erzählt Blondi mir ihre Geschichte weiter, warum sie den Jakobsweg gehe. Sie sieht auch gar nicht so aus, wie man sich eine typische Pilgerin vorstellt. Blondi schaut eher aus wie jemand, der auf dem Weg in die Disco ist, aber eben mit Rucksack. Sie hat in einem Autohaus in Hamburg gearbeitet und das zum Gram ihrer männlichen Kollegen sehr erfolgreich. Von diesen wurde sie weder für voll genommen noch akzeptiert. Je mehr Fahrzeuge sie verkaufte, desto höher stieg ihr Gehalt, aber im gleichen Ausmaß auch die Ablehnung durch die Arbeitskollegen. Ihre Arbeit machte ihr dann jedoch eines Tages keinen Spaß mehr, denn sie fühlte sich in einem Teufelskreis gefangen. Je häufiger sie Autos verkaufte, desto stärker zogen sich die Kollegen von ihr zurück. Sie kam sich dann immer isoliert und alleine vor.

Wenn sie in den gemeinsamen Aufenthaltsraum ging, in denen sich ein paar Verkaufskollegen unterhielten, stellten diese sofort das Gespräch ein und sie grüßten nur spärlich, um dann unverzüglich den Raum zu verlassen. Die Männer neideten ihr die guten Verkaufszahlen zwar keineswegs, aber sie befürchteten augenscheinlich auch, dass sie eines Tages durch eine weibliche Kollegin ersetzt werden. Es kam der Zeitpunkt, da sah sie nur noch eine einzige Möglichkeit: Sie kündigte ihren Job ohne, auch nur ansatzweise zu wissen, was sie weiter tun solle. Blondi wollte etwas ganz Neues machen, etwas arbeiten, worin sie einen Sinn sieht. Doch was kann das sein? Auch in ihrem Privatleben fehlte der Sinn. So entschloss sie sich, kurzerhand auf dem Jakobsweg nach Lebenssinn zu suchen. Sie wägte die Konsequenzen kein Stück ab, sondern besorgte sich in wenigen Tagen die Ausrüstung und buchte ihren Flug. Sie führt weiter aus, dass das Ganze nur einige Wochen zurückliege.

Es ist heute das zweite Mal, dass ich um 22.00 Uhr ins Bett gehe und alle anderen im Raum schon schlafen. Ich mag dann, auch wenn es noch vor dieser Zeit ist, das Licht nicht mehr einschalten. Das sind bestimmt die Auswirkungen, die Griesgram bei mir hinterließ. Aber jetzt habe ich die nächste Herausforderung zu lösen, denn ich muss die Zahnbürste und die Schlafsachen im Dunkeln aus meinem Rucksack herausholen. Jeder, der das einmal versucht hat, weiß, es kommt der berühmten Stecknadelsuche im Heuhaufen sehr nahe. Es ist fast aussichtslos, das in die Hände zu bekommen, was man sucht. Ich weiß genau, wo ich nachschauen muss, denn ich habe am Morgen schließlich den Rucksack systematisch gepackt. So wühle ich mich von der linken Seite zur rechten herüber. Ich ertaste die Medikamententasche, die Sonnencreme oder sonstiges.

Ich kriege alles in die Finger, was ich <u>nicht</u> brauche. Da ich, wie jeder andere Pilger, sehr viele Sachen in extra wasserdichte Tüten verpacke, ist eine geräuschlose Suche nach der Zahnbürste schier unmöglich. Das Rumsuchen dauert bestimmt zehn Minuten, aber nein, die Zahnbürste finde ich an diesem Abend nicht. Am folgenden Morgen ist es immer das Gleiche, das, was ich ewig lange in der Dunkelheit gesucht und nicht gefunden habe, liegt oben gut sichtbar, leicht zugreifbar auf dem Rucksack.

Ein eigenes Mysterium für sich!

Beim Betreten des Schlafsaales eröffnet sich mir eine Geräuschkulisse, die seinesgleichen sucht. Auch das ist ein eigenes Mysterium für sich, denn das leiseste Tütenrascheln nervt andere Pilger enorm. Ich gebe zu, mich stört es auch, wenn jemand im Raum ewig mit seinen Tüten raschelt. Das unerklärliche ist aber die Tatsache, dass das Raschelgeräusch viel leiser ist als das Schnarchen. Trotzdem stören sich alle mehr an dem Tütenrascheln als am lauten Schnarchgeräusch anderer Pilger. Vielleicht wird eines schönen Tages ein Wissenschaftler hinter eines dieser beiden Mysterien kommen und die Menschheit über sie aufklären. Es auszuhalten   gehört jedoch für mich auf jeden Fall zum Camino-Spirit dazu.

Vielleicht soll es für uns Pilger so eine Katharsis sein, so eine Art innere Läuterung. Schließlich pilgern wir und zum Pilgern gehört eben auch eine Buße dazu. Nur eine körperliche Buße, die wir tagaus, tagein mit den schmerzenden Füßen, Knien oder streikenden Hüften als Läuterung auf uns laden, ist eben nicht genug. Wir werden auch in unseren Alltagsabläufen geläutert und müssen Buße tun. Somit verstehe ich für mich genauso das Ertragen des nächtlichen Schnarchens als eine Art

Läuterung. Vorher wusste ich gar nicht, dass davon so viele unterschiedliche Arten existieren. Manchmal versuche ich, an den Schnarchgeräuschen zu erraten, aus welchem Land der Pilger bzw. Schnarcher kommt. Was mir auch neu ist, dass eine Menge Frauen die gleichen Geräusche beim Schnarchen von sich geben wie Männer.

Am Morgen finde ich auf dem Bett einer Pilgerin, die die Herberge früh verlassen hat, ein Paar Ohrstöpsel, die sehr liebevoll in einer hübschen Metalldose verpackt sind. Diese Frau tut mir jetzt schon leid, schließlich wird sie den schmerzlichen Verlust erst heute Abend beim Zubettgehen bemerken. Dann, wenn es längst zu spät sein wird, sich neue zu besorgen. Sie wird sicherlich eine schlaflose Nacht vor sich haben, denn ohne Ohrstöpsel ist es nahezu aussichtslos, in den Herbergen in den Schlaf zu kommen. Sollte es ihr doch gelingen, nach ewigem Hin- und Herwälzen im Bett einzuschlafen, wird es höchstwahrscheinlich 4.30 Uhr am Morgen sein, die ersten Pilger stehen schon wieder auf und machen so viel Krach, dass sie jäh aus dem Traum gerissen wird.

Grundsätzlich bin ich mir unsicher, ob es diese Ohrstöpsel hier im Land zu kaufen gibt, denn die Spanier an sich sind als lautstärkeunempfindlicher zu bezeichnen.

Wenn man hier auf dem Jakobsweg Landsmänner reden hört, ist es eigentlich keine normale Unterhaltung, sondern kommt einem sich gegenseitigen Anschreien sehr nahe.

Die Spanier sprechen nicht miteinander, die schreien sich nach meinem Empfinden förmlich an.

5. Tag: Every Day Is Exactly the Same - NIN -

Heute Morgen in Puente haben Cristian und ich uns eine Ausnahme gegönnt. Wir gönnten uns den schieren Luxus in der Unterkunft zu frühstücken. Eigentlich ist es kein Luxusfrühstück, sondern eher ein bescheidenes. Doch was wollen wir für schmale zwei Euro extra erwarten. Aber hier hat uns dennoch das Frühstücksangebot sehr gelockt. Die normalen Frühstücke, wenn überhaupt in den einzelnen Herbergen angeboten, sehen folgendermaßen aus:

Es gibt Kaffee aus Thermoskannen, die schon am Abend vorher befüllt und in den Frühstücksraum gestellt werden. Selbstverständlich sind es besonders einfache Kannen ohne eine funktionstüchtige Isolierung, sodass man am nächsten Morgen nicht wirklich heißen Kaffee erwarten darf. Als Brot bekommt man meistens so etwas Ähnliches wie Zwieback, einzeln verpackt in Plastik. Als Alternative zum Zwieback steht noch furztrockenes Sandgebäck, eine Art Muffin, zur Verfügung.
Die sind wiederum ohne Flüssigkeit nicht herunterzubekommen. Der Aufstrich besteht aus maximal zwei Sorten Konfitüre, rote und gelbe. Manchmal steht H-Milch für den Kaffee im Kühlschrank. Weder Butter noch Margarine bekommt man hier. Jeder, der einmal auf so ein Frühstücksangebot hereingefallen ist, spart sich das ab sofort. Aber in dieser Herberge war das Frühstück im Übernachtungspreis inbegriffen und hier hat man sich auch Mühe damit gegeben, eine bescheidene, jedoch liebevolle Mahlzeit anzubieten. Hier bekomme ich Baguette, welches man auf einem Toaster toasten kann, einen Joghurt bzw. Apfel und zu den beiden Konfitüren in rot oder gelb gibt es auch

Schokoladenaufstrich. Der Kaffee, der hier reichlich vorhanden ist, wird in beheizten Kesseln bereitgestellt, so schmeckt er wie frisch aufgebrüht. Es stellt für Cristian und mich eine neue, ungewohnte Art des Aufbruches dar, sich so harmonisch fertigzumachen, den Rucksack zu packen, um sich dann in den Frühstücksraum zu setzen, und in aller Gemütlichkeit zu speisen. Die Ruhe zum Frühstücken scheinen heute alle Pilger in dieser Herberge zu genießen, denn sie wirken viel entspannter als sonst. Der normale Pilgeralltag scheint sich sowieso jeden Tag aufs Neue zu wiederholen. Dann muss ich immer an den Song der Rockgruppe **N**ine **I**nch **N**ails denken „Every day is exactly the same", der mir nicht mehr aus dem Kopf geht und ich die ganze Zeit vor mich hin singe.

Nun beschreibe ich hier einmal meine Tagesabläufe, die sich wirklich nur in Nuancen unterscheiden.

Ich wache zwischen halb sieben und sieben Uhr ohne Wecker auf. Dann gehe ich auf die Toilette, das erspart mir die Sorge, es auf dem Weg zu müssen. Wenn die sanitären Einrichtungen wie zum Beispiel das Bad in einem Top- Zustand sind, gönne ich mir morgens in der Herberge eine zweite Dusche, kommt aber nur selten vor. Anschließend laufe ich zum Bett, lege die Sachen, die ich am Tag anziehen will, auf die eine Seite des Bettes und die, die ich zurück in den Rucksack verstauen möchte, auf die andere. Dann rolle ich den Schlafsack ein, verstaue ihn zusammen mit den Badelatschen und Spezial-Regen-Poncho im untersten Fach des Rucksackes. Nun kümmere ich mich um meine Füße. Ich steche, wenn nötig, noch einmal die Blasen vom Vortag auf, sollten die wieder voller Flüssigkeit sein. Anschließend präpariere ich sie für den langen Tagesmarsch mit Blasenpflaster und Hansaplast-Klebeband.

Um Reibung an den Füßen abzubauen, wende ich die „Zweisockenstrategie" an, von der ich vorher gelesen habe.

Das heißt, nach dem Präparieren schlüpfe ich in meine Wandersocken und darüber ziehe ich unten abgeschnittene, dünne Damenstrümpfe. Jetzt lege ich Achsel-Geruchsstopp auf, denn das braucht man wirklich. Man kann jenen Pilger schon von Weitem riechen, bei dem das Deo versagte. Danach ziehe ich in einem unbeobachteten Moment die Schlafunterhose aus und die Wanderunterhose an. Dann checke ich, nur in Unterhose gekleidet, das Wetter sowie die Temperatur, denn je nach Empfindlichkeit, Wetterlage und Temperaturgegebenheiten fällt meine Kleidungsauswahl aus.

Alle überflüssigen Sachen packe ich streng nach meinem eigenen System ein. Leichte Kleidungsstücke nach unten und schwere Utensilien nach oben, alles unter Berücksichtigung der Sachen, die ich an diesem Tag eventuell noch gebrauchen kann. Denn die müssen natürlich ebenfalls oben im Rucksack schnell zu erreichen sein. Anschließend spanne ich die Isomatte und das Zelt mit Gurten fest, fertig ist das Gepäckstück. Dann bekleide ich mich und gehe zuletzt noch meine Zähne putzen. Das Anziehen der Wanderschuhe bedarf besonderer Sorgfalt, darum vollziehe ich es als Letztes und laufe ein paar Schritte, um zu sehen, dass die Schnürung nicht zu fest, aber auch nicht zu lose ist.

Nun verlasse ich die Herberge und steuere den Brunnen an, den ich tags zuvor auf Chlorgehalt im Wasser testete. Trinkwasser mit einem hohen Gehalt an Chlor kriege ich einfach nicht durch den Hals, denn es erinnert an Badewasser öffentlicher Schwimmanstalten.

Und dort habe ich in meiner Kindheit zu häufig hineingepinkelt, sodass ich mich jetzt davor ekel. Ich befülle unter Berücksichtigung des Hitzegrades und der Entfernung zum nächsten Ort die Wasserflaschen. Auch hier zählt jedes zu viel mitgeschleppte Gramm als Zusatzgewicht. Ich versuche immer, nach zwei bis drei Stunden eine Cafebar zu finden, um mich mit meinem ersten Café con Leche zu belohnen. Dazu gibt es entweder ein Bocadillo mit Jamon oder zwei Schoko Napolitains.

Je nach Wegstrecke und Pausen komme ich zwischen 15.00 bis 17.00 Uhr in der neuen Herberge an. Immer habe ich, das möchte ich hier nochmal besonders betonen, ein Bett bekommen. Sicherheitshalber wird die Belegung des Bettes durch Herauflegen meines Schlafsackes und einiger Sachen kenntlich gemacht. Sonst kann es sein, dass jemand den von mir gewählten Schlafplatz noch vor meiner Nase wegschnappt. Und ich lege extremen Wert darauf, am Fenster zu liegen, denn derjenige, der dort liegt, hat auch das Sagen über den Öffnungszustand, ein ungeschriebenes Herbergsgesetz. Jetzt Duschgel, frisches T-Shirt sowie Unterhose geschnappt und auf ins Badezimmer. Nach der Dusche werden sofort die mit Schweiß durchtränkten Sachen gewaschen und samt Handtuch auf die Wäscheleine gehängt. Wenn man Glück hat und die Sonneneinstrahlung noch intensiv vom Himmel wirkt, wird die Wäsche bis kurz vor dem Schlafengehen einigermaßen trocken. Ich nehme sie immer, bevor ich schlafen gehe, mit zum Schlafplatz und hänge sie an mein Bettgestell. So kann die Restfeuchtigkeit in der Nacht komplett trocknen, denn die Schlafräume sind nicht nur im Hochsommer zumeist bullenheiß. Nach getaner Arbeit muss ich mich dann oft für ein Stündchen aufs Ohr legen und ausruhen. Dazu höre ich stets laute Musik, denn oft nicke ich ein, aber die lautstarke und schnelle Rockmusik weckt mich dann kurze Zeit später wieder auf. Nach der Ruhepause fällt das Gehen besonders schmerzvoll aus. Es erinnert an einen unvollkommenen Robotergang der ersten Robotergeneration, der bei allen Pilgern ähnlich schleichend und unbeholfen aussieht. Jetzt geht man ein Pilgermenü essen oder man bereitet sich etwas Eigenes in der nicht immer vorhandenen Herbergsküche zu. Dann dreht man noch, je nach Ortsgröße, eine kleine oder größere Besichtigungsrunde durch den Ort.

Später sitzt man dann noch mit ein paar Pilgergenossen zusammen, unterhält sich und füllt den Flüssigkeitsverlust des Tages wieder auf. Der eine hiermit, der andere damit. Ab 20.30 Uhr machen sich viele schon zur Nacht bettfertig. Spätestens um 22.00 Uhr liegen alle im Bett. Bis ich am nächsten Morgen, zwischen halb sieben und sieben Uhr ohne Wecker aufwache. Dann gehe ich auf die Toilette... „Every day Is exactly the same."

Als ich mit Cristian beim Kaffee stehe, und mir nachschenke, steht zu meiner Freude die hübsche Französin vor mir. Wie jedes Mal bedaure ich sehr, dass ich kein französisch spreche oder verstehe. Das hindert uns beide allerdings nicht daran, uns herzlichst wie alte Freunde zu umarmen und ein paar unbeholfene Worte zu wechseln. Ich kann es einfach nicht lassen!

Am Vorabend hat ein deutscher Pilger mich und Cristian darauf hingewiesen, dass wir heute einen heißen Tag mit bis zu 28°C zu erwarten haben. Also haben wir uns dementsprechend für kurze Hosen, ein leichtes Trägershirt und dick aufgetragene Sonnencreme entschieden. Als wir starten, ist es noch arschkalt und schwer vorstellbar, dass es wirklich so heiß werden soll.

Der erste Weg bringt uns zu einem kleinen Supermarkt, der auch schon um diese Zeit geöffnet hat. Dort kaufe ich mir Baguette und Salami als Proviant für den Tag. Dann führt uns der Weg an den Brunnen, aus dem wir Massen an Wasser tanken. Es erscheint für uns nach wie vor als unglaublich, aber es soll heute 28°C auf dem Thermometer stehen. Ich bin immer dankbar, wenn wir einen Wasserspender finden, aus dem das Trinkwasser auch nach solches schmeckt und eben nicht nach öffentlicher Badeanstalt.
Die Spanier hauen hier gefühlt manchmal so viel Chlor in das Wasser, das es kaum trinkbar erscheint ohne eine Chlorvergiftung zu bekommen.

Beim Befüllen stößt die Chinesin mit dem Schweizer Akzent zu uns. Sie heißt übrigens Songnee. Blondi ist schon vor Stunden alleine vor ihr los. Warum weiß der Geier! Die Begrüßung fällt nicht minder herzlich aus wie die von der hübschen Französin.

Ich genieße diese Umarmungen jedes Mal, weil mir dabei auffällt, wie sehr ich Körperkontakt vermisst habe. Vielleicht ist es das gleiche Leid, das uns Pilgerfreunde so zusammenschweißt und uns so herzlichst miteinander umgehen lässt. Jeder Pilger, sei es auf dem Weg oder am Ankunftsort, lächelt dem anderen, den er erblickt, auf so eine besondere Art und Weise an. Auch dieses Lächeln schenke ich für gewöhnlich nur Menschen, die mir sehr am Herzen liegen. Vielleicht liegen nur wir Pilger uns hier am Weg gegenseitig so stark am Herzen? Wahrscheinlich sind es bereits die ersten Auswirkungen, die wir gemeinsam auf dem Jakobsweg erfahren. Er hat uns schon verändert und in seinen Bann gezogen, hat alle Teilnehmer somit in eine Art spirituellen Frohsinn fallen lassen, denn die Freude ist stets beidseitig auffallend groß.

Selbstverständlich gibt es auch hier Ausnahmen von der Regel. Es existieren nur wenige Arten von Pilgergenossen, die unbeliebt sind. Zum Beispiel die ewigen Besserwisser, die es natürlich auch hier auf dem Weg gibt. Eben jene Artgenossen, die aber auch zu allem und jedem ungefragt ihren „Senf" dazugeben müssen. Auch bei mir ist ein Pilger unangenehm aufgefallen. Es ist der Deutsche von gestern Abend, der zum Besten geben musste, dass für heute heiße 28°C angekündigt sind. Die Tageshöchsttemperatur liegt aber nur bei arschkalten 18°C. Na, wenn der mir in die Finger kommt!

Ich habe den kompletten Tag gefroren wie ein verschwitzter Mitarbeiter, der das Tiefkühlhaus eines Warenhauses neu sortieren soll. Überhaupt frage ich mich mal wieder, ob ich tatsächlich in Spanien gelandet bin. Ich kann es in Anbetracht der kalten Außentemperaturen kaum glauben. Es ist Ende Mai, da habe ich einfach ganz andere Temperaturen erwartet. Auch an diesem Tag, wie sollte es auch anders sein, denke ich den fünften Tag in Folge, an dem ich frieren muss, besonders intensiv an meinen Kumpel, der vor der Hitzewelle in Spanien warnte.

Cristian und ich wandern jetzt schon den vierten Tag ohne Absprache zusammen den Jakobsweg und wir haben nicht einmal das gleiche Gehtempo. Cristian kann locker einiges schneller unterwegs sein, doch er zieht es vor, mit mir gemeinsam weiterzugehen, was mich sehr freut. Wir unterhalten uns schließlich gegenseitig prächtig und erzählen uns mittlerweile die privatesten Dinge aus unserem Leben, die ich selbst in dieser Form noch nicht einmal mit meinem besten Freund besprochen habe. Es muss eindeutig der Jakobsweg sein, der alle Pilger nach wenigen Tagen verändert. Ich nenne das Phänomen den Camino-Spirit oder den Zauber des Jakobswegs. Er verwandelt jedermann, aber eben jeden auch auf eine andere Art und Weise. Bei mir geht das Gefühl für Raum, Entfernung und Zeit verloren. Mal kommen mir fünf Kilometer unendlich lang vor und ein anderes Mal, was auch am selben Tag sein kann, marschiere ich die gleiche Distanz von fünf Kilometern in gefühlt wenigen Schritten. Heute habe ich auch ein älteres Paar vor mir wandern sehen, welches die ganze Zeit händchenhaltend gepilgert ist. Das hätte ich mir vorher nicht vorstellen können. Ich habe bei meiner Recherche zum Jakobsweg immer gelesen, jeder Pilger geht den Weg für sich alleine.

Paare, die gemeinsam starten, kommen in Santiago niemals als Pärchen an. Jedoch nach einem romantischen Bild von zwei Pilgern, die so lange händchenhaltend vor mir gegangen sind, kann ich es mir jetzt doch sehr gut vorstellen und bin sogar ein bisschen neidisch auf die beiden. Ich würde auch so gerne mit einer Partnerin Hand in Hand den Jakobsweg entlanggehen. Ich weiß, es ist nur eine verträumte, doch sehr schöne Illusion.

Trotz der wahnsinnig schmerzenden Füße bin ich heute konditionell super drauf. An der ersten steilen und sehr langen Steigung kann ich das Tempo halten. Ich fühle mich gerade so, als wenn ich Bäume ausreißen kann. Gott sei Dank bremst mich Cristian ein wenig. Dennoch überholen wir die meisten Leute an dieser langgezogenen Steigung. Wir marschieren trotz Tempodrosselung doppelt so schnell als die anderen. Überhaupt scheint es außer Cristian keinen Pilger zu geben, der nicht mit irgendeiner körperlichen Blessur zu kämpfen hat. Mich plagen ja nur vier schmerzende

Blasen, die bei jedem Schritt einen Schmerz auslösen. Will damit sagen, es sind zwar Qualen, aber sie sind zu ertragen. Andere Pilger haben große Probleme mit den Knien, mit den Waden, den Achillesfersen, mit den Hüften oder mit dem Kreislauf. Es ist sowieso auffällig, dass nach einer steilen Bergaufpassage, auf den dann folgenden Kilometern wieder jede Menge Kreuze von verstorbenen Pilgern stehen. Daraus schließe ich, dass es für diese Menschen solche körperlichen Strapazen waren, dass sie mit allerletzter Kraft den Berg aufgestiegen und wie in einem Wahn weitergegangen sind, sodass ihr Körper wenig später kollabierte. Sie müssen direkt auf dem Camino zusammengebrochen und verstorben sein. Sie wollten sich vielleicht wissend, dass ihr irdisches Leben bald enden wird, von ihren Sünden reinwaschen und die Pilgerreise nach Santiago de Compostela unternehmen.

Sie haben es nicht geschafft und sind nach circa „nur" einhundert Kilometern gestorben. Ein anderes Mal frage ich mich, was hat diese Menschen angetrieben, dass sie das Letzte aus ihren Körper herausgeholt haben, bis zum eigenen Tod? Mir fällt da immer nur ein Grund ein, der Weg zur größten Liebe seines Lebens. Der Liebe zu Gott. Und wenn es so ist, dann hat es derjenige geschafft, denn er ist jetzt bei seiner größten Liebe, bei Gott im Himmel. Von nun an nehme ich mir vor, an jedem Kreuz des Weges kurz innezuhalten und an die verstorbene Person zu denken.
Ich denke dann immer:
„Okay, du hast dein Ziel nicht erreicht und bist nicht in Santiago de Compostela angekommen, aber dein Leiden und dein Tod waren nicht umsonst, denn wir Pilger vergessen dich nicht. Ich vergesse dich nicht, denn du bist einer von uns, Amen."

Mit diesem kleinen Gebet fällt mir das Weitergehen ein wenig leichter und es mahnt immer dazu, achtsamer zu sein und auf mich und meinen Körper zu achten. Früher habe ich Wandern als Spaziergang mit Gepäck angesehen und es als solches lapidar abgetan. Der Jakobsweg hat mich aber schon am ersten Tag mit der Überquerung der Pyrenäen eines Besseren belehrt. Es ist echt anstrengend und verlangt bereits einem gesunden Körper alles ab. Wenn man dann körperliche oder gesundheitliche Schwankungen hat, sollte man im Budget 5 Euro für ein Rucksacktaxi einplanen. Es ist kaum zu glauben, wie groß die Differenz ausfällt, ob man mit zehn oder mehr Kilogramm Gepäck unterwegs ist oder nicht. Es stellt einen himmelweiten Unterschied dar. Klar, man leidet dann nicht mehr so wie die anderen Pilgerkollegen, die mit ihrem Ballast marschieren, aber dass man ankommt, ist dafür umso wahrscheinlicher. Die Taxen befördern die Rucksäcke von einer Herberge in den Zielort in die dort angegebene Unterkunft.

Es hat gleich zwei wesentliche Vorteile:

Der Erste: Man ist das Gewicht los, muss es nicht mitschleppen und kann so lastbefreit wandern.

Der Zweite: Man weiß mit Gewissheit, dass man in der Zielherberge einen Schlafplatz bekommt, den man damit gleichzeitig für sich reserviert.

Persönlich habe ich nie Probleme gehabt, einen Platz zu ergattern, doch habe von den Taxinutzern erfahren, dass sie wesentlich ruhiger unterwegs sind. Sie können gewiss sein es ist in der Pilgergemeinde absolut akzeptiert, diese Rucksacktaxen zu benutzen. Da rümpft keiner die Nase.

Selber schaffe ich für meine Person heute einen neuen Tagesrekord. Satte einunddreißig Kilometer und mir geht es dabei besser als gestern. Obschon eines sehr auffällig ist, dieses muss am heutigen Tag die Etappe der hinkenden bzw. verletzten Pilger sein. Jeder, aber auch ausnahmslos jeder scheint sich heute mit seinen Verletzungen herumzuquälen. Der eine hat wie ich Blasen an den Füßen, die stark schmerzen und das Tempo drosseln. Den anderen plagen Probleme mit dem schmerzenden Knien, die den Gang verändern. Wieder ein anderer hat Muskelverspannungen in den Waden, Oberschenkeln oder quälenden Achillessehnen vom Bergablaufen und so weiter und so fort. Die Etappe von gestern hat augenscheinlich den meisten Pilgern den Rest gegeben, schließlich humpelt und hinkt heute fast jeder. Mir scheint es so, als wenn das Bergablaufen mehr Tribut vom Körper verlangt als alles andere auf der Strecke. Wenn ich so darüber nachdenke und mir die anderen genauer ansehe, fühle ich mich trotz der stark schmerzenden Blasen an den Füßen als privilegiert. Schließlich tun die nur weh, doch meinem Körper geht es ansonsten ausgesprochen gut.

Für mich gibt die heutige Etappe nur einen kleinen Wermutstropfen her, denn die Wegstrecke besteht heute zum Großteil aus großem, grobsteinigen Kies. Teilweise ist dieser Kies lose, teilweise fest. Bei jedem Schritt, den ich mache, treffe ich einen Kieselstein, der aber auch zielsicher eine der empfindlichen Blasen oder Schmerzpunkte unter den Füßen trifft.

Manchmal hält der Camino einige Überraschungen für seine Pilger parat. Zum Beispiel durfte ich heute Morgen einen Blick durch mein Herbergsfenster auf die Rückseite der Calla Mayor werfen. Von vorne sieht sie sehr gepflegt und prächtig aus, aber von hinten kann ich mir kaum vorstellen, dass in all diesen Häusern, die fast verfallen aussehen, noch Menschen leben.

Doch damit haben Cristian und ich erst mal ein Gesprächsthema für die nächsten Kilometer. Der Jakobsweg schlängelt sich wieder in schönster Form und in prächtigen Bildern vor uns in die grüne Landschaft. Manchmal gehen wir auf Orte zu, die sich bildschön oben auf einer Anhöhe präsentieren. Postkartenidylle pur! Und immer wieder schmücken andere Pilger das Motiv mit den langgezogenen Wegen, die sich in die Landschaft schmeichelhaft hineingelegt haben. Auf einer Anhöhe entdecken wir auf einem Feld das Abbild unserer Erde. Zu sehen sind die einzelnen Kontinente. Diese Weltkarte wird auf braunem Boden mit grünem Buschwerk abgebildet. Sieht toll aus! Ich frage mich, wer sich denn hier, so mitten im nichts so viel Mühe mit der Abbildung gemacht hat.

Jetzt durchschreite ich eine Unterführung. Sie ist halbkreismäßig gewölbt und wird von einem Lichthof in zwei Abschnitte geteilt. Ich zücke sofort die Kamera, denn das Bild erinnert mich extrem stark an meine Vorstellungen des eigenen, letzten Weges in den Himmel, den jeder von uns einmal gehen muss. Sicher, am Ende des Tunnels ist kein gleißendes Licht zu sehen, nur normales Sonnenlicht. Aber ich wiederhole, dieses Bild entspricht genau meinen Vorstellungen. Wäre jetzt auch noch ein gleißender Lichtschein am Ende zu erblicken, dann würde ich an diesem Tag ganz bestimmt nicht durch den Tunnel gehen!

Wenig später, nachdem Cristian und ich einen größeren Ort durchquert haben, kommen wir an einer Art Kloster vorbei. Und zu Beginn der Klosteranlage steht eine Brunnenanlage, aus dem wir wahlweise Wasser oder auch Wein entnehmen können. Ja, du liest richtig!

Einen Brunnen, aus dem der Pilger Rotwein schöpfen kann. Leider ist dort direkt vor uns eine komplette fünfzigköpfige Busgesellschaft eingetroffen, sodass wir kaum eine Chance sehen, an die Quelle zu geraten. Cristian ist schon drauf und dran wieder zu gehen, weil es aussichtslos erscheint, in der nächsten Stunde dranzukommen. Doch etwas in mir möchte unbedingt an diesen edlen Weinspender. Es geht mir hierbei weniger um den Alkohol, als eher um die Tatsache, dass ich noch nie von einem Rotweinbrunnen gehört habe. Da es sich hier um ein Kloster handelt, werden sich die Mönche bestimmt etwas dabei gedacht haben. Also greife ich zu einer kleinen List, die aber ausgezeichnet funktioniert. Ich gehe zielstrebig auf den Rotweinbrunnen zu, der in einer Art Umzäunung steht und schmeiße laut stöhnend mit einem beeindruckenden wie intensiven „Puh" das schwere Ding ab und rufe ebenso lautstark:

„Sorry, it´s only for Pilgrim."

Ich weiß nicht einmal, ob es sich hier um korrektes Englisch handelte, aber egal, es funktioniert prächtig, denn die Busgesellschaft bildet sofort eine Art Spalier und lässt mich vor. Ich gebe zu, ein bisschen, aber nur ein ganz kleines bisschen, ist es mir vor Cristian peinlich, schließlich hat er mich so noch nicht kennengelernt. Doch da er auch das vom Kloster bereitgestellte Pilgergetränk kosten möchte, durchschreitet er die Gasse ebenfalls forschen Schrittes und wir stehen direkt am Brunnen. Flugs leert er eine seiner Wasserflaschen und befüllt sie mit Rotwein. Wir trinken ein paar Schlucke, als wenn wir Weinkenner bei der Verkostung darstellen, als ob wir testen wollen, welche Geschmacksrichtung das Bukett verfolgt oder ob der Wein gar korkig schmeckt. Auch das beobachtet die spalierstehende Busgesellschaft mit Geduld und Respekt. Dann befüllt Cristian seine

Wasserflasche erneut randvoll und wir nehmen noch gegenseitig zur Erinnerung einige Fotos von uns sowie dem Rotweinbrunnen auf.

Nun gehen wir gemächlich zu unseren Rucksäcken zurück und lassen die gierig wartende Busgesellschaft heranschreiten. Wir beiden grinsen uns eins und ziehen von dannen. Der Weg windet sich weiter durch eine Heidelandschaft, die uns aber ab und an durch sogenannte Hohlwege, Feldwege und durch Wälder führt. An einer letzten Anhöhe können wir erkennen, dass das lästige bergauf und anschließende Bergabgehen ein Ende haben wird, denn wir sehen bis zum Horizont keine Berge mehr. Vor uns breitet sich eine flache Ebene aus.

6. Tag: Jeder sucht nach Sinn im Leben

Jeden Abend denke ich beim Einschlafen, dass ich am nächsten Morgen keine zwei bis drei Kilometer wandern kann, so fertig fühle ich mich häufig. Meine Füße verlangen von mir eine Zwangspause. Es ist jetzt ebenfalls fast jede Nacht so, dass ich von schmerzenden Fußsohlen aus dem Schlaf gerissen werde. Ich wundere mich dann immer nach dem allabendlichen Duschen über den lang anhaltenden Druckschmerz. Wenn ich mich anschließend aufs Bett lege, um mich von den Tagesstrapazen zu erholen, habe ich bestimmt noch eine Stunde mit einem nachlassenden Druckschmerz zu tun, obwohl die Füße schon lange keinen Wanderbelastungen mehr ausgesetzt sind. Da weiß ich meistens nicht, ob der ablassende Schmerz mir guttut, oder, ob es auch noch eine Art der Läuterung sein soll. Er lässt ganz langsam schleichend nach, sodass ich mich nach einer Stunde wieder traue, meine Füße ein wenig zu belasten, allerdings ohne Rucksack, sprich Gewicht. Wie gesagt, fällt mir das Gehen dann immer sehr schwer und ähnelt eher einem unbeholfenen wie staksigen Robotergang oder einem erbärmlichen Humpeln.

Tief in der Nacht kehrt der Belastungsschmerz nun häufig zurück und gleicht einer Art Phantomschmerz, der sich mir nicht erklären will. Denn wie beschrieben, die Schmerzen nehmen nach der Ruhephase ab und sind fast verschwunden. In der Schlafphase kommen sie jedoch ohne jedwede Belastung zurück. Dann weiß ich auch nicht mehr, wie ich im Bett liegen soll. Lege ich mich auf den Rücken, so tun meine Hacken und Achillesfersen vom Aufliegen weh. Lege ich mich auf die Seite, so schmerzen meine Hüften. Also habe ich mir in den Herbergen das Schlafen auf dem Bauch angewöhnt. Wenn das nicht funktioniert, lasse ich die Füße aus dem Bett an den Seiten heraushängen, damit weder die Hacken noch die Achillesfersen belastet sind. Trotz aller möglichen Liegepositionen wache ich stets im Schlaf vom eigenen Herumwälzen oder Schmerzgestöhne auf. In manchen Nächten ist der Phantomschmerz so unerträglich, dass ich mir nur mit der Einnahme eines schmerzlindernden Mittels aus der Apotheke zu helfen weiß. Es ist schon eine aberwitzige Situation, denn am Tage halte ich die Belastungsschmerzen bei zunehmender Strecke bis zum Nachmittag ohne Medikamente aus.

Nur in der Nacht will es mir nicht gelingen, ohne diese Tabletten auszukommen, obschon meine Fußsohlen, wie oben beschrieben, belastungsfrei sind. Am Morgen kann ich wie durch eine nächtliche Wunderheilung wieder eine neue Wegstrecke von dreißig Kilometern laufen. Das Wunder im Schlaf verläuft nicht nur bei mir so, sondern bei allen Pilgern. Sehe ich am Abend noch den ein oder anderen Pilgerkollegen schrecklich humpeln bzw. seine stark lädierten Wunden pflegen, denke ich bei mir: Na, die bzw. der wird in der Frühe ganz sicher nicht weitermarschieren können. Aber kaum ist der nächste Morgen da, sind diese Pilger schon meist frohgemut unterwegs. Wenn ich sie dann später auf der Strecke oder in einer Cafebar wiedertreffe, geht es ihnen wie mir, erheblich besser. Ich nenne dieses Phänomen die nächtliche Wunderheilung des Jakobsweges, denn eine andere Erklärung stellt sich mir dafür einfach nicht.

Heute haben Cristian und ich zur Rücksichtnahme auf das eigene körperliche Befinden eine etwas kürzere Etappe geplant. Da das gemeinsame Pilgern mit ihm weiterhin sehr viel Spaß bereitet, gehen wir zusammen weiter. Ich brauche zwar beim Losgehen meistens einen bis zwei Kilometer, bis ich meinen Rhythmus und Tempo finde, aber habe ich es gefunden, läuft es sich hervorragend.

Ich glaube, Cristian könnte heute Bäume ausreißen und locker sieben Kilometer oder mehr in der Stunde marschieren, doch er drosselt das Gehtempo auf meines herunter, worüber ich extrem froh bin. Er vermeidet auch alles, damit bei mir nicht der Eindruck entsteht, dass er auf mich wartet, denn das wäre mir unangenehm. Mir scheint es fast so, als wenn der Jakobsweg mittlerweile all seine Pilger verändert. Ich mache es auch gleich an mehreren Veränderungen fest.

In den ersten Tagen gab es noch den typischen Camino-Smalltalk, der bei jedem ähnlich ablief. Er beginnt häufig mit der Frage, woher man kommt, dann folgte die, von welchem Ort man den Jakobsweg startete, gefolgt von der, von wo man an diesem Morgen gestartet ist. Lag der Ort vor dem Startort des Fragenden, so wurde es immer mit einem in die Länge gezogenem „ohhhh" quittiert. Lag er aber hinten dem Startort des Fragestellers, kam keine Antwort, sondern es wurde nur mit einem leichten Kopfnicken reagiert. Wenn all diese Fragenstellungen geklärt waren, kam standartmäßig die Nachfrage nach dem körperlichen Befinden. Da jeder die eigenen Erfahrungen mit seinen Beschwerden erlebt, wird sie meistens sehr ausführlich beantwortet. Hier zeigt sich auch ein kleiner Unterschied zwischen den männlichen und den weiblichen Pilgern. Die Pilgerinnen beschreiben die körperlichen Beschwerden regelmäßig viel detaillierter und ausführlicher als die Männer. Der Fragende bekommt von einer Frau häufig ungefragt einen Querschnitt der zurzeit stattfindenden Gefühlswelt präsentiert, was zuweilen auch sehr interessant sein kann. Das soll aber nicht heißen, dass die Frauen mehr leiden als die männlichen Kollegen. Nein, sie können es nur erheblich umfassender beschreiben. Natürlich kommen solche zuerst beschriebenen Smalltalks noch heute manchmal vor, jedoch die Gespräche nehmen jetzt eine auffallend intensivere Form an.

Sie verwandeln sich, sind gehaltvoller, persönlicher, tiefgründiger, spiritueller und bekommen dadurch folglich einen gewissen Tiefgang. Mir zum Beispiel stellt man nun oft die Frage, aus welchen Beweggründen ich den Jakobsweg wandere und ob bei mir auch religiöse Gründe dahinter stecken. Auf diese Fragestellung kann ich spontan gar nicht so recht antworten. Ich muss mir so selber überlegen, was das für mich bedeutet. Was heißt das? Gehst du den Jakobsweg aus religiösen oder spirituellen Gründen? Noch vor zwei Wochen hätte ich gelächelt und ein sprödes Nein als Antwort gegeben. Genau an diesem Punkt mache ich an mir selber fest, dass der Jakobsweg mich schon in den Bann zog. Und das meine ich absolut und zu einhundert Prozent im positiven Sinne. Es klingt selbst für mich ungewöhnlich, aber ich fange in der Tat an, über Gott nachzudenken. Jeder versteht für sich religiöse oder spirituelle Gründe anders. Es gibt hierfür wohl kein allgemeingültiges Verständnis. Obwohl ich immer stärker das Gefühl bekomme, dass Gott mich liebt. Ich verspüre, so wie ich Gott verstehe, eine fortwährende Zunahme der Liebe. Ich sehe in seiner Liebe zu mir eine Spiegelung meiner eigenen. Dadurch spielt es überhaupt keine Rolle, von welcher Betrachtungsseite sie zunimmt. Bei einem Spiegelbild ist es doch so: Wenn sich die eine Seite des Bildes im Spiegel verändert, so ändert sich die andere doch auch sofort.

Meine Sorgen und Nöte aus dem Alltag verschwinden, sie verlieren ihre Bedeutung. Ich denke nur noch day by day. Heute denke ich nur an heute und genieße das Hier und Jetzt. Ich lasse mir das Heute, wie auch das Hier und Jetzt nicht durch die Sorgen und Nöte von Morgen zerstören und kaputtmachen. Eine Erkenntnis, die ich hier erlange, ist: **Mach dir heute keine Sorgen um Morgen, denn morgen hast du immer noch genügend Zeit, dich um die Sorgen von morgen zu kümmern. Lass dein Heute nicht von den Sorgen von morgen bestimmen.**

Ich fühle mich in ein tiefes Gottvertrauen gebettet. Mir wird klar: Gott wird mir schon helfen. Es gibt hier auf dem Jakobsweg eine Redewendung: **Der Jakobsweg gibt dir immer das, was du brauchst und genau dann, wenn du es brauchst.** Es ist wirklich so, ich erlebe es stetig wieder.

Wenn es hier auf dem Camino so gut funktioniert, kann es doch auch im gewöhnlichen Lebensalltag so gut funktionieren. Ist nicht der Jakobsweg eine Reflexion des täglichen Lebens? Jedoch hier empfinde und spüre ich dieses Gottvertrauen besonders deutlich. Warum aber nur hier? Ist das Vertrauensgefühl von hier mitzunehmen in das normale Dasein, den gewohnten Alltag? Was sollte oder kann mich daran hindern, es mitzunehmen? Die Antwort ist genauso einfach wie klar.

N I C H T S !

Ich bin der Meinung, dass auch das den Sinn einer Pilgerreise darstellt. In meinem Leben muss ich mehr Gottvertrauen haben. Er wird mir immer das geben, was ich brauche und auch genau dann, wenn ich es benötige. Mit solchen religiösen oder auch spirituellen Fragestellungen setzte ich mich vor der Pilgerreise nie auseinander. Die Fragen, die von den anderen Pilgern gestellt werden, entwickeln sich weiter und sind noch persönlicher. Man muss sich das einmal so vorstellen:

Du lernst auf dem Jakobsweg jemanden kennen, gehst eine Weile die Wegstrecke gemeinsam und unterhältst dich. Eine besonders tiefe und intime Verbindung kann zu diesem Zeitpunkt eigentlich noch nicht vorhanden sein. Jetzt stellt dieser Mensch solche ergreifenden wie tiefgründigen Fragen, bei denen ich immer überlegen muss, ob mir diese überhaupt schon jemand aus meinem engsten Freundeskreis oder Familienkreis so gestellt hat? Das ist wohl eher mit „nein" zu beantworten.

Wie kann das sein, dass eine Person, die ich nur so kurz kenne, mir solche persönlichen und tiefgehenden Fragen stellt? Ist sie tatsächlich an mir so intensiv interessiert? Es sind zumeist fundamentale Grundsatzfragen zum Leben selbst, die gestellt werden. Ich kontere dann aus Verlegenheit meistens mit einer Floskel, um Zeit für eine passende Antwort zu gewinnen. Andererseits möchte ich herausfiltern, ob der Pilgerfreund sich wirklich für die Beantwortung der sensiblen Fragestellung interessiert oder ob er versehentlich eine so persönliche und tiefgreifende Frage gestellt hat? Ich reagiere immer mit: „Oh, das ist aber eine sehr lange Geschichte." Der, der mich aus Versehen so etwas gefragt hat, lässt sich damit lapidar einfach abspeisen. Nur der wirklich an meiner Person interessierte hakt nach. Denn wenn wir hier auf dem Jakobsweg eines haben, dann ist es Zeit. Selbst ich stelle sehr persönliche und tiefgreifende Fragen und höre mir dann auch genauso gerne wie geduldig die langen Ausführungen an. Ich weiß sicher, es ist früher eine Schwäche von mir gewesen, nicht geduldig zuhören zu können. Jetzt höre ich mir in aller Seelenruhe die

Vergangenheit von mir und bisher unbekannten Personen an. Meistens sind es eher heftige Schicksalsschläge als banale Geschichten. Es ist für mich sowieso eine Überraschung, wie viele Mitmenschen nach neuem oder mehr Sinn in ihrem Leben suchen. Das Besondere ist, dass es nicht, wie man es vielleicht vermuten mag, Menschen in der Midlifecrisis vorbehalten ist. Nein! Ich habe es zum Beispiel von einer jungen Frau gehört, die erst 24 Jahre ist und seit zwei Jahren mit ihrem Freund in einer glücklichen Beziehung steht. Sie sucht nach Sinn in ihrem Leben und das, ohne ihren Lebenspartner dabeizuhaben, denn er ist zu Hause geblieben und hat sie alleine für fünf bis sechs Wochen hierher gelassen.

Genauso Enrico, ein vierzigjähriger Brasilianer, er ist ledig, übt einen guten Beruf aus, der ihn auslastet und zufriedenstellt. Doch er kann es sich nicht vorstellen, dass dieses Leben, welches er momentan führt, ihn die nächsten dreißig bis vierzig Jahre auch noch erfüllen wird. Ihm fehlen der Sinn und das Warum. Er fragt sich, warum er es weiterhin so leben soll. Darum hat er sich eine Auszeit genommen und beim Arbeitgeber unbezahlten Urlaub beantragt, um hierher nach Europa zu fliegen und den Jakobsweg zu gehen. Ich habe ihn mehrere Male in Begleitung einer Brasilianerin gesehen und sie miteinander als Pärchen in Verbindung gesetzt. Es ist aber falsch, denn die beiden haben sich auch erst auf dem Jakobsweg kennengelernt. Oder Sascha aus Tschechien, der mit seinen 27 Jahren die Arbeitsstelle kündigte, um sich neu zu orientieren. Die Branche, in der er gearbeitet hat, macht ihm keinen Spaß. Da er oft Projektarbeiten an unterschiedlichen Orten leisten muss, ist der Freundeskreis extrem geschrumpft. Er fühlt sich in der Freizeit häufig einsam und alleine.

Ein weiteres Beispiel ist Michael aus Dresden, der mir fast wortgleich die gleiche Geschichte wie Sascha erzählte. Genauso Tim aus Irland, er ist 49 Jahre. Er versucht, seine Scheidung, die jetzt mehrere Jahre zurückliegt, zu verdauen. Er versteht sich mit der geschiedenen Frau besser als je zuvor. Beide haben einen neuen Partner. Trotzdem muss er die Trennung verarbeiten. Alle suchen auf der einen oder auf der anderen Art einen Sinn für den künftigen Lebensabschnitt. Wo findet man ihn für das zukünftige Leben? Bei allen ist die Antwort gleich. Auf dem Jakobsweg. Eine extreme Erwartungshaltung von uns Pilgern und eine hohe Bürde, die diesem Pilgerweg damit auferlegt wird. Ich weiß auch nicht, ob sie für sich den gesuchten Sinn auf dem Camino entdeckt haben. Die meisten sehe ich ab und zu auf dem Weg wieder, aber es sind häufig nur flüchtige Begegnungen. Es ist sicherlich auch zu früh, die Frage zu stellen, ob der Sinn gefunden wurde. Ich finde es schon sehr bemerkenswert, dass uns alle auf dem Jakobsweg die Suche nach mehr Lebenssinn vereint. Ich halte mich mit Ratschlägen zurück, denn diese Menschen erzählen mir nur ihre Geschichte und möchten gar keinen Rat. Das Erzählen kann ihnen meiner Ansicht nach helfen. Sie wollen und werden von selber auf die Antworten kommen, die sie brauchen, so wie es bei mir auch der Fall sein wird.

Wenn wir morgens unsere Etappe planen, so schauen wir uns meistens auch die Entfernung zwischen den Ortschaften an. Es hat sich seit dem zweiten Tag bewährt, alle zwei bis drei Stunden eine kleine Pause einzulegen. Die Pausenintervalle haben sich so bei uns eingebürgert, da wir nach einer zurückgelegten Wegstrecke von zehn bis fünfzehn Kilometern immer gerne eine Pause einlegen. Es ist dann sowieso häufig gegen zehn- elf Uhr, also Zeit für das Zweitfrühstück. Dafür suchen wir eine Cafebar auf, in der ich oft meinen mittlerweile geliebten Café con Leche trinke. Cristian wechselt zwischen Espresso und Kaffee Amerikano ab. Weitere zwei Stunden später erfolgt wieder eine Cafebar-Pause, in der wir uns ebenfalls belohnen. Es ist wohl so, dass sich für fast alle Pilgerfreunde die einzelnen Etappen der Wegstrecke stets von Kaffee zu Kaffee hangeln oder wie in meinem Fall von Café con Leche zu Café con Leche. Man geht viele Kilometer und das eigene Kaffeegetränk stellt die heißbegehrte Belohnung für die zurückgelegte Strecke dar. Und am Abend bekommt man als Tagesetappenhöhepunkt ein „Finisher" Bierchen.

7. Tag: Tim erzählt seine Geschichte

In der Nacht ist mir mein Bettnachbar aufgefallen, denn sein Schlaf erschien mir eigenartig zu sein. Beide haben wir die oberen Etagenbetten nebeneinander bekommen. Wenn sich diese Konstellation ergibt, fehlen bei den Betten in der zweiten Etage die Abgrenzungen und es entsteht die Anmutung eines Ehebettes. Es hat dann einen deutlich persönlicheren und intimeren Charakter, als die unteren. Mir fällt an meinem Bettnachbarn in der Nacht auf, dass er extrem laute, wie auch nie gehörte Schnarchgeräusche von sich gibt. Das stört mich jedoch nicht weiter, denn ich drücke einfach die Ohrstöpsel einen Millimeter tiefer in die Ohren hinein und fort ist das störende Geräusch.

Als ich mir den Typen morgens beim Anziehen genauer ansehe, fällt mir weiter auf, dass ihm zu seiner Glatze auch alle Wimpern und Augenbrauen abhandengekommen sind. Da er in diesen Moment immer noch in Unterhose vor mir steht, registriere ich, dass ihm überall die Haare fehlen. Ihm fehlt am ganzen Körper die Behaarung. Für mich deutet alles auch ohne, dass ich ein Experte bin, auf eine Krebsbehandlung hin. Da denke ich so bei mir: Der Typ ist schätzungsweise erst Mitte bis Ende zwanzig und hat schon eine Chemotherapie hinter sich? Ich unterhalte mich kurz mit ihm und erfahre seinen Namen. Marten kommt aus Kiel und ist am gleichen Tag wie ich aus Saint-Jean-Pied-de-Port gestartet.

Er ist mir auf Anhieb sehr sympathisch, so brechen Cristian und ich gemeinsam mit ihm nach Logrono auf und gehen ein Stück zusammen den Weg. Cristian hat auch an diesem Morgen einen anderen Gesprächspartner.

Marten und ich erzählen uns gegenseitig unsere Eindrücke, welche wir nach kurzer Zeit auf dem Jakobsweg gespürt haben. Es ist für mich sehr inspirierend, was er so alles erzählt und wir entdecken in den Ausführungen des jeweils anderen Parallelen. Im nächsten Ort trinken wir noch einen Café con Leche und marschieren dann wieder getrennter Wege.

Es ist ein herrlich sonniger Tag, genauso, wie ich es liebe. Da wir alle nach Santiago pilgern und uns der Weg somit immer in Richtung Westen führt, haben wir die Sonne stets von hinten links. So ergibt sich bei dem pilgertypischen Kleidungsstil mit kurzer Hose und kurzärmeligem Hemd an denselben Stellen ein Sonnenbrand. Bei dem einen stärker ausgeprägt bei dem anderen schwächer. Das bedeutet, die linke Wade ist roter als die rechte. Das Gleiche gilt für den Armbereich. Auch dort ist die linke Rückseite des Oberarmes roter als die rechte. Und dann ist ebenso der Nacken rot eingefärbt. Die Sonne ist so schnell und unvermittelt herausgekommen, dass wir alle unseren Sonnenschutz vernachlässigt haben. Schließlich ist es Sommer in Spanien und sollte sie einmal herauskommen, hat sie eben eine gewisse Strahlkraft wie Intensität. Ein lustiges I-Tüpfelchen ist dann auch noch, wenn man am Abend die Socken auszieht, der Sonnenbrand bis zum Sockenbereich geht und darunter weiß endet.

Jetzt treffen wir auf Songnee, meine liebgewonnene chinesische Freundin mit dem Schweizer Dialekt. Wir begrüßen uns wie gewohnt besonders herzlich und freuen uns tierisch, uns wiederzusehen. Sie begleitet eine Koreanerin die schwer humpelt und ihre beiden Knie verbunden hat. Ihr Gepäckstück hat sie schlauerweise mit dem Taxi vorweggeschickt. Auch mir geht es heute körperlich so schlecht, dass ich darüber nachdenke, morgen ihrem Vorbild zu folgen und meinem Gepäck mit einem Rucksacktaxi mitzugeben. Es scheinen über 80 Prozent der Pilger mit schmerzhaften Blessuren zu kämpfen, denn irgendwie sieht es aus, als ob sich an diesem Tag mal wieder jeder auf dem Jakobsweg humpelnderweise vorwärts bewegt. Songnee bittet uns, ohne sie weiterzugehen, denn sie möchte der Koreanerin helfen, indem sie sie ein bisschen abstützt. Die Koreanerin ist besonders schwer am Humpeln und schleicht so geplagt entlang des Weges. Cristian ist bei ihrem erbärmlichen Anblick der Meinung, es sei unverantwortlich von ihr. Er rät, sie solle besser abbrechen, um mindestens ein paar Tage Pause einzulegen und auszuruhen. Da Songnee bei ihr bleiben will, verabschiede ich mich genauso herzlich von ihr, wie ich sie zuvor begrüßt habe und gehe mit Cristian.

Der Jakobsweg bietet uns heute eine willkommene Abwechslung. Wir wandern durch dichte Kiefernwälder, die hier einen unglaublich intensiven Duft haben. Die Wälder bieten eine angenehme, schattige Abkühlung, gepaart mit diesem fabelhaften Kiefernduft, der an einen Saunabesuch erinnert. Wir setzen uns geflasht an einer besonders schönen Stelle hin und lassen das Ganze gemächlich auf uns wirken. Wieder fällt uns beiden die absolute Stille auf. Abermals ist kein bisschen Zivilisationslärm zu hören. Wir sitzen auf dem Boden und inhalieren diese Duftkomposition der Natur, lassen uns vom warmen Wind streicheln und genießen die freundschaftliche Zweisamkeit. Alle Sinne nehmen nur das Naturschauspiel auf, spüren nur die Naturkulisse um uns herum und nichts anderes. Ein Spektakel für alle feinfühligen Menschen.

Als wir weitergehen, bekommen wir zusätzlich noch wunderschöne Wege zu sehen, die links und rechts mit gelbem Ginster gesäumt sind, der hier in voller Blüte steht.

Cristian und ich kommen etwa eine halbe Stunde vor Öffnung der Herberge an. Vor der Tür werde ich von einem Spanier darauf hingewiesen, dass es schon eine vorhandene Warteschlange gibt, die stellvertretend aus den Rucksäcken der einzelnen Pilger besteht. Wir stellen unsere an das Ende der Schlange, welches zusehends an Länge gewinnt. Diese öffentliche Herberge bietet seinen Besuchern den Luxus eines Fußbades, das als zentraler Punkt mitten im Vorplatz des Gebäudes tief im Boden eingelassen ist. Ohne zu zögern, ziehe ich rasch die Schuhe aus und kühle mir im Becken die schmerzenden Füße. Es ist eine unfassbare Entspannung für die Füße und ebenso meine leidgeprüfte Seele. Von oben die wärmende Sonne Spaniens, von unten das kühlende Fußbad. Eine Wohltat, tolle Idee! Jetzt hole ich mir zu allem Überfluss des Guten noch ein kühles Getränk aus dem bereitstehenden Getränkeautomaten. Cristian mag sich nicht dazusetzen, ist unruhig und muss die Stadt erkunden, um für heute Abend eine geeignete Tapasbar zu finden. Nach einer Weile räume ich den Platz am Fußbecken für andere Pilgerfreunde, die ebenfalls ihre Füße hineinstecken wollen. Es passen leider nur zwanzig Personen, eng aneinander sitzend, um das Fußbad herum.

Als die Herberge öffnet, zeigt sich die Bettenzuweisung für Spanien so untypisch, dass ich es hier beschreiben möchte. Es geht eher wie auf einer deutschen Behörde zu. Es dürfen stets nur vier Pilger nach Extraaufforderung des Personals in die Herberge eintreten. Innen angekommen, können wir nicht einfach einchecken, nein, wir müssen uns auf eine Art Wartebank setzen, von der wir im Aufrückverfahren von rechts nach links nachrücken. Alles unter den peniblen Augen des ..., was auch immer!

Nach dieser schweren Prozedur können wir dann unser Bett beziehen und der Lust nach einer kühlenden Dusche nachgehen.

Anschließend möchte ich noch in einer kleinen Pause draußen die Sonne genießen. Dazu setze ich mich zurück in den Innenhof und beobachte die weiterhin ankommenden Pilger. Mein Freund Hinkebein kommt ebenfalls in dieser Herberge an. Wie üblich begrüßen wir uns mit einem großen Hallo und er fragt sofort, wo Cristian ist. Auch Songnee muss in der Zwischenzeit hier eingecheckt haben, weil sie aus dem Gebäude auf den Innenhof tritt und sich neben mich setzt. Sie hat eine Tüte mit Obst und Nüssen in der Hand. So bei mir sitzend, schält sie eine Orange und reicht mir, wie bei einem Ehepaar die Hälfte an. Ich lehne die großzügige Geste höflich ab, wie es sich für einen Gentleman gehört. Aber Songnee besteht, wie bei einem alten Ehepärchen drauf, dass ich „meine" Hälfte esse, schließlich bräuchte ich heute frische Vitamine, betont sie eher bemutternd. Dann teilt sie noch einen Apfel mit mir. Verblüfft bin ich etwas gerührt, denn das hat das letzte Mal meine Exfrau für mich gemacht. Wir Pilger sind eben eine große Familie, zumindest kommt es mir sehr häufig so vor. Es ist mir so ein vertrautes Gefühl, welches mir Songnee schenkt. Sie ist sehr einfühlsam und wirkt auf mich schon fast zu reif und erfahren für ihr junges Alter. Ich bin mir sicher, solche Frauen sind auf unserer Welt selten zu finden. Jetzt bin ich ein wenig neidisch auf ihren Freund, der in der Schweiz treu auf ihre Rückkehr wartet.

Zum Abendessen gehe ich mit Cristian ein halbes Dutzend Tapasbars ausprobieren. Sein Appetit nach dieser spanischen Spezialität scheint schier unersättlich und niemals zu enden, darum trennen wir uns und ich schlendere langsam zurück zur Herberge.

Für mich hoffe noch einmal, Songnee zu treffen, denn ich möchte gerne ein Schwätzchen mit ihr abhalten. Tatsächlich sitzt sie mit einigen Pilgern zur Unterhaltung im Innenhof. Unter anderem sitzen Tim und Enrico bei ihr. Tim ist der Ire, den ich in Pamplona kennenlernte und Enrico ist der Brasilianer. Auch wir begrüßen uns herzlichst. Wir quatschen locker eine Stunde, dann verabschiedet sich Songnee todmüde vom Tag und geht ins Bett.

Da heute der letzte Tag von Tim ist, denn er reist am morgigen Tag zurück nach Irland, bleibe ich bei Tim und wir ziehen uns ein weiteres Bier aus dem Automaten. Er erzählt mir von seinem Job als Gefängniswärter und die vielen unterschiedlichen Schicksale, die er im Leben schon gesehen hat. Doch er betont immer wieder, wie sehr er den Job liebt. Als wir so mitten im allgemeinen Gespräch sind, fragt er mich in einer Suggestivfragestellung unvorbereitet ganz direkt und ohne Umschweife: „Du bist geschieden, stimmt´s? Du gehst den Jakobsweg, um es zu verarbeiten und um etwas loszuwerden." Ich habe nichts geantwortet, da spricht er über sich. „Siehst du Lars, ich bin jetzt seit drei Jahren geschieden. Anfangs habe ich mich sehr gegrämt über unsere Scheidung. Aber meine Frau und ich haben uns einfach auseinandergelebt. Es gab für beide keinen ersichtlichen Sinn, weiterhin zusammenzubleiben." Wortlos hörte ich ihm weiter zu. So fuhr er fort: „Weißt du Lars, im Bett war schon lange Zeit vor der Scheidung Flaute und abends, wenn wir nach getaner Arbeit zusammensaßen, hatten wir uns mittlerweile nichts mehr zu erzählen. Am schlimmsten waren die Sonntage, an denen wir gezwungen waren, viele Stunden miteinander zu verbringen. Es schien mehr eine Zweckgemeinschaft, als eine Ehe zu sein. Wir teilten nicht den gemeinsamen Humor und gingen uns einander mit der Zeit nur noch auf die Nerven. Dann folgten die schrecklichen Streitigkeiten, die immer sehr heftig und ausgiebig ausfielen. Eigentlich ging es meistens nur um Kleinigkeiten oder wie so häufig ums liebe Geld. Als wir uns trennten, war es für den gesamten Bekanntenkreis keine große Überraschung. Es ist aus meinem Blickwinkel so", schildert Tim weiter: „In einer Partnerschaft kommt man unweigerlich irgendwann an eine Kreuzung. Dort passiert es sehr oft, dass der eine nach links geht und der andere nach rechts. Damit fängt aus meiner Sicht das Dilemma einer Trennung an", ergänzt Tim. „Du merkst es erst, wenn beide schon eine große Wegstrecke weitergegangen sind, dass man als Ehepaar nicht mehr gemeinsam unterwegs ist, doch dann ist es bereits zu spät. Die Paare, die an der Kreuzung geschlossen weitergehen, bleiben auch als Partner zusammen, zumindest bis die nächste Gabelung im Leben erscheint. Heute verstehe ich mich mit meiner Exfrau prächtig. Ich mag und respektiere ihren neuen Lebenspartner, wie sie meine neue Partnerin respektiert. Ich vermute, dass die Trennung das Beste war, was an diesem Punkt mit unserer Ehe passieren konnte. Ist es nicht für alle immer das Beste? Was glaubst du Lars?"

Puh..., zu dieser fortgeschrittenen Stunde ist das wirklich eine schwere Kost und aus dem Lamäng nicht so einfach zu beantworten. Da Tim morgen in seine Heimat zurückfliegt, möchte ich ihm trotzdem eine spontane Antwort darbieten, denn eine zweite Chance wird es dafür nicht geben. Ich gehe gleich auf den Punkt der

Kreuzung ein, denn mit seiner Trennungsgeschichte kann ich mich kein Stück identifizieren. Für mich kam die Trennung aus heiterem Himmel. Ich habe noch geglaubt, als meine Exfrau mir erzählte, sie wolle sich von mir trennen, dass es ein Witz sei und sie mich auf den Arm nehmen wolle. Ihren Trennungswunsch verbuchte ich lapidar als Gefühlsschwankungen ihrer Monatsperiode. Welch ein fataler Fehler!

Aber als Verteidigung kann ich sagen: Wir schätzten beide manchmal eine etwas schräge Art von Humor.

Doch zurück zu Tim und zur Kreuzungsgeschichte. Meine Antwort für Tim war, dass mir seine Metapher sehr gut gefalle. Doch wenn es bei uns auch so gewesen ist, dass wir an einer Kreuzung angelangt wären und sie rechts langgegangen ist und ich links, dann hätte ich gerne die Chance gehabt, den eingeschlagenen Weg zu korrigieren. Es ist nur sehr schwer, denn ich muss den zurückgelegten Weg zurückgehen und an der Weggabelung den richtigen Abzweig finden. Selbst wenn ich ihn ausfindig mache, heißt es für mich noch lange nicht, dass ich die Partnerin auf ihrer eingeschlagenen Wegstrecke einhole.

Wie es mir bereits zu Beginn am ersten Tag aufgefallen ist verhält es sich doch genauso auf dem Jakobsweg. Du holst nur die Pilger ein, die kurz vor dir gestartet sind und langsamer unterwegs sind als du selbst. Alle anderen holst du nicht mehr ein. Also kann es passieren, dass man sich trennt, ohne es sofort zu bemerken, geschweige denn, auch nur den geringsten Versuch zu unternehmen, einen gemeinsamen Weg an der Kreuzung zu finden. Tja, so manch eine Botschaft des Jakobsweges erschließt sich einem erst ein paar Tage später.

Für mich gesprochen, hätte ich alles dafür gegeben, mit meiner Exfrau wieder zusammenzukommen. Ich habe aber die richtige Gabelung, an der wir auseinander sind, nicht mehr wiedergefunden oder ich konnte meine Frau nicht mehr einholen. „Wie auch immer, Tim", sagte ich zu ihm, „habe ich aber eines im Leben gelernt: Wenn du deinen Lebenspartner vernachlässigst, dann sei gewiss, es gibt auf der Welt stets jemanden, der diese Aufgabe gerne für dich übernimmt und dir deinen Partner wegnimmt."

Mir liegt es fern, Tims Trennung zu bewerten oder zu kommentieren, so versuche ich das Thema in eine andere Richtung zu lenken. Den gleichen Gedanken wird auch Tim gehabt haben, denn er meint, ihm sei gerade ein Witz zu dem Gespräch eingefallen. Er erzählt ihn mir auf Englisch. Mein Vokabelschatz scheint sich tatsächlich von Tag zu Tag zu verbessern, denn so verstehe ich den Witz sinngemäß:

Ein Mann lernt eine Frau kennen und sie haben beide wenig Geld. Beim ersten gemeinsamen Einkauf kaufen sie deshalb nur Brot, Milch und ein wenig Käse. Als der Mann vier Dosen Bier in den Einkaufswagen legt, interveniert die Frau lautstark: „Aber Schatz, wir sind arm und dafür haben wir kein Geld." Der Mann stellt die vier Büchsen Bier wieder zurück ins Regal. Als sie dann auf dem Weg zur Kasse durch die Kosmetikabteilung gehen, packt die Frau eine Tube Gesichtscreme in den Einkaufswagen. Jetzt interveniert der Mann lautstark: „Aber Schätzchen, wir sind arm und können uns das nicht leisten." Die Frau antwortet keck: „Aber Schatz, die kaufe ich nur für dich, damit ich schön für dich bin." Darauf erwidert der Mann: „Ja, und genau dafür waren die vier Dosen Bier auch gedacht."

Kurz, nachdem wir uns beide ausgelacht haben, verabschieden wir uns voneinander und sagen Lebewohl, denn Tim will am nächsten Tag ausschlafen, schließlich geht sein Flieger erst am Nachmittag. Somit ist klar, wir sehen uns morgen früh nicht mehr.

So gegen 22.30 Uhr höre ich draußen im Treppenhaus sehr laute sowie extrem aufgeregte Stimmen. Es ist die Herbergsmutter. Sie hat auf der Damentoilette eine Frau beim heimlichen Rauchen erwischt. Zu allem Überfluss ist die Raucherin auch noch stark angetrunken und reagiert dadurch aus dem Affekt falsch und uneinsichtig. Die Herbergsmutter schmeißt kurzerhand die Frau aus der Herberge. Sie muss ihren Rucksack in Windeseile zusammenpacken und die Unterkunft unverzüglich verlassen. Um diese Zeit ist es jedoch ausgeschlossen, eine andere Pilgerunterkunft zu finden und so wird sie die Nacht auf der Straße schlafend verbringen müssen. In den Herbergen herrschen wirklich sehr harte Sitten und Regeln. Die angetrunkene Frau hat auf sehr unangenehme und knallharte Art erfahren, wie konsequent die Herbergsmütter sind. Natürlich haben alle aus dem Gebäude die peinliche Show mitbekommen. Auch die schlichtenden Pilger, die sich für die Raucherin eingesetzt haben, konnten die Herbergsleitung nicht erweichen. Die Herbergsmutter hat den Schlichtern fast drohend geantwortet, sie können ihr auf der Straße ja gerne Gesellschaft leisten, wenn sie ihnen so leidtäte. Wie gesagt, sehr harte Sitten.

8. Tag: Cristian trifft Siouxsie and the Banshees

Cristian und ich haben uns beide prächtig erholt, darum haben wir uns für heute eine dreißig Kilometer lange Etappe vorgenommen. Aus Logrono herauszufinden ist mal wieder, wie in so zahlreichen Großstädten am Weg, eine sehr herausfordernde Aufgabe. Ohne die MapsMe-App, die Cristian auf dem Handy hat, hätten wir wahrscheinlich Stunden gebraucht, um aus der Stadt herauszufinden. Dank dieser App entdecken wir jedoch schnell den richtigen Weg. Ohne sie müssten wir wie erfahrene Pfadfinder sein und mindestens den Rang eines Adlers innehaben, um die versteckten sowie zur Unkenntlichkeit verblassten Zeichen zu erkennen.

Alle paar Meter sowie nach jeder Kreuzung schließen sich uns weitere Pilger an, die offensichtlich das gleiche Problem mit der Orientierung haben wie wir. Sie finden weder den Weg noch die Wegweiser. In den größeren Städten scheint es eine Herausforderung darzustellen den Jakobsweg anständig zu markieren und somit nachvollziehbar zu kennzeichnen. Nur wenige Straßenzüge weiter folgen uns locker zwei Dutzend Pilger. Warum sie gerade uns nachlaufen und glauben, wir finden den Weg heraus, bleibt schleierhaft. Jedoch unser Bekanntheitsgrad steigt an diesem Tag dadurch enorm an. Wir bemerken es an der augenscheinlichen Tatsache, dass egal, wo wir auftauchen, seien es einer Cafebar, eine Sehenswürdigkeit oder einer Kirche, scheinen uns überall die Pilgerkollegen zu kennen. Fast jeder winkt uns lächelnd wie einem alten Bekannten zu. Eine weitere unerwartete, doch auffällige Sache ist, wie viele Personen zwischen 20 und 30 Jahren diese

Pilgertour unternehmen. Ich vermutete noch vor dem Antritt der Tour, dass der Hauptanteil der Pilger im besten Rentenalter sein muss. Aber weit gefehlt, der Durchschnitt liegt deutlich unter dem Alter, welches ich annahm.

Mir gefällt besonders gut, dass ich überall in strahlende Gesichter schaue. Wir Pilger strahlen uns einander voller Freude an. Es tut so gut, so viele gleichgesinnte, glückliche Menschen zu sehen. Ich kenne nach nur wenigen Tagen mindestens 20 bis 30 Pilgerkollegen so gut, dass wir uns wie langjährige Freunde gegenseitig in die Arme fallen und jedes Mal ein großes Hallo feiern. Ich habe noch nie im Leben, so schnell so tiefgehende Kontakte bekommen wie auf dem Jakobsweg.

Manchmal, in einer stillen Minute, ärgere ich mich über mich selbst, denn ich hätte diese Pilgerfahrt auch meinen drei Söhnen, zum Beispiel am Ende ihrer Schulzeit oder aber nach Beendigung der Ausbildung spendieren sollen. Sicher, ich kannte den Jakobsweg selber zu jenem Zeitpunkt noch nicht. Deshalb möchte ich hier jedem Vater oder Mutter empfehlen, seinen erwachsenen Kindern diese Pilgerreise nach der Schulausbildung, dem Studium bzw. der Berufsausbildung zu ermöglichen. Ich bin überzeugt: Diese Zeit ist weder verschwendet, noch wird sie später fehlen. Früher mussten viele von uns zur Bundeswehr oder zum Zivildienst. Damals hat hinterher die Zeit des Dienstes auch nie gefehlt. Hier, bei dieser Pilgertour, sprechen wir aber nur von einem Zeitfenster von ein bis maximal zwei Monaten, denn länger dauert die Pilgerreise über den Jakobsweg nicht. In dieser Zeit kann man die Strecke leicht und beschwingt marschieren. Wirklich! Es ist keine Zeitverschwendung, den Weg zu wandern und wir bekommen reifere und veränderte Mitmenschen zurück, die obendrein vielleicht sogar ihren Lebenssinn gefunden haben.

Auch das ist ein Satz, den ich vor meinem Antritt zur Pilgerreise immer gesagt habe.
„Ich gehe den Jakobsweg und komme als ein anderer Mensch zurück, als besserer."

Mir ist klar, dass es schwerfällt, den eigenen Kindern eine Pilgerreise schmackhaft zu machen, zumal häufig nach den religiösen oder spirituellen Vorstellungen gefragt wird. Wenn ich mir das bildhaft vor Augen führe, wie ich jeden einzelnen meiner drei Söhne versuche, diese Pilgertour feilzubieten, weiß ich selber, dass es ein ganz schwieriges Unterfangen wird. Aber nirgendwo sonst als auf dem Camino können sie Freundschaften schließen, dabei so zahlreiche unterschiedliche Nationalitäten kennenlernen und so viel über das Leben lernen wie hier. Ferner wenden sie ihre in der Schule erlernten Sprachkenntnisse an, vertiefen sie und erkennen dadurch einen Sinn in dem Erlernen einer Fremdsprache, die schließlich zur besseren Völkerverständigung dient. Zusätzlich ist es ein abenteuerliches Erlebnis, ein Land wie Spanien zu Fuß zu durchqueren und selbst herauszufinden, wo die eigenen körperlichen wie psychischen Belastungsgrenzen liegen.

Nur einmal angenommen, es gibt einen Gott und du bekommst die Möglichkeit, durch diese Pilgerreise zu ihm zu finden, ist es dann nicht Wert genug, den Jakobsweg zu gehen? Wenn du zu Gott findest, wirst du ewig dafür dankbar sein. Und wenn du ihn nicht finden solltest, ist es zumindest ein toller Urlaub, in dem du mehr Menschen kennenlernst als jemals zuvor. In jeder Hinsicht ein gutes Geschäft!

Also, was kannst du gewinnen? Und was hast du zu verlieren? Mir liegt es fern, meine Söhne oder sonstwen zu missionieren, dafür sind sie zu selbstständig und in ihrer Meinung gefestigt genug. Aber ich nehme mir vor, wenn es die Finanzen erlauben, den drei Jungs diese Pilgerreise zu ermöglichen. Ich brenne mir das Vorhaben so sehr in mein Gedächtnis ein, dass ich es ebenfalls den Enkelkindern, wenn ich einmal welche bekommen sollte, im richtigen Alter ermögliche. Dann bilde ich mir ein, trete ich ihnen als wohlwollender Opa gegenüber und stelle die finanziellen Mittel zur Verfügung, damit sie vielleicht die Reise ihres Lebens starten. In meinen Vorstellungen gehe ich sogar soweit, es von kirchlichen Schulen oder Bildungsträgern zu verlangen. Sie sollten mit den Abschlussklassen diese Pilgerreise unternehmen, denn viel mehr können sie ihren Schützlingen nicht über Religiosität, Spiritualität und Gemeinschaft beibringen, obendrein ihre schlaffen Körper ertüchtigen und in Ausdauer trainieren wie in diesen gemeinsamen Wochen. So behaupte ich, jeder, der den Jakobsweg geht, kommt demütiger und zufriedener zurück.

Der Weg führt immer wieder an weichgeschwungenen Hügellandschaften entlang. Die vereinzelten Pilger, die kilometerweit vor einem wandern, erahnt man in der Ferne über den langgestreckten Jakobsweg nur als Pünktchen. Doch man weiß, dass sie da sind.

Es ist zwar weiterhin für Ende Mai, zumal in Spanien, viel zu kalt, aber wenigstens lässt sich die Sonne manchmal blicken.

Wenn die Sonnenstrahlen einmal herauskommen, bemerke ich, dass ich den ganzen Vormittag meinem Schatten hinterherlaufe. Das ergibt tolle Fotomotive: Vor einem, langgestreckte Wege, auf denen das meterlange Schattenbild der eigenen Person liegt.

Cristian erzählt mir eine schöne Geschichte, die er einmal in London erlebte. Als er zu einer Sprachreise in Großbritannien war, traf er bei einer Shoppingtour eine Frau. Diese sei ihm gleich aufgefallen, weil sie mit zwei Hünen von Bodyguards durch die Straßen schlenderte. Als sie mit den beiden Muskelbergen zielgerichtet auf ihn zuging, war er ein wenig verunsichert, denn sie ist ihm absolut unbekannt. Die Frau zeigt mit dem Zeigefinger direkt auf seinen T-Rex-Button, den er am Kragen seiner Jeansjacke befestigt hatte und sagte zu ihm, dass sie den Sticker von ihm haben wolle. Sie stellte sich als Siouxsie Sioux vor und bekundet, ein großer Fan von T-Rex zu sein. Sie hat den Song „20th Century Boy" von im gecovert, obwohl mir persönlich ihr Titel „Little Sister" mit seiner Sehnsucht und Melancholie immer besser gefiel.

Cristian schenkt ihr großzügig, aber auch eingeschüchtert vom Einfluss der grimmig dreinschauenden Leibwächter, den Sticker. Er verbrachte mit ihr noch den Nachmittag und zum Abschied überreichte sie ihm Freikarten zur abendlichen Konzertveranstaltung der Gruppe Siouxsie and the Banshees. Als er auf dem Konzert dieser Band ist, grüßt ihn Siouxsie Sioux während des Gigs von der Showbühne. Auch nach dem Auftritt durfte er hinter die Bühne in den Backstage-Bereich kommen. Als die Gruppe dann Monate später auf Deutschlandtournee geht, besucht er die Liveshow in Dortmund.

Die Vorgruppe von Siouxsie and the Banshees ist damals keine geringere als The Cure. Auch auf diesem Konzert erkannte Siouxsie Sioux Cristian und grüßt ihn namentlich von der Bühne, sehr zur Verwunderung aller um ihn stehenden Fans. Schließlich sah er nicht so aus wie ein typischer ganz in schwarz gekleideter Fan dieser Gruppen. Für mich eine ausgesprochen beeindruckende Geschichte, denn ich liebe beide Bands und habe sie mehrere Male live erleben dürfen. Auf das Erlebnis von Cristian bin ich extrem neidisch, natürlich im positiven Sinne.

Das Pilgern macht Cristian und mir heute wieder so viel Spaß, das wir von Minute zu Minute schneller werden. Dadurch kommen wir früh an unserem Tagesziel an. Und das, obwohl der Untergrund der letzten acht Kilometer erneut aus grobem Kies besteht, den meine Füße im Moment so sehr verabscheuen, dass sie sich lautstark durch Schmerzen bemerkbar machen.

Meine Füße tun an diesem Abend davon so höllisch weh, dass ich sie nicht einmal mehr normal im Bett auflegen kann. Ich muss sie die ganze Nacht aus dem Bett baumeln lassen. So richtig gewöhnen will und werde ich mich daran nicht. Ich kann es mir kaum mehr vorstellen, wie es ist, ohne von Schmerzen gequält zu gehen. Aber was soll´s, morgen werde ich trotzdem weitergehen.

Die erste Herberge, die wir am Ort erreichen, ist schon mittags komplett belegt. Und da ich, wie so häufig, keine hundert Meter mehr laufen kann, sprechen wir einfach einen Spanier mitten auf der Straße an, ob er uns die nächstgelegene Unterkunft nennen könne. Er geht mit uns gerade einmal zwanzig Meterchen weiter und klingelt bei einer privaten Pension.

Zwei ältere Herren aus Deutschland, denen das gleiche Schicksal widerfahren ist, folgen uns einfach diese paar Schritte. Wir bekommen zu unser aller Überraschung ein Wohnzimmer zur Verfügung gestellt, in dem fünf Einzelbetten stehen. Der Raum hat insgesamt mehr als vierzig großzügige Quadratmeter und ist in gehobener Ausstattung ausgesprochen geschmackvoll möbliert. Einer der fünf Schlafplätze bleibt in dieser Nacht sogar unbelegt. Es gibt zur umfangreichen Grundausstattung zwei geräumige Badezimmer und eine vollständig eingerichtete Küche. Eines der Badbereiche verfügt überraschenderweise über eine Badewanne. Der pure Pilgerluxus! Wir haben nur wenige Tage in Herbergen geschlafen und empfinden jetzt etwas, was wir alle von Zuhause her als normal kennen, als reinen Luxuszustand. Die älteren Herren, die ich beide so um die siebzig Jahre einschätze, sind uns so dankbar, dass sie es fortwährend verbal wiederholen. Sie sind überwältigt und glücklich, endlich genügend Platz zu haben, sich gefühlt verschwenderisch ausbreiten zu können. Am Abend öffnen die Herren eine Flasche Rotwein und genießen die Ruhe und die in den überfüllten Herbergen selten vorkommende freundschaftliche Zweisamkeit.

Cristian und ich gehen zuerst, wie gewohnt, unsere Tapas essen, die hier jeder Ort scheinbar anders zubereitet. Später kommen wir noch zufällig an einem Supermarkt mit deutschem Standard vorbei. Dort bekomme ich unerwartet mein heiß ersehntes Viennetta-Vanille-Eis, auf das ich schon seit mehreren Tagen einen riesen Japs oder Hieb habe. Ich entschließe für den heutigen Abend, mich von Cristian zu verabschieden, denn zum einen habe ich einen größeren Erholungsbedarf als er und zum anderen möchte ich meinen Heißhunger auf das Viennetta-Vanille-Eis nachgeben und frönen.

Nachdem meine Gier auf Süßes gestillt ist, setze ich mich zu den netten, älteren Herren und unterhalte mich eine Weile mit ihnen.

Dann schlendere ich ins Badezimmer und gönne mir, sicherlich einer der Höhepunkte des Tages, vielleicht sogar der ganzen Woche - ein Bad. Genussvoll lasse ich mir ein Schaumbad ein, hole mir eine zweite Portion Eis und genieße das Leben in vollen Zügen wie ein König im Wellnessbereich. Gekrönt wird das Vollbad noch von dem Klappergeräusch eines in der Nachbarschaft nistenden Klapperstorches. Zeitgleich fliegt immer wieder eine Schwalbenschar am Fenster vorbei mit dem dazugehörigen, typischen Gezwitscher. Es ist für mich ein enorm romantischer Moment, denn das Klappern vom Storch klingt in meinen Ohren wie angenehme Musik einer Lieblingsband und die Schwalben singen ausgesprochen schön dazu. Ich bin mir nicht sicher, aber ich glaube, ich höre heute das erste Mal im Leben einen Klapperstorch in so direkter Nähe. Hier in Spanien gibt es eine Menge Störche. Sie nisten nicht selten mitten im Dorf auf den Kirchen. Dadurch sind sie auch in den Orten und kleineren Städten zu sehen und zu hören. Dieser hier sitzt mit seinem Nachwuchs im Nest gerade einmal dreißig Meter entfernt. Es fängt an zu dämmern. Die Schwalben fliegen in Formation im Tiefflug durch die Gassen und singen ihr allabendliches Lied. Das Schauspiel, besser gesagt Hörspiel, ist für mich ein Hochgenuss. Warum verlernen wir Menschen so schnell, die kleinen Wunder der Natur zu sehen oder zu hören? Nach dem Bad mache ich mich bettfertig und wie jeden Abend genieße ich noch ein wenig Musik. Heute entscheide ich mich für das sanfte Gehauche von Isabell Campell und Mark Lanegane, den ich letztes Jahr in Berlin in einer Kirche live erleben durfte.

Das Lied „Come on over me (turn me on)" gefällt mir gerade am besten und erinnert mich irgendwie an die knisternde Erotik vergangener James-Bond- Filmmusik.

Bei dem sanften Duett schwebe ich in meiner Gedankenwelt davon und falle wenig später in den gesegneten Schlaf. Dass die beiden Mitbewohner sich unterhalten, stört mich dabei nicht die Bohne. Ich habe es nicht einmal mitbekommen, dass sich Cristian später auch noch zu ihnen gesellte und die drei sich weiter in der Sofaecke bis tief in die Nacht unterhalten haben. Ich bin halt schon durch das Schlafen in den Herbergen mit dem Geräuschpegel sowie den dortigen Lichtverhältnisse erheblich desensibilisiert. Wahrscheinlich kommen hier zwei Dinge zusammen: Zum einen, die Abhärtung durch die Herbergen, die mich gegen Geräusche und unterschiedliche Lichtverhältnissen abgehärtet haben und unempfindlich werden ließen. Zum anderen, der deutlich erhöhte Schlafbedarf, vom täglichen kraftzehrenden Wandern mit schwerem Gepäck.

9. Tag: Durchquerung einer Geisterstadt

Heute hat Cristian die genialste Idee der bisherigen gemeinsamen Reise. Er ist häufig in Wanderurlauben gewesen, daher besitzt er einige Wanderkenntnisse, von denen ich auch schon die ganze Zeit profitiere. Er teilt sie gerne mit mir und ich nehme sie bereitwillig an und setze sie dankbar um. Er ist der Meinung, da die Fußschmerzen von Tag zu Tag schlimmer werden und ich jeden Tag neue Blasen dazubekomme, dass er sich vorstellen kann, dass ich mir das falsche Wanderschuhwerk kaufte. Ich muss zugeben, dass ich vor der Reise keine sonderlich intensiven Gedanken zum Schuhwerk verschwendet habe. Klar, es sind Wanderschuhe! Doch um Geld zu sparen, suchte ich mir ein Modell aus den Vorjahren aus. Natürlich probierte ich es vor dem Kauf an und nach meiner Meinung passte es gut.

Aber solche Pilgerschuhe stellen erhöhte Ansprüche, wenn der Wanderer wie ich jeden Tag einen 15 Kilo schweren Rucksack über eine Gesamtstrecke von mehr als achthundert Kilometern mit sich trägt. Natürlich suchte ich ein Fachgeschäft auf, jedoch wollte der Verkäufer mir klobige, bis über den Knöchel reichende Modelle in der Zweihunderteuroklasse verkaufen. Die waren mir zum einen zu schwer und zum anderen viel zu teuer. Mir schwebten halbhohe, leichte Walkingschuhe vor. Immerhin sollte es ja in den Süden, in die Hitze des Sommers, gehen. Dabei hatte ich für mich nur das Bild im Kopf, dass ich mit diesem massiven, knöchelhohen Paar im heißen Spanien bei über 30°C meine Füße kaputt schwitze. Solche schweren Outdoor-Schuhe wären in der Tat die falsche Wahl für dieses Land.

Cristian ist aufgefallen, dass wir beide zufällig die gleiche Schuhgröße von fünfundvierzigeinhalb haben. Er schlägt vor, dass ich sein Zweitpaar einfach einmal ausprobieren solle. Er hat es nur mitgenommen, damit er ein Wechselpaar zur Verfügung hat, wenn das andere Paar vom Regen durchnässt sein sollte. Sicher sind sie schon oft getragen und auch ein wenig betagt, doch auf einen Versuch kommt es an. Wir wollen lediglich nach dem negativen Ausschlussverfahren ausschließen, dass die tägliche Blasenentwicklung und die allabendlichen stark schmerzenden Füße durch mein falsches Schuhwerk hervorgerufen werden. Er relativiert aber sofort, damit ich mir keine zu hohen Erwartungen mache, dass die Wanderschuhe bereits mindestens vier Jahre alt sind und sie ihre beste Zeit hinter sich haben. Was habe ich dabei schon zu verlieren? Höchstens eine weitere Blase am Fuß.

Also packe ich wie jeden Morgen den Rucksack, präpariere die Wunden für eine Tagesetappe von gut vierundzwanzig Kilometern und kleide mich komplett an. Wie immer kommen zuletzt die Schuhe dran. Ich schlüpfe hinein und schnüre sie sorgfältig zu. Schon beim ersten Auftritt bemerke ich einen deutlich spürbaren Unterschied. Sicher tun auch in diesen Wanderschuhen meine Füße weh, aber das ist den vielen Blasen und den Wunden geschuldet. Ich spüre am Mittelfuß einen Buckel im Sohlenbereich. Der ist bei meinem eigenen Paar nicht da. Cristian erklärt mir auf Nachfragen, dass der Wanderschuh ein ausgeprägtes Fußbett hat. Er erläutert weiter, dass dieser Buckel im Bereich des Mittelfußes eine spezielle Aufgabe hat. Er soll das Gesamtgewicht der Traglast möglichst gleichmäßig auf den ganzen Fuß verteilen. Es ist für mich erst einmal ein neues Gefühl, doch es läuft sich erstaunlich gut in den ausgelatschten

Wanderschuhen. Mein eigenes Paar binde ich als zusätzliche Last außen an den Rucksack. Es ist schwierig zu sagen, ob seine Schuhe besser sind als die meinigen. Aber das brauche ich zu diesem Zeitpunkt auch nicht entscheiden.

Da wir heute die zurückgelegte Gesamtdistanz von 200 Kilometern überschreiten werden, kaufte ich in Voraussicht gestern im Supermarkt einen Rioja Rotwein aus Nejera, um diese Leistung gebührend zu feiern. Die Flasche wollen wir dann mitten in der Mesetagegend, direkt am Wegesrand sitzend, trinken. Irgendwie hat sich das als eine Art fixe Idee bei Cristian in den Kopf gepflanzt. Er spricht schon seit zwei Tagen davon und ich bin heute ebenfalls der Ansicht, dass das Überschreiten einer 200-Kilometer-Distanz Anlass genug ist, diese umzusetzen. Ich finde seinen Vorschlag so gut und bin der Meinung, er ist es auch wert ihn in die Wirklichkeit zu holen. Ist es nicht immer so? Zuerst kommt der Gedanke, und der Gedanke lässt die Tat folgen. Also nutzt die beste Idee wenig, wenn du sie nicht in die Tat umsetzt und für einen Schluck guten Wein bin ich stets zu haben.

Wir setzen uns an eine Kreuzung mitten ins Nichts. Es ist tatsächlich von Horizont zu Horizont kein einziger Ort zu sehen. Es ist wirklich inmitten vom Nirgendwo. Von dort, wo wir uns hingesetzt haben, können wir den zurückgelegten Weg für mehr als 500 Meter überblicken und ebenfalls mindestens über die gleiche Distanz den noch vor uns liegenden Jakobsweg. Ich schmeiße meinen Rucksack ab und setze mich auf seine Rückseite. Dann nehme ich mir das am Morgen besorgte Baguette und belege es mit Cheddar-Käse. Cristian holt den Rioja aus dem Gepäck, öffnet ihn mit dem Schweizer Mehrzweckmesser und gönnt sich den ersten Schluck.

Wir trinken direkt aus der Flasche. Es ist mal wieder einer dieser „Magic-Moments" auf dem Jakobsweg. Die Vögel zwitschern, die Grillen zirpen, die Sonne streichelt uns, der Wind bereitet einem Gänsehaut und man kann hier absolut keinen Zivilisationslärm hören. Obwohl wir mitten in den Feldern der Meseta sitzen, nehmen wir weder Trecker noch Auto wahr. Es sind am gesamten Himmelszelt nicht einmal die Kondensstreifen von Flugzeugen zu sehen. Hier ist nichts, wirklich gar nichts zu vernehmen außer Natur. Ich bin begeistert! In Deutschland einfach undenkbar, denn dort ist immer etwas wahrzunehmen.

Nach wenigen Minuten stößt Christian aus Italien zu uns. Er ist hocherfreut, von unserem Rotwein zu profitieren und setzt sich sofort zu uns an den Wegesrand. Wir klatschen gegenseitig mit einem High-Five ab, weil wir drei so stolz sind, bereits 200 Kilometer geschafft zu haben. Mit jedem Schluck Wein, zu uns genommen in der prallen Sonne bei 23°C Außentemperatur, steigt die Laune sprunghaft an und die Stimmen werden wie automatisch lauter und die Gesten ausladender. Jedes weitere Pilgergrüppchen, welches uns passiert, bleibt kurz stehen, saugt die gute Pilgerlaune auf und nimmt sie die folgenden 500 Meter, die wir überblicken können, mit. Die gute Laune muss extrem ansteckend sein. Wir müssen mit dem Weinpicknick am Wegesrand die anderen Pilger so stark beeindruckt haben, dass sich unsere Idee bei allen Pilgerkollegen wie ein Lauffeuer herumgesprochen haben muss. Denn schon am darauffolgenden Tag haben wir ein halbes Dutzend Pilgergrüppchen am Jakobsweg gesehen, die nun, wie durch uns inspiriert, auch eine Weinpause eingelegt haben.

Nach dem Weinpicknick ist das Weitergehen etwas leichter. Die Schmerzen sind vom Alkohol betäubt und die Sinne für die schöne Natur geschärft. Hier in der Meseta sind die Hügel flach und sehr weich geformt. Ringsherum um den Jakobsweg sind Weizen- und Gerstenfelder bis weit zum Horizont zu sehen, durch die sich der Weg hindurchschlängelt. Etwa auf halber Tagesetappe passieren wir eine Geisterstadt.

Geschätzte fünfhundert Wohneinheiten, vielleicht sogar viel mehr, stehen hier unbewohnt leer. An Häusern, Reihenhäusern und ganzen Wohnblocks steht das Schild, das alles zu verkaufen sei. Die Verkaufsschilder sind verblichen und zeugen von einer gewissen Hoffnungslosigkeit. Es sind ansprechende Mehrfamilienhäuser, die einem schon sehr gefallen können, denn es ist zusätzlich durch den unterschiedlichen Baustil für jede Geschmacksrichtung etwas dabei. Es erinnert mich irgendwie an eine Monopoly-Stadt. Hier müssen ein Haufen Investoren ihr Geld in der Immobilien-Boom-Phase versenkt haben. Jetzt stehen hier unzählige Wohneinheiten mitten in der spanischen Pampa leer und gammeln vor sich hin. Die Geisterstadt beschäftigt uns den ganzen Tag. Und da das Thema so interessant wie kurzweilig ist, und wir uns dadurch so gut unterhalten, obendrein der Weg sehr schön ist, schaffen wir an diesem Tag sagenhafte fünfunddreißig Kilometer. Das ist neuer Rekord!

Mit 25° Celsius ist das bisher unser heißester Tag in Spanien. Da wir den ganzen Tag in der prallen Sonne verbringen, schützen wir uns vor Überhitzung, indem wir unsere Köpfe nass machen, d.h. wir halten sie unter einen Wasserhahn oder tauchen sie gänzlich in ein Wasserbassin. An einer speziellen Wassertränke sind wir allerdings verunsichert, denn hier werden im Becken

Zierfische gehalten. Ist es jetzt ein gutes Zeichen, wenn in einer Tränke Fische schwimmen oder ist es ein schlechtes, weil es auf eine mangelnde bzw. verunreinigte Wasserqualität hinweist? Egal, ich habe eine heiße Rübe und unbändigen Durst. Da fragt man sich so etwas Banales nicht. Hier stellt sich mir nur eine Alternativfrage: Wasser mit Fischkacke trinken und seinen überhitzten Kopf erfrischen, alternativ einen Hitzschlag erleiden und verdursten? Auf diese Frage gibt es eben nur eine richtige Antwort. Prost!

Am nächsten Tag haben wir beide zwar Durchfall, das muss aber nicht zwingend an der Fischkacke gelegen haben.

Wie jeden Tag wollen so kurz vor dem Ziel die Füße nicht mehr weitergehen. Es ist heute eine sehr große Distanz für mich. In dem Ort vor uns gibt es nur eine kleine Herberge. Uns fällt dann auf, dass sich von hinten ein Wanderer nähert. Bei mir im Kopf setzt sich sofort der Gedanke fest, dass eben genau dieser Wanderkollege mir das allerletzte zur Verfügung stehende Bett vor der Nase wegschnappen will. Mein Ehrgeiz steigt ins Unermessliche. Das kann der Typ definitiv vergessen, spornt mich meine Verzweiflung regelrecht an! So mobilisiere ich meine letzten Kräfte und das Tempo ist wieder so gut wie am Morgen des Tages. Auch ich brauche eben nur das richtige Motivationsmittel. Kein Schlafplatz zu bekommen und zehn Kilometer bis in den nächsten Ort marschieren zu müssen, ist selbst bei stark schmerzenden Füßen ein ausreichender Motivationsschub. Da bin ich über mich selber erstaunt. Als wir an der Herberge ankommen, sind jedoch genügend Betten für alle vorhanden und der Wanderer, der sich aus der Ferne genähert hatte, ist Christian aus Italien. Er will heute unbedingt mit uns in einer Herberge übernachten, damit er sich für den leckeren Wein vom Nachmittag revanchieren kann.

Mein Bettnachbar ist ein junger Spanier von Mitte zwanzig. Er heißt Christoph, studiert zurzeit in Deutschland und spricht dadurch fast akzentfreies Deutsch. Er ist mit einer kleinen Gruppe von Spanierinnen hier eingetroffen. Das macht für mich eine Unterhaltung mit ihm und den anderen leichter. Da wir uns alle so gut verstehen und diese Herberge über eine gut ausgestattete Küche verfügt, wollen wir ein gemeinsames Abendessen bereiten. Als Köche empfehlen sich Cristian, Christian aus Italien und Christoph aus Spanien. Das verspricht eine multikulturelle wie internationale Speise. Solche Mahlzeiten kosten nur einen Bruchteil eines Pilgermenüs und sind zudem sehr gesellig. So etwas muss jeder Pilger mindestens ein paar Mal auf seinem eigenen Jakobsweg gemacht haben, da es einen freundschaftlich verbindet, ja fast schon familiäre Züge besitzt. Auch das zählt für mich zum Camino-Spirit und ist hiermit von mir wärmstens empfohlen.

Als wir so beim Essen sitzen und im Laufe des Abends die gute Laune auf ihrem Höhepunkt ist, kommt Christoph mit einer spontanen Idee heraus. Er schlägt vor, am nächsten Tag in der Stadt Burgos, in genau dieser Runde, zur Abwechslung eine Luxuswohnung zu mieten. Er schlägt weiter vor, noch zusätzliche Bekannte mitzunehmen, um für zwei Tage Party in Burgos zu feiern. Am ersten Tag wären wir zu acht und am zweiten gesellen sich noch weitere vier Frauen und zwei Männer aus vier unterschiedlichen Nationen hinzu. Die Tagesmiete wird somit einmal durch acht, dann durch vierzehn geteilt und ist somit auf dem Niveau einer einfachen Herbergsübernachtung. Idee geboren, gesagt und getan, wird über Smartphone die Luxuswohnung in Burgos gebucht. Dass man so etwas mit Leichtigkeit über ein Mobilphone buchen kann, ist super. Wir verweilen schon in einer geilen Zeit, dass solche Sachen so einfach möglich sind. Alle freuen wir uns auf den nächsten Tag und sitzen am Abend noch lange zusammen.

Jedoch, als ich später im Bett liege, kommen mir Zweifel, denn ich gehe schließlich auch den Pilgerweg, weil ich mich verändern möchte. Bestand doch vor dem Jakobsweg mein Leben aus zügellosen Partys mit zu viel Alkohol und jeder Menge verschiedener Frauen. Dieses Dasein als Partyhengst, so ist zumindest meine feste Absicht, möchte ablegen. Und jetzt, bei der kleinsten mir dargebotenen Möglichkeit, kann ich der Versuchung nicht widerstehen und sage sofort mit Begeisterung zu.

Ich bin über mich selber sehr enttäuscht, dass ich mich so willensschwach zeige. Ein einfaches – Nein - und ich wäre raus aus der Nummer, ohne dass es mir auch nur einer aus der Gruppe übel genommen hätte. Niemand verlangt von mir die Änderung meines Lebens, außer ich selbst! Und jetzt liege ich im Bett und schäme mich, so willensschwach zu sein. Bei mir kullern die Tränen und ich bete zu Gott, um mich zu entschuldigen, da ich selber so eine ausschweifende Party einer Pilgerreise nicht würdig empfinde. Was soll ich bloß machen? Heraus aus der Nummer komme ich nun nicht mehr, da die Wohnung gebucht ist und ich zusagte. Der Point of no Return ist überschritten. Jetzt aber, da ich so voller Scham im Bett liege und mit meiner Fassung kämpfe, bete ich zu Gott und bitte um Hilfe. Wie soll er mir helfen, wenn ich bei der kleinsten Versuchung schwach bin und versage? Mit diesem Gram über meine eigene Person bin ich mit Tränen in den Augen eingeschlafen.

10. Tag: Weit über meine Grenzen hinaus

Wir starten unseren Weg nach Burgos. Dieses illustre Unterfangen soll am Abend in einem Luxusapartment mit einer ausgiebigen Party enden. Somit haben wir alle eine Tagesetappe von angsteinflößenden vierzig Kilometern vor uns. Einige aus der Runde haben Zweifel, ob sie überhaupt diese Riesenetappe schaffen. Aber Christoph schlägt vor, zehn Kilometer vor Burgos einen Bus bis in die Stadt zu nehmen. Für mich ist es absolut ausgeschlossen, denn ich möchte den kompletten Jakobsweg zu Fuß gehen. Ich könnte mir eine Unterbrechung, wenn auch nur von zehn Kilometern keinesfalls verzeihen. So doof es klingt, doch in meinem Bewusstsein würde da immer der Gedanke spuken, ich sei den Jakobsweg nicht komplett gegangen. Christoph weist unentwegt darauf hin, dass die sechs bis sieben Kilometer vor Burgos sowieso entlang am Flugplatz führen und somit überhaupt nicht sehenswert sind. Ist mir jedoch egal! Da ich gestern schon eines meiner Prinzipien gebrochen habe, indem ich grundsätzlich zu dieser Party ja sagte, werde ich auf keinen Fall noch ein zweites Vorhaben brechen. Ich will den Jakobsweg durchgängig sowie komplett zu Fuß bewältigen.

Der Camino-Spirit verbringt bei mir jede Nacht ein kleines Wunder, ein Heilungswunder. In dieser ist es besonders groß, da ich gestern satte fünfunddreißig Kilometer hinter mich gebracht habe und ich am Abend humple, was das Zeug hält. Unvorstellbar, dass ich am nächsten Tag überhaupt einen Schritt laufen kann! Jede einzelne Schrittfolge ist eine höllische Qual und kommt einer Fußfoltertortur sehr nahe. Vor Schmerzen komme ich kaum in den Schlaf und zu den Blasen gesellen sich bestialische Druckschmerzen an den Fußreflexpunkten. Ich persönlich mag es sowieso nicht, wenn mir jemand an den Füßen rumfummelt, somit baut sich hier in meinen Kopf ein Horrorbild der Fußreflexzonenmassage auf. Natürlich möchte ich hier nicht eine ganze Branche denunzieren, aber bis hierher wusste ich persönlich nicht, was eine Massage der Fußreflexzonen bewirken soll. Schade ist nur, dass meine ersten Erfahrungen, die ich mit den Reflexzonen der Füße mache, eben sehr schmerzhafte sind, somit ist bei mir ein Negativanker gesetzt. Vielleicht hätte ich mir vorher eine Fußreflexzonenmassage in Deutschland gönnen sollen, dann wüsste ich jetzt wohl auch, welche Punkte ich zur eigenen Entspannung drücken müsste.

Der Start am Morgen erfolgt sehr holprig, denn es ist wider Erwarten stark bewölkt und arschkalt in Spanien. Das ließen die gestrigen Temperaturen von 25°C für heute nicht erahnen. Wir entscheiden uns für langärmelige Oberbekleidung und lange Hosen. Mir ist sogar so kalt, dass ich mein Halstuch umlege und ein paar Socken als Handschuhe umfunktioniere.

Der Supermarkt am Ort öffnet leider erst um 9.00 Uhr, sodass wir weder Proviant noch Wasser kaufen können. Aber der Brunnen am Ort ist erfreulicherweise chlorfrei. Lediglich bis zur Hälfte befülle ich die Flaschen. Bei dieser Kälte brauche ich nicht so viel Flüssigkeit und kann dadurch mein zu tragendes Gewicht um ein Kilo reduzieren.

Wir verlassen den Ort auf einem besonders idyllischen Weg, der allerdings ab dem Ortsausgang steil ansteigt. Der Anstieg geht so circa ein- bis anderthalb Kilometer in dieser brutalen Steile weiter. Einige Pilgerkollegen müssen bereits nach wenigen hundert Metern kapitulieren und eine Erholungspause einlegen.

Es ist schon lustig, denn die Pilger starten morgens voller Enthusiasmus und Elan, spucken vor Tatendrang in die Hände, marschieren frohgemut, dem Ziel wieder ein Stück näherzukommen, angespornt los und nach nur dreihundert bis fünfhundert Metern ist alles wieder vorbei. Aus der Zauber! Die Puste fehlt, die Kraft schwindet, die Euphorie stürzt in den Keller. Man fragt sich unweigerlich mal wieder: Warum tue ich das hier? Die meisten von uns fallen hier bildlich auf den Hintern. Ja, Gott hat zuweilen eine harte Linke, wie man es im Boxjargon sagen würde.

Cristian und ich gehen für diese Pilger in einer anderen Liga. Wir „fliegen" förmlich den Berg hinauf. Es ist mir ein absolutes Rätzel, woher ich am nächsten Morgen immer die Power und die Ausdauer herbekomme? Das ist praktisch ein Wunder, eben mein Heilungswunder. Denn beide Zustände sind zuverlässig stets frühmorgens wieder da. Nachdem wir den steilen Anstieg in relativ kurzer Zeit bezwungen haben, müssen wir feststellen, dass wir definitiv zu warm angezogen sind. Knapp dreißig Minuten unterwegs, schon sind wir durchgeschwitzt, als hätten wir einen Marathon in neuer Bestzeit bezwungen! Wir machen einen kleinen Stopp zum Entkleiden. Jetzt kommt durch die dünner werdende Wolkenschicht auch ab und zu ein Sonnenstrahl durch. Die Sonne brennt innerhalb kürzester Zeit die Wolkendecke oder den Hochnebel weg. Es ist mittlerweile schon mehr blauer Himmel zu sehen als Wolken und das nach nur dreißig Minuten.

Der Jakobsweg führt uns nun über einen Bergpass entlang einer Schneise im Wald. Es ist ein ungewohnter, sehr breiter Weg. Die Feuerschneise hat spielend einen Durchmesser von dreißig Metern und zieht uns geradeaus über den Bergkamm. Du gehst und gehst und gehst..., hast aber trotz alledem das Gefühl, du kommst nicht vorwärts. Nach unzähligen Schritten sehen wir in der Ferne einen Sendemast, der uns damit das Ende des Bergkammes und den höchsten Punkt anzeigt.

Bald darauf erscheint der erste Ort mit seiner Cafebar, in der wir uns den finalen, heißersehnten Café con Leche des Tages genehmigen, der hier obendrein besonders lecker schmeckt. Es hat sich schon zu einem Ritual entwickelt. Wir wandern frühmorgens los und belohnen uns nach der ersten Etappe mit einem Café con Leche. Wenn wir die Kaffeepause einmal überspringen wollen, schreien unsere Körper so laut nach ihren Belohnungen, dass wir uns ihnen „opferbereit" ergeben müssen und so „gezwungen" eine kleine Pause einlegen. Der Geist ist willig, aber das Fleisch ist schwach. Ohne den Café con Leche würde mir mittlerweile etwas fehlen. Tatsächlich sind einige Pilger der Meinung, dass ohne den notwendigen Motivationsschub des zu erwartenden Kaffees ein angenehmer Start am Morgen auszuschließen ist. So viel zum Thema Jakobsweg - gleich Kaffeeweg.

Wir sind auch so schnell unterwegs, dass wir an fast jeder sich bietenden Gelegenheit eine Kaffeepause einlegen und trotzdem mit der Masse der anderen Pilger Schritt halten können. Dazu fällt mir eine REFA-Studie ein. Es handelte sich eher um einen Test oder ein Experiment. Ein Arbeiter arbeitete eine knappe Stunde und macht innerhalb der Zeit immer zehn Minuten Pause, alles penibel mit der Stoppuhr gemessen. Die anderen Kollegen, die genau die gleiche Tätigkeit erfüllen, arbeiten jedoch ohne Unterbrechung durch. Der Test wurde über einige Wochen stetig in demselben Modus vollzogen. Das erstaunliche Ergebnis nach diesem Test: Jener Mitarbeiter mit den zehn Minuten Pause produziert wesentlich effizienter und auch effektiver, obwohl er deutlich weniger reine Produktionszeit zur Verfügung hatte. Seine Pausenzeiten waren wie oben beschrieben in die Arbeitszeit inkludiert, nicht wie bei den Kollegen, die ohne Stopp durcharbeiteten. Er hat mehr produziert als alle anderen, mit der gleichen Tätigkeit, die ohne Pause gearbeitet haben. Warum du von dieser Studie noch nichts gehört hast, fragst du dich? Weil es „das" Argument für alle Raucher wäre! Jedoch genauso erkläre ich mir unser hohes Wandertempo. Denn ich bin mir sicher, dass es besser trainierte Pilger als mich gibt. Nachdem Cristian und ich so in der Cafebar sitzen, kommen nach kurzer Zeit auch Christoph und der Christian aus Italien an. Sie erzählen uns, dass es für sie feststeht, dass sie vor Burgos einen Bus bis in den Ort nehmen. Sie glauben nach der Strapaze des Anstiegs nicht mehr, die ganze Strecke bis in die Stadt laufen zu können. Ich sage ihnen erneut, für mich ist es klar entschieden, den kompletten Weg bis Burgos zu gehen.

Es ist für meine Person gesprochen definitiv ein Frevel, hier zu unterbrechen, und ich möchte mir in ein paar Jahren nicht stets den Vorwurf machen, den Jakobsweg nicht komplett gepilgert zu sein. Immer wenn mich dann jemand fragen würde, ob ich den Camino Francés über die gesamte Distanz von mehr als 800 Kilometern wirklich gegangen bin, müsste ich wahrheitsgemäß antworten: „Ja, im Grunde schon, doch vor Burgos habe ich für knapp zehn von ihnen einen Bus genommen. Doch diese bin ich ganz sicherlich bei meinem zweitägigen Aufenthalt in der Stadt, von Bar zu Bar gelaufen, sodass ich die fehlenden zehn Kilometer locker wieder hereingeholt habe." Nein, das wäre nicht echt und für mich auch nicht das Gleiche.

Außerdem wäre es nicht Lars, der das sagt. Ich gehe den Jakobsweg ganz... und damit basta!

Man kann Burgos schon aus sehr großer Entfernung sehen. Es ist häufig für meine Motivation sehr förderlich, denn ich habe das Ziel sichtbar vor Augen, andererseits kann es wiederum auch demoralisierend wirken, denn du gehst und gehst und kommst dem Ziel gefühlt nicht näher. Aber in Richtung Burgos gefallen mir die Wege ausgesprochen gut, denn sie sind mit einer meiner Lieblingspflanzen gesäumt. Sie sind mit sonnengelben Ginsterbüschen umrandet, die in ganzer Pracht und in voller Blüte stehen. Für mich, mehr als ein Naturschauspiel! Es ist ein Spektakel, denn ich sehe mir Ginster nicht nur gerne an, sondern ich rieche ihn auch gerne. Und hier in Spanien scheint die Pflanze so gut zu gedeihen, dass sie hochwächst, um so gewachsen ganze Hohlwege zu bilden. An einer Stelle habe ich das Gefühl, ich marschiere durch einen knallgelben Tunnel aus Ginsterblüten. Die visuellen- und olfaktorischen Sinne sind nahe an einer Reizüberlastung, - ich flippe aus, ein Märchen!

Als wir ein Flugzeug in unmittelbarer Nähe landen sehen, wissen wir, dass Burgos Stadtausläufer, eben der Flugplatz, nicht mehr weit ist. Ein Wermutstropfen ist, dass die Strecke entlang des Airports bis in die Stadtmitte noch sechs Kilometer misst, und nach Christophs Worten landschaftlich ausgesprochen hässlich sein soll.

In Burgos müssen wir dann nur noch die Luxuswohnung finden und die Party kann steigen. Cristian spricht es als Erstes aus. Er hat keine Lust auf die Partyfeierei und erst recht nicht über volle zwei Tage. Mir geht es genauso wie ihm, aber mitgehangen ist eben mitgefangen.

Wir finden das Apartment, über Cristians MapsMe-App. Zu meinem Endsetzen sind es leider noch einmal weitere zweieinhalb Kilometer stadteinwärts. Mein ganzer Körper will und kann nicht mehr. Jetzt gehe ich wie im Automatikmodus vor mich hin. Die Belastungsgrenze meines Organismus ist schon lange überschritten, so gehe ich mit schlürfenden, schleppenden Schritten. Es ist trotzdem immer noch recht flott, unser Tempo, jedoch fällt es mir zusehends schwerer, es zu halten.

Als wir an der Luxuswohnung ankommen, sind wir sehr überrascht, denn wir müssen obwohl wir zu Fuß gingen, die Ersten sein. Es ist weit und breit keiner aus der gestrigen Runde zu sehen, was uns ziemlich verwundert. Wollten sie schließlich das letzte Teilstück mit dem Bus fahren.

Wir klingeln, doch niemand öffnet die Tür. Jetzt rufen wir die anderen mit unseren Handys an, aber keiner scheint an sein Telefon zu gehen. Es wird immer seltsamer. Nun schreiben wir ganz altmodische SMS-Nachrichten. Wir sind verwirrt! Feiern die etwa schon ohne uns eine Party? Aber es herrscht Totenstille hier.

An einem Thermometer, welches an einer Hauswand hängt, steigt die Temperatur auf 46° Celsius in der Sonne, so fühle ich mich auch. Bin nahe dem Verdursten und so wackelig auf den Beinen brauche ich unbedingt eine Abkühlung. Nachdem ich mit Cristian auf einer Parkbank vor der Luxuswohnung Platz nehme, kann ich in ein paar hundert Metern Entfernung ein Lidl-Schild sehen. Jetzt steigt mein Durst ins Unerträgliche und ich bekomme riesigen Bock auf eiskaltes Vanilleeis. Endlich, bei Cristian tut sich was, denn sein Handy gibt ein Ton von sich. Er bekommt zwar keinen Anruf, aber wenigstens eine SMS zur Antwort. Es ist Christoph, der ihm schreibt:

„Sorry, wir haben es nicht geschafft. Es ist einfach viel zu weit, um es zu schaffen, darum habe ich das Apartment für heute gecancelt und auf morgen bis übermorgen umgebucht. - Bitte entschuldigt vielmals." Ich weiß in diesem Moment nicht, ob ich weinen oder lachen soll. Grundsätzlich bin ich gefasst und meine Stimmung ist gut. Ich denke sofort: Danke Gott, das habe ich mir gewünscht. Dankeschön Gott, dass du mir geholfen hast.

Da es aber mittlerweile nach 19.00 Uhr ist, brauchen wir keine Herberge mehr ansteuern, denn die sind um diese Zeit sowieso schon voll, denn ab 18.00 Uhr werden bekanntlich zusätzlich radfahrende Pilger aufgenommen.

Da ich heute über mich und meine Kräfte hinausgegangen bin, bitte ich Cristian, zuerst den Discounter anzusteuern, um für Getränke und etwas zu essen zu sorgen. Da ich eine Weile auf der Parkbank gesessen habe, fällt es mir jetzt extrem schwer, wieder in Tritt zu kommen. Mein Gang sieht mehr nach einem unbeholfenen Robotergang aus als nach einem Menschen, so steif und abgehackt ist er. Beim Discounter angekommen, lasse ich den Rucksack draußen bei Cristian stehen und gehe hinein. Ich kaufe mir vier Pink-Lady-Äpfel sowie eine Tüte Colafläschchen als Gummibären, eine große Flasche Wasser und als Höhepunkt und Belohnung eine 1000 ml Packung Bourbon Vanilleeis. An der Kasse muss ich mich an der Riesenwarteschlange anstellen. Solche Schlangen sieht man bei uns in Deutschland, selbst bei Discountern, nur noch ganz selten. Was hier im Land aber erschwerend hinzukommt, dass die Spanier ihre Einkäufe extrem gemächlich einpacken und auch für das Bezahlen eine halbe Ewigkeit benötigen. Zu allem Überfluss labern die auch noch die arme Kassiererin voll, so dauert der Kassiervorgang spielend die doppelte Zeit. Ich wippe ungeduldig von einem Fuß auf den anderen und weiß nicht mehr, wie ich mich noch länger auf den Beinen halten soll. Mit Blickrichtung bezahlender Spanierin sage ich wie in Trance laut vor mich hin: „Mensch Alte, labere nicht so viel, bezahle endlich deinen Einkauf und hau ab." Nun bemerke ich, wie sich der Boden unter den Füßen bewegt und scheinbar aus Kostengründen zusätzlich das Licht ausgeschaltet wird. Bevor ich merke, dass es nicht an der Beleuchtung liegt, sondern dass mir ganz einfach schwarz vor Augen wird, wäre es beinahe zu spät gewesen und ich wäre der Länge nach auf die Fresse geflogen. Aber ich habe Glück. Ich konnte mich gerade noch an der Nachbarkasse festhalten und in einer leicht anlehnenden Haltung auf den Beinen bleiben. Hurra, nach einer gefühlten Ewigkeit ist mein Einkauf an der Reihe.

Ohne auch nur im Entferntesten mitzubekommen, was ich zu zahlen habe, gebe ich der Kassiererin irgendeinen Schein aus der Tasche und stecke das Wechselgeld samt Bon einfach zurück in die Hosentasche. So rette ich mich gerade noch die drei Meter an den Packtisch, auf dem ich sofort Platz nehmen muss. Weiterhin, wie halb benebelt, trinke ich einen ganzen Liter Wasser auf ex direkt aus der Flasche. Ich brauche dann aber ein paar weitere Minuten, bis ich wieder einigermaßen bei Sinnen bin. Als ich ein wenig klarer im Kopf werde, sehe ich die Securityperson im Eingang stehen. Jetzt wird mir mein Glück erst richtig gewahr. Es ist eine riesige, übergewichtige, rothaarige Frau von Ende dreißig, jedoch wie ein Teenager immer noch mit vielen Pickeln im Gesicht. Ich bin überzeugt, wenn ich umgefallen wäre und diese Person im Erste Hilfe Eifer bei mir eine Mund-zu Mund Beatmung vorgenommen hätte, dann müsste ich glauben, ich wäre aufgrund meines gestrigen Versagens postwendend in der Hölle gelandet.

Das Wasser erfrischt mich schnell, so schaffe ich noch die paar rettenden Schritte zum Ausgang nach draußen, wo Cristian, ausdauernd auf einer Mauer sitzend, auf mich wartet. Der lacht mich gleich kopfschüttelnd aus, nur weil ich eine Familienpackung Bourbon Vanilleeis eingeklemmt unter dem Arm trage. Zuerst esse ich genüsslich einen Pink Lady. Die schmecken tatsächlich wie der Apfel der Versuchung. Jetzt wühle ich meine Gabel aus dem Rucksack, denn durch die hohe Temperatur ist das Eis rasch, wie ich es besonders liebe wunderbar weich. Cristian winkt ab, er will nichts vom Vanilleeis abhaben. So sitze ich vergnüglich und schlemme mit Hochgenuss in aller Ruhe die ganze Familien-Portion.

Währenddessen sucht mein Pilgerfreund eine nahegelegene Übernachtungsmöglichkeit. Er findet eine. In 1,2 Kilometern Entfernung hat er ein Hotel für uns gefunden. Entkräftet hätte ich jetzt kapituliert und auch sehr gerne einen Bus oder ein Taxi bestiegen. Aber wie immer im Leben, ist keines von beiden in der Nähe, wenn man dringend eines braucht. Also stelle ich meinen Körper erneut auf Automatikmodus und laufe wie ein folgsamer Roboter hinter Cristian her.

Im Hotel angekommen, schleppe ich mich als Erstes unter die Dusche und falle gleich nach ihr auf mein Bett und bin „tot" wie eintausend Mann. Für meinen Pilgerfreund tut es mir ein wenig leid, schließlich muss er jetzt alleine zum Abendessen losziehen. Als ich so im Hotelzimmer liege, bete ich zu Gott und bedanke mich für seine perfekte Planänderung, die er für mich an diesem Tage vollzog. Heute habe ich mich total übernommen, bin meilenweit über meine Grenzen hinausgegangen. Das lasse ich mir eine Warnung sein. Aber was soll's, ein bisschen Strafe muss sein.

11. Tag: Everything will be allright Tonight – Bowie-

Ach du lieber Himmel, als ich aufwache, fühlt sich mein Körper wie von einer Dampfwalze überfahren an, das Ganze vorwärts und rückwärts. Das allmorgendliche Ankleiden fällt mir somit extrem schwer. Es fühlt sich komisch an, denn ich spüre jeden einzelnen Muskel, der bis zum Rand mit Muskelkater gefüllt ist. Aber ich fühle mich auch herrlich lebendig, als wenn mir mein Body sagen will: „Hey Lars, du bist noch zu ganz außergewöhnlichen Leistungen fähig, ...herzlichen Glückwunsch.“

Da wir in einem Hotel übernachtet haben, müssen wir nicht wie gewohnt schon um 8.00 Uhr aus dem Hause sein. Also gönne ich mir noch einmal, bevor es losgeht, eine ausgiebige Dusche. Die Hotelunterkunft gibt uns den Luxus, für unsere Verhältnisse besonders spät zur Tagesetappe aufzubrechen. So sind wir erst gegen 10.00 Uhr on the Road.

Der Start befolgt mittlerweile ein altbekanntes Muster. Zuerst steuern wir einen nahegelegenen Bäcker an, der heute nur wenige Meter von der Unterkunft entfernt liegt. Dort stärke ich mich erst einmal mit fünf fluffigen Hefegebäckstangen mit Puderzucker. Die sind ausgesprochen lecker und munden mir hervorragend. Der zweite Weg steuert die Kathedrale in der Altstadt an. Ein wahrhaft imposanter Bau! Die Spanier wussten schon, wie man sehr aufwendige und beeindruckende Bauten umsetzt, an der nicht nur jeder Steinmetz seine wahre Freude hat. Nach einer ausführlichen Innenbesichtigung setze ich mich an den besten Kaffeehausplatz, den die Stadt zu bieten hat und bestelle uns zwei Café con Leche. Wir sitzen an der äußersten

Ecke des Cafés mit direktem Blick auf die Kathedrale. Zu dieser frühen Zeit ist es auch einer der wenigen Sonnenplätze. Cristian und ich schauen mit Blickrichtung Kirche, genießen den Café con Leche und lassen das wunderschöne Bild auf uns wirken. Da dieses Aufunswirkenlassen sehr viel Zeit in Anspruch nimmt, gönnen wir uns noch eine zweite Runde. Ich erspare es mir stets in solchen Momenten, Fotos aufzunehmen. Ich lasse lieber das Bild auf mich einwirken, somit mein Herz und meine Seele berühren und dadurch speichere ich es für ewig in meinen Erinnerungen ab. Ein einfaches Handyfoto kann dies bei mir nicht erbringen.

Als wir aufbrechen wollen, erfahren wir: Es ist nicht nur der beste Platz in Burgos, einen Café con Leche zu trinken, sondern mit Eintreffen der Rechnung wissen wir auch, es ist ebenfalls der preisintensivste Sitzplatz, einen zu bestellen. Doch wir genießen diesen Luxus sehr und machen uns wenig Gedanken über den teuersten Café con Leche der Stadt. Da direkt neben dem Café ein Brunnen ist, sparen wir das Geld beim Wasserkauf einfach wieder ein und füllen unsere Wasserflaschen randvoll.

Nach einer Weile führt der Jakobsweg stadtauswärts durch den Stadtpark. Und hier sieht es aus, als hätte es bei 23°C geschneit. Der ganze Rasen ist mit irgendeinem weißen flauschigen Zeug zugedeckt. Bei einem Blick um uns herum sehen wir, dass auch alle Bäume mit diesem hellen Flauschzeug bedeckt sind. Es sieht schon sehr bizarr aus, alles ist weiß und lässt uns unweigerlich an eine Winterlandschaft denken. Das Erste was mir in den Sinn kommt, sind Pappeln, die ihre Samen verteilen. Aber für mich schauen die Bäume, die den Kunstschnee produzieren, nicht wie solche aus. Gut, ich gebe zu, dass ich sicherlich kein Experte auf dem Gebiet der Botanik bin, aber ich weiß genau, wie in Deutschland Pappeln aussehen. Ich frage mich, was in den Stadtparkplanern bloß vorgegangen sein muss, hier mitten in Burgos massenhaft solche „Kunstschnee" erzeugenden Bäume zu pflanzen. Auf jeden Fall müssen auch die umliegenden Straßenzüge diesen Schnee aus weißem Flausch ertragen. Wäsche draußen zu trocknen, kann man zu dieser Jahreszeit vergessen. Auch die ganze Straße liegt mit dem komischen Zeug voll. Da werden sich alle Autobesitzer genauso bedanken, denn in jeder Ritze und jedem Lüftungsgitter findet sich eine Menge von diesem weißen Flauschzeug wieder. Wir machen vom absurden Schauspiel der sommerlichen Winterlandschaft noch ein paar Erinnerungsfotos und ziehen fassungslos, kopfschüttelnd weiter.

Da sich mein Körper immer wieder von alleine in seinen Automatikmodus zurückbringt und dadurch langsamer wird, beschließt Cristian, schon einmal vorzugehen.

Das Ziel, das wir uns heute ausgesucht haben, ist Hornillos und liegt nur in leicht erreichbaren zwanzig Kilometern Entfernung. Ich trotte im Automatikmodus gemächlich hinterher. Es ist für meine Füße nach wie vor sehr schwer und schmerzhaft, die steinigen und unebenen Feldwege zu laufen. Es ist auch ausgesprochen anstrengend, denn ich muss mich beim Gehen sehr konzentrieren und starr auf den Boden schauen, um die bestmögliche und schmerzfreiste Strecke zu finden. Die Wanderschuhe, die ich von Cristian bekommen habe, sind viel besser als meine, denn das Aufkommen neuer Blasen ist spürbar zurückgegangen. Doch die Blasengebilde, die ich schon vorher hatte, müssen erst einmal heilen. Zur Überraschung und meinem Glück geht die Strecke einen Großteil über Asphalt, sodass ich aus dem Automatikmodus herauskomme und das Tempo wieder anziehen kann. Unterwegs unterhalte ich mich mit einem älteren Schwesterpärchen aus Österreich, die heute in Burgos ihren Jakobsweg gestartet sind. Es ist sowieso sehr auffällig, dass immer nach einer größeren Stadt die Neueinsteiger zunehmen. Es gibt überhaupt sehr viele, die den Camino Francés in mehreren Jahren und über unabhängige Etappen pilgern. Am Anfang hat es mich sehr verwundert, dass nur 15 Prozent derer, die den Pilgerpass beantragen, auch in Santiago de Compostela ankommen. Da habe ich noch vermutet, dass 85 Prozent, aus welchen Gründen auch immer, abbrechen mussten. Heute habe ich dazu eine andere Einschätzung. Es gibt sehr viele, die sich den Jakobsweg in zwei, drei oder gar vier Teile aufspalten und je nach Lauftempo und Urlaubsmöglichkeiten ihren eigenen Weg gehen. Heute habe ich meinen 11. Pilgertag und werde bei Ankunft eine Gesamtdistanz von ca. 320 Kilometern hinter mich gebracht haben. Also ist es durchaus realistisch anzunehmen, den Pilgerweg in 2 x 3 Wochen oder 3 x 2 Urlaubswochen zu wandern. Ich vermute, dass diese Pilger jedes Jahr einen neuen Pilgerpass bestellen. Das heißt, sie müssen zwei, drei oder vier Pässe beantragen, kommen aber nur einmal in Santiago an.

Auch am heutigen Tag ist uns Spaniens Sonne hold und gönnt uns in der Spitze 27° Celsius. Überhaupt marschiere ich viel lieber, wenn die Sonnenstrahlen vom Himmel scheinen und mich mit solchen Temperaturen verwöhnen. Sogar ausgesprochen deutlich lieber wie in der arschkalten Anfangszeit.

Die Farben der Feldwege verändern sich, sie sind jetzt fast weiß und werden in Spanien „Strada Bianca" genannt, was aus meiner Sicht genauestens zutrifft. Es ist schon lustig, wie durch den unterschiedlichen Straßenstaub hervorgerufen jeden Tag die Farbe der

Wanderschuhe wechselt. Heute sind meine Outdoor-Schuhe, die naturgemäß dunkelbraun sind, durch den hellen Staub fast weiß. Die Landschaft wird noch einmal flacher und man sieht ringsherum nur noch ein paar sehr niedrige Bergzungen. Ja, das muss langsam aber sicher die im Outdoorführer beschriebene Meseta Ebene sein.

Da ich die beiden Schwestern wieder aus den Augen verlor und mir die Unterhaltung mit Cristian fehlt, lege ich mir den MP-4-Player an. Ich laufe so circa zwei Stunden vor mich hin und höre Musik von David Bowie. Als das Lied „Let's Dance" erklingt, sehe ich in weiter Entfernung, auf einer Anhöhe, eine Frau auf dem Feldweg tanzen.

Nur kurz bleibe ich stehen, um genauer hinzusehen, ob mich meine Sinne täuschen. Das Bild ist so surreal, dass ich mehr an eine Fata Morgana glaube als an die eigenen Augen. Nein, ich sehe richtig, da tanzt eine Frau auf dem Jakobsweg. Unweigerlich denke ich an ein Zitat von Nietzsche: „Man muss das Leben tanzen." Ich gehe vorwärts und je näher ich ihr komme, desto seltsamer wird der Tanz für mich. Sie dreht sich im Kreis und kreiselt sich so, von der einen Seite des Weges zurück zur anderen. Und dieses Tanzen macht sie fortwährend im Zickzackkurs, um vorwärtszukommen. Es erinnert an ein Auto auf der Autobahn, das bei einem Unfall an die Leitplanke stößt und bei unzähligen Gegenreaktionen stets auf die andere Straßenseite geschleudert wird. Erst jetzt fällt mir ihre schlanke Figur auf. Sie trägt zudem einen fast verbotenen kurzen Minirock. Ihre Kleidung erinnert an eine Tennisspielerin in ihrem knappen Röckchen. Doch diese Pilgerin hier schleppt einen riesigen Rucksack auf dem Rücken und keinen Tennisschläger in der Hand. Ich schätze sie auf Mitte bis

Ende zwanzig. Aber in ihrem Gesicht kann ich das Alter schlecht einschätzen, denn sie hat das ganze Face und genauso ihre Arme mit Sonnenblocker weiß eingecremt. Es sieht sehr schön aus, was sie da macht und wie sie sich bewegt. Mich interessiert, welches Lied sie da wohl hört. Ob sie ebenso wie ich Dawid Bowie hört? Vielleicht spielt sie ja nicht „Let's Dance", sondern den besser passenden Song „Dancing on the Street" von ihm.

Ich habe mir nämlich mal in einer Diskothek den Titel „Let's Dance" gewünscht und es ist mir erst in der Disco aufgefallen, wie schwer es fällt, sich zu diesem Hit zu bewegen. Jedoch motiviert es mich immer unglaublich stark zum Tanzen, aber es ist eben besonders schwierig und es scheint einem auch so, als wenn es nicht enden wolle. Ich werde es nicht herausfinden, welches Lied sie hört, aber um sicher zu gehen, dass sie keinen Sonnenstich hat, spreche ich sie an. Sie antwortet mir klar und deutlich mit einem Lächeln, das zum Dahinschmelzen ist, das alles in Ordnung sei. Da ich sie aber noch immer fragend ansehe, ergänzt sie: „Ich tanze nur, ich habe keine Lust mehr zum Gehen." Ich frage sie noch einmal, dabei berühre ich sie leicht prüfend an der Schulter, ob ich irgendetwas für sie tun könne? Sie antwortet erneut: „Nee, nee, … es ist wirklich alles in Ordnung." Ich verabschiede mich und nehme meinen Weg.

Während ich über die Frau und ihren Bewegungsabläufe nachdenke, fällt es mir spontan auf, warum dieses Bild auf mich so surreal wirkt. Der Tanz schaut durch die Drehungen ein wenig so aus, als ob sich die hübsche Person mit ihrem verboten kurzen Minirock verloren hat und jetzt wie ein angeschlagener Komet ziellos durch die Galaxis irrt. Oder ein anderer Vergleich: Wie eine Kugel im Flipperspiel, die von einer Ecke zur nächsten geschupst und gestoßen wird. Ist es nicht bei uns allen irgendwann im Leben so? Du bekommst einen vermeintlich kleinen Seitenhieb, der manchmal sehr seicht erscheint und fast unbemerkt vonstattengeht. Du denkst noch, den verkrafte ich locker. Aber er wirft dich aus deiner eingeschlagenen Bahn. Anfangs nur sehr wenig, doch mit der Zeit und weiteren Fortschreitens bist du vom einst gewählten Kurs abgekommen und weg. Du kollidierst mit neuen Gegebenheiten. Du fängst an zu schlingern und zu taumeln, tänzelst und kreist so geschupst von einer Seite zur anderen, eben wie ein Komet, der aus der Bahn geworfen wurde oder eine Flipperkugel, die umhergeschupst wird. Genauso habe ich mich auch gefühlt, nachdem sich meine Exfrau von mir getrennt hat. Jetzt wird mir klar, was mit der Frau los ist.

Nachdem ich weitergehe und nur maximal 200 Meter von der Tänzerin entfernt bin, kommen mir die Tränen. Dieses ziellose Kreisen oder Umherirren, welches für mich wie Tanzen aussah, hat mein Herz berührt und mir Rührungstränen in die Augen gebracht. Mal ehrlich, wo sieht man sonst schon solche seltsamen, doch genauso herzergreifende Bilder? Eine junge, hübsche Frau in einem viel zu kurzen Minirock tanzt, dreht sich im Kreis und berührt mein Herz damit so sehr, dass ich als erwachsener Mann weinen muss. Wenn sie das wüsste, was ihr Tanz bei mir auslöste?! Das passiert einem nur auf dem Jakobsweg. Ich verstehe in diesem Moment die Botschaft des Vorganges zwar noch nicht, aber die Erklärung findet später noch zu mir. Diese Pilgerin mit ihrem kreisenden Tanz hat mir mehr erzählt und geholfen, dabei mehr Selbsterkenntnis gebracht, als ich es hier beschreiben kann. Für mich ein absoluter „Magic Moment." Ich nehme mir vor, der Frau bei unserer nächsten Begegnung zu erzählen, wie intensiv mich ihr Tanz im Herzen berührte.

Endlich, ich sehe im Tal die Zielstadt vor mir liegen. Ich muss dafür noch einmal ein ganzes Stück steil bergab. Nach meiner altbewährten Methode jogge ich den Weg in der leicht tänzelnden Art hinunter. Ich habe immer noch den MP-4-Player mit Musik am Ohr. Er spielt weiterhin David Bowie. Das Lied, das ich jetzt höre, ist „Tonight". Der Refrain geht so: „Everything will be allright tonight, Everything will be allright tonight, now one moves, now one talks, now one things, now one walks tonight, ... tonight." Der Liedrefrain wiederholt sich dann mit „everyone". Irgendwie schafft es dieser Song, mich zu beruhigen, denn mir ist bewusst, wenn ich in dieser Ortschaft kein Bett bekomme, muss ich bis in den nächsten Ort nochmals elf Kilometer weitergehen. Da wir uns heute erst spät auf den Weg gemacht haben, werde ich auch nur zu fortgeschrittener Zeit ankommen und dann sind erfahrungsgemäß die Schlafplätze in kleineren Dörfern besonders knapp.

Ich denke bei mir: So ein Witz, Cristian könnte mit der guten Verfassung diese elf Kilometer spielend bzw. locker gehen. Aber da er vor mir angekommen sein muss, wird er für diese Nacht ein Bett bekommen, schließlich muss er lange vor mir hier gewesen sein. Zielstrebig steuere ich die letzte Herberge am Ortsausgang an. Aus meinen Erfahrungen sind die Unterkünfte am Orteingang stets die, die am schnellsten komplett sind, sprich voll sind. Just in dem Moment, in dem ich die Unterkunft erreiche, kommt mir der offensichtlich homosexuelle Herbergsvater (was ich an seinem süßen Gang erkenne) mit zwei Pilgern aus der Herberge entgegen. Sie gehen forschen Schrittes in ein Gebäude in der Nachbarschaft. Ich folge ihnen einfach unaufgefordert und hoffe auf mein Bett. Ich warte draußen vor dem Haus auf den Herbergsvater. Als er herauskommt, spreche ich ihn an, ob er für mich auch noch ein Bett übrig hat. Er geht nochmals hinein und prüft es nach. Nachdem er erneut auf die Straße tritt, schüttelt er dabei schon den Kopf und verneint meine Frage mit einem langgezogenem „Sorry". Ich denke bei mir. So eine Scheiße! Bevor ich aber weitergehen kann, gönne ich mir in der gegenüber dem Gebäude liegenden Bar eine Pause. Ich lege den Rucksack draußen vor der Bar auf einer Sitzbank ab und kaufe mir eine große Dose Bier und ein Flasche Wasser für den weiteren Weg. Das Bier lasse ich mir gleich auf der Parkbank sitzend schmecken.

Ich habe mein Getränk, welches ich genüsslich trinke, nicht einmal zur Hälfte geleert, da kommt der Herbergsvater mit einem breiten und seltsamen Grinsen direkt auf mich zu. Er fragt, ob ich ein Deutscher sei und meint, er habe es sofort erkannt, dass ich einer bin. Ich schmunzle in mich hinein und denke nur, dass mein T-Shirt auf dem in großen Buchstaben: „Gerolsteiner" geschrieben steht, wohl den entschiedenen Hinweis gegeben hat. Eigentlich ist es mir schnurzegal, woran er es erkannt haben will. Er fragt weiter, ob ich derjenige bin, der noch ein Bett für die Nacht gesucht hat. „Ja, das bin ich." Dann sagt er die erlösenden Worte: „Ich habe doch noch ein Bett für dich gefunden." Augenzwinkernd meint er, ich solle das Bier in aller Ruhe austrinken und wenn ich zur Dusche in die Hauptherberge gehe, einfach den Pilgerpass und fünf Euro zum Bezahlen mitbringen. Nun sitze ich auf der Parkbank, trinke das Bier und kann mir ein fettes Sieger-Grinsen nicht verkneifen. Ich denke sofort noch einmal an das Lied von David Bowie und verstehe es als Botschaft. Everything will be all right tonight, - einfach geil!

„Der Jakobsweg gibt dir immer das, was du brauchst und genau dann, wenn du es brauchst."

Just in diesem Moment entdecke ich Cristian und er mich. Er kommt schnellen Schrittes zu mir gelaufen. Er fällt aus allen Wolken, kann kaum glauben, dass ich schon angekommen bin. Seine erste Frage lautet somit auch, in einem leicht ketzerischen Unterton, ob ich mit dem Bus gefahren sei? Ich erwidere genauso ketzerisch zurück, ohne jedoch die Frage zu beantworten, ob er denn, auf den Feldwegen einen Bus oder eine Bushaltestelle gesehen habe? Ich nämlich nicht. Jetzt schaut er mich mit einem mitleidigen Gesichtsausdruck an und meint: „Lars im gesamten Ort gibt es kein einziges freies Bett mehr und wir müssen weitere elf Kilometer bis in den nächsten Ort laufen." Da setze ich wieder mein fettes Sieger-Grinsen auf und sage ihm, dass ich noch ein Bett für die Nacht ergattert habe und erzähle ihm die ganze Geschichte, wie ich das Bett bekam. Er kann es kaum glauben, dass ich nach ihm im Ort angekommen bin und mal wieder den einzig freien Schlafplatz bekomme. Aber er nimmt es sportlich und sagt: „Du Glückspilz, das allerletzte Bett!" Da fallen mir sofort die Worte der Empfangsdame in der Herberge von Roncesvalles ein, in der ich die erste Nacht verbrachte. Sie meinte auch zu mir, als ich das letzte der 240 Betten ergatterte: „You are an lucky guy." Ja, das bin ich dann wohl, zumindest was das allerletzte Bett am Ort angeht.

Beim Pilgermenü an diesem Abend sitze ich mit einer Familie aus Finnland zusammen. Das Ehepaar ist schätzungsweise um die vierzig und der Sohn ist im Teenageralter. Da mein Englisch eher begrenzt ist und weder die Frau noch der Sohn es sprechen, wird es eher ein kommunikationsarmer Abend. Aber das finde ich heute mal recht angenehm. Da das finnische Paar auch wenig von Wein zum Abendessen hält, bleibt mehr für mich übrig. Ich fange an, Finnen sehr zu mögen. Später setze ich mich mit einem Bier auf den Dorfplatz und sinniere noch etwas in der Sonne. Es platzieren sich weitere Personen zu mir an den Tisch. Da spricht mich ein Mann, so Mitte dreißig, gekleidet mit einem Fußballtrikot einer deutschen Mannschaft, auf Englisch an. Ich antworte einfach auf Deutsch. Er ist überrascht und fragt woher ich wisse, dass er aus Deutschland sei, und ob ich seinen landestypischen Akzent herausgehört habe. Nun setze ich wieder mein fettes Grinsen auf, verneine seine Frage und lasse ihn somit weiterhin im Ungewissen.

Er erzählt mir noch eine spannende Geschichte, die er wenige Tage zuvor erlebte. Er hat sich eine schwere Verletzung zugezogen, die ein Weitergehen unmöglich machte. Die einzige Lösung, die ihm einfiel, war, bis in die nächstgrößere Stadt als Anhalter zu reisen. Er erzählt weiter, dass jedoch kein Auto anhielt, um ihn mitzunehmen. Man muss dazu wissen, dass die Spanier ganz bewusst keine Pilger als Tramper mitnehmen, weil sie der Meinung sind, das Pilgerleute die komplette Strecke zu Fuß gehen sollen und eben Schmerzen einfach zu einer Pilgerreise dazugehören. Tom führt weiter aus, dass er sich dann todesmutig im Gottvertrauen mitten auf die Fahrbahn stellte und somit jemanden zum Anhalten zwang. Der Spanier hat ihn sogar, nach kurzer Schilderung seiner Verletzung, hilfsbereit ins nächstgelegene Krankenhaus gefahren. Ein paar Tage außer Gefecht, hat er später den Weg fortgesetzt.

Jetzt gesellte sich auch das Schwesterpärchen aus Österreich zu uns an den Tisch. Sie rissen sofort das Gespräch an sich. Es ist erst der zweite Tag, an dem sie auf dem Jakobsweg unterwegs sind und, und, und...

Die zwei gehen mir so dermaßen auf den Senkel, dass ich beinahe meine gute Kinderstube und Erziehung vergessen hätte. Die reden ungefragt ohne Punkt und Komma, sodass ich etwa nach zehn Minuten des höflichen Zuhörens mitten im Satz mein Bier nehme, aufstehe und gehe. Auch das ist einer der grandiosen Vorteile vom Jakobsweg. Wenn dir jemand auf den Sack geht und dich nervt, dann dreht man sich einfach um und verschwindet.

Super Lösung, wie ich meine!

12. Tag: Verliere meinen liebgewonnenen Freund

Heute starte ich erst das zweite Mal alleine den Jakobsweg. Ich bin bisher nur in Saint-Jean-Pied-de-Port so gestartet. Ansonsten bin ich immer mit Cristian losgelaufen. Aber er hat ja in diesem Ort kein Bett mehr bekommen und ist mit Michael aus Dresden, den wir beide vor zwei Tagen gemeinsam vor unserer Herberge kennengelernt haben, weitergegangen. Ich finde, es folgt einer gewissen Ironie, dass Cristian und ich getrennt werden und er ausgerechnet mit einem Michael weiterzieht. Sicher, jetzt ist der Name nicht besonders selten, doch er schlägt bei mir immer auf, wenn ich etwas Liebgewonnenes aus meinem Leben verliere. Gerade in letzter Zeit ist der Name bei mir häufig aufgetaucht. Zum Beispiel hieß der Käufer meines Lieblingsautos, welches ich vor wenigen Monaten aus finanzieller Not heraus verkaufen musste, auch Michael. Der Nachmieter meiner Wohnung, die ich ebenfalls aus monetärer Sicht aufgab, hieß auch so. Nun darfst du drei Mal raten, wie der Mann hieß, mit dem meine Exfrau nur wenige Wochen nach unserer Trennung zusammengekommen ist! Ich weiß, es ist albern von mir, hier einen kausalen Zusammenhang zu sehen, aber es fällt mir eben auf.

Ich merke auf jeden Fall sehr schnell, wie Cristian und die anregenden Gespräche mit ihm mir fehlen. Da mache ich mir auch nichts vor, denn er ist jetzt elf Kilometer vor mir und in der Vergangenheit stetig flotter unterwegs als ich. So halte ich es für relativ ausgeschlossen, dass ich ihn noch vor Leon einhole. Doch er hat mir die Wanderschuhe gelassen, die es den Blasen an den Füßen täglich ein kleines bisschen besser gehen lassen.

Na ja, es gibt einen Trost für mich, denn so richtig alleine, damit meine ich ohne Begleitung, startet man auf dem Jakobsweg nie. So wie an diesem Morgen, bei heißen und sonnigen Wetterverhältnissen, erinnert es eher an einen Massenstart. So war es in den letzten paar Tagen und so ist es auch heute. Die Masse bricht dann regelmäßig spätestens um 7.00 Uhr auf. Sicher es gibt hier aus meiner Sicht immer ein paar Verrückte, die schon um 5.00 Uhr loslaufen, aber der Sinn in dieser Übung hat sich mir bis hierher nicht erschlossen. Denn so brüllend heiß ist es jetzt morgens nicht und im nächsten Ort kann ich auch erst ab 13.00 Uhr die neue Herberge beziehen. Also was soll der frühe Start für einen Sinn machen, außer dass er die Pilger, die mit diesen Leuten in einem Raum schlafen, nervt? Denn dieses beschriebene ewige Tütengeraschel und Stirnlampen-umherleuchten nervt wirklich jeden.

Der Aufbruch erfolgt bei fast allen Pilgerkameraden in der Regel immer ohne Mahlzeit. Die genehmigt man sich als eine Art Belohnung oder als eine Art Motivation am nächstfolgenden Ort, den man so nach zwei bis drei Stunden Fußmarsch erreicht. Verstärkt wird das Ganze durch die Tatsache, dass das Frühstück in den Herbergen eher als spärlich bezeichnet werden könnte und meinen persönlichen Geschmack so gar nicht abzubilden vermögen. Man bekommt meistens ein steinhartes Irgendwas, das kaum zu beißen ist, mit lauwarmen Kaffee und extrem süßen wie furztrockenem Biskuit. In Deutschland würde das niemals als Frühstücksangebot durchgehen. Aber wir sind hier eben in Spanien. Indem ich doch gerade über das spanische Frühstück mäkle und herziehe, möchte ich noch kurz die Pilgermenüs beschreiben. Sie bestehen immer aus drei Menügängen, deswegen wohl auch Pilgermenü. Man bekommt häufig die Möglichkeit, bei den einzelnen Gängen zu wählen. Meistens gibt es matschige Nudeln in Öl getränkter, schlecht gewürzter Soße. Der Salat ist wirklich auch nur schlichter Kopfsalat, so etwa vier bis sechs grüne Blätter, manchmal mit ein paar Stückchen Tomate und anderes Mal mit drei bis vier Oliven. Ich frage mich dann immer, da Spanien das Land der Olivenbäume ist, wo diese schlechten und mickrigen Dinger herkommen. Es gibt für mich nur eine Erklärung. Sie kaufen diese miesen Kopien einer Olive billig in China ein.

Als Hauptgang gibt es Fisch, Fleisch oder Paella. Unzählige Fleischgerichte habe ich probiert: Steaks, Rippchen, Gulasch, es schmeckt alles fürchterlich. Aber an dieser Stelle möchte ich jedoch auf das Gute eingehen. Jeder Pilger hat so viel Schmacht, dass er trotzdem das Menü restlos aufisst. Nach dem Motto schmeckt scheiße, doch der Hunger treibt es rein, und mit dem Rotwein, der zum Essen gereicht wird, spült man die geschmacklose Masse einfach herunter. Als Nachspeise gibt es Eis, das allerdings immer vergriffen ist, wahlweise einen Pudding oder Flam. Kochen müssen die Nordspanier wohl erst noch lernen. Wenn ich, wie hier in den Herbergen oder alternativ in den Restaurants ausnahmslos so schlechte Pilgermenüs bekomme, muss ich unweigerlich an meinen Lieblingsspanier in Magdeburg denken, das „La Bodega" am Breiten Weg. Die kochen dort so vorzüglich, dass ich dort sehr häufig zu Abend speise. Das Essen, welches die Jungs da servieren, ja, das ist echt klasse und das wünschte ich mir nur ein einziges Mal hier im Lande zu bekommen. Genau das wünsche ich mir sehnlichst herbei. Es beweist, dass Spanier existieren, die prima und lecker zubereiten können.

Als ich an diesem Morgen meine Übernachtungsstätte verlasse, kommt Hinkebein aus Texas gerade die Straße herauf und begrüßt mich wie üblich mit einem großen Hallo. Ihm fällt sofort auf, dass etwas fehlt, nämlich Cristian. Da mir jetzt die ganze Geschichte zu lang erscheint, um sie ihm zu erzählen, antworte ich nur kurz, dass ich ihn gestern aus den Augen verloren habe. Er gibt sich damit zufrieden und sagt noch, ich solle Cristian schön von ihm grüßen. Er scheint, mich dann doch wohl nicht ganz richtig verstanden zu haben. Überhaupt wird mein vorhandener Vokabelschatz von Tag zu Tag besser. Die Pilger sind alle so nett und höflich, sodass ich irgendetwas erzählen kann, ob richtig oder falsch erfahre ich in der Regel nie, aber mir wird immer bereitwillig zugehört.

Heute stelle ich an meiner Wanderhose fest, die ich erst seit 12 Tagen trage, das ich scheinbar ein paar Kilos abgenommen haben muss, weil ich den Gürtel schon zwei Löcher enger zuschnallen kann. Das macht mich nun doch ein bisschen stolz. Schließlich futtere ich den ganzen Tag, trinke häufig ein Bier oder einen Wein und nehme trotzdem sichtbar ab. Das finde ich jetzt echt gut. Es fällt schwer, es zu kontrollieren, denn eine Personenwaage findet man hier nirgendwo.

Auf dem Weg treffe ich ein Paar aus Deutschland, das heute erst seinen zweiten Pilgertag hat. Sie wirken sehr motiviert und haben auch einen normalen Gang. Wir kommen rasch ins Gespräch, aber da die beiden ziemlich langsam unterwegs sind, trennen sich unsere Wege wieder schnell. Als sich bei mir ein kleiner Appetit meldet, kommt mir in den Sinn, dass ich noch die Colafläschchen aus dem Discounter aus Burgos im Rucksack haben muss. Ich lege ihn ab und durchwühle ihn von oben bis unten. Als ich die Tüte mit den

Colagummiflaschen finde, öffne ich sie, weil ich mir gleich eine Handvoll in den Mund stecken möchte. Doch die Colafläschchen sind verschwunden und in der Tüte befindet sich nur ein riesiger Klumpen Gummizeugs. Der Gummiklumpen besteht nur aus einem einzigen Stück und ich kann nicht einmal mehr die Form einer Flasche erahnen. Ich beiße trotzdem lustvoll in den Klumpen und muss wie ein Haifisch mit schüttelndem Kopf regelrecht ein Stück herausreißen. Mein Mund ist jetzt bis zur Maulsperre mit Colafläschchenmasse gefüllt. Ich spucke das Ganze, weil ich an der klebrigen Masse, deren Volumen im Mund weiter zunimmt, zu ersticken drohe, wieder aus.

Bei den Pilgern fällt mir seit kurzem auf, dass sie stiller geworden sind. Aus der anfänglichen Euphorie scheint sich nun eine Art Nachdenklichkeit entwickelt zu haben. Natürlich kämpft noch jeder mit seinen Schmerzen, Blessuren und der Frage, warum man sich das Ganze antut. Aber es gerät immer weiter ins Hintertreffen und gehört ganz einfach zum Pilgeralltag dazu. Es kann sein, dass sich jetzt so langsam bei allen der Übergang von der körperlichen Phase in die mentale vollzieht.

Um mich ein bisschen zu schonen, habe ich mir heute eine recht kurze Distanz vorgenommen, denn ich merke, auch ich brauche ein wenig Erholung. Mir fällt es zum Teil schwer, auf die schöne Umgebung zu achten. Auf Asphalt oder glattem, ebenen Untergrund kann ich sehr gut gehen und das Umfeld um mich herum sowie die reizvollen optischen Einflüsse auf mich wirken lassen. Sobald sich die Beschaffenheit wieder verändert und in groben, unebenen Kiesgrund übergeht, starre ich nur noch nach unten und versuche die Füße immer neben die Kieselsteine zu setzen. Am liebsten auf irgendeiner ebenen Fläche. Das erfordert hohe Konzentration von mir, denn jeder Fehltritt wird sofort mit beißenden Schmerzen quittiert. Und da dadurch meine Blicke stark nach unten fixiert sind, nehme ich die Landschaft um mich herum zu wenig wahr. Aber weil ich jetzt schon seit Tagen immer mal wieder konzentriert auf den Boden starren muss, ist mir aufgefallen, dass es hier sehr viele Ameisen gibt, die über den Weg laufen. Es ist sicherlich nichts Ungewöhnliches, doch das Besondere ist der Vergleich zur Rioja Gegend. Denn dort gab es weder Ameisenstraßen noch sonst irgendwelche Insektenarten. Die müssen dort ihre Felder mit unglaublich viel Insektiziden besprühen. Wenn ich es mir so recht in Erinnerung rufe, habe ich dort grundsätzlich keine Insekten gesehen. Null Schmetterlinge oder Bienen bzw. war überhaupt irgendein Gefliege in der Luft wahrzunehmen.

Der Weg führt mich heute geradewegs durch eine riesig wirkende Klosterruine. Sie steht majestätisch, hochaufladend vor einem und die Straße geht direkt durch die Ruine hindurch. Mit dem strahlend blauen Himmel ein bezaubernder Anblick! Mal wieder Postkartenidylle pur.

Kurz vor dem Ende der heutigen Etappe finde ich genau meinen unliebsamen Untergrund vor. Zu allem Überfluss geht es zusätzlich steil bergab. Wenn diese beiden Konstellationen gleichzeitig eintreten, kann ich nur den Berg herunterlaufen, was ich dann auch wieder einmal tue. Im Dorf angekommen, ist es noch vor 12 Uhr, sodass ich eine Stunde warten muss, bis die Herbergen aufmachen. Dadurch bekomme ich Zeit, einen Supermarkt aufzusuchen. Dort kaufe ich mir eine Dose eisgekühltes Bier. Direkt vor dem Laden platziere ich mich auf eine in der Sonne stehende Parkbank und öffne das Bier. Herrlich, bei 25°C und durstig, wie eine Bergziege setze ich das Bier an und exe es in einem Zug. Meine Lippen passiert ein langgezogenes - Baaahh! Das zischt und wie lecker das schmeckt! Vom Gefühl her bin ich jetzt bis in die Zehenspitzen erfrischt. Eigentlich bin ich gar kein Biertrinker, aber so getrunken ist es auch für mich ein Hochgenuss. Doch da der Inhalt so schnell geleert ist und ich noch immer Durst wie ein peruanischer Ziegenbock habe, gehe ich gleich wieder in den Markt und kaufe mir zwei weitere Büchsen. Ich öffne die zweite und leere sie nur minder schnell. Vielleicht brauche ich ein paar Sekunden länger als bei dem Erstling. Das dritte Bier kann ich jetzt langsam und genussvoll trinken. Aber wenn ich ehrlich bin, waren die ersten Dosen als Durstlöscher ein Hochgenuss. Das dritte Dosenbier schmeckt nicht einmal ansatzweise so lecker wie die Vorangegangenen. Selbst würde ich mich sowieso eher der Gattung der Schnelltrinker zuordnen. Ich schlucke alles sehr schnell. Selbst wenn ich mir mal Wein oder einen Sekt auf Eis genehmige, kippe ich diesen so zügig herunter, wie andere Leute Wasser oder Limo trinken. Könnte eine Schwäche von mir sein!

Die Schwestern aus Österreich kommen den Weg herauf und als sie auf meiner Höhe sind, ist die ältere der zwei total panisch. Sie ruft mich nach meinem Wohnort mit „Mister Magdeburg", wahrscheinlich, weil wir uns noch nicht gegenseitig vorgestellt haben. Darüber freue ich mich, denn es gibt also auch andere Pilger, die naheliegende Spitznamen benutzen. Damit bin ich also nicht der einzige. „Mister Magdeburg!" Ein sehr schmeichelhafter Name. Sie ruft weiter: „Mister Magdeburg, es sind schon alle Betten hier im Ort belegt und wir müssen weitergehen bis in die nächste Stadt."

Ich halte es für ausgeschlossen und kann es mir nicht vorstellen, denn die Herbergen haben, da es noch keine 13.00 Uhr ist, immer noch geschlossen. Die österreichischen Schwestern ziehen von dannen. Ich bleibe sitzen und warte ab bis die Uhr 13.00 zeigt, und bekomme problemlos in der zuerst angesteuerten Herberge einen Schlafplatz. Woher die beiden Damen die Panik hatten, ist mir schleierhaft. Für heute habe ich Erholung auf dem Programm stehen. Ich suche mir einen schönen sonnigen Sitzplatz, an dem ich mein eigenes Abendbrot esse und mir Notizen mache.

Hier in Spanien gibt es so viele Schwalbenarten. Immer, wenn es die Zeit zulässt, sitze ich, wie heute Abend in der Abendsonne und schaue den Schwärmen aus Schwalben hinterher. Ich liebe es förmlich, wenn sie in einem Geschwader über meinen Kopf hinweg fliegen und dabei ihr typisches Schwalbengeschrei oder Gezwitscher von sich geben. Das bedeutet für mich Entspannung pur. Als ich um 22.00 Uhr ins Bett gehe, bin ich abermals der Letzte. Die meisten schlafen auch schon wieder, was ich am deutlichen Schnarchen festmache. Es ist ganz selten, dass ich um diese Zeit noch jemanden mit einem E-Book-Reader sehe. Aber ich bin gerüstet und habe mir die Zahnbürste und das Waschzeug in Vorbereitung aufs Kopfkissen gelegt. Mit einem Griff, ganz ohne Tütengeraschel, schnappe ich mir mein Zeug und mache mich bettfertig. Im Bett schmeiße ich mir noch einen Schlafstern ein, denn müde bin ich kein Stück und höre Musik. Ich höre von „Talk-Talk" das Livekonzert in London von 1986.

Ein sensationelles Konzert, wie ich meine.

Bei dieser Übernachtung scheine ich besonders angenehm und gut zu schlafen, denn ich wache mitten in der Nacht von meinem Gelächter auf. Schon wieder habe ich so lustig geträumt, dass ich so laut im Schlaf lachen muss, bis mich mein eigenes Gelache weckt. Das ist jetzt das zweite Mal, dass mir das hier in Spanien auf der Pilgerreise passiert. Ich muss sogar noch weiter kichern, als ich schon längst zu mir gekommen und wach bin. Der Traum ist wieder mal richtig absurd. Wie komme ich bloß auf solche Sachen? Er ist ein wenig wie ein James-Bond-Streifen.

Wir, das sind zwei weitere Personen und ich, tauchen durch ein tiefes Becken, welches schräg nach oben, aufwärts in ein Gebäude hinein verläuft. Wir steigen aus dem Wasser und unsere hellen, fast weißen Anzüge sind natürlich sofort trocken und sitzen perfekt. Eben ein Traum! Dann setzen wir uns an einen Tisch, an dem weitere sechs Kerle hocken und uns erwarten. Am Kopfende, mir gegenüber, sitzt der Boss der Bösewichte. Ich bekomme vom Bandenboss den Auftrag, jemanden zu erschießen und meine Belohnung oder Bezahlung sind zwei Millionen. Die Währung weiß ich allerdings nicht mehr. Aber ich bekomme die zwei Millionen auch nicht in bar, sondern in einer Art Drogenkonzentrat. Dieses Konzentrat einer Droge ist so stark, dass nur ein winziges Staubpartikel ausreicht, um einen ausgewachsenen Mann in Rausch zu versetzen. Ich frage noch, wen ich dafür töten müsse. Der Boss schreit mich an und antwortet, ich solle nur meinen Job machen und nicht doof nachfragen, um welche Person es sich handelt. Da passiert es, der Anführer bekommt in einem unachtsamen Moment ein Staubpartikel in den Mund. Seltsamerweise werden auch meine Fragen, die ich dem Chef stelle, im zunehmenden Maße bescheuerter.

Nun entgleitet der Boss komplett.

Sein Haar ist total zerzaust, genauso wie seine Kleidung. Er ist stark am Schwitzen, als hätte er körperlich schwer gearbeitet. Seine Gesichtszüge scheinen zu machen, was sie wollen. Nun schreit er mit einer quiekigen, hysterischen Stimme, die viel höher erscheint: „Warum haben die Amerikaner bloß alle Dinosaurier versteckt? Die haben alle Urviecher eingefangen und verstecken die jetzt. Das ist so gemein von den Amis. Warum verstecken die Amerikaner alle Dinosaurier? Warum? Warum?" Es ist schon etwas ganz Besonderes, in der Nacht vor lauter Gelächter aus dem Schlaf zu kommen.

Ich lache nach wie vor sehr herzhaft vor mich hin und stelle mir die Frage, wann ich das so schon einmal erlebt habe! Es ist das zweite Mal, dass ich lachend aus dem Schlaf komme, weil ich so lustig und absurd träume. Vor allem kann ich mich genauestens an den Traumablauf entsinnen, als hätte ich eben gerade einen Film gesehen. Es ist überhaupt selten, dass ich genaue Erinnerungen an Traumgeschichten hatte. Nein, in dieser Form kann ich mich an keine ähnliche Situation erinnern. Ob die Pilgerreise auch meine Traumwelt verändert hat? Ein schöner Gedanke.

13. Tag: Gewitterkino mit Tony und Nico

Heute geht der Jakobsweg durch die typische Meseta. Das zeigt er mir schon direkt nach dem Ortsausgang. Von hier aus kann ich den Camino für mehrere Kilometer überblicken. Fasziniert schaue ich mir genussvoll den traumhaften Ausblick an und fülle dabei noch am Ende des Ortes, direkt am historischen Brunnen, meine Wasserflaschen randvoll. Der Weg vor mir schlängelt sich durch die Landschaft und trifft in der Ferne auf ein Plateau. Auch dort kann ich erkennen, wie sich der Jakobsweg mehr als einige hunderte von Metern den Anstieg hinauf schlängelt. Man kann sogar als winzige Pünktchen andere Pilger erahnen. Nun lese ich noch einmal im Outdoor-Reiseführer nach: Es handelt sich um ein hohes Bergplateau, welches von dieser Seite bestiegen wird, über das Plateau führt und auf der Rückseite gefühlt senkrecht steil bergab verläuft. Das heißt, vor mir liegt der lange Weg, der sich den Berg hinauf windet, mich die Plateauebene überqueren lässt und auf der anderen Seite ein weiteres Mal herunter führt. So ebnet sich der Camino seinen Weg hindurch durch die Meseta-Ebene. Klingt nach einer herausfordernd, anstrengenden Etappe!

Da ich mich gestern sehr lange ausgeruht habe, weil ich eine Erholungsphase einlegen konnte, fühle ich mich super und strotze nur so vor Kraft. Ich habe eh den Eindruck, mein Körper ist viel trainierter und leistungsfähiger als zu Beginn der Pilgerreise. Selbst meine Schmerzen scheinen immer nebensächlicher zu werden. In meinen Erinnerungen erklingt die Stimme des älteren Holländers, der mich sowie sich selber mit den gewichtigen Rücksäcken als wahre sowie leidensfähige

Pilgerkollegen bezeichnete. „Lars, du wirst dich nach wenigen Tagen an das Monstrum gewöhnt haben und viel trainierter sein, warte nur ab." Wahrscheinlich hat er damit recht behalten.

Da mir klar ist, dass heute nur 26 Kilometer zu bewältigen sind, gehe ich die Strecke voll brutal an. Ich mag es, mich so auszupowern. Nachdem ich nach einer Weile den Anstieg zum Plateau erreiche, laufe ich in gleicher Geschwindigkeit weiter wie zuvor auf der Geraden. Den Aufstieg schätze ich auf eine Länge von eineinhalb Kilometern ein. Die meisten Pilger haben sich heute scheinbar für die Nutzung des Rucksacktaxis entschieden, denn fast alle sind mit leichtem Gepäck unterwegs. Mir macht aber der Aufstieg trotz des 15-Kilo-Ballastes so viel Spaß, dass ich den ganzen Weg herauf wie im Schnelldurchlauf schaffe und mit gleichbleibendem Tempo marschieren kann. Die Pilger, an denen ich vorbeigehe, gucken mich an, als ob sie etwas Unmögliches sehen. Sie schauen etwa so, als ob sie einen steilen Berg hinaufgehen und ich von der Schwerkraft befreit auf gerader Strecke an ihnen vorbeizische. Bis ich oben bin, überhole ich bestimmt vierzig bis fünfzig Pilgerkollegen und bekomme diesen Blick auch genauso oft zugeworfen.

Als ich zwei Tage später mit einem Pilger ins Gespräch komme, sagte er mir, er habe mich am Berg gesehen und ich sei wie ein Bergläufer den Berg hinauf geflitzt. Er hat sich bei dem Anblick gefragt, woher ich diese Power nehme? Es ist mir ebenso unklar wie ihm, wo die Kraft und Ausdauer herkommt, schließlich wandere ich das erste Mal in meinem Leben und habe damit keine Erfahrung gesammelt.

Nachdem ich oben auf dem Plateau angekommen bin, sind dort überdachte Sitzgelegenheiten und die meisten Pilger nutzen sie auch. Ein findiger Spanier ist mit seinem Kastenwagen hier auf der Anhöhe, verkauft Cola, Limo und Kaffee zu überhöhten Preisen. Ich habe von Cristian gelernt, dass man oben angekommen, erstmal im gleichen Tempo weitergehen und keine Pause einlegen soll, da es gegen Ermüdung das beste Mittel sei.

So handle ich nach diesem Motto und wandere unvermindert weiter, nehme aber noch Fassungslos am Rastplatz zwei Pferdepilger wahr. Ich überhole tatsächlich Pilger, hoch zu Ross? Nun klopfe ich mir, wie der stolze Häuptling Tatakumba höchstpersönlich, auf die Brust. Am liebsten würde ich jetzt einen Sieges-Tanz ausführen, der meine Kraft und Ausdauer unterstreichen soll. Okay, zugegebenermaßen muss ich hier kleinlaut zugeben, ich habe sie nicht reitend überholt, sondern eher beim Rastmachen. Heißt, die Pferde sind angebunden und die Reiter machen Pause. Das Beste ist, sie haben mich im Laufe des Tages auch nicht mehr eingeholt. Es sind die ersten Pilger auf Vierbeinern, die ich auf dem Jakobsweg sehe. Gut, die Spuren und Pferdeäpfel sehe ich schon seit geraumer Zeit. In meiner Euphorie denke ich immer noch allen Ernstes, ich habe die beiden heute am Berg überholt. Jedoch Tage später wird mir die Illusion von Hinkebein jäh genommen, denn er hat die Reiter dort ebenfalls gesehen, doch sie kamen ihm entgegen und sind somit auf dem Rückweg. Aber egal, das Siegergefühl kann mir keiner mehr nehmen. Wenn ich es mir bei eingeschaltetem Verstand so recht überlege, scheint es auch für mich unmöglich zu sein, zu Fuß ein Pferd zu überholen.

Jetzt überquere ich das Plateau. Am Ende angekommen, halte ich kurz inne und betrachte mir den megageilen Anblick. Ich habe ringsherum eine grandiose Fernsicht und kann kilometerweit bis zum fernen Horizont sehen. So stehe ich am höchsten Punkt und schaue wie Karl Mays Bücherhelden in die weite Prärie.

Nachdem ich mich wieder dem Weg widme, sieht es von hier oben so aus, als ob der Weg herunter deutlich steiler verläuft als herauf. Nur ein paar wenige Schritte bergab gegangen schreien mich meine Füße an: „Lars, das ist nicht dein Ernst, das kannst du vergessen. Tue uns doch diese Tortur nicht an." Genauso mischen sich meine Knie ins Gespräch ein und wollen ihren Dienst versagen, sollte ich auch nur versuchen, den Weg zu gehen. So erpresst bleibt mir keine andere Möglichkeit, als den Weg herunterzulaufen. Bisher konnte ich das immer in Abgeschiedenheit vollziehen, in der ich höchstens von vereinzelten Pilgern gesehen wurde. Doch hier sind so viele von ihnen unterwegs, dass ich auf dem Weg nach unten im regelrechten Slalom um sie herumlaufen muss. Jeder Pilgerkamerad hat Schmerzen, hasst es so gequält steil den Berg herunterzulaufen. Und jetzt kommt da so ein irrer Deutscher, der hüpft mit Leichtigkeit, scheinbar von der Schwerkraft befreit, im Lauftempo an ihnen vorbei. Ich ernte unglaubliche Blicke. Auch mir tut es unglaublich weh, doch es ist wirklich einfacher, den Berg hinunterzulaufen, als zu gehen. Die Knie bleiben die ganze Strecke in einer leicht gebeugten Stellung und federn jede Unebenheit viel besser ab. Versuche es doch auch einmal! Im Umkehrschluss sieht es allerdings dafür wenig elegant aus, denn das 15-Kilo-Gepäckstück entwickelt so seine eigenwillige Bewegungsdynamik und die ist gegenläufig zu meiner eigenen. Es ist dann unklar, ob ich mit Rucksack laufe, oder er mit mir.

Es ist jedenfalls ein sehr zappeliges Bild, welches sich dem Zuschauer bietet.

Unten angekommen, breitet sich eine wunderschöne Strada Bianca vor mir aus. Links und rechts des Caminos sind wieder große Weizen- und Gerstenfelder, die unaufhaltsam, der Jahreszeit geschuldet, beginnen, ihre Färbung zu ändern. Die Luft riecht angenehm nach Korn.

Für mich ist es ein Rätsel, aber mein Geruchssinn wird von Tag zu Tag besser. Mittlerweile rieche ich Dinge, von denen ich gar nicht gewusst habe, dass die ein eigenes Geruchsbild entwickeln. Es sind so eine Menge unterschiedliche Düfte in der Luft, ich weiß dann immer gar nicht, welcher Geruchsnuance ich hinterherriechen soll. Manch ein Duft ist bekannt, doch unfassbar viele sind neu. Überhaupt sind die einzelnen Tage so vielschichtig und reizüberflutet, dass es mir schwerfällt zu unterscheiden, was ich gestern oder vorgestern erlebt habe. Oder an welchem Ort ich an dem einen Tag gewesen bin, oder wo ich vor zwei Tagen übernachtet habe. Habe ich am Vortag in der Villamayor de Monjardin Herberge geschlafen oder war es am Dienstag? Hat in Pamplona das erste Mal Hinkebein mit mir ein Zimmer geteilt oder war es in Logrono? Wo war noch einmal das leckere Frühstück? In der Estrella de Camino oder in der Albergue Puente? In meinem Kurzzeitgedächtnis verschwimmt alles miteinander. Hier auf dem Jakobsweg scheinen sich Raum, Zeit, Entfernungen, Erfahrungen, Wahrnehmungen, sogar die eigenen Erinnerungen, aufzulösen und zu verschwimmen.

Am Ende der Tagesetappe laufe ich an einem Kanal entlang, der zur Bewässerung der Felder dient. Auch hier kann ich das Wasser in der Luft riechen.

Vor mir sehe ich einen Pilger, der seinen Rucksack absetzt und am Wegesrand ablegt. Nun steigt er einen fünf Meter tiefen Abhang herunter, um offensichtlich dort sein großes Geschäft zu erledigen. Erst jetzt fällt mir auf, wie viel Schwein ich bis hierher damit hatte, denn ich durfte es jedes Mal im WC der Herberge verrichten und konnte mich anschließend sogar duschen. So viel Glück, ja es ist ein Glücksgefühl, wenn du aufs Klo musst und stets ein WC in der Nähe ist. Glück definiert sich hier auf dem Jakobsweg anders als im normalen Leben oder gewohnten Umfeld. Es sind die kleinen Sachen, die einen hier glücklich machen. Winzige Zeichen oder Gegebenheiten gebären in mir Glücksgefühle und Zufriedenheit. Hier eine Wasserstelle ohne Chlor, dort eine Toilette zum rechten Zeitpunkt am richtigen Ort. Oder wenn du liebgewonnene Menschen wiedertriffst, die du aus den Augen verloren hast, oder mit netten Personen deine Unterkunft teilen darfst, du in der Nacht ungestört bleibst. Es sind andere Dinge, als Zuhause, die hier von Gewicht sind und eine Bedeutung bekommen. Hier auf dem Jakobsweg ist das Leben geerdet und ursprünglicher. Sorgen, Nöte, Kummer, Trauer und Ängste verschwinden hier genauso wie die Unsicherheit, was das Morgen und die eigene Zukunft bringen mag. Ich weiß sowieso nicht, wie mein Leben in den nächsten Jahren sein soll.

Wenn jetzt, genau in diesen Moment eine Zauberfee oder ein Engel auftauchen würde und mich fragt, welche Zukunft ich mir wünsche, könnte ich keine gescheite Antwort geben. Erstaunlicherweise weiß ich dafür ganz genau, was ich nicht mehr will. Ich erfuhr in der Zeit vor der Pilgerreise eh so eine Art Lebensmüdigkeit. Mir gefiel rein gar nichts. Ich hatte das alles so satt. Doch hier ist jeder verschwendete Gedankengang weit weg davon und ich erfreue mich an all diesen winzigen Dingen, den zauberhaften Zeichen des Alltags. Hier auf dem Jakobsweg lebe ich von Tag zu Tag. Über das Morgen mache ich mir null Gedanken, nur mein Heute ist das, was zählt. Ich weiß nur, in einem Gefühl des Urvertrauens oder auch des Gottvertrauens, mein Leben wird weitergehen und es wird schön sein.

Mir kommen wieder die Ratschläge von einigen Freunden in den Sinn. Du kannst doch keine Frau wie Swetlana, die du erst zehn Tage kennst, in deiner Wohnung mit den wertvollen Möbeln wohnen lassen. Die wird dich bestehlen und dir dein Zuhause leerräumen. Oder willst du, dass sie dich beklaut? Tja, vielleicht erwarten mich bei der Heimkehr leere Wohnräume, aber ich bin ein Mensch mit sehr großem Grundvertrauen in die Menschheit. Was habe ich schon zu verlieren? Möbel, ja sicher! Aber was habe ich zu gewinnen? Swetlana, eine bildschöne Frau, mit einer sexy Figur, die mindestens genauso verrückt ist wie ich. Es klingt selbst für mich seltsam und widersprüchlich, doch mit ihr kann ich mir trotzdem kaum ein Leben nach der Pilgerreise vorstellen.
Wir sind in vielerlei Hinsicht sehr different, aber die geringe Zeit, die wir gemeinsam verbracht haben, behalte ich als besonders angenehm und familiär in Erinnerung. Lange habe ich mich nicht mehr so wohlgefühlt wie zusammen mit ihr. Sie hat unaufgefordert für mich gesorgt, gekocht und sogar die Wäsche gewaschen. Das hat seit meiner Ex niemand mehr für mich getan. Auch die Fernsehabende aneinander gekuschelt mit ihr habe ich supertoll in Erinnerung. Ich habe einige Jahre kein Fernsehen mehr gesehen. In meiner Wohnung hing ein TV-Gerät ewig ungenutzt an der Wand. Der Stecker baumelte fragend, wann ich ihn endlich nutzen und einsetzen werde fernab

jeder Stromversorgung umher. Swetlana ist mir einerseits sehr fremd, aber auf der anderen Seite unglaublich vertraut. Mit ihr hatte ich, wenn auch nur für sehr kurze Zeit ein Zuhause. Komisch, dass mir das erst hier auf dem Jakobsweg klar wird.

Scheiße! Wenn ich wieder zu Hause in Deutschland bin, werde ich einige Liebeleien auf eine platonische Ebene zurückfahren müssen. Auch mein wahres Alter sollte ich ihr dann sagen. Während wir uns kennengelernt haben, hat sie meines auf einundvierzig eingeschätzt. Ich habe lediglich gesagt: „Da hast du aber super geschätzt." Ganz bewusst habe ich weder das Wort richtig noch irgendetwas Ähnliches formuliert, was ihre Schätzung bestätigte. Doch ich wusste, jetzt meint sie, ich bin einundvierzig. Wenn sie mein wahres Geburtsjahr erfährt, wird sie wahrscheinlich in Panik versetzt, schreiend davonlaufen, denn ich bin fünfzehn Jahre älter als sie. Tja, eben sehr gut und schmeichelhaft für mich geschätzt!

Draußen fängt es an zu gewittern, darum setze ich mich in der Herberge unter einen Dachvorsprung und schaue mir dieses erfrischende Sommergewitter, wie in einem Kino sitzend, an. Ich genieße mein Baguette mit den Resten der Milkaschokolade vom Vortag, einer spanischen Salami und ein paar Scheiben Käse. Ja, ich bemerke nicht nur beim Essen, ich werde bescheidener und demütiger auf dem Jakobsweg. Da setzt sich wie verabredet der Tony aus München zu mir und isst genauso wie ich sein Abendbrot. Für mich stellt er ein typisches Bild eines Bayern da. Seine Aussprache mit verräterischem Akzent, jedoch urgemütlich und gesellig, wie man es von einem bayrischen Wirtshauskameraden erwartet. Er beginnt sein Abendessen mit Chips, isst dann ein Glas Cornichons und anschließend Baguette mit gekochtem Schinken.

Das Brot natürlich mit den Händen aufgerissen und die „Wurscht" mit den Fingern hineingequetscht. Urbayrisch halt!
Spontan setzt sich, wie zu einer allabendlichen Männerrunde verabredet, Nico zu uns und packt das Abendbrot aus. Der Typ kommt ein bisschen geheimnisvoller daher. Seine blitzenden, fast stechenden Augen mustern erst mich, anschließend den Tony. Ich war zwar noch nie bei einem Psychiater auf der Couch, aber genauso stelle ich mir die wissenden und beißenden Blicke des Therapeuten vor, die in einem sofort ein kleines Unbehagen hervorrufen. Er beißt ebenso pragmatisch wie wir in seine Schnitte und schiebt sich abwechselnd Artischockenherzen sowie Roquefortkäse hinterher.

Wir sitzen gemeinsam in dieser Runde und schauen kauend, aber stumm auf das Gewitter, als ob wir uns einen spannenden Thriller im Kino ansehen. Nico durchbricht als Erster das Band des Schweigens. Es war mittlerweile eines dieser schrecklich lauten und unangenehmen, wortlosen Zusammenkünfte. Er fragt suggestiv in den Raum hinein: „Du bist doch auch ein Deutscher, oder?" Tony und ich antworten in Bruchteilen einer Sekunde erleichtert wie gleichzeitig mit „Ja", als wenn wir beide angespannt darauf gewartet haben, dass einer von uns das Schweigen durchbricht, aber bitte bloß nicht die eigene Person. Nico lacht entwaffnend ehrlich und meint gescheit feststellend: „Tja, dann können wir ja deutsch miteinander reden."
Ja, heute ist es in dieser illustren Männerrunde in einem unkomplizierten Deutsch möglich.

Wir ersparen uns den Camino-Smalltalk und kommen gleich zum „Eingemachten" und sprechen sehr persönlich miteinander. Wenn du Dinge mit dir wildfremden Menschen teilen willst, musst du sie anders erzählen und ausdrücken. Das Schwierige und Herausfordernde an der Sache ist, man muss es in so einfacher Weise formulieren, wie es nur irgendwie geht. Eben auf das Wesentliche konzentriert. Damit reduzierst du in der verbalen Form ausgedrückt das Problem und minimierst den Gesprächsinhalt auf die Essenz. So habe ich meine Problemstellungen des Lebens noch nie zusammengefasst. Überraschenderweise verschwinden manche Probleme ganz einfach, wenn sie für sich genommen in vier bis fünf Sätzen zusammengekürzt werden. Oft bekommt man dann die Nachfrage: „Und, wo ist jetzt das Problem?"

Als es zur fortgeschrittenen Zeit um Trennung und Scheidung geht, verabschiedet sich Nico mit seinen dreißig Jahren und verschwindet in eine Nachbarherberge, um mit Bekannten einen Wein zu trinken. Tony und ich sind etwa im selben Lebensalter und haben scheinbar auch die gleichen Lebenserfahrungen hinter uns. Wir sitzen weiterhin zusammen und unterhalten uns. Eines finde ich sehr bemerkenswert, denn Tonys Ex hat ebenfalls einen neuen Partner und als ich den Namen höre, muss ich lauthals lachen, denn er heißt Michael. Nachdem ich Tony erzähle, warum ich gelacht habe, verzieht sich seine finstere Miene und er muss genauso loslachen.

Mitten im Gewitterregen kommt mit patschenden Schritten Hinkebein klatschnass, aber gut gelaunt zum Innenhof herein. Wir begrüßen uns wie gewohnt besonders herzlich und er fragt, ob in der Herberge noch ein Bett frei sei, was wir beide erneut in Bruchteilen einer Sekunde mit „ja" beantworten. Meine Mutter hat früher immer, wenn zwei Personen das Gleiche zur selben Zeit aussprachen, gesagt: „Zwei Doofe - ein Gedanke!" Damit meinte sie nie etwas Gemeines, sondern: Ähnliche Gedanken = ähnliche Menschen ... ihr solltet Freunde werden. Für mich bleibt dieses Abendessen im Gewitterkino mit Nico und vor allem mit Tony als ausgesprochen angenehm und unvergessen gespeichert. Tony und ich haben im Verlauf des weiteren Gesprächs noch die Chipstüte geleert.

Bevor ich schlafen gehe, logge ich mich noch ins WIFI-Netz ein und öffne WhatsApp. Ich bekomme einen Haufen Nachrichten, die ich an diesem Abend aber nicht mehr lese. Nur das Bild von Swetlana lade ich mir noch herunter. Während ich im Bett liege, höre ich, wie einem angenehmen Ritual folgend, Musik. Da ich noch ein wenig melancholisch bin, habe ich mich für eine CD von den „Soulsavers" entschieden. Die CD heißt: „The Light The Dead See" und wird von David Gahan, dem Säger von „Depeche Mode", gesungen. Das ist mit Abstand die CD, die ich in meinem Leben am häufigsten gehört habe. Ich erinnere mich an Zeiten, da konnte ich nicht in den Schlaf finden, wenn ich mir nicht zuvor diese CD angehört habe. Immer, wenn ich sentimental oder traurig werde oder sich eine gewisse Melancholie bei mir breitmacht, höre ich mir diese CD an. Die Musik ist manchmal Beruhigungs- und Schlafmittel zugleich und passt somit heute besonders gut zu meiner melancholischen wie nachdenklichen Stimmung. Durch diese CD habe ich mir schon viel Valium zur Beruhigung erspart. Allein wenn David mit seiner markanten, hier besonders einfühlsamen wie eindringlichen Stimme „Take me back home, please" sehnsuchtsvoll ins Mikrofon haucht, beginne ich mich zu beruhigen, der Puls fährt langsam herunter, meine Atmung wird dabei ruhiger, langsamer und sanfter.

Mir fällt ein, ich wollte mir das Bild von Swetlana noch ansehen. Es ist ein sehr aufreizendes, fast schon provozierendes Aktfoto, welches sich jeder Mann heiß begehrend von seiner eigenen Frau wünscht. Dabei schafft sie den Spagat zwischen obszön und reizvoll messerscharf herauszukitzeln. Herrgott, die weiß sich in Szene zu setzen! Swetlana hat mit dieser WhatsApp zusätzlich ein super Timing bewiesen, denn die Melancholie ist wie weggeblasen. Ein Mann, der solch ein Bild bekommt, ist mit einem Schlag glücklich. Ich fasse meinen ganzen Mut zusammen und schreibe ihr noch in dieser Nacht, sie möge mir von nun an jeden Tag so ein reizendes Foto schicken. Vielleicht habe ich es wirklich übertrieben? Schließlich gehe ich erst seit zwei Tagen in das in den Herbergen zur Verfügung gestellte WIFI-Netz und auf meine Bitte hin schickt sie mir Fotos von sich in besonders verführerischen Posen. Mir kommt spontan ein Gedanke. Ich glaube, sie möchte mich dahin bekommen, dass ich mich in sie verliebe. Frauen sind dabei extrem geschickt, uns Männer rumzukriegen. Ich hoffe, sie bleibt noch eine ganze Weile bei mir.

14. Tag: Radikalster Perspektivwechsel meines Lebens

Heute muss ich mich entscheiden, ob ich nun neunzehn oder siebenunddreißig Kilometer marschiere, dazwischen gibt es nichts, keine Alternative. Nach kurzem Nachdenken ist das eine leichte Frage mit einer einfachen Antwort. Ich wandere heute nur die geringere Distanz, um einen weiteren Relax-Tag einzulegen. Für mich bedeuten solche kurzen Etappen, einen Tag lang zu relaxen. Schließlich gehe ich mit Pausen nur ein bisschen länger als vier Stunden und erreiche gegen 12.00 Uhr den angestrebten Zielort. Somit habe ich viel Zeit, in der ich ausruhen kann, um zum Beispiel ein wenig Fußpflege oder Fußerholung einzulegen. Für den Körper und meine Kondition brauche ich keinen Ruhetag, doch die Füße sind mir danach immer ausgesprochen dankbar.

Am heutigen Morgen weckt uns unser Pilgervater besonders abrupt und barsch. Er schaltet ohne Vorwarnung kurzerhand um Punkt 6.00 Uhr das Flutlicht ein. Es ist schon grässlich, wie hell Licht um diese Zeit erscheinen kann. Ich drehe mich ignorierend noch einmal um, ziehe den Schlafsack über den Kopf und ruhe weiter, denn ich will nicht zu früh am angedachten Ort ankommen. Dort würde ich auch nur dumm herumsitzen und auf die ersehnte Öffnung der Unterkunft harren. Die anderen Pilger scheinen jedoch vom Flutlicht wie hypnotisiert zu sein. Scheinbar willenlos wuseln sie alle auf einmal wie ein ganzer Haufen aufgewühlter, ferngesteuerter Ameisen umher. Ich bin nahe der Versuchung laut zu brüllen: „Ey Leute! Was soll das? Es ist erst 6.00 Uhr am Morgen! Seid ihr doof oder was ist mit euch los? Wir müssen doch erst spätestens um 8.00

Uhr aus der Herberge verschwunden sein, nicht schon um 6.00 Uhr." Für mich gesprochen gehe ich neunzehn Kilometer, ohne Pausen gerechnet, in guten drei Stunden. Also was soll ich um 10.00 Uhr am heutigen Zielort? Da müsste ich glatte drei Stunden die Öffnung der Herberge abwarten. Also was soll diese Panikmache am frühen Morgen? Es ist eines dieser seltsamen Camino-Massenphänomene, welches in den letzten Tagen deutlich zugenommen hat. Früh aufstehen, damit man früh loskommt und auch früh am Zielort ankommt, um ja noch ein Bett zu ergattern. Das Phänomen werde ich wohl bis zum letzten Tag nicht verstehen, denn ich bekam immer ein Bett. Es gibt nur eine logische Erklärung, es muss irgendetwas mit Herdentrieb zu tun haben.

Nur kurze Zeit später bin ich nur noch mit einem jungen Mann, ich schätze ihn auf knapp zwanzig Jahre, alleine in der Herberge. Unsere Blicke treffen sich und er guckt mich genauso verdutzt an wie ich ihn. Haben wir etwa den Weltuntergang verpasst und ihn nicht einmal mitbekommen? Er schaut weiterhin wortlos in meine Richtung und zuckt wie zur Antwort mit den Schultern. Ich spreche zwar nicht seine Sprache, doch ich weiß genau, was er damit meint. Jetzt zucke ich, wie zur Rückantwort, auch mit meiner Schulterpartie und breite dabei meine Arme weit aus. Wir verstehen uns ohne Worte, auch eines dieser Geheimnisse auf dem Jakobsweg. Auf dem Camino begegne ich so vielen Pilgern mit unterschiedlichen Nationalitäten, deren Sprache ich nicht mit einem Wort spreche oder verstehe, doch reden wir trotzdem alle miteinander. Es kommt sogar eine kleine, aber verständliche Konversation zustande. Man kapiert zumindest den groben Zusammenhang der Erzählungen.

Da ich mal wieder der Letzte bin und auch noch bis 8.00 Uhr Zeit habe, nehme ich eine meiner morgendlichen Duschen, unter der ich lauthals und wahrscheinlich sehr schief singe.

Heute ist der Weg nur wenig reizvoll, obendrein führt er über große Teilstücke direkt neben der Landstraße entlang. Es ist eine lange Zeit her, dass ich so viele Autos sah. Mich stören regelrecht die Pkws und deren Lärm. Hilft nur eines: Kopfhörer ins Ohr, Musik laut aufgedreht und weitermarschieren. Etwas Rockiges und Schnelles soll es jetzt sein. Ich höre die Band Kasabien. Das Lied „Underdog" hat genau den richtigen schwungvollen Rhythmus und mit entsprechender Lautstärke höre ich vom Verkehr nichts mehr. Somit bleiben die Fahrzeuge draußen und nerven auch nicht.

Nach einer ganzen Weile des Musikhörens treffe ich auf Marten, das ist der Typ ohne Haare, der vor ein paar Tagen neben mir in der Herberge geschlafen hat. Wir kommen schnell ins Gespräch und berichten uns gegenseitig die sonderbarsten Erlebnisse der letzten Tage. Aus dem Nichts sagt Marten zu mir: „Lars, erzähle mir doch mal, warum du den Jakobsweg gehst? Du scheinst mir eigentlich recht mittig und glücklich zu sein." Von mir kommt zuerst wie gewöhnlich meine Standardantwort. Es sei eine sehr lange Geschichte ... etc. und so weiter und so fort. Aber er bleibt hartnäckig und meint zur Standardantwort: „Na, wenn wir eines haben, Lars, dann ist es Zeit." Womit er natürlich recht hat. Ich hole weit aus, fange bei der Midlifecrisis an, die mich aus der gut bezahlten Anstellung ins freie Unternehmertum flüchten ließ und uns, damit meine ich meine damalige Familie, viel Geld kostete. Die Selbstständigkeit hat mich in einem Zickzackkurs durch die unterschiedlichsten Arbeitsmöglichkeiten geführt.

Ich erzähle ihm sehr ausführlich, so wie ich es noch niemanden erzählte, was ich alles beruflich erleiden musste. Nachdem ich meine Midlifecrisis exzessiv ausgelebt und hinter mich gebracht habe, bekam ich mein Leben wieder einigermaßen in den Griff. Doch dann schlingerte meine Exfrau in ihre Krise. Es folgten Trennung, Scheidung, Insolvenz, finanzieller Ruin, Vereinsamung, Verlust von Sinn und Zielen des eigenen Lebens, gefolgt von einer gewissen Müdigkeit zum Leben selbst. Ich schildere es aus meiner Perspektive in allen erdenklichen Facetten. Erzähle ihm die gesamten Grausamkeiten, Verletzungen, Demütigungen, depressiven Phasen und hilflose wie einsame Gefühle in der Zeit der Trennung.

Dann führe ich weiter aus, dass ich einfach den Jakobsweg gegangen bin, ohne mein Leben vorher nur ansatzweise zu ordnen. Mich erwarten ein privates Chaos wie auch ein finanzielles Fiasko, wenn ich zurück nach Hause komme, und das ich dabei den Eindruck gewonnen habe, die Welt sei schlicht um mich herum zusammengebrochen. Beschreibe weiter, wie ich das Gefühl habe zu fallen und im freien Sturzflug keinen Halt mehr bekomme. Während ich ihm das so schildere, sind bei mir gleich alle negativen Empfindungen der vergangenen Jahre plötzlich wieder da. Ohne es aufhalten zu können, breitet sich schiere Panik in mir aus. Mein ganzes Leben habe ich ihm in brutalen Einzelheiten geschildert, alle Grässlichkeiten und Erniedrigungen der letzten Zeit sogar besonders ausführlich erzählt. Jetzt schaue ich ihn an und mein Gesichtsausdruck erwartet Mitleid von Marten. Er bleibt unvermittelt stehen, schaut mich dabei eine lange Zeit wortlos an. Ein Moment bin ich von seinen strahlenden Augen gefangen genommen. Meine Blicke sehen glänzende, glückliche, ja gar zufriedene Augäpfel. Aber wie kann das mit dieser von mir vermuteten Krankheit sein? Er sieht mir tief in die Augen. Er schaut mich liebevoll mit seiner runden Kopfform und dem Mona Lisa ähnlichen Lächeln an und neigt seinen Kopf leicht zur Seite. „Mmmmh, eine gewisse Müdigkeit zum Leben? Soso!" Sofort greife ich in seine ersichtlichen Gedankenspiele ein und erläutere, dass ich damit keinen Suizid meine.

„Ich verstehe schon, aber bitte glaube mir, ich will niemanden missionieren, noch besitze ich das Recht, dich zu belehren, und kluge Ratschläge hasse ich selber. Aber eine gewisse Müdigkeit zum Leben klingt in meinen Ohren einfach schrecklich. Schau mich an. Ich bin nicht mal dreißig und habe erfahren, dass ein bösartiger Krebs im Endstadium in mir wütet. Er hat sich in mir festgesetzt, gestreut und überall neue Metastasen entstehen lassen. Mir kommt es so vor, als wenn er mich von innen auffrisst. Ich weiß, dass ich dieses Jahr Weihnachten mit meiner Frau und unseren beiden Kindern nicht mehr miterleben werden. Ich habe auch sehr viele Probleme im vergangenen Leben gehabt. Jedoch an dem Tag, als ich erfuhr, dass bösartiger Krebs in mir wütet und ich dem Tode geweiht bin, sind alle anderen Sorgen, mögen sie noch so groß gewesen sein in die Bedeutungslosigkeit abgerutscht. Lars, ich habe dir genau zugehört und genauestens verstanden: Du hast erhebliche, fast unlösbare Herausforderungen vor dir. Doch Lars, glaube mir, ich würde liebend gerne mit dir tauschen und all deine Probleme auf mich nehmen, wenn ich dadurch mein Schicksal verändern könnte, um wenigstens Weihnachten im Rahmen der Familie zu erleben. Wenn ich so in die unbekümmerten Gesichter der Kleinen sehen dürfte, die am Heiligabend mit leuchtenden Augen unterm Weihnachtsbaum ihre Geschenke auspacken. Sie sollen glücklich sein, statt vorwurfsvoll ihre Mutter fragen, wo denn ihr Vater steckt und warum Gott ihren Daddy zu sich holte. Sie sollen beim Kirchgang in der Heiligen Nacht beim Vaterunser nicht an **ihren** Vater im Himmel denken müssen."

In dieser Sekunde vollzieht sich in mir ein radikaler Perspektivwechsel. Er hat recht! Aus seiner Perspektive zerbröseln meine felsenartigen, ja nahezu gebirgsartigen Herausforderungen zu mikroskopisch kleinen Staubpartikeln. Es gibt so viel Leid auf der Welt, so viel Ungerechtigkeit, ganze Staaten gehen heutzutage in die Zahlungsunfähigkeit, doch alles ist lösbar. In dieser Sekunde durfte ich die Welt mit Martens Augen sehen, aus seiner eigenen Perspektive. Zweifelsfrei ein Reisengeschenk! Er hat mich für einen winzigen Bruchteil eines Momentes das Leben mit seinem lebenshungrigen Blick erkennen lassen. Ich finde keine Worte, die Kehle ist wie zugeschnürt. Mir laufen Tränen die Wange hinunter, dabei sehe ich in seinen Augen mehr lebendiges Leben, mehr Freude, mehr Liebe, als ich in meinem jämmerlichen Spiegelbild erkennen kann. Nun umarme ich Marten und sage nur ein Wort. „D A N K E."

Als wir den Ort erreichen, sagt er zu mir, er habe sich in einer bestimmten Herberge mit Bekannten verabredet. Er lächelt mich wieder so komisch an und sagt zu mir: „Die Telefonnummern tauschen wir nicht, denn das ergibt wenig Sinn, und falls wir uns nicht wiedersehen ..., Lebewohl Lars, und Gott beschütze dich." Nur eine einzige Frage tobt in meinem Kopf: „Heilige Mutter Gottes, warum holst du dir gerade ihn zu dir?" Jetzt kommen mir schon wieder die Tränen, dabei umarme ich ihn und sage nichts. Ich habe Marten nicht wiedergesehen.

Nach wie vor bin ich von dem Gesprächsinhalt und dem radikalen Perspektivwechsel ganz benommen. So gefühlsüberschwemmt gehe zur Klosterherberge mit dem passenden Namen für das heutige Erlebnis, die Benedictinas **Santa Maria** Decarbajal Albergue und setze mich davor auf die Straße. Dort denke ich über die Worte von Marten nach und was sie für mich bedeuten. Dabei kämpfe ich erneut mit den Tränen.

Schon beim Einchecken in die Herberge merke ich, hier werde ich mich sehr wohlfühlen. Die Nonnen und Schwestern sind sehr fröhlich und lustig. Sie begrüßen jeden einzelnen Pilger besonders persönlich. Sogar nach meinen Hobbys fragen sie, ob ich singen oder ein Musikinstrument spielen kann. Die Wartezeit wird versüßt mit einem Getränk, selbstgebackenen Keksen und frischen Kirschen.

Als ich wenig später den Aufenthaltsraum betrete, fällt mir die Kinnlade herunter. Meine Blicke starren wie gefesselt auf ein riesiges, handgemaltes Wandporträt. Man sieht auf dem Bild die typische Landschaft dieser Gegend mit ihren grünen Hügeln und den beigefarbenen Feldwegen. Im Hintergrund geht gerade die Abendsonne unter. Zwei Pilger, einer von ihnen ist wie Marten mit Pilgerstab unterwegs, der andere sieht irgendwie mir sehr ähnlich. Beide wandern mit ihren schweren Rucksäcken auf dem Jakobsweg und unterhalten sich. Die Pilger mit den klassischen Wandersachen wie kurzer Hosen, festen Schuhen und Sonnenhüten sind genau gekleidet wie wir. Eine gewisse Ähnlichkeit ist tatsächlich nicht zu leugnen. Doch etwa einen Meter von ihnen entfernt wartet Jesus mit Pilgerstab auf sie.

Er ist barfuß, in ein helles Gewand gekleidet. Sein Kopf ist mit einem langen weißen Schal bedeckt.

Auf dem Bild steht in Spanisch, Englisch, Französisch, Deutsch und Italienisch geschrieben:

„Während sie redeten und ihre Gedanken austauschten, kam Jesus hinzu und ging mit ihnen."

Fast eine halbe Stunde stehe ich gebannt vor dem Bild und frage, ob ich das mit Marten heute genauso geschenkt bekommen habe. Manche mögen sagen, es handelt sich um einen Zufall oder ich würde das Geschehene auf meine Person projizieren und somit für mich interpretieren, wie es passt und ich es haben will. Für mich aber ist es eine Botschaft. Es ist doch immer so, - jeder interpretiert für sich sein Erlebtes. Der eine sieht gewisse Ereignisse als zufällige Gegebenheiten, die in keinem kongruenten Zusammenhang stehen, und der andere erkennt darin kausale Botschaften, Zeichen, manchmal sogar Wunder. So wird jeder Pilger auf dem Jakobsweg bestimmte Ereignisse erleben, die er nicht auf Anhieb verstehen wird. Manches Mal werde auch ich von Pilgerkollegen gefragt, ob ich schon eine Erleuchtung hatte. Da stelle ich mir immer selber die Frage, ob ich, sollte ich eine bekommen, es jemanden erzähle. Ich bin der Meinung, würde ich anderen von meiner berichten und diese auch als solche deklarieren, laufe ich Gefahr, dass mir der interessierte Zuhörer mein Erleuchtungserlebnis zerredet, in sich aufspaltet, somit kaputt macht und für mich damit zerstört. Eine Erleuchtung, wenn man eine erleben darf, ist eine ausgesprochen persönliche Angelegenheit. Es existiert auch keine allgemeine Definition für sie. Damit meine ich nicht die Definition für das schnöde Wort als solches, sondern für deine eigene Erleuchtung.

Du wirst es selber wissen, wenn du eine erfährst. Es existieren für mich auch zwei unterschiedliche Arten. Die eine ist eben der plötzliche Einfall, eine Erkenntnis, die man gewinnt. Man sieht nach dieser Sorte der Erleuchtung Dinge anders beziehungsweise neu, eben in einem helleren Licht. Daher der Spruch: Mir geht ein Licht auf! Dort, wo Schatten und Dunkelheit war, bringt sie neues, unsichtbares zuvor im Finstern verborgenes zum Vorschein. Doch es existiert für mich genauso die spirituelle oder auch religiöse Erleuchtung, die Durchdringung, die zu einem höheren Bewusstsein führt. Oder religiös ausgedrückt: - die Erleuchtung durch den Heiligen Geist. Die erstgenannte Art bin ich davon noch meistens bereit, jemanden zu erzählen. Ja ich habe viele Erleuchtungen auf dem Jakobsweg erfahren dürfen und hoffe, ich darf auch noch weiterhin welche erleben. So gesehen bin ich der Meinung, wird jeder Pilger seine eigene Erleuchtung, vielleicht sogar die höchstpersönliche Durchdringung erfahren und spüren. Also kann ich auch das nächste Mal, wenn mich ein Pilgerfreund fragt, ob ich schon erleuchtet wurde, mit ja antworten.

Während ich so vor dem Bild stehe und mir meine Gedanken mache, kommt Enrico, der Brasilianer, den ich zusammen mit Tim in Pamplona kennenlernte, mit seiner brasilianischen Bekannten herein. Nach der Begrüßung beschließen wir, heute im Team das Abendessen zu bereiten. Es macht sehr viel Spaß in solch einer Runde gemeinsam mit anderen Pilgern zu kochen. In so einer Herbergsküche kommen immer mehrere auf die Idee, sich etwas zuzubereiten, somit herrscht dort häufig quirliger Hochbetrieb. Genauso ist das gemeinschaftliche Essen am Tisch ein besonders unterhaltsames wie geselliges Unterfangen.

Von den beiden lerne ich viel über Brasilien und deren Menschen. Insbesondere erlerne ich durch Enrico, eine selten exotische Nudelsoße zu bereiten. Sollte ich eines Tages in ihr Land fliegen, habe ich durch sie schon während des Gesprächs eine Übernachtungsmöglichkeit angeboten bekommen. Währenddessen wir unser Abendessen kochen, ertönen laute Instrumente mit Gesang aus dem Bereich des Einganges. Wir unterbrechen kurz und gehen zur Musik. Im Eingangsbereich sitzen dutzende Pilger mit einigen Nonnen sowie Schwestern und musizieren. Jetzt ist mir auch klar, warum mich die Ordensschwester fragte, ob ich ein Instrument spiele. Ein Gast der Herberge spielt Gitarre und singt dazu den Song „With Arms wide open" der Gruppe Creed. Der Sänger scheint genauso inspiriert vom Jesusbild mit den ausgebreiteten Armen wie ich, dass er zu dieser Liedwahl fand. Schon sehe ich Jesus vor dem geistigen Auge mit seinen Armen, die er für mich geöffnet hält. Die Version hört sich ebenfalls wahnsinnig gut und genauso kraftvoll wie das Original an und er bekommt am Ende tosenden Applaus.

Ein anderer singt mit einer klassischen Stimme ein spanisches Volkslied. Die Stimmung ist grandios und ich bin schwer beeindruckt. Das Ganze dauert bestimmt eine halbe Stunde. Danach werden wir alle zur Pilgermesse nebenan in die Kirche eingeladen. Jeder Pilger, der möchte, soll heute in der Messe seine eigene Segnung erfahren. Dieser Einladung gehen wir nach dem Abendbrot gerne nach.

Als wir drei die Nudeln essen, wird schnell klar, wir haben eine viel zu große Portion gekocht. Diesen Berg Teigwaren können wir niemals schaffen. Da hat die Brasilianerin durchsetzungsstark, wie sie ist, eine prima Idee. Sie lädt kurzentschlossen alle Pilger, die ihre Nase in die Küche stecken, zum Abendessen ein. Unser Berg Nudeln mit den unterschiedlichen Soßen sättigt noch ganze zehn weitere Personen. Sie sind auffallend dankbar für die Mahlzeit und die nette Unterhaltung. Schon lerne ich sieben unbekannte Pilger kennen, die mich bei jedem folgenden Treffen sehr freundschaftlich begrüßen werden. Einige von ihnen haben sich später auf dem Jakobsweg ebenfalls mit einer Einladung zum Abendessen bei mir revanchiert.

Nachdem wir anschließend gemeinsam zur Pilgermesse gehen, finden wir die Kirche rappelvoll vor. Die Messe ist, wenn ich auch kein einziges Wort verstehe, sehr fröhlich und kurzweilig. Jeder Anwesende wird persönlich gesegnet. Das hat schon was, so eine eigene Segnung.

Nach der Abendmesse wechsle ich in den Innenhof der Herberge, sitze noch in der Sonne und schreibe ein paar Zeilen in mein Notizbuch. Dann setzt sich ein Däne neben mich und verwickelt mich ins Gespräch. Der Typ erinnert mich optisch wie stimmlich an Hartmut Mehdorn, den ehemaligen Chef der Deutschen Bahn. So gesehen finde ich die Unterhaltung doppelt unterhaltsam. Als es so gegen 21.00 Uhr ist, kommen die Nonnen und die Schwestern zu uns in den Innenhof. Mit ihnen sind auch jede Menge Pilger im Schlepptau. Sie decken die kompletten Tische mit Tellern ein und bitten uns, Platz zu nehmen. Nun servieren sie selbstgemachte Suppe. Ich lehne ab, weil ich noch pappe satt von den Nudeln bin. Doch ich habe keine Chance, denn die Ordensschwestern überzeugen mich besonders reizend, mit ihnen zu essen. Später reichen sie noch Kuchen, Obst und Käse. Bei aller Freundlichkeit weiß ich trotzdem nicht mehr, wo ich das, was sie mir anbieten, hinessen soll. Bin im wahrsten Sinne des Wortes genudelt!

Genauso schnell, wie der Tisch gedeckt ist, wurde er auch abgedeckt.

In Windeseile ist der ganze „Zauber" wieder verschwunden.

Jetzt holen die Nonnen und Schwestern erneut ihre Musikinstrumente heraus und singen uns Pilgern Lieder vor. Es ist schon einmalig, was die sich alles einfallen lassen. Ich sehe mich in dieser Unterkunft als ein sehr willkommener Gast und fühle mich dabei sauwohl. Für mich hat die Herberge damit absoluten Kultstatus erlangt.

An meinem Tisch sitzen multikulturell acht verschiedene Nationalitäten. Ein blondes Mädel, das ich wegen ihres Slang als Amerikanerin bzw. als Texanerin einschätzte, entpuppt sich als Irin. Denn sie erzählt, dass hellblonde Frauen mit auffällig weißer Haut in Irland den Spitznamen „Cracker" erhalten. Da ihre Füße streiken, sie nicht mehr gehen kann und auch nicht will, kaufte sie sich heute kurzerhand ein Fahrrad und wird ab morgen mit dem Rad weiterpilgern. Gibt Sinn und ist alle Male besser als aufzugeben. Die Zeit in der Santa Marie Herberge ist so unterhaltsam und schön, dass ich gar nicht mehr zum Nachdenken über den Gesprächsverlauf mit Marten gekommen bin. Überhaupt hätte ich sehr gerne die Pilgermesse samt Segnung heute mit ihm geteilt. Am Abend komme ich schnell in den Schlaf und muss auch etwas Lustiges geträumt haben, denn ich bin zweimal vom eigenen Lachen aufgewacht.

15. Tag: Pilger vermisst! - Dpa Madrid -

Heute ist es noch viel verrückter, denn alle, die wie ich an diesem Ort sind, müssen den längsten Abschnitt an einem Stück ohne Versorgungsmöglichkeit, mit einer Gesamtlänge von achtzehn Kilometern durch die Meseta gehen. Das muss bei den Leuten regelrechte Panik und Angstzustände ausgelöst haben. Sicher, auch heute erwarten wir wieder 30°C und einen sonnigen Tag. Jedoch die Pilger verhalten sich so, als ob wir am heutigen Tag die unüberwindbare Wüste Gobi durchqueren.

Bei mir haben die achtzehn Kilometer „nonstop" ebenso gewisse Vorbereitungen ausgelöst. Doch allen Ernstes: Für mich bedeutet die Distanz drei schlappe Stunden des Wanderns, bevor ich die erste Bar erreiche. Gut, für jemanden, der langsam geht, sind es vielleicht vier bis fünf, selbst wenn einer im Schneckentempo kriecht, schafft er die achtzehn Kilometer in sechs Stunden. Mal Hand aufs Herz, in der Zeit wird niemand verdursten, verhungern oder von der Sonne, die ja erst gegen Mittag die 30°C erreichen wird, verbrannt sein. Wiederum all diese Szenarien müssen sich bei jedermann im Kopf abspielen. Meinetwegen kommt als vierte Angst oder Panik noch dazu, dass man kein Bett bekommt und noch weitergehen muss. Puh, wie schrecklich! Aber auch das wird möglich sein. Ich habe mich, wie ich meine, perfekt vorbereitet. Am Vortag habe ich mir eine 1000ml Packung Langnese Carte D´or Bourbon Vanilleeis gekauft. Am Morgen bringe ich sie außen am Rucksack an und sehe das Eis als meine Frühstückspause an, um es nach etwa der Hälfte der Distanz als Belohnung zu verspeisen. Mein Gedankengang ist folgender: Das Eis soll mir die nötige Kalorienzufuhr geben. Ich weiß zwar nicht, wie viele 1000 Kalorien das Eis besitzt, aber es soll wohl reichen. Wenn es wider Erwarten bereits früh sehr heiß werden sollte, wird mir das Eis Kühlung verschaffen und ich kann es mit Leichtigkeit im Gehen essen, denn Eis hat die Angewohnheit, einfach so in den Magen zu flutschen. Während ich das hier gerade so schreibe, glaube ich meinen logischen Ausführungen selber nicht mehr. Ich befürchte, ich wollte nur den Gelüsten frönen, um verfressen und gierig eine fette Portion Bourbon Vanilleeis zu killen. Zur Umsetzung des Planes fehlt mir allerdings ein Detail, ein entscheidendes Detailstück! Mir fehlt ein Löffel. Ich kann das Eis doch schlecht mit der Zunge direkt aus der Verpackung schlecken. Es mit dem Messer zu essen, klingt für mich auch nicht funktional. Also nahm ich mit fürchterlichen Gewissensbissen einen kleinen Löffel aus der Herberge mit. Ja, ich gebe zu, ich habe auf einer Pilgerreise gestohlen. Aber um mein schlechtes Gewissen zu beruhigen, schwor ich mir, den Teelöffel in der nächsten Unterkunft zurückzulassen. Mir fiel unterwegs ein, dass die Nonnen und Schwestern sehr großzügig zu uns Pilgern gewesen sind. Ich hätte sie einfach um einen Löffel bitten sollen, dann hätte ich bestimmt von ihnen einen bekommen. Aber für die Umsetzung dieser Idee kam der Gedanke leider zu spät. Also dachte ich: Ein spontanes Gebet, in dem ich Gott und die Nonnen um Verzeihung bitte, kann nicht schaden. Später fiel mir jedoch ein, mir werden ja sowieso am Ende der Pilgerreise in Santiago de Compostela alle Sünden vergeben. Mein schlechtes Gewissen ist somit spontan beruhigt.

Der verrückteste Pilger in dieser Nacht ist aus meiner Sicht ein Koreaner. Sorry, aber die Landsleute legen gesteigerten Wert darauf, aus Südkorea zu stammen. Immer, wenn ich von einem Koreaner mit South Korea korrigiert wurde, habe ich als Antwort für meine Herkunft provokant mit Magdeburg from East-Germany angegeben. Dann haben sie mich zumeist fragend, aber auch ein wenig reservierter angesehen. In ihren Augen war in großen Lettern zu lesen: „Ah, ein Marxist bzw. Kommunist."

Doch zurück zum verrücktesten Typen. Auf jeden Fall hat sich dieser Kerl den Titel zum beklopptesten Pilger des Tages schwer verdient, weil er mich mitten in der stockdunklen Nacht, so gegen 2.00 Uhr weckte. Aufgeweckt werde ich dadurch, dass er seine Sachen packt und mit der Stirntaschenlampe so wild umher fuchtelt, als wenn jemand die ganze Zeit seine Taschenlampe auf mein Gesicht hält und fortwährend das Licht ein und wieder aus schaltet. Diese Gattung Lampen haben ja grundsätzlich eine gewisse Daseinsberechtigung, doch der Typ hat gefühlte 10.000 Mal mit seinem Kopf nach links, rechts, oben und unten geschaut. Ich bilde mir ein, der Typ signalisiert mit der Kopftaschenlampe so etwas Ähnliches wie Morsezeichen. Licht an, Licht aus, Licht an, Licht aus, dreimal kurz, dreimal lang, dreimal kurz, eben SOS-Morsesignale. Verfüge ich für gewöhnlich über einen tiefen, festen Schlaf, doch von dieser Art Herumgemorse wache selbst ich irgendwann auf. Sollte ich noch einmal eine Pilgerreise unternehmen, gehört für mich zum unverzichtbaren Reiseutensil, neben den Ohrstöpseln und meinem mittlerweile geliebten MP-4-Player, unbedingt auch eine Augenklappe dazu. Keine Piratenklappe, sondern eine für zwei Augen, die man häufiger auf Langstreckenflügen sieht. Selbstverständlich sollte man annehmen, wenn jemand in einem Zwanzig-bettenzimmer plant, gegen 2.00 Uhr nachts aufzubrechen, er bereitet das am Abend einigermaßen vor. Nicht so dieser Südkoreaner.

Der braucht zum Packen des Rucksackes eine geschlagene halbe Stunde, natürlich nicht, ohne die ganze Zeit mit irgendwelchen Tüten dämlich herumzurascheln. Überhaupt empfinde ich nach meinen eigenen Erfahrungen die Südkoreaner als rücksichtsloseste Nation auf dem gesamten Jakobsweg, jedoch dicht gefolgt von den Franzosen. Der Typ ist wirklich so verrückt, dass er gegen 2.35 Uhr zur Pilgerreise aufbricht. Warum nur? Was will er sehen, was er sich zu anderen Zeiten nicht anschauen kann, die schwarze Nacht? Na toll! Meine Laune scheint trotz des nächtlichen Morseangriffs nicht beeinträchtigt, denn ich wache später im Schlaf erneut durch mein eigenes Gelächter auf. Ich habe wieder so lustig geträumt, dass ich selber vom Lachen aufwache. Damit ist bewiesen, der Camino-Spirit ist definitiv schon bis in die Traumwelt vorgedrungen, da ich mich nicht erinnere, je im Leben so oft so lustig geträumt zu haben, sodass ich vom eigenen Gelächter aus dem Schlaf komme. Meine Traumgeschichte ist mal wieder so absurd und abstrus, dass ich sie am nächsten Tag einem Pilger erzähle. Das Szenario des Traumes ist folgendes:

Eine böse Kampftruppe ist auf einem Schlachtfeld, das sich zwischen zwei Wäldern befindet, am Kämpfen. Die Optik und das Handeln der Truppe erinnern mich an wilde Wikinger, die gegen irgendwelche Berserker in die Schlacht ziehen. Sie stehen auf einem Kriegsschauplatz mitten in einer hügeligen Landschaft vis-á-vis eines übermächtigen Gegners. Mit wem genau, weiß ich aber auch nicht mehr, spielt aber auch keine Rolle. Die Schlacht beginnt mit lautem Getöse und wildem Kriegsgeschrei der Wikinger. Im Laufe des Kampfes stehen die Nordmänner vor einer bedrohlichen Lage. Die Situation scheint zu kippen und das Schlachtgetümmel dreht sich gegen sie. Sie müssen schleunigst etwas unternehmen, sonst könnte die Schlacht verloren gehen. Jedoch besitzen die Wikinger noch ein Ass im Ärmel. So eine Art Elitetruppe. Die Kämpfer aus dieser Spezial-Truppe sehen um ein vielfaches bedrohlicher aus als die restlichen. Sie sind größer, haben eine Figur wie ein stehendes Nilpferd, mit sehr balüsigen Körpern, sind groß und sehr kräftig wirkend und sie haben obendrein baumdicke Beine. Alle tragen Waffen, die schon unbenutzt brutal und angsteinflößend ausschauen. Die Gesichter sind nicht zu erblicken, denn sie haben so eine Art Tiermasken auf. Einer trägt zum Beispiel eine, die aussieht wie der Kopf eines fürchterlichen Wildschweines mit riesigen Hauern von einem gigantischen Urzeit-Keiler, dessen Haupt mit einem Helm und aufgesetzten Hörnern gekrönt ist.

Ein weiterer von ihnen hat eine Werwolfs-Maske auf, die noch gefährlicher und grässlicher aussieht. Sie sehen durchweg furchteinflößend aus, sodass in der Vergangenheit alleine ihr bloßer Anblick ganze Armeen zurückschrecken ließ und in die Flucht versetzen konnte. Ich weiß, das klingt bis hierher noch nicht lustig. Doch es gibt eine Regel bei den Nordmännern: Wikinger mit Tiermasken dürfen bei einer Schlacht nicht zum Kampf eingesetzt werden. Diese Geheimregel ist ein uraltes Wikingergesetz und ist unbedingt zu befolgen, sonst fällt ihnen der Himmel auf den Kopf. Natürlich tragen alle Mitglieder dieser Elitetruppe eine Tiermaske. In einer verfahrenen Kampfsituation eilt der Befehlshaber der Schlacht zum Oberhaupt der Wikinger und schildert ihm die kippende Situation auf dem Schlachtfeld. Nach seiner Meinung gilt das Schlachtgetümmel als verloren. Er fordert somit als letzte Möglichkeit den Einsatz der

Elitetruppe, damit er noch einen Sieg erringen kann. Erst jetzt wird dem Anführer klar, dass die Eliten im Kampf um Leben und Tod gar nichts nützen. Die beiden streiten sich laut anschreiend, denn nur der Einsatz der grausamen Elitesoldaten kann die Schlacht noch drehen. Sie kommen zu dem Schluss, die Regeln über Bord zu werfen, um die Spezialtruppe einzusetzen. Als der Anführer der Elite den Einsatz zum Kampf befiehlt, antwortet einer der Tiermaskentypen mit einer hohen und piepsigen Stimme: „Aber Chef, du weißt doch, dass kein Wikinger mit Tiermaske kämpfen darf?" Jetzt kommt das lustige, worüber ich im Traum so herzhaft lachen musste: Der Anführer begreift erst in diesem Augenblick, dass hinter diesen grässlichen und furchteinflößenden Masken wilder Tiere keine unschlagbare Elitetruppe steckt. Es verstecken sich nur einen Haufen Feiglinge, die nie direkt in ein Schlachtgeschehen eingreifen wollten und die Regel sehr gut kannten. Ein mieser Verein feiger Wikinger, die sich gefährliche Tiermasken aufsetzen, Angst und Schrecken verbreiten, um somit von der eigenen Feigheit abzulenken.

Und die Moral von der Geschichte ist …? Weiß ich jetzt auch irgendwie nicht. Aber in der Nacht habe ich herzhaft darüber lachen können. Muss wohl an meinem seltsamen Humor liegen.

Apropos seltsamer Humor! Heute Morgen erhalte ich von meinem Bruder Stefan eine WhatsApp-Nachricht, in der er mir ein Bild von einem Zeitungsausschnitt anfügt. Dort steht:

„Pilger vermisst dpa MADRID. Ein Jakobsweg-Pilger aus Deutschland ist in Spanien als vermisst gemeldet worden. Der Mann sei zuletzt am Freitag am Strand von Langosteira in Finisterre gesehen worden, teilte der

Zivilschutz am Sonntag mit. Am Samstag seien Kleidung und eine Tasche des Mannes gefunden worden."

In seiner Nachricht schreibt er weiter: „Hoffentlich bist das nicht du?" Was für eine komische Frage? Was soll ich darauf antworten? „Ja, das war Lars", ...der Heilige Geist. Oder sollte ich besser... der Sensenmann schreiben? Obwohl, eine obercoole Idee vom Jakobsweg-Pilger! Am Ende der Welt verloren gehen! In Finisterre vermisst! Danke für diese Idee, ich werde darüber einmal nachdenken. Aber mal ganz im Ernst, ich finde den Suizid wirklich gut durchdacht. Du marschierst den kompletten Jakobsweg, hoffst auf die passende Erleuchtung beziehungsweise Weisung des richtigen Verhaltens oder Weges. Bekommst du das Gewünschte, ist es gut. Für den Fall, dass du das Erhoffte nicht erhältst, planst du am Ende der Welt deinen Suizid und gehst, wie oben im Zeitungsartikel beschrieben, am „World's End" verloren. Das finde ich richtiggehend kitschig-, fast schon theatralisch gut. Der Clou daran ist: Dass, wenn du es bereits vorher so planst, wird dir doch genauso diese Sünde in Santiago de Compostela vergeben? Ganz im Ernst, aber das hat der Typ aus meiner Sicht sehr intelligent geplant und umgesetzt. Ich bin jetzt kein Theologieprofessor und weiß auch nicht, ob meine Schlussfolgerungen korrekt sind, jedoch klingt das für mich erst einmal ziemlich cool und verwegen.

Als ich starte, ist es so gegen 7.30 Uhr. Natürlich bin ich der Letzte, der die Herberge verlässt. Was nicht ganz stimmt, denn als ich die Treppe heruntergehe, sitzt dort ein anderer Pilger, ein älterer Herr aus Amerika. Als ich ihn auf den späten Aufbruch anspreche, antwortet er mir, er werde heute mit dem Rucksacktaxi mitfahren und seine Frau am nächsten Ort treffen. Er traute sich so eine lange Etappe gesundheitlich nicht zu. Nun fragt er, wie weit ich wandern möchte. Ich sage zu ihm aus dem Lamäng nur lapidar, soweit mich meine Füße tragen.

Erst einmal will ich sehen, wie es mir in drei Stunden am ersten Ort geht. Er lacht mich aus und erwidert, es sei in der genannten Zeit niemals zu schaffen. Klugscheißermäßig erwidere ich: „Doch ich gehe mit einer Geschwindigkeit von sechs Kilometern in der Stunde und komme somit in dreien dort an." Er ist der Meinung, kein Mensch geht dieses Tempo. Ich entgegne weiter: „Mein Kumpel Cristian marschiert sogar in sieben km/h." Er lacht erneut, schüttelt den Kopf und sagt: „Das Lauftempo erreichen nur Jogger." Jetzt rechne ich ihm vor, dass ich als Läufer schon einmal einen Marathon in drei Stunden dreißig gelaufen bin.

Eine Marathonstrecke ist 42,195 Kilometer lang. Das ergibt nach Adam Riese eine durchschnittliche Geschwindigkeit von ungefähr zwölf km/h, was bedeutet, dass ich nur halb so schnell gehe wie ich laufe. Es ist zwar ein gutes Gehtempo, aber eben kein unmögliches, wie er es meinte. So nehme ich Abschied von ihm, doch besonders höflich bei den überaus freundlichen Nonnen, die ich trotz schlechtem Gewissen zur Verabschiedung umarme. Der ältere Herr sitzt nun im Vorraum und wartet auf das Rucksacktaxi. Als ich starte, sehe ich keine anderen Pilger. Lediglich ein paar Radpilger fahren an mir vorbei. Eine von ihnen ist „Cracker", die mich nett grüßt und mir zuwinkt. Es dauert vielleicht vierzig Minuten, bis ich die ersten Pilgerkollegen erblicke. Tony ist ebenfalls dabei. Als ich ihn einhole, quatschen wir kurz miteinander und dann ziehe ich weiter meines Weges.

Es ist ein typischer Mesetaweg mit endlosen Geraden. Man marschiert und marschiert geradewegs auf den niemals näherkommenden Horizont zu. Sehr langweilig und ermüdend. Da die Sonne wärmend vom Himmel scheint, fange ich nach der Hälfte der Strecke an mein Eis zu essen. Es besitzt jetzt eine weiche Konsistenz. So liebe ich es, Eis zu verzehren. Während ich so vor mich hingehe und das Eis genieße, überhole ich einen Wanderer nach dem anderen. Die schauen mir mit dem Eis in der Hand hinterher, als wenn sie eine Fata Morgana sehen. Eine Pilgerin ruft mir zu: „Hey Lars, isst du da etwa ein Eis?" „Ja" „Wo hast du das denn her?" Ich erzähle Roswitha kurz die Geschichte, füge hinzu, dass es mein Frühstück darstellt und ich mich mit einem guten Gewissen daran labe, denn der Kalorienverbrauch wird heute hoch genug sein. Bevor ich weiterziehe, ruft sie mir noch hinterher: „Du bist verrückt." Wo sie recht hat, da hat sie recht. Jedoch mache ich es nicht an dem Eis fest.

Ich treffe auf Hinkebein. Überhaupt überhole ich auf den ersten achtzehn Kilometern mehr als einhundert Pilgerkameraden. Jetzt ist mir auch klar, warum im Reiseführer etwas von einer Pilgerautobahn steht. Dann handelt es sich hier sicher um die meistbefahrene Pilger A2 in Richtung Berlin. In der Tat, lang gezogene Geraden, auf denen besonders viele Menschen vor einem zu sehen sind, die ich ständig überholen muss. Nur der Korrektheit wegen: Ich selbst werde ebenfalls überholt. Zwar nur ein einziges Mal von einem Mann, aber es gibt immer jemanden, der schneller ist als man selber. Es ist ein älterer Herr mit der für Pilger so typischen Bräune. An seiner Färbung kann ich erkennen, dieser Typ ist sehr häufig beim Wandern. Im zuerst erlangten Ort, bei der ersten Pause treffe ich auf meine brasilianische Freundin. Sie scheint ebenfalls ganz gut unterwegs zu sein und hat offensichtlich Enrico verloren, denn sie ist alleine. Ich bin an diesem Tag so gut am Marschieren, dass ich gehe und gehe und gehe, ohne Ermüdungserscheinungen. Nach sechsunddreißig Kilometern spaziere ich in eine Bar und trinke einen weiteren Café con Leche. Ich setze mich zu einem Mann an den Tisch, der könnte glatt der Doppelgänger von Christian Wulff sein. Er erzählt mir, er gehe noch bis in den Nachbarort, da der Ort besonders schön sein soll. Da überkommt mich der Übermut und ich werde unvernünftig. Ich tat es ihm gleich, ging weiter, wider meine schlechte Erfahrung mit Streckenabschnitten, die länger als 35 Kilometer sind.

Nachdem ich den Ort durch das Gewerbegebiet erreiche, wusste ich wirklich nicht, was der Doppelgänger von Cristian Wulff mit „besonders schöner Ort" meinte. Beim Hineinlaufen in die Ortschaft sah für mich alles schrecklich aus. Obwohl ich mich nicht an meine eigene Vorgabe gehalten habe, bin ich erneut über vierzig Kilometer marschiert. Meine Füße haben mich heute die einundvierzig Kilometer mit den fünfzehn Kilo Rucksack ganz alleine getragen. Aber jetzt bin ich total fertig. Ich sitze an einem Brunnen, trinke Wasser und kühle mir den Kopf. Gott sei Dank gibt es nur wenige Meter von der Wasserstelle entfernt eine Herberge. Die hat einen sehr schönen, großen Saal mit geschätzten fünfzig Schlafplätzen, die heute nicht einmal zur Hälfte belegt sind. Die Betten gleichen eher Schlafkojen, die ringsherum mit Holz umrandet sind. So genieße ich, wie selten auf dem Camino eine angenehme, private Atmosphäre. Leider beging ich den Fehler, mich in die untere Koje zu legen, denn nach meiner Ruhepause stoße ich mir an der scharfkantigen oberen Bettlatte so stark den Kopf, dass mir das Blut bis ins Gesicht läuft. Überhaupt verausgabte ich mich mit der Riesendistanz so sehr, dass ich erschöpft sogar leicht erhöhte Temperatur bekomme und eine Scheißnacht durchlebe. Ich nehme mir felsenfest vor, keine Etappen mit mehr als vierzig Kilometern mehr zu gehen, denn ich weiß jetzt, die Leistungsgrenze, bei der ich mich noch einigermaßen wohlfühle, liegt bei fünfunddreißig bis siebenunddreißig Kilometern am Tag. Das soll fortan meine Messlatte sowie Grenze sein. Länger werde ich von nun an definitiv nicht mehr marschieren.

Ich bin so kaputt, ich erspare mir völlig fertig von den Strapazen den Weg zum Supermarkt. Selbst die paar Schritte könnte ich heute einfach nicht mehr bezwingen. Somit beschließe ich, ein Pilgermenü in der Herberge zu essen.

Im Vorraum zum Restaurant treffe ich auf Dave, ein Punker mit ziemlich viel Metall im Gesicht. Ich frage ihn, ob wir gemeinsam Abendessen wollen, was wir dann auch tun. Wir sitzen fast drei Stunden im Gasthaus und schaffen während der Unterhaltung zusammen tatsächlich zwei Flaschen Wein. Nur mal so kurz am Rande: In diesem Restaurant bekomme ich das einzige Pilgermenü, welches mich satt macht und zu meiner Überraschung auch richtig gut schmeckt. Dave ist einer der wenigen Pilger, die ebenfalls mit Zelt unterwegs sind. Natürlich interessierte es mich brennend, warum er, wie ich, dann trotzdem in einer Herberge schläft. Seine erste Übernachtung im Zelt hat ihn genauso negativ geprägt wie mich meine. Denn Dave verbrachte sie ganz oben in den Pyrenäen. Er hat sich verlaufen. Durch das ewige Umherirren war er so kaputt, dass er sein Zelt aufgeschlagen hat und in den Bergen übernachtete. Doch in der Nacht ist er immer wieder aus dem Tiefschlaf hochgeschreckt, weil er Schritte hörte. Er träumte von einem Bären, der sich anschleicht und dem Zelt näherte. Aber er wusste nicht sicher, ob er es nur in seinem Schlaf oder doch reell passierte. Er war auch unsicher, ob in den Pyrenäen überhaupt Bären existierten. Da er nicht einmal einen Pilgerstab zur eigenen Verteidigung dabei hatte, blieb er einfach mucksmäuschenstill, bewegungslos im Zelt liegen.

Einen Schmunzler kann ich mir nicht verkneifen: So ein Riesenkerl mit dieser Menge abschreckenden Piercings zieht sich in meinen Vorstellungen vor Angst zitternd die Bettdecke übers Gesicht. Lächerlich! Okay, okay, okay so schlotterte ich genauso aus Furcht vor einem Bauern bzw. vermeintlichen Trecker in der ersten Nacht. Jedoch am Morgen stellte sich bei ihm heraus, es war nur ein Stück Plastik, welches durch den Wind bewegt wurde, und dadurch die lebensechten Schrittgeräusche eines wilden Tieres vortäuschte. Nun beschrieb Dave weiter: Er sei sowieso vor Kälte kaum in den Schlaf gekommen. Nach diesen Schilderungen bin ich mir nun ganz sicher: Jeder, der vorhat, den Jakobsweg mit dem Zelt zu pilgern, sollte sich in den ersten Tagen auf Herbergen einstellen und erst später hinter den Pyrenäen sein Zelt nutzen.

Je mehr Zeit wir zusammensaßen, desto persönlicher wurde auch dieses Gespräch. Da mir die Unterhaltung mit Marten noch sehr in den Knochen hing, hielt ich mich diesmal ein wenig zurück. Dave erzählt mir von seiner Drogensucht. Er tat es so ausführlich und präzise, dass ich mich einige Male gefragt habe, ob ich so etwas überhaupt hören möchte. Jedoch bemerkte ich, wie extrem wichtig es ihm ist. Nach seinen eigenen Beschreibungen ist er auf dem Jakobsweg, um diese Zeit zu verarbeiten und für die Zukunft einen besseren Sinn als den Drogenkonsum zu finden. Er macht sich auch in dem Punkt nichts vor. Er weiß genau, dass die Gefahr eines Rückfalls latent immer wie ein Damoklesschwert über ihm schwebt. Da er eine schöne Freundin hat, die er sehr liebt und die er auf gar keinen Fall enttäuschen möchte, wollte er den Jakobsweg gehen. Er erzählt auch, dass er seine Eltern häufig enttäuschte, diese jedoch bei all dem Scheiß, den er verzapfte, immer zu ihm gehalten haben. Da er zurzeit arbeitslos ist, haben Mutter und Vater, die seinen Schilderungen zufolge auch nicht in Geld schwimmen, ihm die Pilgerreise finanziert. Er erzählt weiter, er habe ein besonders schlechtes Gewissen dem Vater gegenüber, weil dieser im ganzen Leben so viel geschuftet hat, dass er heute körperlich am Ende ist.

Dem Dad gegenüber hat er solche Gewissensbisse, dass er ihm einen Traum erfüllen möchte. Doch jetzt grämt und schämt er sich so stark, weil ihm dazu einfach das Geld fehlt. In seinen Augen kann ich sehen, wie ernst er es meint und wie sehr er sich selber mit dem schlechten Gewissen geißelt und belastet. Ich will ihm helfen, weiß aber, einen Ratschlag zu geben, ist das Falscheste, was ich machen kann. Ich erzähle ihm, ich sei selber Vater von drei Söhnen und dass das schönste Geschenk, welches mir meine Kinder schenken können, gemeinsame Zeit ist. Ich erkläre ihm weiter, die besten Erlebnisse und glücklichsten Tage bleiben für immer im Gedächtnis. Es sind die buntesten Bilder und farbenprächtigsten Gedanken in unseren Köpfen. Erinnerungen können uns nicht gestohlen werden. Sie sind sehr beständig und helfen mir in persönlichen Krisenzeiten meines Lebens. Durch sie bin ich imstande einsame Zeiten zu überstehen.

Ich kann mich daran erinnern, als mein ältester Sohn zu Besuch kam und für mich ein veganes Essen kochte. Es ist eines der schönsten Geschenkideen, die ich je bekommen habe. Sein Geschenk, so mit ihm in der Wohnung zu sitzen und die ausgesprochen leckere Kürbissuppe zu genießen, um mich mit ihm dabei stundenlang unterhalten zu können, ist herrlich. Das sind diese Momente, die du als Vater nie vergisst. Weiter beschrieb ich Dave den Brauch oben am Cruz de Ferro, die Last, die jeder mit sich herumträgt symbolisch mit dem Hinterlassen eines Steines abzulegen. Ich merke sofort an seinen Detailfragen, dass er von dem Ritual noch nichts gehört hat. Er fragt, ob es nur mit einem mitgebrachten Stein von zu Hause funktioniert? Da antworte ich ihm, wider besseren Wissens, mit nein. Er könne gleich morgen früh losgehen und sich einen Kieselstein aussuchen, diesen mit zum Cruz de Ferro tragen und mit ihm seine Last des schlechten Gewissens hoch oben am Kreuz für ewig zurücklassen. Zum Schluss schließen wir uns in die Armen. Bei Dave kommen Tränen und er sagt nur: „D A N K E.“

Kommt mir irgendwie bekannt vor!

Während ich so im Bett liege, erscheint mir Marten im Sinn. Ich frage mich, was ihn antreibt, fernab seiner Familie, hier in Spanien den Jakobsweg zu pilgern? Ausgerechnet die letzten Tage, die ihm noch bleiben alleine zu sein. Und überhaupt, wo nimmt der Kerl die Kraft und körperliche Verfassung her, mit seiner elendigen Krankengeschichte diese Strapazen zu meistern?

Unfassbar!

16. Tag: Heute ist nichts passiert! Wirklich nichts!

Heute heißt mein angestrebtes Etappenziel Reliegos. Der Camino dorthin führt noch einmal durch die Meseta. Der Reiseführer gibt jedoch für die Strecke eine Alternativroute an, welche deutlich einsamer, aber auch schöner sein soll. Da ich mich kräftig genug fühle, nehme ich mir die längere Route vor. Als ich vor mir auf dem Weg einen Mann extrem langsam gehend und humpelnd sehe, muss ich an eine Geschichte von Tim aus Irland denken. Er hat auf dem Jakobsweg und so auch am letzten Abend in der Herberge Fotos von verletzten Wanderern aufgenommen. Ohne Quatsch! Er ist zu Verunglückten oder zu verletzt aussehenden Pilger gegangen und hat sie gefragt, ob er ein Foto von der Wunde aufnehmen darf. Je schlimmer das Wundbild aussah, desto glücklicher und zufriedener wirkte Tim.

Die meisten Pilger sind vom sonderbaren Wunsch zunächst irritiert, manche sogar angewidert. Doch er erklärte es jedes Mal so: In Irland sind seine Kumpels der Meinung, Wandern ist ja nur etwas für Weicheier. Da er schließlich nicht möchte, dass die Freunde von ihm der Ansicht sind, er sei ein Schwächling, sammelt er Bilder von den schrecklichsten Wunden und Verletzungen, die er finden kann. Er hatte nach meiner Meinung auch bereits eine ganzschön umfangreiche Bibliothek zusammen. Doch er ist weiterhin begierig auf fürchterliche Aufnahmen von Füßen, blauen Flecken sowie Schürfwunden. Er will damit seinen Kumpels daheim beweisen, dass ein Pilger auf dem Jakobsweg, ein echt harter Hund sein muss, um diese Strapazen auszuhalten. Er ist der Meinung, wenn die Freunde die grausigen Fotos der Verletzungen sehen, ist er in ihren Augen ein „Strong Man." Das ist für mich die verrückteste Fotosammlung des gesamten Jakobsweges, die ich zu Gesicht bekommen habe. Aber für Tim scheint es kein Stück abnormal zu sein.

Den im Reiseführer als schön beschriebenen Alternativweg finde ich weder attraktiv noch sonderlich erwähnenswert. So komm ich schnellen Schrittes am Zielort an. Ich gehe in die erste Unterkunft und möchte mich, ausgedurstet wie ich bin, mit einem Bierchen belohnen. In der Herberge ist eine Bar, doch die Bedienung ignoriert mich regelrecht. Sie scheint nur Augen für die einheimische Bevölkerung zu haben. Meine Person als Pilger nimmt sie gar nicht wahr, so werde ich von ihr absichtlich übersehen. Das sehe ich mir eine gefühlte Ewigkeit an, bis ich dann doch kapituliere und durstig gehe. Ein paar Straßen weiter steige ich in der öffentlichen Herberge ab. Nach der Dusche und der Zeit des Frischmachens, wollte ich woanders schauen, ob ich etwas zu trinken und essen bekomme. Ich finde eine sehr kultige Bar namens La Torre. Im Inneren der Bar scheint kaum ein Flecken an der Wand, der nicht mit irgendwelchen Widmungen vollgeschrieben ist. Genauso ist es außen an der Hausfassade. Draußen an der Mauer stand sogar der Spruch: „Martin Sheen had stolen my Movie." Martin Sheen, dieser Lümmel! - Soviel ich weiß, kommt die Geschichte jedoch vom zweiten Sohn, der auch Regie führte und sich im Film mit der Nebenrolle des Daniel zufriedengab.

Der Inhaber der Bar ist ein älterer, etwas kauziger Kerl. Er wirkt mit seiner dürren Figur und der verdreckten Kleidung eher wie ein zurückgezogener Eremit dieser einsamen Gegend. Im Recorder laufen ununterbrochen Elvis Presley Songs. Nun höre ich mir auch ganz gerne mal Lieder vom King of Rock ´n´ Roll an. Aber dieser zerzaust wirkende Typ pfeift die gesamte Zeit mit. Jedoch nicht, wie man erwarten könnte, zur Melodie der Songs, die da gerade läuft, nein, er hat seine eigene Interpretation geflötet. Grundsätzlich ist so etwas ja nicht schlimm, aber dieser Typ hat schrecklich schief und ein komplett andere, nicht zu dem Lied passende Melodie gepfiffen. Als Bedienung beschäftigt er eine nette, blonde Spanierin. Die ganze Zeit habe ich mich gefragt, wie sie das aushält. Als es mir zu bunt und zu schief wird, greife ich zu einer kleinen List, denn ich habe auf meinem MP-4-Player auch eine Platte von „The King", den habe ich mal in Braunschweig live gesehen, und der ist wirklich gut. Die CD, die ich dabei habe, ist glaube ich seine erste. Sie heißt „Gravelands" und auf ihr sind nur Lieder von verstorbenen Künstlern. Das besondere an der Platte ist, dass diese Stücke mit einer astreinen Elvis-Stimme gesungen werden. Es sind Songs zum Beispiel von Nirvana, Jimi Hendrix und Joy Division auf der CD verewigt.

Also gaukele ich dem Barbesitzer vor, ich habe unveröffentlichte Stücke von Elvis dabei. Und als ich ihm den Titel „Song To The Siren" vorspiele, im Übrigen eine wunderschöne Ballade, die das Herz zum Dahinschmelzen bringt, ist er total verzückt und hört tatsächlich stumm dem Lied zu.

Er will es mindestens ein halbes Dutzend Mal anhören. Ich gebe zu, auch ich finde dieses „Scheibe" super, aber noch besser gefällt es mir jetzt, hier ohne sein schräges Pfeifen zu sitzen, zu essen und mein Getränk zu trinken. Selbst die junge Bedienung kommt zu mir an den Tisch und gibt mir einen Schulterklopfer mit einem Daumenhochzeichen. Ich bin der Meinung, den bekomme ich nicht etwa, weil für sie die Abwechslung so schön ist, sondern weil ich ihren Chef, bestimmt als einziger Gast jemals dazu gebracht habe, mit dem grässlichen Pfeifen aufzuhören. Der Barbesitzer muss absoluter Elvis-Presley-Fan sein, denn er bat mich zu bleiben und spendiert mir fortwährend ein Bier nach dem anderen. Wir hören noch bis 22.00 Uhr diese Platte in der Dauerschleife und so lange genieße ich Freibier …so trinke ich schnell … ich trinke viel, …zu viel, wie ich vermute, da... |Filmriss?|

Doch ansonsten ist an diesem Tag wirklich nichts, aber auch gar nichts passiert. Wirklich, es ist nichts geschehen oder von Bedeutung gewesen! Vielleicht habe ich es aber auch nur vergessen, oder diese Parzellen meines Gehirns sind spontan abgestorben, oder es ist irgendeiner versehentlich auf die „Löschen" -Taste gekommen.

Nein, es ist wirklich nichts Erwähnenswertes passiert.

Wirklich nicht!

17. Tag: Die Stadt trägt den Namen meines Sohnes!

Heute werde ich in einer Stadt ankommen, die den Namen meines Sohnes trägt. Die Etappe hat gerade einmal schlappe sechsundzwanzig Kilometer. Da ich im Reiseführer ersehen kann, dass diese Strecke mich heute durch viele Orte führt, nehme ich keinen Proviant mit und verzichte darauf, die Wasserflaschen komplett zu füllen. Dadurch schleppe ich gerade mal einen halben Liter Wasser mit mir. Sicher ist sicher, denke ich so bei mir. Es ist auch ganz gut, nur so eine überschaubare Etappe zu gehen, denn ich hatte eine schlechte Nacht mit unruhigem Schlaf und mein Kopf brummt mir immer noch ein wenig. Ich habe in einem Zwanzigbettenraum geschlafen und meine Zimmergenossen bestanden gefühlt nur aus Einheimischen. Was grundsätzlich nichts Schlimmes zu bedeuten hat.

Aber in dieser Nacht haben sich alle Spanier gegen mich verschworen. Als ich mir im Zimmer ein Bett aussuchen wollte, sind alle Plätze am Fenster schon belegt, welche ja sonst stets meine erste Wahl sind. Da es am Vortage in der Spitze bis zu einunddreißig Grad waren, hat sich ebenfalls die Herberge temperaturtechnisch dementsprechend aufgeladen. Auch in dieser Unterkunft wird Wert auf Nachtruhe um 22.00 Uhr gelegt, somit gibt es keine Chance, dass sich der Raum etwas abkühlen kann. Im Gegenteil, im Schlafraum ist es besonders heiß und in der Nacht kühlt sich die Temperatur auch draußen nur sehr gering ab. Und wenn sich dann noch zwanzig Menschen in einem engen und sehr warmen Zimmer zum Schlafen begeben, steigt die Raumtemperatur noch einmal zusätzlich an. Mir ist klar, dass die Zimmertemperatur schnell bis zum Siedepunkt ansteigt.

Als ich zur Rettung das Fenster öffnen will, um wenigstens frische Luft hereinzulassen, blöken mich alle Spanier an. Da ich kein spanisch verstehe, weiß ich nicht, was die Zimmergenossen da so herumblöken. Jedoch vom Tonfall entnehme ich, dass es sich nicht um etwas Freundliches handeln kann. Nun setze ich mein übliches breites Lächeln auf und sage nur laut in die Runde: „It is very hot." Aber die Spanier sind mir gegenüber erbarmungslos und schließen das Fenster kurzerhand. Mist, die zwei, die an den beiden einzigen Fensterfronten des Raumes schlafen, scheinen auch das ungeschriebene Herbergsgesetz zu kennen: Wer am Fensterplatz liegt, entscheidet auch über den Öffnungszustand.

Jetzt liege ich nur in Unterhose gekleidet auf dem Bett, ohne Schlafsack oder Decke. Die spanischen Pilger sind sogar noch zugedeckt oder schlummern tief eingegraben in ihren Reiseschlafsäcken. Ich frage mich bei diesem Anblick: „Wie schaffen die das?" Ich hingegen bin fast nackt auf der Matratze und mir rinnt trotzdem der Schweiß von der Stirn und Rücken. Irgendwann muss ich dann doch eingeschlafen sein. Als ich in der Nacht aufwache, weil mein Hals so trocken ist wie die wasserlose Sahara, gehe ich aufs Klo und hole mir welches. Nachdem ich vom Wassertrinken zurück in den Schlafsaal schleiche, sehe ich meine Chance gekommen, denn alle anderen schlafen tief und fest. Leise und sehr behutsam öffne ich das Fenster, was mir auch nahezu geräuschlos gelingt. Dort stehend, ziehe ich mir erstmals ein paar Atemzüge frische Luft in die Lungen. Ich belasse das Frischluftfenster in geöffnetem Zustand und lege mich wieder in mein Bett. Am frühen Morgen bin ich fassungslos, denn als ich um 6.20 Uhr wach werde, steht das Ding immer noch offen. Ich erwähne es hier nur am Rande, doch ich bin natürlich wieder ganz alleine im

Zimmer. Die anderen müssen sich wie die letzten Tage zuvor durch Zauberhand aus dem Raum gebeamt haben. Ich drehe mich noch einmal um und ruhe gemütlich bis 7.00 Uhr bis der Herbergsvater zum dritten Mal nach mir sieht. Er ist anscheinend der Meinung, wenn er in Fünfminutentakt nach mir schaut, lasse ich mich dadurch vielleicht zur Schnelligkeit animieren. Aber weit gefehlt. Sicher, ich gehöre damit wohl absolut zu den Ausnahmen, wenn ich bis nach 7.00 Uhr im Bett liege. Jedoch nehme ich mir trotzdem bis kurz von 8.00 Uhr meine Zeit und breche dann in aller Ruhe zur Tagesetappe auf. Mir will auch an meinem 17. Pilgertag der Vorteil des nächtlichen Aufbruchs nicht einfallen. Schließlich habe ich ja noch ein paar Tage, in denen ich vielleicht hinter das Geheimnis blicke und es kapiere. Es ist mir auch vollkommen egal, was der Herbergsvater denkt oder wie viel Zeitdruck er hat, eine Dusche gönne ich mir jetzt.

Früher hätte ich nie glauben können, dass die körperliche Pflege so einen hohen Stellenwert wie hier auf dem Pilgerweg bekommen kann. Doch fühle ich mich mit fortschreitender Zeit wie auch Wegstrecke täglich schmuddeliger. Man bekommt seine Kleidung durch Handwäsche nur mäßig gesäubert bzw. frischduftend zurück, somit bekomme ich den Eindruck, alles muffelt ... ich muffle. Lediglich nach der Dusche habe ich kurz das Gefühl, frisch und sauber zu sein. Schon seit vielen Tagen wünsche ich mir frischgewaschene Wäsche aus der Waschmaschine, vor allem eine Unterhose und ungetragene Socken. Die Strümpfe sind mit der normalen Handwäsche kaum noch sauber wie geruchsneutral zu bekommen. So dusche ich, auch wenn es doof ist, mit einem nassen Handtuch zu pilgern, denn es hängt dann schwer am Rucksack und abends mieft es trotzdem.

Punkt 8.00 Uhr verlasse ich die Herberge und gehe los. Dabei erlebe ich heute den Jakobsweg so menschenleer wie selten zuvor. Ich marschiere ganz alleine. Kein nerviges „Buen Camino." Ja, ich weiß, es ist ein netter Gruß, aber manche Pilger überhole ich vier bis fünf Mal am Tag und wenn die einem auch noch jedes Mal „Buen Camino" zurufen, ist es einfach zu viel und nervt. Wahrscheinlich sind es Neustarter, die in Burgos ihren Jakobsweg gestartet sind, somit jedermann unbedingt hochmotiviert mit diesem Gruß begrüßen müssen. Als ich nach 6,6 Kilometern sowie einer schlappen Wanderstunde später die erste Ortschaft erreiche, sind alle Geschäfte noch geschlossen. Ist eh zu früh für meine Frühstückspause.

Weitere 6,3 und erneut eine knappe Stunde später komme ich im nächsten Ort an. Das Dorf ist klein und verfügt nicht einmal über eine Cafebar oder ein Geschäft. Nun denn, die 4,2 „Kilometerchen" bis ins folgende Dorf schaffe ich dann ja wohl auch noch? Habe auch keine Alternative.

Aber als ich zwei Kilometer hinter mich gebracht habe, sehe ich eine Herberge, die mit dem Zusatz Bar wirbt und schöne Sitzplätze in der Sonne anbietet. Dort genehmige ich mir eine Cola auf Eis und einen Café con Leche. Er ist echt riesig und die eisgekühlte Cola mundet mir wie eine Wucht. Beim Bestellen sitzt tatsächlich die Brasilianerin, mit der ich gemeinsam mit Enrico letztens Nudeln gekocht habe, neben mir an der Theke. Beim Hereinkommen habe ich sie überhaupt nicht gesehen, so sehr bin ich auf meine Belohnung mit Café konzentriert gewesen. Wir sind von dem Zusammenkommen begeistert, weil wir uns jetzt schon seit Tagen stets ungeplant treffen. Es ist für mich zumeist ein tolles Gefühl, wenn ich jemand mir Bekannten begegne.

Die Freude ist immer auf beiden Seiten sehr groß. Klar, spielt doch auch jedes Mal der Gedanke eine Rolle, ob man sich überhaupt noch einmal wiedersieht. Die meisten Pilger trifft man nämlich nicht unbedingt wieder. Ich habe mich schon einigen Pilgerfreunden gegenüber weit geöffnet und ihnen sehr sensible Geschichten von mir erzählt und diese Pilger später dann nicht mehr getroffen. Ich hoffe, es hat nicht an meinen persönlichen Erzählungen gelegen! Die Brasilianerin bezahlt gerade ihr Frühstück. Da ich meines eben erst bestellt habe, heißt es, sie geht jetzt und wir müssen uns schon wieder voneinander verabschieden. Wer weiß, wann und wo wir uns noch einmal begegnen werden.

Ganz alleine sitze ich draußen auf der Terrasse, um die Sonnenstrahlen zu genießen. Im Hintergrund ertönt schöne klassische Musik aus dem Lautsprecher. Das lädt mich zu einer extra langen Pause ein. Die Sonne knallt mit 30°C vom Himmel. Mir gefällt das sogar sehr gut, denn in den ersten Tagen hatte ich einfach viel zu viele kalte Wandertage erwischt und in Spanien habe ich im Juni die heutigen Temperaturen auch erwartet. Jetzt höre ich aus den Boxen den Vogelfänger aus der Zauberflöte und der Barmann singt lauthals mit.

Er besitzt zwar keine besondere Stimme, doch es macht mir gute Laune. Es fällt mir so schwer, die Pause zu beenden, aber ich will weitergehen, jedoch gehe ich durch Mozart sehr beschwingt... „Heißa hopsasa." So, nun muss ich noch einen Supermarkt erwischen, damit ich mir etwas zu essen kaufen kann, weil ich langsam Hunger bekomme. Als ich auf einen Pilgerrastplatz treffe, will ich wenigstens ein wenig Wasser nachtanken. Während ich dabei bin, meine beiden Wasserflaschen zu befüllen, ruft jemand: „Hi Lars." Ich schaue mich um und sehe einen Pilger lang auf der Parkbank liegen.

Es ist Nico, der Dreißigjährige, den ich mit Tony in einer vorherigen Herberge getroffen habe und mit dem ich zusammen ein schönes Abendbrot mit Gewitter-Kino erlebte. Wir quatschen kurz miteinander, da fragt er mich aus heiterem Himmel, ob ich eine Banane von ihm haben möchte. Vielleicht hat er auch hellseherische Fähigkeiten oder er kann meine Gedanken lesen, aber ich habe in der Tat ziemlich dollen Hunger. Wenn so etwas passiert, kommt mir unweigerlich der Satz ins Gedächtnis „**Der Jakobsweg gibt dir immer das, was du brauchst und genau dann, wenn du es brauchst.**" Selbst durch solche kleine Dinge hervorgerufen, muss ich sofort an diesen Satz denken. Ich bekomme sogar noch eine zweite Banane von ihm und benötige vor Leon keinen Supermarkt mehr, denn ich bin nun satt. Wir gehen den Weg ein Stück gemeinsam. Doch kurzer Zeit später wird mir sein Tempo zu langsam und ich verabschiede mich. Erst jetzt weiß ich richtig einzuschätzen, was Cristian die ganze Zeit für mich getan hat, denn er passte über die gesamte Strecke, die wir zusammen gegangen sind, sein Gehtempo dem meinen an. Im Übrigen hoffe ich darauf, Cristian in Leon ein letztes Mal wiederzusehen, bevor er nach Hause fliegt. Ich verabschiede mich von Nico mit dem Spruch, den hier jeder sagt: „See you on the road" und gehe in meinem Tempo weiter.

Obschon es heute ziemlich menschenleer ist, überhole ich ein bis zwei Dutzend Pilger. Um 12.55 Uhr stehe ich vor der Kathedrale in Leon. Schon wieder höre ich jemanden meinen Namen rufen: „Hey Lars." Ich drehe mich um und entdecke Hendrik Twofinger, so sein Spitzname. Er sitzt hier mit einem anderen Pilger am Domplatz mit direktem Blick auf den Dom. Wahrscheinlich auf dem teuersten Platz, um ein Bier zu trinken. Ich bin ein bisschen verwundert, Hendrik hier anzutreffen, schließlich ist er viel langsamer als ich unterwegs und er marschiert auch in der Regel deutlich kürzere Tagesetappen. Er muss meine Verwunderung am Blick erkannt haben, denn er erzählt mir ungefragt, dass er mit Manfred heute aus Sahaguin mit dem Bus hierher gesprungen ist. Das ist auch so ein schöner Ausdruck, den hier erfahrene Pilger benutzen. Klingt ja auch viel besser als, ich bin mit dem Bus gefahren. Jetzt ist mir natürlich klar, warum ich ihn hier treffe. Das sind auch solche positiven Überraschungen, denn ich habe nicht mehr an ein Wiedersehen geglaubt. Während ich so mit Hendrik und Manfred im Café sitze und mich mit beiden unterhalte, gehen im Fünfminutentakt Pilger an uns vorbei in eine Seitengasse hinein. Da niemand von ihnen zurückkommt, bin ich mir sicher, dort noch eine Herberge zu finden, die für mich ein freies Bett bereithält.

Später folge ich den Vorgängern in die Gasse und nach kurzem Umherirren entdecke ich die Unterkunft. Ein Riesending, mit weit über einhundert Schlafplätzen. Nach dem Einchecken sichere ich mir gleich den letzten freien Platz am Fenster, denn auch heute wird es eine sehr warme Nacht. Ich beabsichtige, kein Lächeln aufzusetzen, um kampflos zu resignieren, sondern die offene Frischluftzufuhr bis zum Äußersten zu verteidigen. Denn bei der heutigen Übernachtung bin ich Herr des Fensters, somit Entscheider über den Öffnungszustand! - Gedanklich trommle ich mir wieder siegesstolz, wie Tatakumba auf meine Brust. - Bei der Dusche gibt es nur noch kaltes Wasser. Also hüpfe ich nur kurz drunter, um das Salz und den Schweiß von der Haut zu bekommen. Ausgiebig wird eben morgen früh geduscht, wenn wieder warmes zur Verfügung steht. Außerdem bin ich dann sowieso wieder der Einzige, der duscht. Als ich zur Rezeption gehe, um mir die Login-Daten für das WIFI

Netz zu holen, treffe ich einen älteren Holländer, der den Camino in Madrid gestartet ist. Er ist hocherfreut, mir zu begegnen, weil ich der erste Deutsche bin, den er trifft. Er ist auf dem Weg auch keinem anderen Landsmann begegnet. Um Gottes willen, wo war der denn unterwegs? Ich habe bis heute unzählige Deutsche und paar Dutzend Niederländer getroffen. Nun setze ich mich an einen Tisch, um das Handy einzuloggen. Er setzt sich neben mich, erzählt mir, dass es seine achtzehnte Tour über den Camino ist und er alle unterschiedlichen Routen ausprobiert hat. Er zeigt mir ungefragt alle möglichen Bilder und fängt an, ein wenig zu prahlen. Er gehört auch zu der Kategorie Mensch, die ohne Punkt und Komma labern. Ich stelle ihm nur eine einzige Frage, die er mit einer sehr langen Redepause beantwortet. Will nur von ihm wissen, auf welcher der achtzehn Routen er zu Gott gefunden hat. Bevor er antworten kann, stehe ich auf und gehe.

Ich kaufe mir drei Postkarten von Leon. Eine widme ich meiner Mutter, die darauf bestand, eine Ansichtskarte von ihrem Sohn zu bekommen. Die zweite ist für meinen Sohn Simon, dem ich in die Hand versprechen musste, ein Lebenszeichen aus Spanien von mir zu geben, damit er sich keine Sorgen machen muss. Und versprochen ist verspochen. Die dritte ist für meinen Sohn Leon. Es ist eben seine Stadt, schließlich trägt sie seinen Namen. Und wenn schon eine ganze Großstadt ihn nutzt, ist es aus meiner Sicht mindestens eine Postkarte wert.

Am frühen Abend sitze ich im Innenhof der Herberge und döse gedankenversunken vor mich hin. Da ruft schon wieder jemand meinen Namen. Es ist Nico. Ich freue mich sehr, ihn zu sehen, schließlich hat er mir heute mit zwei Bananen „das Leben gerettet" und damit die Tür zum Herzen weit aufgestoßen. Es ist ein seltsamer Zufall, dass Nico und ich uns treffen. Vor allem in so einer großen Stadt wie Leon, mit den weit mehr als zwanzig Herbergen. Wir entschieden uns ausgerechnet für die gleiche, ohne uns vorher abgesprochen oder verabredet zu haben. Später frage ich ihn, ob er einen Nagelknipser dabei hat, um ihn mir zu leihen. Es gibt Menschen, die ekeln sich davor. Doch auf dem Jakobsweg sind diese Personen dann definitiv falsch aufgehoben.

Es ist schon erstaunlich, wie lang Fingernägel in siebzehn Tagen wachsen können. Mir war auch nicht bewusst, dass ich meine Nägel zu Hause mindestens alle vierzehn Tage geschnitten habe. Persönlich hätte ich eher auf alle zwei Monate geschätzt, und so lerne ich auf den Camino sogar noch etwas dazu. Als ich Nico den Nagelknipser gewaschen und gereinigt zurückgebe, fragt er mich, ob wir gleich einen Wein zusammen trinken. Na, da braucht er mich nicht lange überreden, denn ich liebe solche sommerlichen Abende, in denen ich mit Freunden draußen sitze, dabei über Gott und die Welt philosophiere. Aber vorher möchte ich mit Nico eine Runde um die imposante Kathedrale drehen und gegebenenfalls noch einen Blick hineinwerfen. Für unseren Weinabend finden wir ein Restaurant direkt neben der Unterkunft, die schon wieder Santa Maria heißt. Es ist ein wunderschöner großer Platz mit einer Menge Sitzplätze und einem Brunnen, an dem sich viele zum Weintrinken eingefunden haben. Alle Tische sind belegt, so setzen wir uns einfach zu zwei Spanierinnen. Als der Wein serviert wird, springen die beiden jedoch wie von der Tarantel gestochen fluchtartig auf und gehen. Keine Ahnung, warum sie das tun. Wir führen ein freundschaftliches und sehr anregendes Gespräch. Als die Weinflasche geleert ist, sagt die Uhr 21.45, das heißt für uns, die Herberge schließt in fünfzehn Minuten. Aber

Nico und ich haben noch große Lust, die Unterhaltung bei einem weiteren Wein fortzuführen. Es ist sowieso eine herrlich laue Sommernacht, in der man nicht ins Bett gehen will. Die Schwalben fliegen wieder in Formation über den Platz und erfüllen die Luft mit ihrem Gesang. An solchen Abenden fühle ich mich von den frühen Nachtruhezeiten der Unterkunft extrem gegängelt und eingeschränkt.

Nachdem wir die dreißig Meter zurück zur Herberge gegangen sind, sehen wir im Innenhof noch eine illustre Runde von zwanzig Pilgern sitzen. Auch diese Pilgerkollegen nutzen offensichtlich die laue Sommernacht, um bei Wein und Speisen tiefgreifende Gespräche zu führen. Nico ist sofort und spontan entschlossen, noch eine Flasche Rotwein aus dem Restaurant der Nachbarschaft zu holen. Es ist eine sehr gesellige Gesellschaft, zu der wir uns ungefragt dazusetzen. Alle plauschen in dieser Runde durcheinander. Der Camino-Spirit scheint seine Leute zu öffnen, um mit eigentlich fremden Menschen tiefgreifende wie persönliche Gespräche zu führen. Auch Nico ist für mich nahezu eine unbekannte Person, aber ich halte mit ihm einen Plausch in aller Offenheit und Ehrlichkeit, als wären wir beste Freunde. Ich bin mir sicher, dass ich mit ihm sogar noch freier und vertrauter rede als mit den meisten Bekannten aus meinem engsten Umfeld. Dieses Phänomen macht sich bei fast jedem Pilger breit. Es ist wie ein Prozess, den wir miteinander durchlaufen und heute sind wir an einem Punkt angekommen, der uns über alles, was uns grämt und beschäftigt unbelastet sprechen lässt.

Es ist 22.00 Uhr als durch den Torbogen Joanna aus Irland oder auch „Cracker" genannt in die Herberge tritt. Auch sie begrüßt mich wie jemanden, den sie zehn Jahre schon nicht mehr gesehen hat. Es ist ein großes, überschwängliches „Hallo", und sie umarmt mich und gibt mir sanft links und rechts einen liebevollen Kuss auf die Wange. Nico ist der Meinung, ich muss ihr zumindest einmal das Leben gerettet haben, das lässt eindeutig die Begrüßung vermuten. Die finde selbst ich ungewöhnlich, denn ich habe mit ihr bislang kein direktes Wort gewechselt. Wir saßen lediglich in der anderen Herberge, die ebenfalls Santa Maria heißt, zusammen an einem Tisch. So wenig reicht hier auf dem Jakobsweg aus, um sich so herzlich zu begrüßen. Der Camino-Spirit hat uns alle verändert. Jetzt erzählt sie auch Nico, dass in Irland blonde Frauen, die eine sehr weiße Haut besitzen, den Spitznamen „Cracker" bekommen. Sie hat sich an diesen Abend selber mit ihm bezeichnet „And I am a Cracker." Es muss wohl etwas sehr Wichtiges für sie bedeuten, einer zu sein!

Es gibt aber noch eine Sache, die mich an ihr überrascht, denn mir ist in Erinnerung geblieben, dass sie in der anderen Santa-Maria-Herberge erzählte, dass sie von Fußpilgern auf Fahrradpilgern umgestiegen ist. Was mich daran wundert? Wir sitzen nach zwei Tagen, an denen sie mit dem Fahrrad pilgert, in der gleichen Übernachtungsstätte. Sie müsste eigentlich schon viel weiter gekommen sein. Sie setzt sich zu uns und trinkt mit uns ein Glas Rotwein. Die Herbergsleitung sitzt genauso mit in der illustren Runde und genehmigt sich ebenfalls ein Glas Wein. Sie ruft an diesem Abend erst gegen 22.45 Uhr zur Nachtruhe auf. Nun gehen alle zu Bett.

Doch jetzt wird noch ein Spiel gespielt. Es heißt: finde dein Gepäck. In dem Gebäude ist bei den Doppelbetten so wenig Platz, dass die Rucksäcke in Zweierreihen übereinander, in Reih und Glied stehen. Und bei weit über einhundert Pilgern kommt da schon eine extrem lange Reihe zusammen und jetzt in der Dunkelheit den eigenen zu finden, das ist so gut wie aussichtslos.

18. Tag: Die Vergangenheit holt mich ein!

Hey wow, ich werde um 6.39 Uhr wach und bin überraschenderweise nicht der Letzte im Raum. Es sind sicher noch an die dreißig Personen in den Zimmern und das habe ich so überhaupt noch nicht erlebt. Als ich mit einigen ins Gespräch komme und meine Verwunderung darüber ausdrücke, bekomme ich die Erklärung auf dem Fuße. Viele von den Pilgern, die jetzt noch in den Räumlichkeiten unterwegs sind, wollen noch einen zweiten Tag in Leon verweilen. Da selbst hier in der Stadt, um diese frühe Uhrzeit, die Möglichkeiten des Aufenthaltes als eher gering zu bezeichnen sind, bleiben die Pilger bis 8.00 Uhr in der Unterkunft, um danach eine Frühstücksbar zu finden. Manche verfolgen auch die verwegene Strategie, um 8.00 Uhr das Gebäude zu verlassen, damit sie später ab 13.00 Uhr wieder in der gleichen Herbergsunterkunft einchecken können.

Die Herbergsregeln sagen zwar, dass jeder Gast nur eine einzige Nacht in der Übernachtungsstätte verbringen darf, doch wer will das schon bei einer so großen Herberge kontrollieren? Auch ich wollte eigentlich einen zweiten Tag in Leon bleiben, jedoch Nico, der heute weiterpilgern möchte, hat mich im Gespräch überzeugt, das Gleiche zu tun. Irgendwie habe ich davor Angst, in Leon Party zu machen, zu viel Alkohol zu trinken, damit definitiv zu viel Geld auszugeben und mein Budget unangemessen wie unnötig zu belasten. Es ist für mich sehr ungewohnt, denn sonst war ich stets der Erste, der Party feiern wollte. Aber eine Stimme, die immer lauter wird, sagt mir die ganze Zeit, es passt nicht zu einer Pilgerreise. Außerdem habe ich gehofft, Cristian hier in Leon anzutreffen. Doch er hat sich auf meine

WhatsApp-Anfrage hin nicht mehr gemeldet. Da Cristian zügiger als ich unterwegs ist, gehe ich davon aus, dass er schon wieder fort ist, was ich aufrichtig bedaure. Denn ich hätte ihn noch sehr gerne gesehen. Da ich gestern Abend nur kaltes Wasser erwischt habe, versuche ich heute Morgen noch einmal mein Glück. Jawohl, es ist warm, und ich kann mir sofort eine ausgiebige Dusche gönnen. Sofort bemerke ich, dass ich vom Wein einen kleinen Brummschädel habe und sage leise zu mir: „Ich kann aber auch wirklich gar nichts mehr ab." Nun packe ich in aller Ruhe den Rucksack und verwerfe endgültig den Gedanken, einen zweiten Tag in Leon zu bleiben. So werde ich heute weiterpilgern, obwohl ich für meine muffige Wäsche gerne einen gründlichen Waschtag eingelegt hätte.

Vor Aufbruch setze ich mich in den Torbogen der Herberge und schaue mir den Reiseführer an. So richtig Lust zu marschieren kommt bei mir nicht auf. Auch das gibt es manchmal im Pilgeralltag. Es ereilt jeden von uns der Tag, da hast du als Pilger einfach keinen Bock weiterzugehen. Und genau so einen Tag habe ich heute. Nun habe ich Zweifel und laufe echt mit dem Gedanken schwanger, die Etappe ausfallen zu lassen und blauzumachen. Aber da ich bereits alles zur Abreise fertig gepackt, verstaut und auch schon startklar habe, verwerfe ich diesen Gedanken erneut. Für die bevorstehende Wanderung bin ich sehr leicht bekleidet, sodass mir schnell kalt wird, wenn ich nicht laufe. Leicht frierend plane ich nur eine kleine Etappe und lasse mich von der Kondition und meinen Füßen leiten, denn wie weit ich heute wirklich zu wandern vermag, kann ich genauso gut später entscheiden.

Ich bin schon fast dabei aufzustehen und loszumarschieren, da kommt Nico von der Seitenstraße durch den Torbogen herein. Er setzt sich neben mich und plappert direkt drauf los. Er sagt: „Ich bin schon fünfhundert Meter gegangen und konnte keine offene Bar finden, in der ich einen Kaffee zu trinken bekam. Mein Körper will heute einfach nicht pilgern. Ich glaube, ich mache jetzt doch einen Tag blau." Genauso ungefragt kontere ich: „Ach, das ist ja witzig! Noch gestern beabsichtigte ich in Leon zu verweilen, einen Ruhetag einzulegen, Schmutzwäsche zu waschen, den Ort zu erkunden und du wolltest weitergehen. Dir sagte nach eigenen Aussagen die Stadt nicht so recht zu und du wolltest unbedingt Strecke machen. Nach gestern Abend habe ich meinen inneren Schweinehund im anstrengenden Kampf überwunden, damit festgelegt weiterzugehen, und nun hast du ebenfalls dein Meinungsbild geändert und dich dazu durchgerungen, einen Tag vor Ort zu bleiben. Vielleicht haben wir uns unterbewusst gegenseitig beeinflusst, sodass wir beide unsere Meinungen ins Gegenteil veränderten und uns auf den anderen eingestellt haben?" An diesem Punkt kommt es dann doch durch, dass wir uns eben nicht so gut kennen, denn ansonsten hätte Nico bestimmt gesagt: „Ey Lars, dann bleibe doch heute auch in Leon. Wir verbringen einen schönen Tag und gehen am Abend ein weiteres Mal, einen Wein trinken." Aber die Idee kommt weder von ihm, noch erschallt sie in diesen Augenblick von mir. Wir haben so tiefgreifende, persönliche Gespräche geführt, dass ich der Meinung bin, mit Nico alles besprechen zu können. Jedoch so etwas Einfaches dem anderen zu sagen oder zu fragen, traut sich keiner von uns. Und so starte ich den Camino und Nico bleibt einen weiteren Tag in Leon.

Auf dem Jakobsweg kann man nie wissen, ob es eine zweite Chance gibt oder ob man sich überhaupt noch einmal wiedersieht. Besonders wenn Nico einen Tag aussetzt, ist es eher unwahrscheinlich wie fraglich, ob er mich einholen wird. Wir haben so eine persönliche Begegnung mit so intimen Themen und jetzt und hier gehen wir auseinander und sehen uns im Leben eventuell nie mehr wieder. Das Ganze sogar, ohne uns Lebewohl zu wünschen. So ist es mir mit Dave, Songnee, Hendrik, Nadine und vielen anderen gegangen. Man muss auf dem Jakobsweg immer in Erwägung ziehen, einen Pilger nicht mehr wiederzusehen. Doch auch das macht den Camino-Spirit aus. Besonders bedaure ich es bei Cristian, ihm habe ich noch nicht einmal seine Wanderschuhe zurückgeben können, und da er von Leon aus wieder nach Hause fliegen wird, ist es ausgeschlossen, ihn erneut zu treffen. Doch wir haben wenigstens für Daheim unsere Telefonnummern ausgetauscht. Die Pilgerzeit mit ihm war für mich eine sehr intensive Zeit.

Als ich jetzt so für mich losgehe, erwacht die Stadt langsam zum Leben und ich treffe auf viele einheimische Passanten. Sie kommen mir entgegen, kreuzen meinen Weg, andere wiederum gehen ein Stück vor mir her. Dabei fällt mir auf, was mir schon am gestrigen Abend unbewusst aufgefallen ist. Hier in Leon laufen die bis jetzt attraktivsten Menschen herum. Männer wie Frauen haben einen ausgesprochen geschmackvollen Kleidungsstil. Insbesondere gelingt es hier den weiblichen Einwohnern, ihre Körperfigur perfekt zu betonen. Alle einheimischen Mädels, egal in welchem Lebensalter, haben hier augenscheinlich eine gute Figur und ihre Kleidung betont dabei besonders die fraulichen Rundungen, die uns Männern so gut gefallen wollen. Auch ältere Damen sind auffällig modebewusst angezogen, betonen jedoch weniger ihre Kurven. Diesen schicken Modestyle erwartete ich in Paris. Dort bin ich aber sehr enttäuscht worden, denn die dortige

Damenwelt schien nur grau und schwarz als Modefarbe zu akzeptieren. Die Damen aus Leon haben aber etwas Extravagantes, sie haben Rasse, Klasse und einen treffsicheren Geschmack. Hierher werde ich bestimmt in ferner Zukunft noch einmal eine Städtetour machen, denn für mich laufen die schönsten Frauen Spaniens in dieser Stadt herum, und das ist ja wohl Grund genug.

Als ich mittlerweile auf einer Ausfallstraße von Leon angekommen bin, sehe ich einen Altkleidercontainer. Beim Vorbeigehen bleibe ich unvermittelt stehen. Mir wird augenblicklich bewusst, ich werde Cristian seine Wanderschuhe nicht zurückgeben können. Da ich die eigenen seit der Zeit, als er sie mir überließ, außen am Rucksack als Ballast hängen habe, entscheide ich mich, meine nahezu ungetragenen Wanderschuhe mit der Hundepfote in den Altkleidercontainer zu werfen. Genauso schmeiße ich auch noch eine lange, warme Jogginghose von TAO schweren Herzens in den Container, denn die trug ich nur in der allerersten Nacht in Saint-Jean-Pied-de-Port, als ich Angst hatte, ich müsse erfrieren. Das zweite Basecap pfeffere ich ebenfalls hinein. Schließlich trage ich die Sachen jetzt ganze achtzehn Tage mit mir herum, ohne sie zu nutzen. So werde ich mindestens einen Ballast von 600 bis 800 Gramm los. Doch so doof und unglaublich das auch klingen mag, aber die fehlende Gewichtsmasse bemerke ich schon, als ich den Rucksack wieder aufsetze. In meinem Kopfkino bekommt jemand Bedürftiges die fast neuen, nur wenig getragenen Wanderschuhe, die derjenige bestimmt gut gebrauchen kann. Direkt beim Hineinwerfen bekomme ich das beruhigende Gefühl, eine gute Tat vollbracht zu haben. Als ich so vielbeschäftigt am Altkleidercontainer den Rucksack nach Klamotten, die ich nicht mehr verwenden kann, durchforste, kommt die Familie aus Finnland an mir vorbei und bleibt stehen. Wir begrüßen uns herzlichst und sie erzählen mir, dass sie heute mit dreiundzwanzig Kilometern ihre längste Tour geplant haben. Ich würdige das Ganze mit einem langanhaltenden: „Wow, ... Respekt", dabei mache ich noch als Zeichen den Daumen hoch. Ich sehe bei allen Dreien ein ausgesprochenes Leuchten in ihren Augen, aber auch, wie stolz sie auf sich sind. Besonders erkenne ich es beim Sohn im Teenageralter. Leider erfragt der Vater, wie viele Kilometer ich denn heute wandere und welchen Ort ich am Ende anpeile. Ich nenne den Ort, irgendwas mit Hospital de ... soundso. Er fragt aber noch einmal konkretisierend nach, wie groß die Distanz bis zu dem Ort sei? Ich denke nicht lange nach und plappere unüberlegt, dass es so sechsunddreißig Kilometer sein müssen. Wie auf den Ausschalter gekommen, erlischt ihr Leuchten in den Augen und ich ärgere mich über mich selbst. Ich schwöre mir hoch und heilig, in so einer Situation nie wieder die wahren Angaben zu machen. Denn es ist in den ersten fünf Tagen einer Wanderung eine ausgesprochen gute Leistung, dreiundzwanzig Kilometer bei 30°C im Schatten zu marschieren. Auch diese Familie werde ich wohl nicht mehr wiedersehen, also verabschiede ich sie besonders herzlich und sie laufen weiter.

Obschon ich heute Morgen nicht die geringste Lust zum Wandern hatte, stecke ich voller Power und könnte mal wieder Bäume ausreißen. Nun setze ich den Rucksack auf und erfreue mich an dem ungewohnt leichten Gewicht. Er dürfte jetzt keine vierzehn Kilo mehr wiegen. Stadtauswärts geht es erneut steil bergauf, doch ich zische wie die Comicfigur „Speedy Gonzales" an der vorausgegangenen finnischen Familie vorbei.

Heute ist mein Tag! Die Sonne ist bereits um 8.00 Uhr kräftig genug, um schon mit warmen Strahlen zu verwöhnen. Ich marschiere wie in Trance und mir fällt das Wandern so leicht wie selten zuvor. Schon seit mehreren Tagen habe ich mir keine neue Blase gelaufen, was sich bestimmt auch positiv auf das Tempo auswirkt. An den schlimmsten Pilgertagen sind im Schnitt vier bis sechs Druckblasen hinzugekommen. Ich glaube, die Füße fangen an zu heilen. Was bleibt, ist der Druckschmerz. Nach eineinhalb Stunden komme ich passend zur Frühstückspausenzeit bei einer Bar an. In ihr bekomme ich ein riesigen Pott Café con Leche und ein köstliches Schoko Napolitain. Bevor ich weitergehe, kaufe ich mir im Supermarkt nebenan noch eine Cola, eine Birne und eine große Flasche Wasser für unterwegs. Zack, der Lars ist wieder happy. So einfach ist es, mich auf dem Jakobsweg glücklich zu machen.

Die Strecke selbst ist heute nicht so attraktiv, doch dafür geht es weite Teile über Asphalt, was meinen Füßen sehr entgegenkommt. Darum gehe ich diesen Tag mit dem MP-4-Player und höre „Audioslave", was das Gehtempo noch einmal beschleunigt. Der Song „The Last Remaining Light", so kraftspendend nach Sinn suchend, aber auch mit sanft präsentierter Stimme von Chris Cornell, die sich am Ende des Stückes ins Nichts verliert. Dabei begleitet von einer sehnsüchtig schmachtenden Schlussgitarre. Einfach geil!

Davon gut unterhalten, laufe ich diesen Tag sehr viel alleine in Einsamkeit, was mir jedoch prima gefällt. Da kann ich gut über Gott und die Welt nachdenken. Manchmal überfällt mich ein Angstgefühl und ich stelle mir die besorgte Angstfrage, was ich wohl mache, wenn ich zurück zu Hause bin? Aber die Antwort sowie die Frage verbanne ich dann schnell aus meinem Kopf.

Lieber denke ich day by day, denn ich habe mir vorgenommen mehr im Hier und im Jetzt zu verbringen. Da ist es eben ab und zu notwendig, eine gewisse Gedankenhygiene zu betreiben und schmutzige Gedanken wegzuwischen. Denn heute ist mein Tag und ich denke nur über das Jetzt und Heute nach, für das Morgen, mit den Sorgen von Morgen, werde ich Morgen noch genug Zeit haben nachzudenken. Jedoch heute verschwende ich sie damit nicht.

Als ich kurz vor den Toren meines Zielortes stehe, empfängt mich der unglaubliche Anblick einer unendlich langen mittelalterlichen Brücke. Die ist echt der Wahnsinn! Muss mal ein wichtiger Ort gewesen sein mit so einer Wahnsinnsbrücke. Ich überquere sie stolz mit erhobenem Haupt, wie ein edler Ritter zu seiner Zeit, weil ich nach sechsunddreißig Kilometern am Ziel angelangt bin.

Die Herberge liegt nur zweihundert Meter von der Brücke entfernt, und ist für diese Nacht nur zur Hälfte ausgebucht. Das passiert mir jetzt häufiger, denn wenn ich weiter als die normal empfohlenen Tagesetappen gehe, komme ich ohne den Pulk von Pilgern in andere Orte, die weniger angesteuert sind. Dieser Ort ist eben kein typisches Etappenziel. Nach der Abendwäsche nehme ich mir endlich die Zeit, um die muffige Kleidung sorgfältig zu waschen. So frisch geduscht und die Kleidungsstücke zum Trocknen aufgehängt, lege ich mich aufs Bett und ruhe aus. Heute tun mir mal zur Abwechslung die Fersen besonders weh und sie hören damit auch nach einer Stunde Ruhezeit nicht auf.

Dazu fällt mir nur eine Lösung ein. Ich stehe auf und spaziere zum Supermarkt am Ortseingang. Dort kaufe ich mir Nudeln, die grüne Lieblings-Pesto von Barilla, eine weiße Schokolade und ein Sechserpack Bier.

Mit dem Sixpack werde ich mich und meine schmerzenden Fersen einfach betäuben. So setze ich mich frohen Mutes auf eine Parkbank an der Kirche und öffne das Bier. Die erste Dose genehmige ich mir in typischer Lars-Manier und trinke es mit meinem Riesendurst wieder auf ex leer.

Während ich so auf der Parkbank sitze und das zweite Bier leere, empfinde ich aus heiterem Himmel Heimweh. Aber nicht solchen nach meinem Zuhause, wo Swetlana auf mich wartet, nein, ganz unerwartet bekomme ich Sehnsucht nach meiner früheren Ehefrau, die ich jetzt genau in diesen Moment extrem vermisse. Ich habe, wie so viele Männer, einen entscheidenden Fehler gemacht. Eben jenen, meine damalige Partnerin zur Mutter meiner Kinder, zum besten Freund, zur Geliebten, zur Gespielin im Bett, zur wichtigsten Person im Lebensabschnitt, zum Ruhepol, Fels in der Brandung und das Zusammenleben mit ihr, zum Sinnbild meines eigenen Lebens zu machen. Ich war felsenfest davon überzeugt mit ihr steinalt zu werden und bis zum Tod zusammen zu bleiben. - Ich Narr! - Tja, das Dilemma ist, dass ich mit dieser einen Frau gleich all das oben Genannte verloren habe. Heute würde ich es schlauerweise auf mehrere Personen verteilen. Doch jetzt sitze ich hier auf der Parkbank in Hospital de ... soundso und mir kullern die Tränen. Da ich hier ganz alleine an der Straße hocke, fange ich an hemmungslos zu weinen. Das kapiere ich gerade selber nicht, denn wie kann man seit nun mehr als drei Jahren getrennt sein und die Exfrau so vermissen, dass man heult wie ein Schlosshund? Mir ist das ein wenig peinlich und ich höre im Geiste meine Mutter in der Ferne sagen: „Aber Lars, irgendwann muss doch auch mal Schluss sein ... mit dem Trennungsschmerz." Wenn sie damit recht haben sollte, wäre es schön, wenn es bei mir bald soweit ist. Ich wäre jetzt zum Beispiel spontan dazu bereit.

Mir kommt da gerade eine gute Idee. Heute werde ich beginnen, ein befreiendes Gebet zu verfassen und den Trennungsschmerz an den Stein aus der Heimat binden, dafür ist er doch zweckgebunden da. So brachte ich ihn von zu Hause an der Elbe mit, um ihn am Cruz de Ferro mit dem Scheiß und all dem Ballast, den ich loswerden möchte, zurückzulassen. So einfach soll es doch schließlich hier auf dem Jakobsweg gehen. Dazu werde ich mir aber noch ein Gebet ausdenken, welches ich am Cruz de Ferro stehend, laut verlese. Denn nur einen kleinen Kieselstein auf einen großen Haufen von Steinen zu werfen, erscheint mir als absolut unangemessen für so eine wichtige Angelegenheit. Für das Gebet habe ich so in etwa noch zwei Tage Zeit, so lange wird es wohl noch dauern, bis ich oben am Cruz de Ferro angekommen bin. Es ist der zweithöchste Punkt der gesamten Pilgerroute.

Zum Abendbrot koche ich mir dann die 500 Gramm Nudeln mit der Pesto-Soße. Endlich wieder sattessen, aber so sehr ich auch presse, es bleibt eine Riesenportion übrig. Ich werde den Rest einfach als Spätmahlzeit zu mir nehmen.

In der kompletten Herberge hängen unzählige Gemälde von ehemaligen Gästen, die sie während ihres Aufenthaltes hier gemalt haben. Da sind echte Meisterwerke dabei, die mir sehr gefallen. Viele von den Bildern können unmöglich an einem Tag gefertigt sein. Eines ist so aufwendig und künstlerisch virtuos interpretiert, dass mich der Verdacht beschleicht, der Künstler hat hier überwintert. Jeder Pilger darf hier, wenn er möchte, ein Bild malen. Ich setze mich in den gemütlichen Aufenthaltsraum und schnappe mir das

Gästebuch und durchstöbere es nach deutschen Zeilen. Dabei stoße ich auf einen Satz von Jupp aus Bonn: *„Ich war und bin auf der Suche nach mir. Mal schauen, was der Weg noch so bereitet."* Da haben Jupp und ich viel gemeinsam. Es ist schon erstaunlich, wie viele Menschen auf der Suche nach sich selbst sind! Als ich abends ins Bett gehe, bin ich weiterhin sehr melancholisch und den Tränen nahe. Ich muss noch immer, auch wenn es vorbei ist, über mein früheres Leben nachdenken.

Mitten in der Nacht werde ich von hell aufleuchtenden Lichtern geweckt. Sofort denke ich: Muss mich dieser Idiot mit seiner Stirntaschenlampe anleuchten und damit wecken? Aber als ich aufblicke, um den Dämlack mit der Taschenlampe wenigstens strafend anzusehen, liegen alle anderen seelenruhig in ihren Betten und schlafen. Ich wollte mich ebenfalls wieder gemütlich hinlegen, als kurze Zeit später ein Grollen zu hören ist und ich weiß, es handelt sich um ein Gewittergrollen. Wie ein Geistesblitz fällt mir in diesem Augenblick erschreckend ein: Gewitter? Scheiße! Regen? Meine Wäsche! Sie hängt noch draußen. Die habe ich schließlich zum Trocknen auf der Wäscheleine gelassen, doch das mit dem Trockenwerden wird jetzt bei diesem Gewitterguss wohl nichts mehr! Da nun eh alle Aktivitäten zu spät erscheinen, weil die Wäsche nun sowieso nass ist, und der Weg nach draußen ein weiter ist, lege ich mich meinem Schicksal ergeben, einfach wieder hin. Aber kurze Zeit später werde ich erneut geweckt. Dieses Mal ist es wirklich ein Pilger, der mitten in der Nacht aufbrechen will. Es gewittert draußen immer noch! Also muss es sich wiederum um einen Irren handeln, denn wer bricht inmitten der Dunkelheit, gegen 5.00 Uhr, direkt in einem tobenden Unwetter auf und geht auf Pilgerreise?

Es existieren schon echt verrückte Pilger, doch er soll in dieser Nacht der Einzige bleiben.

19. Tag: Meine Wanderschuhe laufen über!

Ich schlafe für meine Verhältnisse ungewöhnlich lange und wache erst weit nach 7.00 Uhr auf. Der übliche Blick in die Runde beruhigt mich, es liegen weitere Leute im Bett oder sind noch nicht aufgebrochen. Draußen regnet es weiterhin, sodass ich mir ausgiebig Zeit nehme. Beim entschleunigten Fertigmachen hoffe und wünsche ich innerlich, der Regen mögen um 8.00 Uhr aufhören, wenn ich die Herberge verlassen muss. Gestiefelt und gespornt sitze ich im Vorraum und warte genau bis 8.00 Uhr ab. Aber aus der Wunschvorstellung wird nichts, es regnet immer noch! Nun ziehe ich den Spezial-Regen-Poncho aus dem untersten Staufach und werfe ihn mir galant über. Da im Vorraum weitere Pilger ihre Regenponchos überziehen, helfen die sich gegenseitig dabei. Es ist auch bei aller Übung ein schwieriges Unterfangen, den Regenponcho über den Rucksack zu bekommen. Doch genau dafür habe ich dies bei mir im Wohnzimmer bis zum Umfallen geübt.

Wie beschrieben, nehme ich den Poncho und schmeiße ihn mir in einem hohen Bogen über. Der Winkel, in dem ich ihn schwinge, ist perfekt gewählt, so gelingt es mir schon beim ersten Versuch. Der Regenponcho sitzt vorzüglich, ohne dass mir ein jemand dabei helfen muss. Mit Stolz geschwollener Brust, wie ich auf diese erstmalig gelungene Leistung dastehe, habe ich einen wenig mit Applaus oder Bravobekundungen der anderen gerechnet. Vergebens! Jedoch die Wanderkollegen mühen sich ziemlich damit ab. Ich sehe mit meinem riesigen Spezial-Regen-Poncho in XXL-Format wie der leibhaftige, aufgeblasene Michelin-Mann aus. Nur nicht in der Farbe weiß, sondern in signalgelb.

Wenn ich so bekleidet neben einer Landstraße hergehe, werden die Autofahrer, die sich mir von hinten nähern, bestimmt denken, ich sei ein fetter Lastwagen, so breit bin ich mit dem Ding. Als ich endlich mit allem fertig bin, hat der Niederschlag soweit aufgehört, dass ich auch ohne Regenponcho losgehen könnte. Man muss bedenken, die Regenkleidung ist wasserdicht und das leider in beide Richtungen. Will damit sagen, dass, wenn es nicht regnet und ich ins Schwitzen komme, der Schweiß ebenfalls im Inneren gefangen bleibt. Man schwitzt durch ihn sogar noch mehr. Hier wünschte ich, es gäbe einen Goretex-Poncho, der die Feuchtigkeit nach draußen verschwinden, aber keinen einzigen Tropfen von außen ins Innere dringen lässt.

Mir fällt das Gehen extrem schwer und das Scheißwetter macht es mir gefühlt noch anstrengender. Als ich heute Morgen aufgewacht bin, hätte ich mir am liebsten den Schlafsack über meinen Kopf gezogen und auch am liebsten einen Bettgammel-Tag eingelegt. Ja genau, das wäre heute das Richtige gewesen. Aber so ein Gammel- oder Ruhetag, den man im Bett verbringen möchte, will im Voraus geplant sein und ist spontan kaum umsetzbar. In einer Herberge ist es sowieso ausgeschlossen, denn dort darf man nur einen Tag verweilen. Dazu muss man sich mindestens für zwei Nächte in einem Hotel oder einer Pension einbuchen. An manchen Pilgertagen habe ich einfach keine Lust zu gehen, und dieses ist schon wieder so ein Tag. Heute habe ich, und das mag am regnerischen Wetter liegen, wirklich null Bock zu marschieren. Also sehe ich für mich den heutigen Tag auch als eine gewisse Läuterung. Mir kommt jedes Mal der Song von Nine Inch Nails „Every Day is Exaktly the Same" in den Sinn, wenn ich erneut keine Lust empfinde weiterzugehen.

Ich marschiere jetzt schon über eine Stunde und die Lust zum Gehen lässt weiterhin auf sich warten. An vielen Tagen, an denen ich fehlende Freude zum Wandern empfand, kam sie häufig später doch noch zu mir. Als Teenager habe ich immer eine Angewohnheit gehabt: Meistens, wenn ich etwas unter Zwang erledigen sollte, wie zum Beispiel im Haushalt helfen oder Rasenmähen und ich dazu keinen Bock hatte, sagte ich zu mir: „Du musst es ja sowieso tun, also kannst du es schließlich genauso gut gerne tun."

Nun führe dir einfach einmal plastisch vor Augen! Meine Familie besteht aus vier Schwestern und vier Brüdern. Wenn dann unsere Mutter zu mir sagte, ich solle den Rasen mähen, wären für diese Aufgabe genauso ein Haufen der Geschwister in Frage gekommen. Sie teilte jedoch nur mich dafür ein. Ist doch klar, dass ich als Teenager dann keinen Bock dazu hatte. Die anderen könnten schließlich ebenfalls den Rasen mähen. Aber Mutter hat immer nur mich für diesen Job eingeteilt. Ich habe schnell gemerkt, wenn ich den Rasen mit Ärger im Bauch mähte, fiel es mir schwer und es dauerte eine gefühlte Ewigkeit. Und eines Tages dachte ich genau jenen Satz: „Lars, wenn du sowieso diese Arbeit erledigen musst, dann kannst du sie doch genauso gut mit Freude statt mit Ärger im Bauch zu Ende bringen." Dazu überlegte ich mir eine funktionierende wie simple Strategie. Als Teenager beeindruckten mich schon immer große John Deere-Landmaschinen, wie zum Beispiel Erntemaschinen. Also habe ich mich bereits damals meines Kopfkinos bedient und vor dem geistigen Auge dann keinen Rasen gemäht, sondern ich saß auf einem riesigen Mähdrescher und erntete das Feld. Wenn der Rasenfangkorb gefüllt war, entleerte ich vor dem geistigen Auge diesen ebenfalls wie echte

Mähmaschinen in einem imaginär bereitstehenden Trecker mit Anhänger und nicht in einer profanen Schubkarre. So machte mir die Arbeit des Rasenmähens irgendwann so viel Spaß, dass es mir besonders leicht von der Hand ging. Nach einer Zeit erledigte ich es so gut und zur Zufriedenheit meiner Mutter, dass sie nur noch mich zum Mähen des Rasens einteilte. So bekam ich dafür später als Belohnung sogar Geld. Viele Jahre danach habe ich sie gefragt, warum sie nur mich zur Arbeit im Garten herangezogen hat und nie einen der zahlreich möglichen Geschwister. Sie konnte sich nur noch daran erinnern, dass ich der Einzige gewesen bin, der bei dieser Gartenarbeit Spaß hatte. Also hat sie nur mich dafür ausgewählt.

Doch am heutigen Tag will mir diese Strategie einfach beim Gehen nicht gelingen. Ich habe immer noch keinen Bock zum Laufen. Das Wetter scheint sich jetzt an dem signalgelben Regenponcho zu erfreuen, denn es schüttet nun ganz ordentlich von oben. Nach nur zwanzig Minuten ist der extremste Schauer aber schon wieder vorüber.

In der Ferne erblicke ich Hinkebein. Ich erkenne ihn nicht nur am Gang, sondern auch an der Kleidung und dem Rucksack. Er ist zwar durch seine Behinderung langsamer als ich, aber er kommt immer genauso weit. Er freut sich ebenfalls wie ich, wenn wir uns sehen. Obwohl es mittlerweile fast täglich ist, fällt die Begrüßung jedes Mal sehr herzlich aus. Wir quatschen ein wenig miteinander. Natürlich beschwere ich mich über das Wetter und erzähle auch von der Unlust zum Wandern. Und der Typ sagt mir doch glatt, er gehe recht gerne im Regen, viel lieber als im heißen Sonnenschein. Für mich unglaublich, da ist mir Sonne und Hitze alle Male willkommener. Ich verabschiede mich wie gewohnt von ihm und will in meinem Tempo weitergehen, da ruft er hinter mir her: „God bless you, Lars." Das berührt sofort empfindlich mein Herz und ich bin den Tränen nahe.

Wir sind uns jetzt so viele Male begegnet, doch er hat es nie zuvor zu mir gesagt. Das hat das ganze Leben so noch niemand zu mir geäußert. Ich überlege seine Beweggründe, warum er es ausgerechnet heute hinter mir hergerufen hat. Es war an der Begegnung nichts anders oder besonders als an all den anderen Tagen zuvor. Ich treffe ihn bis Santiago de Compostela noch mindestens jeden Tag einmal und er hat es auch nie wieder zu mir gesagt. Was hat Hinkebein wohl dazu gebracht, es genau heute zu mir zu sagen? Was waren seine Beweggründe? Weshalb hat er es an diesem Tag ausgesprochen und niemals vorher? Warum sagt er es auch an den vielen kommenden Pilgertagen, an denen wir uns begegnen, nicht mehr zu mir? Ich nehme es hier schon einmal vorweg. Es wird nur ein Tag vergehen und ich soll es erfahren.

Es verstreicht keine halbe Stunde, da sehe ich vor mir schon den nächsten Ort, den ich durchqueren muss. Es ist Astorga. Dort werde ich mir erstmals ein Frühstück gönnen und als nun besonders notwendige Motivation einen Café con Leche spendieren. Ich stehe oben auf einer Anhöhe und es geht bergab herunter zum Ort. An meinem Standort steht ebenfalls ein Sänger mit einer Gitarre. Als er mich erblickt und ich mich ihm nähere, fängt er sofort an zu singen und trällert ein Begrüßungslied für mich als Pilger. Dabei bin ich hocherfreut, mit lieblichem Minnegesang von einer Stadt begrüßt zu werden. Nun fummle ich 50 Cent aus der Hosentasche und schmeiße sie in den Gitarrenkasten. Er bedankt sich höflich mit einer Verbeugung und einem „Gracias", dabei hört er direkt auf zu musizieren und stoppt abrupt sein Geträller. Persönlich hätte ich noch gerne weiterhin seinem Gesang gelauscht. In diesem Augenblick denke ich: „Hey, der Typ hat aber das Musikboxsystem überhaupt nicht verstanden." Bei einer Musikbox geht es schließlich so: Man wirft eine Münze hinein, wählt ein Lied und sie fängt an zu spielen. Der Typ hat aber aufgehört, als ich ihm einen Taler in den Kasten schmiss. Ich meine ja nur, so grausig war sein Gesang gar nicht, dass er das umgekehrte Musikboxsystem anwenden muss. Das geht nämlich so: Die Musik, die aus der Box ertönt, ist so schlecht, man will gleich ein Geldstück einwerfen, damit sie sofort aufhört, dieses schreckliche Musikstück zu spielen. Das habe ich schon oft erlebt, man möchte als Publikum gerne Geld dafür bezahlen, wenn doch endlich die grausige Musik gestoppt wird. Höchstwahrscheinlich kennt dieser Straßenmusikant das Konzept auch. Aber ich wiederhole mich, ich hätte gerne noch weiterhin seinem angenehmen Gesang zugehört.

Vor meinem geistigen Auge wäre ich weitergegangen und könnte dem Lobgesang über mich als Pilger nachlauschen. Ich habe mich gerade einmal dreihundert Meter vom Musikanten entfernt, da braust er wie ein Wilder mit dem Motorroller in einem hohen Tempo direkt an mir vorbei. Ich erkenne ihn, weil er jetzt den Gitarrenkasten wie einen Schulranzen auf dem Rücken geschnallt trägt. Wow! 50 Cent scheinen hier in der Gegend sehr viel Geld zu sein! Immerhin so viel, das du als Straßenmusikant nach der Einnahme von 50 Cent sofort alles zusammenpackst. Du machst direkt Feierabend, verlässt fluchtartig deine Arbeitsstelle, braust nach Hause zu Weib, Heim und Herd, um erst einmal gebührend diese tolle Tageseinnahme im Kreise deiner Familie zu feiern.

Drei Minuten später wurde ich aber über seine fluchtartige Heimfahrt aufgeklärt. Urplötzlich schüttet es wie aus Eimern vom Himmel. Es dauert nur wenige Sekunden, bis ich vom Oberschenkel abwärts klitschnass bin. Genau das scheint die Schwachstelle eines Spezial-Regen-Ponchos zu sein. Das wäre mir mit einer Regenhose nicht passiert, denke ich sofort dabei. Die habe ich jedoch in irgendeiner Stadt als Ballastabwurf zur Gewichtsreduzierung liegengelassen, denn ich war bis eben der Meinung, wenn es in Spanien regnet, dann tut es das nur in geringen Niederschlagsmengen. So schnell habe ich wieder etwas dazu gelernt. Mich hat bis vor diesem Regenguss zwar die ausgesprochen grüne wie saftige Landschaft gewundert, aber eben nur bis kurz davor. Mit einem Regenponcho verhält es sich so: Oben herum schützt er hervorragend vor Regen und er hält einen sehr trocken. Selbst mein Rucksack bleibt vollkommen vor Nässe verschont.

Aber ein Poncho hat leider auch die schon erwähnte Schwäche. Ein Regenponcho verhält sich vergleichsweise wie ein Berg. Die Regentropfen versammeln sich mit ihresgleichen, bilden sich dann zu Wasserläufen, weiter zu Sturzbächen, die sich von allen Seiten des Bergzuges ins Tal stürzen. Nur bei einem Spezial-Regen-Poncho gibt es kein Tal. Er hört einfach in Höhe des Oberschenkels auf. Und worauf stürzt sich das Wasser jetzt, wenn kein Tal da ist? Eben auf alles, was unterhalb der Oberschenkelhöhe vom Regencape ungeschützt ist und das eben auch mit voller Wucht. Die unbedeckten Beine sind in null Komma nichts durchnässt und aus dem Schuhwerk läuft das Wasser zu allen Seiten heraus. Meine Wanderschuhe laufen einfach über. Tja, mit Regenhose wäre das nicht passiert. Jetzt erschließt sich für mich auch der Sinn von Schutzgamaschen für die

Wanderhose. Denn die Gamaschen für solch eine Hose gehen bis über das Knie, etwa bis zur halben Höhe der Oberschenkel. Eine weiter wichtige Eigenschaft: Regengamaschen sind wasserdicht. Jetzt entwickelt sich aus diesem Platzregen ein klassisches Gewitter. Es schüttet so ungewöhnlich stark, wie ich es selten gesehen habe. Ich glaube, bei solch einem Regen verweilte ich noch nie in freier Natur. So ein Unwetter habe ich nur im Auto erlebt. Da konnte ich damals auf der Autobahn nur noch mit Warnblinker und null Sicht in Schrittgeschwindigkeit fahren, so stark hat es gewittert. Es steht jetzt so viel Wasser auf der Straße, dass aufschlagende Regentropfen eine regelrechte Gischt aufspritzen lassen. Der Niederschlag bildet nun auf der Fahrbahn eine einzige, flächendeckende, große Pfütze. Es gibt hier aber auch weit und breit nichts Geeignetes, wo ich mich unterstellen kann.

Also laufe ich mit Astorga vor Augen weiter. Als ich dem Ort näher komme, sehe ich einige klatschnasse Pilger, die sich unter wenig schützende Überdachungen gestellt haben. Ich fühle mich durch den Regenponcho obenherum gut vor eindringendem Wasser geschützt, bin aber von der Hüfte abwärts bis in die letzte Ritze durchnässt. Somit macht das Unterstellen bei mir keinen Sinn mehr, denn alles, was nass werden konnte, ist bereits nass. Das Vertrackte beim Stehenbleiben ist auch die Tatsache, dass mir nach nur kurzer Zeit sehr kalt wird. Deswegen marschiere ich weiter, denn, wie gesagt, das, was nass werden konnte, ist schon durchnässt und der Rest scheint dem sintflutartigen Regenfall standzuhalten.

So quatschnass durchquere ich einen Vorort oder vorgelagerte Straßenzüge von Astorga. Hier werde ich von regelrechten Sturzbächen, die die Straßen herunterschießen, begrüßt. Da meine Wanderschuhe eh schon von Regenwasser überlaufen, schreite ich einfach durch die reißenden Wassermassen hindurch. Ich denke so bei mir: „Hier zeigt sich auch das oben beschriebene Regenponchoproblem des sich nach unten zu Sturzbächen zusammenschließenden Regenfalls." Nun bleibe ich kurz stehen und schaue mich um: „Genau hier in etwa ist also der Oberschenkelbereich der Stadt." Es gibt noch einen zweiten Nachteil eines Regenponchos, den ich besonders bei diesem starken Regen zu spüren bekomme. So ein Regenponcho besteht komplett aus Kunststoff. Und so ein Starkregen mit seinen dicken, fetten Regentropfen hämmert mit einer unglaublichen Lautstärke auf meine Regenschutzkleidung ein. Und das verhält sich jetzt schon eine ganze Weile so und nervt mich langsam tierisch. Mein MP-4-Player warnt mich regelmäßig nach einer gewissen Zeit, in etwa nach einer halben Stunde des Musikhörens mit erhöhter Lautstärke. Er signalisiert es akustisch und auch mit einer Textmeldung: „langanhaltendes- lautes Musikhören kann zu dauerhafter Schädigung des Gehörs führen." Das, was ich seit länger als einer halben Stunde auf die Gehörgänge bekomme, ist einem martialisches Schlagzeugsolo in ohrenbetäubender Lautstärke ähnlich, zusätzlich verstärkt durch gigantische Marshall-Boxen. Am liebsten würde ich mir die Ohren zum Schutze zuhalten. Es ist sogar so dermaßen laut, ich fühle mich dadurch nicht nur extrem belästigt, sondern regelverstoßend gefährdet. Ja, ich muss befürchten, mein Gehör trägt dauerhaften Schaden davon. So genervt bin ich der Meinung, das Europaparlament sollte schleunigst europaweit einheitliche maximale dB-Werte für Spezial-Regen-Ponchos einführen. Die sind bei Starkregen echt zu laut und das wäre doch mal eine sinnvolle Aufgabe, um die sich das Europaparlament sorgen könnte.

Meine Vermutung: Die meisten Ponchos kommen bestimmt aus China und die Chinesen kümmern sich doch kein bisschen von alleine um die Einhaltung bestimmter maximaler Lautstärkegrenzen zum Schutze vor dauerhaften Schädigungen des Gehörs. Die Dinger sind echt zu laut und ich hoffe, dass sich meines Anliegens doch sehr bald ein EU-Kommissar annimmt. Hätte dieser Starkregen stundenlang angehalten, so wäre ich heute bestimmt taub. Man stelle sich nur vor, wie viele Menschen in Europa rumlaufen, die ihre Taubheit vielleicht einem zu lauten Regenponcho zu „verdanken" haben? Ich habe soweit Glück gehabt, denn mein Gehör funktioniert immer noch einwandfrei.

Als ich in Astorga ankomme, ist es erst 11.00 Uhr. Mein Weg steuert mich gleich am Anfang des Zentrums an einem Gebäckladen vorbei. Eigentlich handelt es sich um ein Café, das zusätzlich Gebäck verkauft. Nicht nur das, sondern auch jeden anderen Krimskrams, den man nicht braucht. Mir ist alles egal. Ich bestelle einen Café con Leche und ein mit Pudding gefülltes Brezel. Jetzt stelle ich den Rucksack in die Ecke und ziehe den Regenponcho aus. Dabei setze ich den halben Laden unter Wasser. Die Verkäuferin lässt sich mit ihrer stoischen Ruhe nicht aus dem Konzept bringen und wischt, nachdem sie mir das erwärmte Brezel an den Tisch gebracht hat, mit einem Wischer hinter mir her. Draußen regnet es weiterhin in Strömen. Also bestelle ich mir nochmal das Gleiche. Auch wenn ich alles bis zum letzten Krümel aufgegessen habe, es will einfach nicht aufhören zu regnen. Alleine die grausige Vorstellung, ich muss mir jetzt den nassen Regenponcho überziehen, nach draußen in die raue Welt steigen, lässt meine Laune tief in den Keller sinken. Obschon ich im geschützen Café sitze, ist mir immer noch arschkalt und ich bin auch genauso klatschnass wie beim Hereinkommen. Und in den Gesichtern der Pilger, die ebenfalls klitschnass an dem Café vorbeigehen, kann ich gleichfalls diese tief im Keller sitzende Laune erkennen. Ich fasse einen kühnen Entschluss. Für heute breche ich die Pilgerreise ab, bleibe hier im Ort und suche mir eine Herberge, die auch recht schnell gefunden ist.

Während ich das Gebäude betrete, müssen die Herbergsmitarbeiter anhand meines Gesichtsausdruckes rasch den miesen Gemütszustand erkannt haben, denn sie zeigen christliches Erbarmen mit mir und lassen mich vorzeitig mein Bett beziehen. So wie ich müssen sich eine Menge Pilger entschieden haben, weil die Herberge nur wenig später „kompletto full" ist. In dem Zwölfbettenzimmer kann ich sehr schnell erkennen, was passiert, wenn du keinen Spezial-Regen-Poncho dabei hast. Gut, diese Pilger werden kaum Probleme mit der Schädigung ihres Gehörs haben, aber die ganzen Sachen sind klatschnass. Jene beklagenswerten Pilgerkollegen versuchen ihre wasserdurchdrungenen Klamotten aufzuhängen, was alleine die begrenzte Enge des Raumes nicht zulässt. Obendrein steigt die Luftfeuchtigkeit in unserem Zimmer so schnell auf Tropenniveau an, dass eine Trocknung unmöglich erscheint. Ich zähle mich jetzt selber zu den überglücklichen Wanderanfängern, die unwissend auf das Richtige gesetzt haben. Auf einen Spezial-Regen-Poncho!

Obwohl ich heute nur schlappe fünfzehn Kilometer gegangen bin und schon seit mittags in meiner Koje liege, fühle ich mich total kaputt und nicke schon am frühen Nachmittag immerzu für einen Moment ein. Da ich jedoch so früh am Tage eine Menge Zeit habe, nehme ich mir zum Zubereiten des Mittagessens besonders viel davon. Mein Körper hat scheinbar einen hohen Bedarf an der Aufnahme von Salz. Denn egal, was ich esse, ich streue Unmengen an Salzwürze auf die Speisen. Gefühlt schütte ich einen halben Eimer davon über meine Mahlzeit und spüle das Ganze mit einem großen Schluck Bier herunter. Nun sitze ich urgemütlich mit einem französischen Pärchen in der Gemeinschaftsküche. Doch ich fühle mich durch die beiden belästigt. Die Zwei haben wohl noch nichts über die gute Küche des Landes und ihren weltberühmten Ruf der Nobel Cousine gehört, denn sie kochen irgendein stinkiges Dosenfutter. Dem Geruch nach muss es sich eindeutig um Katzenfutter handeln. Es könnte auch sein, dass hier jemand seinen heftigen Blähungen großzügig freien Lauf lässt und alles herauslässt, was in den Gedärmen so rumort. Im ganzen Küchenbereich liegen Fäulnisgeruch, ein unangenehmes Geruchsbild alter, vergammelter Fleischspeisen oder ewige Zeiten überlagerter Fischgerichte. Bin mir im Moment unsicher, vielleicht ist es alternativ auch Hundefutter.   Na dann, Bon Appetit!

Jetzt betritt Hinkebein den Raum. Es ist zwar nicht lange her, dass wir uns gesehen haben, doch ich genieße diese vertrauten Umarmungen mit seinen anschließenden Schulterklopfern zur Begrüßung ungemein. Hinkebein und ich unterhalten uns noch eine ganze Weile nett miteinander. Er meint später zu mir, er habe sich über seine Äußerung am Morgen selbst geärgert, weil er mir sagte, er würde bei Regen lieber wandern als bei strahlender Sonne. Seiner Auffassung nach hat er dann zu Strafe gleich die Hucke voll bekommen. Er möchte die Aussage vom Vormittag revidieren, er wandere deutlich lieber bei Sonnenschein.

20. Tag: "Mmh Lars, du bist also des Lebens müde?"

Kurz nach dem Aufwachen am frühen Morgen gilt mein erster Gedanke dem Wetter. Bitte lieber Gott, lass den Regen beendet sein! Nur mit einer Unterhose bekleidet gehe ich durchs Zimmer über den Flur der Herberge, die lange Treppe hinunter, vorbei am voll besetzten Aufenthaltsraum zum Haupteingang heraus auf den Gehweg, damit ich das Wetter checken kann. Die Passanten hier in den Gassen scheinen sich über gar nichts zu wundern, denn man würdigt mich hier, nur in Unterhose gekleidet auf der Straße stehend keines Blickes. Ich checke ab und resümiere: Alles trocken, kaum Wolken, blauer Himmel, Temperatur ist okay, scheint ein guter Tag zu werden.

Es ist absolut erschreckend, wie schnell die Schamgrenze auf dem Jakobsweg gen Nullpunkt sinkt. Wir Pilger sind schon so ein Volk für sich. In Magdeburg wäre ich niemals auf den Gedanken gekommen, nur in Unterhose gekleidet auf die Straße zu laufen, um das Wetter zu checken. Hier auf dem Jakobsweg ist einiges anders und auch das Sinken der Schamgrenze verbuche ich unter Camino-Spirit. Ist es nicht so, dass wir uns alle viel zu häufig Gedanken machen, was Mitmenschen von uns denken? Was halten bloß die Nachbarn von mir? Oh, das ist peinlich, was sollen bloß meine Arbeitskollegen von mir meinen? Herrje, wenn ich das umsetze, lachen mich alle aus. Wenn du jedoch immer darauf Acht gibst, was andere Menschen von dir denken, dann wirst du nie dein eigenes Leben führen. So etwas Philosophisches wird mir nur in Unterhose gekleidet auf der Straße in Astorga klar. Mir kommt noch Weiteres in den Sinn. Es verhält sich genauso umgekehrt. Wenn dir Handlungen peinlich sind, die andere Leute tun, zum Beispiel ein Bruder oder eine Schwester, ein Freund oder ein Bekannter, dann nehmen diese Dinge ebenfalls Einfluss auf dein Leben und auf dich samt deiner Einstellung. Eben dadurch, dass du diese Beeinflussung zulässt.

Ich sollte mich vielleicht häufiger zum klugen Denken, nur in Unterhose bekleidet, auf die Straße stellen!

Ich nehme mir wieder alle Zeit der Welt und mache mich in Ruhe fertig. Kurz bevor ich gehe, setze ich mich noch in die Gemeinschaftsküche und esse genüsslich zwei Schokopudding, die ich gestern nicht mehr geschafft habe. Ich schlemme sie eher wie eine Süßigkeit. Damit stellen sie eine Belohnung dar, bevor ich auch nur einen Schritt tätige.

Meine heutige Tour soll mich so nahe wie irgend möglich an das symbolträchtige Cruz de Ferro heranbringen. Es ist schlecht einzuschätzen, wie nahe es sein wird. Die Tagesverfassung bringt mich an einem Tag ganze zweiundvierzig Kilometer vorwärts und an anderen mache ich nach fünfzehn schlapp. Bis zum letzten Ort vor dem Cruz de Ferro sind es aber nur dreißig, also sollte es zu schaffen sein. Hinkebein ist schon lange vor mir losgegangen. Da ich heute viel Zeit habe, mache ich bereits am zweiten Ort, den ich durchquere, eine Kaffeepause. Ich belohne und motiviere mich ausgiebig mit einer Tasse Café con Leche. Es ist mir ein liebgewonnenes Ritual und ich erinnere mich an den ersten Gedanken, den ich hatte, als ich von Sebastian vom Jakobsweg hörte. Es ist tatsächlich ein Kaffeeweg. Denn nicht nur ich begehe es so, sondern jeder Pilger scheint sich mit einem Kaffee zu belohnen. Somit sind wir logischerweise alle auf dem „Jacobs-Kaffee-Weg" unterwegs und es ist von mir gar nicht so weit hergeholt.

Es erklärt auch die unzähligen Cafebars auf dem Jakobsweg. Jeder noch so kleine Ort besitzt mindestens eine Café-Bar und die ist zumeist voll besetzt mit Pilgern aus aller Welt. Ist also überhaupt nicht so abwegig mein erster Gedanke zum Jakobsweg. Es ist eben mein „Jacobs-Kaffee-Weg", sogar die Sorte „die Krönung." Ich fühle mich bestätigt.

An der Cafebar treffe ich wieder meine brasilianische Freundin. Bei ihr genieße ich besonders die liebevollen, vertrauten Umarmungen. Heute sitzen wir eine ganze Zeit gemeinsam und philosophieren über die Veränderungen, die der Jakobsweg bei uns beiden auslöste. Wir gehen aber, trotz des anregenden Gesprächs, getrennt weiter, was mich wenig stört. Mir geht es so gut und ich fühle mich fast beschwipst gut gelaunt. Ich verspüre das Verlangen, ruhige Musik von den Tindersticks anzuhören. Ich höre das Lied

„What are you fighting for?"

Dabei passiert es! Ich überquere eine Landstraße und bin total unachtsam. Hier in Spanien sind so wenig Autos unterwegs, da habe ich mir nach links und rechts zusehen, um einen Überblick vom Verkehr zu bekommen, abgewöhnt. Es sind so selten Fahrzeuge hier. Gewöhnlich reicht für das Überqueren der Landstraße das Gehör aus. Ich quere flotten Schrittes die Fahrbahn und sehe die Leute auf der anderen Straßenseite wild gestikulieren. In Bruchteilen einer Sekunde berührt der Außenspiegel eines vorbeifahrenden Pkws meinen Rucksack. Nicht so viel, dass ich davon umgeworfen werde, aber immer noch merkbar genug für mich. Das Auto fährt unbeschadet weiter, so wie ich heil und unverletzt weitergehe. Doch ich kann das fassungslose Entsetzen in den Augen der Leute erkennen.

Wahrscheinlich handelte es sich nur um Millimeter und es wäre schief gegangen. Reflexartig hebe ich aus Peinlichkeit beide Arme in die Luft und rufe wie zur Selbstverteidigung „God bless me" und denke unweigerlich an Hinkebein und bedanke mich gedanklich sofort bei ihm. Er hatte damit recht. An dieser Stelle habe ich Gottes Schutz ausgesprochen nötig gehabt!

Meine Unachtsamkeit ist mir sehr peinlich, also gehe ich zügigen Schrittes weiter und die Tindersticks singen: „So you found that all your dreams came true." Bis jetzt eben habe ich mich immer gefragt, wieso so viele Pilgerfreunde an den Straßen überfahren werden. Es liegt überhaupt nicht an den rasenden spanischen Autofahrern, nein, denn die fahren meines Erachtens auffallend langsam und rücksichtsvoll. Die Ursache ist bei uns Pilgern zu finden. Hier herrscht so wenig Verkehr auf der Straße, dass irgendwann bei fast jedem die Achtsamkeit so stark abnimmt, dass wir nicht mehr auf den Straßenverkehr achten. Ja, ich habe nicht mehr auf die Verkehrslage geachtet.

Die vielen Kreuze an den Straßen sollen uns eine Warnung sein. Ich möchte mich an dieser Stelle bei dem spanischen Autofahrer für die Schrecksekunde und seine Reaktion bedanken. Heute hätte ich auch als Kreuz am Jakobsweg landen können. Mir kommt, der Schrecksituation geschuldet, spontan der Gedanke an meine eigene Beerdigung in den Sinn. Bei meinem Begräbnis möchte ich die Musik bestimmen und es sollen traurige Lieder sein, die zum Nachdenken auffordern. Was seltsam ist, mir fällt auf, es sind allesamt Coverversionen von Musikstücken meiner Kindheit. „Heros" von Peter Gabriel, „Mad World" von Michael Andrews und „Black Hole Sun" von Nouela interpretiert.

Die Songs sind so herzzerreißend traurig, dass selbst mir, zu feinem Staub zerbröselt, in der Urne liegend die Tränen kommen werden und die durchnässte Asche zu verkleben beginnt. Weiter muss ich die Worte, die Marten zu mir sagte wiederholen: „Mmmmh Lars, du bist also des Lebens müde?"

Scheiße nein, das bin ich nicht!

Schließlich genieße ich ein schönes Leben, fange wieder an, es sehr zu schätzen und zu lieben. Ich habe eine weitere Chance geschenkt bekommen. Marten bekommt dieses Geschenk nicht. Der liebe Gott wollte mich also schon wieder nicht da oben sehen. Ich frage dann immer, was er mit mir noch vorhat? Auch auf diese Fragestellung werde ich in wenigen Tagen auf dem Jakobsweg eine Antwort erhalten. Ich bin mittlerweile davon überzeugt, dass ich an meine Erleuchtung durch viele kleine Ereignisse und Hilfestellungen herangeführt werde. Ich behaupte selber von mir, dass ich Andeutungen oder durch die Blume gesprochene Botschaften schlecht oder überhaupt nicht verstehe. Ich weiß noch genau, als ich meine frühere Ehefrau gefragt habe, warum sie mich verlässt. Da habe ich wörtlich zu ihr gesagt: „Bitte, sage mir in einem einfachen und mir verständlichen Satz, warum du nach fast fünfundzwanzig Jahren nicht mehr mit mir zusammenleben willst? Ich kapiere es einfach nicht! Aber bitte drücke dich so klar wie möglich aus und spreche nicht durch die Blume mit mir." Ihre Antwort war klar, simpel, präzise und selbst für mich als Naivling deutlich und verständlich. „Lars, du bist ein Geldverschwender, ein Versager in der Ehe und ein Langweiler im Bett." Autsch, das hat gesessen! Ja, das habe sogar ich kapiert. **DANKE!**

Als ich so mit diesem Gedankenspiel weiterziehe, hole ich unterwegs Tony ein. Ich erkenne auch ihn mittlerweile schon von Weitem an seiner großen, unbenutzten blauen Isomatte und dem roten Vliesshirt. Er hat noch keine Frühstückspause gehabt, geschweige denn einen Kaffee getrunken. So überredet er mich, im folgenden Ort, auf den wir treffen, eine gemeinsame Pause einzulegen. Weil es in El Ganso eine Kult-Bar gibt, die ich mir sowieso ansehen möchte, bin ich mit einem Stopp einverstanden. Da nach Pilgerermessen schon Mittagszeit ist, bestellen wir uns beide eine Jamon Bocadillo und ein großes Bier. Auch dieses Mal sind die Brote wieder furztrocken und lieblos belegt. Aber ich bin vorbereitet. Habe ich doch kleine Portionen mit Mayonnaise zur Verbesserung der Lage dabei. Ich quetsche die Mayo auf mein Brot und verteile es mit einem Kaffeelöffel auf beide Hälften. Tony ist begeistert von der Idee und bittet mich auch um die Mayonnaise, um seine Bocadillo damit zu tunen, wie er es nennt. So haben wir eine perfekte Brotzeit in El Ganso. Zum leckeren Abschluss findet Tony zwei Schokokekse im Rucksack. Das ist jetzt das reinste Schlemmen. Wir stoßen vor lauter Freude und Übermut mit den Keksen an, als wenn wir mit zwei Schnapsgläsern aneinanderstoßen.

Der Amerikaner am Nebentisch bekommt sich vor Lachen kaum noch ein. Er lacht uns förmlich aus und fragt, aus welchem Land wir kommen, in dem man mit Schokokeksen anstößt. Er habe von diesem Brauch noch nie gehört. Ich antworte, es sei in EL Ganso so Pilgersitte. Es würde den Pilgern auf dem weiteren Weg Glück und Erleuchtung bringen und wenn er noch keine hatte, gebe ich ihm den Rat, solle er es uns gleichtun. Er hört abrupt auf zu Lachen, er verschluckt es regelrecht.

Er sieht seine Freunde in der Runde am Tisch an und schweigt. Tony und ich setzen unterdessen den Weg fort.

Tony fragt mich, wie ich nur immer auf solche Scheißantworten komme. Er sagt weiter: „Lars, dir ist doch klar, dass die jetzt in die Bar gehen und sich Schokokekse kaufen wollen und womöglich hat der Barbesitzer keinen einzigen. Weißt du, was du damit angerichtet hast?" „Ja natürlich, die besorgen sich schnellstmöglich Schokoladenkekse, um miteinander anzustoßen, als ob sie gemeinsam einen Schnaps trinken. Sie werden weitergehen und jedes Mal, wenn sie Glück haben, und ganz besonders, wenn sie eine Erleuchtung bekommen, an uns in Dankbarkeit zurückdenken. Sie werden sich freuen, uns getroffen zu haben und dass wir ihnen von dieser Sitte in El Ganso erzählt haben. Und der Wirt wird sich fragen, warum die Nachfrage nach Schokokeksen so sprunghaft angestiegen ist." Wir beide lachen lauthals los. „Siehst du Lars, genau das meine ich damit, mit der Behauptung, wie du nur auf den Scheiß kommst?" Tony und ich trennen uns wieder, denn wir gehen sehr unterschiedliche Geschwindigkeiten.

Im folgenden Ort kaufe ich mir zur Erfrischung eine Fanta Lemon. Die schmeckt hier in Spanien ganz anders als in Deutschland, sie ist viel zitroniger. Während ich so auf der Parkbank sitze und die Limo trinke, fällt mir ein Club von Holländerinnen und Schwedinnen auf. Sie gehen an mir vorbei und ich bin ganz fasziniert von dem Anblick, der sich mir da bietet. Es sind vier Frauen, so Ende Zwanzig. Sie haben alle eine sehr gute und schlanke Figur. Zu dessen besserer Betonung tragen offensichtlich zusätzlich noch die Sportfunktionshosen bei. So sehe ich ihnen vornübergebeugt immer noch auf der Bank sitzend hinterher, bis ich sie an der Straßenbiegung aus dem Blickwinkel verliere. Ich bleibe weiterhin einige Minuten auf der Parkbank sitzen, trinke weiter und lasse die Sonne schmeichelnd meine Seele wärmen und den leichten, sachten Hauch an Sommerwind meine Haut streicheln. Die feinen Härchen stellen sich bei diesem Umschmeicheln des Windes auf und lassen eine kribbelnde Gänsehaut entstehen, die über beide Arme verläuft, den Rücken herunter kriecht, bis es final bei meinen Beinen landet. Sommer ist etwas Herrliches!

Mir geht's super und ich setze den Weg gemächlich fort. Währenddessen hat Tony mich eingeholt und wir gehen gemeinsam. So wie wir beide vor uns hingehen und uns angenehm dabei unterhalten, holen wir die vier Frauen mit den Sportfunktionshosen ein. Und schon wieder ist mein Blick gefangen. Auch Tony sagt nichts mehr, was selten vorkommt. Seltsamerweise gehen wir langsamer und haben unser Tempo dem der vier Frauen unausgesprochen angepasst. Es ist etwas Faszinierendes, solche knackigen Hintern in solchen hautengen Hosen zu sehen. Diese Sporthosen betonen die endlos erscheinenden Beine der Damen besonders gut. Es handelt sich um zwei hellblonde Schwedinnen, die jeweils schwarze Funktionshosen tragen und sehr groß gewachsen sind. Eine ist 1,75 Meter und die Nächste über eins achtzig.
Die anderen sind aus Holland. Sie tragen rote Sportfunktionshosen. Die eine ist knallrot wie eine Dose Coca-Cola und die andere bordeauxrot. Sie selbst sind eher dunkelblond. Doch im Zentrum meiner Aufmerksamkeit sind nicht die Haare, sondern die knackigen Popos auf den langen Beinen. Alles besonders betonend hervorgehoben durch diese Sportkleidung. Tony schaut wie hypnotisiert auf die vier Grazien und

stolpert auffallend häufig, genau wie ich. Leider setzen sich die Frauen zur Pause an den Wegesrand. Beim Passieren hätte ich mich gerne zu ihnen gesellt, finde es jedoch ratsamer weiterzugehen. Ich empfinde es als schade, habe aber die Hoffnung, sie später noch im Ort zu sehen, denn es gibt jetzt nicht mehr viele Übernachtungsalternativen.

Es geht am Ende der Etappe noch einmal so richtig zur Sache. Der Weg steigt extrem steil an, die Untergrundbeschaffenheit wird sehr steinig und besonders schwer zu laufen. Auf diesen Untergrund schreien meine Füße nach kurzer Zeit wie gewohnt vor Schmerzen auf. Es gibt aber auch keine Ausweichstrecke. Da der Weg sehr eng ist, gehen Tony und ich hintereinander. Bei aller Anstrengung unterhalten wir uns fachmännisch darüber, ob nun eine schwarze oder eine rote Sportfunktionshose zur Betonung eines knackigen Frauenpopos besser erscheint. Der Weg wird jetzt immer felsiger, sodass ich mich sehr konzentrieren muss. Auch Tony muss sich offensichtlich sehr auf den Untergrund fokussieren, denn sein Gesprächsanteil sinkt gen null. Als ich ihm nach einer Weile eine präzise Frage stelle, bleibt die Antwort aus. Somit wiederhole ich die Fragestellung und erhalte immer noch keine. Nun bin ich ein bisschen verärgert, weil er mir stur erscheint und nicht antwortet. Ich drehe mich angesäuert um und finde mich mutterseelenallein auf dem Weg wieder. Von Tony ist weit und breit keine Spur mehr zu sehen. Er ist wie weggezaubert. Egal, jetzt will ich nur noch ankommen und das so schnell wie möglich. Also gehe ich flotten Schrittes weiter.

Die erste Herberge, die ich erblicke, habe ich dann auch gleich genommen, denn sie hat von außen einen guten und modernen Eindruck gemacht.

Drinnen angekommen, begrüßt mich eine nette junge Frau. Sie sagt mir, ich solle erst einmal duschen und ein wenig ausruhen. Alles Förmliche erledigen wir dann später. Vom äußeren Bild des Hauses wurde ich tatsächlich total geblendet und voll in die Irre geführt. Die junge Frau zeigt mir den Keller des Gebäudes. Dort erwarten mich zehn Betten in einem sehr engen Raum mit einer provisorisch anmutenden Dusche und WC für dreißig Personen, denn das Kellergeschoss verfügt über drei solche Zimmer. Das Doofe ist, ich weiß, dass ich geblendet wurde, bin aber zu kaputt und willenlos, um noch einmal die Beherbergung zu wechseln. So, vermute ich, wird es wohl allen Pilgern ergangen sein. Selbst das Pärchen, welches mich fragte, wie die Herberge sei, denen ich zur Antwort „schrecklich" gab, checken kurze Zeit später in der hässlichsten Schlafstätte des gesamten Jakobsweges ein. Nach einer relativ überschaubaren Erholungsphase suche ich mir einen Supermarkt und kaufe mir Abendbrot samt einer Flasche schwerem wie gehaltvollem Rioja-Rotwein und setze mich auf die Herbergsterrasse. Wenigstens verfügt die Unterkunft über eine schöne Terrasse, auf der ich noch ein paar Stunden in der Sonne sitzen kann. Aus dem Nichts kommt eine Amerikanerin auf mich zu und sagt in etwa so etwas zu mir wie: „Du bist ein echter Rock ′n′ Roller! Ich habe dich gesehen, wie du sehr schnell den Berg hinuntergelaufen bist." Ich antworte nur mit „Danke", denn ich weiß nicht genau, was sie mir damit sagen will. Muss wohl am leicht tänzelnden Laufstil liegen. Vielleicht habe ich dabei wie Elvis zu sehr mit den Hüften geschwungen.

Nachdem mein Abendbrot beendet und die halbe Flasche Rioja-Rotwein geleert ist, geht mir noch einmal die Frage vom heutigen Tage durch den Kopf, ob eine schwarze oder eine rote Sporthose eine Frau besser kleidet? Diese Sportfunktionshosen sitzen wirklich sehr eng, in etwa wie eine zweite Haut. Doch diese hier ist immer straff und hat einen seidigen Glanz. Also, ich bin mir sicher, dass mir eine schwarze Hose besser gefällt, doch rot ist meine Lieblingsfarbe, also unentschieden. Dann sitzen die Hosen am Hintern eng und sehr glatt, sodass keine Falten bzw. Striemen vom Slip zu sehen sind. Des Weiteren kann ich mir kaum vorstellen, dass eine Sportfunktionshose überhaupt nichts durchblicken lässt. Diese Frauen gehen am Tag mehrere zehntausend Schritte, da muss doch eine Falte oder ein Knick der Unterwäsche zu sehen sein. Selbst bei einer Jeanshose kann man solche Abzeichnungen erkennen und die sind definitiv dicker als Sporthosen. Tragen diese Mädels etwa einen Tanga? Tangas sind aber im Moment „out", oder haben diese Frauen gedacht: Nun denn, Tangahöschen sind ja zur Zeit nicht in Mode, also kann ich meine alten Dinger, die ich sowieso ausmustern will, mit zur Pilgerreise nehmen und einfach irgendwann unterwegs auf dem Jakobsweg entsorgen.

Sicher, Tangas haben gegenüber normalen Unterhosen einen erheblichen Gewichtsvorteil, doch ob die zwei Schwedinnen und die beiden Holländerinnen zu Hause in ihrer Heimat beim Packen der Rucksäcke wirklich soweit gedacht haben? Nun trinke ich noch ein Gläschen und lass mir den Wein munden. Zurück zum Tagesthema. Ich glaube, ich muss sie das nächste Mal, wenn ich sie sehe, einfach danach fragen. Schon trinke ich einen weiteren, großen Schluck Rioja und schenke nochmal nach. Aber wie fragt man so etwas? „Hallo, ich habe da mal eine Nachfrage. Man kann nicht erkennen, ob du einen Tanga oder eine normale Unterhose unter deiner Sportfunktionshose trägst. Kannst du mir dieses Rätsel lösen?" Wenn die jetzt aber nur englisch sprechen, was ja sehr wahrscheinlich erscheint, wie stelle ich dann diese Frage? Sofort kommt mir der nächste unwahrscheinliche Gedanke. Aber vorher trinke ich noch ein Glas vom leckeren Rioja-Rotwein und frage mich, ob die vier Grazien vielleicht ganz ohne Unterhose, Slip oder Tanga unterwegs sind? Wie verwegen von ihnen! Doch dann müssten die Vier sich das heute Morgen spontan abgesprochen haben.

Ich genehmige mir einen weiteren Schluck Wein und höre, beschwipst wie ich mich momentan fühle, ihre piepsigen Stimmen: „Hey Mädels, hört mal alle zu, ich habe gerade eine lustige Idee! Heute gehen wir einfach alle einmal ganz mutig wie frivol ohne Unterhose, Slip oder Tanga nur in unseren Multifunktionshosen ... abgemacht?" Klingt jetzt auch irgendwie unwahrscheinlich. Ob mir in Deutschland diese Frage ein Fachverkäufer für Sportartikel beantwortet? Wahrscheinlich werde ich nach dieser doofen Fragestellung als Lüstling gesehen und bekomme prompt Hausverbot.

Nach dem sechsten Glas Rotwein schreibe ich so im Übermut der Weinlaune Swetlana einfach eine WhatsApp-Anfrage und bitte sie um ein Foto von ihrem Po. Es dauert keine zwei Minuten, da ploppt mein Handy und ich bekomme eines. Siehe da, ein Bild von Swetlana. Ich bin begeistert, wie spontan diese Frau ist. Als ich das Bild öffne, kann ich nicht glauben, was ich sehe. Das Bild sieht aus, wie vom Profifotografen zu Werbezwecken aufgenommen. Es schaut aus, wie aus einem Dessous-Katalog entnommen. „Hat diese Frau einen geilen Body, ... der Oberhammer!" Swetlanas Körper scheint mir der Perfekte zu sein. Nun besinne ich mich wieder auf meine Pilgerreise, damit das unangenehme enge Gefühl im Hosenbereich aufhört. Mir kommen auch keine Schuld- oder Schamgefühle, schließlich bin ich schon drei Wochen ohne Sex unterwegs. Wenn ich die nächste Pilgerin in hautenger Sportfunktionshose sehe, egal welche Farbe, dann hole ich mein Handy heraus und schaue zur Ablenkung das Bild von meiner schönen Swetlana an. Klar würde ich das liebend gerne zum Angeben herumzeigen. „Ey, willst du mal meine scharfe Freundin sehen?" Aber wer könnte das schon glauben, dass es sich wirklich um meine Geliebte handelt? Da würden alle nur denken: „Alter geiler Bock, wovon träumst du nachts." Egal, das Bild ist für mich und ich freue mich jedes Mal beim Anblick. Von nun an nehme ich mir vor, nicht mehr so viel Rotwein zu trinken.

Da fällt mir das Kopfkino von meinen früheren Marathonläufen ein. Es heißt, ab Kilometer dreißig kommt der schwarze Mann mit dem Hammer. Da stellt sich der Körper von Kohlenhydrat- auf Fettverbrennung um, das bedeutet, ab da fällt jedem Läufer der Marathon extrem schwer. Einen Marathonlauf rennst du im Kopf nachhause. Soll heißen, dass du dir ein motivierendes Bild oder besser noch Film im Kopf zurechtlegen musst, um den Marathon als „Finisher" ins Ziel zu bringen. Und ich hatte mir damals im Kopfkino stets den gleichen Film zurechtgelegt. Im Kinosaal meines Kopfes lief der Film, dass meine damalige Frau im Zieleinlauf auf mich wartete. Sie hat mir zugerufen und ist immer gehüpft vor Freude. Lauter Hüpfer, mich zu sehen, und in meinen Vorstellungen das Ganze sogar nackt. Klingt doof? Hat bei mir aber gut geholfen. Jetzt habe ich eben ein Bild von Swetlanas Luxuskörper dabei. Das Bild lässt mich von nun an jeden Tag aufs Neue motiviert starten, um möglichst die dreißig Kilometer am Tag zu überschreiten. Diese Pilgertour ist eben etwas Ähnliches wie ein Marathon, nur viel länger und fordernder. Jetzt besinne ich mich zurück auf die Pilgerreise und schreibe einen Gebetstext für das Cruz de Ferro.

21. Tag: Mein eigenes Wunder am Cruz de Ferro

In dieser Nacht, wie kann es anders sein, treffe ich Swetlana in der Traumwelt. Ist ein sehr schöner Traum. Heute pilgere ich mal wieder in eine etwas größere Stadt. Ponferrada soll das Ziel sein. Falsch, denn Ponferrada soll „nur" das Etappenendziel darstellen. Mein wichtigstes Ziel heißt an diesen Tag Cruz de Ferro und liegt nur in drei Kilometer Entfernung. Sicher, dass Ganze steil bergauf, aber dennoch früh erreichbar. Es geht auf eine Höhe von 1526 Metern. Dort steht das Cruz de Ferro, eines der symbolträchtigsten Ziele des gesamten Jakobsweges. Man nimmt einen Stein aus seiner Heimat mit, wie meiner zu mir gekommen ist, das habe ich ja schon weiter vorne beschrieben. Er fand bei einer sorgfältigen Ausschau am Ufer der alten Elbe in Magdeburg zu mir. Den Kieselstein habe ich als eine Last für fast sechshundert Kilometer mit mir getragen. Gestern Abend, auf der Terrasse der Herberge verfasste ich für mich eine Art Gebet. Ich wiederhole mich hier, aber den Stein einfach so lieblos auf den Haufen zu schmeißen, erscheint mir immer mehr als unwürdig. Es ist schließlich für jeden Einzelnen eine sehr persönliche und symbolträchtige Sache, eben auch ein sehr wichtiges Ritual.

Nachdem aufstehen, bin ich wie so häufig der letzte Pilger, der aufbricht. Woran ich mich aber mittlerweile gewöhne. Ich trage den Rucksack aus dem Keller in die Bar. Die ist bereits seit 6.00 Uhr geöffnet, ein absolutes Novum, die Ausnahme auf dem gesamten Jakobsweg. Jetzt setze ich mich in der Bar an einen Tisch und schnüre meine Wanderschuhe. Plötzlich sehe ich zwei Backbleche mit frischgebackenen Croissants auf dem

Tresen stehen, die eben goldbraun aus dem Ofen geholt wurden. Man sieht sie nicht nur, auch ihr lieblich süßer Duft hat sich in der ganzen Backküche herrlich verbreitet. Ich frage den Mann hinter der Theke, was das für Gebäckstücke sind, und er antwortet mir: „Croissants with Nougat." Mir läuft reflexartig das Wasser im Munde zusammen. Hocherfreut bestelle ich mir ein Café con Leche und ein Nougatcroissant. Das Kaffeegetränk ist hervorragend, das Croissant noch warm, mit leicht flüssigem Nussnougat gefüllt. Das ist ein Frühstück, welches ich mir die gesamte Zeit wünschte, aber nie im Traum daran geglaubt hätte, es jemals hier in Spanien auch nur ein einziges Mal zu bekommen. Vermutlich bin ich hier in einer der entlegensten Dörfer von ganz Nordspanien, in einer Herberge, die ihre Pilger offensichtlich bewusst in die Irre führt, mit einer falschen Optik blendet und uns im Keller in enge Zimmer verfrachtet. Nun betrete ich die angeschlossene Bar der Unterkunft und bekomme das beste Frühstück des Landes, das Ganze auch noch vor 7.00 Uhr. Die Hoffnung darauf längst aufgegeben, ist das das versöhnlichste Abschiedsgeschenk, welches mir diese Herberge bieten konnte. Vor Begeisterung und Gier bestelle ich mir gleich eine weitere Runde. Ich bin zwar bisher keinen einzigen Meter Wegstrecke gepilgert, aber genehmige mir schon die doppelte Portion Belohnung. Ich weiß auch nicht, wo das heute noch enden soll. Mein Eindruck von der Herberge ist noch gestern niederschmetternd gewesen, doch nach so einem perfekten „Lars-Frühstück" ist mein Gram vom Vortag komplett vergessen.

Während ich so da sitze, genüsslich am zweiten Nougatcroissant knabbere und am nächsten Café con Leche schlürfe, kommt der erste „echte" Pilgerkollege des Tages in die Bar. Natürlich bezeichne ich mich auch als wahren Pilger, nur bin ich heute noch nicht einen einzigen Schritt gepilgert. Dieser Mann, der eben zur Tür hineingekommen ist, kommt aus einem Ort, der mindestens sechs Kilometer entfernt liegt. Das heißt, dass der Kerl mindestens eine Stunde unterwegs ist und sich im Dämmerlicht den Berg herauf quälte. Er sieht mich an, als könne er nicht glauben, dass ich hier wirklich vor ihm sitze und einen Café con Leche mit einem Nougatcroissant zu mir nehme.

Es irritiert schon ein wenig, wie der Typ, der ein bisschen ausschaut wie die Wiedergeburt von Louis Trenker, mich so musternd ansieht. Sein Blick trifft mich leicht zornig, aber auch fassungslos. Jetzt dämmert es mir allmählich! Schließlich sitze ich hier gestiefelt und gespornt. Der fertig gepackte Rucksack steht zu meiner Seite, als hätte ich die Bar nur wenige Minuten vor ihm betreten. Was ja auch grundsätzlich stimmt, nur bin ich gerade aus dem Schlafsack gekrochen, aus meinem Bett gestiegen und habe lediglich die paar Treppenstufen aus dem Keller hoch zur Bar bestiegen.
Doch dieser Louis-Trenker-Verschnitt ist halb in der Nacht gestartet, hat sich im Dunkeln auf den Weg begeben, hat sich eben mindestens jene sechs Kilometer den Berg hoch gequält, um siegessicher als Erster hier oben zu sein. Er hat unterwegs bestimmt auch den Sieg vor Augen, peinlichst genau darauf geachtet, dass kein anderer Pilger vor ihm hier oben ist. Und jetzt betritt er kaputt, aber siegesbewusst diese Bar. Was muss er sehen? Einen jungen Schnösel, der fit wie ein Turnschuh aussieht, weder abgekämpft noch ein bisschen verschwitzt, hier genüsslich an einem Nougatcroissant knabbert und einen Café con Leche schlürft. Kein Wunder, dass der mich so sauer und fassungslos ansieht. Natürlich belasse ich ihn in dem Glauben, ich sei auch wie er heute Morgen, noch halb in der Nacht, den Berg hochgelaufen. Nun setze ich den „ich bin eben fitter als

du" -Blick auf, schwinge mir meinen Rucksack über und verlasse die Bar mit einem lauten „Buen Camino" in Richtung Louis-Trenker-Verschnitt. Ich gebe zu, mir machen solche Begegnungen mit deren Fehlannahmen einen gewissen Spaß. Dabei empfinde ich richtiggehend Freude.

Da ich auf dem drei Kilometer langem Teilstück hoch zum Cruz de Ferro nur einen Pilger sehe, freue ich mich, das Kreuz in einer etwas persönlicheren Atmosphäre vorzufinden. Als ich oben ankomme, parkt nur ein spanischer Polizeiwagen vor mir, was mich aber nicht sonderlich stört, denn ich will sowieso nicht ans Kreuz pinkeln oder sonst etwas Verbotenes unternehmen. Das Cruz de Ferro steht auf einem Riesenhügel mitgebrachter Steine. Ich gehe gleich den Steinhügel hoch und bleibe mitten darauf stehen. Nun fasse ich den Eichenstamm an, der das Kreuz trägt. Es ist fast so, als wenn ich prüfe, ob das Ding reell ist und wirklich hier steht. Am Stamm sind unzählige Zettel und Bändchen befestigt. Ich lese einige von ihnen. Mir fallen auch gleich ein paar riesige Steinbrocken zur Seite des Stammes auf. Wer hat die denn hier hoch geschleppt?
Um Gottes Willen, man kann aber auch alles übertreiben! Nirgends habe ich gelesen, dass man für besonders schwerwiegende Lasten, die man loswerden möchte, auffallend große Steine hierhin hochschleppen muss. Wie gesagt, man kann alles übertreiben. Jetzt gehe ich den Steinhaufen herunter. Suchend umrunde ich ihn langsam, um die für meine Zwecke geeignetste Stelle zu finden. Die Polizisten beobachten mein Treiben mit Argusaugen. Da ist er, ich habe ihn gefunden, den besten Standplatz! Hier möchte ich meine Last ablegen. Es ist zufällig der gleiche Platz wie in dem Film mit Martin Sheen „Dein Weg." An diesen Filmschauplatz sieht man nämlich die ganzen Trampelpfade nicht, die

den Steinhaufen herauf- und wieder herunterführen. Hier wirkt der Haufen unterschiedlichster Steine aus Millionen von symbolischen Lasten, die von Millionen von Pilgern am Cruz de Ferro zurückgelassen wurden, noch unbetreten wie unberührt. Er wirkt dadurch noch magischer. Ich lege den Rucksack ab und stelle ihn einige Meter hinter mir auf die Wiese. Danach hole ich den Zettel mit dem vorbereiteten Gebet und den Stein vom Elbufer aus Magdeburg hervor. Die Gebetsverse habe ich ja erst gestern auf der Terrasse im herrlichsten Sonnenschein final verfasst und geschrieben. Den Kieselstein habe ich mir vorbereitend heute Morgen in die Hosentasche gesteckt.

Da es so ein Handschmeichler ist, habe ich ihn auf dem Weg hoch zum Kreuz die komplette Zeit mit den Fingern gestreichelt und mit meiner Energie aufgeladen. Ich nehme ihn in die rechte und den Gebetszettel in die linke Hand. Nun betrachte ich mir ihn noch einmal ganz genau, bevor ich ihn nach dem Verlesen des Gebetes zu den anderen Steinen auf den Steinhaufen werfe. Jetzt ist es noch mein Symbolstein, der meine unterschiedlichen seelischen Lasten verkörpert. Aber wenn ich ihn auf den Haufen schmeiße, ist es ein anonymer Stein wie jeder andere auf dem Hügel. Als ich so vor dem Steinhaufen stehe, ist es alsbald aus mit der Ruhe, denn in den letzten fünf Minuten sind hier oben mehr als zehn Pilger eingetroffen. Nun fühle ich mich von ihnen ein bisschen genervt, da ich der Einzige bin, der einen Gebetszettel vorbereitet und in Ruhe verbal vor sich hin lesen möchte. Um mich herum höre ich alle erdenklichen Sprachen, nur kein Deutsch, was mich wiederum ermutigt, mein sehr persönliches Gebet laut zu verlesen. Nun beginne ich damit. Mein Blick ist bedächtig und erwartungsvoll auf das Kreuz gerichtet. Einmal atme ich noch tief ein, um mit einem kräftigen Ausatmen mir Mut zu machen und um Zuversicht aufzubauen:

„Oh Herr, ...Gott ...mein Beschützer, ich danke dir, dass du mich bis hierher begleitet hast. Du gabst mir Halt, als ich welchen benötigte, du schenktest mir Liebe, wann immer ich sie brauchte. Nun lege ich, als Symbol meiner Fehlbarkeiten, all meiner Lasten einen Kieselstein aus der Heimat Magdeburg ab. Die Last des Steines trage ich seit Anbeginn der Pilgerreise mit mir. Heute möchte ich mich, ein für allemal, von dieser Seelenlast befreien. Bitte nimm die schwerwiegende Bürde von mir, von meinen Schultern und behalte sie auf diesem großen Steinh...“

Als ich etwa die Hälfte des Gebetes verlese, kommt ein älterer Südkoreaner, hält mir sein Handy vor die Nase, und sagt „Make picture ... make picture please." Ich bin ein wenig aus der Fassung, so muss er doch gesehen haben, was ich hier treibe, dass er mich mitten aus einem Gebet holt. Ich setze mein breites, freundliches Lächeln auf und nehme sein Handy in die Hand. „Okay!"

So bleibe ich ruhig und sehr höflich, knipse ein Foto mit seiner Handykamera. Das Bild zeigt ihn posierend vor dem Steinhaufen mit dem imposanten Cruz de Ferro im Hintergrund. Er begutachtet es ausgiebig und ist offensichtlich mit meiner Ausführung unzufrieden. Er signalisiert mir, er möchte das ganze Kreuz auf dem Bild sehen. Das war mir bei der Bildaufnahme wohl bewusst, darum habe ich es auch genauso aufgenommen. Dem älteren Koreaner ist aber nicht klar, dass sein Handy in der Vorschau nur eine verkleinerte Version des Bildes zeigt. Ich nehme sein Telefon noch einmal in die Hand und öffne das Foto. Jetzt ist er vor dem Steinhaufen mit dem gesamten Kreuz im Hintergrund zu sehen. Er lächelt mich sehr zufrieden an, nickt mir zu und kommentiert das Ganze noch mit einem langgezogenem: „Ahhhh." Nun gehe ich wieder an meine Stelle zurück und beginne erneut mein Gebet:

„Oh Herr, ...Gott ...mein Beschützer, ich danke dir, dass du mich bis hierher begleitet hast. Du gabst mir Halt, als ich welchen benötigte, du schenktest mir Liebe, wann immer ich sie brauchte. Nun lege ich, als Symbol meiner Fehlbarkeiten, all meiner Lasten einen Kieselstein aus der Heimat Magdeburg ab. Die Last des Steines trage ich seit Anbeginn der Pilgerreise mit mir. Heute möchte ich mich, ein für allemal, von dieser Seelenlast befreien. Bitte nimm die schwerwiegende Bürde von mir, von meinen Schultern und behalte sie auf diesem großen Steinhaufen zurück. Die Last, die ich hier hinterlassen will, ist der Schmerz der Trennung meiner früheren Ehefrau Uta. Ich möchte die erdrückende Last der Scheidung sowie die Last der Insolvenz zurücklassen. Ferner ist mir besonders wichtig, die Bürde meiner groben Selbstsabotage auf diesem Steinhaufen zurückzulassen. Ich bitte dich, lass mich heil und gesund wieder zu Hause ankommen. Fülle mein Herz mit Liebe und begleite mich auf dem Rest meines Weges. Gott, ich liebe dich. Amen."

Als ich mein Gebet laut verlesen habe, kommt ein junger Mann von hinten angeschlichen. Er gibt mir mit seinem Schleichen das Gefühl, als wolle er mich belauschen, um herauszufinden, was ich hier am Cruz de Ferro so treibe. Denn wie gesagt, ich bin der Einzige, der hier mit einem Zettel in der Hand steht und ein Gebet laut zu Gott verliest. Als ich mit der Gebetsverlesung fertig bin und gerade den Stein auf den Steinhaufen werfen will, fällt mir auf, hier stimmt etwas nicht! Ich lese die Gebetszeilen noch einmal. Als ich an den Punkt meines Gebetes komme, wo es um die Last geht, die ich an

dieser Stelle des Steinhaufens als Symbol mit einem Stein ablegen will, fällt mir auf, dass ich nicht nur eine Last am Cruz de Ferro zurücklassen möchte: Es sind gleich mehrere. Es ist mir aber erst jetzt, wo ich hier am Kreuz stehe, aufgefallen. Mir kommt sofort in den Sinn, dass ich dennoch zu meinem Leidwesen nur einen Stein aus der Heimat mitgenommen habe.
Sehr beklagenswert!

Kann ich trotzdem mit nur einem Kieselstein mehrere Lasten ablegen? Nun kenne ich mich nicht so gut mit den Gepflogenheiten aus, ob einer ebenfalls für zahlreiche Seelenlasten, die ich am Kreuz belassen möchte, ausreicht. Oder muss ich für jede einzelne Last, die ich hier oben am Cruz de Ferro zurücklassen will, einen separaten Stein ablegen? Natürlich beabsichtige ich, alle Seelenlasten hier oben loszuwerden, aber ich habe eben nur diesen kleinen Kieselstein. Nun wüsste ich jetzt auch nicht, für welche der Lasten ich mich spontan entscheiden würde. Mein Kopf läuft heiß und grübelt unentwegt, welches die bedrückendste Seelenpein ist. Hin- und hergerissen ist es mir unmöglich, mich zu entscheiden. Was soll ich bloß tun? Fühle mich elend und ratlos. Dennoch fasse ich mich wieder, denn letzten Endes ist es egal, weil ich nur jenen einen Kiesel besitze. Ich bringe mein Ritual oder Gebet zu Ende und wiederhole den finalen Satz: „Gott, ich liebe dich, Amen" und werfe ihn so ungefähr zwei Meter vor mir auf den Steinhaufen.

Und jetzt passiert etwas schier Unglaubliches!

Der Stein zerbricht beim Aufprall auf den Haufen in mehrere Stücke. Ich weiß nicht, in wie viele Teile der Kieselstein bricht, aber es sind zahlreiche. Für mich ist es mein eigenes kleines Wunder. Schließlich habe ich ihn jetzt auch nicht mit Wucht geworfen oder wollte ein

Zerbrechen mutwillig herbeiführen. Es ist gerade so, als ob der Stein erkannte, in welcher Zwickmühle oder Dilemma ich feststeckte. Irgendetwas bzw. irgendwer hat mich errettet. Ich sage noch: „Ich danke dir, Gott" und gehe mit dem seelenruhigen Bewusstsein auf meiner Pilgerreise weiter, dass für jede Last ein Stück vom Stein da war. Mir ist gewiss: alle Lasten, die mich noch so schwer bedrückten lasse ich hier und heute zurück. Ich bin frei! Es ist mein persönliches Wunder. Es ist seltsam, aber ich fühle mich augenblicklich nicht nur psychisch leichter, sondern auch physisch.

Jetzt beginnt der schwerste Abschnitt des Tages, der Abstieg von 1526 Meter Höhe, hinunter bis ins Tal nach Ponferrada. Auf den ersten 500 Metern geht es aber vom Gefälle noch recht human zu. Es gibt hier oben sogar ein paar Einsiedler, die in der Einsamkeit ihr Lager aufgeschlagen haben. Nur wenige hundert Meter weiter sitzt offenbar ein Ire mit seinem Esel. Er flötet auf der Blockflöte nach meiner Meinung irische oder keltische Lieder. Er hat vor sich einen Behälter stehen, mit dem er um Spenden bittet. Ich werfe 50 Cent hinein. Er bedankt sich und flötet weiter. Hurra, dieser Ire hat scheinbar das Musikbox-Konzept verstanden. Der Typ sitzt hier wirklich mitten in der Wildnis. Hier ist überhaupt nichts. Der muss heute Morgen, in aller Herrgottsfrühe, auf dem Esel hochgeritten sein, um uns Pilger mit seiner fröhlichen irischen oder keltischen Musik aufzumuntern. Wie geil ist das denn? Cooler Typ.

Ich gehe weiter und genieße noch das Panorama samt der Aussicht, aber der Weg wird für meine Füße immer beschwerlicher. Der Untergrund wird unebener, steiniger und jeder Kiesel hat es natürlich ausschließlich auf die definierten Fußreflexzonen-Schmerzpunkte abgesehen. Jetzt geht das Ganze auch noch steil und ich meine wirklich steil bergab, sodass in kurzer Zeit die Knie in Mitleidenschaft gezogen werden. Noch einmal schaue ich in den deutschen Reiseführer und der sagt zu mir: „Lars, es geht noch die nächsten fünf Kilometer ordentlich bergab." Und wieder beschließe ich den Berg hinunterzulaufen. Das habe ich ja schon bei kurzen Teilstücken so gehandhabt. Sicher, auf so eine lange Distanz habe ich keine Erprobung, wie es ist, mit einem fünfzehn Kilo schweren Rucksack zu joggen. Aber dann fange ich jetzt einfach damit an. Ich laufe eben, soweit ich kann, und da ich joggingerprobt bin, gehe ich davon aus, dass es eine ganze Weile laufend bergab geht. Noch einmal rufe ich mir in Erinnerung, diese Strecke hier mit einem Ballast von fünfzehn Kilo in Form des Rucksacks zu joggen.

Nun laufe ich los. Dabei fühle ich mich echt gut. Irgendwie scheine ich kein Gewicht zu haben, so leichtfüßig komme ich mir vor. Ich renne den Berg nicht einfach hinunter, das geht nicht, denn dabei baue ich zu viel Tempo auf. So würde ich garantiert schneller und schneller werden, bis meine Füße nicht mehr hinterherkämen und ich stürzen würde. Dazu habe ich selbstverständlich keine Lust, so mir nichts, dir nichts auf die Klappe zu fallen und mich schlimmstenfalls noch zu verletzen. Also tänzle ich eher runter, das heißt, ich hüpfe von einer Seite des Hanges zur anderen und mache manchmal gegen die Laufrichtung Ausgleichshüpfer nach hinten. Nach einer kurzen Zeit macht es mir sogar richtig Spaß. Ich komme mir jetzt ein wenig wie diese supersportlichen Stadtrenner vor, die man ab und zu im Fernsehen sieht. Es schaut unglaublich einfach aus, ist es auch, mit dem entsprechenden Schwung. Dann passiere ich die ersten Pilger, die sich den Berg hinunterquälen. So doof es klingt, aber die

Vergangenheit zeigte mir, den Berg nach untern zu gehen ist schwieriger und auch anstrengender. Auch die Gefahr für Verletzungen erscheint mir bergab größer zu sein als bergauf.

Ich kann mich gut in so einen Pilger, den ich im Laufschritt passiere, hineinversetzen. Die Pilgerkollegen quälen sich jetzt schon vierzig Minuten den Berg steil herunter, ihm tun die Füße weh, seine Knie schmerzen, die Hüftgelenke brennen. Da kommt so ein Typ wie ich daher, mit einem Riesenrucksack und Zelt auf dem Rücken, dem man sein Schwergewicht auch ansieht. Dieser Typ hüpft dann so „dingeldieding" an einem vorbei, als ob er in einer gewissen Schwerelosigkeit läuft. Die haben mich alle angesehen, als ob ich einen Sonnenstich bekommen habe und mit mir jetzt die Pferde durchgegangen seien. Als ich im schnellen Laufschritt meinen Bekannten Hinkebein aus Texas passiere, höre ich nur wie er „Wow Lars" hinter mir herruft. So rufe ich nur „Sorry" zurück, weil ich zu flott unterwegs bin, um zu stoppen.

Ich laufe und begegne der brasilianischen Bekannten, die auch meinen Namen ruft. Bei mir kommt wieder das gleiche Spiel: „Sorry" und ich renne weiter. Für die fünf Kilometer bergab brauche ich nur knappe fünfundzwanzig Minuten und das mit einem fünfzehn Kilo schweren Rucksack auf dem Rücken. Das finde selbst ich beachtlich. Die meisten werden für dieselbe Strecke mehr als eine Stunde benötigen. Letztlich bin ich zwar extrem am Schwitzen, doch unverletzt und ohne jede Beschwerde unten angekommen. Nun gönne ich mir am nächsten Ort eine ausgiebige Pause und belohne mich wie immer mit einem Café con Leche.

Kurze Zeit später gesellt sich Tony an meinen Tisch. Wir beschließen, gemeinsam weiterzugehen und in der gleichen Herberge zu übernachten. Es gibt eine Alternativroute in die Stadt, aber wir beiden gehen den offiziellen und fußschonenderen Weg an der Straße entlang. An der Einfallstraße von Ponferrada kommen wir durch das Villenviertel. Hier steht ein Prachtbau neben dem anderen. Es ist mal sehr angenehm, Villen in den unterschiedlichsten spanischen Baustilen zu sehen. Als wir nahe dem Stadtkern angekommen sind, entdeckt Tony auch die erste Herberge. Ich wäre an ihr glatt vorbeigelaufen, weil ich sie übersehen hätte. An der Eingangstür ist keine Klinke zum Aufsperren. Es existiert nur eine Klingel. Tony klingelt zwei - drei Mal und Sesam öffne dich, fährt die Glastür zur Seite und gibt uns den Weg frei.

22. Tag: Aufgeben ist keine Option!

In dieser Nacht habe ich schlecht geschlafen. Der Schuldige ist auch schnell gefunden. Mit Tony bin ich gestern noch in einem Restaurant essen gewesen, jedoch keine übliche Pilgermahlzeit, denn die schmeckt bekanntlich nicht sonderlich gut und macht mich in der Regel auch nicht satt. Nein, ich möchte eine ganz profane, schnöde Tortilla. Ein landesübliches Omelett aus Kartoffeln soll es sein. Dazu ein großes Bier und Lars ist zufrieden. Als der Kellner kommt, bestelle ich als Hauptmahlzeit eine Kartoffeltortilla.
Er fragt kontrollierend nach, ob ich wirklich nur eine Tortilla will, denn es sei eigentlich eine Vorspeise und man würde auch nur ein Viertelstück bekommen. Ich erwidere ihm, ich möchte eine ganze Portion, so wie sie in der Karte steht. Der Kellner erwidert abermals, es sei für mehrere Personen gedacht, die sich diese als Vorspeise teilen. Meine Güte, denke ich so bei mir, der soll mir das Ding endlich bringen und nicht lange rumquatschen. Also betone ich nochmal explizit meinen Wunsch. Eine ganze Kartoffeltortilla oder meinetwegen auch vier Viertel als einziges Hauptgericht soll es sein. Der Kellner ist jedoch hartnäckig und meint, es sei eine sehr große Tortilla und sie würde auch bestimmt sehr sättigen. Ich freue mich darüber und sage: „Ja, genau richtig, ich habe auch mächtigen Hunger."
Jetzt bringt der Ober mich fast zur Weißglut, denn er fragt, ob er sie vom Koch kleiner machen soll, denn so eine normale Tortilla würde ich bestimmt nicht schaffen. Es ist im Restaurant nicht sonderlich viel los, was auch so sein muss, denn wenn diese Bedienung bei jedem Gast so ein Tamtam macht, wird er mit dem Bedienen nie fertig. Natürlich hat der Kellner immer noch nicht

aufgegeben und fragt, ob Tony und ich uns nicht vielleicht eine Kartoffeltortilla teilen möchten. ... **NEIN!**

In leicht genervtem Befehlston ordere ich ein letztes Mal bei ihm eine komplette Portion, meinetwegen auch aus vier Viertelstücken bestehende Tortilla für mich <u>ganz</u> alleine. Nun hat er endlich meine Bestellung gefressen und notiert sie auf seinem Zettel.

Als Nächstes wendet er sich Tony zu und bittet ihn um seine Order. Jetzt kommt der Hammer! Tony schaut auf die Karte und blättert dabei auch noch einige Male um. Mein Pilgerfreund lässt sich ausgiebig Zeit und es scheint, als ob er noch seinen Gaumen um Rat fragen müsste. Mal schlägt er die Seiten nach hinten, mal nach vorne, alles immer mit einem langgezogenem „Hm?" quittiert! Nachdem er eine gefühlte Ewigkeit umher blätterte, bestellt er bei dem Kellner, wie kann es auch anders sein, eine komplette Kartoffeltortilla. Und jetzt geht, wie in einem Déjà-vu, das ganze Spiel von vorne los und er stellt Tony ebenso die gleichen Fragen, mit genau demselben, entsetzten Gesichtsausdruck wie bei mir. Ich glaube, wir haben für die Bestellung unserer beiden Tortillas rekordverdächtige zwanzig Minuten gebraucht.

Wir haben uns ein Restaurant direkt an der Templerburg ausgesucht. So können wir, während wir auf das Essen warten, die Burg genauer betrachten und uns über die Templer Ritter mit deren Gepflogenheiten unterhalten. Die Kreuzritter sollen hier für die Pilger eine Zufluchtsstätte gebildet haben. So mitten im Gespräch über die Sitten, Bräuche und Mythen der Ritter, kommen auch schon unsere Speisen. Ich lache laut los und meine noch zu Tony, dass die Bestellung der Kartoffeltortillas viermal so lange gedauert hat wie die Zubereitung. Es sind wirklich zwei auffällig große Portionen, die wir da bekommen. Doch mein Hunger ist ebenso mächtig.

Wie alles hier in Spanien, sind unsere Tortillas sehr fade gewürzt. Es liegt bestimmt zusätzlich an dem erhöhten Salzbedarf, den ich als Pilger benötige, dass mir die Speisen hier so ungewürzt erscheinen. Aber dafür gibt es ja das Salz und den Pfeffer separat an jedem Tisch. Nachdem ich die erste Hälfte der Kartoffeltortilla aufgegessen habe, stellt sich bei mir schon ein Sättigungsgefühl ein. Aber jetzt besitze ich noch Kampfgeist und kämpfe mich weiter durch die Tortilla. Beim Weiteressen wird mir immer klarer, warum der Kellner so herumgewundert hat, doch Aufgeben ist keine Option. Ich habe so viel Kartoffelmasse gegessen, bis sie mir gefühlt aus den Ohren herausrieselt. Aber mein Teller ist dann doch irgendwann geleert. Auch Tony hat mit seiner Portion schwer zu kämpfen, jedoch obsiegt er genauso über die Speise wie ich.

Die Schuldige für meinen schlechten Schlaf ist eben jene Kartoffeltortilla, die mir die ganze Nacht schwerfällig wie ein fetter Klumpen im Magen liegt. **Das** hätte der Kellner mir als Vorwarnung sagen müssen, ...dieser Volltrottel!

Heute werde ich durch den schlechten Schlaf früh wach. Alle aus meinem Zimmer sind wie gewöhnlich weg. Es scheint gefühlt das zwanzigste Mal zu sein, dass ich wie aus einem Alptraum erwache und mich alleine im Raum vorfinde. Auch Tony ist schon lange unterwegs. Jetzt ist es die dritte Übernachtung hintereinander, dass ein dicker Amerikaner mit seiner Tochter bei mir im Raum schläft. Die beiden brechen ebenfalls stets mitten in der Nacht auf. Der Vater geht jedoch so langsam, dass ich sie regelmäßig nach zwei bis drei Stunden überhole. Die fragen sich wahrscheinlich auch, warum sie mich immer wieder treffen. Es stimmt, ich gehe zügiger als fast alle anderen, das heißt aber nicht, dass ich weiter als alle Pilgerkollegen laufe. Ich bin nicht nur einer der

Schnellsten auf dem Camino, nein, ich bin genauso einer der meisteingeholten bzw. überholten Pilger auf dem Weg. Doch die meisten denken, weil ich zweimal so schnell bin, komme ich auch doppelt so weit. Das stimmt aber nicht.

Da ich noch keine wirkliche Lust verspüre loszugehen, schaue ich mir noch in Ruhe die Herberge an. Die ist nigelnagelneu und sehr futuristisch. Im Grunde ist es egal, ob eine Übernachtungsstätte neu ist oder schon ein paar Jährchen auf dem Buckel hat. Die Ausnahme bilden hier allerdings die Betten. Wenn diese neu sind, haben sie moderne Matratzen und sind noch nicht durchgelegen. Gut, diese Herberge hat auch überragende Badezimmer mit einer Dusche im verschwenderischen Riesenformat. Selbst der Duschkopf ist im Megaformat. Ich erwähne hier auch nur am Rande meine fast halbstündige Morgendusche. Die Herberge erinnert im Ganzen eher an ein Nobeldesignerhotel. Es ist alles in edlem Marmor und Glas gehalten. Jedoch ist es die erste Unterkunft, die ich sehe, die als barrierefrei gelten darf. Sogar Fahrstühle sind vorhanden. Im Foyer bieten sich gleich mehrere moderne Sitzecken mit Fernseher an. Für gemütliche Abendstunden sorgt ein echt cooler Designerkamin. Auch das Frühstück, im Preis innenbegriffen, kann man als feudal und für eine spanische Herberge als sehr außergewöhnlich bezeichnen.

Während ich mir noch die Zeit im Foyer totschlage, checke ich über WLAN noch kurz die WhatsApp Benachrichtigungen. Ich habe heute Morgen eine ungewöhnliche Nachricht von Swetlanas Freundin erhalten, die mir besonders zu denken gibt. Sie schreibt, Swetlana feiert ausschweifende Partys in meiner Wohnung, was mich grundsätzlich nicht stört, denn ich habe ihr zum Abschied gesagt, sie solle sich wie zu Hause fühlen. Die Nachricht geht weiter: „Swetlana betrügt dich mit ihrem Ex-Freund und noch einem anderen Mann." Die Freundin ist so „nett" und sendet zum Beweis noch zwei Fotos hinterher, die Swetlana beim Küssen mit den Typen zeigt. Als Drittes schreibt sie: „Swetlana will dein ganzes Geld klauen." Jetzt frage ich mich, was ich mit dieser Nachricht, zweitausend Kilometer von dem Geschehen entfernt, anfangen soll?

Warum schickt sie mir so etwas? Jedoch am meisten wundere ich mich über mich selbst, wie ruhig ich dabei bleibe. Aber wenn ich mir die nackten Fakten ansehe, dann gibt es bestimmt auch von mir Fotos, auf denen ich eine Frau küsse. So ein Foto sagt in der Regel nicht, von wann es ist. Des Weiteren kenne ich Swetlana auch nur wenige Tage. Klar, sie ist wunderschön, mit einem atemberaubenden Körper gesegnet und herrlich knackige dreiunddreißig Jahre jung. Ich fand alleine schon klasse, bei ihr gelandet zu sein. Doch am schönsten ist der Gedanke, Swetlana wartet daheim auf meine Heimkehr.

Es ist bereits dieser Gedankengang, nicht in eine menschenleere Wohnung zurückzukehren, der mich sanft und milde stimmt. Ich komme eines Tages von der Pilgerreise nach Hause und muss keine leeren Räume betreten. Sicher, ich liebe diese Frau nicht und sie liebt auch offensichtlich mich ganz gewiss nicht. Jedoch bin ich von ihr begeistert, wie ich es lange nicht mehr von einer Frau gewesen bin. Wenn sie in der Wohnung mit anderen Männern schläft, finde ich das sicherlich nicht gut, aber es haut mich jetzt auch nicht gerade um. Eigentlich ist es mir sogar egal. Es ist _ihr_ Leben. Mir geht dann wieder folgender Spruch durch den Kopf: „Wenn du deinen Partner vernachlässigst, dann sei gewiss, es gibt auf der Welt immer jemanden, der diese Aufgabe gerne für dich übernimmt und dir deinen Partner wegnimmt." Das war mir bei meiner Exfrau bewusst und jetzt eben genauso bei Swetlana. Und schließlich vernachlässige ich sie, weil ich nur wenige Tage nach unserem Kennenlernen mich für zwei Monate verabschiedete und auf eine Pilgerreise ging. Diese Gefahr war mir von Anfang an bewusst, aber das höhere Ziel war mir wichtiger. Darum habe ich dabei immer gedacht, wenn ich wieder nach Hause komme und sie noch da ist, dann freue ich mich riesig. Ist sie jedoch weg, so kann ich es nicht ändern und es soll dann eben so sein.

Mir ist sehr wohl in Erinnerung geblieben, unter welchen Umständen ich sie kennenlernte. Wir haben uns auch gegenseitig nichts geschworen, weder Treue, Liebe noch tiefe Freundschaft. Nur mal in der Theorie angenommen, ich hätte hier auf dem Jakobsweg die Möglichkeit, mit einer Frau Sex zu genießen, ich glaube, ich würde diese Chance vielleicht genauso nutzen. Ist aber wirklich nur sehr theoretisch, diese Annahme. Ich bin ihr nicht böse, warum sollte ich das auch sein? Ich habe keinen Besitz an Swetlana, sie gehört mir nicht, sie ist frei. Sie ist aber ein sehr besonderer Mensch. Sie ist ebenso verrückt wie ich. So könnte ich mir mit ihr eine Menge Verrücktheiten vorstellen, jedoch dafür muss ich erst einmal wieder nach Hause kommen, um sie besser kennenzulernen. Aber wahrscheinlich hat sich das jetzt eh erledigt und sie wohnt bei einem dieser Männer oder ist mit einem von beiden zusammen. Ich hoffe nur, dass der Typ nicht auch noch Michael heißt. So wie ich sie kennengelernt habe, ist mir auch klar, dass sie nicht die Treue in Person ist, was mir letzten Endes egal ist. Mal drüber nachgedacht, wäre es mir lieber gewesen, Natascha hätte mir diese Nachricht gar nicht erst geschrieben. Aber wie gesagt, ich empfinde mich erstaunlich ruhig.

Nun muss ich aufbrechen, denn es ist gleich 8.00 Uhr. Ich habe heute Morgen meinen Unterhosenwettercheck glatt vergessen, so muss ich kurze Zeit später anhalten, um mich wärmer anzuziehen, denn es ist kalt draußen. Es vergeht nur wenig Zeit, da sehe ich vor mir den schönsten Hintern ganz Spaniens. Das empfinde ich als Geschenk des Himmels und prima Ablenkung. Es wird also auch immer eine Frau geben, die einen attraktiveren Körper hat als Swetlana. Coole Botschaft, wie ich meine! So wie es immer jemanden gibt, der schneller ist als man selbst, es sei denn man heißt Usain Bolt, wird es auch immer Frauen geben, die schöner, netter, charmanter, intelligenter und so weiter und so fort sind.

Es ist eine junge Frau, die mit ihrem Freund gemeinsam pilgert. Nur mal so nebenbei, sie hat auch eine Sportfunktionshose an. Es liegt in der Natur der Sache, dass ich als Kerl auf den Hintern schaue. Als Pilger nähert man sich nun mal von der Rückseite und da fällt der Blick unweigerlich auf den Po einer Frau. Zumindest, wenn er schön in Form ist. Dafür achte ich so gut wie gar nicht auf den Busen, was von hinten genähert sowieso schwerfällt. Ich bin mir sicher, Frauen schauen uns Männern auch auf den Hintern, zumindest, wenn er knackig ist.

Später treffe ich erneut auf meine brasilianische Bekannte. Heute tut mir die Umarmung besonders gut und schenkt mir ebenfalls Trost. Wir werden uns an diesem Tage sogar noch einmal sehen, denn wir übernachten am Abend in der gleichen Herberge.

Heute knacke ich die Marke von 600 gepilgerten Kilometern. Mein letztes Viertel vom Jakobsweg beginnt also ab hier. Nachdem ich Tony später einhole und ihn bitte mit mir darauf anzustoßen, sind wir einerseits stolz, so weit gekommen zu sein, doch ebenso wehmütig, denn die längste Zeit des Jakobsweges liegt hinter uns. Während ich mit Tony in einer Bar sitze und mit einem Bier anstoße, kommt Tom herein und setzt sich an unseren Tisch. Als ich ihn namentlich begrüße, schaut er mich verdattert an und fragt, ob wir uns kennen. Ich antworte nur mit: „Ja Tom, das tun wir." Persönlich bin ich nur überrascht, ihn hier anzutreffen, denn er geht seit seiner Verletzung nur kurze Strecken. Er ist aber nach wie vor der Meinung, es muss sich um eine Verwechselung handeln, denn er könne sich nicht an mich erinnern. Ihn wundere nur, woher ich seinen Namen weiß. Es ist schon lustig, aber ich kann mich an ihn entsinnen, weil er uns die Geschichte seiner Verletzung erzählte, wie er todesmutig ein Auto anhielt, indem er sich mitten auf die Fahrbahn stellte. Denn als Anhalter ist er von den Spaniern ignoriert worden.

Dann erinnere ich mich weiter, dass er ins Krankenhaus musste und wie er später mit einem Schweizer Multifunktionsmesser seinen Gipsverband entfernte, damit er weiterpilgern konnte. Ich gebe zu, er hat die Geschichte etwa acht Personen gleichzeitig, die mit ihm am Tisch saßen, erzählt. Wir haben dort nur die Namen und unsere Herkunftsorte ausgetauscht und ansonsten keine Worte gewechselt. Aber es macht mir Spaß ihm damit ein Rätsel aufzugeben. Tom hat die Situation sehr selbstsicher und mit einer Coolness gemeistert wie selten jemand vor ihm. Er erzählt auch ungefragt, er sei mit dem Bus zweimal „gesprungen" wie es hier bei uns Pilgern heißt und daher hat er mich eingeholt. In diesem Moment wünschte ich mir, Songnee wäre hierher ebenfalls mit dem Bus gesprungen. So könnte ich sie genauso wiedersehen. Die ist mir durch ihre Fröhlichkeit regelrecht ans Herz gewachsen. Durch diese Bus-Springerei hat man doch manches Mal die Chance, liebgewonnene Pilger, die man aus den Augen verloren hat, wiederzusehen. Auch Tony ist für mich so ein Pilgerfreund und weil es so ist, verabreden wir uns zum Übernachten für später im gleichen Ort, in derselben Unterkunft. Am nächsten Tag erzählt Tony mir, er habe die Herberge verpasst. Er ist vor Schmerzen, wie in Trance, durch den Ort hindurchgegangen und habe keine Herbergsunterkunft gesehen. Als es ihm aufgefallen ist, war er schon auf halber Strecke zum darauffolgenden Ort.

Heute passiere ich genau jenen Streckenabschnitt, den Hape Kerkeling in seinem Buch als so gefährlich beschreibt, dass man um Leben und Gesundheit fürchten muss. Im Reiseführer wird dementsprechend eine Alternativroute empfohlen, um beschriebenen Abschnitt zu meiden. So bleibe ich jedoch auf dieser Strecke, weil hier der Weg aus Asphalt besteht und auf der Alternativstrecke ein Schotterweg erwähnt wird. Auch wenn es meinen Füßen dank der Schuhe von Cristian besser geht, so wähle ich instinktiv die Asphaltwege als Favoritenwege aus. Während ich jetzt genau an dem Teilabschnitt bin, welchen Hape so ausführlich beschreibt, so fällt mir schnell ins Auge, dass es schon eine lange Zeit her sein muss. Heute sieht dieses Teilstück mehr nach einem verkehrsberuhigten Bereich aus als nach einer todbringenden Mörderstraße. Meine Zählungen auf den Kilometern ergeben nur ganze neun Autos. Ich schätze mal, die Autobahn, die ich unterquere, gab es damals noch nicht. Der Verkehr wird sich bestimmt verlagert haben.

Als ich durch einen Ort gehe, passiert etwas Eigenartiges. Vor mir laufen bestimmt fünfzehn Pilger, wie an einer Perlenkette aufgereiht. Von hinten kommt ein Fahrradpilger und begrüßt nur mich mit einem freundlichen „Buen Camino." Er dreht sich zum Gruß sogar um und sieht mich dabei an. Das Seltsame ist, er grüßt keinen Weiteren, nur mich. Ich fühle mich dadurch geehrt und geschmeichelt. Es sind oft die kleinen Dinge, die bei mir großen Eindruck hinterlassen. Ich frage mich dann: „Was war denn das jetzt?" Wenn es mir gefallen hat, bedanke ich mich dafür gedanklich gen Himmel. Daraus habe ich regelrecht eine Angewohnheit entwickelt. Wenn du von etwas in deinem Leben mehr haben möchtest, dann bedanke dich stets in angemessener Form. Solltest du es bekommen, so weiß das Universum oder Gott, du willst mehr davon und er schickt es dir. Also sehe ich häufig zum Himmel und sage dann: „Danke Gott" und werfe einen Kussmund hoch. Ich weiß, das klingt für einen erwachsenen Mann albern, aber so bin ich eben, albern.

Nachdem ich in der Herberge einchecke, bin ich hocherfreut, denn die Herbergsräume haben keine Doppelbetten. Endlich mal wieder in einem normalen Bett schlafen. Ich bemerke auch hieran, wie ich auf dem Jakobsweg bescheidener werde und mich an immer kleineren Dingen erfreuen kann.

Am Nachmittag fängt es dann an zu regnen, somit fällt das Trocknen der gewaschenen Sachen aus, und ich muss sie von der Leine nehmen. Zum Abendessen bin ich mit meiner brasilianischen Bekannten verabredet. Sie spricht bedauerlicherweise sehr wenig Englisch, darum sind unsere Gespräche nur oberflächlich und anstrengend zugleich. Es ist wohl so, wenn man keine gemeinsame Sprache redet, wird die Unterhaltung nach einer Weile ausgesprochen kraftraubend. Man muss besonders konzentriert zuhören und selber versuchen, das Gesagte in möglichst einfachen Worten zu formulieren. Pilger, bei denen ich genauso eine Sprachbarriere empfinde, meide ich unbewusst.

Ich erhalte von Swetlana wieder zwei supersexy Bilder. Mann, hat die ein Sexappeal und sie weiß es auch. Ich glaube, sie muss so etwas einmal beruflich ausgeübt haben. Leider ist man in der Modebranche mit dreiunddreißig als Model zu alt. Sie hat so eine geile Figur, dass mich sogar Fotos anmachen, auf denen sie bekleidet ist. Swetlana ist brandheiß, also ist es auch kein Wunder, wenn Männer bei ihr als Liebhaber Schlange stehen. Sie beweist bei den Posen ebenso bei der Bilderauswahl einen genauen Blick für das Motiv, eben sich selber. Ferner sind die Bilder nie vulgär, sie zeigen nie zu viel. Die Aufnahmen sind hochgradig erotisch und sexy zugleich. Swetlana weiß, wie sie mich bei der „Stange" halten kann. Aber so schön diese Fotos auch sind, lenken sie mich doch stets vom Wesentlichen ab. So sehr sie mich damit in Versuchung führen will, ich weiß immer besser, was ich will und was ich nicht will.

23. Tag: Deutscher Geheimcode unter uns Pilgern

Ich wache in einem leeren Zimmer auf und schaue als Erstes auf die Uhr. Es ist 6.27 Uhr. Müde drehe ich mich noch einmal um und bleibe gemütlich bis kurz nach sieben liegen. Nach dem gemächlichen Aufstehen kommt der gewohnte Unterhosenwettercheck. Ich sehe, es hat in der Nacht geregnet und es ist auch wieder unerwartet arschkalt. Auf solch ein schlechtes Wetter und Temperatursturz antworte ich kleidungstechnisch schon in Routine mit der Zwiebeltaktik.
Über mein Trägershirt ziehe ich das Kurzarm-Funktions-T-Shirt für Radfahrer und darüber die Langarm-Mehrzweck-Joggingjacke an, der ich die Ärmel abtrennen kann. Dazu ein extra Halstuch, zusätzlich eine Mütze. Wie gesagt, es ist arschkalt. Vor dem Start esse ich noch einen Apfel, trinke den Orangensaft leer und schlemme eine ganze Tafel weißer Schokolade. Ich selbst bin mir nicht sicher, ob ich dieses vorgezogene Frühstück aus Gründen der Gewichtseinsparung vollziehe oder aus reiner Gier. Der Energieverbrauch ist aber groß genug, um meinen Gelüsten auf Süßigkeiten freien Lauf zu gewähren, und trotz alledem den Eindruck zu haben abzunehmen. Ein angenehmer Nebeneffekt des vielen Wanderns, wie mir scheint. Das vermute ich zumindest, denn eine Waage zur Kontrolle der These habe ich nach wie vor nicht gefunden. Doch anhand meines Gürtels, den ich schon drei Löcher enger schließen kann, habe ich einen Anhaltspunkt.

Es geht noch ein Stück weiter entlang der Landstraße die Hape Kerkeling als so gefährlich beschreibt. Aber mittlerweile ist sie nicht nur sehr wenig befahren, sondern wurde seinerzeit für die Pilger entschärft. Der Fußgängerbereich ist extra mit einem halben Meter hohen Betonpoller gesichert. Ich sehe eine sehr lange Zeit keinen einzigen Pilgerkameraden und frage, ob ich auf dem Holzweg bin und gerade dabei bin, mich zu verlaufen. Endlich kommen ein paar Fahrradpilger an mir vorbeigefahren und wenig später sehe ich auch ein für mich erlösendes Pilgerschild. Trotz meiner Zwiebeltaktik, die ich heute Morgen wählte, ist mir immer noch arschkalt. Also verschärfe ich mein Gehtempo, um innere Wärme aufzubauen. Nach zehn bis zwanzig Minuten höre ich nun endlich auf zu frieren. Spanien im Juni ist eine echt kalte Angelegenheit. Wie jedes Mal, wenn ich friere, denke ich an meinen Kumpel, der mich vor der Hitzewelle gewarnt hatte.

So in Gedanken fällt mir aber auf, wie schön das Land ist. Die Vegetation ist überwältigend abwechslungsreich sowie unwahrscheinlich grün. Mit einer so differenten Flora und Fauna habe ich hierzulande nicht gerechnet. Spanien habe ich mir immer braun und verdorrt vorgestellt. Und selbst die Straße, die Hape als so gefährlich beschreibt, ist so, ohne nennenswerten Verkehr, als idyllisch, romantisch und sehenswert zu bezeichnen. Wenn ich hier mit dem Auto vorbeifahren würde, hätte ich das Bedürfnis anzuhalten, um mir die Natur anzusehen. Die Spanier müssen sogar von der EU eigene Verkehrsschilder genehmigt bekommen haben. Zum Beispiel das Achtung-Schild mit dem bekannten Strichmännchen darauf. Aber hier hat es einen Pilgerstab in der Hand. Es sieht für mich ein bisschen gewöhnungsbedürftig aus. Meine ersten zwölf Kilometer habe ich in zwei Stunden geschafft. Ich suche mir, etwas abseits vom Pilgerweg, eine Paneteria, auf Deutsch eine

Broterei. Dort werde ich mich jetzt erst einmal mit einen Café con Leche belohnen und wenn ich Glück habe, bekomme ich ein Süßgebäck.

Erwartungsvoll betrete ich die Bäckerei und wer sitzt dort und wartet wie bestellt auf mich? Der Tony. Wir freuen uns sehr, uns wieder zu treffen. Er macht aber auf mich einen sehr erschöpften Eindruck. Da er die Herberge gestern übersehen hat, ist er fünf Kilometer weitergegangen, was sich heute bei ihm zu rächen scheint. Der Bäcker ist offensichtlich aus Peru, denn er ist hocherfreut, als ein Landsmann mit einer Fahne aus dem Heimatland die Bäckerei betritt. Tony und ich ziehen es vor zu gehen, denn die beiden reden in einer ohrenbetäubenden Lautstärke miteinander. Auch für solche peruanische Unterhaltungen wünsche ich mir eine EU-Richtlinie mit einer dB-Obergrenze, damit ich vor dauerhaften Hörschaden geschützt bleibe.

Nach einem kurzen Gespräch mit Tony wird mir klar, warum heute Morgen alle Pilger so früh aufgebrochen sind. Man sollte sich im Reiseführer zur Entfernung eben auch das Höhenprofil der Strecke sorgfältig anschauen. Er macht mich darauf aufmerksam, dass wir gleich sagenhafte achthundert Höhenmeter aufsteigen müssen. Und die geht man für gewöhnlich deutlich langsamer als einen ebenen Weg. Tony und ich trennen uns, denn ich gehe sehr gerne bergauf. Überhaupt laufe ich heute wie von der Tarantel gestochen.

Der Jakobsweg führt jetzt durch ein paar schöne Ortschaften mit besonders reizvollen Landstraßen, die so gut wie gar nicht mit Autos befahren sind. Nach einer urigen Flussüberquerung, über große Findlinge hüpfend, geht es extrem steil bergauf. Selbst beim Aufstieg kann ich mein hohes Gehtempo halten. Ich power mich nur allzu gerne aus, aber es erscheint mir jetzt noch nicht einmal so.

Mir ist unerklärlich, woher bei mir diese Kraft kommt. Ihr müsstet mich mal abends in der Herberge sehen, da schlurfe ich wie ein gehkranker neunzigjähriger Opa. Aber über Nacht passiert bei mir immer die Wundergenesung und am Morgen, nach einem gewissen Einlaufen von einem bis zwei Kilometern, laufe ich wie neugeboren. Mir ist bewusst, ich erwähnte es schon einmal, jedoch ein Wunder, welches man nun täglich erleben darf, ist dadurch nicht weniger erwähnenswert. Doch es geht damit nicht nur mir so, denn alle humpeln und schlurfen abends wie Neunzigjährige herum. Doch bereits am nächsten Tag marschieren sie ihre zwanzig bis dreißig Kilometer, und das würde kein gehkranker Greis mit Rucksack schaffen.

Der Weg wird nun noch einmal steiler. Wenn ich mich jetzt beim Gehen noch weiter vornüberbeuge, bekommt meine Nase Bodenkontakt. Bei einem kurzen Blick nach hinten sehe ich drei Radfahrer, die mich drei Minuten später eingeholt haben. Als sie an mir vorbeifahren, grüße ich kurz mit „Buen Camino" und pfeife provokativ ein Liedchen vor mich hin. Als die Radfahrer so fünfzig Meter vor mir sind, erkenne ich an ihrem Fahrstil, dass sie nicht mehr können. Ich erahne es, weil sie nicht mehr geradlinig fahren, sondern eher im Zickzackkurs und sie schnaufen wie Lokomotiven. Ich ziehe das Gehtempo noch ein wenig an, denn mein Ehrgeiz ist jetzt gepackt. So denke ich bei mir: Wie geil ist das denn, als Fußpilger einen Fahrradpilger zu überholen? Wenn ich schon keinen Reiterpilger überhole, dann doch wenigstens einen Radpilger. Ich weiß, es ist typisches Machogehabe von mir. Es gelingt mir, ich komme näher. Für die Radfahrer kündige ich mein Näherkommen mit einem fröhlichen Liedchen an, welches ich vor mich hin pfeife. Mir ist bewusst, wie gemein es eigentlich von mir ist, denn ich treffe damit genau die Moral der Radfahrer. Der Erste steigt jetzt aus dem Sattel und tritt in die Pedale, was das Zeug hält. An diesem Punkt ist mir klar, den habe ich gleich, schließlich geht es noch ein paar Kilometer weiter so steil bergauf und die wird er so nicht überstehen. Gewonnen! Der Erste steigt mit einem Laut vom Rad, welcher wie Musik in meinen Ohren klingt. Kurz darauf folgen die anderen. Jetzt schieben alle drei ihre Bikes. Ich gehe noch schneller und pfeife noch fröhlicher. Sie schieben, was das Zeug hergibt, ihre Räder vor sich her, aber ich komme näher. Jetzt bin ich neben ihnen und grüße abermals mit „Buen Camino!", als hätte ich sie heute noch nicht gesehen. So ziehe ich an ihnen vorbei und lache mir genüsslich eins ins Fäustchen. Das hat mir echt Spaß bereitet und ist gut für mein Ego. Ich bin mir sicher, die drei werden es niemandem erzählen, von einem Fußpilger überholt worden zu sein.

Etwa fünfhundert Meter weiter vorne trennen sich die beiden Wege. Wanderer gehen rechts in einen Waldweg und die Radfahrer bleiben auf der Straße. Nach zwei oder drei Kurven geht der Weg ein weiteres Mal brutal steil bergauf und das Ganze auch noch auf losem Geröll oder Felsen. Ich hole dabei erneut ein paar Wanderer ein und mir fällt auf, auch die werden nicht gerne überholt. Zumeist bleiben sie einfach und unvermittelt stehen und lassen mich vorbeiziehen. Nun merke auch ich, wie steil der Weg ist und dass die Luft hier dünner wird. Nun schnaufe ich selber wie eine Dampflokomotive. So drossle ich mein Tempo, weil ich hier nicht umkippen möchte und jetzt höre ich, wie sich Schritte von hinten nähern. Scheiße, nun will mich einer plattmachen, denke ich für mich und bin der Meinung, es zu verdienen. Es schlängelt sich serpentinenartig weiter brutalst steil bergauf. Die Schönheit der Natur ist so erschöpft nicht wahrzunehmen. Nun wird das Ganze auch noch matschig. Mir läuft der Schweiß von der Stirn oder tropft von der Nasenspitze, als würde ich seit zwanzig Minuten in der heißen Variante der finnischen Sauna sitzen. Ich merke, wie der Verfolger nur noch wenige Schritte hinter mir ist. Nun meine ich, seinen Atem direkt im Nacken zu spüren, so dicht ist er hinter mir her. Kapitulierend drehe ich mich um und frage, ob er passieren möchte. Zu meiner Überraschung sagt der junge Mann zwischen sechzehn und achtzehn Jahren: „Nein danke, das ist genau mein Tempo." Ja, wir Männer brauchen so ein Imponiergehabe. Für mich gesprochen liebe ich es sogar und komme mir dabei vor wie ein ganz toller Hecht. Ich glaube wir Kerle wollen uns irgendwie immer miteinander messen, und ich tue es besonders gerne und ausgiebig: Meine Frau ist schöner als deine, dafür hat mein Auto mehr PS, mein Haus ist größer, moderner oder sonst etwas.

Dieses Gehabe ist Frauen vollkommen fremd.

Einmal habe ich eine Freundin gefragt, was sie für ein Auto fährt und sie hat mir zur Antwort gegeben: „Ich fahre ein blaues Auto." Das würde nie aus dem Munde eines Mannes kommen. Ein Kerl nennt stets die Marke und fügt sofort die genauen Bezeichnungen und Angaben hinzu. Zum Beispiel so: Mercedes CL 600 V-12 mit Bi-Turbo Aufladung und Sportfahrwerk, einem Carlsson Tuningpaket von mehr als 600 PS und 1000

Newton Meter. Mein jüngster Sohn hasst genau dieses Verhalten an mir und kritisiert mich regelmäßig dafür.

Der junge Mann bleibt an einem Aussichtspunkt stehen und schaut sich die Landschaft an. Es geht wieder brutalst bergauf. In einer Ortschaft halte ich kurz an einem Brunnen an und fülle meine Wasserflaschen auf. Obendrein trinke ich literweise Wasser und schwitze es auch genauso literweise, wie Sau aus. Ich werde noch einen Ort weitergehen, bevor ich eine Bier-Belohnungspause einlege. Bis zum nächsten Ort überhole ich abermals jede Menge Pilger. Dort angekommen bin ich klitschnass geschwitzt. Jetzt möchte ich mich auf eine Parkbank an die Bar setzen und stelle den Rucksack vor der Bank auf den Weg ab. Schon trinke ich ein Bierchen, welches ich mir redlich verdient habe. Im Gepäck habe ich auch noch eine Flasche Danone Erdbeer- Banane-Milch in einer Plastikflasche dabei, von der ich mir ebenfalls einen großen Schluck genehmige und mich somit fortwährend belohne.

Langsam wird mir auf der Parkbank im Schatten zu kalt und ich wechsle meinen Platz an einen etwa zehn Meter entfernten Tisch, der in der Sonne steht. In dem Moment fällt mir ein unausgesprochener geheimer Code unter uns Deutschen auf. Ich habe von diesem Geheimcode noch in keinem Reiseführer gelesen, aber er funktioniert jedes Mal. Wenn du alleine sein und den Jakobsweg in Abgeschiedenheit gehen willst, dann brauchst du von diesem geheimen Zeichen nichts wissen. Jedoch dafür, damit du den Code nicht versehentlich anwendest, obwohl du lieber für dich allein bleiben würdest. Der Geheimcode ist so einfach in seiner Anwendung, dass jeder Deutsche ihn mit Leichtigkeit nutzen kann. Ein anderer Landsmann könnte auf diesen Geheimcode auch gar nicht anspringen. Es sei denn, die Person kommt aus dem deutschsprachigen Raum, denn dort funktioniert der Geheimcode höchstwahrscheinlich genauso.

Für diesen Code brauchst du keine Morsezeichen verstehen, senden können, oder gar den Enigma-Code auswendig lernen. Er ist genau so simpel, wie er eben auch geheim ist. Du musst einfach nur deinen deutschen Reiseführer vor dich auf den Tisch gut sichtbar platzieren. Du kannst sicher sein, wenn ein deutscher Artgenosse in der Nähe ist, wird er oder sie dich auf Deutsch ansprechen und eine bestimmte Frage stellen. Die Frage, die er oder sie stellen wird, ist, ob du aus Deutschland kommst. Das funktioniert meines Wissens aber nur mit den gängigen Modellen der deutschen Reiseführerausgabe. Aber ich lasse mich hierbei gerne eines Besseren belehren. Ein Detail erscheint mir dennoch von besonderer Wichtigkeit. Der Reiseführer muss für dich selbst verkehrt herum liegen, mit der Schrift in die Richtung schauen, aus denen sich die anderen Pilger nähern. Mit dem Code bekommst du sofort Anschluss zu Landsleuten. Mir ist im Übrigen nicht überliefert, ob von diesem Geheimcode auch eine koreanische, brasilianische, italienische, französische oder amerikanische Version existiert. Es ist wirklich so! Du brauchst nichts anderes zu machen, als den deutschen Reiseführer hinlegen und du hörst: „Hallo, sind sie etwa auch ein Deutscher?", heißt es dann und schon hast du Kontakt zu gleichsprachigen Personen. Früher war das nicht so einfach.

Alleine sitze ich an meinem Platz und probiere die Funktionalität des Codes aus. Ich lege den Outdoor-Reiseführer fett und direkt vor mich auf den Tisch. Natürlich für mich falsch herum, was eben so viel heißt wie: „Sprich mich ruhig an." Damit andere es besser lesen können und den deutschen Geheimcode schneller erkennen, denn allzu lange will ich hier nicht mehr sitzen. Eine alte Dame kommt zu mir und sagt den berühmten Satz zu mir. „Hallo, sind sie auch ein Deutscher?" Ich antworte nett mit: „Ja, sie etwa auch?" Zugegeben, eine doofe rhetorische Rückfrage von mir, schließlich wurde ich eben auf Deutsch angesprochen und die Frage der älteren Dame impliziert ausdrücklich ihre deutsche Herkunft. Doch für mich ist der Geheimcode eben noch neu und mir ist auch nicht überliefert, was ich korrekterweise hätte antworten müssen. Es vergehen nur wenige Minuten und zwei weitere deutsche Frauen gesellen sich zu uns an den Tisch. Funktioniert echt gut, der Code. Jetzt sitzen wir hier und reden alle so über dies und das. Da kommt ein deutscher Schäferhund des Weges und geht schnurstracks geradewegs auf meinen Rucksack zu, der so schön für sich alleine auf dem Weg steht. Aus dem Augenwinkel beobachte ich ihn dabei, bleibe aber gedanklich bei dem Gespräch mit den Frauen. Jetzt hebt dieser Trottel vom deutschen Schäferhund doch tatsächlich sein Hinterbein und möchte in aller Ruhe den Rucksack markieren. Mit anderen Worten: Der Hund will mein Gepäck anpissen! Dieser Reiserucksack hat für mich ein Vermögen gekostet und der blöde Hund will dagegen pinkeln? Ich habe schon immer die Einstellung vertreten, wenn mir jemand ans Bein pissen will, dem pisse ich auch an seines.

Der Hund hebt gemächlich sein Hinterbein und... reflexartig und in Bruchteilen einer Sekunde schreie ich laut auf. Keinen klaren Satz oder einen Befehl! Den hätte vielleicht ein Schäferhund aus Deutschland verstanden und befolgt, aber sicherlich keiner, der Zeit seines Lebens in Spanien lebt. Also ist es eher so eine Art Gebärdenschreierei, welcher meinen Mund Richtung deutschen Schäferhund verlässt. Ich greife zusätzlich zum Gebärdenschrei blitzschnell zu meiner leeren Danone Erdbeer- Banane-Milch in der Plastikflasche und werfe sie in Richtung Schäferhund, der nur Millisekunden davor ist, loszupinkeln. Die Danone Erdbeer-Banane-Milch in der Plastikflasche dreht sich auf der Flugbahn zum Köter insgesamt drei Mal um die eigene Achse. Sie trifft ihn genau mittig am Rumpf und das Ganze, bevor der erste Tropfen den Körper des Viechs Richtung Rucksack verlassen kann. Die Töle springt etwa zehn bis fünfzehn Zentimeter auf der Stelle stehend in die Luft und quietscht und fiept dabei, als wäre sie arg verprügelt worden. Wahrscheinlich hat er sich nur höllisch erschrocken. Zuerst mein Gebärdenschrei und dann der dumpfe Einschlag der Milchflasche. Das ist einfach zu viel für einen spanischen deutschen Schäferhund. Nach diesem Erlebnis bin ich der Meinung, auf alle Danone Erdbeer- Banane-Milch-Plastikflaschen muss unbedingt ein Warnhinweis abgedruckt werden und das natürlich mehrsprachig.

Er sollte genauso lauten: „Bitte werfen sie diese Danone Erdbeer- Banane-Milch-Flasche nicht nach deutschen Schäferhunden, die in Spanien leben, denn diese Danone Erdbeer- Banane-Milch-Plastikflaschen sind extrem treffsicher und könnten den Hund erschrecken." Ich schwöre, wenn dieser Warnhinweis auf der Flasche gestanden hätte, dann hätte ich mir diese Danone Erdbeer- Banane-Milch-Plastikflasche erst gar nicht gekauft.

Aber jetzt ging die Peinlichkeit für mich erst richtig los.

Auf dem Platz sitzen fast nur Frauen und die haben dank meines Schreies auch alles ganz genau mitbekommen. Alle strafen mich augenblicklich mit Blicken, die ein Mann nicht gerne bekommt. Ich glaube, eine von den Damen hat unverzüglich ihr Handy gezückt und sofort Greenpeace angerufen. Die Leute von Greenpeace werden mich dann zur Strafe und Abschreckung, sicher mit Transparenten umwickelt, auf denen in großen Buchstaben mein Name zu lesen ist und der Satz steht: „Man bewirft keine deutschen Schäferhunde mit Danone Erdbeer- Banane-Milch in Plastikflaschen und gibt dabei auch noch grässliche Gebärdenschreie von sich, sodass sich jeder in Spanien lebende deutsche Schäferhund fast zu Tode erschreckt." Da ich sowieso nicht mehr so lange bleiben wollte, ist das jetzt der beste Moment, um abzuhauen. Eine von denen bei mir am Tisch sitzenden Frauen fragt noch: „Warum machst du denn sowas? Hast du etwa etwas zu essen in deinem Rucksack?" Was für eine seltendämliche Frage, denke ich. Nein, habe ich nicht, ich bin eben nur ein bisschen pingelig. Ich möchte einfach nur nicht, dass mein Gepäckstück, welches ich die ganze Zeit dicht bei mir auf dem Rücken trage, nach Hundepisse stinkt. Schlimmer noch ist die Gewissheit, dass in jeder folgenden Stadt oder Dorf alle Dorfköter angelaufen kommen und sich genötigt fühlen, meinen Rucksack zu markieren. Schließlich erkennen sie dort die Markierung eines fremden Köters in ihrem Revier.

Nee, nee, das will ich ganz sicher nicht!

Das reicht mir als Grund aus, den deutschen Schäferhund mit einer Danone Erdbeer-Banane-Milch-Plastikflasche zu bewerfen und auch zu treffen. Ich stehe auf und gehe auf die am Boden liegende Flasche zu und bücke mich, um sie aufzuheben und sachgerecht in einem Mülleimer zu entsorgen. Dabei finde ich ein Geldstück. Zwei Euro liegen da direkt unter der Milchflasche auf der Erde. Es ist schon wirklich komisch, denn es sind in der Zeit, als ich dort mein Ding machte, bestimmt dreißig bis vierzig Pilger über dieses Geldstück hinweg spaziert, aber niemand hat es gesehen. Das Geld liegt eben doch sprichwörtlich manchmal auf der Straße. Jedoch muss man es bemerken und aufheben. Ich hebe es auf, spucke dreimal Luft auf die Münze und denke bei mir: Lars, du bist ein Geldmagnet.

Ein Mann, der die ganze Sache beobachtete, fragt mich so laut, dass es auch ja alle anderen mitbekommen: „Did you find a coin?" Hast du eine Münze gefunden? Ich antwortete nur mit ja und er hängte noch ein: „You are an lucky guy", hinten dran. Persönlich bilde ich mir ein, dass mich alle Frauen auf dem Platz mit noch mehr Verachtung anblicken als vorher. Ich kann sogar ihre Gedanken hören. „So ein Tierquäler, bewirft mit voller Wucht den armen Hund, der nur seinem Instinkt gefolgt ist, mit einer schweren Milchflasche. Er wirft sie so stark, dass dieser arme Hund dabei vor Schreck fast umgekommen ist und jetzt schlägt der Tierquäler auch noch Kapital aus der ganzen Sache." Natürlich hätte ein ehrlicher Finder, aus dem Kreise der Leute, die auf dem Platz herumsaßen, gefragt, ob jemanden diese Münze aus der Tasche gefallen ist.

Aber ich kann alle beruhigen, denn auch dort hätte ich als Einziger ja gesagt. Ich nehme eben die kleinen wie großen Geldgeschenke, die das Universum verteilt, sehr gerne an. Ich schultere den Rucksack und mache mich auf den Weg. Als ich so circa dreihundert Meter gegangen bin und aus der Hörweite der anderen bin, lache ich lauthals los. Ich kann mich fast nicht mehr einkriegen, so lustig und unreal empfand ich diese Situation. Meinen Bauch haltend, schmeiße erst einmal den Rucksack ab und lege noch eine extra fünfminütige Lachpause ein. Als ich mich wieder einigermaßen fange, muss ich selber pinkeln. Nachdem ich ausgelacht habe, setze ich meine Pilgerreise fort, natürlich nicht, ohne ab und zu erneut eine kleine Lachattacke zu bekommen.

Das Wetter klärt sich langsam auf und die Temperaturen steigen auf erträgliche sechzehn bis achtzehn Grad an. Das macht wiederum einen weiteren Zwangsstopp erforderlich, denn ich muss die Jacke ausziehen und von der Wanderhose die Beine abtrennen, damit sich das Schwitzen in Grenzen hält. Vorhin beim Anstieg ist mir der Schweiß ja förmlich von der Nasenspitze getropft. Als ich so vor mich hin pilgere, schicke ich noch ein Stoßgebet zu Gott: „Bitte lieber Gott, lass keine von den Frauen, die mich so verächtlich angeblickt haben, heute mit mir zusammen in der gleichen Herberge landen." Und was soll ich sagen, Gott hat mein Gebet erhört.

24. Tag: Zickzack Kuhdungstreifen, Galiciens Wettbewerb

Auch mein Freund Tony hat es noch bis Hospital da Condesa geschafft. Er hatte leider nur nicht so viel Glück wie ich gehabt, denn das Wetter hat sich noch einmal gedreht und den Pilgern Regen beschert. Als sich immer mehr Regenwolken zeigen, habe ich ein weiteres Stoßgebet zu Gott losgelassen und gebeten, der Regenschauer möge erst einsetzen, wenn ich die Herbergsunterkunft erreiche. Auch dieser Wunsch ist in Erfüllung gegangen. Ich betrete gerade um Punkt 14.00 Uhr die Herberge, da fängt es auch schon an zu regnen.

Da es hier in diesem Ort aber auch so garnichts gibt außer einem Brunnen, befülle ich am Morgen nur die Wasserflaschen und mache mich auf den Weg nach Sarria. Da Tony gestern kaputt war, früh schlafen gegangen ist, und heute wieder mindestens ein bis anderthalb Stunden vor mir los ist, gab es wenig Gelegenheit, miteinander zu quatschen. Ich bin gespannt, wann ich ihn wiedersehe.

Es fällt sofort auf, ich befinde mich nun in Galicien und kann es hier schon mal vorwegnehmen, jetzt fängt das landschaftlich reizvollste Teilstück des Jakobsweges an. Die Wege, so beschwerlich und steil sie auch sind, so präsentieren sie sich dem Betrachter wunderschön. So könnte ich stundenlang, tagelang, gar wochenlang diese Wege gehen und mich dennoch nie an ihrer Vielfalt sowie an ihrem Zauber sattsehen. Ich bin mir nicht sicher, ob die Feldwege hier in Galicien wie verzaubert, ja geradezu wie aus einer anderen Zeit sind, oder ob meine Person von ihnen so verzaubert wurde. Komme ich heute mal an eine wenig bewachsene Stelle, so stehen dort Ginsterbüsche, die eine maximale Höhe von einem Meter haben. Sie blühen in einem satten Sonnengelb und wenn die Sonne auf sie scheint, so erstrahlt die gesamte Hügellandschaft in einem flammenden, sonnigen Gelb. Das zusätzlich Spektakuläre ist die Abwechslung von Sonnenschein und Bewölkung. Auf den Hügeln steht noch der Frühnebel und gelegentlich ziehen Wolken über die Hügellandschaften. Doch die Sonne entwickelt so viel Kraft, dass sich der Hochnebel mancherorts auflöst und sie auf den strahlend gelben Ginster trifft. Wenn Wolken über die Hügel ziehen, ist es nie eine geschlossene Wolkendecke, somit ergibt sich ein Licht- und Schattenspiel auf den goldfarbenen Ginsterbüschen, wie er sonst nur einer Traumwelt entspringen kann. Komme ich an ein bewachsenes Teilstück, so scheinen die Bäume um den Weg herum zu wachsen und eine Art Hohlweg zu formen.

Auf einem Foto sieht es dann häufig so aus, als ob der Weg in eine Höhle hinein führt. Von beiden Seiten wächst die gesamte Vegetation in einem Halbkreis um den Jakobsweg herum. Die Luftfeuchtigkeit muss hier immer sehr hoch sein, denn die meisten Bäume sind mit einem dichten Moosteppich bewachsen. Mal in einem dunklen saftigen Grün und ein anderes Mal in einem hellen Türkis mit einem fremdartig wirkenden, leicht bläulichem Schimmer. Ein einzelner Weg und damit meine ich eine Strecke von nur wenigen hundert Metern ist hier so abwechslungsreich und besonders, dass ich ein ganzes Fotoalbum füllen könnte, dabei aber kein einziges Foto dem anderen gleicht. Dank meiner zweiunddreißig Gigabyte-Speicherkarte kann ich so viele Fotos aufnehmen wie ich will, was ich auch umsetze. Genauso verhält es sich mit dem Untergrund, der ist ebenso unterschiedlich, spektakulär und eigenartig in der Bildgebung, dass ich nicht weiß, wo ich zuerst hinsehen soll. Jeder einzelne Meter des Jakobsweges sieht aus wie eine eigene Märchenlandschaft. Oftmals muss ich Bäche oder Flussläufe überqueren, die entweder mit malerischen kleinen Brücken überführt, oder die mit Fußumrundungen aus Felsen ausgestattet sind. Mal ganz ehrlich, ich fühle mich das ein oder andere Mal ins Mittelalter versetzt. Besser noch, ich komme mir vor, wie in einem Film vom „Herr der Ringe" und jeden Moment scheint hier ein Hobbit um die Ecke zu springen. Das Ganze wird gekrönt durch die fehlende Besiedelung und den ausbleibenden Zivilisationslärm.

Wenn ich das geahnt hätte, dann hätte ich meinen Kleidungstil diesem Szenario angepasst. So richtig wollen wir Pilger mit unserer Hightech-Kleidung, häufig in schrillen Farben, hier nicht wirklich hereinpassen. Ich bin mir sicher, mit der entsprechenden Bekleidung würde ich mich noch mehr in eine Märchenwelt versetzt fühlen. Das Wort Märchenwelt passt auch besser als mittelalterlich. Der Begriff kam mir auch nur wegen der Unberührtheit und der fehlenden Zivilisation in den Sinn. Selbst wenn ich eintausend Fotos hier vom Weg aufnehme, so könnten all die Bilder die Schönheit des Jakobsweges nicht annähernd einfangen. Ich glaube, ich kann sagen, dass mir Galicien am allerbesten gefällt. Eigentlich müsste ich hier eine zehnseitige Liebeserklärung an Galicien und Spanien schreiben, so überwältigt und berührt bin ich von der landschaftlichen Schönheit.

Um das Ganze wieder einigermaßen herunterzuholen und zu relativieren, muss ich hier aber auch von etwas anderem, sehr auffälligem schreiben. Die Ortschaften, durch die ich hier gehe, sind genau genommen eine Ansammlung von Bauernhöfen. Die meisten Bauern betreiben offensichtlich Rinderzucht oder Rinderhaltung.

In jedem Ort, und das meine ich wirklich, ohne Ausnahme, sind die Verkehrswege übersät mit Kuhhaufen. „Kuhhaufen" trifft es eigentlich auch nicht richtig, denn die Kuhscheiße liegt nicht auf einem Haufen, sondern ist über die gesamte Straße verteilt. Manche Kühe scheinen hier in Galicien eine Art Wettbewerb zu veranstalten. Die machen hier in den Ortschaften nicht einfach nur einen Kuhhaufen, nein, sie verteilen ihren Dung in einem besonderen Zickzackkurs entlang des gesamten Straßenverlaufs. Vermutlich wird der Wettbewerb von der Kuh gewonnen, die ihren Dung am längsten im Zickzack über die Straße verteilen kann. Einige Male sehe ich sogar, zwei oder drei Zickzackkuhdungstreifen nebeneinander. Da ist es verhältnismäßig einfach zu erkennen! Die Kuh mit den längsten Kuhdungzickzackstreifen hat gewonnen.

Wir, als normale Pilger, haben keine Chance, so einen Ort zu durchqueren, ohne Kuhscheiße an die Füße zu bekommen. Die Straßen haben in diesen Ortschaften auch eine andere Farbe. Sie sind nicht mehr asphaltgrau, nein, sie sind kuhdungbraun. Es ist wohl so, vermute ich, wenn diese Kühe das Jahre, Jahrzehnte oder sogar Jahrhunderte so gehandhabt haben, dann verändert sich logischerweise genauso die Farbe der Fahrbahn. Ist eben auch eine Besonderheit von Galicien, kuhdungbraune Straßen, wahrscheinlich einmalig auf der ganzen Welt. Und ich kann jeden nur trösten, nein, das Braune, auf das du da getreten bist, ist keine Erde, sondern es ist alte Kuhscheiße. Da der Kuhdung hier aber meistens schon angetrocknet ist, hält sich die Geruchsbelästigung in Grenzen. Selbstverständlich riecht es in den Ortschaften nach Kuhmist, aber das würde es sowieso tun, denn jedes zweite Gebäude scheint, wie gesagt, ein Kuhstall zu sein. Was mich zumeist beruhigt, außerhalb der Orte ist die Geruchsbelästigung wieder weg.

Am Ende eines steilen Anstieges komme ich vor Durst fast um, und da es allen Pilgern an der Stelle so gehen muss, ist hier ein besonders auffälliger Brunnen gebaut worden. Wie heißt es stets so schön: **„Der Jakobsweg gibt dir immer das, was du brauchst und genau dann, wenn du es brauchst."** Und ich benötige jetzt wirklich einen großen Schluck aus dieser Wasserstelle. Der Brunnen erscheint sehr alt und ist besonders aufwendig gestaltet. Das Wasser fließt aus einer zwei Meter breiten, grün-weißen Jakobsmuschel. Sie bildet das Zentrum des Brunnens. Im Halbkreis, um die Muschel herum, ist eine Begrenzungsmauer, die in der Höhe zu den Seiten hin abfällt. Vor der Mauer sind als eine Art Vorsprung, Sitzflächen vor denen wiederum, in einem Meter Abstand, Tische aus Stein stehen. In der Mitte des Halbkreises befindet sich ein Bassin, gefüllt mit frischem Quellwasser. Es ist so groß, hierin können locker zehn Personen baden. Das Wasser aus dem Brunnen schmeckt herrlich erfrischend und ist richtig kalt. Ich trinke es nicht nur, sondern kühle auch meinen Kopf damit. Es ist für mich immer wieder unglaublich, wie gerne ich hier in Spanien das frische Quellwasser genieße. Ich gerate von dem Trinkwasser regelrecht ins Schwärmen.
Ich schwärme über Wasser?
Schon seltsam!

Wenn ich hier aus dem Wald heraustrete und das Wetter es zulässt, hat man einen beeindruckenden Panoramablick. Die Gegend sieht für mich überhaupt nicht wie Spanien aus. Aber meine Vorstellungen wurden von der Realität korrigiert. Weiche, saftig, grüne Hügel, zum Teil mit flachem Bewuchs und stellenweise mit riesigen Flächen an Farnen. Es war mir auch nicht bewusst, wie viel Farn hier im Land wächst. Fast jede Lichtung im Wald ist mit ihm in helles Grün getaucht.

Ich komme dem Tagesziel langsam näher. Es ist schön, wenn man sein Ziel des Tages so einige Kilometer vorher sieht. Es steigert bei mir noch einmal so richtiggehend die Motivation und die Gewissheit, es bald geschafft zu haben. Der Ort liegt in einem Tal, sodass der Camino, entlang von Kiefernwäldern, mit seinem eigenen Duft, in den Ort läuft. Auch die Duftwelten, die ich hier an einem einzigen Tag durchlaufe, sind so ungewöhnlich, wie auch süchtig machend. Zumindest, wenn man hier den Rinderdung-Geruch außen vorlässt.

Auf dem Weg in die Ortschaft kann ich in zweihundert Meter Entfernung Hinkebein vor mir erkennen. Da ich ihn jetzt schon ein paar Tage nicht mehr gesprochen habe, erhöhe ich mein Tempo, um ihn vor dem Ort einzuholen. Als mir das nach einer kurzen Zeit gelingt, klopfe ich ihm auf die Schulter und begrüße ihn mit den Worten: „Hello, my friend." Wir wechseln meistens nur wenige Sätze miteinander, aber das tut der großen Freude keinen Abbruch. Er spricht mich auf die Bergabpassage an, wo es vom Cruz de Ferro für fünf Kilometer herunter in den Ort ging. Ich erinnere mich daran. Es war die Stelle, an der ich nur mit einem „Sorry" an ihm vorbeigelaufen bin. Es tat mir ja leid, doch ich konnte nicht bremsen und anhalten. Ich wollte mich gerade für die Unhöflichkeit entschuldigen, da sagt er etwa so etwas zu mir wie: Ich war fassungslos, dich so den Berg herunterlaufen zu sehen: „Lars, you are a machine, you are the next Terminator." Er wiederholt das Ganze im Laufe unseres Gespräches noch fünf- sechs Mal. Auch seiner Begleitung an diesem Tag erzählte er darüber und die sieht mich an wie das siebte Weltwunder. Das blieb auch so, als ich den beiden erkläre, dass es eigentlich einfacher sei, den Berg hinunter zu laufen, als ihn mühsam hinunterzusteigen.

Hinkebein wiederholt den Satz: „Lars, you are a machine, you are the next Terminator", klar, es schmeichelt mir, solche schönen Spitznamen zu haben wie „Mister Magdeburg", „Maschine" oder „Terminator". Jedoch Hinkebein werde ich seinen besser nicht verraten.

Wir erreichen die erste Herberge des Ortes, in die er und seine Begleitung spontan einchecken. Selber nehme mir eine andere, denn ich möchte mir heute wieder etwas zu essen kochen. Spagetti satt essen, und dazu suche ich mir aus dem Reiseführer eine Unterkunft mit einer Küche aus. Dann heißt die Herberge auch noch Oasis und erinnert mich sofort an die englische Rockband, die ich so gut finde. Ich habe sogar eine CD dieser Band auf dem MP-4-Player. Mir fällt ein, ich kaufte mir gerade vor der Abreise die neue Platte von Noel Gallagher´s High Flying Birds, „Chasing Yesterday."

Ja, das ist meine auserwählte Herberge und sie ist zur Überraschung nur wenige Meter entfernt. Mir ist jetzt schon klar, welche Musik ich nach der wohlverdienten Dusche höre. Da es erst gegen zwei Uhr ist, muss ich einige Stunden abwarten, bis die Geschäfte öffnen und ich mir Abendbrot einkaufen kann. In der Herberge sind nur zwei Pärchen zusammen in einem Viererzimmer untergebracht. Ich bin der Erste, der das Achterzimmer bezieht und habe bettentechnisch freie Auswahl. Ich nehme, wie immer, das Bett am Fenster, denn heute ist ein warmer Tag. Zusätzlich wähle ich, seit meiner Kopfverletzung stets den oberen Schlafplatz, denn ich leide weiterhin an der Wunde am Kopf, die mittlerweile verkrustet ist. Im unteren Bett stieß ich mir zweimal den Kopf so blutig, dass meine Wahl seither auf das obere fällt. Nach meiner Einschätzung sollten nur Personen, die kleiner sind als eins achtzig, in einem unteren Bett schlafen. Die Herberge ist sehr modern und wirkt sehr

neu eingerichtet. Sie verfügt auch über einen Garten mit hochwertigen und bequemen Gartenliegen. Ich beschließe, meine Ruhepause im Herbergsgarten auf der Liege zu verbringen. Genauso, macht mir das Musikhören doppelt so viel Spaß. Ich ziehe mir zwei Dosen Bier aus dem Automaten und lege mich in Badehose gekleidet in die Sonne. Es ist sprichwörtlich eine Pilgeroase. Als ich so im Sonnenschein liege, meine Musik höre, treibt der Hunger mich hoch und ich gehe in den Ort und suche mir einen nahegelegenen Supermarkt. Ich werde schnell fündig. Da ich beim Losgehen allerdings nicht auf die Zeit achte, stehe ich vor verschlossener Tür. Ich muss mich zwanzig Minuten gedulden, denn die Läden öffnen erst um 17.00 Uhr. Es ist für mich unverständlich, denn Geschäfte für Tiernahrung sind hier durchgängig geöffnet. Ob in Spanien mehr Nahrung für Tiere als Menschennahrung gekaut wird? Oder setzen die Tiernahrungsgeschäfte auf ausgehungerte und verzweifelte Pilger, die dann eben eine Dose Katzen- oder Hundefutter kaufen? Jetzt muss ich unweigerlich an die beiden Franzosen denken, die mit mir gemeinsam das Abendessen zubereitet haben. Deren Essen hat für mich definitiv nach Katzenfutter gerochen.
Mich beschleicht ein Verdacht!
Egal!

Zwanzig Minuten warte ich gerne für meine Menschennahrung. Jeder weiß, wie gefährlich es ist, mit Hunger einzukaufen. Aber als Pilger ist es noch viel schlimmer, denn alles, was ich an diesem Tag nicht aufessen kann, muss ich am darauffolgenden Tag mitschleppen. Ich koche mir mein Abendessen. Es gibt Spaghetti mit scharfer Tomatensoße und vielen Tomatenstückchen mit einem großen Glas Kapern. Ich liebe Kapern in der Soße. Da ich die kompletten fünfhundert Gramm Nudeln koche, bleibt mehr als die Hälfte übrig. Ich werde mir aber am späteren Abend noch einen Teller genehmigen, doch mehr schaffe ich dann wirklich nicht mehr. Vom Sechserpack Dosenbier erledige ich auch nur vier Stück. Die zwei Danone Erdbeer- Banane-Milch bleiben unangerührt, genauso wie die beiden weißen Schokoladen, die Tüte mit den Schokobonbons und die zwei Äpfel. Eine Tube Körpercreme muss ich mir ebenfalls kaufen. Als ich um 21.30 Uhr in mein Zimmer gehe, bin ich dort weiterhin alleine untergebracht. Was für ein Luxus! Ich kann mich in diesem Achtbettenraum ausbreiten, wie es mir beliebt. Als ich dann auf dem Bett liege und ins WIFI-Netz einlogge, bekomme ich gleich ein Bild von Swetlana. Das ist bis hierher das beste Bild von ihr, höre ich mich sagen. Aber das meine ich fast jeden Abend. Anfangs habe ich ja noch gedacht, sie wohnt bei mir und wenn ich wieder zurück bin, trennen sich unsere Wege recht schnell. Aber sie hat es mit ihren Bildern hervorragend verstanden, bei mir einen Anker zu setzen. Ich liebe diese Art von Frauen! Es gibt aber nur wenige von ihnen, die so verrückt sind. Ich frage mich, ob man sich als Mann „nur" in den Frauenkörper verlieben kann.

In diesen Moment klingelt mein Handy. Ein Anruf über WhatsApp. Es ist Swetlana, sie ist weinerlich und sagt mit ihrem niedlichen Akzent: „Lars, komm zu Hause, ich misse disch, isch immer so alleine, kann nisch warten." Ui, das klingt in meinen Ohren gefährlich. Ich bin sicher, ich werde den Jakobsweg bis nach Santiago gehen, aber ich bin jetzt unsicher, ob Swetlana noch solange abwarten wird. Sie zählt zu der Kategorie Frauen, die in Clubs nicht lange warten müssen um von Männern angesprochen zu werden. Da fällt mir doch wieder mein Spruch zu diesem Thema ein: „Wenn du deinen Partner vernachlässigst, dann sei gewiss, es gibt auf der Welt immer jemanden, der diese Aufgabe gerne für dich übernimmt und dir deinen Partner wegnimmt." Ich weiß, ich muss nun handeln und fange an zu improvisieren. Aber Schatz, ich bin doch bei dir. Schätzchen, ich bin bei dir. Schließe die Augen und deine Hände sind jetzt meine und müssen, das machen, was ich ihnen sage. Dann lasse ich der Phantasie freien Lauf, denn es ist mir lieber, ich gebe Swetlana über das Handy, was sie will, als dass die Aufgabe jemand anderer reell übernimmt. Mitten im Gespräch höre mich am Telefon sagen, ich streichle deinen Rücken im Zickzack und muss augenblicklich beim Aussprechen loslachen. Der „Zickzackkurs" hat mich jetzt kurzzeitig aus dem Konzept gebracht, weil ich an nichts Erotisches mehr denken kann, sondern die Bilder des Tages vor Augen sehe und die sind weder romantisch, liebevoll noch sexuell. Irgendwie denke ich unweigerlich an Rinderdung auf der Straße. Obschon in diesem Moment das Romantikgefühl zerstört ist, ist es ein besonderes und schönes Telefongespräch. Ich werde das Telefonat nie in meinem Leben vergessen.

25. Tag: Wir passieren den Kilometerstein 100

So gut und entspannt habe ich schon lange nicht mehr geschlafen. Nach dem Aufwachen vollziehe ich den üblichen allmorgendlichen Unterhosenwettercheck. Und der Check sagt: Wir haben einen bedeckten Himmel und es ist arschkalt. Ich lege mich schnell wieder zum Aufwärmen zurück ins Bett. Stimmt nicht so ganz, denn bei solchen Wetter habe ich meistens keine Lust und mir fehlt der Ansporn und die Motivation zum Wandern beziehungsweise Pilgern. Ich bleibe so etwa noch eine halbe Stunde im warmen Schlafsack, bevor ich den inneren Schweinehund zum Aufstehen überwinden kann. Dieses Ding, in dem ich liege, macht es mir aber auch besonders schwer. Es ist eines von den wenig benutzten und neuen Betten. Aus durchgenudelten steht man morgens gerne auf. Meist kann ich dann weder auf der Hüfte noch auf dem Rücken liegen.

Die anderen Bettenarten sind häufig so durchgelegen, dass ich immer wieder in die Mitte der Matratze getrieben werde, weil dort die tiefste Stelle liegt. Wie gesagt, nach einer halben Stunde kann ich den inneren Schweinehund überwinden und mache mich langsam zum Aufbruch bereit. Meine Wäsche ist über Nacht leider nicht trocken geworden, somit befestige ich mit Sicherheitsnadeln zum weiteren Trocknen einige Kleidungsstücke außen am Rucksack. Nach dem Fertigpacken muss ich noch die Lebensmittel von gestern verstauen. Ich hole meine kühlpflichtigen Sachen aus dem Kühlschrank. Ferner kippe ich die übriggebliebenen Nudeln in die Tomatensoße und dann in einen extra fest verschließbaren Plastikbeutel. Vorm Start genehmige ich mir noch eine Danone Erdbeer- Banane-Milch und einen

Apfel. Jetzt noch die beiden 200g-Tafeln Schokoladen verstauen, die Honigerdnüsse mit 200g, zwei Dosen Bier mit 660ml, eine Danone Erdbeer- Banane-Milch mit 750ml, die Großpackung Serrano Schinken mit 200g, den zweiten Apfel mit 400g, das 10er Pack Mayo mit 200g, die Tüte mit Schokobonbons 400g, den Rest Nudeln von gestern, locker zwei Teller voll und die Tube mit der Hautcreme, die ich zur Gewichtsreduzierung zur Hälfte ausquetsche. Macht zusammen spielend ein Zusatzgewicht für heute von 3000 bis 3700 Gramm zu meinem eh schon sehr schweren Rucksack mit den fünfzehn Kilogramm. Ich muss also die achtzehn Kilo über mehr als 25.000 Schritte nach Portomarin tragen. Es hört sich so banal an, aber drei Extrakilos merke ich so stark, als wenn ich heute die doppelte Last schleppen muss. Und so laufe ich auch beschwerlich, viel langsamer, ja fast schon beschaulicher los als sonst. Das kommt in letzter Konsequenz dabei raus, wenn ich mit zu großem Hunger shoppen gehe. Die Strafe für solche Einkäufe mit Gelüsten folgt auf dem Fuße, jedoch spätestens am nächsten Morgen.

Leider geht es auch gleich zu Anfang wieder so steil den Berg hinauf, dass meine Nasenspitze beinahe über den Asphalt schleift, soweit muss ich mich mit der Last auf dem Rücken nach vorne beugen. Ich verspüre dann immer das Gefühl, irgendjemand zieht mich am Rucksack wieder zurück in den Ort. Die obligatorische Frühstückspause nebst Belohnung mit einem Café con Leche kann ich heute ausfallen lassen, da ich noch von der Danone Erdbeer- Banane-Milch und dem Apfel satt bin. Außerdem habe ich mich zur Gewichtsreduzierung über die Tüte mit den Schokobonbons hergemacht. Ich weiß, es dient weniger der eigenen Gewichtsabnahme, sondern wohl eher der Reduzierung meiner Gelüste und der Gepäckreduzierung.

Heute empfinde ich den Jakobsweg echt überfüllt. Da ich alleine in der Herberge war und auch vom Herbergsvater weit und breit nichts zu sehen ist, überschritt ich das erste Mal die 8.00 Uhr-Grenze. So spät wie heute bin ich noch nie aus einer Herbergsunterkunft aufgebrochen. Hinzu kommt, dass ich für meine Verhältnisse sehr langsam und gemächlich unterwegs bin. Ich will damit sagen, für gewöhnlich bin ich erst einmal eine ganze Weile alleine am Marschieren, bevor ich auf die ersten Pilger treffe. Heute ist alles anders. Schon innerhalb der Stadt Sarria begegne ich Dutzenden von ihnen. Außerhalb des Ortes werden es nicht weniger. Auffällig ist auch, dass die meisten auf dem Camino mit leichtem Gepäck, sprich mit kleinem Rucksack unterwegs sind. Das heißt für gewöhnlich, dass sie das große Gepäckstück mit dem Rucksacktaxi transportieren. Ich nehme mir nur zur Vorsicht den Reiseführer und schaue mir das Höhenprofil intensiv an, aber ich kann keine ungewöhnliche Steigung erkennen. Also muss an diesem Tag etwas anderes in der Luft liegen.

Beim Anschauen des Profils fällt mir aber ein anderes Detail ins Auge. Sarria liegt auf der Längsachse, am Kilometerpunkt 686. Jetzt wird mir alles klar. Die Orte Sarria, Barbadelo, Marzan, Perruscallo, Morgade und Ferreiros liegen alle auf der Achse bis zum Kilometerstand 701 und das bedeutet, für Pilger, die „nur" die letzten einhundert Kilometer des Jakobsweges wandern möchten, sie müssen aus einem dieser Orte starten und ihren ersten Stempel abholen. Von hier an verfügen jede Bar und alle Restaurants über ein eigens für die Pilger des Jakobsweges bereitgestelltes Stempelkissen samt Stempel, und dort besteht Selbstbedienung. Jetzt leuchtet mir ein, warum hier und heute so viel Betrieb herrscht. Wer zum Wochenende in

Santiago de Compostela ankommen will und am Tag zwanzig bis fünfundzwanzig Kilometer zurücklegt, schafft es auch. Da ich die Strecke von Sarria bis nach Santiago in drei Tagen gehen möchte, hoffe ich, schnell aus dem Pulk der Menschen herauszukommen.

Jedes Mal, wenn ich an Stellen einen Fernblick bekomme, bin ich überwältigt von der Schönheit der Landschaft. Genauso wird der Camino immer ursprünglicher und ist sehr häufig mit uralten Steinmauern eingerahmt.

In einer Ortschaft mit braunen Straßen überhole ich eine spanische Frau so Mitte dreißig. Auch sie hat eine schwarze Sportfunktionshose an und trägt einen kleinen Rucksack mit sich. Ihr Allerwertester ist allerdings so groß und unansehnlich, dass ich nicht weiter darauf achte, ob sich etwas abzeichnet oder nicht. Folglich muss mein Interesse an den holländischen und schwedischen Hintern auf einer anderen Grundlage fußen als auf der schwarzen oder roten Sportfunktionshose. Um mir den weiteren Anblick zu ersparen, gehe ich zügiger, um an ihr vorbeizukommen. Im Vorbeigehen spricht sie mich an und sagt mir, dass ich besonders gut rieche und eine Parfümfahne hinter mir herziehe. Ich bedanke mich höflich und laufe mit ungemindertem Tempo meines Weges. Innerlich freut es mich doch sehr, dass ich die Spanierin, eine kurze aber merkliche Zeit, aus dem Rinderdunggeruch herausholen konnte.

Es ist schon seltsam, auch in Deutschland werde ich oft von fremden Frauen angesprochen, weil ich so angenehm dufte. Also an alle künftigen Pilger: Auf dem Jakobsweg und auf einer Pilgerreise lohnt es sich, ein Deo zu benutzen und ein gutes Duftfläschchen dabei zu haben. Es ist für mich unverständlich, wie unangenehm viele Wanderleute hier nach Schweiß stinken.

Manche von ihnen kann ich schon zwanzig Meter vor dem Einholen riechen. Mir ist lieber, ich werde von einer Spanierin mit dickem Hintern auf meine Parfümfahne angesprochen, als wenn sich jeder mit gerümpfter Nase abwendet.

Jetzt sehe ich zum ersten Mal eine Pilgergruppe von spanischen Schülern. Es muss aber auch für hiesige Verhältnisse außergewöhnlich sein, denn ich sehe immer wieder einen Pressefotograf, der die Schülergruppe unentwegt aufnimmt. Mir kommt ein Blitzgedanke: Vielleicht wurde von dieser spanischen Schule meine Idee von vor ein paar Wochen aufgegriffen. Es könnte tatsächlich möglich sein, dass es sich hier um eine Abschlussklasse handelt, die sich auf einer einwöchigen Klassenfahrt bzw. einem Schulausflug befindet. In meinem Kopf spinne ich mir zurecht, hier handelt es sich um das Pilotprojekt für künftige Wallfahrten oder Pilgertouren im Klassenverbund. Eine schöne Idee oder Spinnerei von mir!

Heute scheint insgesamt ein besonderer Tag zu sein, denn ich treffe keinen mir bekannten Pilger, mal abgesehen von dem dicken Amerikaner mit seiner Tochter, denn an denen bin ich vormittags vorbeigegangen. Der Vater sieht mich dann nur mit großen Augen an, mehr nicht. Die Zwei sind bestimmt heute Morgen in aller Frühe um 5.30 oder 6.00 Uhr gestartet. Nun wissen sie von mir, dass ich sehr lange schlafe und spät starte. Das heißt, wenn ich sie überhole, sind sie meist schon zwei- drei Stunden auf dem Camino und ich gehe locker und fröhlich an ihnen vorüber. Natürlich immer mit einem netten Gruß auf Englisch, damit sie mich bloß wahrnehmen. Aber die Wirklichkeit sieht anders aus und ich kläre die beiden auch nicht darüber auf, denn ihre Blicke sind für mein Ego ein Goldwert.

Ich bekomme schon Umarmungsentzugserscheinungen. Es ist etwas sehr Besonderes auf dem Jakobsweg, die vielen herzlichen Begrüßungen mit den liebevollen Umarmungen. Zuhause bin ich manchmal sehr einsam und dabei empfinde ich fast physische Schmerzen, so sehr sehne ich mich nach körperlichem Kontakt. Hier auf dem Jakobsweg bekomme ich so viel davon, wie seit Langem nicht mehr. Ich fühle mich hier auf dem Camino regelrecht Zuhause. Gegen 11.00-11.30 Uhr passiere ich den Kilometerstein 100. Für ein Foto muss man sich hier sogar in eine Schlange Wartender anstellen. Eine koreanische Gruppe übertreibt es hier mit ihrer Fotowut komplett und lässt alle anderen geduldig warten. Ich entscheide weiterzugehen, um dann eben ein Foto vom Kilometerstein 99 zu knipsen. Ist doch sowieso der bessere, denn es liegen nun weniger als einhundert Kilometer vor mir.

Jetzt suche ich mir für eine Rast einen besonders schönen und geeigneten Platz, denn die Pause soll ausgiebiger ausfallen als normal. Als ich einen reizvollen Verweilplatz mit Parkbank finde, stoße ich mit mir selber mit einer Dose Bier auf das Unterschreiten der 100-Kilometergrenze an. Dafür habe ich mir gestern extra zwei von ihnen aufgehoben. Damit sie kalt bleiben, sind sie in Handtücher eingewickelt und wurden so bis hierher mitgeschleppt. Nur leider bin ich alleine, so muss ich die Dosen, ohne mit jemandem zu prosten, trinken. Danach esse ich noch den Apfel, zu guter Letzt noch eine Schokolade und schwups ist ein ganzes Kilo Ballast weg. Da sich kurz nach mir die Gruppe spanischer Schüler zu mir setzt, trinke ich das zweite Bier aus Scham versteckt aus. Ich habe mir aber auch einen besonders schönen

Platz mit einer grandiosen Fernsicht ausgesucht. Nach etwa dreißig bis vierzig Minuten breche ich auf. Hoppla, die Biere zeigen Wirkung, so gehe ich für die nächste Zeit ein bisschen im Zickzackkurs über den Jakobsweg. Es ist komisch, immer wenn ich an Zickzack denke, fallen meine Gedanken unweigerlich auf den Rinderdung-Zickzackwettbewerb. Doch kurze Zeit später ist der Alkohol ausgeschwitzt.

Wieder zeigt sich der Weg in idyllischen Bildern, eingerahmt mit uralten Natursteinmauern in unterschiedlichsten Formen und Farben. Die Natur gibt hier einen undefinierbaren süßlichen Duft von sich und ich habe keine Ahnung, woher dieser stammt. Ich sehe auch nichts Blühendes. Der Jakobsweg entwickelt sich immer mehr zu einem Hochgenuss für all meine Sinne.

Als ich in Portomarin eintreffe, kommt gleichzeitig eine weitere Schulklasse an. Der Weg in die Stadt führt über eine lange Brücke direkt über den Stausee. Die Schüler haben alle den gleichen Rucksack. Er ist nur sehr klein. Wahrscheinlich nur für den Tagesbedarf gedacht. Sie biegen zur ersten Herberge des Ortes nach links ab. Mir ist klar, wenn ich heute Nacht ungestört schlafen will, muss ich nach rechts abbiegen, um mir eine Unterkunft weit weg von der Schulklasse zu suchen. Dort angekommen, fragt mich die junge Spanierin an der Rezeption, ob ich vorher ein Bett reservierte. Diese Frage verneine ich. Dann muss ich mich mit einem Bett in der hinteren Ecke des Raumes am Fenster begnügen, was ich lustig finde, denn wenn ich vor gebucht hätte, dann hätte ich mir absolut diesen Schlafplatz ausgesucht. Wieder fällt mir der Spruch ein: **„Der Camino gibt dir immer das, was du brauchst, genau dann, wenn du es brauchst."**

Im Zimmer sind vierzehn Betten und alle anderen sind mit attraktiven Frauen aus verschiedenen Ländern belegt. Im Raum sind tatsächlich, außer mir, nur weibliche Pilgerinnen untergebracht. Hätte die Spanierin von der Herberge mir nicht genau dieses Bett zugewiesen, wäre ich der Meinung, ich bin im falschen Bereich. Das hatte ich auch noch nie! Nur mit Mädels in einem Raum untergebracht zu sein. Die Damen stört es scheinbar kein bisschen, mit einem Mann gemeinsam ein Zimmer zu teilen. Sie verhalten sich so, als wäre ich Luft oder überhaupt nicht da. Es ist letztlich bei allen so, nach drei bis vier Wochen hast du dich schon lange von jeder Scham, ein anderer könnte von dir zu viel nackte Haut sehen, verabschiedet. Wieder sowas, was den Camino-Spirit ausmacht.

Es ist etwas Gewöhnliches, leicht bekleidete Menschen um sich herum zu erblicken, doch nun freue ich mich über den Anblick von so vielen Frauen im Zimmer. Da ich beim Marschieren immer stark schwitze, ist mein erster Gang nach der Ankunft unter die Dusche. Ich habe auch keine Scham, ziehe mich bis zur Unterhose aus, nehme ein Handtuch sowie Duschgel. Als ich mit der Körperpflege und meiner Wäsche fertig bin, lege ich mich zum Ausruhen auf das Bett und höre mit Kopfhörer Musik. Mittlerweile sind die Mädels im Zimmer komplett angekommen und machen sich ebenfalls zur Dusche bereit. Nun liege ich ganz in der Ecke des Raumes und erblicke sie leicht bekleidet vor mir. Sie stehen direkt im Blickfeld, eine Handvoll gutaussehender, schlanker Frauen im knappen Slip. Zwei von ihnen kommen nur mit einem kurzen Handtuch um ihren Körper geschwungen aus dem Bad. So gesehen fühle ich mich gerade wie Hugh Heffner in der Playboy-Villa. Ich weiß nicht, ob ich laut los rufen soll: „Ey Leute, das geht gar nicht, ... hier hinten liegt noch ein Mann." Ich merke, wie sich bei mir etwas in der Hose regt und drehe mich besser um, mit Blick zur Wand, bevor es für mich peinlich wird. Das ganze wiederholt sich ein weiteres Mal am Abend, als wir alle ins Bett gehen und ebenso am nächsten Morgen. Es kann doch kein Zufall sein, gestern alleine in der Herberge und der Anruf von Swetlana und heute teile ich mir das Zimmer mit dreizehn Amazonen. Ich habe das Gefühl, ich werde getestet oder auf die Prüfung gestellt.

Zum Abendessen wechsle ich in die Küche und bereite mir „meine Nudel." Sorry, ich meinte natürlich: Bereite mir die Nudeln in der Mikrowelle zu. Dort steht ein Tisch, an dem locker zwanzig Personen Platz finden. Ich sitze beim Abendbrot mit fünf oder sechs verschiedenen Nationen in der Runde, verspeise die Spaghetti und unterhalte mich prächtig. Solche Essen genieße ich immer besonders. Es sind unbeschreiblich gesellige Mahlzeiten. Etliche Pilger sitzen schon am Tisch und speisen, wiederum andere bereiten das eigene Gericht zu, dabei reden alle durcheinander. Sicher, diese Abendessen zählen weniger zu der ruhigen Sorte, aber Stille findest du eher auf dem Jakobsweg. Es ist eine willkommene Abwechslung, so durcheinanderzureden. Ich persönlich bin mit acht Geschwistern aufgewachsen und wenn wir früher an Sonntagen gemeinsam gefrühstückt haben, ging es ähnlich turbulent wie tumultvoll zu. Ich erinnere mich, dass auch in meiner eigenen Familie zum Essen Gäste stets willkommen waren. Ich lebe jetzt seit drei Jahren alleine und mir wird erst heute bewusst, wie sehr ich diese geselligen Mahlzeiten vermisse. Meine aufgewärmten Nudeln schmecken ausgezeichnet und ich schlinge sie mit Heißhunger herunter.

Es ist in den Herbergen so üblich, unverbrauchte Lebensmittel für nachfolgende Pilger zurückzulassen. Die stehen dann der Allgemeinheit zur Verfügung. Das heißt, man sollte stets, bevor man einkaufen geht, in den

Schrank schauen, ob die benötigten Gewürze oder sonstiges vorhanden sind. Ich finde dort ein Glas mit löslichem Kaffee. Erfreut brühe ich mir sogleich auf dem Gasherd Wasser heiß, nehme mir Zucker aus dem Schrank und noch einen Schuss von der H-Milch aus dem Kühlschrank. Hier muss jemand gewusst haben, Lars kommt, denn es ist für mich perfekt eingerichtet. Ich genieße sehr gerne nach dem Abendessen noch ein oder zwei Tassen Kaffee. Ich treffe später in der Küche auch die Spanierin, die mir heute sagte, ich rieche gut. Wir sitzen zusammen und trinken gemeinsam einen Instantkaffee. Dabei erzählt sie mir, dass sie sich eine Verletzung zuzog, darum nur sehr langsam und ohne Gepäck wandern kann. Durch ihr spätes Ankommen muss sie sich in den Herbergen immer ein Bett reservieren und das funktioniert nicht in allen Unterkünften. Sie bevorzugt es, im Doppelbett oben zu schlafen und auch das ist häufig nur durch Reservierungen möglich. Ihr Freund, so berichtet sie weiter, hat sich durch ihre Verletzung nicht aufhalten lassen und ist bereits weitergegangen. Er ist schon in Santiago angekommen. Ich tue ein wenig entsetzt und frage, ob sie sich über ihren Freund ärgert. Aber sie meint, es sei ihr so viel lieber, denn sie kann ihr eigenes Tempo gehen und sie wollte ihn auch nicht aufhalten oder zur Last fallen.

Als ich mich später zum Schlafen ins Bett lege, merke ich erst, wie durchgelegen die Matratze ist. Sie ist so „durchgenudelt", wie eine Bettmatratze nur genudelt sein kann. Mein Körper nimmt ungewollt stetig eine sehr zentrale Lage auf ihr ein. Egal, wie ich mich hinlege, er rutscht wieder und wieder in die Mitte der Matratze. Sie ist so ausgeleiert, dass sich als Mittelpunkt regelrecht eine Liegekuhle bildet und in diese Kuhle zentriert sich mein Körper, egal, was ich versuche. Selbst mit Einnahme eines Schlafsternes komme ich nicht in den Schlaf. Regelmäßig wache ich in der Nacht nach nur einer kurzen Schlafperiode auf. Einmal erwache ich urplötzlich, weil ich einen Traum mit Swetlana habe. Es ist für mich eher rar, dass ich in solche Traumwelten falle und noch seltener ist es, dass ich von einer reellen mir vertrauten Person träume. Es sind eben auch schon fast vier Wochen, die ich auf dem Weg ohne Sex auskommen musste. Ich Armer! Nun bedaure ich mich gerade selber. Wahrscheinlich gehört das genauso zu den Entbehrungen, die ich als Pilger auf mich nehmen muss. Ich stelle zunehmend fest, wie der Jakobsweg meine Traumwelt verändert und in ihr Einzug hält. In den wachen Phasen bemerke ich, wie leise all die Frauen schlafen. Es sind kaum Schlafgeräusche zu hören.

Als ich so kaputt und müde im Bett liege und an die Zimmerdecke starre, fällt mir ein Text aus einem Buch ein. Es ist, so glaube ich, ein spirituelles Buch. „Auf das, auf das du dich konzentrierst, beziehungsweise das, worauf du die Gedanken und somit deine Aufmerksamkeit richtest, ziehst du mehr und mehr in dein Leben hinein." Jetzt wundert es mich auch nicht, warum ich hier im Zimmer nur noch mit Frauen liege. Der Text ging ungefähr so weiter: „Du musst nur daran glauben", und Glaube ist das, was ich hier auf dem Jakobsweg mehr und mehr finde. Nun habe ich nicht darauf geachtet, ob die Frauen hier im Zimmer schwarze oder rote Sportfunktionshosen trugen, als sie den Raum betraten. Doch ich bemerke, worauf sich die Gedanken und meine Aufmerksamkeit festbeißen. Ich weiß, dass ich zurzeit sehr einsam bin, aber ich glaube fest daran, dass eines Tages die richtige Frau mir über den Weg läuft und ich wieder lieben werde. Ich bin mir sehr sicher, dass ich eine tolle Frau für den Rest meines Lebens an meiner Seite verdiene.

26. Tag: Eine Pusteblume zeigt mir das Universum

Mein Unterhosenwettercheck zeigt mir einen strahlend blauen Himmel und warme Temperaturen. Dank des unbequemen Bettes bin ich auch schon für meine Verhältnisse früh auf den Beinen. Also habe ich genügend Zeit, mir in der Küche Wasser zu kochen, und mir noch mehrere Tassen von diesem löslichen Kaffee zu genehmigen. Auch die Spanierin, zwei Kanadierinnen und ein Argentinier gesellen sich an den Frühstückstisch. Natürlich ist eines der Gesprächsthemen das jeweilige Tagesziel. Somit ist klar, ich werde niemanden der Frauen wiedersehen und scheinbar war nur meine Matratze so dermaßen durchgelegen, denn kein Mädel hat sich darüber beschwert.

Während ich so da sitze und meine Tagesetappe plane, nehme ich mir vor, nochmal über die seltsamen Träume der letzten Tage nachzudenken.

Der Aufbruch heute Morgen erinnert mich auch wieder an einen Massenstart. So viele Pilger auf einmal habe ich selten gesehen. Mein Bruder Stefan hat mir immer prophezeit: „Lars, die letzten Kilometer vor Santiago werden eher wie Kirmes sein, als einer Pilgerreise ähneln." Jetzt muss ich besonders oft an seine Worte denken und hier hat er echt recht gehabt. Nur an einem einzigen Tag habe ich mehr Pilger überholt als heute. Es sind extrem viele mit leichtem Gepäck unterwegs. Diejenigen, die von Saint-Jean-Pied-de-Port gestartet sind, bilden hier die Ausnahme. Als ich am heutigen Tag starte, werde ich von einem grüngekleidetem Engel überholt, grüne Engelgestalt deshalb, weil sie mich durch ihr hohes Tempo schnell aus dem Pulk der Pilger herauszieht. Schließlich möchte ich das so ursprüngliche Galicien in Abgeschiedenheit alleine genießen.

Als es am Ortsausgang steil bergauf geht, biegt sie in einen anderen Weg ein und ich habe nur noch einige Pilgerkollegen vor mir und es werden im Laufe des Tages immer weniger, denen ich begegne.

Auch heute nehme ich wieder jede Menge Fotografien vom Weg auf. Nun würde ich mich jetzt nicht als Naturburschen bezeichnen, jedoch gefällt mir dieses Galicien so gut, dass ich mich zu einem solchen entwickeln könnte. Ich schätze, dass ich insgesamt mehrere hundert Fotos vom Jakobsweg mit der Handykamera geschossen habe. Die Panoramabilder kommen mit dem Handy aufgenommen meistens schlecht zur Geltung, also erspare ich sie mir und knipse nur noch Aufnahmen vom Weg. Abends in den Herbergen sehe ich mir die Bilderauswahl des Tages an und lösche die weniger attraktiven. Wenn ich dann anschließend durch die vergangenen Wochen scrolle, gefällt mir ein Bild besser als das andere. Eine Überlegung von mir ist es, eine ganze Wand in der heimischen Wohnung nur mit Bildmotiven vom Jakobsweg zu bestücken. In meinen Vorstellungen ist es so eine Art Fotocollage in unterschiedlichen Bildergrößen. In der Phantasie sieht es sehr farbenfroh und naturverbunden aus. Doch immer, wenn ich mir die Fotos ansehe, fällt mir wieder ein, wie ich an der Stelle der Bildaufnahme mit offenem Mund stand, um voller Begeisterung den Weg in seiner einzigartigen Schönheit zu betrachten. Es ist wie das Bild einer schönen Frau, welches man ebenfalls stundenlang ansehen kann. So ergeht es mir mit den Bildern von Svetlana. An ihnen kann ich mich auch kaum sattsehen. Ein guter Vergleich bin ich der Meinung.

In dieser Traumkulisse der bezauberndsten Wege fallen mir nochmal die seltsamen Träume der letzten Tage ein. In einem ist mir ein Fantasiewesen in engelhafter Gestalt erschienen. Dieses Wesen sah aus wie meine Exfrau, allerdings in Körpergestalt eines Mannes.

Es war eindeutig ein Mann, aber er erinnerte an meine Ex. Er nannte sich selber Michael und sprach mich mit Namen an. Er fragte im Traum, wenn du drei Wünsche geschenkt bekommst, egal welche, was wünscht du dir, Lars? Die eigene Wunschliste hat mich bis heute so sehr überrascht, weshalb ich die Traumhandlung auch eine Zeitlang verdrängte. Der Erste ist, alle Sprachen der Welt sprechen und verstehen zu können. Gut, diesen Wunsch habe ich den vielen unterschiedlichen Fremdsprachen auf dem Jakobsweg zugeschrieben. Der Zweite ist, jedes Musikinstrument der Welt perfekt zu spielen. Okay, es beeindruckte mich immer sehr, wie mein Freund Emanuel sich ans Klavier hockt oder das Saxophon schnappt und drauflos musizierte. Der Dritte setzt dem Ganzen die Krone auf. Ich wünsche mir, mit der Stimme alle Höhen und Tiefen der Tonleiter zu singen. Selber behaupte ich von mir, dass ich unmusikalisch bin und mein Gesang eher als schrecklich einzustufen ist. Jedenfalls sind das die Traumwünsche im Schlaf. Ich kann mich leider nicht mehr daran erinnern, wie das Ganze im Traum weitergegangen ist und ob ich sie erfüllt bekam. Doch ich weiß noch genau mein Entsetzen, welches ich am nächsten Morgen empfand, wie ich mir nur so etwas wünschen kann. Mich muss der Jakobsweg so sehr verändert haben, denn selber hätte ich vermutet, um monetäre Sachen bzw. Luxusgüter zu bitten oder die fehlerfreie Gefährtin. Mir ist unklar, warum ich mir so etwas erwünschte.

In einem anderen Traum treffe ich sogar mit der perfekten Partnerin zusammen. Nur zum Verständnis, ich könnte selber nicht beschreiben, wie sie aussieht oder sein muss, um das Prädikat „perfekt" zu erhalten. Im Traum erkenne ich es am schnellerwerdenden Puls, an den feuchten Händen, am pochenden Herzen und an mein unbändiges Verlangen zu dieser Frau. Die Beschreibung Magnetismus trifft die Sache ganz gut. Die Anziehungskraft einer begehrenswerten Frau übersteigt alle logischen Erklärungsversuche. Die Traumfrau und ich ziehen uns magnetisch, geradezu magisch an. Wir sind in einem barocken Saal und im Hintergrund läuft ein Lied von Lana Del Ray. Das Lied, welches wir hören, ist „Shades of cool."

Ich fasse die Superfrau mit der rechten Hand an die Hüfte, mit der linken nehme ich ihre Führungshand. Nun schwingen wir uns, Walzer tanzend, im Kreis. Unsere Füße verlassen nach wenigen Umdrehungen den Boden, wir fangen an zu schweben. Wir gleiten schwerelos im Raum umher, drehen uns, tanzen zu der sphärischen Musik. Im Schwebezustand hat sich die Kleidung verändert. Meine perfekte Partnerin hat jetzt ein traumschönes weißes Kleid an. Auch ich fühle mich elegant und hochwertig gekleidet. Mein Anzug ist eine Mischung aus einer Uniform aus der Nussknacker-Suite und einem von Thomas Gottschalk, aus den verrücktesten „Wetten dass"-Zeiten. Auch bei diesem Traum weiß ich nicht, wie er endete. Ich selber finde sie ziemlich kitschig und ein wenig aus der Disney-Welt entrissen. Mir ist ebenso unklar, was sie mir sagen wollen, aber ich bin immer mit einer super Laune und besonders fröhlich aufgewacht. Und wenn es das ist, was die Träume bei mir bewirken sollen, na dann herzlichen

Glückwunsch ... haben sie ihre Aufgabe mit Bravour erfüllt.

Dafür, dass ich heute Morgen mit so einer Masse an Pilgern gestartet bin, bin ich nun sehr alleine auf dem Jakobsweg. Und dieses Alleinsein tut mir ausgesprochen gut. Obwohl ich hier und jetzt, fernab von anderen Pilgerkollegen unterwegs bin, fühle ich mich nicht einsam. An manchen Stellen muss ich aufpassen, auf dem Camino zu bleiben, denn die Barbesitzer haben hier oft den Weg umgeleitet, damit auch ja alle Pilger an ihrer Bar vorbeikommen. Das nervt ein bisschen, aber ich kann die geschäftstüchtigen Barbesitzer schon verstehen. Ich gehe mittlerweile eine längere Zeit und fühle mich aus Raum und Zeit entrissen. Der Jakobsweg ist inzwischen besonders romantisch und versetzt jeden in einen Glückszustand. Mir fällt dazu die Bezeichnung euphorisiert ein. Als ich in dem Zustand des Glückes über den Camino lustwandle, muss ich über eine Weisheit von mir nachdenken:
„Wer niemanden liebt, ist nutzlos, wer nicht geliebt wird, ist wertlos."
Als ich so darüber nachgrübele, kommt mir ein weiterer Satz in den Sinn und ich sage ihn laut, aber gedankenversunken vor mich hin. „Ich liebe dich, Gott", und es hallt wider, nicht mit einer vernehmbaren Stimme, sondern es ist in mir drinnen. „Ich liebe dich, Lars." Wie kann Gott mich lieben, wo ich mein Leben und das, was ich bin und wie ich bin, so sehr verabscheue? Aber weshalb lehne ich es überhaupt ab? Warum hasse ich mich, wie ich bin und was ich bin? Es gibt bestimmt eine Menge Menschen, die mir mein Leben neiden, welches ich in der Vergangenheit führte. Sie würden mich auch um mein Dasein, im Hier und Jetzt, ebenso in der Gegenwart beneiden. Ich weiß, ich habe mich in den letzten Jahren stark verändert! Aber ist Veränderung

nicht auch eine notwendige Voraussetzung? Ist es nicht auch eine Notwendigkeit des sich Weiterentwickelns, des Vorwärtskommens? Höher, schneller, weiter, besser? Sind das nicht die wesentlichen Grundelemente, die Attribute für Wachstum und Fortschritt? Und wenn man in der Existenz vorwärtskommen will, muss man sich dafür nicht erst einmal bewegen? Sind nicht selbst die schlechten Dinge wertvoll und wichtig für die persönliche Entwicklung? Wenn ich nichts gelernt habe, dann aber das im Leben: Alles Schlechte, hat etwas Gutes und umgekehrt! Bedarf es nicht stets einer Katastrophe, um einen Evolutionssprung zu vollziehen? Auf diese Fragen möchte ich selber stets mit ja antworten. Aber warum bin ich dann mit meinem Leben so unzufrieden?

Ich habe, so glaube ich, die kleinen Schönheiten des Alltags immer seltener wahrgenommen.

In diesen Gedanken gefangen, finde ich eine Pusteblume am Wegesrand. So eine Sorte habe ich noch nie gesehen. Ich halte sie mit dem Handy im Bild fest. Sie ist viel voluminöser, als ich sie aus Deutschland her kenne, etwas größer als ein Tennisball. Sie steht mitten in der Sonne und jedes der zahlreichen noch so winzigen Fädchen strahlt in ihr. An allen Samenkörnern hängt ein leuchtend weißer Stiel. Wiederum an den Stielenden bilden unzählige, feinste Härchen einen Kreis, der seinerseits das Licht in einem helleren Schimmer bricht als der Samenstiel. Der Härchenkreis bildet einen umgedrehten Regenschirm, in deren äußeren Rand sich das Sonnenlicht abermals anders, im nochmals abweichenden Licht aufbricht. Es sieht aus wie eine ganze Galaxie in einer einzigen Pusteblume. Genau das meine ich, wenn ich mir selber vorwerfe, die kleinen Schönheiten des Lebens aus den Augen verloren zu haben. Die Stimme sagt weiter zu mir: „Schreibe es auf, notiere alles, was du auf dem Jakobsweg erlebt hast und erleben wirst. Lars, halte schriftlich fest, wie dich der Pilgerweg und was du auf ihm gefunden hast, veränderte. Schreibe es auf und bringe es unter die Menschheit. Es sind so viele Menschen auf der Suche. Und deine persönliche Geschichte kann ihrem „Finden" helfen. Wenn auch nur ein einziger dadurch findet, was er sucht, so ist es wichtig, dass du es schriftlich niederschreibst." Im ersten Moment, als ich diese Worte vernehme, weiß ich damit nichts anzufangen. Wie jetzt Schreiben? Ich habe es schon in der Schule gehasst, Aufsätze zu formulieren. Ich war auch nie gut darin. Wie soll auch mein Erlebtes einem anderen helfen, das zu finden, was er sucht? Wie soll das gehen? Sucht nicht jeder irgendetwas anderes?

Mir selbst sage ich schon seit zwei Jahren, wenn es mir gelingt, die Trennungsgeschichte von meiner Exfrau als lustige Geschichte zu verfassen, dann halte ich sie in einem Buch fest. Aber die Idee dahinter ist eher die Verarbeitung mit den Geschehnissen, als einen Bestseller zu veröffentlichen. Was wiederum dafür spricht, sind die vielen Empfehlungen, ein Buch über meinen Jakobsweg zu schreiben, die ich aus dem gesamten Umfeld erhalte. Bereits vor Aufbruch in Saint-Jean-Pied-de-Port habe ich im Bekanntenkreis die Erfahrungen, die ich tagtäglich mit den Vorbereitungen auf die lange Wanderung machte, als Anekdoten weitergegeben. Zum Beispiel die Grunderfahrungen mit dem Spezial-Regen-Poncho oder die erste Toilette im Freien. Egal, wem ich die noch so unterschiedlichen Storys erzählte, oder man könnte auch Kurzgeschichten sagen, gab mir den Rat und die Empfehlung: „Lars, schreibe das bloß auf, das ist echt unterhaltsam." Ich war mir jedoch unsicher, was damit gemeint war. Schon in der Vergangenheit war ich gut darin Anekdoten feilzubieten. Ich erinnere mich an viele Familientreffen oder Feiern, bei denen ich mit den Kurzgeschichten die ganze Gesellschaft für eine bestimmte Zeit unterhielt. Die Storys, die immer aus dem echten Leben stammten, erzähle ich sehr blumig und lebendig. Auch damals haben sie zu mir gesagt: „Lars, schreibe diese Geschichten bloß auf, die sind zu gut, um verloren zu gehen." Ich habe dieses Talent, wenn ich es so bezeichnen darf, meinen Söhnen zu verdanken, denn sie waren die ersten Zuhörer im Kleinkindalter.

Wir haben früher häufig Campingurlaube gemacht, weil es die einzige bezahlbare Möglichkeit war, mit drei Kleinkindern in den Urlaub zu fahren. Da wir obendrein auf alle elektronischen Spielzeuge bewusst verzichteten, gab es am Abend bei den Jungs immer ein Langeweile-Problem. So fing ich an, ihnen beim Zubettgehen, im romantischen Kerzenschein, Geschichten zu erzählen. Es waren Sachen über ihre eigenen Streiche und ihr persönliches, ungeschicktes Verhalten, welche sie am meisten liebten. Selbst meine damalige Ehefrau hat mich zu animieren versucht, diese Erzählungen und Anekdoten aufzuschreiben und wenn es nur später für die Hochzeitszeitung der Söhne genügen sollte. Unsere Jungs konnten damals jedenfalls nie genug bekommen. Egal wie viele und wie lang ich erzählte, sie bettelten nach immer mehr. Sie forderten stets: „Nochmal Papa, noch einmal, erzähle uns noch eine." Niemals zuvor bin ich auf die Idee gekommen, diese Geschichten aufzuschreiben, geschweige denn ein Buch zu schreiben.
Ich dachte immer, wen soll das interessieren?

Oder wer möchte solch einen Quatsch von mir lesen?

Aber nach dem heutigen Tag weiß ich, was meine Aufgabe ist. So verstehe ich es als meine persönliche Mission und verspreche Gott mindestens drei Bücher zu veröffentlichen. Nachdem ich es in ein Gebet verfasst habe, muss ich über mich selber lachen. Lars schreibt ein Buch, hahaha! Klingt für mich immer noch sehr widersprüchlich. Aber was soll´s, dann wird es auch nicht schmerzen, wenn es keiner lesen will.

Nach diesen langen Gedankenspielen wird die Ruhe durch ein scharrendes und klackerndes Geräusch gestört. Ich drehe mich um und sehe einen anderen Pilger, der sich von hinten nähert. Ich denke noch so bei mir, wie schnell ist der denn? Er schafft es, mich rasch einzuholen und zieht mit einem „Buen Camino" vorbei. Zuerst dachte ich, er kann dieses Tempo sowieso nicht lange aushalten. Aber weit gefehlt. Als es kurz vor meinem Tageszielort nochmal steil ansteigt, zischt er endgültig davon. Wow, wie zügig ist der denn? Doch ich sehe es als einen Beweis: Egal, wie flott du bist, es gibt immer jemanden, der schneller ist als du.

Nun komme ich zum Übernachtungsort. Ort ist sicherlich zu viel gesagt. Es sind zwei bis drei Häuser, die zusammen stehen. Aber es gibt eine Herberge und eine Bar, was will man mehr. Der Ort hat sogar einen eigenen Namen. Und was für einen! Er heißt Casanova. Wie geil ist das denn? Mir ist klar, ich bleibe hier und gehe keinen Schritt weiter. Ich übernachte heute in Casanova. Die Herberge hat sogar noch Betten frei. Ich bin megagespannt auf den Herbergsstempel. Ob dort auch der Name draufsteht? Da bekomme ich einen Stempel in den Pilgerpass, auf dem Casanova steht.

Voller Freude bin ich wie ein Kleinkind unterm Weihnachtsbaum gespannt auf den ungewöhnlichen Stempeldruck. Meiner Meinung nach passte das zwar besser zu den letzten Tagen, aber meiner gebannten Vorfreude tut dies keinen Abbruch. Da kommt mir eine super Idee. Ich bitte die alte Herbergsmutter, mir genauso einen Stempelabdruck direkt auf den Handrücken zu geben. Sie schaut mich fragend an. Doch ich wiederhole den Wunsch und bitte sie erneut, mir einen zweiten Stempel auf die linke Hand zu drücken. Sie schüttelt fassungslos den Kopf, tut mir dennoch den Gefallen. So doof es klingt, aber nun fühle ich mich höchst behördlich als Casanova abgestempelt. Wie zum Beweis schieße ich sofort ein Foto davon. Lars ist jetzt offiziell ein Frauenverführer! Mir kommt es vor, als wenn die Magie des Abdruckes mich der Frauenwelt gegenüber unwiderstehlich erscheinen lässt. Solche Spinnereien liebe ich, die versüßen mir mein Leben. Nun hoffe ich, den Abdruck einige Tage erhalten zu können, denn auch daraus lassen sich schöne Geschichten konstruieren. Ich muss immer wieder den Stempel anschauen. Lars, der Casanova! Und sofort folgt ein langes Lachen.

Während ich das Bett beziehe, treffe ich auch den Pilgerkameraden, der mich so flott überholte. Wir teilen dasselbe Zimmer. Als ich ihn näher betrachte, fallen mir seine extrem dicken und muskulösen Waden auf. Ja, das ist bestimmt der schnellste Pilger auf dem Jakobsweg. Er ist ein Schweizer, erfahre ich später im Gespräch. Da ich keine Erholungspause brauche, setze ich mich auf eine Parkbank der Terrasse und genieße die Sonne. So manche Pilgerin nimmt hier auf der Wiese ein freizügiges Sonnenbad. Doch ich sitze lieber auf der Veranda und mache mir ein paar Notizen vom heutigen Tag. Nach einer Weile kommt zu meiner großen Freude der Tony den Berg hinauf. Ich hatte schon ein wenig Angst, ihn nicht wiederzusehen, denn ich habe ihn ungewöhnlich lange nicht mehr gesehen. Er sieht ziemlich fit aus. Ich winke ihm bereits von Weitem zu und freue mich auf unsere Begrüßung mit einer sehr herzlichen Umarmung. Es bleibt bei dieser einen, denn Tony ist heute der einzige Pilger, der mir bekannt ist. Eigentlich wollte er noch einen Ort weitergehen, doch es fällt mir nicht schwer, ihn zu überreden hierzubleiben. Auch er freut sich über den Stempel „Casanova" im Pilgerpass. Später gehen wir noch gemeinsam ein Bierchen trinken. Als wir so in der Abendsonne beisammensitzen, fragt er, mit einem seltsamen Blick: „Lars, erzähle mir doch mal, was du heute so erlebt hast?" Das hat Tony so noch nie gefragt. Folglich möchte ich von ihm wissen, wieso er das fragt. Er meint dazu nur kurz und knapp: „Weil du mir verändert vorkommst."

Dieser Tony muss meine Gedanken lesen können, aber er hat recht.

Ich erzähle ihm von den drei Phasen, die alle Pilger auf dem Jakobsweg durchlaufen. Dass ich ein Erlebnis in der dritten hatte, der Erleuchtungsphase, und nun noch darüber nachdenke, um es zu verarbeiten. Er stellt keine weiteren Fragen und gibt sich mit der Antwort zufrieden. Tony hat ein gutes Gespür dafür, ob ich etwas mitteilen will oder auch nicht. Hier war ich zur Offenlegung der Erleuchtung jetzt noch nicht bereit. Die eigene Durchdringung hat mich so tief im Inneren berührt und überrascht, so dass ich noch nicht darüber reden kann, es auch nicht will. Ich muss mir erst selber klar werden, was es für mich und gegebenenfalls für mein Leben bedeutet.

Da wir genügend Zeit haben, und ich mich sehr für seine Familiengeschichte interessiere, bitte ich ihn, von der eigenen Trennungsgeschichte und seinem Umgang mit ihr zu erzählen. Tony holt weit aus und lässt mich an dem Trennungstrauma teilhaben. Die Trennung war sehr ähnlich der meinen. Selbst so ein kleines Detail, wie der Name des neuen Partners stimmte überein, denn wie schon erwähnt, heißt er auch Michael wie bei meiner Exfrau. Nun ist dieser Name sicherlich kein seltener Name in Deutschland, aber wir empfinden es beide als einen seltsamen Zufall. Ich bin der Meinung, dass die vielen Gespräche, die wir zum Thema führen, uns geholfen haben, die eigene Trennung besser zu verarbeiten.

Der Ort Casanova liegt am Kilometerstein 60, das bedeutet, wir sind in zwei Wandertagen am Ziel. Wenn ich daran denke, kann ich es kaum glauben. Als ich startete, lag Santiago unfassbare 800 Kilometer entfernt, jetzt kann ich nicht fassen, dass die Pilgerreise in zwei Tagen zu Ende ist. Ich fühle mich noch überhaupt nicht fertig mit ihr. Damit meine ich nicht, körperlich erschöpft, nein, ich meine mit dem Wunsch oder Erwartungen an den Jakobsweg. Mir scheint noch irgendetwas zu fehlen, aber ich weiß selber nicht was.

27. Tag: Ich liebe dieses märchenhafte Galicien

Da diese Nacht eine sehr heiße ist, ist an Schlaf kaum zu denken. Obwohl ich nur in Unterhose im Bett liege, schwitze ich wie Sau. Die Hitze im Raum wird durch die Tatsache verstärkt, dass alle Plätze im winzigen Zimmer belegt sind. Somit finde ich es hier nicht nur unerträglich heiß, sondern die Luft erscheint auch von Schweiß und fauligem Atem geschwängert. An so manch einem Morgen und dieser ist so einer, frage ich, warum ich mir die Herbergen antue. Schließlich trage ich seit siebenundzwanzig Tagen das fast drei Kilo schwere Zelt als eine Art Zusatzballast mit mir herum. Das Wetter ist jetzt so stabil und warm, dass ich es ruhig riskieren könnte eine davon im Zweimannzelt zu verbringen. Aber unerklärlicherweise hält mich immer etwas ab.

Ich bin überrascht, Tony zu sehen. Entweder bin ich so früh oder er ist heute so spät dran. Für gewöhnlich ist er, wenn ich aufwache, schon lange weg. Da ich in der Nacht so geschwitzt habe, muss ich erst einmal duschen. Als Tony sieht, wie ich mich dazu vorbereite, fragt er, ob ich ihm etwas Duschgel spendiere, denn seines lässt er in zuverlässiger Regelmäßigkeit in den Unterkünften liegen. Das Ganze nicht aus Großzügigkeit, sondern aus rein menschlicher Vergesslichkeit. Ich erzähle ihm den Spruch vom Camino. **„Der Weg gibt dir immer das, was du brauchst, genau dann, wenn du es brauchst."** Ich habe mein Duschgel auf der Pilgerreise so kalkuliert, dass es für den kompletten Jakobsweg gereicht hätte. Da ich es aber planabweichend morgens und abends nutze, ist es mir ausgegangen. Just in der Herberge, in der ich keines mehr hatte, stand ein herrenloses Männerduschgel, wartend auf mich, in der Duschkabine.

Ich benutze dieses Duschgel, dankend dem unbekannten, edlen Spender, und nehme den Rest ohne schlechtes Gewissen mit. Geschenke des Universums nehme ich, wie gesagt, immer sehr gerne und dankbar an. Als ich nun Tony das gefundene Gel zur Hand reiche, lacht er laut los, denn er erkennt es als sein tags zuvor verlorenes wieder. Er hat es am Abend in der Duschkabine vergessen und ich habe es beim morgendlichen Duschen gefunden. Ich sag doch, Tony und ich haben uns meistens, wie verabredet, an den unmöglichsten Orten getroffen. Da wir nun zwei Männer mit nur einem Männerduschgel sind, beschließen wir, den Rest des Weges bis nach Santiago de Compostela zusammenzubleiben. Als ich am Zusammenpacken der Sachen bin und ich alles abreisebereit verstaue, frage ich Tony nach dem Verbleib „meines" Duschgels. Als wenn ich es ahnte, hat er es erneut in der Duschkabine vergessen. Gott sei Dank habe ich ihn danach gefragt, weil eine abendliche Dusche, so ganz ohne Gel, ich mir kaum vorstellen kann.

Draußen ist es jetzt schon sehr heiß, ergab mein Unterhosencheck. Wenn so hohe Temperaturen herrschen, brauche ich nur eine halbe Stunde gehen und bin am Rücken durchgeschwitzt. Der Vorteil der Hitze ist, dass einer täglichen Kleiderwäsche keine lange Trocknungsphase entgegen spricht. Kurz nach unserem Start, schon beim Verlassen der Herberge, liegt eine wunderschöne Feder, wie für mich dahin drapiert, auf dem Weg. Ich erzähle Tony davon, dass ausnahmslos an jedem einzelnen Pilgertag eine unversehrte wie hübsche Vogelfeder, wie für mich bestimmt, auf dem Weg lag. Meistens entdecke ich sie bereits in den ersten dreißig Minuten meiner Wanderung. Ich kann mich an einen Tag erinnern, da habe ich bis mittags nicht eine auf dem Weg liegen sehen. So doof das klingt, doch es machte mich ein wenig nervös. Irgendetwas hat mir mit den Federn gezeigt, heute wird alles gut für dich verlaufen. Keine Verletzungen, ein freies Bett und alles Notwendige, was du brauchst, wenn du es brauchst, wird stets da sein. Für Tony ist es die erste, die er hier sieht.

Der Jakobsweg verwöhnt uns an diesem Tag wieder mit grandiosen Hohlwegen, die immer länger zu werden scheinen. Ich liebe Galicien mit der wahnsinnig beeindruckenden, märchenhaften Landschaft. Ich weiß, dass ich das schon mehrere Male erwähnte, jedoch ich kann es einfach nicht genug betonen. Uns überrascht, wie wenigen Pilgern wir begegnen. Der gestrige Tag ließ für heute vermuten, in einer einzigen Traube von ihnen unterwegs zu sein. Auch im Reiseführer steht zu dem Thema, dass sich die Pilgerströme kurz vor Santiago immer weiter verdichten. Aber mitnichten, wir sind einige Stunden nur unter uns.

Was auch seinen Vorteil hat, denn es lädt zu weiteren, sehr persönlichen Einblicken des jeweils anderen ein. Wir sprechen über unsere Ehen, den Motiven zur Eheschließung, den Krisen, der Scheidung bis hin zum Kontakteinbruch zu den Kindern. Weder er noch ich haben uns mit dem Nachwuchs gestritten, jedoch die Besuche oder der Besuchswunsch gingen deutlich zurück. Ich erzähle ihm von meinem Wunsch, oder besser ausgedrückt, dem klaren Wissen, mit der Frau, die ich da heirate, bis an mein Lebensende zusammenzubleiben. So eingestellt, lebte ich mit allem bis zum letzten Tag sehr glücklich und zufrieden. Doch zur Trennung und daraus resultierenden Scheidung bedarf es, wie üblich, bei einem einseitigen Rechtsgeschäft nur einer Willenserklärung. Es reicht aus, wenn einer nicht mehr will. Sicher habe ich auch unzählige Beziehungsfehler begangen, dessen bin ich mir wohl bewusst, jedoch konnte ich die Folge der Trennung nie kommen sehen. Aber auch dafür ist die Pilgertour gut. Egal, welche Fehler ich umgesetzt oder was für Sünden ich vollzog, am Ende der Pilgerreise, in Santiago de Compostela angekommen, werden sie mir von der Kirche und vor Gott vergeben. Das beruhigt mich mittlerweile ungemein.

Heute muss ich mir Gedanken darüber machen, ob ich tatsächlich monogam bin. Im Moment bin ich eher alles andere als eindimensional unterwegs. Ich habe Freundinnen im schnellwechselnden Modus, was ja nun eine ganz gegenseitige Sprache zur Monogamie darstellt und absolut gegen meine persönlichen Wertvorstellungen spricht. Mir sind wirklich die ungewöhnlichsten Dinge mit Frauen passiert. Auch Tony gibt sonderbare Geschichten preis. Allerdings sind wir uns einig, dass solche Abenteuer keine langjährige Ehefrau ersetzen. Wir stellen uns beide der Frage, ob Monogamie wirklich unseren Idealen und Werten entspricht oder, ob es viel natürlicher erscheint, mit wechselnden Partnerinnen, Geliebten, Fuckbuddies oder Lebensabschnittsgefährtinnen zu leben? Wir haben uns dieselbe Antwort gegeben. Wahrscheinlich sehen das alle verlassenen Männer so? Und wie es der Zufall so will, rufen zur Mahnung im nächsten Ort, den wir erreichen, die läutenden Kirchenglocken zur Hochzeit. Die Glocken in Spaniens Kirchen klingen im Ohr schrecklich unstimmig. Ich musste früher immer lachen, als über die deutsche Glockengießerkunst berichtet wurde, doch bei diesen Missklängen an hiesigen Gotteshäusern weiß ich, was damit gemeint war.

Als wir in der ersten Bar, die wir aufsuchen, auf Roswitha treffen, ist die Freude wieder sehr groß.

Sie ist mal auf Tony getroffen und mal auf mich. Wir sitzen beim Café con Leche und dem Bocadillo und tauschen uns über die letzten Tage aus, da fällt mir das Pfefferspray an Roswithas Oberkörper auf. Sie hat das Abwehrspray, welches in einer knallroten Farbe gehalten ist, wie zur Warnung gut sichtbar am Brustträger ihres Rucksackes angebracht. Ich frage sie ohne Umschweife, wie oft sie es schon im Einsatz hatte und wie viele Männer sie bereits abwehren musste? Da lacht sie mich verlegen an und meint, sie habe es nur zur Abwehr der zahlreichen, wilden Hunde mitgenommen. Ich versuche, mit Roswitha zu fachsimpeln und meine, dass die wildgewordenen Kläffer schon ganz dicht an sie heran kommen müssen, damit sie das Pfefferspray zur Abschreckung einsetzen kann. Somit empfehle ich ihr zur zielgerichteten Fernabwehr von Hunden eine Danone Erdbeer- Banane-Milch in der Plastikflasche, die nachweislich eine hervorragende Treffsicherheit aus großer Entfernung bietet. Und überhaupt, habe ich hier noch keinen angriffslustigen, wilden Köter gesehen. Es waren eher freilebende zahme Hunde, die extrem menschenscheu sind. Sie schaut mich wegen der Danone Erdbeer- Banane-Milch in der Plastikflasche ein bisschen fragend an, aber ich bleibe ihr die auflösende Erklärung schuldig.

Nachdem wir drei weitergehen, wünsche ich mir einen Supermercado und nur zwanzig Minuten später liegt einer genau am Camino. Es ist keiner dieser zehn Quadratmeter kleinen Dinger, sondern ein gut sortierter, der kaum Begehrlichkeiten offenlässt. Etwas weiter auf der Strecke wünsche ich mir einen Brunnen herbei. Ich vergaß, mir Wasser zu kaufen und schwups, nur wenige hundert Meter nach der Äußerung ist er da. Nachdem ich gefühlte zwei Liter Quellwasser in mich hineingesaugt habe, dauert es nicht lange und ich muss mal. Somit wünsche ich mir die perfekte Pinkelstelle herbei und in einem Waldstück, durch welches der Hohlweg führt, werde ich schnell fündig. Er liegt gut getarnt, kaum erkennbar an einem kleinen Trampelpfad, vom Weg her nicht einsehbar im Gestrüpp. Als ich die perfekte Pinkelstelle finde, ist mir gleich aufgefallen, dass ich nicht der Einzige bin, der sich an dieser Stelle ein Stilles Örtchen wünschte. Es liegen so eine Menge Taschentücher und auch Klopapier herum, dass man der Meinung sein könnte, es handle sich um einen im Reiseführer empfohlenen Platz zum Pinkeln. Ich bemerke schnell, wie viel Glück ich bislang hatte, meine Notdurft meistens in Herbergen oder Bars zu verrichten. Aber manchmal kommt keines von beiden und man ist auf die Natur angewiesen. Nach kurzer Zeit bleibt Roswitha zurück und lässt uns ziehen.

Am heutigen Tag finde ich zwei Zettel, die von Pilgern, für ihre Bekanntschaften, auf dem Jakobsweg zurückgelassen wurden. Auf dem ersten, den ich entdecke, steht: „Where are you, Amanda? When you see this, please contact us Dasol, Taehuia 2 Korean boys." Das Seltsame ist, dass ich alle drei kenne. Ich habe sie gemeinsam gesehen und gesprochen und bin Amanda vorgestern ebenfalls begegnet. Der zweite, den ich an diesem Tag finde, ist so formuliert: „We are looking for Willy, Amanda, Lisa. If you see this, please contact us, Jerry's daughter. I miss you." Und auch bei mir macht sich eine gewisse Sehnsucht breit. Ich möchte auch so gerne noch einmal Songnee, Hinkebein, Blondi, die Brasilianerin, Enrico, Dave, Marten und Nico treffen oder all die unzähligen Pilger, die mich so herzlich umarmt haben. Von Nadine, Tim und Cristian ist mir ja von Anfang an klar gewesen, dass sie nach vierzehn bzw. drei Wochen den Jakobsweg verlassen.

Während ich so darüber nachdenke, befällt mich eine schwere Melancholie. So wohl, ja so zuhause und so geliebt habe ich mich schon seit Jahren nicht mehr gefühlt. Ich bitte, ja ich bettle regelrecht bei Tony, er möge doch unbedingt mit mir gemeinsam morgen in Santiago de Compostela einmarschieren.

Nach dem Frischmachen sitzen wir im Biergarten und bekommen einen handfesten Ehestreit mit. Wir verstehen beide nicht ein Wort, aber es geht echt heftig zur Sache. Es hört sich für uns an, als müssten wir gleich zur Hilfe eilen, da eine Eskalation mit Handgreiflichkeiten droht. Seltsam, doch die Heftigkeit der Streitigkeiten kann man hören, obwohl wir beide nicht ein Wort verstehen. Eine halbe Stunde später ist ohne die befürchtete Auseinandersetzung wieder Ruhe eingekehrt. Nach einer Weile des stillen Dasitzens bricht Tony zuerst das Schweigen und sagt einen weisen, klugen und für mich selten wichtigen Satz. „Na, wenn ich die da drüben so höre, bin ich doch richtig froh über meine Trennung im Guten und gegenseitigen Respekt, als mit meiner Exfrau auch so dauerstreitend zu enden, wie die beiden, die wir da gerade gehört haben." Der Mann hat's echt drauf, mir bei der Verarbeitung der Scheidung zu helfen! Soweit habe ich nämlich noch nie gedacht. Mir sind nur die angenehmen Sachen, die ich heute so sehr vermisse, in Erinnerung geblieben. Tatsächlich, soweit habe ich nie gedacht, meiner Ex-Partnerin einmal zähnefletschend gegenüberzustehen und ihr laut schreiend das Porzellan an den Kopf zu werfen. Da habe ich den einen oder anderen Therapeuten ausprobiert, und hier und heute, haut mir der Tony die besten Sätze, die ich je zu diesem Thema hörte, um die Ohren.

Zum weiteren Nachdenken gehe ich ins Bett.

28. Tag: Urkunde mit Bravo und Applaus in Santiago

Ankunft in Santiago de Compostela. Als ich aufwache, empfinde ich eine Art Déjà-vu. Dieses Déjà-vu erstreckte sich über eine länger andauernde Zeit von mehreren Jahrzehnten. Ich spüre ein Gefühl im Bauch, welches ich zuletzt als Kind hatte. Als Kind wartete ich das ganze Jahr auf Weihnachten. Doch die 365 Tage zogen sich gefühlt wie Kaugummi unglaublich langsam hin, etwa vergleichbar mit heutigen fünf bis acht Kalenderjahren. Doch der eine ersehnte Tag im Kalender existierte und ich wachte morgens auf und es war Weihnachten. Das ganze verdammte, unendliche Jahr gewartet und auf einmal ist der Tag der Tage da!
Jedoch im Bauch empfand ich nichts anders als sonst. Ich konnte nicht glauben, dass es wirklich Heiligabend war, denn es fühlte sich schließlich normal an, völlig weg von etwas Besonderem. Ein stinknormaler Tag, wie jeder vorherige auch. Es war das gleiche Gefühl wie an allen der 364 Tage zuvor. Ich habe jedoch ein wunderliches, ja heiliges Bauchgefühl erwartet! Genauso geht es mir heute Morgen.

Meine persönlichen Erwartungen am letzten Tag der Pilgerreise, ein heiliges Gefühl in der Bauchgegend. Aber da ist keines! Nichts anderes als an allen vergangenen Pilgertagen! Wahrscheinlich hoffte ich insgeheim, dass wir Pilger an diesem Tag mit einem strahlenden Heiligenschein in Santiago de Compostela ankommen. Doch weit gefehlt. Nun marschieren wir mit Rucksack dort ein und als Ersatz für den verdienten Heiligenschein muss eben die Jakobsmuschel dienen.

Da ich über mein fehlendes Bauchgefühl nachdenke, bin ich heute Morgen beim Packen extrem langsam und Tony beschließt schon einmal vorzugehen. Er sei noch müde und muss erstmal seinen Tritt finden. Ich starte vielleicht eine halbe Stunde nach ihm.

Als ich die Herberge verlasse, liegt eine besonders prächtige Feder auf der obersten Stufe der Treppe. Ich vermute, der Tony hat die für mich dort hingelegt, um mich aufzumuntern. Aber als ich ihn später darauf anspreche und mich bei ihm dafür bedanke, streitet er jede Beteiligung an der Feder ab. Und überhaupt, er habe beim Verlassen der Herberge auch kein Federzeugs gesehen.

Bis ich ihn einhole, begegne ich nur einem einzigen Pilger. Auch Tony hat außer mir noch keinen Wanderer getroffen. Dieses Szenario entspricht so gar nicht meinen eigenen Erwartungen. Ich erwartete heute Kirmes am Jakobsweg. Ich meine damit Pilgerströme in Richtung Santiago de Compostela und alle paar hundert Meter abwechselnd mindestens eine Fritten- oder Losbude. Camino-Jahrmarkt eben! Auch hier weit gefehlt. Bis jetzt haben Tony und ich den Eindruck, wir beide sind die Einzigen, die heute dort ankommen werden. Wo sind all die anderen?

Etwa zehn Kilometer vor Santiago de Compostela machen wir halt an einer Cafebar und frühstücken erst einmal in aller Ruhe. Hier sitzen, Gott sei Dank, dutzende von Pilgern. Ich bestelle mir meine Lieblingsbacadillo mit Jamon und ein großes Glas Bier. Hier in Spanien bekomme ich häufig mein Bier in einem eisgekühlten Glas serviert. Das zischt und erfrischt noch mehr als ein normal gekühltes Bier. Ich erzähle Tony vom gestrigen Melancholieanfall, und dass ich gerne den einen oder anderen Pilgerbruder wiedersehen möchte. Er stimmt zu, ist sogar der Meinung, dass am besten Nico zur heutigen Runde passt, schließlich haben wir uns durch ihn kennengelernt. Es ist aber bereits lange her, dass einer von uns den Nico gesehen hat. Und während wir so über ihn reden, kommt er tatsächlich um die Ecke gewandert und setzt sich zu uns. Seine ersten Worte sind: „Ich hatte gehofft, euch noch vor Santiago de Compostela zu treffen, denn es ist die ganze Zeit mein Wunsch, mit euch beiden dort an der Kathedrale anzukommen." Somit ist es beschlossene Sache. Als vierter gesellt sich Jonathan, den wir gestern in der Herberge kennengelernt haben, zu uns an den Tisch. Auch er begrüßt uns mit den Worten: „Gut, dass ich euch treffe, ich möchte gerne mit euch nach Santiago weitergehen. Ich will keinesfalls dort alleine einmarschieren."

Es ist schon komisch, aber wir vier haben das Bedürfnis, Santiago nicht alleine zu erreichen. Falsch, wir haben das Grundbedürfnis, das Ziel mit Freunden zu erlangen. Da Jonathan seine Kumpels vor mehreren Tagen verloren hat und sie noch zwei Tagesmärsche von Santiago entfernt sind, hat er ganz pragmatisch uns diesen Ritterschlag erteilt. Nun gehen wir zu viert weiter. Alle hätte heute mehr Pilger auf dem Camino erwartet. Nico mutmaßt zu diesem Thema: „Die anderen sind vielleicht in der Nacht los, um einen Schlafplatz zu sichern. Ist bestimmt voll in Santiago!" Ich beruhige ihn mit meiner stoischen Ruhe und bekräftige, jedes Mal ohne Mühen noch ein Bett bekommen zu haben, so erwarte ich es auch heute Nacht.

Kurz vor dem Ortsanfang legen wir noch einen kleinen Stopp am Denkmal ein. Bei mir wollen sich einfach keine Glücksgefühle einstellen, es macht sich wider Erwarten ganz gegenteilig eher Traurigkeit breit. Soll jetzt wirklich schon alles vorbei sein? Der Einmarsch nach Santiago gestaltet sich mehr als nur nüchtern. Wir gehen an der Einfallstraße direkt durch das langweilige Gewerbegebiet. Wenigstens steht am Ortseingang ein großes Namenschild der Stadt, vor dem wir abwechselnd, wie zum Beweis, dass wir es geschafft haben, für ein Erinnerungsfoto posieren.

Wenn ich mir heute mit Abstand am Schreibtisch sitzend mein Foto ansehe, so finde ich, wirkt mein Lächeln eher gequält und gekünstelt. Aber ich bin sehr stolz, es geschafft zu haben. Diese unbeschreiblichen Strapazen gemeistert zu haben, unverletzt und gesund hier angekommen zu sein!

Wir vier steuern als Erstes die Kathedrale an. Doch schon hundert Meter vorher werde ich von einer elegant wirkenden Spanierin angesprochen, ob ich eine Privatunterkunft suche. Ich frage, ob sie etwas für vier Personen frei hat. Nico ist besonders skeptisch und lehnt die Übernachtung in so einer Unterkunft ab. Auch Jonathan vermutet irgendeine Trickbetrügerei dahinter. Doch ich kann sie beruhigen, denn ich habe mit Cristian sehr positive Erfahrungen mit Privatunterkünften gesammelt. Mein Totschlagargument für alle drei ist der Vorteil, in einer privaten Schlafstätte sogar nach 22.00 Uhr ins Bett gehen zu können. Wir dürfen aufbleiben, so lange wir wollen! Wir beschließen, uns die Unterkunft unverbindlich anzusehen. Gesehen = gebongt!

Nach kurzer Dusche und Frischmachen möchten wir unsere Urkunde abholen. Als wir an der Ausgabestelle ankommen, steht dort eine riesige Warteschlange und wir haben eine Wartezeit von fast vierzig Minuten vor uns. Schaut schon sehr unpersönlich aus. Selbst die Ausgabe erfolgt so sachlich und nüchtern wie bei der

Paketausgabe einer deutschen Hauptpoststelle. Man wird an einer Art Ampel mit einem akustischen und optischen Signal aufgefordert, seine Urkunde abzuholen. Das System ist ähnlich wie an der Fleischtheke, bei der man als Kunde eine Nummer ziehen muss.

Die Pilger, die herauskommen, sehen irgendwie auch nicht besonders glücklich und zufrieden aus. Sie scheinen alle sehr beschäftigt und verstauen hastig ihre Urkunde. Nein, so will ich meine Compostela nicht in Empfang nehmen. Schließlich habe ich unmenschliche Strapazen und Läuterungen auf mich genommen, bin achthundert Kilometer in nahezu einer Million Schritten zu Fuß gegangen, habe in gruseligen wie abstoßenden Herbergen genächtigt, mir die schrecklichen Pilgermenüs runtergewürgt, Durst und Hunger gelitten, mit dem Tragen des Fünfzehn-Kilo-Rucksacks mir genug Buße aufgeladen, ebenso mit dem Ablegen all meiner gewohnten Privatsphäre, meines Schamgefühls und aller persönlicher Befindlichkeiten, was eben das Übernachten mit dutzenden Gleichgesinnten in einem Raum so mit sich bringt.
Nein, ich weigere mich, die Compostela so lieblos zu empfangen!

Ich bin der Meinung, hier an diese Stelle gehört Beifall und Applaus. Alle, die sich diese Urkunde abholen, müssen doch Freude dabei empfinden. Da wird an deutschen Schulen, bei der Urkundenausgabe der Sommerjugendspiele mehr Bohei und Tamtam gemacht als hier. Nach zwanzig Minuten ist uns das Anstehen zu langweilig und zu öde. Da uns hier niemand kennt, beschließen wir, eine neue Tradition einzuführen. Jeder, der die Ausgabe der Urkunden verlässt, bekommt von uns vieren lauten Applaus, verstärkt mit Bravorufen. Die Mimik, der so durch uns empfangenen Pilger hellt sich augenblicklich in das schönste Lächeln auf. Zur Krönung klatschen wir noch jeden mit einem „high-five" ab. Es ist ein himmelweiter Unterschied zu denen, die vorher ohne unseren Applaus aus der Ausgabestelle gekommen sind. In den Gesichtern spiegelt sich Stolz, etwas Besonderes vollbracht und Glückseligkeit, es heil und gesund geschafft zu haben wieder. Ich kann förmlich erkennen, diese Personen nehmen den Beifall würdig und dankbar entgegen. Nach kurzem Zögern und dummem Gucken schließen sich uns rasch viele andere Pilgerkollegen an und machen den Jubel mit. Kaum zu glauben, aber die zweiten zwanzig Minuten der Wartezeit kommen mir nur wie ein Bruchteil der ersten vor. Ich bin fast ein wenig traurig, bereits an der Reihe zu sein, so viel Spaß hat mir das Applaudieren gemacht. Es kam sogar jemand von der Ausgabestelle heraus, um zu sehen, woher der Tumult kommt.

Als ich die Urkunde in Empfang nehme, lasse ich mir noch eine zweite mit der zurückgelegten Strecke ausstellen und erwerbe dazu eine schöne rote Schmuckschatulle mit dem Motiv der Jakobsmuschel darauf. Sie dient zum Schutz der kostbaren eben erworbenen Urkunden. Als ich die Urkundenausgabe verlassen, werde ich ebenfalls mit tosendem Applaus und Bravorufen empfangen und mache mit mindesten zehn Pilgern das „high-five"-Abklatschen. Ja, so habe ich mir das vorgestellt und gewünscht, schließlich habe ich Unmenschliches geleistet und körperliche Anstrengungen wie noch nie im Leben ertragen, um hier und heute diese Compostela zu empfangen. Wir hören noch lange Zeit den Beifall in der Ferne. Aber womöglich ist es morgen schon wieder vorbei damit. Solltest du eines Tages an der Ausgabe stehen, dann überwinde dich und applaudiere den anderen Pilgern zu, du wirst es zehnfach zurückbekommen. Mein sehnlichster Wunsch

ist es, wenn ich den Jakobsweg erneut gehen werde und ich an der Urkundenausgabe ankomme, ich bereits von Weitem den Applaus hören kann.
Das wäre phänomenal!

Jetzt möchte ich zur Belohnung noch ein Eis. Ich bestelle mir in einer nahegelegenen Cafebar zwei Kugeln Carte-D´or-Eis und muss mich anstrengen, nicht in Ohnmacht zu fallen, als ich den Preis von vier Euro achtzig höre. Das sind definitiv die beiden teuersten Eiskugeln meines Lebens. Am Abend gehen wir getrennt zur Pilgermesse. Wir haben Glück, denn der Weihrauchkelch wird nicht jeden Tag zur Messe geschwenkt. Aber am heutigen Abend schon. Die Kathedrale ist proppenvoll. Wo waren heute bloß die ganzen Leute? Als ich mich an der Seite weiter nach vorne dränge, sehe ich, dass die vordersten Sitzbänke für uns Pilger reserviert sind.

Das empfinde ich als herzerwärmende Geste. Aber man muss bestimmt Stunden vorher in der Kathedrale sein, um dort einen Sitzplatz zu ergattern. Eine wundervolle eindringliche Stimme singt uns ein Lied, dann wird der Kelch geschwenkt. Jetzt werden hunderte von Handys in die Höhe gehalten, die den gesamten Schwenkvorgang filmen. Ich kann nicht mehr auf den Weihrauchkelch schauen. Ich blicke nur noch auf die vor mir stehenden Pilger mit ihren Handys, die sich wie im Einklang von links nach rechts bewegen. Es erinnert mich an ein großes Tennisspiel im Gerry-Weber-Stadion, wo alle Zuschauer im Gleichklang mit dem Tennisball abwechselnd von der linken Seite zur rechten schauen. Ich frage mich, was die Leute dort filmen? Was erwarten sie zu Hause zu sehen? Wenn ich mein Handy in gleichen Bewegungen wie den Kelch führe, steht es doch auf den Aufnahmen still. Das sieht doch doof aus?

Also was soll das Ganze? Allerdings ärgere ich mich über mich selber, mein Handy nicht zum Filmen herausgeholt zu haben. Denn das wäre sicher eine spektakuläre Aufnahme geworden, wie hunderte von Pilgern im harmonischen Einklang ihre Handys zum Takt des Kelches schwenken. Das Geschwenke dauert auch nur wenige Minuten. Ich fühle mich immer noch nicht ergriffen oder angekommen.

Enttäuscht verlasse ich nach der Messe die Kathedrale. So enttäuscht, wie ich bin, gehe ich zur Unterkunft, aber nicht ohne mir vorher etwas zu essen und einige Literflaschen Bier zu kaufen. Wenigstens will ich mit mir persönlich diese Leistung feierlich begießen. Vielleicht stellt sich dann ja das „Angekommen-sein-Gefühl" ein. Kurze Zeit nach mir kommt auch Tony in die Pension. Ich bitte ihn, mit mir auf unser gemeinsames Ankommen anzustoßen. Ihm scheint es ähnlich wie mir zu gehen. Grundsätzlich will ich noch ein bis zwei Tage in Santiago de Compostela verweilen, bevor ich nach Hause zurückkehre. Als Tony und ich jeweils den ersten Liter des Bieres intus haben, schreibt uns Nico über WhatsApp an. Er und Jonathan haben eine coole Szenenkneipe gefunden und wir sollen dorthin kommen. Als wir uns auf den Weg begeben, ist es draußen weiterhin sehr warm. Es verspricht, eine laue Sommernacht zu werden. Die Stadt ist bis zum Bersten voll mit Menschen, Pilgern und Einheimischen. Auf dem Weg zu Nico höre ich in einiger Entfernung eine recht ordentliche Opernstimme. Ich überrede Tony, mit mir einmal nachzuschauen, von woher die Stimme erklingt. Sie kommt aus Richtung der Kathedrale. Dort befindet sich ein antiker Torbogen, unter dem sich den ganzen Tag freischaffende Künstler oder Studenten präsentieren.

Während wir ankommen, präsentiert sich dort ein semiprofessioneller Opernsänger mit seinem Bariton-Gesang. Sein Nessun Dorma kann sich wirklich hören lassen. Als wir uns runter auf die Stufen zum Torbogen setzen, sind Tony und ich die Ersten, die Platz nehmen. Der Sänger nickt uns zu, als wenn wir sein allabendliches Stammpublikum darstellen und er sich für unser Kommen persönlich bedankt. Er hat vor sich einen Verkaufsständer mit nahezu fünfzig CD`s stehen.

Einen Klassiker nach dem anderen gibt er zum Besten und schnell setzen sich weitere Passanten dazu. Der Applaus wird lauter und ich höre ein paar Bravorufe.
Da haben heute wohl einige etwas bei der Urkundenausgabe gelernt!

Jedoch dem Sänger tut es zusehends gut und er löst sich so motiviert vom Mikrofon, denn seine Stimme erscheint laut und durchdringend genug. Jetzt singt er nicht nur, sondern bietet uns auch Theater. Echtes Entertainment für lau, denke ich mir. Die Stimmung ist am Siedepunkt angekommen. Hier im Torbogen sitzen und stehen geschätzte einhundert Zuschauer, und auch seine CD`s finden reißenden Absatz. Als der Sänger ein italienisches Lied anstimmt, geschieht etwas Einmaliges, etwas, was ich so noch nie gesehen oder gehört habe. Vor uns steht eine Passantin von den Stufen auf und singt mit einer herrlichen, klassischen Stimme das Lied mit. Selbst der Opernsänger ist verblüfft, geht aber super professionell damit um und schreitet auf die unerwartete Sängerin zu. Ich höre eines der schönsten Duette der Klassikwelt, das ich je hörte. Es erinnert mich an die Liveversion von Sarah Brightman und Alessandro Safina aus Wien mit Canto Della Terra, bei der Alessandro die Sarah glatt an die Wand singt. Fühle mich davon so ergriffen und berührt, dass mir schon wieder die Tränen herunter kullern. Wie peinlich! Hoffentlich hat Tony nichts gesehen oder bemerkt.

Es ist unglaublich!

Das Publikum und auch ich kriegen uns nicht mehr ein. Jubelstürme brechen regelrecht aus und beide lassen sich nicht lange bitten, das Lied zu wiederholen. Kurz danach ist keine CD mehr zu bekommen. Das ist heute mein persönlicher Magic-Moment hier in Santiago de Compostela. Auch Tony ist grenzenlos begeistert und bedankt sich pausenlos bei mir für diese Superidee, hierher zu gehen. Doch um 22.00 Uhr ist der Zauber aus und wir schlendern zur Verabredung mit Nico. Zwar anderthalb Stunden später, aber immerhin gehen wir noch hin.

Als wir an der Szenenkneipe ankommen, sitzen Nico und Jonathan bereits leicht bedüddelt draußen im Hinterhof an einem Tisch. Wir bestellen noch eine Runde Bier und beraten, was wir heute anstellen wollen. Ungefähr eine Stunde später verlassen wir die Kneipe, da wir dort jetzt die einzigen Gäste sind. Ich möchte unbedingt zur Feier des heutigen Tages und zum Entsetzen der anderen noch tanzen gehen. Jonathan verabschiedet sich, da er auf keinen Fall sein Tanzbein schwingen möchte. Da ich keine Ahnung habe, wo man das hier überhaupt tun kann, folgen wir einfach drei spanischen Grazien in hautengen Jeans. Denn wo die hingehen, will ich ebenfalls sein. Es ist ein super Riecher, weil die Mädels uns geradewegs zu einem Platz führen, an dem sich eine Menge Leute versammelt haben. Es sind vier Tanzclubs zu erkennen. In einem von ihnen tanzen aber nur ein paar unbeweglich wirkende Koreaner miteinander. Alle anderen sitzen wie wir draußen am Tisch und trinken etwas hochprozentigeres als Bier. Um kurz nach Mitternacht passiert etwas ausgesprochen Schönes. Die Clubbesitzer fangen an, die Tische und Stühle zusammenzuklappen. Doch niemand geht nach Hause, sondern alle marschieren in die Clubs, die im Nu brechend voll sind. Die beiden Barkeeperinnen hinter der Theke erinnern an Ugly Coyote Girls. Sie bewegen sich sexy am Tresen, somit will jeder von uns eine Runde spendieren, um einen Blick auf diese liebreizenden, aber genauso anrüchigen Mädels zu werfen. Mich hält jetzt nichts mehr, ich gehe tanzen. Auf der Tanzfläche sind 80 Prozent Frauen und was für welche! Allesamt reinrassige Spanierinnen, die sich gekonnt temperamentvoll bewegen. Die Minitanzfläche ist so voll, dass sich unsere Hintern aneinander reiben und ich überall um mich herum Frauenkörper spüren kann. Wie geil ist das denn? Auch das ist in Deutschland undenkbar. Ich fühle mich wie im Paradies.

Es ist absolut keine Anmache, nein, wir tanzen alle nur ausgelassen miteinander. Es ist Lebensfreude pur, die mir so vermittelt wird. Aus Angst, dass meine Pilgerfreunde etwas verpassen, mache ich eine Pause und hole Nico und Tony auf die Tanzfläche. Tony sieht mich an und ich weiß genau, was er denkt. Doch das gedämmte Licht mit dem vielen Nebel um uns herum muss uns beide erheblich jünger wirken lassen, denn unsere Tanzpartnerinnen sind etwa halb so alt wie wir. Nico ist voll in seinem Element. Dieses Santiago de Compostela ist wirklich ein heiliger Ort, jetzt fühle ich mich zumindest gebührend gefeiert. Ich bilde mir ein, ich bekomme von mehreren hübschen Spanierinnen so viele Interessensindikatoren geschenkt wie in Deutschland in einem ganzen Monat nicht. Vielleicht ist es aber auch nur meinem Schwips geschuldet. Höchstwahrscheinlich habe ich schon wieder einen im Kahn, aber wir Männer sind dann wohl so, dass wir mehr Zeichen sehen oder erkennen wollen.

Nach ein paar Stunden des ausgelassenen Tanzens muss ich hier weg. Ich habe Angst, ansonsten doch noch eine Dummheit zu begehen oder mir einen „Riesenkorb" einer Spanierin einzufangen. Beides möchte ich mir tunlichst ersparen, schließlich bin ich auf einer Pilgerreise. Diesen Abend werde ich meinen Lebtag nicht vergessen. Die größte Aufgabe für Tony und mich ist es, Nico mit zurückzubekommen. Doch er ist so angetrunken, dass wir Sorge haben, er findet alleine nicht mehr heim. Wir versprechen ihm, am nächsten Abend mit ihm wieder herzukommen und da weiterzumachen, wo wir heute aufgehört haben.

In unserer Übernachtungsstätte angekommen, trinken Tony und ich noch ein paar Biere. Nico kann der Unterhaltung nicht mehr folgen und schläft auf dem Bett liegend ein. Tony und ich lassen den Tag und die gesamte Pilgerreise Revue passieren und kommen gemeinsam zu dem Schluss, wir sind beide noch nicht angekommen. Um halb sechs morgens beschließen wir, schlafen zu gehen. Mal sehen, was der heutige Tag für uns noch so bringen mag.

Kapitel 4

Die Tage am Ende der Welt.

Viele Fragen, keine Antworten

29. Tag: Auf einmal sitzt deine Traumfrau neben dir!

Mich reißt jemand jäh aus meinen wunderbaren Träumen mit den Mädels von gestern. Mir fällt auf, ich habe noch nie so oft, so schön geträumt wie hier auf dem Jakobsweg. Nico ist es, der mich aus der Traumwelt reißt. Mit hektischem Unterton weist er mich darauf hin, dass wir unverzüglich die Pension verlassen müssen, wenn wir nicht noch einen zusätzlichen Tag bezahlen wollen. Panikartig packe ich in Windeseile hastig meine Sachen zusammen. Gefühlte Wimpernschläge später stehen wir noch benommen auf der Straße. Nach fünf Minuten des Fangens komme ich zu mir und frage, was die Aufregung sollte? Wir wollten doch noch eine weitere Nacht verweilen, da hätten wir der Einfachheit schließlich dort bleiben und einen zweiten Tag buchen können. Tony ist der Meinung, hier in Santiago de Compostela kein angemessenes Ende seiner Pilgerreise zu finden. Somit hat er beschlossen, weiter zu pilgern und er möchte auch gleich in Richtung Finisterre aufbrechen.

Er hofft dort, am sogenannten „Ende der Welt", seinen Abschluss mit dem Gefühl des „Angekommenseins" zu bekommen. Keine schlechte Idee, wie ich meine! Aber um mir erst einmal eine eigene Meinung bilden zu können, bitte ich die drei, mit mir in einem Café an der Kathedrale etwas zu trinken. Dort sitzen wir eine lange Zeit schweigend und jeder überlegt für sich, was er tun soll. Schnell wird mir klar, ich gehe mit Tony nach Finisterre. Das war nie in meiner Planung vorgesehen, jedoch verspüre ich jetzt ein Bedürfnis dort hinzumüssen. Häufig sind es die unüberlegten, wie ungeplanten Dinge in meinem Leben, die kurzentschlossenen Entscheidung ohne langes Abwägen, die spontanen Bauchentscheidungen, die mich weiterbringen. Tony und ich brechen erst mittags auf.

Die Sonne knallt heute erbarmungslose 35° vom Himmel. Nico ist noch unentschlossen, will aber später eventuell. folgen. Jonathan will die Strecke mit dem Bus zurücklegen. Von der Kathedrale aufgebrochen, ist der Weg nach Finisterre sehr gut ausgeschildert. Wir sind schnell aus dem Stadtkern heraus. Außerhalb der Stadt bietet sich uns ein postkartenwürdiger Blick auf Santiago de Compostela. Das Panorama zeigt die gesamte Altstadt und im Zentrum steht die jetzt gigantisch wirkende Kathedrale. Diese Seite der Stadt ist eindeutig die Schokoladenseite. Die Wege, die sich uns hier bieten, sind genauso schön und märchenhaft wie vor Santiago. Allerdings ist hier eine andere Vegetation. Hier wachsen zwanzig bis dreißig Meter hohe Eukalyptusbäume. Die Bäume sehen ungewohnt und komisch aus. Sie haben einen auffälligen, kerzengeraden Stamm. Die Baumstämme schauen aus, als hätten sie sich wegen der großen Hitze, die heute herrscht, nackig gemacht. Überall hängt und liegt die heruntergefallende Baumrinde herum. Die Baumkronen wirken nur mager bewachsen und tragen lediglich ganz oben in der Spitze ein wenig Laub. Von dem visuellen Eindruck geflasht, gehe ich zu einem Eukalyptusbaum und zerreibe ein paar Stückchen Baumrinde in meinen Händen. Unfassbar, wie kräftig es nach Eukalyptus-Menthol duftet.

Obwohl wir unsere Wasserflaschen komplett gefüllt haben, sind bei dieser Hitze die Vorräte schnell aufgebraucht. Da es zusätzlich an manchen Stellen wieder ordentlich bergauf geht, drohen wir beide wie alte Ottomotoren rasch zu überhitzen.

Aber auch nach Santiago de Compostela liefert dir der Camino immer genau das, was du brauchst, wenn du es brauchst. Denn kurz vor dem Überkochen und Verdursten steht am Wegesrand ein Brunnen. Es ist eiskaltes Quellwasser, welches fortwährend in eine Tränke plätschert. Als Erstes befolge ich einen Rat von Cristian, den er mir zu Anfang der Pilgerreise gegeben hat. Immer, wenn ich zu überhitzen drohe, solle ich mir viel kaltes Wasser über mein Haupt gießen, sowie die Mütze tränken. Wir füllen die Flaschen mit dem eiskalten Nass und begießen damit pausenlos die Köpfe. Noch nie im Leben hat mich die Wasseraufnahme so erfrischt wie heute. Man könnte fast meinen, wir beide wären tagelang durch eine Wüste geirrt und erfrischen uns nun an einer Oase. Von meinen Sinnen vorgegaukelt, habe ich den Eindruck, mein heiß gelaufener Kopf kühlt sich unter leichtem Zischen vom Quellwasser ab. Tony und ich schauen uns an und müssen beide über die unstillbare Erfrischungssucht lachen. Ich kann wirklich nicht mehr aufhören, mir das Wasser literweise über den Schädel zu kippen. Nach einer halben Stunde des Erfrischens und des blauen Anlaufens unserer Köpfe ziehen wir glücklich weiter.

Wir fachsimpeln unterwegs, ob der Weg, den wir hier gehen, überhaupt noch der Jakobsweg ist. Oder ob es sogar ein eigener Pilgerweg ist, denn dann wandere ich schon den zweiten. Letzten Endes spielt es auch keine Rolle. Als wir später den Ort Ponte Maceira erreichen und dort über eine wunderschöne alte Brücke stolzieren, bleibe ich mitten auf ihr stehen. Ich schaue mir den Flussverlauf an und genieße den traumhaften Blick auf das idyllische Flussufer. Am liebsten würde ich jetzt wie die anderen Leute da unten im Fluss schwimmen. Da fällt mir ein, ich habe ja mein Zelt dabei und hier ist für mich die einladendste Stelle zum Campen des gesamten Weges. Aber Tony fordert unbarmherzig zum Weitergehen auf. Da wir heute erst mittags gestartet sind, marschieren wir an diesem Tag nur die dreiundzwanzig Kilometer nach Negreira. Im Ort werde ich von der Herbergsmutter direkt auf der Straße angesprochen. Sie fragt, ob ich mir die Herberge namens Lua einmal ansehen möchte? Wir gehen hinein und befinden die Unterkunft als recht ordentlich. Es ist nur ein einziger Raum, in dem vierzig Betten aufgestellt sind. Die warmen Witterungsverhältnisse haben auch bei der Raumtemperatur ganze Arbeit geleistet. Ein Vorteil hat die hohe Temperatur allerdings, die frischgewaschene Wäsche wird bis zum nächsten Tag wieder trocken. Nur wenige Meter vom Gebäude entfernt ist ein Supermarkt in deutschem Standard. Ich kaufe die Vorräte für morgen und eine Riesenpackung Viennetta Vanilleeis. Eine Sondergröße, die mindestens zweieinhalb Mal so groß ist wie in Deutschland. Da die Herberge über keinen Kühlschrank verfügt, muss das Eis komplett aufgegessen werden. Der Einladung, sich an der Viennetta-Vanilleeis-Labung zu beteiligen, folgt Tony gerne. Das Eis stellt für heute mein Abendbrot dar, also esse ich mich daran satt. Wir sitzen im Gemeinschaftsraum, reden über dies und das, da kommt eine Pilgerin aus Ratzeburg auf uns zu, fragt, ob wir Deutsche sind und sie sich zu uns setzen darf.

Wir erzählen uns gegenseitig Anekdoten, die wir auf dem Jakobsweg erlebt haben. Da wir viel über die zum Teil recht komischen Geschichten lachen, gesellen sich rasch zwei weitere Frauen zu uns. Es sind ausgesprochen attraktive Wanderinnen, die den Weg über Portugal genommen haben. Sie haben nur zwei Wochen Urlaub und fragen uns über den Jakobsweg aus. Ihr perfektes Hochdeutsch lässt vermuten, dass sie ebenfalls aus

Deutschland sind. Tatsächlich kommen sie jedoch gebürtig aus Belgien. Nach den Beschreibungen der beiden soll es einen kleinen Zipfel im belgischen Land geben, in dem deutsch gesprochen wird. Ich habe allerdings vergessen, wo genau dieser Landeszipfel in Belgien liegt. Jasmin setzt sich mir gegenüber. Sie sieht mit ihrer fast schwarzen Haarpracht, den dunkelbraunen Augen und ihrer dunkel gebräunten Haut eher aus wie eine Spanierin oder Portugiesin. Jasmin hat ihre schulterlangen Haare zu einem Zopf geflochten, den sie zur linken Seite trägt. Nancy platziert sich zu meiner Rechten. Sie ist dunkelblond, hat ihr mittellanges Deckhaar zu einem Dutt geformt.

Sie sieht mit ihren schlanken Gesichtszügen und der Frisur ein wenig streng aus. Doch sie scheint eine Frau zu sein, mit der man Pferde stehlen kann. Meine Begeisterung kaum verbergend, freue ich mich über diese Abwechslung. Beide erlangen bei mir einen hohen Hübschheitsgrad auf der Lars-Oliver-Hübschheitsskala. Sie sind mir vom ersten Augenblick an mega sympathisch. Mich begeistert es stets, wenn hübsche Frauen sich redegewandt zeigen und sich als gute Gesprächspartner entpuppen. Als ich sie auffordere, sich an unserer Anekdotenerzählerei zu beteiligen, fängt Jasmin spontan an und erzählt irgendeine vegetarische Kochgeschichte. Ihre Augen funkeln dabei mit so einer Strahlkraft, als wenn sie von ihrer schönsten Leidenschaft berichtet.
Ich denke so bei mir: Mensch, das musste aber lecker geschmeckt haben, wenn ihre Augen heute beim Erzählen immer noch so strahlen. Abgelenkt starre ich jedoch ständig auf ihre strahlendweißen Zähne, die sich im Mund zu einem perfekten Gebiss vereint haben. Ich kann ihren Ausführungen nicht mehr folgen, denn ich muss abwechselnd auf ihre leuchtenden Augen und auf

ihren strahlenden Mund schauen. Es ist bestimmt eine dolle Geschichte, doch ich habe nichts davon mitbekommen, so abgelenkt bin ich von dem, was ich sehe. Als Nancy dran ist, ihre Anekdote zu erzählen, nehme ich mir vor, aufmerksamer zuzuhören. Das Zuhören fällt mir in der Tat leichter, denn sie hat eine raue, rauchige, fast heiser wirkende, sehr markante Stimme. Da ihr keine Geschichte vom Weg einfällt, erzählt sie ein Erlebnis, welches sie bei ihrem letzten Urlaub mit Jasmin erlebte. Ihre Version fing damit an, dass sie sich über einen besonders günstigen „Schnapper" freuten, den sie im Internet gefunden haben. Ein Wellnessurlaub in Deutschland, nahe der holländischen Grenze.

Sie erzählt mit ihrer angenehmen leicht kratzigen Stimme, dass die Teilnehmer sich zur Begrüßung in einem separaten Konferenzraum einfinden sollten. Sie haben sich schon auf den vermuteten, bevorstehenden Sektempfang gefreut. Aber statt lecker Sekt gab es zum Empfang für die vermeintlichen Wellnessgäste eine Fragerunde mit der Frage, was sie sich von der Behandlung erwarten. Zu diesem Zeitpunkt empfanden beide die weißen Kittel und die fast ärztliche Frageart der drei Interviewer für eine Wellnesswoche als angemessen. Erst als zum Schluss alle aufgefordert wurden, dem jeweiligen Partner in der Badewanne beim medizinischen Einlauf zu helfen, dämmerte es ihnen. Sie buchten keinen Wellnessurlaub, sondern eine einwöchige Fasten- und Entschlackungskur samt ärztlicher Begleitung. Also gibt es weder Sektempfang, Massagen, Peelings, Fangopackungen noch sonstige Wellnessbehandlungen. Stattdessen eine Woche nichts zu essen und absoluten Verzicht auf Alkohol.

Ein unglaubliches Fiasko!

Nancy gestikuliert bei der Erzählung mit ihren Armen ausdrucksstark herum. Ihre Stimme wird zum Ende der Beschreibung immer tiefer, damit für mich als Zuhörer erotischer. So von ihr fasziniert könnte ich ihr stundenlang lauschen. Mit dieser Aussprache dürfte sie mir langweilige Gebrauchsanweisungen von komplizierten technischen Geräten vorlesen. Es klingt komisch, aber so eine Frau trifft man, wenn man Glück hat, nur ein- oder zweimal im Leben. Ohne Nancy näher zu kennen, würde ich sie glatt vom Fleck weg heiraten.

Liebestrunken ihrer Stimme lauschend, spricht mich von hinten eine andere quakige Frauenstimme an: „Darf ich mich auch zu euch setzen?" Die Frau streckt mir sogleich ihre Hand entgegen und stellt sich mit „Gerda ... Hamburg" vor. Sie nimmt sich einen Stuhl, schiebt sich direkt als Keil zwischen mich und Nancy, was mir überhaupt nicht gefällt. Damit hat Gerda es besiegelt, wir beiden werden keine Freunde mehr. Als ich Gerda danach mit Frau Hamburg anspreche, faucht sie mir entrüstet entgegen, dass Hamburg nicht ihr Nachname sei, sondern die Stadt darstelle, aus der sie stamme. Und überhaupt, ist sie vor kurzem fünfzig geworden und das müsste ja auch mindestens so ungefähr mein Alter sein, darum dürfte ich sie ruhig beim Vornamen nennen und duzen.
Sag ich doch!
Wir werden bestimmt keine Freunde mehr. Mir fällt es sehr schwer, jedoch fordere ich sie ebenfalls auf, eine Anekdote zu erzählen. Sie erzählt uns dann die Geschichte, wie sie zum Jakobsweg gekommen ist. Sie wollte den Weg schon seit geraumer Zeit pilgern, traute sich aber nie, ihn ohne Begleitung anzugehen. Wie der Zufall es so wollte, traf sie in Deutschland einen Mann, bei dem sie am Hals die Tätowierung einer

Jakobsmuschel erkannte. Zusammen mit ihm hat sie sich nun endlich getraut, den Jakobsweg zu wandern. Sie beschreibt in allen Facetten weiter, wie entsetzlich es war, mit diesem Mann gemeinsam zu marschieren. Sie klagt, er sei meistens zu schnell unterwegs, zu früh am Tage gestartet, zu lange Strecken am Stück gelaufen und er habe sich viel zu wenig um sie gekümmert. Hörte sich für mich eher nach einem langjährigen Ehepaar an als nach einer neuen Bekanntschaft. Genau aus den beschriebenen Gründen trennte sie sich heute von ihm und ist alleine weitergezogen. Jetzt schaut sie mir in die Augen und fragt mit einem leichten Augenklimpern, ob wir beide nicht zusammen gehen wollen. Ich lehne mit den Worten ab: „Ich gehe immer sehr schnell, starte morgens besonders früh, laufe sehr lange Strecken und überhaupt bin ich kein guter Kümmerer." Alle am Tisch lachen, außer Gerda.

Jasmin und Nancy machen den Vorschlag, uns am Folgetag ganz einfach in derselben Runde in einer Herberge zu treffen, um erneut so einen schönen unterhaltsamen Abend zu genießen. Jasmin schlägt vor, natürlich wieder mit einem magischen Funkeln in ihren Augen, etwas Vegetarisches für uns alle zu kochen. Doch Tony und ich winken ab, weil wir längst beschlossen haben, die Strecke von knapp einhundert Kilometern nach Finisterre, in „nur" drei Wandertagen zu bewältigen. Die anderen am Tisch möchten es entspannter und lockerer angehen, indem sie sich vier bis fünf Tage Zeit nehmen. Außerdem bin ich mir bewusst, wenn ich Nancy morgen erneut begegne, werde ich sie definitiv anmachen und sie damit eventuell kompromittieren. Ich halte es für besser, wenn wir uns nicht mehr wiedersehen und ich diese schönen Erinnerungen an sie für immer behalten darf. Außerdem gibt es zwischen uns einen kleinen, jedoch nicht unwesentlichen Altersunterschied von fünfzehn Jahren, genau wie bei Swetlana. Ich betone, dass es höchst unwahrscheinlich ist, dass wir uns noch einmal treffen werden, schließlich komme ich in zwei Tagen in Finisterre an, um von dort aus direkt nachhause zu reisen. Um 22.00 Uhr beenden wir die Runde. Zum Abschied umarme ich Nancy und möchte mich für den unterhaltsamen Abend bedanken. Noch während der Verabschiedung fängt meine Nase dicht an ihrem Haar liegend ihren Geruch ein. So inhaliere und vernehme ich ihren Duft und fühle mich davon wie benebelt. Sie riecht so wunderbar frisch und liebreizend wie der schönste Frühlingstag des Jahres. Ich meine damit kein Parfumgeruch, sondern ich vernahm ihre natürliche Duftnote, so wie Mutter Natur ihn ihr schenkte. Sehr betörend!

So im Rausch muss ich unweigerlich an den Film „Das Parfum" denken, denn von Nancys Duftsymphonie hätte ich auch gerne ein kleines Fläschchen für meine Zwecke abgefüllt. Ich bin ein wenig euphorisiert von ihr, lasse mir davon aber hoffentlich nichts anmerken. Betört von ihr, sage ich trotzdem brav „Lebewohl" und geh ins Bett.

30. Tag: Meine Füße schreien mich an

Als ich am Morgen aufwache, sind die vier Frauen und auch Tony bereits weg. Als Überbleibsel liege nur noch ich mit zwei Pilgern in dem Vierzigbettenraum. Das Wetter verspricht wieder sehr sonnig und ausgesprochen heiß zu werden. Heute habe ich das Bedürfnis, alleine zu gehen. Denn ich brauche Zeit des Alleinseins, um mir einige Gedanken über mich und mein Verhältnis zu Frauen machen zu können. Mein Umgang und die Einstellung zu ihnen sind meines Erachtens verbesserungswürdig. Mir fällt unweigerlich die Unterhaltung mit Tony ein, ob Monogamie wirklich meiner Wertvorstellung entspricht. Jetzt verstaue ich die Sachen und begebe mich langsam auf den Weg. Für diesen Tag soll es ein ziemlicher Gewaltmarsch werden. Da wir gestern gemessen am Reiseführer „nur" dreiundzwanzig Kilometer hinter uns gelassen haben, muss ich nun nahezu vierzig schaffen, um die einhundert Kilometer bis Finisterre in drei Tagen zu bewältigen. Bei ähnlicher Hitze wie am Vortag erwartet mich eine stramme Leistung. Ich bin topfit, aber wandere doch eher lustlos den Weg entlang.

Schon am Ortsausgang von Negreira werde ich von einem Großdenkmal gestoppt und lege meine erste kleine Pause ein. Dieses Denkmal fasziniert dermaßen, ich muss es mir erst einmal ganz genau ansehen. Also lege ich den Rucksack ab, um es ein paarmal zu umkreisen. Die Skulptur versteht man nämlich nur, wenn man sie von allen Seiten betrachtet. Jetzt zücke ich mein Handy, um einige Fotoaufnahmen zu machen, so beeindruckt bin ich davon. Es zeigt auf der Vorderseite einen Mann, der seine Habseligkeiten zu einem Bündel geschnürt, an einem Stock hängend über der rechten Schulter trägt. Etwas erscheint ungewöhnlich an diesem Typen. Zum einen sieht er nicht aus, wie ein klassischer Wandersmann, vor allem nicht, wie ein Pilger, sondern eher wie ein Arbeiter. Dann schauen die Beine vom Knie abwärts wie Baumstämme aus, die im Boden fest verwurzelt zu sein scheinen. Hinter ihm ist eine Hauswand zu erkennen. Sie zeigt ein Fenster aus dem sich ein etwa zehnjähriger Junge beugt, um den Wanderer, der offensichtlich sein Vater ist, am rechten Hosenbund festzuhalten. Der Sohn scheint ihm irgendetwas Wichtiges nachzurufen. Über dem angedeuteten Haus ist noch eine Erdkugel zu sehen. Wenn man jetzt wie ich die Totale von der Frontseite zur Rückseite wechselt, erblickt man ein anderes Bild. Hier sitzt nun eine Frau mit Kopftuch mit einem ca. zweijährigen Sprössling auf dem Schoß. Die Mutter schaut sehr betrübt auf ihren zweiten Sohn, der mit dem Oberkörper zum Fenster heraushängt, und wie beschrieben den Vater am Hosenbein festhält.

Ich weiß auch nicht genau warum, aber dieses Denkmal, beeindruckt schwer und ich fühle mich irgendwie ergriffen von der Darstellung. Es fordert auf seine eigene Weise auf, meine Familienmitglieder zu verlassen, um in die weite Welt hinauszuziehen. Womöglich gibt es an dem Ort, an dem die Familie wohnt, keine Arbeit für den Mann. Man könnte auch glauben, er verlässt die Frau und beiden Kinder, um sich die Welt anzusehen. Doch dazu will sein entschlossener Gesichtsausdruck nicht passen. Ich fühle mich vom Denkmal aufgefordert, die bequeme Komfortzone zu verlassen, um mir einen Job dort zu suchen, wo einer zu finden ist. Passt sehr gut zu meiner derzeitigen Situation in Deutschland. Ich beschließe, dort zurückgekehrt, die Wohnung in Magdeburg aufzugeben, um dorthin zu ziehen, wo ich

Arbeit bekomme. Ich soll die Komfortzone aufgeben, ist die heutige Botschaft für mich. Immerhin sind meine Söhne erwachsen und da ich geschieden bin, brauche ich auch keine Ehefrau zurücklassen. Klar, ich verlasse den mühsam aufgebauten Freundeskreis. Dass Swetlana mit mir mitkommen wird, kann ich ausschließen, denn eigentlich kennen wir uns ja nur wenige Tage. Wer weiß, vielleicht finde ich ja Arbeit in einem bestimmten Zipfel von Belgien, in dem man deutsch spricht? Jetzt muss ich selber lachen. Aber die Kernbotschaft vom Denkmal lautet: Verlasse deine Komfortzone, gehe hinaus in die weite Welt und suche dir einen Job. Seltsamerweise hat niemand der anderen, mit denen ich in den folgenden Tagen über die Aufforderung des Mahnmals gesprochen habe, es so gesehen. Das Sonderbare ist, dass der Camino direkt daran vorbei führt.

Der Jakobsweg gibt auch immer jedem die Botschaften, die er braucht und genau dann, wenn er sie braucht und ich habe diese Erkenntnis wohl bitter nötig gehabt.

Während ich weitergehe, treffe ich noch vor der Frühstückspause auf mehrere Schulklassen, die scheinbar genauso wie ich ans Ende der Welt wandern. Die Lautstärke der Schüler geht mir ziemlich auf den Geist, also ziehe ich mein Tempo an und bin innerhalb von fünfzehn Minuten aus der Hörweite. Obwohl ich am Vortag zu Nancy und Jasmin Lebewohl sagte, wünsche ich mir, beide noch einmal wiederzusehen. Nach einer Weile knurrt mein Magen, um mich somit aufzufordern, im kommenden Ort eine Pause zum Frühstücken einzulegen. Die nächste Cafebar, mit einem hervorragenden Sitzplatz in der Sonne, lässt nicht lange auf sich warten. Wie immer gibt es eine Bocadillo mit Jamon und eine Tasse Café con Leche zur Belohnung. Während ich da so am Tisch sitze, die Sonne und das

Leben genieße, kommt Gerda Hamburg und setzt sich wie selbstverständlich, ungefragt und unaufgefordert zu mir. Genauso ungefragt erzählt sie mir, wie schön das Wandern ohne diesen schrecklichen Mann ist, den sie ja gestern verlassen hat. Puh, das interessiert mich nicht die Bohne. Eigentlich wünschte ich mir ein Wiedersehen mit Nancy und Jasmin, nicht mit ihr. Aber egal, zu zweit zu frühstücken, gefällt mir besser als alleine. So stelle ich die Ohren auf Durchzug und bekomme von dem Gemecker gar nichts mehr mit. Meine Lauscher sind jedoch nur für Gerda Hamburg auf Durchzug gestellt, denn ich höre, wie mein Name in der Ferne gerufen wird.

Die kratzige Stimme kommt mir augenblicklich bekannt vor und lässt meine Herzfrequenz vor Freude in die Höhe sausen. Es sind Nancy und Jasmin, die da rufen. Sofort schicke ich ein kleines Dankeschön gen Himmel für die prompte Wunscherfüllung. Sie schauen mich irritiert an und fragen, wann und wo ich sie überholt habe, denn als sie am Morgen aufgebrochen sind, hätte ich noch seelenruhig geschlafen? Die Fragestellung kann ich ihnen auch nicht beantworten. Nun haben wir noch ein ausgelassenes und lustiges Frühstück zusammen. Nach zwanzig Minuten erfolgt meine erneute Verabschiedung, nicht aber ohne eine langanhaltende, herzliche Umarmung mit Jasmin und besonders ausgiebig mit Nancy. So gedrückt erhasche ich mir noch eine weitere Nase voll „Duftnote Nancy." Schließlich habe ich weiterhin einen gewaltigen Trip vor mir.

Nachdem ich wieder so für mich unterwegs bin, grüble ich noch über das Verhältnis von mir und Swetlana nach. Da ich mich vom Denkmal aufgefordert fühle, die Komfortzone zu verlassen, um in die weite Welt hinauszugehen, ja vielleicht sogar bis zu einem entfernten Zipfel von Belgien, in dem man deutsch spricht, werde ich in Deutschland zurückgekehrt, das Verhältnis mit Swetlana wohl klären müssen. Ich würde sie gerne mitnehmen, doch ich kann es mir nicht vorstellen, dass sie mit mir mitgehen wird und auf eine Wochenendbeziehung habe ich keine Lust. Überhaupt habe ich meine ständig wechselnden Partnerinnen satt. Nach langem Nachdenken und tiefem in mich Hineinsehens, ist mir klar, doch monogam zu sein. Jetzt bin ich nicht, wie in der Tierwelt üblich, durch die Trennung meiner Exfrau gestorben, jedoch fühle ich mich als Monogamist bestätigt.

Mit dem häufigen Wechsel der Freundinnen bin ich weder mir, noch den Frauen gerecht geworden. Es war sicherlich die ein oder andere dabei, die sich verliebte, doch ich konnte, aus welchen Gründen auch immer, mich nicht darauf einlassen. Ich hatte in der Zeit nach der Scheidung zahlreiche Liebschaften. Eine hübscher als die andere und stets mit sehr guter und extrem knackiger Figur. Die Altersbandbreite ging von vier Jahren älter, bis hin zu siebenundzwanzig Lebensjahren jünger. Herrgott, die jüngste war jünger als zwei meiner eigenen Söhne! Aber auch diese „Sünde" ist mir in Santiago de Compostela vergeben worden. Ich bemerke erst jetzt, wie nötig ich diese Pilgerreise hatte. Ich gebe unumwunden zu, für mein Ego war es hervorragend, von solchen jungen, knackigen und gutaussehenden Mädels begehrt zu werden. Nur entsprach es eben nicht meinem Ideal, dem Idealbild der Monogamie.
Dem Zusammenleben mit nur einer Frau.

Wie gesagt, es war astrein, mit solchen jungen Partnerinnen zusammen zu sein, aber richtig aufgehoben habe ich mich schließlich nur mit Geliebten von Anfang bis Mitte vierzig gefühlt, eben Frauen in meinem Alter.

Jetzt war ich die erste Lebenshälfte, über siebenundzwanzig Jahre, mit ein und derselben Ehefrau zusammen und sie war auch die einzige Geliebte. Nur weil meine Exfrau beschlossen hat, sich von mir zu trennen, und ich trotzdem nicht gestorben bin, kann ich mich doch immer noch als monogamen Menschen bezeichnen? Selbst wenn ich zur Orientierung eine Zeitlang verschiedene Partnerinnen hatte, mit denen ich keine langfristige Partnerschaft eingegangen bin, kann ich mich trotzdem so titulieren. Ich glaube, jetzt habe ich es geschnallt: Um eine monogame Beziehung zu führen, sollten eben beide Seiten monogam sein. Ich glaube, ich suche mir von nun an für meine zweite Lebenshälfte eine solche Partnerin, was sicher nicht so schwerfällt. Aber sie muss es mit mir auch aushalten können und dieses Exemplar wird schwer zu finden sein. Vielleicht, mit einer gehörigen Portion Glück im Leben, gelingt es mir ja noch einmal. Der durchschnittliche deutsche Mann wird, so meine ich, fünfundsiebzig oder achtundsiebzig? Also rein von der Statistik her könnte es klappen. Ich bemerke, bei dem vielen Nachdenken, dass mich dieses Thema mehr beschäftigt, als ich es annahm. Es ist einfach schön, hier auf dem Camino über sich selbst nachzudenken. Das macht eben auch den Camino-Spirit aus. Morgens siehst du ein Denkmal, welches dir, und zwar nur dir, eine Botschaft mitgibt, was dann deine Lebenseinstellung ändert oder dich darüber nachdenken lässt.

Jetzt knurrt mir von der ganzen Grübelei der Magen. So marschiere ich in das nächste Restaurant, welches ich am Wegesrand entdecke. Siehe da, wer wartet dort schon auf mich und möchte mit mir Mittagessen, der Tony! Es gibt Leckereien vom Grill und zur Krönung ein Bier im eisgekühlten Krug. Was wollen wir mehr? Die Sonne brennt mit 35°C vom Himmel, wir sitzen hier unter einem schattigen Terrassendach, um Bier zu trinken.

Die Bierkrüge sind so kalt, dass sich leichte Eisflocken bilden. Nun würde ich mich normalerweise nicht als Biertrinker bezeichnen, aber dieses hier ist herrlich. Da Tony die Hitze mehr zu schaffen macht als mir, gehen wir getrennt voneinander.

Ich möchte sowieso auch noch weiter über mein Leben philosophieren und nachdenken. Jetzt, beim alleinigem Dahingehen, fällt mir noch eine Sache auf. Es ist bestimmt so, dass mir das gestrige Treffen mit Nancy zeigen sollte, dass es Frauen gibt, mit denen ich mir ein ewiges Zusammenleben vorstellen kann. Gut, sie war jetzt auch wieder von der jüngeren Fraktion, aber darum geht es gar nicht. Sondern es sollte mir signalisieren, dass ich eines Tages an einem Tisch sitze, mich gut unterhalte und es setzt sich urplötzlich, so mir nichts dir nichts meine Traumfrau neben mich. Bei dieser Frau knistert es wie gestern auf Anhieb und natürlich duftet sie auch wieder wie der schönste Frühlingstag des Jahres. Jetzt bin ich nicht nur dem Denkmal dankbar, sondern auch Nancy. Wenn man über solche wichtigen Dinge des eigenen Lebens nachdenkt, vergeht die Zeit aber auch wie im Fluge, und ich habe so unbemerkt schon über dreißig Kilometer Wegstrecke hinter mich gebracht. Mein Körper verlangt nach einer weiteren Pause.

Mitten im Nichts, genauer gesagt in Ponte Olveira steht eine Herberge mit Bestuhlung auf einer Terrasse. Meinen Rucksack schmeiße ich unter einem Sonnenschirm ab, um mir abermals ein großes Bier zu holen. Doch zu dem Bier erlaube ich mir, zur Feier der Erkenntnis, zusätzlich ein schönes XXL Cornetto Eis. Nun sitze ich hier im Sonnenschein, trinke aus dem Glas und schlecke das XXL Cornetto. Zugegeben, passt geschmacklich nicht sonderlich gut zusammen, jedoch gegen die Hitze hilft es ungemein. Meine Füße schreien mich förmlich an, sie wollen Feierabend haben, doch sieben Kilometer sollen es heute noch werden. Ich stehe bereits mit Sack und Pack in den Startlöchern, da sehe ich, wie sich ein Pilger nähert, der ein Handtuch um den Kopf gewickelt hat. Er sieht aus wie Lorenz von Arabien. Doch er hat recht, die Sonne brennt erbarmungslos vom Himmel. Jetzt ruft dieser Lorenz von Arabien-Typ zur Überraschung noch meinen Namen. Als er nahe zu mir kommt, erkenne ich, es ist gar nicht Lorenz von Arabien, es ist Nico, ja, den habe ich hier nicht erwartet. Er erzählt mir, er habe zwei Stunden unentschlossen überlegt, ob er einen zusätzlichen Tag in Santiago de Compostela bleiben soll, oder ob er wie wir weiter nach Finisterre gehen soll. Nico schaffte es auch noch bis Negreira. Dann schildert er eine lustige Geschichte. Als er heute Mittag eine Pause einlegte, habe er ein paar Frauen kennengelernt. Als sie ihn fragten, warum er so fertig aussieht, gab er zur Antwort, es liege wohl daran, dass er gestern mit zwei verrückten Typen bis zum frühen Morgengrauen tanzen war. Nun schaute ihn eine der beiden an und sagte zu ihm, dass sie die verrückten Typen kenne. Die bekloppten Kerle können nur Tony und Lars sein. Die Frauen gaben ihm die Aufgabe, schöne Grüße von Nancy und Jasmin zu bestellen, was er damit getan hat. Ich sag es ja, zwei super tolle Mädels! Nico tat es mir gleich und bestellt sich ebenfalls ein großes Bier mit einem XXL Cornetto, das Beste, was er gegen die Hitze hier tun kann.

Frisch gestärkt wandere ich durch den nächsten Ort namens Olveiroa. Meine Füße schreien mich erneut vor Schmerz an und mahnen, hier Feierabend zu machen, doch ich ignoriere dieses Gezeter und gehe weiter, schließlich bin ich keine Pimpelmuse. Jedoch werde ich langsamer und schlurfe nur so vor mich hin.

Weit und breit ist aber weder ein Ort noch ein anderer Pilger zu sehen. Nun komme ich allmählich an meine Belastungsgrenze. Es kann doch nicht sein, dass sich ausgerechnet hier der Reiseführer mit der Entfernung verhauen hat und der Weg viel länger ist. Und siehe da, hinter der nächsten Kurve erscheint das Dörfchen. Geschafft! Als ich die Herberge betrete und nach einem Bett frage, sagt der Herbergsvater: „Hey, you are a lucky guy", ich habe mal wieder den letzten Platz erwischt. Das mit dem „lucky guy" scheint hier in Spanien auch so eine geflügelte Redewendung zu sein! Als ich das Herbergszimmer betrete, liegen nur leicht bekleidete Frauen auf ihren Betten. Aber heute würdige ich sie keines einzigen Blicks. Damit meine ich, keinen bewussten Blick, denn unbewusst sehen wir Männer immer hin. Ich bekam das untere Etagenbett, welches am weitesten vom Fenster entfernt ist. Beim Abendessen ist der Herbergsvater absolut überfordert, denn es dauert eine Ewigkeit, bis ich mein Abendbrot bekomme. Auf Nachspeise verzichte ich, weil Müdigkeit über meine Naschsucht obsiegt. Die Frauen im Zimmer haben später gehörigen Eindruck auf mich gemacht, denn sie schlafen mit weit geöffnetem Fenster. Es fällt mir schwer, vor akuten Fußschmerzen auch in den Schlaf zu kommen, so schmeiße ich einen halben Schlafstern ein.

31. Tag: Letzter Mann am Ende der Welt heißt Michael

Wie gerädert wache ich morgens auf, fühle mich dennoch fit genug für die vierunddreißig Kilometer-Etappe bis ans sogenannte Ende der Welt. Es ergibt für mich eine selten gute Motivation, mir bildlich vor Augen vorzustellen, am Ende der Welt anzukommen. In meinen Gedanken stehe ich bereits am Abend mit den Fußspitzen hoch oben an einer steilen Felskante und schaue auf die in rot-gold untergehende Abendsonne, die im fernen Horizont des weiten Atlantiks versinkt. Das Ganze vollziehe ich mit weit geöffneten, fast weltumfassenden Armen. Ja genau, das ist mein Wunsch für das Ende der Welt.

Mein letzter Unterhosenwettercheck verrät mir, dass ein heißer, anstrengender Tag bevorsteht, denn die Sonne brennt jetzt schon knallig warm vom Himmel. Selbst in der Nacht kühlte es sich kaum ab. Da mir der Outdoor-Reiseführer voraussagt, dass ich auf den nächsten siebzehn Kilometern kein Frühstück bekomme, setze ich mich gemütlich an den Tresen der herbergseigenen Bar und trinke schon einmal vorwegnehmend für spätere Leistung meine mir zustehende Portion Kaffee-Belohnung. Endlich eine Bar, die morgens getoastetes Brot mit Konfitüre anbietet. Der Outdoor-Reiseführer sieht stark ramponiert und zerfleddert aus. Da ich täglich die Seiten, die ich nicht mehr brauche, herausreiße, besteht er auch nur noch aus fünf Blättern. Nun denn, heute Abend kann ich ihn in die heiligen Jagdgründe längst verschollener Reiseführer schicken, schließlich leistete er echt ganze Arbeit, weil ich ja jetzt annähernd am Ziel bin. Während ich gerade den ersten Schluck Café con Leche zu mir nehmen will, kommt mein alter Kumpel Tony mal wieder wie bestellt zum Frühstück, um die Ecke. Wir tauschen uns über die beschwerliche Tour von gestern aus und kommen so in Redefluss. Nur Minuten später biegt Nico um die Kurve und wir sind unverabredet komplett. Es gibt eben nur einen Weg nach Finisterre, aber man muss auch zur gleichen Zeit am selben Ort sein, um sich zu begegnen. Nico sagt, dass er heute lieber alleine pilgern möchte. Also brechen Tony und ich ohne ihn auf.

Als wir an einen großen Kreisverkehr ankommen, müssen wir uns die Frage aller Fragen stellen. Wollen wir nach Muxia, dann ist das hier der richtige Augenblick abzubiegen oder direkt ans Ende der Welt? Die meisten steuern den Ort Fisterra gefolgt von Muxia an, was aus meiner Sicht vollkommen falsch ist. Ich würde hier Richtung Muxia marschieren, um von dort aus Finisterre anzusteuern. Der Weg soll besonders sehenswert sein, doch für mich sind die galicischen Wege alle zauberhaft schön. Meine Entscheidung fällt auf Finisterre und Tony schließt sich mir an. Wir laufen jetzt durch herrlich duftende Kiefernwälder, die langsam in Heideflächen übergehen. Als wir an die Stelle gelangen, an der wir das erste Mal laut Reiseführer den Atlantischen Ozean erblicken können, liegt er unter Wolken versteckt. Leider weht der Wind vom Land aufs Meer, somit ist es auch nicht möglich, ihn zu riechen. Darauf habe ich mich nämlich am meisten gefreut. Als Tony und ich weitergehen und über einen Bergkamm kommen, sehen wir das Tal unter einem dichten Wolkenschleier liegen. Sieht von hier oben echt romantisch aus. Nun marschieren wir direkt in die Wolkendecke hinein. Je weiter wir hineingehen, desto ungemütlicher wird das Ganze. Zu allem Überfluss wird es nun verdammt kalt, zusätzlich extrem windig. Vor dem Ort Cee wird es nochmal richtig eklig. Es ist nasskalt, fast stürmisch und geht auf meiner mittlerweile verhassten Schotterpiste steil bergab. Hier wird wieder alles von unseren Körpern gefordert. Laut Reiseführer bleibt eine ausgesprochen reizvolle Aussicht durch den dicken Wolkenvorhang vor unseren Augen verborgen. Doch wie zur Motivation für uns herbeigeführt, riechen wir nun doch den Atlantik.

Nachdem wir es endlich geschafft haben, suchen wir ein Carrefour-Einkaufscenter auf, das uns jede Zutat bietet, die wir zu einem ausgiebigen Mittagessen brauchen. Von hier aus sind es nur noch zwölf Kilometer bis zur Stadt Fisterra. Aus Cee heraus schlängelt sich der Weg an der alten Stadtmauer vorbei und sofort fühle ich mich in einen Hobbit-Film zurückversetzt. Als ich mich irgendwann nach Tony umsehe, ist er mal wieder aus meinem Sichtfeld verschwunden. Wir haben eben ein sehr unterschiedliches Gehtempo, so lässt er sich ab und zu einfach zurückfallen. So ist es eigentlich die gesamte Zeit mit uns gewesen.

Das Gehen fällt mir nun immer schwerer, sodass ich bald ankommen möchte. Ich unterdrücke die Schmerzen, mobilisiere die letzten Reserven und steigere das Tempo wie bei einen finalen Endspurt. Da erblicke ich den langgezogenen, blendendweißen Sandstrand direkt vor Fisterra. Dieser Strand zieht sich spielend über eine Strecke von zwei bis drei Kilometern in die Länge. Ich verlasse an dieser Stelle den offiziellen Weg, um am Meer entlang zu laufen. Es ist zwar mit dem schweren Rucksack auf dem Rücken eine Herausforderung, hier zu gehen, doch diesen Genuss lasse ich mir durch Beschwerlichkeiten nicht nehmen. Der Sand ist übersät mit Jakobsmuscheln. Im ersten Moment glaube ich, dass tausende von Ankömmlingen hier ihre mitgebrachten Muscheln entsorgt haben. Es stellt sich aber als abstruse

Fehlannahme heraus, denn je näher ich Fisterra komme, desto mehr sehe ich Pilger, die genau das Gegenteil machen, sie sammeln die Jakobsmuscheln vom Boden auf. So kurz vor der Stadt lasse ich es mir nicht nehmen, meine Schuhe auszuziehen, um barfuß durch den Atlantik zu waten. Also setze ich mich in den Sand, öffne meine Wanderschuhe und entferne die stinkigen Socken samt Klebestreifen und Blasenpflaster. Es dauert eine kleine Weile, bis sich die widerspenstigen und festgetretenen Pflaster lösen. Ein ausgesprochen unangenehmes Gefühl. Nun schnüre ich die Schuhe an den Rucksack, setze ihn wieder auf und schreite zum Meer. Genau in dem Moment, in dem meine Füße ins Meerwasser eintauchen, durchfährt ein Blitz meinen Körper.

„Scheiße, tut das weh!"

Scheinbar sind doch einige Wunden offen geblieben und lassen sich somit vom Salzwasser reizen. Doch die Umsetzung erscheint mir, als alte Pilgertradition, unverzichtbar zu sein. Als der Strand zu Ende ist, steige ich eine Treppe herauf und stehe bereits vor der ersten Herberge. Als ich mir ein Bett bestelle, schaut mich die Mitarbeiterin mitleidig an, um mir mitzuteilen, dass nur noch ein letztes Doppelzimmer zu haben ist. Alle anderen sind ausgebucht. Da es für mich alleine zu teuer erscheint, setze ich mich vor das Gebäude auf die Mauer, um zu überlegen, was ich tun soll. Während ich dort eine halbe Stunde so sitze, kommt der Tony. Nachdem ich ihm die verfahrene Situation schildere, antwortet er nur ganz pragmatisch: „Ja, dann nehmen wir das doch!" Es ist eine sehr gute Entscheidung, denn die Unterkunft wirkt richtig neu. Und überhaupt, sieht das Zimmer erheblich mehr nach einem Luxushotel als nach einer Herbergsunterkunft aus. Jetzt machen wir uns frisch und ruhen ein wenig aus, bis wir uns für die letzte, knapp vier

Kilometer lange Schlussetappe, zum Kap Finisterre fertigmachen. Da es schon Abendbrotzeit ist, bitte ich Tony, mit mir am Kap ein gemeinsames Abendbrot zu essen. Ich möchte unbedingt am Ende der Welt mit ihm eine Brotzeit haben. Folglich vollziehen wir in Fisterra noch einen kleinen Schlenker für einen Abstecher in den Supermarkt. Dort kaufen wir etwas zum Speisen und einige Dosen Bier. So präpariert, starten wir den finalen Weg ans Ende der Welt.

Auf dem Weg zum Leuchtturm, der dort steht, fühle ich ein größeres Kribbeln als beim Einmarsch von Santiago de Compostela. Nachdem wir am Turm ankommen, ist er da, der Stein mit dem Symbol der Jakobsmuschel und der Kilometerangabe 0,00km. Hier wird das obligatorische Finisher-Foto, welches ich vom Marathon her kenne, als Beweis dafür aufgenommen, dass ich es geschafft und vollbracht habe. Ich bin über 1.000.000 Schritte hierher gepilgert, das macht rein rechnerisch 32.258 am Tag. Somit bin ich einunddreißig Tage ohne Unterbrechung gegangen, habe fürchterliche Leiden und Schmerzen überwunden, jede Widrigkeit überstanden, sowie Läuterungen angenommen und stehe nun allen Unkenrufen zum Trotz hier. Ja, ich kann sagen, dass ich extrem stolz auf mich bin. Als wir ein paar Schritte weiter zum Kap laufen, erblicke ich jemanden, der einen etwa zwanzig Meter hohen Sendemast bis zu Hälfte hochklettert, um irgendetwas anzubinden.

Als wir uns nähern, ist zu sehen, dass an dem Masten Kleidungstücke hängen. Ein Pilger klärt uns auf, dass das Kleidungverbrennen offiziell wie behördlich verboten ist, und dass manche Leute als Ersatz einfach ein Kleidungsstück an den Mast binden. Nun bin ich ein bisschen in der Zwickmühle, denn ich habe meinem Bruder versprochen, ich schicke ihm ein Foto von der

Verbrennung der Wandersachen. Aber es ist auch kein einziges Feuer zu erblicken. Wir gehen bis zu Rand des Kaps und sind dort nur mit der Ausnahme von einem anderen für uns mutterseelenalleine. Jetzt stoßen wir zur Feier des Ereignisses erst mal mit einem Dosenbier an. Es fehlt uns nur noch eine gemeinsame Aufnahme am Ende der Welt. Wir bitten den letzten Menschen, der außer uns hier ist, er möge ein Bild von uns schießen. Es ist ebenfalls ein Deutscher. Er bekräftigt, ein Foto von uns aufzunehmen, wenn er seinerseits um einen Gefallen bitten darf. Tony ist sich sicher, der will nur ein Bier von uns.

Doch er bittet um eine ganz andere Gegenleistung. Er hat sich eine Flasche Sekt sowie einige Pappbecher besorgt. Nun wünscht er zur Gefälligkeit, dass wir mit ihm zusammen anstoßen. Während wir da so mit dem gefüllten Becher in der Hand stehen, möchte ich auf uns einen Toast aussprechen, dazu frage ich nach seinem Namen. Seine seltsame Antwort lautet: „Man nennt mich hier in Spanien Miguel." Das kam mir gleich spanisch vor. Ich ergänzte: „Wie heißt du in Deutschland, denn schließlich sind wir alle drei Deutsche." Er heiße Michael, aber wir können ihn ruhig Micha nennen. Zuerst entgleiten mir alle meine Gesichtszüge und dann muss ich postwendend laut loslachen. Da marschiere ich tausend Kilometer in mehr als einer Million Schritte, hinterlasse am Cruz de Ferro die Last des Trennungsschmerzes. Davon befreit, gehe ich bis an den letzten Zipfel Europas, an das Ende der Welt. Aber ausgerechnet der einzige Kerl, der hier mit mir auf diese Leistung prosten will, heiß provokativ so wie der neue Partner der eigenen Exfrau, für den sie mich verlassen hat. Auch Tony kapiert sehr schnell, warum ich so lauthals lache. Das Leben ist schon aberwitzig. Ich kippe den Sekt auf den Boden und sage nur: „Nichts gegen dich persönlich, aber ich kann mit dir keinen Sektchen trinken." Ich drehe mich um und entferne mich lachend. Tony hat mit Michael trotzdem angestoßen, genauso ein Foto von ihm geknipst. Er ist eben fairer als ich. Nach vollbrachter Tat ist er rasch zu mir gekommen, denn wir wollen schließlich unsere Brotzeit gemeinsam einnehmen. Da wir hier, wo wir stehen, immer noch einhundert Meter über dem Meeresspiegel sind, möchte ich weiter runterklettern. Wir kommen ziemlich dicht heran, doch dann wird die Kletterpartie zu gefährlich. Wir setzen uns an einen kleinen Felsvorsprung und essen in aller Ruhe zu Abend. Leider ist es bewölkt, so können wir den Sonnenuntergang nicht beobachten. Als es dunkel wird, beschließen wir, wieder hinaufzuklettern. Wir werden dabei von ein paar wilden Ziegen begleitet. Nach der zweiten Dose Bier habe ich auch den Mut, den Sendemast hochzuklettern. Wenn ich schon nichts verbrennen darf, möchte ich Stefan wenigstens meine weiße Wandermütze hoch oben am Mast hinterlassen.

Nun klettere ich kurzentschlossen die Stahlkonstruktion komplett herauf und fasse es letztlich auch selbst nicht, woher ich diesen Mut nehme. Ich stelle mir vor, mein Bruder geht eines Tages den Jakobsweg, holt für mich die Mütze von hier oben herunter und bringt sie zu mir nach Hause. Es ist eine wackelige Angelegenheit. Es sieht, am Gipfel des Mastes angekommen, irre hoch aus. Tony macht in der Dämmerung von der waghalsigen Aktion noch ein heroisches Beweisfoto von mir. Jetzt fühle ich mich von der Kletteraktion regelrecht euphorisiert.

Während wir in der Dunkelheit weiter zum Leuchtturm aufsteigen, rufen uns Stimmen auf Englisch zu, ob wir ein Bier haben wollen? Wir lassen uns dazu nicht zweimal einladen und gehen in Richtung der Rufe, die zu hören waren. Dort sitzen zehn Pilger aus sechs verschiedenen

Nationen. Es ist ebenfalls eine Studentin aus Portugal dabei, die in Deutschland studiert und uns zumindest das Portugiesisch übersetzt. Sie heißt Isbell, ich hoffe, ich habe ihren Namen richtig verstanden. Witziger weise haben die gar kein Bier, sondern nur Wein und einen einheimischen, besonders süßen Likör. Doch mit Bier können wir kurzerhand aushelfen. Die Leute fragen uns, ob wir auch den „crazy guy" am Sendemast gesehen haben? Tony sagt nur: Ja, und der „crazy guy" sitzt da vorne, dabei deutet er mit dem Zeigefinger auf mich. Jetzt möchte jeder mit dem „crazy guy", eben mit mir, auf diese verrückte Aktion anstoßen. Als sie erfragen, warum ich so etwas Lebensgefährliches unternehme, antworte ich, weil man hier seine Kleidungsstücke nicht mehr verbrennen darf. Einige aus der Gruppe erwidern, dass sie ihre Sachen hier trotz Verbot verbrannten und ich es ihnen gleich tun soll, schließlich ist es hier am Ende der Welt so Tradition. Sie weisen darauf hin, dass die spanische Polizei mit dem Feuermachen sehr nachsichtig ist.

Nur meine Mütze ist bislang weg, also habe ich noch die Wanderhose, eine Unterhose, ein T-Shirt und zwei Paar Socken. Die letzten Seiten aus dem Reiseführer benutze ich zum Anzünden. Die Klamotten brennen besser, als ich es dachte, und geben uns eine ausgesprochen abenteuerliche Lagerfeuer-Atmosphäre. Ich bitte Pedro aus Argentinien, ein Foto von mir aufzunehmen. Ich möchte meinem Bruder, da es nun doch mit dem Verbrennen der Sachen klappt, ein Beweisbild per WhatsApp senden. Am Handy ist der Blitz ausgeschaltet, damit die romantische Atmosphäre richtig zur Geltung kommt. Pedro schießt wie mit dem Schießgewehr fünf Fotos von mir und zeigt eines davon sofort in die Runde. Nach dem Betrachten des Bildes verneigen sich plötzlich alle mit den Worten: „Wow, Jesus ist unter uns." Ich weiß nicht, was damit gemeint sein soll, ahme jedoch die Bewegungen nach. Isbell meint dann nur, dass die Geste mir gilt und mich alle nach Sichtung des Bildes für einen Heiligen oder mindestens für erleuchtet halten. Nun bin ich selber auf das Foto gespannt und lasse es mir von Isbell zeigen. Auf der Aufnahme sieht es tatsächlich so aus, als wenn ein Lichtschein auf mein Haupt fällt. Der Strahl ist direkt auf mich gerichtet. Meine erste Vermutung schließt auf den Leuchtturm im Hintergrund, doch der strahlt in eine völlig entgegengesetzte Himmelsrichtung. Das Licht kommt auch bei fünf unterschiedlichen Fotos immer aus der gleichen Richtung. Es scheint, als ob die Strahlen in einem perfekten Winkel von fünfundvierzig Grad von oben kommen, damit fällt nun definitiv der Leuchtstrahl vom Turm raus. Ergriffen schaue ich mir das Foto ganz genau an. Tatsächlich, mein Gesicht wirkt beleuchtet, angestrahlt, angeleuchtet, ... erstrahlt ... erleuchtet. Nur für mich gesprochen, es ist mein Beweisfoto meiner höchstpersönlichen Erleuchtung vom Jakobsweg.

Ein Wunder!

Vom selben Motiv haben wir auch von anderen Pilgern Bilder aufgenommen, aber bei niemand, außer mir, ist die seltsame Erscheinung zu sehen. Ich weise dennoch die Gesten zurück und beteure, weder Jesus noch ein Heiliger zu sein. Doch es ist ein absolut mystischer Moment, denn das Foto schaut auch für mich so aus, als ob Ich erleuchtet werde. Ich fühle mich sehr ergriffen und bin ausgesprochen dankbar, dass es hier so dunkel ist. So können mir ein paar Tränen die Wangen herunterkullern, ohne dass es jemand sieht.

Meine Sachen brennen jetzt schon locker eine halbe Stunde vor sich hin, somit fragen die anderen, was ich da besonderes verbrenne? Ich antworte wahrheitsgemäß:

eine Wanderhose, ein Baumwoll-T-Shirt, eine Unterhose und zwei Paar Socken. Gabriella erzählt, sie verbrannte ihren dicken Schlafsack, jedoch brannte der maximal fünf Minuten. Ich betone, die Wandersporthose ist Made in Germany und dass das für die hohe Qualität der Sporthose spricht. Gott sein Dank verstehen sie meinen Humor, denn alle lachen.

Wir sitzen noch eine ganze Weile beim Plausch in sechs verschiedenen Sprachen beisammen. Für mich macht das ebenfalls den Camino-Spirit aus. Der Jakobsweg bringt Menschen aus aller Welt zusammen und verbindet sie mit persönlichen Gesprächen. Nachdem wir uns weit nach Mitternacht auf den vier Kilometer langen Heimweg begeben, glühen weiterhin Reste von der Hose. Ich habe keine Ahnung, welches Material so langanhaltend brennt, aber so eine Wanderhose gehört in jedes Survivals-Paket. Auf dem Rückweg können wir mitten auf der Straße laufen, das ist auch gut so, weil der Fußweg direkt an ein paar steilen Abhängen vorbeiführt. An einer Stelle habe ich beim Heraufgehen ein Kreuz gesehen. Im Ort verabschieden wir uns, da kommt Carla, die süße Spanierin, auf uns zu und möchte uns etwas schenken. Vom Anbeginn der Pilgerreise hat sie einige Spruchkärtchen dabei. Sie hat stets, wenn sie einen besonderen Menschen kennengelernte, ihm eine Karte geschenkt. Nach ihren eigenen Schilderungen ist sie mit der Auswahl der Persönlichkeiten sehr sparsam und ausgesprochen sorgfältig umgegangen. Jetzt hält sie mir und Tony zehn bis fünfzehn Kärtchen hin und bittet uns, jeweils eine zu ziehen. Auf meiner steht geschrieben:

„Por tanto,os digo que todo lo que pidiereis orando, creed que lo recibireis, y os vendra´... Marcos 1124", sie übersetzt es mir so: „Bitte im Gebet und glaube, dass du es empfangen wirst." Das passt schon wieder und ich bin

erneut den Tränen nahe. Ich umarme sie, gebe ihr links wie rechts einen Dankeskuss auf die Wange, verabschiede mich und sage Lebewohl, denn die meisten reisen bereits morgen ab.

Tony und ich gehen in die Unterkunft, die für uns auch um diese Zeit per Chipkarte zu öffnen ist. Im Zimmer sitzen wir beide noch eine ganze Zeit zusammen und werten den Abend aus. Wir beschließen, mindestens einen weiteren Tag in Fisterra zu bleiben und wollen gleich morgen früh die Räume für eine zweite Nacht buchen. Bei aller Ergriffenheit breitet sich bei mir das Gefühl angekommen zu sein aus.
Ja, ich bin angekommen!
Auch bei Tony ist das Empfinden, am Ziel zu sein, da. Meine Pilgerreise hat hier und heute sein mystisches und umfängliches Ende gefunden. Dieses „Angekommen-sein-Gefühl", welches ich jetzt im Bauch spüre, habe ich bei meiner Ankunft in Santiago de Compostela erwartet. Ich bin sehr dankbar für das wunderschöne Bauchgefühl und freue mich besonders über den erhaltenen Bibelspruch. Nun bin ich gespannt, was uns der morgige Tag so zu bieten hat. Da ich weiterhin so aufgekratzt bin, höre ich noch ein wenig aggressive und schnelle Musikstücke. Dazu wähle ich von Sub7even den Titel „Alive", denn ich fühle mich jetzt auch lebendig wie selten zuvor.

Aggressive und wilde Musik ist für mich als Mensch, aber auch für mein Leben wichtig, weil sie mir Mut schenkt, wie das Schreien mir Mut gibt und von Ängsten befreit. Wenn wir alle wie ein Krieger mit gezogenem Schwert auf das große Schlachtfeld, das Leben heißt, ziehen, so verleiht uns diese Musik auch den Mut dazu.

32. Tag: Aufenthalt in Fisterra – das Vakuum entweicht

Am Morgen wache ich auf, dabei schaue ich wie gewohnt in die Runde. Meine Blicke fallen auf Tony, der ebenfalls noch im Bett liegt. Mir fällt ein, dass wir ja am heutigen Tag nicht um 8.00 Uhr die Herberge verlassen müssen. Wäre auch zu spät gewesen, denn es geht bereits auf 10.00 Uhr zu. So lange habe ich nun seit Monaten nicht mehr geschlafen. Genauso ist der obligatorische Unterhosenwettercheck sinnlos, da nutzlos. Wir bleiben ja heute hier und brauchen nicht zu marschieren. Außerdem ist draußen herrlichster Sonnenschein. Es ist schon komisch, denn mein Körper scheint trotzdem wandern zu wollen. Tony geht gemütlich frühstücken, doch ich verweile weiterhin im Bett liegend. Vom gestrigen Song „Alive" inspiriert, höre ich mir das gleichnamige Lied der Rockgruppe Pearl Jam an. Die sah ich mit meinem ältesten Sohn Robin in Berlin, der auch auf Grunge-Rock steht. Mann, habe ich mich damals lebendig gefühlt! Überhaupt hatte ich seinerzeit das Gefühl, es wären nur Mütter oder Väter mit ihren Töchtern oder Söhnen anwesend. Eben eine generationsübergreifende Musik und davon gibt es nicht so viele.

Als Tony zurück ins Hotelzimmer kommt, meint er, dass unsere Räumlichkeiten von jemand anderem gebucht wurden und wir sie räumen müssen. Wir gehen noch einmal gemeinsam zur Rezeption und fragen nach einem Ersatz. Der Mann hinter dem Tresen gibt uns zu verstehen, es sei nur noch ein einziges Zimmer frei, welches aber fünf Euro teurer ist als unser jetziges. Es soll dafür jedoch größer sein und über eine bessere

Aussicht verfügen. Nachdem wir es beziehen, jubilieren wir über die raumhohen Panoramafenster und den atemberaubenden Blick auf die gesamte Bucht. Die Unterkunft steht so nah an der Küste, dass ich meine, ich schaue aus dem Hotelfenster direkt in ein Aquarium. Wir können geradewegs ins glasklare Wasser sehen und dort die Felsen, Pflanzen und sogar die einzelnen Fische erkennen.

Nachdem wir es betreten haben, schreien wir vor Freude laut auf. Hier sind wir definitiv in der Pilgerluxusklasse angekommen. Ich glaube, hier in dieser Herberge buche ich noch einmal in naher Zukunft einen Badeurlaub. Denn der Ort ist schön, der Strand schneeweiß und auch sehr groß, das Meer ist sauber, klar und in der Bucht ist die See stets besonders ruhig. Da der Ort auf Pilgerreisende eingestellt ist, ist hier auch alles bezahlbar. Das Schönste jedoch ist: Jeden Tag kommen aufs Neue Pilger an, mit denen ich mich bestens unterhalten kann.

Am späten Vormittag möchten Tony und ich uns den Ort anschauen. Als wir so durch die Gassen schlendern, wird mir bewusst: Fisterra ist der erste Ort, den ich mir auf meiner Reise durch Spanien ausführlich ansehe. Klar, habe ich mit Cristian eine Runde durch Pamplona gedreht oder mir ebenfalls ein wenig von Leon angesehen, aber nie hatte ich so viel Zeit und Lust wie hier. In einem Hafencafé trinken wir heute zur Belohnung genauso einen Café con Leche wie an sonst jeden vorherigen Tag. Das nennt man dann wohl Macht der Gewohnheit!

Jetzt, wo wir eh schon am Hafen sind, wollen wir noch eine kleine Besichtigungstour starten. Am Fischereihafen stoßen wir auf Achim und Susanne aus Deutschland und Frank aus der Schweiz. Wir verstehen uns auf Anhieb prächtig. Da keiner von uns einen richtigen Plan hat, beschließen wir, zum Mittagessen ein gemeinsames Picknick am Strand zu veranstalten. Die Lebensmittel für das Vorhaben kaufen wir in einem Supermarkt. Der Markt liegt direkt neben der Urkundenausgabe.

Ja, damit ist es beantwortet, es existiert für die Wegstrecke nach Fisterra tatsächlich eine eigene, kostenlose Urkunde. Und was soll ich sagen, sie ist um Längen schöner als die aus Santiago de Compostela. Da es gerade nach 13.00 Uhr ist, öffnet sie soeben ihre Pforte und die Ausgabe hat begonnen. Naheliegend überreden mich die anderen, mir meine sofort und hier zu holen. Achim spendiert mir für diesen Festakt eine Dose Bier, die ich mit hineinnehme. In der Zwischenzeit wollen die andern die Einkäufe für das Picknick erledigen. Nun stehe ich in einer Reihe der anstehenden Pilger ziemlich prollig mit dem Dosenbier in der Hand. Dabei muss ich staunen:

Meine Güte, es gibt immer wieder Leute auf dieser Welt, die sich selten dämlich anstellen und diese bescheuerten Personen findest du auch überall auf dem Planeten, genauso hier am Ende der Welt. Um seine Compostela zu bekommen, bedarf es zur Ausfertigung lediglich des Personalausweises und des Pilgerpasses, dann dauert die Prozedur der Übergabe maximal dreißig Sekunden. Jetzt gibt es Menschen, die vor der Urkundenausgabe stehen, erst einmal gemächlich ihren Rucksack absetzen, um minutenlang den Personalausweis zu suchen. Nein, nicht, dass sie das schon während der Wartezeit machen, auf diesen Gedanken kommen solche Deppen selbstverständlich nicht. Derselbe Vorgang wird, als handelte es sich um ein Paralleluniversum, natürlich genauso bei dem Pilgerpass durchgeführt, denn sie müssen ja „streng getrennt" aufbewahrt werden!

Was natürlich absoluter Blödsinn ist. Und jetzt kommt der Hammer! Nun will der Typ vor mir gleich für drei Pilgerkollegen die Urkunden abholen. Die Angestellte hinter dem Tresen lächelt höflich und erklärt diesem Hornochsen, man könne nur für sich persönlich die Compostela empfangen und dazu müsse sich jeder selber direkt bei ihr ausweisen. Selbstverständlich verschwindet der Hornochse dafür nach draußen, denn die beiden Damen, für die er die Urkunden holen will, verweilen natürlich vor der Tür, außerhalb des Gebäudes und er muss sie für die Übergabe erst hereinbitten. So kann man aus einer klitzekleinen Wartezeit schnell zehn Minuten machen. Erstaunlicherweise entschuldigt sich nur die Mitarbeiterin der Urkundenausgabe bei uns. Nach „Hornochse" bin ich dran. Wie ich es sagte, vergeht nicht einmal eine Minute und ich nehme meine in Empfang.

Als ich mich stolz mit der Urkunde in der einen Hand und der Dose Bier in der anderen umdrehe, steht doch glatt Gerda Hamburg hinter mir. Wir begrüßen uns eher sachlich als herzlich und halten einen kleinen unverfänglichen Smalltalk. Just in diesem Moment kommt Achim herein, der meinen Namen ruft und fragt, warum das so lange dauert. Da entgleiten sämtliche Gesichtszüge von Gerda, sie wird blass und schaut mich verächtlich an. Ihr Gesichtsausdruck verrät, sie fühlt sich gerade angewidert und extrem unwohl.
„Da, ...da Lars, das ist der Mann, von dem ich dir erzählt habe!"
Hmmh! Stimmt, sie hat mir irgendetwas von einem Mann erzählt, aber sollte ich ihr jetzt gestehen, dass ich bei ihren Ausführungen meine Ohren auf Durchzug gestellt habe und ihr gar nicht zuhörte? Achim hebt nur kurz zum Gruß die Hand und verlässt genauso flott, wie

er sie betreten hat, auch schon wieder die Urkundenausgabe. Nun halte ich ihr aus Verlegenheit das Dosenbier vor die Nase und sage: „Du wirst nie erraten, wer mir dieses Bier spendiert hat!"

Ich verabschiede mich von Gerda Hamburg auf Nimmerwiedersehen und gebe noch zum Besten, dass wir jetzt ein Picknick am Meer genießen.

Wir gehen noch einmal quer durch die Stadt zum Strand. Dort setzen wir uns hin, picknicken lange, ordentlich und ausgiebig. Frank weist uns alle darauf hin, dass wir uns hier im Meer zu guter Letzt reinwaschen müssen, denn so verlange es die überlieferte Tradition. Für heute muss ein Fußbad reichen, weil das Wasser nur gefühlte fünfzehn Grad hat. Beim Picknick möchte ich von Achim erfahren, was das mit Gerda Hamburg so auf sich hat. Ich weiß, nun kenne ich nur seine Version der Geschichte, da ich ihm jetzt zugehört habe. Sie entpuppt sich aber als völlig unspektakulär.

Als wir da so im Sand sitzen, kommen stetig Pilger mit ihrem Ziel vor Augen den Sandstrand entlang gelaufen. Auch hier bieten wir unser in Santiago de Compostela gelerntes Verhalten und empfangen die Ankömmlinge mit Applaus und Bravorufen. Natürlich stehe ich für jeden Einzelnen auf und klatsche mit einem „high-five" ab. Einige der Pilger setzen sich direkt spontan zu uns an den Strand und leeren mit uns gemeinsam die Vorräte. Achim erzählt uns von einem schönen Weg, der zum Hippiestrand führen soll. Während er so darüber schwärmt, hat er sein Ziel erreicht, da nun alle am frühen Abend dorthin gehen wollen. Wir verabreden uns zum Pulpoessen am Hafenrestaurant und laufen auseinander (Pulpo ist gekochter Krake). Ich ziehe mich im Zimmer zurück und ruhe bei Musik von And also The Trees auf dem Bett liegend aus. Am meisten hat es mir der Song „The Legend of Mucklow" angetan. Der ist genauso verrückt, crazy und leidenschaftlich, wie ich mich gerade fühle.

Vielleicht hatte ich dann doch am Strand ein Bierchen zu viel. Während Tony und ich später am Hafen einen Café con Leche trinken und wir auf die anderen warten, schlendern zwei hübsche Spanierinnen auf dem Bürgersteig an unserem Café vorbei. Ich schätze, ich muss die zwei so angestarrt haben, dass es ihnen schnell auffiel. Die reifere der beiden, so etwa in meinem Alter, wirft mir direkt im Vorbeigehen glatt einen Kussmund zu, strahlt dabei vor Freude und winkt mir lächelnd zu. Das sind mir jetzt eindeutig sehr viele Interessensindikatoren. Spontan springe ich auf und gehe auf sie zu. Da sie mit ihrer Freundin stehengeblieben ist, hole ich sie rasch ein. Als ich vor der Kussmund werfenden Frau stehe, ist sie klein, zart und von auffällig zierlicher Figur. Da ich irgendwie vor Kraft strotze und mal wieder Bäume ausreißen könnte, hebe ich sie mir übermütig bis über den Kopf, drehe uns so um die eigene Achse, sage Gracias und setze sie langsam wieder ab. Leider kann Caroline nur Spanisch, dafür kein bisschen Englisch. Ich habe sie aber noch soweit verstanden, dass heute Abend ab 21.00 Uhr ein großes Feuer im Hafen gezündet wird und ich bitte dorthin kommen soll, um sie wiederzusehen. Hey, mein erstes handfestes Date! Ich bekräftige auf Englisch mein Kommen und sage zusätzlich, wie sehr ich mich auf sie freue.

Als ich zum Tisch zurückgehe, fragt Tony, woher ich die Spanierinnen kenne? Ich erzähle ihm, dass mir beide bis eben vollkommen unbekannt waren. Jedoch, wenn mir eine Frau einen Kussmund zuwirft, weiß ich, es ist eine Aufforderung zum Ansprechen. Er lacht mich dabei aus und ist der Meinung: Hingehen, hochheben und sich im Kreis drehen ist aus seiner Sicht mehr, als nur jemanden anzusprechen. Wo er recht hat, hat er recht, dann sind da wohl doch die Pferde mit mir durchgegangen. Aber ich fühle mich eben genau jetzt besonders glücklich.

Nachdem wir mit den anderen den Pulpo zu Abend gegessen haben, will Achim mit uns den Weg zum Hippiestrand gehen. Frank schlägt vor, vorher noch im Supermarkt ein wenig Verpflegung für den Strand zu kaufen. Da einige von uns gerne Wein trinken möchten, müssen wir ein paar Weingläser aus dem Restaurant mitgehenlassen. Wir wollen sie später auf dem Heimweg einfach vor der Gaststätte zurückstellen.

Um zum Hippiestrand zu gelangen, müssen wir ein Stück den offiziellen Camino nutzen. Am Ortsausgang, Richtung Leuchtturm, soll der Weg direkt rechts an der Kirche vorbei führen. Tatsächlich schlängelt sich ein schmaler Pfad dort entlang. Es ist ein unauffälliger Trampelpfad, der durch die Wohnsiedlung bergauf führt. Bei manchem von uns kommen Zweifel auf, ob wir überhaupt auf dem richtigen Weg sind, denn er verläuft weiterhin berghoch. Der Strand von den Hippies müsste logischerweise unten am Meer liegen. Wir gehen den urigen Pfad aber unbeirrt fort, weil er immer sehenswerter wird. Nach kurzer Zeit haben wir schließlich die letzten Häuser passiert und bewegen uns in eine dschungelartige Traumkulisse hinein. Der schmale Weg wird märchenhaft schön und geht immerzu bergauf. Wir spazieren durch Hohlwege sowie solche, die links und rechts von einer Felswand gesäumt sind. Jetzt sind wir uns definitiv sicher, auf dem Holzweg zu sein. Doch der Weg ist so grandios und reizvoll, dass wir auf den Besuch des Hippiegeländes pfeifen, dafür lieber erkunden möchten, wohin uns dieser Weg führt. Als wir hoch oben auf eine Lichtung kommen, haben wir einen super Panoramablick über einen Teil der weitläufigen Bucht. Nun erblicken wir auch ein paar hundert Meter unter uns den Hippiestrand. Dort ist aber keine Menschenseele zu sehen. Achim ist der Meinung, dass der Weg, den wir benutzten, ein alternativer Weg zum Leuchtturm sein muss.

Das wollen nun alle herausfinden und wir laufen weiter. Der Bewuchs nimmt ab und die Berghänge sind karg mit Gras oder Heide bewachsen. Wir wandern zweifelsfrei auf der anderen Seite der Halbinsel in Richtung Kap Finisterre. Ich wundere mich, dass als Beschreibung der sehr viel schönere Weg im Reiseführer fehlt. Wir nutzen den Pfad weiterhin, der sich nun an der Küste vorbei schlängelt. Da steht vor uns eine Ansammlung schroffer Felsvorsprünge. Ich kann es mir nicht nehmen lassen, laufe dorthin, um sofort wie eine Gams die Felsen hochzuhüpfen. An den Felsbrocken geht es spielend ein- bis zweihundert Meter steil zum Meer herunter. Die Aussicht ist sensationell. Von hieraus können wir die ganze Felsküste überblicken. Es ist seltsam, da wir alle ohne Rucksack unterwegs sind und heute auch nicht gewandert sind, strotzt jeder von uns vor Kraft. Ich habe das Gefühl, ich könnte Bäume ausreißen oder noch ein paar Dutzend Spanierinnen über meinen Kopf stemmen. Aber jetzt springe und hüpfe ich weiter von Felsvorsprung zu Felsvorsprung. Es macht mir riesigen Spaß, so den besten Weg zu erkunden, und immer wieder besonders schöne Aussichtplattformen auf den Felsen zu entdecken. Jeder aus der Gruppe ist Achim hier extrem dankbar, dass er unbedingt zum Hippiestrand wollte. Denn ohne ihn hätten wir uns nicht verlaufen und den wunderschönen Weg zum Kap gefunden.

Vielleicht ist das auch schon wieder eine Kernbotschaft? Manchmal muss man vom „Rechten Weg" abkomme, um den besseren Weg zu finden! Dieser schmale Pfad zum Leuchtturm ist in etwa genauso lang wie der offizielle Weg, geschätzte vier Kilometer. Er ist anstrengender, jedoch um ein Vielfaches reizvoller. Ich kann diesen Weg hier nur wärmstens empfehlen und hoffen, dass einer der Reiseführer ihn in die künftigen Beschreibungen mit aufnimmt. An einem weiteren Felsvorsprung können wir nun endlich den Leuchtturm am Kap sehen. Als wir dort ankommen, möchten wir gerne etwas Erfrischendes zu trinken kaufen, aber hier oben gibt es nichts fürs leibliche Wohl. Also erwerbe ich mir schnell ein paar Postkarten vom Ende der Welt. Was ich hier oben bemerkenswert finde, es ist kein einziger Hinweis auf das Ende der Welt zu entdecken! Ich hätte mir gerne ein T-Shirt mit „end oft the world" oder „world´s end"-Aufschrift gekauft. Doch hier gibt es nichts dergleichen, was darauf hinweist, am Ende der Welt zu stehen. Also nehme ich meine Postkarten von Finisterre und ziehe von dannen.

Da wir bedeckten Himmel haben und keinen Sonnenuntergang zu sehen kriegen, marschieren wir wieder zurück nach Fisterra. Achim ist darüber besonders traurig, dass wir keinen zu Gesicht bekommen. Er ist nun mittlerweile das fünfte Mal Teile des Jakobsweges gelaufen und hier am Ende der Welt gelandet, aber er hat noch nie einen Untergang der Sonne angeschaut. Nach seinen Ausführungen ist es Tradition und wichtig für die perfekte Vollendung der

Pilgerreise, einen Sonnenuntergang am Kap Finisterre zu sehen.

Da es bereits dunkel wird, laufen wir die Hauptstraße hinunter in die Stadt Fisterra. Unten angekommen, können wir schon das Lagerfeuer riechen und den hellen Lichtschein erkennen. Am Lagerfeuerplatz öffnen wir sogleich unsere Weinflaschen, die wir jetzt über acht Kilometer durch die Walachei geschleppt haben. Es ist sehr romantisch, hier am Feuer zu stehen, welches das Ausmaß eines ausgewachsenen Osterfeuers besitzt. Die Spanier nehmen es nicht so genau mit dem Verbrennen und schmeißen ganze Sessel und Möbelstücke auf den Feuerhaufen. Da wir eine richtig lustige Truppe sind, schließen sich uns immer mehr Pilger an. Als später einer der Leute zum Besten gibt, dass es heute genauso eine Party mit Lagerfeuer am Hippiestrand geben soll, ist für Achim kein Halten mehr.

Nun wandern wir in einer Gruppe von zwanzig Personen zum Strand der Hippies. Als mir zwei Frauen entgegenkommen, frage ich sie, ob sie vom Hippiestrand zurückkommen und ob dort eine Feier läuft. Sie sind auf dem Rückweg von eben diesem besonderen Strandabschnitt, aber weder von Lagerfeuerromantik, Party noch Hippies ist dort etwas zu sehen. Ich drehe sofort auf dem Hacken um und gehe zurück. Doch das Feuer im Hafen kann ich ebenfalls als beendet betrachten.

Mist, jetzt fällt mir ein, ich habe mein Date mit der kleinen Spanierin vergessen. Davon geknickt spaziere ich zur Herberge, um schlafen zu gehen. Dort angekommen, bemerke ich, Tony hat den Schlüssel.

So setze ich mich zum Warten auf die Mauer und schaue zum Meer hinaus.

Während ich so da sitze und über die Geschehnisse der vergangenen Wochen nachdenke, bekomme ich ein tiefes Gefühl der Dankbarkeit. Ich bin dankbar für alle Wunder, die auf dem Jakobsweg geschehen sind. Ich bin so ergriffen von all den Dingen, die passiert sind, dankbar für die Erleuchtungen, die Gott auf dem Camino und hier in Finisterre am Kap zulässt. So frage ich mich, warum ich erst hier zu ihm finde? Fühle mich von seiner Liebe geflutet, berauscht und überglücklich. Nun weiß ich, dass Gott immer da ist. Er ist jederzeit in mir! Von dieser Erkenntnis berührt, muss ich vor Ergriffenheit weinen. Als Tony bei der Herberge ankommt und meine Tränen im Gesicht sieht, setzt er sich zu mir. Einfühlsam sagt er nichts. Nachdem er mich in seine Arme geschlossen hat, geht er noch einmal in die Unterkunft, holt eine Flasche Rotwein und zwei Gläser. Jetzt sitzen wir in dieser wunderschönen lauen Sommernacht am Meer und unterhalten uns. Tony hat die Tränen fehlinterpretiert und ist der Meinung, ich beweine die Trennung.

Es gibt außer Tony keinen Menschen, von dem ich mich bei dem abgelegten Trennungsschmerz besser verstanden fühle. Auch er hat sich in der letzten Zeit extrem verändert. Er wirkt nachdenklicher und scheint sich über seinen zukünftigen Lebensverlauf im Klaren zu sein. Wir beide können uns nicht vorstellen, als Single-Männer zu leben. Jedoch, um frei und offen für jemand Neuen zu sein, muss man sich vorher von dem alten Leben lossagen und das Loslassen fällt zuweilen schwerer, als an etwas längst Verlorengegangenem festzuhalten. Bei unserem weiteren Gesprächsverlauf wird mir erst so richtig gewahr, wie krampfhaft ich an meiner Ex-Partnerin festhielt. Geradeso, als wenn ich, ließe ich sie los, meine komplette Zukunft verlöre und damit nicht genug, obendrein meine eigene Identität. Ja, es war in der Tat so, dass ich mich über sie und dem Leben mit ihr identifiziert hatte. Doch heute weiß ich, es ist eine der fundamentalen Lehren des Lebens, selbst sich von Liebgewonnenem zu verabschieden und es frei zu geben. Durch das Freigeben, das weiß ich jetzt, befreit man sich selbst aus dem eigens auferlegten Gefängnis. Es ist richtig, die meisten Zellen bauen wir uns doch persönlich, indem wir der Veränderung keine Chance geben und uns stoisch an Altes längst Verlorenes klammern. Der eine bleibt arbeitslos in seiner Heimat hängen und beraubt sich einer erfüllten Zukunft in einer alternativen Stadt, Region oder Land mit neuem Job. Wieder ein anderer bleibt todunglücklich in einer Beziehung gefangen, die längst keine mehr ist und versperrt sich dadurch die Tür für eine glückliche neue Partnerschaft in Liebe wie erfülltem Sexleben. Wie armselig wir Menschen uns doch manchmal benehmen! Auch ich hielt an der Ehe fest, obschon sie seit einer definierten Zeit gescheitert war. Sicher, ich liebte sie wie am ersten Tage, sie aber mich schon lange nicht mehr. Ich Dummkopf habe davor jahrelang die Augen verschlossen, gerade so, als wenn ich dachte: Was ich nicht sehe, ist auch nicht existent.

Es mag paradox klingen: Loslassen ist viel kraftraubender und anstrengender, als an etwas krampfhaft festzuhalten.

Jedoch ist es eine absolute Königsdisziplin, etwas Liebgewonnenes loszulassen, freizugeben, die eigene

Umklammerung zu lösen und das Festhalten aufzugeben.

Heute weiß ich, es muss umgekehrt sein. Wenn ich sie wirklich liebe, muss ich ihr die Freiheit schenken. Wenn jemand anderer ihr das geben kann, zu dem ich nicht mehr imstande bin, dann muss ich sie gehen lassen. Wenn du etwas liebst, was dich krank macht, dann solltest du überlegen, ob du das Richtige liebst. Ich liebe sie, sie aber mich nicht mehr, darum ist es gut, wenn sie geht. Es ist für uns beide besser so.

Wir philosophieren so noch eine ganze Weile und blicken dabei auf den Atlantik. Tony fragt sich, welchen Einfluss die Pilgerreise auf sein religiöses Verhalten beziehungsweise die Einstellung zur Religion im Allgemeinen hat. Es ist ein Thema, mit denen sich Menschen, die nicht an Gott glauben, oder lange nicht darüber nachgedacht haben, sehr schwertun. Für einen besonders religiösen und gläubigen Christen ist es leicht, über sein Verständnis zu Gott zu reden. Aber für jemanden wie mich, der nur alle Jubeljahre mal zu Weihnachten in der Kirche sitzt, ist es schwer. Ich muss es mir ja selbst gegenüber erst einmal zugeben und anerkennen, an Gott zu glauben. Wie soll ich dann mit diesem noch laufenden Gedanken nach außen gehen. Ich bin der Meinung, viele Menschen haben einfach verlernt, an ihn zu glauben.

Der Glaube zu Gott ist wie ein Muskel, der trainiert sein will. Und wenn er nicht durch Muskeltraining aufgebaut wird, erschlafft er und wir bekommen Zweifel, bis der Muskelstrang eines Tages ganz verschwunden ist. Dann denken wir, es ist irrational, unrealistisch, ja sogar peinlich, zu ihm zu beten. Eine Pilgerreise, mit all ihren körperlichen und geistigen Strapazen, ist eben genau das richtige Aufbautraining für die Muskelpartie des Glaubens. Denn du musst schwere Läuterungen ertragen, Buße tun, die unterschiedlichsten Schmerzen erleiden, um mental darauf vorbereitet zu werden. Es ist eine Art Kater für die Muskelstränge, den du beim Training über dich ergehen lassen musst. Doch du weißt, der Muskelkater wird vergehen und deine Muskeln werden erstarken, ja sogar gestählt, um deinen Glauben zu empfangen und ihn weiter zu trainieren. Ein so erstarkter Muskel braucht anschließend nur noch wenig Training, um erhalten zu bleiben. Er kann, wie bei mir, aus dem Nichts aufgebaut und trainiert werden. Meine Meinung ist, jeder, der sich die Frage stellt, ob er an Gott beziehungsweise überhaupt etwas im Leben glaubt, sollte den Jakobsweg pilgern. Spätestens am Ende des Weges, und für mich ist das Ende wirklich erst hier am Kap Finisterre erreicht, hat er seinen Muskel komplett aufgebaut. Oder aber er kann sicher sein, dass es für ihn weder Glauben noch einen Gott gibt. Geh diesen Weg und erfahre, was du wissen willst.

Vor Antritt der Reise dachte ich, und bei der anfänglichen Idee sollte es auch „nur" eine simple Wanderreise und keine Pilgerreise sein, dass es für mich keinen Gott gibt. Ich habe im Leben alles verloren, die Herzensfrau, mit der ich mein ganzes Dasein verbringen wollte! Es war mein Traum, mit ihr im hohen Alter auf einer Parkbank zu sitzen, die Tauben zu füttern und auf unser gemeinsames, bewegtes, jedoch sehr schönes Leben mit Stolz zurückzublicken. Alles verloren: Ehefrau, meine Söhne, mein Vermögen, alles, was ich geliebt habe und zuletzt durch die Insolvenz auch noch meinen Job, Geld und Wohnung. Aber während ich hier mit Tony sitze und auf die romantische Aussicht schaue, mit diesen funkelnden Lichtern auf der anderen Seite der Bucht, weiß ich jetzt, ich habe stattdessen vieles gewonnen. Ich habe nämlich meinen tiefen Glauben gewonnen. Wahrscheinlich musste ich erst alles verlieren, um für diese Erfahrung frei zu sein. Denn wenn du wie ich fast alles verloren hast, gibt es auch keine Ablenkung mehr. Deine Sinne schärfen sich und durch die Strapazen der Pilgerreise wurden Geist, Seele, Herz, wie auch ich mental geöffnet. Und so konnte die Leere, das Vakuum aus mir entweichen. So geöffnet, konnte der Glaube durch den Unterdruck des luftleeren Raum förmlich in mich hineingesaugt werden. Darum fühle ich mich jetzt auch völlig mit Gottesglauben geflutet. Das Vakuum wurde durch Gott ersetzt. Zum Einschlafen und zum Schweben höre ich noch von Chris & Carla den Song „Fly high brave dreamers."

Es ist unglaublich, was die richtige Musik, zur rechten Zeit, am perfekten Ort bewirken kann! Dazu fällt mir ein Spruch von mir selber ein, den ich gerne mal zu Besten gebe:

Es ist immer die richtige Musik, die deine Seele berührt, dein Herz öffnet, deine Augen mit Tränen flutet und dich zwei Meter über dem Boden schweben lässt.

33. Tag: Letzter Tag in Fisterra – Ich verbrenne alles

Als ich aufwache, quillt mein Gehirn immer noch vor Gedanken über, die in mir kreisen. Tony ist schon lange vor mir wach und hat bereits einen morgendlichen Spaziergang am Strand hinter sich gebracht. Seine Tochter hat ihn über WhatsApp gebeten, eine große Jakobsmuschel vom Meer in Fisterra mitzubringen. Pragmatisch, wie Tony nun mal ist, hat er kurzerhand ein Foto vom muschelübersäten Boden gemacht und das Bild der Tochter nach Deutschland zurückgeschickt. Natürlich mit der Bitte, sie möge ihm zeigen, welche genau von ihnen sie haben möchte. Als er mir das Bild zeigt, sind dort hunderte von Muscheln zu sehen. Davon beeindruckt, nehme ich mir für später ebenfalls einen Spaziergang am Strand vor. Jetzt aber will ich mit ihm erneut zum Hafen spazieren, um unserer Tradition folgend einen Café con Leche zu trinken und ein letztes gemeinsames Frühstück in seiner Gesellschaft zu genießen. Ich schreibe nebenbei die Postkarten. Wieder eine an meine Mutter, eine an meinen Sohn Simon mit dem Vermerk, am Ende der Welt angekommen zu sein. Die dritte ist mit dem Hinweis an meinen Bruder Stefan gerichtet, dass ich die weiße Reebok-Mütze für ihn am Funkmast zurückgelassen habe. Natürlich mit der Aufforderung, er solle sie mir beizeiten vom Sendemast herunterholen und zu mir nach Deutschland zurückbringen.

Bei diesem herrlichen Sonnenschein und dem bunten Treiben am Hafen genehmigen wir uns einen zweiten Café con Leche. Es wird jedoch die letzte Tasse hier in Spanien sein. Tony und ich drehen noch eine Runde über den Marktplatz, der heute seinem Namen gerecht wird.

Nach kurzer Betrachtung bin der Meinung, dass der Markt ein Spiegelbild vom Wochenmarkt aus der Heimatstadt Magdeburg ist. Die gleichen Klamotten, die gleichen Spielzeuge, die gleichen Schuhe, alles gleich.

Da wir uns nun in der Nähe der Urkundenausgabe befinden möchte Tony sich nun doch, nachdem er die prächtige Urkunde von Fisterra gesehen hat, sich seine persönliche abholen.

Wir trennen uns, denn ich will die Postkarten sofort frankieren lassen und ab nach Deutschland schicken. Ferner möchte ich auch einen Spaziergang am Strand machen, um mir noch einmal die Muscheln genauer unter die Lupe zu nehmen. Bei der Ankunft vor ein paar Tagen war ich offensichtlich zu kaputt, um die Muschelpracht bewusst wahrzunehmen. Somit kaufe ich mir die nötigen Briefmarken und schmeiße die Postkarten am zentralen Busbahnhof von Fisterra ein. Danach gehe ich zurück zum Strand und spaziere langsam vor mich hin. Es liegen schier unzählige Muscheln, sogar wunderschöne Jakobsmuscheln, hier im Sand. Ich nehme aber keine mit, denn meine eigene Jakobsmuschel hängt weiterhin unbeschädigt am Rucksack. Ich schlendere so eine ganze Weile in der Bucht entlang, bis ich zur Unterkunft zurückgehe, um noch ein wenig vom gestrigen Abend auszuruhen. Am Ende vom Strand angekommen, steige ich die Stufen zu Promenade hoch und höre den Satz:
„Das ist doch der Lars?"
Nachdem ich aufblicke, laufen zwei Frauen quietschend vor Freude auf mich zu. Es sind Nancy und Jasmin. Ich bin sprachlos und überwältigt, und das kommt bei mir in dieser Konstellation besonders selten vor. Die beiden wollen gerade zum Strand gehen, um ein Sonnenbad zu genießen. Sie bitten mich, spontan die Badehose

anzuziehen und mit ihnen baden zu kommen. Na, da brauchen die zwei Hübschen keine ausgiebigen Überredungskünste anwenden, um mich zu überzeugen. Zu gerne möchte ich mit den beiden das Erlebte austauschen und über alles Mögliche quatschen. Ich verabschiede mich für kurze Zeit, um mir die Badesachen zu holen. Ich leihe mir obendrein ein Badetuch aus unserem Badezimmer und nehme meine Isomatte mit, die ich damit heute erst das zweite Mal benutze. Am Sandstrand angekommen, kann ich die Mädels nicht gleich entdecken, denn das Wetter ist sehr schön und sonnig, sodass sich eine Menge Leute hierher bemüht haben.

Aber Nancy hat gut aufgepasst, sie ruft und winkt mir sofort von Weitem zu. Die beiden machen in ihren schicken Bikinis eine noch bessere Figur, als ohnehin schon in den Wandersachen erkennbar war. Sie sehen grandios, richtiggehend hammer aus! Nach einer Weile fällt mir ein, was Frank zu mir sagte, dass man aus überlieferter Tradition hier in Fisterra angekommen im Atlantik baden muss, um sich von der Pilgerreise reinzuwaschen. Dieses Waschen hat eine doppeldeutige Symbolik. Man hat damit seinerzeit den Körper vom Schmutz und etwaigen Parasiten gewaschen und im übertragenen Sinne seine Seele und auch den Geist gereinigt. Da ich mit ihm eine Wette am Laufen habe, traue ich mich, im kalten Ozean zu baden. Damit will ich meine eigene „Reinwaschung" vollziehen. Zum Beweis meiner „heroischen Tapferkeit" bitte ich Nancy, vom Badevorgang im eiskalten Atlantikwasser ein Video mit der Handykamera zu filmen. Dann stelle ich ihr alles ein und spaziere gemächlich in das empfindlich kühle Nass. Gespannt lasse ich meinen Körper ins Meer fallen und merke, wie schlagartig der Atem stockt und das Herz sofort beginnt, schneller zu schlagen.

„Herrgott, ist das kalt!"

Im früheren Leben bin ich im hauseigenen Pool niemals unter 18 ° Celsius reingegangen und dieses Meer ist hier definitiv viel kälter. Nach wenigen Sekunden denke ich bei mir, meine Schuldigkeit getan zu haben und will schleunigst raus aus dem Wasser, um mich in der Sonne aufzuwärmen. Da interveniert Nancy und schickt mich noch einmal zurück ins Meer, denn die Aufnahme sei missglückt. Ich wiederhole die Prozedur und schwinge meinen Hintern postwendend in die arschkalten Fluten des Atlantiks.

Nachdem ich der Meinung bin, es müsste für ein kurzes Beweisvideo genügen, beordert Nancy mich erneut ins Wasser mit der Begründung, auch diese Filmaufnahme sei misslungen. Bei der dritten Wiederholung denke ich bei mir, dass Nancy doch ganz intelligent ausschaut und überhaupt, einen schlauen wie gebildeten Eindruck macht! Und jetzt bekommt diese Frau nicht einmal die simpelste Videoaufnahme mit der einfachsten Filmeinstellung hin? Passt meiner Meinung nach irgendwie nicht zu einer pfiffigen Person! Sie wiederholt dieses Spiel aber noch zwei weitere Male mit mir, bevor ich merke, sie hat mit _mir_ ein bereitwilliges Opfer gefunden, um mich die ganze Zeit zu verarschen. Nun drehen sich meine Gedankengänge sofort um. Nun denke ich, Nancy meint jetzt bestimmt von mir: Der Lars sieht doch eigentlich richtig intelligent aus und überhaupt, macht er sonst auch einen schlauen wie gebildeten Eindruck, warum merkt dieser Typ dann nicht, dass ich ihn die ganze Zeit nur verarsche? So schnell können sich Meinungen und Meinungsbilder über manche Menschen ins Gegenteil verkehren.

Danach sitze ich mit den beiden auf unseren Strandtüchern und wir belächeln gemeinsam die ankommenden Pilgerkollegen. Es ist möglich, jede einzelne Person hier nach Pilger und Nichtpilger zu klassifizieren, denn Nancy hat uns auf die klassische Pilgerbräune aufmerksam gemacht. Bei der Sonnenbräune eines Pilgerfreundes sind der Kopf, die Unterarme und die Beine schön braun. Besonderes Kennzeichen jedoch sind die weißen Füße im Sockenbereich. Sieht wirklich komisch aus! Als ich die Grazien im köperbetonten Bikini vor mir sitzen sehe, muss ich mich nach einer Weile auf den Bauch legen, um mir weitere Peinlichkeiten zu ersparen. So bin ich der Versuchung nahe, ihnen an den Schleifchen der Zweiteiler zu ziehen. Die Zwei schauen ausgesprochen sexy in ihren Badesachen aus und das wissen sie auch. Zur Ablenkung erzähle ich beiden von der schönen Stelle am Strand, an der es so eine Menge Jakobsmuscheln gibt. Sie wollen sofort aufbrechen, um sich eine Muschel auszusuchen. Ich bleibe aber mit meiner enggewordenen Badehose, auf dem Bauch liegend, an mein Strandtuch gebunden und kann leider nicht mit ihnen gehen. Als sie wieder zurück sind, schlägt Jasmin mit dem berühmten Strahlen und Funkeln in ihren Augen vor, heute Abend gemeinsam etwas Vegetarisches zu essen. Sie hat für dieses Vorhaben in den Gemeinschaftsräumen ihrer Herberge eine Küche sowie ausreichende Platzverhältnisse. Ferner haben sie Bekanntschaft mit weiteren Deutschen geschlossen, die sie auch einladen möchte.

Wir brechen den Strandaufenthalt ab und spazieren zurück zum Ort. Wir kommen direkt an meiner Unterkunft vorbei, da bleiben beide unvorhersehbar stehen und verabschieden sich bis später bei mir. Davon überrascht, frage ich mich noch, woher die Zwei das wissen, dass wir jetzt vor meiner Hotelunterkunft stehen? Da sagt Jasmin: „Wir sind da, das ist unsere Herberge." Ich lache und gebe prustend zu verstehen, ich wohne im selben Gebäude. Zum Abschied erkläre ich den beiden noch, sie mögen bitte zwei Personen einplanen, denn ich möchte Tony mitbringen.

Als er wenig später im Zimmer eintrifft, erzählt er mir, er habe Nico getroffen und mit ihm einen Café getrunken. Ich berichte ihm vom Wiedersehen mit Nancy und Jasmin sowie unserer Einladung zum Abendessen. Tony will zuvor ein Mitbringsel für die Tochter und seinen Sohn besorgen, deswegen ist er noch einmal in den Ort gegangen. Er wolle dann geradewegs dorthin kommen.

Während ich mich frisch mache, um mich für das Abendbrot fertigzumachen, klopft es an der Tür. In Gedanken frage ich mich schon, wer da anklopft und bin der Meinung, es muss sich um einen Irrtum handeln. Ich öffne neugierig die Zimmertür, siehe da, vor mir steht Nancy in ihrer vollen Pracht und grazilen Schönheit. Herrgott, die sieht aber auch blendend, umwerfend und verführerisch aus!

Mein Puls sowie Herz rasen augenblicklich im dreifachen Tempo. Nicht, dass ich nicht wüsste, was jetzt zu tun wäre oder ich Angst vor den nächsten Schritten hatte, jedoch bin ich auf einer Pilgerreise. Wie sie so vor mir steht, hätte ich mich sinnlos mit ihr vermehren können. Ich weiß, ich werde Zeit meines Lebens meine Zurückhaltung bedauern, denn es ist eine

Riesenaufforderung für einen Mann, wenn eine schöne Frau an der Zimmertür klopft und um Einlass bittet. Ich hätte sie nur hereinbitten müssen, um die aquariumähnliche Aussicht aus dem Fenster zu genießen, und schwups wäre die Hotelzimmertür hinter uns zugefallen. Ich möchte Nancy nun hier nicht kompromittieren, doch ich bin durchaus geschickt im Umgang mit dem weiblichen Geschlecht und deren Verführung. Blöd nur, dass ich mich gerade, nur wenige Tage zuvor, für ein monogames Leben entschieden habe. So sehr sie mich auch mit ihrer verheißungsvollen Optik reizt, ich finde, Nancy hat auch einen besseren Typen als mich verdient. Ich muss mich erst zurück in so einen Menschen verwandeln, der ich früher einmal gewesen bin. Durch die Entscheidung für das Zusammenleben mit „nur" einer Partnerin habe ich mich gerade in einen Kokon zur Metamorphose zum Schmetterling begeben. Wäre ich bei Nancys Klopfen an die Hotelzimmertür bereits ein schöner Schmetterlingsfalter gewesen, so hätte ich nichts unversucht gelassen sie auch zu bekommen. Aber ich bin nur eine gefräßige Raupe, die alles niedergefressen hat, was sie vors Maul bekam.

Nein, Nancy hat einen Schmetterling verdient. Somit lasse ich sie an der Zimmertür stehen, drehe ihr den Rücken zu, hole die Sachen und gehe mit ihr nach unten. Mich beschleicht das Gefühl, der Herr im Himmel will den Lars noch einmal richtiggehend auf die Probe stellen, ob ich alles auch tatsächlich ernst mit der Entscheidung meine. Jedoch eines kann ich hiermit bestätigen, Nancy ist die personifizierte Versuchung.

Am großzügigen Esstisch sitzen wir zu acht, ausnahmslos nur Deutsche. Es ist überhaupt sehr auffällig, dass hier am Ende der Welt so viele von uns zu finden sind. Mich beschleicht der Eindruck, wir machen hier die Hälfte aller

Pilger aus. Eigentlich unklar, warum ausgerechnet wir Zeitgenossen aus Deutschland so einen Faible für das Ende der Welt haben.

Mit von der Partie am Tisch ist eine pensionierte Lehrerin, die bis zum heutigen Tag bereits seit mehr als drei Monaten auf dem Jakobsweg unterwegs ist. Ihr Ehemann, der zu Hause wartet, hat die ganze Idee von der Pilgerreise als groben „Humbug" abgetan, aber hat sie dennoch ziehen lassen. Sie erzählt uns die Geschichte ihres Abreisetages, als wäre es erst gestern passiert. Er habe am Vortag ein Hähnchen gekauft und sie ist geschmeichelt, weil sie annahm, ihr Mann wolle ihr am letzten Tag eine Freude machen und ein Mittagessen zaubern, was er zuvor noch nie gemacht hat. Sie ist entzückt vor Glücksgefühlen über die überraschende Idee vom Gatten. Als dann die Mittagszeit näher kam und das Hähnchen weiterhin unzubereitet im Kühlschrank lag, fasste sie ihren Mut und sprach ihn an, wann er denn das Brathähnchen zubereiten wolle? Er antwortete nur kurz und knapp, dass er es am Abend, wenn sie abgereist sei, für sich in den Ofen schieben wird. Dieser Tag ist bei ihr noch so präsent, dass sie selbst heute noch, ganze drei Monate danach, laut loslachen muss. Vor allem mit welch einem Lachen! Sie ist so laut, durchdringend, lustig und ansteckend, dass sie sonst etwas hätte erzählen können. Nur Bruchteile von Sekunden nach ihr lacht die ganze Runde lauthals mit. Jedoch weniger über die Geschichte, sondern wegen ihrer herzerfrischenden Lache.

Jetzt berichte ich den Anwesenden vom wunderschönen Weg, den wir gestern zum Leuchtturm gefunden haben und beschreibe ihn in den schönsten Bildern. Da keiner außer Tony und mir am Ende der Welt gewesen ist, werde ich gebeten, ihnen den Weg zu zeigen.

Jeder möchte der Tradition folgen, um dort Wandersachen vom Jakobsweg zu verbrennen. Nancy und Jasmin brauchen bei mir nicht lange betteln, da es auch mein größter Wunsch ist, mit ihnen gemeinsam den Weg zum Kap Finisterre zu gehen. So decken wir den Tisch ab, waschen das Geschirr und machen uns zum Aufbruch bereit.

Draußen strahlt die Sonne weiterhin mit voller Kraft vom Himmel und es bahnt sich ein verheißungsvoller Sonnenuntergang an. Da der Weg durch den Ort führt, fordere ich sie auf, sich im Supermarkt etwas zu trinken zu besorgen, denn wir wussten ja schon aus Erfahrung, am Leuchtturm gibt es nichts fürs leibliche Wohl. Gemeinsam mit Tony kaufe ich einen Zehnerkarton Dosenbier zusätzlich drei Flaschen Wein. Das Ganze nicht, weil wir es oben übertreiben wollen. Nein gewiss nicht, sondern wir aus Erfahrung wissen, dass zum Schluss die Getränke immer ein knappes Gut sind und sich alle zu denen hingezogen fühlen, die noch etwas anzubieten haben. Gläser haben wir vorsorglich einfach aus der Herberge mitgenommen.

Das Tragen der Getränke ist im Vergleich zum Rucksack ein Klacks. Auch mein zweites Mal den Weg zu gehen, schmälert weder seinen Zauber noch Reiz. Es ist sogar ein besonderer Genuss für mich mitzubekommen, wie die Begeisterung zum schmalen Pfad auf jeden überschlägt. Nancy kommt begeistert mehrere Male zu mir und bedankt sich liebevoll, dass ich die Gruppe daran teilhaben lasse. Aber eigentlich bin ich es, der sich bedanken müsste, denn es ist ein Traum, mit ihnen gemeinsam den letzten Abend zu verbringen. Es geht allen genauso wie mir, sie können sich an den atemberaubenden Aussichten hoch oben auf den Felsvorsprüngen nicht sattsehen.

Die rot-goldene Sonne verspricht einen verheißungsvollen Untergang, so flüstere ich Nancy hauchend meine Gedankenspiele zu, mit einer weltumfassenden Umarmung, hoch oben auf dem Vorsprung der Felsen zu stehen und zum Horizont zu schauen. Begeistert nehmen wir abwechselnd dieses Sinnbildnis vom anderen mit der Handykamera auf. Es ist ein atemberaubendes, umwerfendes Bild mit einer für mich mystischen Aussage. Genauso stelle ich mir in meinem Kopfkino eine Weltumarmung vor!

Das perfekte Foto!

Wir verweilen nur kurz, denn der Weg ist noch nicht am Ende. Schließlich ist es ein beschwerlicher Weg und als die pensionierte Lehrerin zurückbleibt, kehre ich um und ließ die anderen ziehen. Es ist mir ein Grundbedürfnis aufzupassen, dass sie den richtigen Weg findet. Nicht, dass es für sie notwendig gewesen ist, nun hat sie den 900 Kilometer langen Weg bis hierher auch gefunden. Es ist eben mein Bedürfnis, zusammen in der Gruppe am Leuchtturm zu feiern.

Nachdem das Kap in Sichtweite ist, fangen alle an, Feuerholz zu sammeln, um möglichst ausgedehnte Lagerfeuerromantik zu genießen. Heute sind am Ende der Welt locker einhundert Pilger versammelt. Tony und ich klettern an eine etwas einsamere Stelle, um in Zweisamkeit und Ruhe die Sonnenstrahlen bildgewaltig im Meer versinken zu sehen. Als auch der letzte Zipfel der Sonne im Meer verschwindet, höre ich Jasmin meinen Namen rufen. Tony und ich wissen instinktiv, es ist die ultimative Aufforderung zu kommen, denn sie wollen ihre Sachen verbrennen und uns dabei haben. Jetzt stehen Dutzende um das mittlerweile sehr große Feuer herum. Nachdem jeder aus der Gruppe die

Wandersachen verbrannt hat, machen wir Platz für die nächsten Pilger. Wir setzen uns genau an die Stelle, an der Tony und ich am Ankunftsabend gesessen haben, was seltsam ist, weil es hier bestimmt hundert Möglichkeiten gibt. Mir ist es sehr recht, denn schon der erste Abend war besonders mystisch für mich. Auch Achim und Frank gesellen sich zu uns. Achim ist überglücklich, seinen lang gewünschten, heißersehnten Sonnenuntergang am Ende der Welt, nun endlich, nach so vielen Anläufen gesehen zu haben. Wie vorausgesehen, finden die Biere und der Wein zügig seine Abnehmer. Ich nehme neben Nancy Platz, denn ich fühle mich magnetisch, fast magisch von ihr angezogen. Während unserer Unterhaltung muss ich mich sehr zusammenreißen, um sie nicht fortwährend zu berühren. Meine Hand scheint, wie automatisch, immer wieder in ihre Richtung zu wollen. Mich ablenkend, denke ich unverzüglich erneut an Raupe, Kokon, Schmetterlinge und kann mich nur schwer unter Kontrolle halten.

Als auch die restliche Glut erloschen und der letzte Tropfen getrunken ist, bricht die Gruppe gemeinsam auf und geht über die Hauptstraße zurück nach Fisterra. Als Nancy mir auf dem Rückweg ein Glühwürmchen zeigt, sich direkt dicht an meinen Körper schmiegt, mir dabei seicht flüsternd ins Ohr haucht, kann ich kaum die Beherrschung halten. Vielleicht ist es auch ihrer Vorsichtsmaßnahme geschuldet, dass sie befürchtet, das empfindliche Würmchen könnte beim zu lauten Reden scheu verschwinden. Während sie sich beim Weitergehen zu allem Überfluss noch eng bei mir einhakt, bekomme ich endgültig kalte Füße. Mir ist absolut bewusst, wenn ich bei ihr bleibe, verliere ich gegen meinen eigenen Willen und die gestarteten Vorhaben. Somit löse ich die Nähe zu ihr und sage unter einem Vorwand, ich „müsse" ein Stück vorlaufen.

Losgelöst renne ich die ganzen vier Kilometer in einem Affenzahn zurück nach Fisterra. Mir scheint, ich bin auf der Flucht! Kurz vor dem Ort treffe ich auf Achim, der ein wenig ziellos hin und her läuft. Sicherheitshalber hake ich ihn bei mir ein und begleite ihn zur Herberge. Dort trinken wir ein paar Getränke, bis unser Kleingeld verbraucht ist. Auch Achim scheint nicht zu wissen, ob er Raupe oder Schmetterling sein will.

Nachdem ich an der Unterkunft ankomme, bin ich vorbereitet, denn ich habe den eigenen Schlüssel mitgenommen. Es ist auch gut so, denn um Tony nicht zu wecken, muss ich ins Zimmer schleichen. Nachdem ich aufwache, packe ich meine Sachen und stehle mich aus dem Gebäude davon, ohne Nancy und Jasmin auf Wiedersehen oder Lebewohl zu sagen. Sicher bin ich durch das schäbige Verhalten bei Nancy verbrannt. Tony und ich sitzen schweigend und nachdenklich nebeneinander im Bus nach Santiago de Compostela.

Ich habe es erlebt:

Meinen höchstpersönlichen, absolut unvergesslichen, sensationellen, mystischen Abschluss in Finisterre!!!

Epilog

Wenn du mein Buch bis hierher gelesen hast, dann herzlichen Glückwunsch! Du hast eindeutig bewiesen, dass du Läuterungen ertragen und eine gewisse Schmerz-Belastbarkeit besitzt, für Buße bereit bist und eine große Portion Strapazierfähigkeit dein Eigen nennst. Das sind schon einmal zum Pilgern auf dem Camino Francés die besten Voraussetzungen.

Der Jakobsweg hat meine Kopfknoten aufgelöst. Er hat bei mir eine Pforte geöffnet, dabei ist etwas eingestiegen und hat einen Knoten nach dem anderen entwirrt. Einen Kopfknoten musst du dir wie ein Staubsaugerrohr vorstellen, welches geknickt und geknotet ist. Dieses verhedderte Saugrohr kann definitiv nicht mehr richtig arbeiten. Es muss entknotet werden. Psychologen schaffen es ebenfalls, die Kopfknoten aufzulösen. Doch sie vermögen nicht die Pforte zu öffnen und in den Kopf einzusteigen. Sie können nur von außen das Gehirn insoweit bearbeiten, dass es sich entwirrt. Breche jetzt um Himmelswillen nicht deine Therapie ab, und rufe gleich deinen Psychologen an, um ihm mitzuteilen, dass du die Behandlung aufgeben und stattdessen den Jakobsweg wandern willst. Aber vielleicht nimmst du ihn einfach mit. Möglicherweise hat er es satt, jeden Tag aufs Neue sich die Probleme von seinen Patienten anzuhören. Kann sein, er braucht einen Menschen, der ihn überredet, mit ihm den Camino zu gehen. Oder wenn du Angst hast, dann handle wie Gerda Hamburg und suche dir jemanden, mit dem du den Jakobsweg gemeinsam starten kannst. Alternativ lese das Buch von meinem Freund und Schriftsteller Emanuel Koch.

„Und täglich grüßt dein Lebenstraum - Mutig handeln und das Unmögliche schaffen."

Es wird dir helfen, wie es auch mir geholfen hat, deine Ängste zu überwinden, um mit Mut zu handeln.

Jetzt, wo ich hier am Schreibtisch diesen Epilog schreibe, sind gut zwei Monate seit der Pilgerreise vergangen. Wenn du nun glaubst, mein Leben hätte sich verändert und all die Probleme hätten sich auf wundersame Weise in Selbstgefallen aufgelöst, liegst du vollkommen falsch. Im Gegenteil, die Problemstellungen haben sich potenziert und verschlimmert. Durch die Insolvenz liegen unzählige Mahnungen und Vollstreckungsbescheide vor. Ich muss aus der Wohnung raus und weiß nicht, wo ich hin soll. Jede Menge Klagen gegen mich stapeln sich auf dem Tisch. Im Portemonnaie sind heute noch knapp achtzig Euro und die müssen mindestens für die zwei kommenden Wochen reichen, das sind fünf Euro achtzig pro Tag. Nur mal so zum Vergleich: Achtzig Euro habe ich sonst, nur eine Stunde nach Betreten meines Magdeburger Lieblingsclubs, dem First, ausgegeben.

Aber ich habe mich geändert. Dieses Buch erzählt die Geschichte von einem, der mit fast leerer Brieftasche den wahren Luxus des Lebens auf dem Jakobsweg gefunden hat, Lebenssinn. Das ist meine Pilgergeschichte. Ich erzähle euch die Geschichte vom Camino ohne dickes Bankkonto oder Prominenten-Bonus. Wenn ich einmal kein Geld mehr habe, um mir etwas zum Essen zu kaufen, werde ich nach draußen in die Natur gehen, um mir eine Pusteblume anzusehen, die das ganze Wunder des Universums in sich trägt. Am Beginn bin ich als Sünder losgegangen, doch zurückgekehrt bin ich als anderer Mensch. Ich erinnere mich häufig an den Bibelvers:

„Und Jesus sprach, wer von euch ohne Sünde ist, der werfe den ersten Stein." Ich finde die Aussage genial, so impliziert sie doch, dass Jesus sich selbst als Sündenfall gesehen hat, denn auch er hat bekanntlich keinen Stein geworfen. Der heiligste Mensch, der je die Erde betreten hat, ein Sünder? Wie ich? Und auch er hat Läuterungen erfahren und Buße getan. Ich kann es kaum beschreiben, welche Gefühle es in mir auslöst, meine ganzen Sündenfälle in Santiago de Compostela vergeben zu bekommen.

Die Kopfknoten sind nun aufgelöst und was noch viel schöner ist, die Pforte ist offengeblieben. Es strömen pausenlos kreative Gedanken hinein und beeinflussen mein Denken und Handeln. Ich bin der Meinung, Spiritualität oder Religiosität sind für die Kreativität extrem förderlich, denn sie öffnen den Geist und machen ihn empfänglich, helfen beim Loslassen und geben dir Ruhe und Vertrauen.

Nie hätte ich mir auch nur ansatzweise vorstellen können, ein Buch zu verfassen. Ich erinnere mich, wie ich früher in der Schule beim Aufsatzschreiben nach einer halben Dina-4-Seite dachte, es gibt nichts mehr aufzuschreiben. Nun schreibe ich schon am zweiten Buch und habe auf dem Jakobsweg Inspiration für weitere bekommen. Jetzt weiß ich wieder, wie ich leben möchte. Ich habe für mich neuen Sinn gefunden. So gesehen bin ich sicher, werde ich eine Partnerin finden, mit der ich meine zweite Lebenshälfte verbringe. Mit ihr bekomme ich erneut ein Zuhause. Es wird ein schönes Zusammenleben sein. In mir wohnt jetzt Ruhe und

Vertrauen. Ich werde weiterschreiben, denn ich habe etwas zu sagen, und es will raus aus mir. Heute bin ich ein anderer, denn ich weiß, Gott ist in mir.

Die Probleme und mein Leiden können noch so groß erscheinen, ich verfüge über einen Ruhepol in mir, habe obendrein Gottvertrauen und Hoffnung gefunden. Und von Marten habe ich gelernt, wenn du auch weißt, du hast nur noch wenige Wochen zu leben, so kannst du trotzdem pfeifend und fröhlich lächelnd in die heruntergekommensten Herbergen einkehren und gute Laune verbreiten und damit das Leben bejahen. Schließlich kennt es immer schlimmere Schicksale als deines. Es gibt sicherlich keine Hierarchie oder Ranking im Leiden, weil jeder sein eigenes Leiden für sich alleine empfindet. **Es bedarf stets einer Katastrophe, um einen Evolutionssprung hervorzurufen, so war es in der Natur schon von jeher.** Doch wir können Trost, Halt, Vertrauen und Hoffnung durch unseren Glauben finden. In meiner Phantasie schaue ich viele Jahrhunderte in die Zukunft. Die Welt ist kalt, steril und jedermann kämpft für sich. Die Menschen vegetieren für sich alleine und einsam.

Jedoch den Jakobsweg wird es immer noch geben. Die zukünftige Menschheit in den künftigen Jahrhunderten werden ihn mit ihren spacigen Anzügen, Rucksäcken, Wandersachen weiterhin zu Fuß gehen und alle Strapazen ertragen, die ihren Geist öffnen und ihr Leben verändern. Ich habe die ganze Zeit gedacht, die drei Phasen des Pilgerns laufen nacheinander in der gedachten Reihenfolge ab. Es ist falsch, die körperliche Phase hört nicht auf, nur weil du in die mentale Phase eintrittst. Mit Eintreten der Erleuchtung hört weder die mentale noch die körperliche Phase auf. Und genauso verstehe ich den Glauben. Er muss trainiert werden wie ein Muskel, damit er dich in die mentale Verfassung bringt, Erleuchtung zu empfangen. Wir sehen doch alle jeden Tag Wunder, aber wir verstehen sie nicht, sondern zerreden oder zeranalysieren sie.

Ich habe einmal ein Radarfoto von mir bekommen, bei dem auf dem Beifahrersitz neben mir eine sonderbare Gestalt schemenhaft mit menschlichen Zügen saß, obwohl ich alleine im Auto fuhr. Ich war genau einen km/h unter der Punktegrenze in Flensburg. Als ich bei der Behörde darauf hinwies, dass mein Gesicht leicht mit der Sonnenblende verdeckt ist, wurde die Strafe eingestellt. Für mich saß neben mir ein Schutzengel, und es stellt in meinen Augen ebenfalls ein Wunder dar und ich hatte danach sogar ein Beweisbild davon. Doch jeder, dem ich dieses Bild zeigte, hat mir das Wunder zerredet und versucht, logisch erscheinende Erklärungen zu liefern.

Seit Finisterre besitze ich ein Bild von mir, auf dem ich erleuchtet werde, das ist ebenfalls ein Wunderbildnis für mich! Aber die meisten Menschen wollen keine Wunder sehen, denn dann müssten sie zugeben, dass da noch irgendwas ist. Etwas, das größer und unfassbarer ist als unser Verstand. Ich will die Mitmenschen weder missionieren noch überzeugen, nein, ich möchte nur Mut zusprechen. Als ich das erste Mal durch meinen Freund Sebastian vom Jakobsweg hörte, dachte ich, es handelt sich um eine vermeintliche Kaffeefahrt eines bekannten Bremer Kaffeerösters. Es ist doch keine schlechte Idee, eine Kaffeerösterei aus Bremen übernimmt die Schirmherrschaft für den deutschen Jakobsweg. Natürlich müssen dazu noch jede Menge Stellen zum Kaffeetrinken eingerichtet werden.

Jetzt, in diesem Moment, in dem ich jene Sätze schreibe, bekomme ich Heimweh, Heimweh nach dem Camino. Seit Jahren habe ich mich das erste Mal wieder zu Hause gefühlt. Schon häufig im Leben bin ich am Abzweig falsch abgebogen und den verkehrten Weg gegangen. Den falschen Weg? Genau andersherum, ich habe einmal im Leben den richtigen Weg genommen! Den Jakobsweg! Auf ihm bin ich zu Hause, meine Familie ist dort. Hier, wo ich jetzt bin, ist sie nicht. Wenn ich etwas weiß, ist es das, dass den Camino niemand ohne Grund geht. Ich bin ihn gegangen und kam als ein Anderer zurück. Mein Buch widme ich nur einer einzigen Person. Ich habe alle Strapazen und Anstrengungen genauso für jenen Mitmenschen ertragen. Das Buch habe ich nur für diesen einen Menschen geschrieben, um ihm das Pilgern und den Jakobsweg näherzubringen. Die eine besondere Person ist mir ausgesprochen wichtig. Dieses Buch widme ich **DIR.** **Denn Du bist diese eine Person!**

Und denke daran: Der Jakobsweg gibt dir immer das, was du brauchst und genau dann, wenn du es brauchst.

Jetzt nehme ich mir den MP-4-Player und starte die Musik. Meine Wahl fällt auf den Song „Submission" von den Sex Pistols, ein aggressives, wie schnelles Stück.

So ziehe ich mein Schwert, schreie alles laut heraus, um mir Mut zu machen. So renne ich in meine größte Schlacht auf dem herausforderndsten Schlachtfeld, das Leben und Alltag heißt und versuche mich, wie ein Verrückter tapfer zu schlagen, um zu ü b e r l e b e n.

Dein Lars

Loslassen!

Ein Lösungsdenker zeigt, warum es so wichtig für uns ist

Autor: Lars-Oliver Schröder

Bei einem überraschenden Klassentreffen stellen fünf ehemalige Schulkameraden fest, dass sie sehr ähnlich liegende Probleme mit dem störenden Festhalten an längst Überflüssigen oder gar Schädlichen habe. Sie hielten in ihrer Runde fest, dass wir Menschen uns doch irgendwie alle schwer damit tun, uns von etwas oder jemanden zu trennen und das die meisten ihnen bekannten Personen sich an irgendetwas festhielten. Die erzählte Parabel über ein Dorf der Festhalter, die vom Weisesten aus dem Dorfe der Lösungsdenker besucht werden, öffnet ihnen die Augen. Über Beispiele aus der Natur und deren Vergleiche sich mit Lösungsansätzen aus Fesseln, Umklammerungen oder längst überflüssigem Ballast zu befreien, ermöglicht es den Festhaltern, aus eigener Kraft gewünschte Änderungen herbeizuführen. Es gefällt, dass der Weise aus der Erzählung nicht mit dem erhobenen Zeigefinger kluge „Rat Schläge" verteilte, sondern mit guten Vergleichen aus der Natur inspirierende Umgangsweisen darstellt. Es gibt eben keine vorgefertigte, schnöde Lösung vor, sondern fordert ganz gegenteilig zum Nachdenken auf, um dann durch Parabeln inspiriert aus eigener Einsicht auf mögliche Lösungsansatz zu kommen.

Eine herrlich inspirierende und unterhaltsame Geschichte!

Über den Autor:

Lars-Oliver Schröder, geboren am 20.02.1967 in Essen/ Ruhr, aufgewachsen mit acht Geschwistern, ist Vater von drei erwachsenen Söhnen. Heute lebt er in Stralsund. Er war über 20 Jahre in Top-Management-Positionen beschäftigt, bevor in seinem Leben eine 180°-Wendung ihn zum Schreiben lenkte. Freunde bezeichnen ihn als einen ewigen Optimisten, eine Frohnatur oder ein Stehaufmännchen. Von jeher hörten ihm alle Gesellschaftsschichten und Altersgruppen bei seinen Ausführungen und Geschichten gebannt zu. Sei es auf Familienfesten, bei Firmenvorträgen, öffentlichen Auftritten oder aber „nur" bei Gute-Nacht-Geschichten, immer wurde mehr von ihm verlangt: „Komm, erzähl uns noch eine Anekdote", „gib uns noch eine zum Besten", „nochmal Papa, nochmal." Er machte seine Tugend zur Leidenschaft und begann „seine" Geschichten aufzuschreiben.

In seinen Pilgerberichten gibt der Autor auf sehr anschauliche wie augenzwinkernde Weise die Antworten auf die drei wesentlichen Fragestellungen seines Lebens, um damit genauso der Leserschaft Inspirationen zu geben, für sich eigene zu finden. Auf dem Jakobsweg, den er ein Jahr zuvor ging, arbeitete er seine Vergangenheit ab, doch ein wesentliches Detail wurde vergessen. Wie soll die zukünftige Restzeit des vor ihm liegenden Lebens aussehen? Es ist eine Grundfrage der heutigen Zeit, mit der sich fast alle Menschen in ihrer zweiten. Lebenshälfte beschäftigen.